DAS MATARESE MOSAIK

ROBERT LUDLUM

DAS MATARESE MOSAIK

ROMAN

Aus dem Amerikanischen
von Heinz Zwack

WILHELM HEYNE VERLAG
MÜNCHEN

Titel der amerikanischen Originalausgabe:
The Matarese Countdown
Die Originalausgabe erschien im Verlag HarperCollins, New York

Umwelthinweis:
Dieses Buch ist auf chlor- und säurefreiem Papier gedruckt.

Umschlaggestaltung: Atelier Ingrid Schütz, München
Umschlagillustration: Bavaria Bildagentur/TCL, Gauting
Satz: Leingärtner, Nabburg
Druck und Bindung: Wiener Verlag, Himberg
Printed in Austria

ISBN 3-453-13840-6

Für Karen-»Suzie«

Sie kam lachend, nachdem alles Lachen erstarb.
Und brachte wieder Freude ins Leben.

Prolog

In den Wäldern von Tscheljabinsk, etwa neunhundert Flugmeilen von Moskau entfernt, steht eine früher einmal von der Herrscherelite der Sowjetunion hochgeschätzte Jagdhütte. Es handelte sich um eine das ganze Jahr über nutzbare Datscha, im Frühling und Sommer ein Paradies von Gärten und Wildblumen am Rande eines Bergsees, im Herbst und Winter ein Paradies für Jäger. Die neuen Herrscher hatten sie in den Jahren seit dem Zusammenbruch des Sowjetimperiums in Ruhe gelassen, und sie war zu einer Art letzter Ruhestätte für den angesehensten Wissenschaftler Rußlands geworden, einen Kernphysiker namens Dimitrij Juri Juriewitsch. Denn er war ermordet worden, in eine monströse Falle gelockt von Killern, die für sein Genie, das er mit allen Nationen teilen wollte, keinen Respekt, nur Wut und Zorn übrig hatten. Ganz gleich woher die Mörder kamen, und niemand wußte das wirklich: Sie waren die Bösen und sicherlich nicht ihr Opfer, trotz der tödlichen Implikationen seiner Wissenschaft.

Die weißhaarige alte Frau mit dem schütteren Haar lag auf dem Bett am Erkerfenster, das den Blick auf den ersten Schnee des Winters freigab. Ebenso wie ihr Haar und ihre runzlige Haut war alles hinter dem Glas weiß, gefrorene neue Reinheit vom Himmel, unter deren Gewicht sich die Zweige beugten, ein Paradies blendenden Lichts. Mit einiger Mühe griff sie nach der Messingglocke auf ihrem Nachttisch und schüttelte sie.

Kurz darauf trat eine kräftige Frau Anfang vierzig mit braunem Haar und lebhaften, fragend blickenden Augen zur Tür herein. »Ja, Großmutter, was kann ich für dich tun?« fragte sie.

»Du hast schon mehr für mich getan als nötig, mein Kind.«

»Ein Kind bin ich wohl kaum noch, und du weißt genau, daß es nichts gibt, was ich *nicht* für dich tun würde. Soll ich dir Tee bringen?«

»Nein, aber hol mir einen Priester – egal, was für einen. Die waren uns so lange nicht erlaubt.«

»Du brauchst keinen Priester, du brauchst etwas Ordentliches zu essen, Großmutter.«

»Mein Gott, du klingst wie dein Großvater. Immer widersprechen, immer analysieren ...«

»Ich habe überhaupt nicht analysiert«, fiel ihr Anastasia Juriskaja Solatow ins Wort. »Du ißt wie ein Spatz!«

»Die essen wahrscheinlich jeden Tag soviel, wie sie wiegen ... Nicht, daß es wichtig wäre, aber wo ist dein Mann?«

»Draußen, jagen. Er sagt, im frischen Schnee kann man gut Spuren verfolgen.«

»Wahrscheinlich wird er sich den Fuß abschießen. Außerdem brauchen wir kein Fleisch. Moskau ist großzügig«, sagte die alte Frau.

»Das gehört sich wohl auch so!«

»Nein, meine Liebe. Das tun sie, weil sie Angst haben.«

»Was willst du damit sagen, Maria Juriskaja?«

»Hol mir den Priester, mein Kind. Ich bin siebenundneunzig Jahre alt, und jemand muß die Wahrheit erfahren. Geh jetzt!«

Der ältere russisch-orthodoxe Prälat in seinem schwarzen Ornat stand am Bett. Er kannte die Anzeichen; er hatte sie nur zu oft gesehen. Die alte Frau lag im Sterben, ihre Atemzüge wurden immer kürzer, schienen ihr immer mehr Mühe zu bereiten. »Ihre Beichte, gute Frau?«

»Nicht meine, Sie *Esel*!« erwiderte Maria Juriskaja. »Es war an einem Tag ganz wie diesem – es lag Schnee, die Jäger waren bereit, hatten die Flinten über der Schulter. Er ist an einem Tag wie diesem getötet worden, zerfetzt, zerrissen von einem verwundeten Bären, den Wahnsinnige ihm über den Weg getrieben hatten.«

»Ja, ja, wir alle haben die Geschichte Ihres tragischen Verlusts gehört, Maria.«

»Zuerst hieß es, es seien die Amerikaner gewesen, und dann die Kritiker meines Mannes in Moskau – selbst seine eifersüchtigen Konkurrenten, aber das stimmt nicht.«

»Es ist solange her, gute Frau. Bleiben Sie ruhig. Der Herr erwartet Sie. Er wird Sie an seinen Busen drücken und Sie trösten ...«

»*Guwno*, Sie Narr! Die Wahrheit muß heraus. Ich habe später erfahren – Anrufe aus der ganzen Welt, nichts Schriftliches, nur Worte über die Telefonleitung –, daß ich und meine Kinder und deren Kinder nie die nächste Morgendämmerung erleben würden, wenn ich irgend jemandem von dem, was mein Mann mir erzählt hat, auch nur ein Wort sagen würde.«

»Und was war das, Maria?«

»Mein Atem verläßt mich, Vater, das Fenster wird dunkel.«

»Was *war* es?«

»Eine Macht, die viel gefährlicher ist als all die miteinander zerstrittenen Machtgruppen auf dieser Erde.«

»Was für eine ›Macht‹, gute Frau?«

»Die *Matarese* … das Böseste, was es auf dieser Welt gibt.« Der Kopf der alten Frau fiel in die Kissen. Sie war tot.

Die schimmernde weiße Jacht, von Bug bis Heck mehr als dreißig Meter lang, manövrierte langsam in den Jachthafen von Estepona, dem nördlichsten Punkt der Costa del Sol, einem Refugium der Reichen der Welt, die dort ihren Ruhestand genießen.

Der hagere, alte Mann in der luxuriösen Eignerkabine saß auf dem mit Samt bezogenen Sessel und ließ sich von seinem Kammerdiener, der jetzt schon fast drei Jahrzehnte in seinen Diensten stand, umsorgen. Der betagte Schiffseigner wurde von seinem Diener und Freund für die wichtigste Konferenz seines langen Lebens vorbereitet, eines Lebens, das mehr als neunzig Jahre umspannte, wobei das exakte Alter geheimgehalten wurde, weil sich der größte Teil jenes Lebens in der grausamen Arena viel jüngerer Männer abspielte. Warum diesen habgierigen Türken den Vorteil seiner angeblichen Senilität verschaffen, die doch in Wirklichkeit auf einige Generationen überlegener Erfahrung hinauslief? Sein Gesicht mochte ja nach drei kosmetischen Operationen ein wenig maskenhaft wirken, aber das war nur oberflächlich. Ein täuschendes Bild, um die Opportunisten zu verwirren, die sein finanzielles Imperium in ihre Macht gebracht hätten, wenn man ihnen auch nur die leiseste Chance dazu bot.

Ein Imperium, das ihm nichts mehr bedeutete. Es war ein Koloß aus Papier, der über sieben Milliarden US-Dollar wert war, siebentausend Millionen aufgebaut auf den Manipulationen eines lang vergessenen Gebildes, das als wohltätige Vision angefangen und sich zu etwas geradezu Satanischem gewandelt hatte, korrumpiert von subalternen Kreaturen, denen jede Wohltätigkeit fremd war und deren einzige Vision der eigene Vorteil war.

»Wie sehe ich aus, Antoine?«

»Großartig, Monsieur«, erwiderte der Kammerdiener, trug ein mildes After-shave auf und entfernte einen Frisierumhang, unter dem Gesellschaftskleidung und eine gestreifte Krawatte zum Vorschein kam.

»Das ist doch nicht übertrieben, oder?« fragte sein eleganter Arbeitgeber.

»Keineswegs. Sie sind der Vorsitzende, Sir, und das müssen alle begreifen. Sie dürfen keinen Widerstand dulden.«

»O nein, alter Freund. Widerstand wird es keinen geben. Ich beabsichtige, meine verschiedenen Vorstände und Aufsichtsräte anzuweisen, sich auf eine Auflösung der Strukturen vorzubereiten. Ich habe vor, alle großzügig zu bedenken, die ihre Zeit und Schaffenskraft Unternehmungen gewidmet haben, von denen sie im wesentlichen nichts wußten.«

»Einige werden Mühe haben, Ihre Anweisungen zu akzeptieren, *mon ami* René.«

»Gut! Sie verzichten auf unser Rollenspiel. Sie haben vor, mir etwas zu sagen.« Die beiden Männer lachten leise, dann fuhr der ältere fort: »Ich hätte Sie wirklich mit einer leitenden Position betrauen sollen, Antoine. Ich kann mich nicht erinnern, daß Sie mir je einen falschen Rat gegeben haben.«

»Ich habe ihn nur dann angeboten, wenn Sie darum gebeten haben und ich zu verstehen glaubte, worum es geht. Nie in geschäftlichen Verhandlungen, von denen ich nichts verstehe.«

»Nur von Menschen verstehen Sie etwas, richtig?«

»Sagen wir, ich habe Beschützerinstinkte, René ... Kommen Sie, ich helfe Ihnen beim Aufstehen, dann können Sie sich in den Rollstuhl setzen ...«

»Nein, Antoine, nicht den Rollstuhl! Nehmen Sie meinen Arm, dann gehe ich zu der Sitzung ... Übrigens, was haben Sie gemeint, als Sie sagten, einige würden Mühe haben, meine Anweisungen zu akzeptieren? Sie werden großzügig bedacht, und alle werden gut versorgt sein.«

»Sicherheit ist nicht dasselbe wie aktive Teilhabe, *mon ami*. Die Arbeiter werden natürlich dankbar sein, aber Ihre leitenden Mitarbeiter sehen das vielleicht anders. Sie entfernen sie aus ihren Machtpositionen, nehmen ihnen den Einfluß. Nehmen Sie sich in acht, René. Einige, die an dieser Konferenz teilnehmen, gehören zu dieser Gruppe.«

Der große Speisesalon der Jacht wirkte wie ein schickes Pariser Restaurant. Die impressionistischen Wandgemälde zeigten Ansichten vom Seine-Ufer, den Arc de triomphe, den Eiffelturm und verschiedene andere Pariser Sehenswürdigkeiten. Vier Männer in dunklen Anzügen saßen um den runden Mahagonitisch, Flaschen mit Evianwasser vor sich, Aschenbecher mit Schachteln Gauloises neben sich. Nur zwei der Aschenbecher wurden benutzt, die anderen hatte man beiseite geschoben.

Der gebrechliche alte Mann betrat den Raum, begleitet von seinem langjährigen Kammerdiener, den alle von vorangegangenen Sitzungen kannten. Man begrüßte sich gegenseitig; der betagte Vorsitzende ließ sich auf dem freien Sessel in der Mitte nieder, worauf der Kammerdiener hinten an der Wand Platz nahm. Das wurde ohne Einwendungen akzeptiert, denn es war Tradition.

»Hier sind also sämtliche Anwälte versammelt. Mein *avocat* in Paris, mein *Rechtsanwalt* in Berlin, *mio avvocato* in Rom und natürlich unser Syndikus aus Washington, D. C. Ich freue mich, Sie alle hier zu sehen.« Halblautes Gemurmel antwortete ihm, dann fuhr der alte Mann fort: »Ihre fröhliche Stimmung läßt mich erkennen, daß Sie von unserer Konferenz nicht begeistert sind. Das ist schade, denn meine Anweisungen werden ausgeführt, ob es Ihnen paßt oder nicht.«

»Wenn Sie gestatten, Herr Mouchistine«, sagte der Anwalt aus Deutschland, »wir alle haben Ihre verschlüsselten Instruktionen erhalten, die jetzt in unseren Safes eingeschlossen sind, und sind offen gestanden entsetzt! Sie haben nicht nur die Absicht, Ihre Firmen und deren gesamten Besitz zu verkaufen ...«

»Nach Abzug recht beträchtlicher Summen für Ihre Dienste natürlich«, fiel ihm René Mouchistine ins Wort.

»Wir wissen Ihre Großzügigkeit sehr zu schätzen, René, aber dem gilt unsere Sorge nicht«, sagte der Anwalt aus Washington. »Es geht darum, was dann passiert. Bestimmte Märkte werden zusammenbrechen, Aktien ins Uferlose stürzen ... Man wird Fragen stellen! Es könnte zu Ermittlungen kommen ... Wir alle wären kompromittiert.«

»Unsinn. Jeder von Ihnen hat die Anweisungen des geheimnisvollen René Pierre Mouchistine befolgt, Alleininhaber seiner sämtlichen Unternehmen. Jede Abweichung von seinen Anordnungen würde zu Ihrer Entlassung führen. Sagen Sie ein einziges Mal die Wahrheit, Gentlemen. Dann kann niemand Ihnen etwas anhaben.«

»Aber *signore*«, rief der *avvocato* aus Italien, »Sie verkaufen weit unter Marktwert! Was bezwecken Sie damit? Sie spenden wohltätigen Institutionen überall auf der Welt Millionen und Abermillionen, Leuten, die eine Lira nicht von einer Deutschen Mark unterscheiden können! Was sind Sie, ein *socialista*, der die Welt reformieren und dabei die Tausende vernichten will, die an Sie geglaubt haben, an *uns* geglaubt haben?«

»Seltsam, daß gerade Sie das sagen, denn als alles begann, Jahre vor Ihrer Geburt, war das die Vision des großen *padrone*, des Baron von Matarese.«

»Wer?« fragte der französische Anwalt.

»Ich kann mich vage daran erinnern, den Namen gehört zu haben«, sagte der Deutsche. »Aber für mich ist er nicht relevant.«

»Warum sollte er das auch sein?« René Mouchistine sah sich kurz zu seinem Kammerdiener Antoine um. »Sie alle sind nichts als Spinnennetze, die von der Quelle ausgehen, die von der Quelle engagiert sind, um ihren Transaktionen den Anschein des Legitimen zu geben, weil *Sie* legitim waren. Sie sagen, ich gebe denen, die das Spiel verloren haben, Millionen zurück – woher kommt denn Ihrer Ansicht nach mein Reichtum? Wir sind zur personifizierten Habgier geworden, Habgier, die sich wie ein Berserker gebärdet hat.«

»Das *dürfen* Sie nicht tun, Mouchistine!« rief der Amerikaner und sprang auf. »Man wird mich vor den Kongreß zerren!«

»Und mich vor einen Bundestagsausschuß!« schrie der Anwalt aus Berlin.

»Ich habe keine Lust, mich vor der Deputiertenkammer zu rechtfertigen!« rief der Pariser.

»Ich werde veranlassen, daß unsere Kollegen in Palermo Ihnen das ausreden«, sagte der Mann aus Rom unheilverheißend. »Sie werden Einsicht zeigen.«

»Warum versuchen Sie es nicht selbst? Haben Sie Angst vor einem alten Mann?«

Der Italiener sprang wutentbrannt auf, und seine Hand griff unter sein maßgeschneidertes Jackett. Weiter kam er nicht. Ein Schuß aus der schallgedämpften Pistole Antoines verwandelte sein Gesicht in eine blutige Masse. Der römische Anwalt fiel zu Boden, sein Blut floß über das Parkett.

»Sie sind wahnsinnig!« schrie der Deutsche. »Er wollte Ihnen bloß einen Zeitungsartikel zeigen, in dem steht, daß einige Ihrer Firmen mit der Mafia in Verbindung stehen, und das ist wahr. Sie sind ein Monstrum!«

»Aus Ihrem Munde ist das die reine Ironie, wenn man an Auschwitz und Dachau denkt.«

»Damals war ich noch nicht geboren!«

»Lesen Sie's nach ... Was meinen Sie, Antoine?«

»Notwehr, Monsieur. Als alter Informant der Sûreté werde ich es so in meinem Bericht festhalten. Er hat nach einer Waffe gegriffen.«

»Scheiße!« brüllte der Anwalt aus Washington. »Sie haben uns in die Falle gelockt, Sie Hurensohn!«

»Das stimmt nicht. Ich wollte nur sicherstellen, daß Sie meine Anweisungen ausführen werden.«

»Das können wir nicht! Herrgott, verstehen Sie denn nicht? Das wäre das Ende für uns alle ...«

»Für einen ganz sicherlich, aber wir werden die Leiche beseitigen, ein Fisch für die Fische im Meer.«

»Sie sind tatsächlich wahnsinnig!«

»Wir sind wahnsinnig geworden. Am Anfang waren wir das nicht. *Halt! Antoine!*... Die *Bullaugen!*«

Plötzlich waren an den kleinen runden Fenstern des Speisesaals hinter Gummimasken verborgene Gesichter zu sehen. Die Männer schlugen das Glas ein und fingen an, aus Maschinenpistolen in den Raum zu feuern, in jeden Winkel und jedes Schatteneck. Der Kammerdiener Antoine zerrte Mouchistine unter einen Wandschrank, selbst an der Schulter verletzt, sein Herr aus mehreren Brustwunden blutend. Er würde nicht überleben.

»René, *René*!« rief Antoine. »Sie müssen tief atmen, ständig tief atmen! Ich bringe Sie ins Krankenhaus!«

»Nein, Antoine. Es ist zu spät!« würgte Mouchistine heraus. »Die Anwälte sind tot, und mein Ende bedauere ich nicht. Ich habe mit dem Bösen gelebt und sterbe jetzt, während ich mich davon löse. Vielleicht wird mir das irgendwo nützen.«

»Wovon reden Sie, *mon ami*, Freund meines Lebens!«

»Finden Sie Beowulf Agate.«

»Wen?«

»Fragen Sie Washington. Die müssen wissen, wo er ist! Wassilij Taleniekov ist getötet worden, ja, aber nicht Beowulf Agate. Er lebt irgendwo, und er kennt die Wahrheit.«

»Welche Wahrheit, mein bester Freund?«

»Die *Matarese*! Sie sind wieder da. Sie wußten von dieser Konferenz, den verschlüsselten Anweisungen, die ohne die Chiffren keinen Sinn haben. Wer auch immer noch übrig ist, mußte mich beseitigen, also ist es jetzt Ihre Aufgabe, ihnen Einhalt zu gebieten!«

»Wie denn?«

»Kämpfen Sie mit Ihrer ganzen Kraft dagegen! Bald wird es überall sein. Es war das Böse, das der Erzengel der Hölle vorhergesagt hat. Das Gute, das ein Diener Satans wurde.«

»Das ergibt keinen Sinn. Ich bin kein Theologe!«

»Sie brauchen auch keiner zu sein«, flüsterte der sterbende Mouchistine. »Ideen sind größere Denkmäler als Kathedralen. Sie überdauern die Jahrtausende besser als behauener Stein.«

»Was reden Sie da?«

»Finden Sie Beowulf Agate. Er ist der Schlüssel zu allem.«

René Mouchistine taumelte, von einem Krampf geschüttelt, nach vorn und fiel dann um, kippte nach hinten, sein Kopf blieb an der Schiffswand liegen. Seine letzten Worten waren so klar, als hätte seine kehlige Stimme sie in eine Echokammer geflüstert. »Die Matarese ... das fleischgewordene Böse.« Dann war der alte Mann mit den Geheimnissen tot.

1

In den schroffen Bergen von Korsika über den Wassern von Porto-Vecchio am Tyrrhenischen Meer ragten die skelettartigen Überreste eines früher einmal majestätischen Herrenhauses in den Himmel. Das Mauerwerk, geschaffen, um Jahrhunderte zu überdauern, war im großen und ganzen noch intakt, die Innenmauern hingegen zerstört, vor Jahrzehnten vom Feuer vernichtet. Es war früher Nachmittag, der Himmel dunkel, ein Wintersturm arbeitete sich an der Küste von Bonifacio herauf und drohte mit heftigen Regenfällen, die bald die überwucherten, kaum mehr sichtbaren Wege um das Haus herum in matschigen Morast verwandeln würden.

»Ich schlage vor, wir beeilen uns, *padrone*«, sagte der vierschrötige Korse, der einen Parka mit Kapuze trug. »Die Straßen zum Flugplatz von Senetosa sind schon ohne Sturm gefährlich genug«, fügte er in Englisch hinzu, der Sprache, auf die man sich geeinigt hatte, die er aber nur schlecht sprach.

»Senetosa kann warten«, erwiderte der schlanke Mann im Regenmantel. Sein Akzent verriet die holländische Herkunft. »*Alles* kann warten, bis ich fertig bin! Geben Sie mir den Vermessungsplan für den nördlichen Teil, bitte.« Der Korse griff in die Tasche und zog ein mehrfach zusammengefaltetes Blatt schweres Papier heraus. Er gab es dem Mann aus Amsterdam, der es schnell entfaltete, es mit beiden Händen gegen die Mauer drückte und studierte. Er wandte den Blick immer wieder von der Karte und musterte einzelne Teile des Areals. Jetzt fing es zu regnen an, ein leichter Nieselregen zuerst, der aber schnell in einen gleichmäßigen Regenschauer überging.

»Hier drüben, *padrone*«, rief der Führer aus Bonifacio und deutete auf einen Bogen in der Mauer, der zu einer Art Garten führte. Es war ein eigenartiger Bogen, er war nur gut einen Meter breit, dafür aber knapp zwei Meter tief, und erinnerte an einen Tunnel. Das Ganze war über und über mit Schlingpflanzen überwachsen, die den Eingang förmlich erwürgten. Trotzdem bildete der Bogen willkommenen Schutz vor dem plötzlichen Regenguß.

Der *padrone*, ein Mann Anfang vierzig suchte mit schnellen Schritten Zuflucht und preßte die auseinandergefaltete Karte gegen das Blattwerk; er zog einen roten Filzstift aus der Tasche seines Regenmantels und kreiste eine größere Fläche ein. »*Dieser* Abschnitt«, schrie er, um sich über dem Prasseln der Regentropfen auf dem Gemäuer Gehör zu verschaffen, »das muß mit Seilen abgesperrt werden, damit niemand reinkommt oder dort irgendwie stört! Ist das klar?«

»Wenn Sie das so wünschen, wird es geschehen. Aber, *padrone*, Sie sprechen da von beinahe hundert Hektar.«

»So will ich es haben. Meine Vertreter werden sich laufend überzeugen, daß meine Anweisung ausgeführt wird.«

»Das ist nicht notwendig, Sir. *Ich* werde dafür sorgen.«

»Gut, schön, dann tun Sie es.«

»Und der Rest, *signore*?«

»So, wie wir es in Senetosa besprochen haben. Alles muß genauso wiederhergestellt werden, wie es auf den ursprünglichen Plänen aussieht, die vor zweihundert Jahren in Bastia gezeichnet wurden. Meine Schiffe und Frachtflugzeuge werden alles, was Sie brauchen, in Marseille anliefern. Sie haben meine geheimen Telefon- und Faxnummern und die Zugangscodes. Tun Sie das, um was ich Sie bitte – was ich von Ihnen *fordere* –, und Sie können sich als wohlhabender Mann mit gesicherter Zukunft zur Ruhe setzen.«

»Ich betrachte es als Privileg, daß Sie mich ausgewählt haben, *padrone*.«

»Und Sie sind sich darüber im klaren, daß alles unter strengster Geheimhaltung ablaufen muß?«

»*Naturalmente, padrone*! Sie sind ein exzentrischer Mann aus Bayern, ungeheuer reich, und wollen den Rest Ihres Lebens in den herrlichen Bergen von Porto-Vecchio verbringen. Mehr braucht niemand zu wissen!«

»Gut, schön.«

»Aber wenn Sie gestatten, *signore*, als wir im Dorf angehalten haben, hat die alte Frau Sie gesehen, die dort diesen runtergekommenen Gasthof führt. Um Ihnen die Wahrheit zu sagen – sie ist in ihrer Küche auf die Knie gefallen und hat dem Heiland dafür gedankt, daß Sie zurückgekommen sind.«

»Was?«

»Wenn Sie sich erinnern – als es solange dauerte, bis unsere Erfrischungen kamen, bin ich in die *cucina* gegangen und habe die Frau dort laut betend vorgefunden. Die Tränen liefen ihr über die Wangen. Und dann hat sie gesagt, sie könne es an Ihrem Gesicht und Ihren Augen erkennen. ›Der Barone di Matarese ist zurückgekehrt‹, hat sie immer wieder gesagt.« Der Korse sprach den Namen italienisch aus, *Mataresa*. »Sie hat dem Herrgott dafür gedankt, daß Sie zurückgekommen sind, daß wieder Größe und Glück in die Berge zurückkehren würden.«

»Dieser Vorfall muß aus Ihrem Gedächtnis gelöscht werden, verstehen Sie?«

»Selbstverständlich, *padrone*. Ich habe nichts gehört!«

»Zu den Wiederaufbauarbeiten – alles muß in sechs Monaten fertiggestellt sein. Sie brauchen an nichts zu sparen. Tun Sie einfach alles, was nötig ist.«

»Ich werde mein Bestes geben.«

»Wenn Ihr Bestes nicht gut genug ist, wird nichts aus dem Ruhestand, weder wohlhabend noch sonstwie, *capisce*?«

»Ja, *padrone*«, sagte der Korse und schluckte.

»Und was die alte Frau in dem Gasthof angeht ...«

»Ja?«

»Töten Sie sie.«

Sechs Monate und zwölf Tage voller Hektik verstrichen, und das große Herrenhaus der Matarese-Dynastie war wieder hergestellt. Das Ergebnis der Bemühungen war erstaunlich, so wie es nur viele Millionen Dollar gewährleisten konnten. Das Herrenhaus mit seinem beeindruckenden Bankettsaal war so, wie der Architekt es sich zu Anfang des achtzehnten Jahrhunderts vorgestellt hatte, nur waren Kronleuchter an die Stelle der gewaltigen Kerzenleuchter getreten. Natürlich war das ganze Haus mit den Annehmlichkeiten moderner Haustechnik wie fließendem Wasser, Toiletten, Klimaanlage und Elektrizität auf den neuesten Stand gebracht worden.

Der Außenbereich war freigelegt worden, und eine weite Rasenfläche, die das Hauptgebäude umgab, bot Platz für eine große Krocketbahn und ein raffiniertes Putting Green. Die lange Zufahrt von der Straße nach Senetosa war asphaltiert worden, nachts beleuchteten im Boden versenkte Lampen den Weg, und elegant gekleidete Bedienstete begrüßten sämtliche Fahrzeuge, wenn diese vor der Marmortreppe des Eingangsbereichs zum Stehen kamen. Was die Besucher nicht wußten, war, daß all diese Bediensteten ausgebildete Leibwächter waren. Sie trugen alle elektronische Scanner bei sich, die es ihnen erlaubten, Waffen, Kameras oder Tonbandgeräte im Umkreis von drei Metern festzustellen; auf eine Distanz von einem halben Meter konnte man solche Geräte zweifelsfrei erkennen.

Die Männer hatten klare Anweisungen: falls jemand mit Gegenständen dieser Art ankam, mußte der oder die Betreffende gewaltsam festgehalten und in einen Verhörraum gebracht werden, wo unangenehme Fragen gestellt wurden. Falls die Anworten darauf nicht befriedigten, gab es Gerätschaften, sowohl für manuellen Einsatz als auch elektrischer Natur, die dazu gedacht waren, Antworten sprudeln zu lassen. Der Matarese war zurückgekehrt – mit all seiner fragwürdigen Macht und Glorie.

Die Abenddämmerung war angebrochen, und die untergehende Sonne hüllte die Berge von Porto-Vecchio in rötlichen Schein, als die ersten Limousinen eintrafen. Die mit Armani-Anzügen bekleideten Bodyguards begrüßten die Besucher beflissen, waren ihnen beim Aussteigen behilflich und strichen dabei unauffällig über ihre Kleidung. Acht schwere Wagen waren eingetroffen. Acht Gäste. Mehr würden es nicht sein. Sieben Männer und eine Frau, von Anfang dreißig bis Mitte fünfzig, Angehörige der verschiedensten Nationalitäten, die alle eines gemeinsam hatten – alle waren unermeßlich reich. Jeder wurde die Marmorstufen der Villa Matarese hinaufgeführt und dann von einzelnen Wachen in den Bankettsaal gebracht. In der Mitte des riesigen Saals stand eine lange Tafel mit Platzkarten vor den acht Stühlen, vier auf der rechten, vier auf der linken Seite, jeder Stuhl mindestens anderthalb Meter vom nächsten Gast entfernt. Am Kopfende der Tafel stand ein leerer Sessel, davor ein kleines Rednerpult. Zwei uniformierte Kellner nahmen Cocktailbestellungen entgegen; vor jedem Platz stand eine Kristallschüssel mit eisgekühltem Belugakaviar, und von den Wänden tönten die gedämpften Klänge einer Bachfuge.

Das Gespräch kam nur stockend in Gang, als wüßte keiner der Gäste, weshalb sie hier zusammengekommen waren. Und doch gab es einen gemeinsamen Nenner: alle sprachen Englisch und Französisch, so daß beide Sprachen gebraucht wurden, bis man sich schließlich auf erstere geeinigt hatte, als sich erwies, daß zwei der männlichen Amerikaner das Französische nicht hinreichend fließend beherrschten. Es waren recht belanglose Gespräche, im wesentlichen darauf beschränkt, wer wen kannte, und ob das Wetter in St. Tropez, auf den Bahamas, in Hawaii oder Hongkong nicht großartig sei. Niemand wagte es, die entscheidende Frage zu stellen: *Weshalb sind wir hier?* Sieben Männer und eine Frau hatten Angst. Dazu hatten sie Anlaß. Die Gegenwart ließ nicht erkennen, daß es in ihrer Vergangenheit Dinge gab, die keiner wissen durfte.

Plötzlich verstummte die Musik. Die schweren Kronleuchter wurden gedimmt, und an dem umlaufenden Geländer des Balkons tauchte der kleine Lichtpunkt eines Scheinwerfers auf, wurde heller, als der Strahl das Rednerpult am Ende der Tafel erfaßte. Der schlanke Mann aus Amsterdam trat aus einer Wandnische und schritt langsam in den Lichtschein hinein. Sein angenehmes, wenn auch durchschnittliches Gesicht wirkte im Lichtschein blaß, aber seine Augen waren alles andere als nichtssagend. Sein Blick wanderte von einem der Gäste zum nächsten, als er jedem von ihnen zunickte.

»Ich danke Ihnen, daß Sie meine Einladung angenommen haben«, begann er mit einer Stimme, die nach Eis und unterdrückter Hitze zugleich klang. »Ich hoffe, Ihre Reise entsprach dem Stil, den Sie gewöhnt sind.« Das zustimmende Gemurmel klang nicht enthusiastisch. »Mir ist klar«, fuhr der Mann aus Amsterdam fort, »daß ich Ihr Leben in gesellschaftlicher wie in beruflicher Hinsicht gestört habe, aber ich hatte keine Wahl.«

»Jetzt haben Sie sie«, unterbrach ihn die eine Frau kühl. Sie war Mitte dreißig und trug ein teures schwarzes Kleid mit einer Perlenkette, die wenigstens fünfzigtausend Dollar gekostet hatte. »Wir sind hier, jetzt sagen Sie uns, warum.«

»Ich bitte um Nachsicht, Madam. Mir ist wohl bewußt, daß Sie zum Rancho Mirage in Palm Springs unterwegs waren, um sich mit dem Partner Ihres augenblicklichen Ehemanns zu treffen, dem Partner in seiner erpresserischen Maklerfirma, meine ich. Ich bin sicher, daß man Ihnen Ihr Nichterscheinen nicht nachträgt, weil es ja keine Firma gäbe, wenn Sie sie nicht finanziert hätten.«

»Ich muß doch sehr bitten!«

»Und ich muß Ihnen sagen, daß ich mich in Gegenwart von Bittstellern unbehaglich fühle.«

»Was mich betrifft«, sagte ein Portugiese in mittleren Jahren mit schütter werdendem Haar, »so bin ich hier, weil Sie angedeutet haben, daß mein Nichterscheinen ernsthafte Schwierigkeiten für mich zur Folge haben könnte. Ihre verdeckte Anspielung ist mir nicht entgangen.«

»Ich habe in meinem Telegramm lediglich den Namen ›Azoren‹

erwähnt. Das hat offenbar gereicht. Das Konsortium, an dessen Spitze Sie stehen, ist durch und durch korrupt. Die Bestechungsgelder, die Sie Lissabon zahlen, sind kriminell. Sollte es Ihnen gelingen, die Kontrolle über die Azoren an sich zu bringen, dann würden Sie damit nicht nur Einfluß auf die ohnehin überhöhten Preise der Fluggesellschaften, sondern auch auf die Verbrauchssteuern von über einer Million Touristen im Jahr ausüben. Gut ausgedacht, würde ich sagen.«

Auf beiden Seiten der Tafel kam es zu einem Stimmengewirr, Andeutungen verschiedener fragwürdiger Aktivitäten, die Grundlage für das Erscheinen der acht auf dem verborgenen Anwesen in Porto-Vecchio sein könnten.

»*Genug*«, sagte der Mann aus Amsterdam und hob die Stimme. »Sie täuschen sich über den Grund Ihres Hierseins. Ich weiß mehr über jeden einzelnen von Ihnen, als Sie selbst über sich wissen. Das ist mein Vermächtnis, meine Erbschaft – und Sie sind alle Erben. Wir sind die Nachkommen des Matarese, des Quells, aus dem Ihr Reichtum stammt.«

Die acht Besucher sahen einander bestürzt an, als wäre da etwas Unsägliches, das sie miteinander verband.

»Diesen Namen haben wir noch nie benutzt, denke ich«, sagte ein Engländer im makellosen Glanz der Savile Row. »Weder meine Frau noch meine Kinder haben ihn je gehört«, fügte er dann leise hinzu.

»Warum diesen Namen zu neuem Leben erwecken?« fragte der Franzose. »Der Matarese ist lang dahin – tot und vergessen. Eine ferne Erinnerung, die man besser begräbt.«

»Sind Sie tot?« fragte der Holländer. »Sind Sie begraben? Ich denke doch nicht. Ihr Reichtum hat Sie in die Lage versetzt, den Gipfel finanziellen Einflusses zu erklimmen. Sie alle führen offiziell oder in aller Stille größere Unternehmen und Konglomerate, wie es dem Wesen der Matarese-Philosophie entspricht. Und jeder von Ihnen ist von mir dazu auserwählt worden, die Bestimmung der Matarese zu erfüllen.«

»Bestimmung? Was soll der gottverdammte Unsinn?« fragte einer der beiden Amerikaner, dem Akzent nach aus dem tiefen Süden stammend. »Sind Sie 'ne Art Huey Long?«

»Wohl kaum, aber Ihre Casino-Beteiligungen am Ufer des Mississippi deuten vielleicht darauf hin, daß Sie es sind.«

»Meine geschäftlichen Unternehmungen sind so sauber, wie sie nur sein müssen, Kumpel!«

»Ich weiß Ihre Einschränkung zu schätzen ...«

»Was für eine Bestimmung?« fiel ihm der andere Amerikaner ins Wort. »Der Name Matarese ist nie im Zusammenhang mit irgendwelchen Immobilien aufgetaucht, die meiner Familie vererbt wurden.«

»Wenn das der Fall gewesen wäre, wäre ich erschüttert, Sir. Sie sind einer der führenden Anwälte in Boston, Massachusetts. Harvard Law School, *magna cum laude*... und Seniorpartner der korruptesten Sozietät, die sich je dadurch bereichert hat, daß sie Bundes- und Staatsbeamte, gewählt wie ernannt, in Mißkredit gebracht hat. Ich muß Ihre Geschicklichkeit loben.«

»Sie können nichts dergleichen beweisen.«

»Führen Sie mich nicht in Versuchung, *Counselor*... Sie hätten keine Chance. Aber ich habe Sie nicht alle deshalb nach Porto-Vecchio kommen lassen, um mich der Gründlichkeit meiner Nachforschungen zu brüsten, obwohl ich einräume, daß sie ein Bestandteil des Ganzen sind. Zuckerbrot und Peitsche, sozusagen... Zunächst möchte ich mich selbst vorstellen. Ich bin Jan van der Meer Matareisen, und ich bin überzeugt, daß mein Familienname Ihnen etwas bedeutet. Ich bin ein direkter Nachkomme des Baron von Matarese; genauer gesagt, er war mein Großvater. Wie Sie möglicherweise wissen oder auch nicht, hat der Baron seine Affären geheimgehalten und ebenso eventuelle Nachkommen. Aber seiner Verantwortung hat sich der große Mann in keiner Weise entzogen. Sein Same wurde in die besten Familien von Italien, Frankreich, England, Portugal, Spanien, Deutschland, Amerika und, wie ich selbst bezeugen kann, der Niederlande gepflanzt.«

Wieder waren die Besucher wie vom Blitz gerührt. Ihre Blicke wanderten langsam um den Tisch. Sie musterten einander kurz, aber durchdringend, als würde gleich ein außergewöhnliches Geheimnis enthüllt werden.

»Worauf, zum Teufel, wollen Sie hinaus?« fragte der große, grobschlächtig wirkende Amerikaner aus Louisiana. »Raus mit der Sprache, Kumpel!«

»Der Ansicht bin ich auch«, fügte der Mann aus London hinzu, »was soll das alles, alter Junge?«

»Ich glaube, einige von Ihnen sind mir bereits ein Stück voraus«, sagte Jan van der Meer Matareisen und gestattete sich die Andeutung eines Lächelns.

»Dann *sagen* Sie es, Holländer!« forderte der Unternehmer aus Lissabon.

»Also gut, das werde ich. So wie ich, sind auch Sie alle Kinder jener Kinder. Wir sind das Produkt derselben Lenden, wie Shakespeare es vielleicht formuliert hätte. In den Adern eines jeden einzelnen von Ihnen fließt das Blut des Baron von Matarese.«

Jetzt redeten alle wirr durcheinander. »Wir haben von Matarese gehört, aber nicht so etwas!« und »Das ist doch lächerlich! Meine Familie hat es selbst zu Reichtum gebracht!« und »Sie brauchen mich doch bloß anzusehen! Ich bin blond. Keine Spur südländischer Vorfahren!« Die Protestrufe wurden immer lauter, bis den sieben der Atem ausging und sie schließlich verstummten, als Jan Matareisen die Hände hob.

»Ich kann alle Ihre Fragen beantworten«, sagte er ruhig, »Sie brauchen mir bloß zuzuhören … Der Baron hatte vielfältige Neigungen, so vielfältig, wie er selbst war. Ihre Großmütter wurden zu ihm gebracht wie in einen arabischen Harem; aber keiner von ihnen ist Gewalt angetan worden, weil alle in ihm den außergewöhnlichen Mann erkannten, der er war. Aber ich, und nur ich, war in den Augen der Kirche sein legitimes Kind. Meine Großmutter hat er geheiratet.«

»Was, zum Teufel, sind dann wir?« schrie der Amerikaner aus New Orleans. »Bastarde seit zwei Generationen?«

»Litten Sie je unter Geldmangel, Sir? Für Ihre Ausbildung oder für Investitionen.«

»Nein … das kann ich nicht behaupten.«

»Und Ihre Großmutter war, und ist das immer noch, eine ungewöhnlich schöne Frau, ein ehemaliges Model, deren Gesicht man auf den Titelbildern von *Vogue* und *Vanity Fair* bewundern konnte. Oder stimmt das nicht?«

»Ich denke schon, wenn sie auch nicht viel davon spricht.«

»Das braucht sie auch nicht. Sie hat ziemlich schnell einen leitenden Mann aus der Versicherungswirtschaft geheiratet, dessen Firma sich erfolgreich ausgeweitet hat und ihn schließlich zum Vorstandsvorsitzenden gemacht hat.«

»Sie deuten nicht nur an, sondern Sie behaupten buchstäblich, daß wir alle miteinander verwandt sind!« rief der Anwalt aus Boston. »Was für Beweise haben Sie dafür?«

»In der nordöstlichen Ecke dieses Anwesens war anderthalb Meter unter der Erde eine kleine Kassette mit einem in Öltuch eingewickelten Päckchen vergraben. Ich habe fünf Monate gebraucht, um die Kassette zu finden. Das Päckchen enthielt die Namen der Kinder des Barons und ihre Ursprungsländer. Er war, wenn er sonst nichts war, in allen Dingen präzise und exakt... ja, mein Gast aus Boston. Wir sind alle miteinander verwandt. Wir sind Cousins, ob uns das gefällt oder nicht. Gemeinsam sind wir die Erben des Matarese.«

»Unglaublich«, sagte der Engländer und hielt den Atem an.

»Mein Gooott!« sagte der Amerikaner aus den Südstaaten.

»Das ist lächerlich!« rief die blonde Frau aus Los Angeles.

»Eigentlich ist es eher komisch«, sagte der Mann aus Rom im Priestergewand des Vatikan. Ein Kardinal.

»Ja«, pflichtete Matareisen ihm bei, »ich dachte mir, daß Sie den erhabenen Humor zu schätzen wissen. Sie stehen in der Gunst Seiner Heiligkeit, sind aber beim Kollegium verhaßt.«

»Wir müssen die Kirche auf das einundzwanzigste Jahrhundert vorbereiten. Ich sehe keinen Anlaß für Entschuldigungen.«

»Aber Sie sehen eine Menge Geld von Banken, die der Heilige Stuhl kontrolliert, in Ihre Richtung fließen, oder nicht?«

»Ich spreche Empfehlungen aus und ziehe daraus keinen persönlichen Vorteil.«

»Meinen Gewährsleuten zufolge ließe sich darüber streiten. Ich beziehe mich damit auf eine Villa am Comer See.«

»Die gehört meinem Neffen.«

»Dessen erste Ehe Sie illegalerweise annulliert haben. Aber machen wir weiter. Ich bin wirklich nicht darauf erpicht, irgend jemanden in Verlegenheit zu bringen. Schließlich sind wir alle eine Familie... Sie alle sind hier, weil Sie verletzbar sind, so wie auch ich ganz bestimmt verletzbar bin. Wenn ich imstande bin, Ihre verschiedenen Unternehmungen ans Licht zu bringen, dann können das andere auch. Es ist lediglich eine Frage des Anreizes, der Zeit und der Neugierde, nicht wahr?«

»Für meinen Geschmack reden Sie mir einfach zu viel und sagen dabei überhaupt nichts«, sagte der erregte Amerikaner aus den Südstaaten. »Wie ist Ihre Tagesordnung, Kumpel?«

»›Tagesordnung‹, das gefällt mir. Das paßt gut zu Ihrer Ausbildung, ein Diplom in Betriebswirtschaft und der entsprechende Doktortitel, wenn ich mich nicht täusche.«

»Sie täuschen sich nicht. Sie können mich zwar einen Redneck nennen und würden da auch nicht sehr falsch liegen, aber dumm bin ich nicht. Fahren Sie fort.«

»Gut. Die Tagesordnung – *unsere* Tagesordnung – besteht darin, das

Anliegen des Matarese zu verwirklichen, die Vision unseres Großvaters, Guillaume de Matarese.«

Jetzt hingen alle Augen wie gebannt an dem Holländer. Es war offensichtlich, daß die sieben Erben trotz aller Vorbehalte interessiert waren – vorsichtig interessiert. »Da Sie mit dieser ›Vision‹ wesentlich vertrauter sind als wir, könnten Sie sich da vielleicht ein wenig präziser äußern?« fragte die elegant gekleidete Frau.

»Wie Ihnen allen bekannt ist, ist die internationale Finanzwelt jetzt auf globaler Ebene integriert. Was mit dem amerikanischen Dollar geschieht, hat seine Auswirkungen auf die Deutsche Mark, das englische Pfund, den japanischen Yen und sämtliche Währungen der Welt, ebenso wie diese Währungen wiederum Auswirkungen auf die anderen haben.«

»Das ist uns bekannt, Herr Matareisen«, sagte der vierte Mann auf der rechten Seite der Tafel, ein Deutscher. »Ich habe den Verdacht, daß viele von uns erheblichen Vorteil aus den schwankenden Wechselkursen ziehen.«

»Sie haben auch Verluste erlitten, nicht wahr?«

»Geringfügig, im Vergleich zu unseren Gewinnen, wie mein ›Cousin‹, der Amerikaner, vielleicht von den Gewinnen seiner Casinos im Vergleich zu den Verlusten seiner Spieler sagen könnte.«

»Damit haben Sie recht, Cousin ...«

»Ich glaube, wir schweifen vom Thema ab«, fiel der Engländer ihm ins Wort. »Die Tagesordnung, wenn Sie so liebenswürdig wären?«

»Die globalen Märkte zu kontrollieren, die internationale Finanzwelt zu disziplinieren – das war das Anliegen des Visionärs, den man als den Baron von Matarese kannte. Geld in die Hände derjenigen geben, die damit umgehen können, nicht in die Hände der Regierungen, die sich nur darauf verstehen, es zu vergeuden und eine Nation gegen die andere aufzustacheln. Die Welt befindet sich bereits im Krieg, einem andauernden Wirtschaftskrieg. Aber wer sind die Sieger? Vergessen Sie nicht, wer auch immer die Wirtschaft eines Landes kontrolliert, kontrolliert seine Regierung.«

»Und Sie wollen sagen ...?« Der Portugiese beugte sich vor.

»Ja, das will ich«, sagte der Holländer. »Wir sind dazu imstande. Die Mittel, die uns gemeinsam zur Verfügung stehen, betragen über eine Billion Dollar, das ist ein genügend großer Hebel, noch dazu geographisch weit genug verteilt, um auf die Machtzentren, die wir vertreten, Einfluß auszuüben. Einen Einfluß, der sich ebenso schnell über die

Welt ausbreiten wird, wie die im Stundentakt erfolgenden Überweisungen von Millionen von Dollar von einem Finanzmarkt zum anderen. Wenn wir konzertiert handeln, verfügen wir über die Macht, wirtschaftliches Chaos zu erzeugen. Und alles das zu unserem Nutzen, als Individuen und als Gemeinschaft.«

»Das ist ja irre«, rief der Unternehmer aus New Orleans. »Wir können nicht verlieren, weil wir die Karten in der Hand halten!«

»Mit Ausnahme einiger weniger«, sagte der Matarese-Enkel. »Wie ich schon erwähnte, wurden Sie alle ausgewählt, weil ich Schwachstellen gefunden habe, die meinen Zwecken dienten, Zuckerbrot und Peitsche, sagte ich wohl. Ich habe auch mit anderen Fühlung aufgenommen, dabei vielleicht mehr preisgegeben, als ich hätte tun sollen. Sie haben sich meinen Vorstellungen auf das heftigste widersetzt und erklärt, sie würden sofort jeden Schritt, den die Erben der Matarese etwa unternehmen könnten, an die Öffentlichkeit bringen ... Es handelt sich um drei Individuen, zwei Männer und eine Frau, denn der Baron hatte außerhalb seiner kirchlichen Ehe elf Enkelkinder. Damit kommen wir vom Abstrakten, der globalen Ebene, zum Persönlichen, zu diesen drei äußerst einflußreichen Individuen, die uns vernichten würden. Deshalb müssen wir sie zuerst vernichten. Und dabei können Sie alle mitwirken ... Meine Herren, meine sehr verehrte Dame, diese drei müssen ausgeschaltet werden, ehe wir handeln. Aber sie müssen auf raffinierte Weise getötet werden, damit ja keine Spur zu einem von Ihnen weist. Es gab noch jemanden, keinen Blutsverwandten, einen alten Mann, der so mächtig war, daß er uns in dem Augenblick, in dem wir die Bühne des Geschehens beträten, hätte lähmen können. Er stellt kein Hindernis mehr dar, wohl aber die anderen. Sie sind die einzigen, die übriggeblieben sind und uns im Wege stehen. Wollen wir zum Grundsätzlichen kommen? Oder gibt es jemanden, der uns jetzt verlassen möchte?«

»Wie komme ich nur darauf, daß wir nie die Straße nach Senetosa erreichen würden, wenn wir das täten?« sagte die Frau nachdenklich.

»Sie trauen mir mehr zu, als ich mir selbst zutraue, Madam.«

»Machen Sie weiter, Jan van der Meer Matareisen, Visionen sind mein Geschäft«, sagte der Kardinal.

»Was halten Sie dann von folgender Vision, Priester«, sagte Matareisen. »Wir haben einen Zeitplan, einen Countdown, wenn Sie so wollen. Nur ein paar Monate, bis zum Anfang des neuen Jahres. Das ist unser Ziel für die globale Kontrolle, die Matarese-Kontrolle.«

2

The Hamptons, New York, 28. August

Die Nordküste von Long Island ist weniger als eine Stunde von Manhattan entfernt, je nachdem, welchen Typ Privatflugzeug man benutzt. Die »Hamps« werden immer die imaginäre Provinz des Romanciers F. Scott Fitzgerald bleiben, zumindest gewisse Bereiche, wo es Privatflugzeuge gibt. Eine reiche, verwöhnte Gegend, voll grandioser Villen, manikürter Rasenflächen, schimmernder blauer Swimmingpools, Tennisplätzen und parkartiger Anlagen, die die Sommersonne zu prachtvoller Blüte erweckt. Der Reichtum der Leistungsgesellschaft hat die Exklusivität früherer Jahrzehnte hinweggefegt. Juden, Italiener, prominente Schwarze und Latinos – denen früher der Zugang verwehrt gewesen war – bilden jetzt die *Hautevolee* der Nordküste, wo sie in friedlicher, ja begeisterter Koexistenz mit den immer noch unter Schock stehenden Erben der weißen angelsächsischen Wohlstandselite protestantischen Glaubens leben.

Geld ist ein einzigartiger Gleichmacher. Die Gebühren der verschiedenen Clubs werden durch das Hereinströmen neuer Interessenten reduziert, deren großzügige Spenden für Pflege und Unterhalt der zahlreichen Anlagen dankbar akzeptiert werden.

Jay Gatsby lebt ewig, mit oder ohne Daisy – und Nick, dem Gewissen einer ganzen Ära.

Das Polomatch im Green Meadow Hunt Club war in wildem Gange, Ponys und Reiter in Schweiß gebadet, während Hufe dröhnten und Schläger wild durch die Luft kreisten mit nur einem Ziel, dem flüchtigen weißen Ball, der immer wieder unter den dahinrasenden Pferden quer über die Rasenfläche schoß. Plötzlich war von einem der Reiter ein gellender Schmerzensschrei zu hören. Er hatte in der Hitze der Jagd den Helm verloren. Sein Kopf war eine blutüberströmte Masse; anscheinend war sein Schädel gebrochen.

Alles kam zum Stillstand, als die Spieler von ihren Pferden sprangen und zu dem gefallenen Reiter rannten. Unter ihnen war ein Arzt, ein argentinischer Chirurg, der die Neugierigen auseinanderschob und neben dem Bewußtlosen niederkniete. Er blickte zu den erwartungsvollen Gesichtern empor. »Er ist tot«, sagte der Arzt.

»Aber wie konnte das passieren?« rief der Kapitän des Roten Teams, das des Toten. »Wenn einen ein Holzschläger trifft, geht man k. o. – das haben wir alle schon erlebt – aber, Herrgott noch mal, davon geht doch der Schädel nicht zu Bruch!«

»Was ihn getroffen hat, war auch nicht Holz«, sagte der Argentinier. »Ich würde sagen, es war viel schwerer – Eisen oder Blei vielleicht.« Sie standen in einer Nische der großen Stallungen, zusammen mit zwei uniformierten Streifenbeamten und dem Notarzt von Oyster Harbor, die man herbeigerufen hatte. »Man sollte eine Autopsie durchführen unter besonderer Berücksichtigung der Schädelverletzung«, fuhr der Arzt fort. »Schreiben Sie das bitte in Ihren Bericht.«

»Ja, Sir«, antwortete einer der Beamten.

»Was wollen Sie damit andeuten, Luis?« fragte ein anderer Reiter.

»Das liegt ziemlich auf der Hand«, antwortete der Beamte und blickte von seinem Block auf. »Er deutet an, daß es sich hier vielleicht nicht um einen Unfall handelt, habe ich recht, Sir?«

»Dazu steht mir keine Meinung zu, Officer. Ich bin Arzt, nicht Polizist. Ich gebe nur zu Protokoll, was ich gesehen habe.«

»Wie heißt der Tote, und hat er hier in der Gegend eine Frau oder Verwandte?« fragte der zweite Streifenbeamte und warf seinem Kollegen einen Blick zu.

»Giancarlo Tremonte«, erwiderte ein blonder Reiter, der seiner Redeweise nach zu den Alteingesessenen gehörte.

»Den Namen habe ich schon gehört«, sagte der erste Polizist.

»Durchaus möglich«, fuhr der blonde Polospieler fort. »Die Familie Tremonte stammt aus der Gegend um Mailand, vom Comer See. Sie sind recht bekannt. Sie verfügen über beträchtlichen Besitz in Italien und Frankreich und natürlich auch hier in den Staaten.«

»Nein, ich meine speziell Giancarlo«, sagte der Beamte mit dem Notizblock.

»Er steht oft in den Zeitungen«, sagte der Kapitän des Roten Teams. »Nicht immer in den besseren Blättern, obwohl sein persönlicher Ruf ausgezeichnet ist – ausgezeichnet war.«

»Warum wurde er dann so oft in den Zeitungen erwähnt?« fragte der zweite Polizist.

»Ich nehme an, weil er schrecklich reich war, an vielen gesellschaftlichen und wohltätigen Veranstaltungen teilnahm und etwas für Frauen übrig hatte.« Der Führer des Roten Teams nickte dem Streifenbeamten zu. »Das ist Wasser auf die Mühle drittrangiger Journalisten, Officer, aber wohl kaum eine Sünde. Schließlich hat er sich ja sein Elternhaus nicht ausgesucht.«

»Nein, wohl kaum, aber damit haben Sie schon eine meiner Fragen beantwortet. Es gibt hier keine Ehefrau, und falls es irgendwelche Freundinnen gibt, sind die bereits verschwunden. Natürlich um diesen drittrangigen Journalisten aus dem Weg zu gehen.«

»Da widerspreche ich Ihnen nicht.«

»Gar kein Problem, Mr. ...?«

»Albion, Geoffrey Albion. Mein Sommerhaus steht in Gull Bay, am Strand. Und soweit ich weiß, hat Giancarlo keine Verwandten hier in der Gegend. Nach meiner Kenntnis war er in den Staaten, um sich um die geschäftlichen Interessen der Familie Tremonte in Amerika zu kümmern. Als er das Wellstone-Anwesen gemietet hat, waren wir natürlich entzückt, ihn in Green Meadow aufzunehmen. Er ist – war – ein sehr talentierter Polospieler ... Dürfen wir seine sterblichen Überreste entfernen?«

»Wir dürfen ihn zudecken, Sir, aber er muß hierbleiben, bis unsere Vorgesetzten und der Gerichtsmediziner hier eintreffen. Je weniger man ihn von der Stelle bewegt, um so besser.«

»Wollen Sie damit andeuten, daß wir ihn draußen auf dem Feld hätten lassen sollen, vor all den Menschen?« fragte Albion etwas schroff. »Wenn ja, dann hätten Sie doch mit meinem Widerspruch zu rechnen. Es ist schon geschmacklos genug, daß Sie die Stelle, wo er gestürzt ist, mit Seilen abgesperrt haben.«

»Wir tun nur unsere Pflicht, Sir.« Der erste Polizeibeamte steckte seinen Notizblock ein. »Die Versicherungsgesellschaften sind in solchen Fällen sehr anspruchsvoll, besonders in Fällen, wo es Verletzte oder Tote gegeben hat. Sie wollen alles untersuchen.«

»Und weil wir gerade von untersuchen reden«, fügte der zweite Beamte hinzu, »wir brauchen die Schläger beider Teams, von jedem, der an dem Spiel teilgenommen hat.«

»Die hängen alle an der Wand dort drüben«, sagte der blonde Spieler mit der exakten, etwas nasalen Redeweise. An der Wand, auf die er deutete, waren Dutzende bunter Gestelle mit zinkenähnlichen Vorsprüngen angebracht, an denen die Poloschläger hingen. »Die Spieler von heute sind im roten Abschnitt, ganz links«, fuhr er fort. »Die Stallknechte spritzen sie ab, aber sie sind alle da.«

»Spritzen sie ab ...?« Der Beamte holte seinen Block wieder heraus.

»Dreck und Schlamm, alter Junge. Dort draußen kann es ziemlich schlammig werden. Sehen Sie nur, einige tropfen noch.«

»Ja, das sehe ich«, sagte der zweite Streifenbeamte mit leiser Stimme. »Bloß Wasser aus Schläuchen? Taucht man sie nicht in irgendwelche Reinigungslösungen oder dergleichen?«

»Nein, aber das wäre vielleicht eine gute Idee«, sagte ein weiterer Reiter, schüttelte zuerst den Kopf und nickte dann.

»Augenblick mal«, sagte der Beamte, trat vor das Gestell und sah sich die Schläger genauer an. »Wie viele müßten hier auf dem roten Gestell sein?«

»Das kommt darauf an«, sagte Albion herablassend. »Auf dem Feld sind acht Spieler, vier pro Mannschaft. Mit Ersatzspielern und Reserveschlägern. Es gibt da einen beweglichen gelben Zapfen, mit dem das gerade laufende Match von den Clubmitgliedern, die an dem Tag nicht spielen, abgegrenzt wird.«

»Ist das da der gelbe Zapfen?« fragte der Streifenbeamte und deutete auf ein auffällig lackiertes rundes Stück Holz.

»Also blau ist er nicht, oder?«

»Nein, das ist er nicht, Mr. Albion. Und er ist nicht bewegt worden, seit das Match heute nachmittag begonnen hat?«

»Warum sollte er denn bewegt werden?«

»Vielleicht sollten Sie fragen, weshalb der Zapfen nicht bewegt wurde? Zwei Schläger fehlen.«

Das Prominenten-Tennisturnier in Monte Carlo hatte Dutzende bekannter Darsteller aus Film und Fernsehen angezogen. Die meisten waren Amerikaner oder Briten, die mit den Prominenten Europas spielten – Angehörige des Adels und wohlhabende Griechen, Deutsche, ein paar französische Schriftsteller, die den Höhepunkt ihres Ruhms bereits hinter sich hatten, und einige Spanier, die Anspruch auf langvergessene Titel erhoben und darauf bestanden, daß man ihrem Namen das Wort *Don* voranstellte. Niemand nahm die Dinge sonderlich ernst, denn die nächtlichen Festivitäten waren extravagant, die Teilnehmer spiegelten sich in ihrem kurzen Ruhm – natürlich vor den Fernsehkameras –, und da die Veranstaltung von Monacos Fürstenhaus gesponsert wurde, hatten alle großen Spaß – und genossen die Publicity –, wobei auch die Wohltätigkeit zu ihrem Recht kam.

Im riesigen Hof des Palasts über dem Hafen war ein gewaltiges Büfett unter dem Sternenhimmel aufgebaut. Ein talentiertes Orchester sorgte für Stimmung, spielte in den unterschiedlichsten Stilarten, von Oper bis hin zu nostalgischem Pop – während international bekannte Sänger sich abwechselten, die Menge zu unterhalten, jedesmal mit Ovationen begrüßt, zu denen sich das elegante Publikum von den elegant gedeckten Tischen im Schein der kreisenden Scheinwerfer erhob.

»Manny, ich will meine Nummer in *Sixty Minutes* sehen, ist das klar?«

»Geht in Ordnung, Babe, ist doch logisch!«

»Cyril, warum bin ich hier? Ich spiele doch nicht Tennis!«

»Weil es hier von Studiochefs wimmelt! Geh hinauf, und trage irgend etwas mit deiner melodischen Stimme vor, und dreh dich dabei nach links und rechts, Profil, Mann!«

»Dieses Miststück hat meinen Song gestohlen!«

»Du hast dir kein Copyright dafür besorgt, Darling. Sing doch ›Smoke Gets In Your Eyes‹ oder so was!«

»Ich kenne den Text nicht ganz!«

»Dann mußt du eben summen und ihnen deine Titten vor die Nase halten. Die Schallplattenjungs sind hier!«

Inmitten der Zusammenkunft der Großen, beinahe Großen, nicht Großen und niemals Großen stand ein ruhiger Mann, ein bescheidener, wohlhabender Mann, ein Forscher, der sich mit Krebsstudien befaßte und als einer der Sponsoren in Monte Carlo war. Er hatte gebeten, anonym bleiben zu dürfen, aber nach Ansicht des Festausschusses verbot die Höhe seiner Großzügigkeit das. Er hatte sich im Namen seiner spanischen Familie bereit erklärt, eine kurze Ansprache zur Begrüßung der Gäste zu halten.

Jetzt stand er hinter einem Paravent im Hof und wartete darauf, daß man ihn zur Rednertribüne rief. »Ich bin ziemlich nervös«, sagte er zu einem Bühnenarbeiter, der neben ihm stand und darauf wartete, ihm auf die Schulter zu tippen, wenn er an der Reihe war. »Ich bin kein guter Redner.«

»Machen Sie es kurz und danken Sie ihnen. Mehr brauchen Sie nicht zu tun … Da, nehmen Sie ein Glas Wasser. Das ist gut für Ihre Stimme.«

»*Gracias*«, sagte Juan Garcia Guaiardo, Träger eines alten Adelstitels. Er trank und brach auf dem Weg zum Rednerpult zusammen. Zum Zeitpunkt seines Todes war der Bühnenarbeiter verschwunden.

Alicia Brewster, nach Dekret der Königin *Dame of the Realm*, entstieg vor dem Wohnsitz ihrer Familie am Londoner Belgravia Square ihrem Bentley. Sie war eine mittelgroße, eher kompakt wirkende Frau, deren selbstbewußter Gang sie viel größer erscheinen ließ, eine Frau, die man ernst zu nehmen hatte. Sie trat durch den von Säulen gesäumten Eingang ihres Hauses im edwardianischen Stil und wurde von ihren beiden Kindern begrüßt, die man aus ihren jeweiligen Internaten herbeigerufen hatte und die sie jetzt in der geräumigen, auf Hochglanz polierten Eingangshalle erwarteten: ein hochgewachsener, muskulöser junger Mann mit sympathischen Zügen und ein etwas kleineres, gleichermaßen attraktives Mädchen, beide noch keine zwanzig, beide besorgt, ja sogar verängstigt.

»Tut mir leid, daß ich euch nach Hause geholt habe«, sagte die Mutter, nachdem sie beide kurz umarmt hatte. »Ich dachte einfach, daß es besser wäre.«

»Dann ist es also so ernst?« fragte der ältere Bruder.

»So ernst, Roger.«

»Ich würde sagen, es war schon lange fällig«, sagte das Mädchen. »Du weißt ja, ich habe ihn nie gemocht.«

»Oh, ich schon, sogar sehr, Angela.« Alicia Brewster lächelte etwas bedrückt, während sie nickte. »Und ich war auch der Ansicht, daß ihr einen Mann im Haus braucht ...«

»In dieser Beziehung ließ er sicher einiges zu wünschen übrig, Mutter«, fiel ihr der Junge ins Wort.

»Also, er hat es nicht gerade leicht gehabt, gemessen an seinem Vorgänger. Euer Vater konnte einen erdrücken, nicht wahr? Erfolgreich, berühmt und ganz bestimmt dynamisch.«

»Damit hattest du auch eine Menge zu tun, Mum«, sagte die Tochter.

»Viel weniger, als du vielleicht glaubst, meine Liebe. Daniel ließ sich nicht viel dreinreden. Ich brauchte ihn viel mehr als er mich. Das Traurigste an seinem Hinscheiden war meiner Ansicht nach, daß es so prosaisch war, regelrecht banal – im Schlaf an einem Schlaganfall zu sterben. Allein der Gedanke daran hätte ihn schon fluchend in sein Fitneßstudio getrieben.«

»Was sollen wir denn tun, Mutter?« fragte Roger schnell, wie um den schmerzlichen Erinnerungen Einhalt zu gebieten.

»Das weiß ich gar nicht. Moralische Unterstützung geben, denke ich. Wie die meisten schwachen Männer ist euer Stiefvater sehr reizbar ...«

»Dann wäre er gut beraten, sich davon nichts anmerken zu lassen«, unterbrach sie der junge Mann. »Wenn er auch nur ein lautes Wort sagt, breche ich ihm den Hals.«

»Und Rog könnte das, Mum. Er wird dir das nicht sagen, aber er hat die Schülermeisterschaft im Ringen gewonnen.«

»Oh, hör schon auf, Angie, ich hatte ja keine Konkurrenz.«

»Ich habe das nicht im körperlichen Sinne gemeint«, stellte Alicia klar. »Dazu ist Gerald nicht der Typ. Er bekommt nur Schreikrämpfe. Es wird einfach unangenehm werden.«

»Warum überläßt du es dann nicht deinem Anwalt, Mutter?«

»Weil ich einfach wissen muß, warum er das getan hat.«

»Warum er was getan hat?« fragte Angela.

»Ich habe ihn, um ihn zu beschäftigen und um seine Selbstachtung zu steigern, in den Finanzausschuß unserer *Wildlife*-Gesellschaft gebracht, ihn sogar zum Präsidenten gemacht. Dann sind Unregelmäßigkeiten aufgetaucht, Überweisungen an nicht existierende Institutionen und solche Dinge ... also es läuft jedenfalls darauf hinaus, daß Gerald über eine Million Pfund Gesellschaftsgelder veruntreut hat.«

»Großer Gott!« entfuhr es dem Sohn.

»Aber warum? Er war doch nie knapp bei Kasse, seit du ihn geheiratet hast! Warum hast du ihn eigentlich geheiratet?«

»Er war so charmant, so lebendig – äußerlich war er eurem Vater in so vieler Hinsicht so ähnlich, aber nur äußerlich. Und, ehrlich gesagt, ich war schrecklich deprimiert. Ich hoffte, bei ihm Kraft und Stärke zu finden, bis ich dahinterkam, daß das alles nur aufgesetzt war ... Wo ist er?«

»In der Bibliothek oben, Mutter. Ich fürchte, er ist betrunken.«

»Ja, damit hatte ich gerechnet. Wißt Ihr, in gewisser Weise habe ich meinen Anwalt doch eingeschaltet. Das veruntreute Geld werde ich ersetzen, aber ich kann keine Anzeige erstatten oder dergleichen – wenn etwas an die Öffentlichkeit käme, wäre das für die Gesellschaft schlechte Publicity. Man hat ihm gesagt, er solle seine Koffer packen und sich darauf vorbereiten, nach dem Gespräch mit mir abzureisen. Das habe ich verlangt. Ich gehe jetzt hinauf.«

»Ich komme mit.«

»Nein, Lieber, das ist nicht notwendig. Wenn er herunterkommt, dann bring ihn zu seinem Wagen. Wenn er zu betrunken ist, um sich hinter das Steuer zu setzen, dann ruf Coleman; soll der Gerald fahren, wohin er will. Ich nehme an, zu seinem neuen Mädchen in High Holborn. Die beiden sind ziemlich dicke Freunde.«

Alicia stieg schnell und zielbewußt die Wendeltreppe hinauf, eine rächende Walküre, die Antworten haben wollte. Als sie vor der Tür der Bibliothek, Daniel Brewsters entweihtem Arbeitszimmer, stand, riß sie sie auf.

»Hallo, hallo!« rief der offensichtlich angeheiterte Gerald, der sich in einem dunkelbraunen Ledersessel fläzte, neben sich auf einem Beistelltisch eine Flasche Whisky, das halbleere Glas in der Hand. »Die reiche Hobbydetektivin trifft ein. Tut mir leid, altes Mädchen, aber weißt du, du wirst wirklich langsam alt, und du bist nicht mehr sehr einladend.«

»Warum, Gerry, sag mir, warum? Ich habe dir doch immer Geld gegeben, wenn du welches haben wolltest! Warum hast du das getan?«

»Hast du jemals als nutzloses Anhängsel einer reichen Zicke gelebt, die nicht einmal meinen Namen annehmen wollte? Nein, natürlich nicht, weil du ja die reiche Zicke bist!«

»Ich habe dir erklärt, warum ich den Namen Brewster behalten wollte, und du warst einverstanden«, sagte Lady Alicia und ging auf seinen Sessel zu. »Nicht nur wegen der Kinder, sondern auch weil man mich unter diesem Namen geehrt hat. Und im übrigen habe ich dich nie schäbig behandelt, und das weißt du. Du bist ein kranker Mann, Gerald, aber ich bin immer noch bereit, dir zu helfen, wenn du dich um ärztliche Hilfe bemühst. Vielleicht ist es tatsächlich meine Schuld, denn früher einmal hat das Leben mit dir Spaß gemacht, und du hast mich in meinem Kummer getröstet, das kann und werde ich nicht vergessen. Du hast mir geholfen, als ich Hilfe brauchte, Gerry, und deshalb werde ich jetzt dir helfen, wenn du dir helfen läßt.«

»Herrgott, ich kann Heilige nicht ertragen! Was kannst du jetzt für mich tun? Ich werde ein paar Jahre im Gefängnis verbringen, und was dann?«

»Nein, das wirst du nicht. Ich werde das Geld ersetzen, und du wirst England verlassen. Vielleicht nach Kanada gehen, oder in die USA. Dort kannst du dir helfen lassen. Aber in diesem Hause kannst du nicht mehr bleiben. Nimm mein Angebot an, Gerald. Es ist das letzte, das ich dir mache.«

Alicia stand vor ihrem Mann und sah ihn bittend an, als er plötzlich in die Höhe fuhr, ihren Rock packte und ihn über ihre Hüften hochriß. Eine Spritze tauchte in seiner Hand auf, die er in der Hosentasche versteckt gehalten hatte, während seine andere Hand ihr den Mund zuhielt. Er trieb ihr die Nadel durch den Strumpf in den Oberschenkel und hielt die Hand brutal über ihren Mund gepreßt, bis sie zusammenbrach. Sie war tot.

Der Mörder, der jetzt zum Schreibtisch ging und nach dem Telefon griff, war völlig nüchtern. Er wählte eine Codenummer in Frankreich, von wo das Gespräch nach Istanbul, dann in die Schweiz und schließlich – in den Computern unauffindbar – in die Niederlande weitergeleitet wurde. »Ja?« meldete sich der Mann in Amsterdam.

»Erledigt.«

»Gut. Und jetzt spielen Sie den verzweifelten Ehemann, den zerknirschten Schuldigen und verschwinden dort. Und denken Sie daran, nehmen Sie nicht Ihren Jaguar. Ein ganz normales Londoner Taxi erwartet Sie. Sie erkennen es daran, daß der Fahrer ein gelbes Taschentuch aus dem Fenster hält.«

»Sie werden mich schützen? Das haben Sie mir versprochen!«

»Sie werden den Rest Ihres Lebens an einem Ort in Luxus leben können, wo kein Gesetz Sie erreichen kann.«

»Das habe ich weiß Gott verdient – nach dem Zusammenleben mit dieser Zicke!«

»Ganz sicher. Beeilen Sie sich jetzt.«

Lady Brewsters zweiter Ehemann rannte weinend aus der Bibliothek. Er hetzte die Wendeltreppe hinunter, geriet dabei beinahe ins Straucheln, scheinbar von seinen Tränen geblendet, und jammerte die ganze Zeit: »Es tut mir leid. Es tut mir so leid! Ich hätte das nie tun sollen!« Jetzt war er in der Eingangshalle mit dem polierten Marmorboden, rannte an den Brewster-Kindern vorbei zur Tür, stieß sie auf und rannte nach draußen.

»Mutter muß ihm ganz schön die Leviten gelesen haben«, sagte Roger Brewster.

»Mum hat gesagt, du sollst aufpassen, wenn er in den Jaguar steigt. Dich vergewissern, ob er noch fahrtüchtig ist.«

»Scheiß drauf, kleine Schwester. Ich habe die Schlüssel. Dieser Mistkerl ist draußen.«

Am Bordstein in Belgravia wartete das Taxi auf Gerald, das gelbe Taschentuch hing aus dem Fahrerfenster. Er sprang auf den Rücksitz, sein Atem ging heftig. »Schnell!« rief er. »Man darf mich hier nicht sehen!« Plötzlich merkte Gerald, daß ein Mann neben ihm saß.

Kein Wort fiel, nur zwei schallgedämpfte Schüsse waren zu hören. »Fahren Sie zu der Eisenhütte im Norden von Heathrow«, sagte der Mann im Schatten. »Die Öfen dort brennen die ganze Nacht.«

3

Zwei Männer saßen einander an einem Konferenztisch in einem geheimen Strategiezimmer der Central Intelligence Agency in Langley, Virginia, gegenüber. Der ältere war der erste stellvertretende Direktor der CIA, der jüngere ein erfahrener Agent namens Cameron Pryce, ein Veteran des neuen kalten Friedens, dessen Laufbahn von Einsätzen in Moskau, Rom und London gekennzeichnet war. Pryce sprach mehrere Sprachen fließend: Russisch, Französisch und Italienisch und natürlich Englisch. Er war sechsunddreißig Jahre alt, ein Produkt der Georgetown University, die er mit dem Bachelor of Arts abgeschlossen hatte, der Maxwell School of Foreign Service, Syracuse, mit einem Abschluß als Master of Arts und schließlich der Princeton University, wo er vorgehabt hatte zu promovieren – dies aber im zweiten Studienjahr aufgab, als Langley ihn bereits zu diesem Zeitpunkt rekrutierte.

Warum? Weil Cameron Pryce in einer unveröffentlichten Seminararbeit unbekümmert, aber hartnäckig den Fall der Sowjetunion auf vier Monate genau vorhergesagt hatte. Leute mit solchem Verstand waren wertvoll.

»Sie haben die Akte gelesen?« fragte Deputy Director Frank Shields, ein kleiner, etwas übergewichtiger ehemaliger Analytiker mit hoher Stirn und Augen, die immer den Eindruck machten, als würde er sie gegen die Sonne zusammenkneifen.

»Ja, das habe ich, Frank, und ich habe mir keine Notizen gemacht, ehrlich«, sagte Pryce, ein hochgewachsener, schlanker Mann, dessen scharfe Gesichtszüge man nur mit einigen Abstrichen als attraktiv bezeichnen konnte. Er lächelte sanft. »Aber das wissen Sie natürlich. Die Gnomen hinter diesen scheußlichen Reproduktionen an den Wänden haben mich die ganze Zeit beobachtet. Dachten Sie, ich hätte vor, ein Buch zu schreiben?«

»Das haben schon welche getan, Cam.«

»Snepp, Agee, Borstein und ein paar andere tapfere Streiter, die manche unserer Methoden nicht gerade bewundernswert fanden ... Nicht mein Ding, Frank. Ich habe meinen Pakt mit dem Teufel gemacht, als Langley meine Studiendarlehen zurückgezahlt hat.«

»Darauf haben wir auch gebaut.«

»Bauen Sie bloß nicht zu hoch. Mit der Zeit hätte ich sie auch selbst zurückzahlen können.«

»Mit einem Dozentengehalt? Für eine Frau und Kinder und einen weißen Zaun ist auf dem Campus kein Platz.«

»Zum Teufel, dafür haben Sie ja auch gesorgt. Meine Beziehungen waren kurz und schmerzlos, und Kinder habe ich auch keine, wenigstens soweit mir bekannt ist.«

»Den Rest des Lebenslaufs können wir uns vielleicht sparen«, sagte der Deputy Director. »Was halten Sie von der Akte?«

»Das sind entweder Vorgänge, die überhaupt nicht miteinander in Verbindung stehen – oder wesentlich mehr. Das eine oder das andere, nichts dazwischen.«

»Und wenn Sie raten müßten?«

»Das kann ich nicht. Vier international bekannte, schwerreiche Leute werden zusammen mit ein paar gewöhnlichen Sterblichen getötet. Die Spuren führen ins Nichts. Und die Mörder verschwinden. Ich bin auf keinerlei Querverbindungen gestoßen, keine gemeinsamen Interessen oder Investitionen oder selbst oberflächliche gesellschaftliche Kontakte – was auch äußerst seltsam wäre. Da haben wir eine englische Lady mit philanthropischen Neigungen, einen spanischen Gelehrten aus einer wohlhabenden Familie in Madrid, einen italienischen Playboy aus Mailand und einen älteren französischen Finanzier mit mehreren Wohnsitzen und einem schwimmenden Palast, der ihm meistens als Zuhause diente. Das einzig Gemeinsame ist, daß es sich um völlig isolierte Morde handelt, daß es keinerlei Spuren gibt und daß alle vier im Zeitraum von achtundvierzig Stunden stattgefunden haben. Am achtundzwanzigsten und neunundzwanzigsten August, um es genau zu sagen.«

»Wenn es eine Verbindung gibt, dann müßte sie darin bestehen, nicht wahr?«

»Das habe ich gerade gesagt, aber mehr gibt es ...«

»Doch, es gibt noch mehr«, fiel ihm der Deputy Director ins Wort.

»Was?«

»Informationen, die wir aus der Akte gelöscht haben.«

»Um Himmels willen, warum? Die Akte hat doch ohnehin die höchste Geheimhaltungsstufe.«

»Manchmal geraten diese Akten in falsche Hände, nicht wahr?«

»Nicht, wenn man richtig damit umgeht... Herrgott, Sie meinen das wirklich ernst, das ist ernst.«

»Sogar im höchsten Maße.«

»Dann sind Sie mir gegenüber nicht fair, Frank. Sie haben mich aufgefordert, Unterlagen auszuwerten, die nicht komplett waren.«

»Sie haben die richtigen Antworten geliefert. Das Fehlen jeder Art von Spuren und die Zeitspanne.«

»Das hätte jeder andere auch getan.«

»Wohl nicht so schnell, aber wir suchen auch gar keinen anderen, Cam. Wir wollen Sie haben.«

»Ein wenig Schmeichelei, eine Prämie und eine Erhöhung meines Fonds für Notfälle sichert Ihnen meine ungeteilte Aufmerksamkeit. Was fehlt denn noch?«

»Nur mündlich übermittelt, nichts Schriftliches.«

»Sehr, sehr ernst...«

»Ja, ich fürchte schon. Zunächst einmal müssen wir uns mit dem natürlichen Tod einer alten Frau tausend Meilen von Moskau entfernt vor einigen Monaten befassen. Der Priester, der ihrem Ende beigewohnt hat, hat schließlich, nachdem er lange Zeit mit sich zu Rate gegangen war, einen Brief an die russischen Behörden geschickt. Er schrieb darin, die Ehefrau des führenden Kernphysikers der Sowjetunion, der angeblich während einer Jagd von einem Bären getötet wurde, habe gesagt, ihr Mann sei in Wirklichkeit von unbekannten Männern ermordet worden, die auf das Tier geschossen und es auf den Wissenschaftler gehetzt hätten. Anschließend seien sie verschwunden.«

»Augenblick mal!« sagte Pryce rasch. »Ich war damals noch ein Kind, aber ich erinnere mich daran. Ich habe davon gelesen oder es im Fernsehen gehört. ›Juri‹ hat der Mann geheißen, oder so ähnlich. Es war etwas, was die Phantasie eines Kindes anregt – ein berühmter Mann von einem wilden Tier zerrissen. Ja, ich erinnere mich.«

»Leute meines Alters erinnern sich ganz deutlich daran«, sagte Shields. »Ich hatte gerade bei der Firma angefangen, aber hier in Langley war allgemein bekannt, daß Juriewitsch gegen die Verbreitung von Kernwaffen war. Wir haben seinen Tod betrauert; einige von uns bezweifelten sogar, daß die Berichte der Wahrheit entsprachen – es gab einen Bericht, wonach Juriewitsch in Wirklichkeit erschossen und nicht von dem Bären zerfleischt worden war –, aber die eigentliche

Frage, die allem zugrunde lag, war, was Moskau eigentlich veranlassen könnte, die Exekution seines fähigsten Physikers anzuordnen?«

»Und die Antwort darauf?« fragte der ehemalige Agent.

»Die bekamen wir nicht. Und so haben wir schließlich den TASS-Bericht akzeptiert.«

»Und jetzt?«

»Jetzt sieht die Gleichung völlig anders aus. Die alte Frau hat offenbar mit ihrem letzten Atemzug eine Organisation, die sich die Matarese nennt, beschuldigt, am Tod ihres Mannes, seiner Ermordung, schuld zu sein, und behauptet, diese Matarese sei – das sind ihre eigenen Worte – ›das Böseste, was es auf dieser Welt gibt‹. Klingt das irgendwie vertraut, Cam?«

»Nein. Nur in einem Punkt – es gibt auch keine Spuren, ebenso wie bei diesen jüngsten Morden.«

»Gut. Genau das wollte ich hören. Jetzt machen wir einen Sprung in die Gegenwart zu diesem französischen Finanzier, René Pierre Mouchistine, der auf seiner Jacht niedergeschossen wurde.«

»Zusammen mit vier Anwälten aus vier verschiedenen Ländern«, fügte Pryce hinzu. »Keine Fingerabdrücke, was darauf schließen läßt, daß die Mörder Gummihandschuhe trugen, keine Patronenhülsen, die uns irgendwie weiterhelfen, weil sie ein weitverbreitetes Fabrikat waren, und keine Zeugen, weil die Mannschaft während der Konferenz das Boot hatte verlassen müssen.«

»Keine Zeugen, keine Spuren – nichts.«

»Das ist richtig.«

»Tut mir leid. Es ist falsch.«

»Schon wieder eine Überraschung, Frank?«

»Und was für eine«, sagte der Deputy Director. »Ein enger Freund, der fast dreißig Jahre als Kammerdiener in Mouchistines Diensten stand, schaffte es, mit unserem Botschafter in Madrid Verbindung aufzunehmen. Ein Treffen wurde vereinbart, und dabei gab dieser Mann, ein gewisser Antoine Lavalle, eine vertrauliche Aussage zu Protokoll und bestand darauf, daß man sie der wichtigsten nachrichtendienstlichen Organisation in Washington zuleiten solle. Zum Glück hat sie uns trotz des Senats erreicht.«

»Das möchte ich doch hoffen«, sagte Pryce.

»Hoffnung ist in Washington eine sehr flüchtige Sache«, sagte Shields. »Aber da es Computer gibt, hatten wir Glück. Der Name

Matarese ist erneut aufgetaucht. Mouchistine hat, ehe er seinen Verletzungen erlag, zu Lavalle gesagt, ›die Matarese sind wieder da‹. Und dieser meint, sein Arbeitgeber sei sich dessen ganz sicher gewesen, weil diese Matarese, wer auch immer das ist, über die Konferenz informiert waren und sie verhindern wollten.«

»Warum?«

»Wie es scheint, wollte Mouchistine sein ganzes Finanzimperium auflösen, alles an wohltätige Institutionen übergeben. Mit einem derartigen Vermächtnis gab er die wirtschaftliche Macht auf, die von seinen weitverzweigten Gesellschaften ausgeübt wurde, die im wesentlichen nach strikten Anweisungen Mouchistines von seinen Vorständen und Anwälten geführt wurden. Lavalle sagt, die Matarese konnten das nicht akzeptieren; sie mußten das verhindern, also haben sie ihn getötet.«

»Wer führt jetzt diese internationalen Gesellschaften, seit Mouchistine tot ist?«

»Die sind dermaßen ineinander verschachtelt, daß es Monate, wenn nicht Jahre dauern wird, alles zu entwirren.«

»Aber irgendwo in den Höhlen der Finanzwelt könnten die Matarese lauern, verstehe ich das richtig?«

»Wir wissen es nicht, aber wir nehmen es an. Das Ganze ist so wenig greifbar, daß wir es einfach nicht wissen.«

»Was wollen Sie von mir?«

»Mouchistines Auftrag an Lavalle lautete: ›Finden Sie Beowulf Agate.‹«

»Wen?«

»Beowulf Agate. Das war die Codebezeichnung des KGB und der ostdeutschen Stasi für Brandon Scofield, unseren erfolgreichsten Mann während des kalten Krieges. Das Verrückte ist, daß er sich schließlich mit einem Mann zusammengetan hat, den er haßte und der ihn haßte, als sie beide die Matarese in Korsika aufspürten.«

»In Korsika? Das ist Wahnsinn!«

»Der andere hieß Wassilij Taleniekov, Codename ›Schlange‹, ein berüchtigter Offizier des KGB-Nachrichtendienstes. Er hatte die Ermordung von Scofields Frau arrangiert, und Scofield hatte Taleniekovs jüngeren Bruder getötet. Sie waren Todfeinde, bis sie sich beide einem Feind gegenübersahen, der größer war als sie beide.«

»Die Matarese?«

»Die Matarese. Am Ende hat Taleniekov sich selbst geopfert, um

Beowulf Agate das Leben zu retten, ihm und der Frau, die Scofield inzwischen geheiratet hat.«

»Großer Gott, das klingt wie eine griechische Tragödie.«

»In vielfacher Hinsicht war es das auch.«

»Also?«

»Sie sollen Beowulf Agate finden. Die ganze Geschichte von ihm erfahren. Das ist ein Anfang. Und niemand kennt sie besser als Scofield.«

»Hat er denn nie berichtet?«

»Scofield war nicht sehr kooperativ. Er sagte, sein Auftrag sei erledigt und aus alten Geschichten gebe es nichts zu lernen. Alle, auf die es ankomme, seien tot. Er wolle bloß aus dem Ganzen raus, und zwar verdammt schnell.«

»Das ist ein höchst eigenartiges Verhalten.«

»Er hielt es für gerechtfertigt. Sie müssen wissen, es gab da einen Punkt, da hatte man ihn als ›Nicht zu retten‹ eingestuft.«

»Zur Exekution freigegeben?« fragte Pryce erstaunt. »Von den eigenen Leuten?«

»Man war der Ansicht, daß er für unsere Leute überall auf der Welt gefährlich sei. Er kannte sämtliche Geheimnisse. Der Präsident selbst mußte sich einschalten, um das ›Nicht zu retten‹ rückgängig zu machen.«

»Aber warum hatte man es denn überhaupt veranlaßt?«

»Ich sagte Ihnen doch gerade, Scofield war so etwas wie eine wandelnde Zeitbombe. Er war zum Feind übergegangen; er und Taleniekov hatten zusammengearbeitet.«

»Um diese Matarese zu kriegen!« protestierte Pryce.

»Das haben wir erst später erfahren. Beinahe zu spät.«

»Vielleicht sollte ich besser unseren Präsidenten kennenlernen ... Okay, ich werde versuchen, ihn zu finden. Wo fange ich an?«

»Er hat sich in die Karibik zurückgezogen, auf eine der Inseln. Wir haben bereits unsere Fühler ausgestreckt, aber bis jetzt liegen uns keinerlei konkrete Informationen vor. Wir geben Ihnen alles, was wir haben.«

»Vielen herzlichen Dank. Das ist ein ziemlich großes Gebiet mit einer ganzen Menge Inseln.«

»Vergessen Sie nicht, wenn er noch am Leben ist, ist er jetzt Mitte sechzig. Seine Ausweisfotos von damals werden also nicht viel nützen.«

»›Beowulf Agate‹, was für ein blöder Name.«

»Ich weiß nicht. Das ist auch nicht schlimmer als Taleniekovs Name – Schlange. Übrigens, Ihr Code in Taschkent lautete ins Englische übersetzt »Nockenwelle Miezekatze«.

»Ach, halten Sie doch den Mund, Frank.«

Das Wasserflugzeug landete in den ruhigen Gewässern des Charlotte-Amalie-Hafens in St. Thomas auf den Virgin Islands. Dann fuhr es zu der Streifenstation der Coast Guard am linken Ufer, wo Cameron Pryce über die schwankende Leiter auf den Steg hinunterkletterte. Der junge Stationskommandant in seiner weißen Uniform empfing ihn. »Willkommen in Charlotte *Ah-ma-lie«*, sagte der Marineoffizier und schüttelte ihm die Hand, »und wenn Sie hier nicht anecken wollen, sollten Sie das auch so aussprechen.«

»Ganz Ihrer Ansicht, Lieutenant. Wo soll ich anfangen?«

»Zunächst einmal hat man für Sie einen Tisch im Eighteen Sixty-nine House auf dem Berg reserviert. Verdammt gutes Restaurant, und im übrigen war der Typ, dem es gehört, einmal in Ihrer Branche tätig. Er wird also den Mund halten.«

»›Einmal‹ erfüllt mich nicht gerade mit Vertrauen ...«

»Verlassen Sie sich darauf, Sir. Er war bei der AID in Vientiane, und die Agency hat ein Versorgungsflugzeug auf ihn plumpsen lassen. Wie hätte er sich sonst das Hotel leisten können?«

»Er ist vom Glück gesegnet. Haben Sie was für mich?«

»Scofield hat seine Charterfirma hier vor ein paar Jahren aufgegeben und sie nach British Tortola verlegt. Die dort hat er auch geschlossen, aber er hat dort immer noch ein Postfach.«

»Und das heißt, daß er gelegentlich hinkommt, um seine Post abzuholen.«

»Oder jemanden mit einem Schlüssel schickt. Er kriegt dort jeden Monat seinen Pensionsscheck und dazu vermutlich Anfragen wegen seiner Charterboote.«

»Dann segelt er also immer noch?«

»Ja, unter einem neuen Namen. ›Tortola Caribbean‹, ein Steuerschlupfloch, wenn Sie mich fragen, und das ist irgendwie dämlich, weil er die letzten fünfundzwanzig Jahre keine Steuern bezahlt hat.«

»Bei Leuten seines Schlages ist das so was wie eine Berufskrankheit. Wo ist er jetzt?«

»Wer weiß das schon?«

»Dann hat ihn niemand gesehen?«

»Nicht offiziell jedenfalls, und wir haben uns umgehört. Diskret natürlich.«

»Jemand muß doch seine Post abholen ...«

»Hören Sie, Sir, wir haben diese Anfrage erst vor acht Tagen bekommen, und wir haben Freunde in Tortola«, sagte der Lieutenant der Coast Guard. »Die haben keine Ahnung. Tortola ist eine Insel von ungefähr zwanzig Quadratmeilen mit nicht einmal zehntausend Einwohnern, hauptsächlich Eingeborene und Briten. Das Hauptpostamt ist in Road Town, und die Post kommt dort recht unregelmäßig, und die Angestellten schlafen die meiste Zeit. Ich kann auch nichts dagegen tun, aber wir leben hier schließlich in den Tropen.«

»Jetzt werden Sie nicht sauer. Ich frage doch nur.«

»Ich bin nicht sauer, ich bin frustriert. Wenn ich Ihnen wirklich helfen könnte, würde das in meinen Akten gut aussehen, und ich käme dann vielleicht sogar von diesem gottverdammten Kaff hier weg. Aber ich kann einfach nicht. Dieser Hurensohn Scofield ist praktisch verschwunden.«

»Nicht, wenn er ein Postfach hat, Lieutenant. Es kommt nur darauf an, es zu beobachten.«

»Wenn Sie mir verzeihen wollen, Mr. Pryce, aber ich darf meinen Stützpunkt nicht verlassen und meinen Arsch nach Tortola verfrachten.«

»Gesprochen wie ein Offizier und Gentleman, junger Mann. Aber Sie könnten jemanden engagieren, der genau das tut.«

»Womit denn, wenn ich fragen darf? Mein Budget ist so knapp, daß ich auf freiwillige Helfer angewiesen bin, wenn ein lausiger Katamaran nicht ans Ufer kann!«

»Entschuldigung, das hatte ich vergessen. Solche Entscheidungen treffen Bürokraten in Nadelstreifenanzügen. Wahrscheinlich sind die der Meinung, St. Thomas sei ein katholisches Territorium im Pazifik ... Beruhigen Sie sich, Lieutenant, ich kann bei diesen Typen einiges ausrichten. Wenn Sie mir helfen, helfe ich Ihnen.«

»Wie?«

»Besorgen Sie mir eine Fluggelegenheit nach Tortola ohne Ausweispapiere.«

»Ein Kinderspiel.«

»Augenblick, ich bin noch nicht fertig. Schicken Sie einen Ihrer Kutter in den Hafen von Road Town, unter mein Kommando.«

»Das schaffe ich nicht.«

»Ich sorge dafür, daß Sie die Genehmigung bekommen. Das wird sich gut in Ihren Personalakten ausmachen.«

»Verdammt will ich sein...«

»Das werden Sie auch, wenn Sie mir Schwierigkeiten machen. Gehen wir, Lieutenant, ich muß mir einen Stützpunkt einrichten. Funkverbindung und all der übrige Scheiß.«

»Sie meinen es ernst, was?«

»Worauf Sie sich verlassen können, junger Mann. Vergessen Sie das ja nicht, und ganz besonders jetzt.«

»Hinter was sind Sie her?«

»Hinter jemandem, der die Wahrheit über eine alte Geschichte mit vielen Verästelungen kennt. Und das ist alles, was Sie darüber wissen müssen.«

»Das sagt mir aber nicht viel.«

»Ich weiß auch nicht viel mehr. Und zwar solange nicht, bis ich Scofield gefunden habe. Helfen Sie mir.«

»Sicher, natürlich. Ich kann Sie selbst auf unserem zweiten Kutter nach Tortola hinüberbringen, wenn Sie mögen.«

»Danke, nein. Jachthäfen werden beobachtet, und die Einreiseformalitäten sind ziemlich genau – unter anderem wegen der Steuerschlupflöcher, die Sie erwähnt haben. Ich bin sicher, daß Sie eine Landebahn außerhalb der üblichen Routen für mich ausfindig machen können oder eine Stelle, wo ein Wasserflugzeug landen kann.«

»Das kann ich allerdings. Wir greifen darauf zurück, wenn wir auf Rauschgiftschmuggler Jagd machen.«

»Dann greifen Sie bitte jetzt darauf zurück.«

Am dritten Tag der Überwachung lag Pryce bei Sonnenuntergang in einer Hängematte zwischen zwei kräftigen Palmen am Inselstrand. In seiner Tropenkleidung – Bootsschuhe, Shorts und eine leichte Guayabera-Jacke – konnte man ihn nicht von dem guten Dutzend anderer Touristen unterscheiden, die sich am Strand entspannten. Der Inhalt seiner »Strandtasche« machte den Unterschied aus. Während andere mit Sonnenschutzcreme, zerknitterten Zeitschriften und Taschenbüchern gefüllt waren, deren Inhalt man vergaß, sobald man sie gelesen hatte, enthielt seine Tasche zunächst ein Handy, das ihm gestattete, sowohl mit St. Thomas als auch mit dem im Hafen von Tortola vor Anker liegenden Kutter der Küstenwache Kontakt aufzunehmen, und das darüber hinaus für die Satellitenkommunikation eingerichtet war. Außerdem waren da noch eine Waffe im Holster, eine Automatic .45 Star PD mit fünf Magazinen, ein Jagdmesser in einer Gürtelscheide, eine Taschenlampe, ein Infrarotnachtglas, Karten von Tortola und den umliegenden Inseln, ein Erste-Hilfe-Kasten und zwei Feldflaschen, eine mit Quellwasser gefüllt, die andere mit McKenna Sour Mash Bourbon. Die Erfahrung hatte Pryce gelehrt, daß jeder einzelne dieser Gegenstände in unerwarteten Situationen von großem Nutzen sein konnte.

Er war gerade im Begriff einzudösen, als das leise Summen des Telefons durch das Futter seiner Tasche drang. Er griff nach unten, zog den Reißverschluß auf und holte das Telefon heraus. »Ja?« sagte er leise.

»Endlich passiert was, Mann!« meldete sich einer der schwarzen Tortolaner, die der Lieutenant in St. Thomas für das Überwachungsteam rekrutiert hatte; er rief vom Postamt in Road Town aus an.

»Das Postfach?«

»Nicht viel drin, aber sie hat alles mitgenommen.«

»Sie?«

»Eine weiße Lady, Mann. Mittleres Alter, vielleicht vierzig oder fünfzig, schwer zu sagen, weil sie fast so dunkel ist wie wir, von der Sonne.«

»Haar? Größe?«

»Halb grau, halb gelb. Ziemlich groß. Vielleicht drei, vier flache Hände über fünf Fuß.«

»Das war seine Frau. Wo ist sie hingegangen?«

»In einen Jeep, Mann, kein Nummernschild. Ich glaub, sie fährt zur Spitze.«

»Welcher Spitze?«

»Die hat 'ne Menge Namen, aber nur eine Straße. Ich folge ihr auf meinem Moped. Muß mich beeilen, Mann.«

»Bleiben Sie dran!«

»Rufen Sie das Kutterboot. Sagen Sie, sie sollen nach Osten fahren, nach Heavy Rock, die wissen Bescheid.«

Cameron Pryce schaltete ab, wählte eine andere Nummer und sprach mit dem Skipper des Coast-Guard-Kutters. »Fahren Sie zum Pier, dann komme ich an Bord. Kennen Sie einen Ort, der sich Heavy Rock nennt?«

»Oder ›Lotsa Rock‹, oder ›Big Stone Point‹, oder ›Black Rock Angel‹?... Sicher, der Name hängt davon ab, wo man auf Tortola wohnt. Nachts ist das ein beliebter Landeplatz für die *contrabandistas*. Die älteren Eingeborenen sagen, der Ort sei verhext, Obeah, das ist so etwas wie Voodoo.«

»Da fahren wir hin.«

Die langen Schatten der orangefarbenen Sonne, die gerade hinter dem Horizont verschwand, streichelten die sanften Wellen der Karibik, als der Kutter langsam, fast träge die Küsten entlangfuhr. »Da ist es«, sagte der Marineoffizier, ein Lieutenant, der noch jünger als der Stützpunktkommandant in St. Thomas war. »Das ist ›Big Stone Mother‹«, fügte er hinzu und deutete auf einen gewaltigen klippenähnlichen Felsbrocken, der so aussah, als wäre er dem Meer entstiegen.

»Noch ein Name, Lieutenant? ›Big Stone Mother‹?«

»Den haben wir ihm gegeben. Wir kommen hier nicht gern her, weil es hier zu viele Untiefen gibt.«

»Dann bleiben wir ein Stück vom Ufer entfernt. Wenn ein Boot herauskommt, werden wir es sehen.«

»Zigarre steuerbord Nordwest«, sagte plötzlich eine Stimme aus der Sprechanlage.

»Scheiße!« rief der junge Skipper aus.

»Was zum Teufel soll das jetzt wieder?« fragte Pryce. »Eine Zigarre?«

»Zigarrenboot, Sir. Wir sind schnell, aber denen sind wir nicht gewachsen.«

»Bitte, setzen Sie mich ins Bild, Lieutenant.«

»Gern. Die Rauschgiftschmuggler benutzen am liebsten Zigarren. Die sind schneller als alles andere, was es auf dem Wasser gibt. Deshalb rufen wir Flugzeuge, wenn wir wissen, daß welche eingesetzt werden. Aber nach Einbruch der Dunkelheit können wir trotz unserer modernen Anlagen hier und in der Luft nichts ausrichten. Die Zigarren sind zu schnell und zu klein.«

»Und ich dachte, das wäre so leicht wie das Rauchen.«

»Sehr lustig... Sir. Wenn das Objekt Vollgas gibt, verlieren wir es. Mit Aufhalten oder Entern ist da nichts drin.«

»Ich will niemanden aufhalten und ganz bestimmt niemanden entern, Lieutenant.«

»Dann sagen Sie mir bitte, Sir, warum zum Teufel wir hier sind?«

»Ich möchte genau wissen, wo das Zielobjekt hinfährt. Das können Sie doch feststellen, oder?«

»Wahrscheinlich. Wenigstens zu einer Landmasse, einer Insel vielleicht. Aber davon gibt es eine ganze Menge, und wenn er eine davon anläuft, und wir ihn ins Radar kriegen, und er dann wieder zur nächsten weiterfährt, ist Schluß!«

»Sie, Lieutenant, sie.«

»Oh? Also auf die Idee wäre ich nie gekommen.«

»Machen Sie jetzt Ihre Radarpeilung, ich riskiere es.«

Die fragliche kleinere Insel hieß auf den Karten einfach »Outer Brass 26«. Unbewohnt; kaum Vegetation; nicht für künftige Besiedlung geplant. Es handelte sich um nicht einmal vier Quadratmeilen Vulkangestein, die die Tiefen des Ozeans ausgespien hatten, mit ein paar Hügeln, auf denen die Großzügigkeit der Tropensonne und die regelmäßigen Regenfälle am Nachmittag dichtes Grün hatten entstehen lassen, das sich im Lauf der Zeit bis hinunter in die Täler ausgebreitet hatte. Obwohl die Insel früher einmal als Teil der spanischen Karibik betrachtet worden war, hatte in jüngster Zeit niemand regelrechte Besitzansprüche angemeldet. Die Insel war ein Waisenkind in einem Meer illegitimer Kinder, und niemand interessierte sich für sie.

Cameron Pryce stand mit einem Taucheranzug bekleidet, den ihm die Coast Guard zur Verfügung gestellt hatte, mittschiffs. Eine Leiter führte zu einem Schlauchboot mit einem leisen Drei-PS-Motor hinunter, das ihn ans Ufer tragen würde. In der linken Hand hielt er seine wasserdichte Flugtasche mit den ausgesuchten Gegenständen.

»Es kommt mir verdammt komisch vor, Sie einfach hier allein zu lassen, Sir«, sagte der sehr junge Skipper des Schiffs.

»Nicht nötig, Lieutenant. Deshalb bin ich ja hergekommen. Außerdem kann ich Sie jederzeit erreichen, wenn ich will, oder?«

»Natürlich. Wir warten hier draußen, Ihren Instruktionen gemäß, ungefähr fünf Meilen vom Land entfernt, außer Sichtweite bei entsprechendem Licht.«

»Bei Tag bleiben Sie einfach vor der Sonne. Die alten Indianerfilme hatten in dem Punkt eindeutig recht.«

»Ja, Sir, das lernen wir in unseren Kursen zur Gefechtstaktik auch. Viel Glück, Mr. Pryce. Und Waidmannsheil, was auch immer Ihr Ziel ist.«

»Ich werde von beidem ein wenig brauchen.« Cameron Pryce kletterte die Leiter zu dem schwankenden PVC-Boot hinunter.

Der Motor gab gurgelnde Laute von sich, als Pryce das kleine Boot langsam ans Ufer steuerte. Er entschied sich für einen Strandabschnitt, der ihm im Mondlicht wie eine kleine Bucht erschien; ein paar Palmen standen dort und boten Deckung. Er sprang aus dem Boot, zog es zwischen den Felsen auf den Sand und band es am Stamm einer Palme fest. Dann nahm er seine wasserdichte Tasche heraus und hängte sie sich über die rechte Schulter.

Er wußte, wonach er zunächst Ausschau halten mußte: Licht. Ein Feuer oder Batteriebeleuchtung, das eine oder das andere. Auf einer verlassenen Insel ohne beides zu leben war nicht nur unbequem, sondern schlichtweg gefährlich. Er setzte sich nach rechts in Bewegung, ging vorsichtig am felsigen Ufer entlang und spähte immer wieder in das dichte Blattwerk zu seiner Linken. Keinerlei Spuren von Licht oder Leben zu erkennen. So trottete er fast zwanzig Minuten dahin, nur von Dunkelheit umgeben, bis er es schließlich sah. Aber es war weder Licht noch Feuer, nur ahnbare metallische Reflexe im Mondlicht; eine Unzahl kurzer im Boden verankerter Stangen mit Spiegeln oben drauf, die zum Himmel gerichtet waren. Er ging auf sie zu, riß die Taschenlampe heraus und sah die Drähte, die die Stangen miteinander verbanden. Es waren Dutzende; sie bildeten am felsigen Ufer einen Halbkreis. Fotozellen, die die Sonnenstrahlen vom frühen Morgen bis in die Mittagsstunden hinein auffingen. Als er weitersuchte, fand er ein dickes Kabel, das in den Tropenwald hineinführte. Er folgte dem Kabel ein Stück, bis ihn eine schroffe Stimme von hinten auf Englisch ansprach:

»Suchen Sie jemanden? Falls ja, gehen Sie recht amateurhaft vor.«

»Mr. Scofield, nehme ich an.«

»Da wir nicht in Afrika sind, und Sie nicht Henry Stanley sind, trifft Ihre Annahme zu. Nehmen Sie die Hände hübsch hoch, und gehen Sie geradeaus weiter. Das ist unser Kabelstrang, also schalten Sie Ihre Taschenlampe ein, weil ich Ihnen nämlich ein Loch in den Kopf schieße, wenn Sie das Kabel kaputtmachen. Dazu hat es zu viel Mühe gemacht, es hier zu installieren.«

»Ich komme in Frieden, Mr. Scofield, und habe nicht die leiseste Absicht, Ihren Aufenthaltsort preiszugeben«, sagte Pryce und setzte sich vorsichtig in Bewegung. »Wir sind an Informationen interessiert, die unserer Ansicht nach nur Sie liefern können.«

»Warten wir doch ab, bis wir am Haus sind, Mr. Pryce.«

»Sie wissen, wer ich bin?«

»Aber sicher. Man sagt, Sie seien der beste, vermutlich besser als ich je war... Nehmen Sie die Hände runter. Die Palmblätter schlagen Ihnen sonst ins Gesicht.«

»Vielen Dank.«

»Gern geschehen.« Plötzlich schrie Scofield. »Alles okay. Schalte das Licht ein, Antonia. Er war gerissen genug, uns zu finden, also mach eine Flasche Wein auf.«

Auf einmal erhellten zwei Scheinwerfer die Lichtung und ließen eine große einstöckige Hütte aus Tropenholz und eine natürliche Lagune zu ihrer Rechten erkennen.

»Herrgott, das ist schön!« rief der CIA-Agent aus.

»Wir haben ziemlich lange gebraucht, um diese Stelle zu finden, und noch länger, um das hier zu bauen.«

»Sie haben es selbst gebaut?«

»Zum Teufel, nein, natürlich nicht. Die Dame des Hauses hat es entworfen, und ich habe dann Leute von St. Kitts und anderen Inseln für die Arbeit hergeholt. Da ich Ihnen die Hälfte im voraus bezahlt habe, hat keiner sich daran gestört, daß ich ihnen ab Tortola die Augen verbunden habe. Der Diskretion wegen, junger Mann.«

»Jung, und doch nicht so jung«, wandte Pryce ein.

»Das kommt darauf an, wie alt man selbst ist, Kollege«, sagte Scofield und trat in den Lichtschein. Ein kurzer weißer Bart und langes graues Haar rahmten das Gesicht ein, aber die Augen strahlten hinter einer stahlgeränderten Brille hell und jugendlich. »Uns gefällt es hier.«

»Sie sind so allein...«

»Eigentlich nicht. Toni und ich fahren häufig mit der Zigarre nach Tortola hinüber, fliegen mit einem Inselhüpfer nach Puerto Rico und nehmen dann einen Linienflug nach Miami oder sogar nach New York. Ich habe wie Sie, falls Sie ein Hirn im Kopf haben, ein halbes Dutzend Pässe, mit denen ich überall durchkomme.«

»Ich habe kein Hirn im Kopf«, gab Pryce zu.

»Dann besorgen Sie sich eines. Vielleicht werden Sie eines Tages feststellen, daß das alles ist, was Ihnen bleibt. Sobald Sie einmal ein paar hunderttausend aus Ihrem Reservefonds abgezweigt haben. Natürlich auf Auslandskonten deponiert.«

»Das haben Sie getan?«

»Haben Sie eine Ahnung, was man sich mit unserer Pension leisten kann? Vielleicht eine Eigentumswohnung in Newark in einem schlechten Stadtviertel. Damit wollte ich mich nicht zufrieden geben. Ich habe mehr verdient.«

»Die Matarese«, sagte Pryce leise. »Sie sind wieder da.«

»Das ist völlig ausgeschlossen, Pryce. Ein alter Freund in Washington hat mich angerufen und gesagt, er habe gehört, daß Sie mich suchen – ja, ich habe dieselben Telefone wie Sie –, aber Sie werden es nicht schaffen, mich in diese Hölle zurückzuzerren.«

»Wir wollen Sie gar nicht zurückzerren, Sir, wir wollen nur die Wahrheit, so wie Sie sie kennen.«

Scofield gab keine Antwort. Statt dessen sagte er, als sie die kleine Treppe erreicht hatten, die ins Innere der Hütte führte: »Kommen Sie rein, und ziehen Sie diese Montur aus. Sie sehen aus wie *Spiderman*.«

»Ich habe Klamotten in meiner Tasche.«

»So eine Tasche hatte ich auch. Shorts zum Wechseln und eine Garotte, eine leichte Windjacke und ein paar Waffen, vielleicht Unterwäsche und ein Jagdmesser. Und Whiskey, den darf man ja nicht vergessen.«

»Ich habe Bourbon ...«

»Dann haben die Jungs in D.C. recht. Aus Ihnen kann noch was werden.«

Innen war die Hütte – eigentlich war es eher ein mittelgroßes Haus – fast völlig weiß und von ein paar Stehlampen beleuchtet. Weiße Wände, weiße Möbel, weiße Bogengänge in andere Zimmer, alles, um die Sonnenstrahlen zu reflektieren. Und neben einem Korbsessel stand Scofields Frau. So wie der Tortolaner vom Postamt berichtet hatte, war sie groß, üppig, aber keinesfalls korpulent und mit dieser ganz besonderen Mischung aus grauem und strohblondem Haar, die ihr Alter verrieten. Ihr Gesicht war fein geschnitten, aber kräftig; man konnte auf einen Blick erkennen, daß hinter der hohen Stirn ein kluger Verstand am Werk war.

»Gratuliere, Mr. Pryce«, sagte sie mit ganz leichtem Akzent. »Wir haben nach Ihnen Ausschau gehalten, obwohl ich eigentlich nicht damit gerechnet hatte, daß Sie uns finden würden. Ich schulde dir einen Dollar, Bray.«

»Ich wette einen weiteren, daß ich den nie zu sehen bekomme.«

»Sie zu finden war gar nicht so schwierig, Mrs. Scofield.«

»Das Postfach natürlich«, sagte das ehemalige Geheimdienst-As. »Das ist eine verdammte Schwachstelle, aber nicht zu vermeiden. Wir segeln immer noch. Wir betreiben ein Chartergeschäft. Damit verdienen wir uns ein paar Dollar und haben gelegentlich Gesellschaft ... Wir sind keine Einsiedler. Die meisten Leute mögen wir sogar.«

»Dieses Haus und Ihre selbstgewählte Isolation machen das nicht sehr plausibel, Sir.«

»Auf den ersten Blick wahrscheinlich nicht, aber das Offensichtliche kann einen auch in die Irre führen, nicht wahr, junger Mann? Wir sind keine Einsiedler, wir sind aus einem sehr praktischen Grund hier. Sie sind dafür ein Beispiel.«

»Wie bitte?«

»Haben Sie eine Ahnung, Mr. Pryce«, schaltete Antonia Scofield sich ein, »wie viele Leute schon versucht haben, meinen Mann wieder in seinen früheren Beruf zurückzuholen? Außer Washington gibt es da noch die britischen Geheimdienste MI5 und MI6, das Deuxième der Franzosen, den italienischen Servizio Segreto und praktisch jeden Geheimdienst, der in der NATO Rang und Namen hat. Er lehnt immer wieder ab, aber die geben einfach keine Ruhe.«

»Er gilt als brillanter Kopf ...«

»Ich bin – vielleicht – einer gewesen!« sagte Scofield. »Aber ich habe nichts mehr anzubieten. Herrgott, das ist jetzt beinahe fünfundzwanzig Jahre her! Die ganze Welt hat sich verändert, und ich interessiere mich nicht im geringsten dafür. Sicher, Sie konnten mich finden; wenn unsere Rollen vertauscht wären, würde ich auch nicht länger brauchen, als Sie gebraucht haben, um *mich* zu finden. Aber Sie würden sich wundern, wie leicht man Neugierige mit ein paar Hürden wie einer kartografisch praktisch nicht erfaßten Insel und einem Schließfach mit einem albernen Namen abschrecken kann. Wollen Sie wissen, warum?«

»Ja, das würde ich gern wissen.«

»Weil die hundert andere Probleme haben und sich einfach die Mühe sparen wollen. So einfach ist das. Es ist viel leichter, einem Vorgesetzten zu sagen, ich sei allem Anschein nach nicht auffindbar. Denken Sie doch, was allein die Flugtickets kosten würden, und dann das Personal; die ganze Geschichte wird so kompliziert, daß man es bleiben läßt. Es ist einfach bequemer.«

»Und doch, sagten Sie, habe man Sie darüber informiert, daß ich Sie suche. Sie hätten Sperren errichten können, das Postfach nicht benutzen. Aber das haben Sie nicht getan. Sie haben sich nicht geschützt.«

»Sie sind äußerst scharfsinnig, junger Mann.«

»Und warum haben Sie das nicht getan?«

»Das war eine gemeinsame Entscheidung«, antwortete Scofield und sah zu seiner Frau hinüber. »Eher ihre als meine, um ehrlich zu sein. Wir wollten sehen, ob Sie über die nötige Geduld verfügen, ob Sie es fertigbringen würden, eine Weile abzuwarten, ehe Sie handeln. Eine Stunde wird zum Tag, ein Tag zum Monat; das kennen wir alle. Sie haben die Prüfung bestanden; Sie haben sogar am Strand *geschlafen*. Verdammt gute Ausbildung!«

»Sie haben meine Frage nicht beantwortet, Sir.«

»Nein, ich habe keine Sicherheitsvorkehrungen getroffen, weil ich wußte, weshalb Sie hier sind. Dafür gibt es nur einen einzigen Grund, und Sie haben den Namen bereits ausgesprochen. Die Matarese.«

»Verrat es ihm, Bray. Sag ihm alles, was du weißt«, forderte Antonia Scofield auf. »Das bist du Taleniekov schuldig, beide sind wir das Wassilij schuldig.«

»Ich weiß, meine Liebe, aber können wir zuerst einen Schluck trinken? Ich wäre mit Wein zufrieden, aber lieber hätte ich einen Brandy.«

»Du kannst beides haben, wenn du magst, Liebling.«

»Sehen Sie, warum ich sie all die Jahre bei mir behalten habe? Eine Frau, die einen ein Vierteljahrhundert lang ›Liebling‹ nennt, behält man einfach.«

4

Wir müssen dazu bis zur Jahrhundertwende zurückgehen, genauer gesagt sogar noch ein Stück weiter«, begann Scofield und wippte dabei in seinem Schaukelstuhl auf der von Kerzen beleuchteten Veranda seiner Hütte auf der angeblich verlassenen Insel, die Outer Brass #26 genannt wurde. »Die Daten sind nicht präzise, weil die Aufzeichnungen verlorengegangen sind oder zerstört wurden, aber man kann davon ausgehen, daß Guillaume, Baron von Matarese, um 1830 geboren wurde. Die Familie war nach den Begriffen Korsikas reich, hauptsächlich an Landbesitz. Die Baronswürde und das Land waren ein Geschenk Napoleons, obwohl das nicht eindeutig feststeht.«

»Warum?« fragte Pryce, mit Shorts und einen T-Shirt bekleidet und von dem grauhaarigen, weißbärtigen ehemaligen Geheimdienstmann fasziniert, dessen Augen hinter seiner stahlgeränderten Brille dauernd zu tanzen schienen. »Es muß doch Besitztitel oder Erbschaftsurkunden gegeben haben.«

»Ich sagte ja schon, die ursprünglichen Akten sind verlorengegangen, und dann wurden neue gefunden und registriert. Manche Leute behaupteten, es handele sich um Fälschungen, die von einem sehr jungen Guillaume in Auftrag gegeben worden seien, und die Matarese hätten niemals einen Napoleon gekannt, weder den dritten noch den zweiten und ganz sicher nicht den ersten. Nichtsdestoweniger war die Familie zu der Zeit, als diese Zweifel aufkamen, bereits zu mächtig, als daß solche Fragen sie noch hätten berühren können.«

»Wieso?«

»Guillaume war ein Finanzgenie, anders kann man es nicht ausdrücken. Und wie die meisten seiner Art verstand er sich darauf, die Gesetze zu seinen Gunsten auszulegen, ohne je formal ihre Grenzen zu überschreiten. Ehe er das dreißigste Lebensjahr erreicht hatte, war er der reichste und mächtigste Landbesitzer auf Korsika. Die Familie herrschte buchstäblich über die Insel, und die französische Regierung konnte nicht das geringste dagegen unternehmen. Die Matarese konnten sich über jedes Gesetz und jede Konvention hinwegsetzen, sie bezogen Abgaben von den größeren Häfen und kassierten Tribute und

Bestechungsgelder von den allmählich entstehenden Unternehmen und Landwirtschaftsbetrieben und den Erbauern von Hotelanlagen, die alle ihre Hafeneinrichtungen und ihre Straßen benutzen mußten. Es hieß, Guillaume sei der erste *Corso* gewesen, das ist das korsische Äquivalent der Schwarzen Hand, der Mafia. Im Vergleich zu ihm wirkten die Paten späterer Jahre wie Weichlinge und die Al Capones wie unartige Kinder. Obwohl die Matarese nicht die geringste Scheu davor hatten, Gewalt anzuwenden, brutale Gewalt, beschränkte sich diese auf ein Minimum und wurde mit großer Effizienz eingesetzt. Der Baron regierte mit der Angst, nicht mit zügellosen Strafen.«

»Hätte Paris ihm nicht einfach das Handwerk legen oder ihn in die Verbannung schicken können?« unterbrach ihn Pryce.

»Was sie getan haben, war wesentlich schlimmer. Sie haben zwei der Söhne des Barons ruiniert – sie vernichtet. Beide starben eines gewaltsamen Todes, und von da an war der Baron nie wieder der, der er einmal gewesen war. Kurz nach dem Tod seiner Söhne entwickelte Guillaume seine sogenannte Vision. Ein internationales Kartell von einer Art und einem Umfang, wie es sich die Rothschilds nie erträumt hatten. Wo die Rothschilds eine in ganz Europa etablierte Bankiersfamilie waren, ging Guillaume den genau entgegengesetzten Weg. Er rekrutierte mächtige Männer und Frauen und machte sie zu seinen Satelliten. Sie waren Leute, die einmal riesige Reichtümer besessen hatten – sei es ererbt oder zusammengerafft – und die wie er Geschmack an der Rache gefunden hatten. Diese ersten Mitglieder seines Kartells hielten sich dem Scheinwerferlicht fern, vermieden es, in die Öffentlichkeit zu treten, und zogen es vor, ihre Reichtümer aus der Distanz zu manipulieren. Sie stellten Strohmänner in ihre Dienste, Anwälte, und – weil wir gerade von den Bonapartes sprachen – sie nutzten eine Taktik, die Napoleon der Erste vertreten hatte. Er hatte gesagt: ›Man gebe mir genug Orden, und ich gewinne jeden Krieg.‹ Also verteilten diese ersten Matarese Titel, wichtige Ämter und hohe Gehälter, als wäre das gar nichts. Alles mit dem einen Ziel, so anonym wie möglich zu bleiben. Sie müssen wissen, Guillaume hatte begriffen, daß sein Plan für ein globales Finanznetz nur dann gelingen konnte, wenn die Hauptfiguren eine völlig reine Weste hatten und über jeden Verdacht korrupter Praktiken erhaben waren.«

»Das deckt sich leider nicht mit dem, was man mir gesagt hat«, sagte der CIA-Agent. »Es steht sogar in klarem Widerspruch dazu.«

»So, tatsächlich?«

»Ja, Sir. Die beiden Quellen, die unser Interesse an den Matarese wieder wachgerufen haben – der Grund, daß ich hier bin –, haben sie als böse geschildert. Die eine nannte es ›das Böseste, was es auf dieser Welt gibt‹, die zweite ›das fleischgewordene Böse‹. Da dies die Worte von zwei älteren Menschen waren, die ihren Tod vor Augen hatten, würde selbst ein Gericht ihre Äußerungen als ernstzunehmend betrachten … Sie haben da etwas völlig anderes beschrieben.«

»Sie haben recht und zugleich unrecht«, sagte Scofield. »Ich habe Guillaumes Vision aus seiner Perspektive beschrieben, und – damit Sie mich nicht mißverstehen –, er war kein Heiliger. Er wollte totale Kontrolle, aber ein Teil seines Genies bestand darin, daß er praktische und philosophische Zwänge erkennen konnte …«

»Ziemlich hochgestochen formuliert.«

»Entspricht aber den Tatsachen«, fuhr der ehemalige Abwehrmann fort. »Wenn Sie es sich richtig überlegen, war Matarese seiner Zeit beinahe ein Jahrhundert voraus. Er wollte etwas ins Leben rufen, was man später als Weltbank bezeichnete oder als Internationalen Währungsfonds. Und dazu mußten seine Gefolgsleute den Anschein strikter Legalität erwecken, fleckenlos.«

»Dann muß irgend etwas geschehen sein, das aus dem Guten etwas Böses gemacht hat, vorausgesetzt, daß meine Informationen richtig sind.«

»Es ist tatsächlich etwas geschehen. In dem Punkt haben Sie völlig recht. Die Matarese wurden zu Ungeheuern.«

»Und was war das?«

»Guillaume starb. Einige behaupten, er sei ums Leben gekommen, als er mit einer Frau im Bett lag, die fünfzig Jahre jünger war als er, und er war damals wohl Mitte achtzig. Andere stellen es anders dar. Aber wie auch immer, seine Erben – so nannte er sie – fielen ein wie ein Bienenschwarm, der einen Topf Honig entdeckt hat. Der Mechanismus existierte, es gab Ableger der Matarese in ganz Europa und Amerika, Geld, und was noch wichtiger war, vertrauliche Informationen flossen wöchentlich, wenn nicht täglich, hin und her. Sein Imperium war wie ein unsichtbarer Krake, der in aller Stille die schmutzigen Tricks und die übertriebenen Profite von Dutzenden von Unternehmen, nationalen wie internationalen, überwachte und an die Öffentlichkeit zu ziehen drohte.«

»Anfänglich also eine Art Selbstkontrollmechanismus für die Wirtschaft – auf nationaler und internationaler Ebene?«

»Das ist eine der besten Formulierungen dafür, die ich je gehört habe. Schließlich, wer weiß schon besser als ein korrupter Polizist, wie man die Gesetze bricht, für deren Einhaltung er verantwortlich ist? Die Erben nutzten die Gunst der Stunde. Die vertraulichen Informationen wurden nicht länger als Drohung benutzt, sondern verkauft. Die Profite schnellten in die Höhe, und Guillaumes Nachfolger verlangten Anteile an den künftigen Gewinnen. Herrgott, sie haben ganze Territorien in ihren Machtbereich eingegliedert und wurden so etwas wie ein Unterweltkult – ich meine, ein richtiger Kult. Wie in der Cosa Nostra wurden neue Mitglieder unterschiedlichen Ranges zeremoniell vereidigt, und die oberen Ränge trugen tatsächlich kleine blaue Tätowierungen, von denen man ihren Rang ablesen konnte.«

»Das klingt verrückt.«

»Es war auch verrückt, aber es war auch äußerst effizient. Sobald sich ein neuer Matarese einmal qualifiziert hatte, wurde ihm seine Position auf Lebenszeit garantiert – er war dann finanziell gesichert, vor den Gesetzen geschützt und frei von den üblichen Belastungen eines normalen Lebens –, solange er oder sie nur den jeweiligen Vorgesetzten gehorchte, ohne *irgendeine* Anweisung in Zweifel zu ziehen.«

»Und eine Anweisung in Zweifel zu ziehen, bedeutete *finito*«, sagte Pryce im Sinne einer Feststellung, nicht einer Frage.

»Darüber herrschte Einigkeit.«

»Wie ich das sehe, ist das, was Sie da beschreiben, also im Grunde genommen eine Mafia.«

»Ich fürchte, Sie irren erneut, Mr. Pryce – in einem wesentlichen Punkt.«

»Da ich in Ihrem Haus Ihren Brandy trinke, würde ich mich freuen, wenn Sie Cameron sagen würden oder Cam, wie die meisten.«

»Wie Sie von meiner Frau schon hörten, nennt man mich ›Bray‹. Meine jüngere Schwester konnte Brandon bis zu ihrem vierten Lebensjahr nicht aussprechen, also nannte sie mich Bray. Und der Name blieb haften.«

»Mein kleiner Bruder konnte nicht Cameron sagen. Bei ihm klang das wie ›Camroom‹, also entschied er sich für ›Cam‹.«

»Bray und Cam«, sagte Scofield, »das klingt wie eine Anwaltsfirma, wenn auch ein wenig hinterwäldlerisch.«

»Es würde mich freuen, mit Ihnen in einem Atemzug genannt zu werden – nein, es wäre mir sogar eine Ehre. Ich habe Ihre Personalakte gelesen.«

»Das meiste davon ist übertrieben, damit meine Vorgesetzten und die Analytiker gut aussehen. Sie würden Ihrer Karriere keinen Gefallen tun, wenn Sie sich mit mir einlassen. Die meisten in der Branche betrachten mich als einen Spinner oder Schlimmeres. Etwas viel Schlimmeres.«

»Dazu will ich jetzt nichts sagen. Inwiefern irre ich mich erneut? Und zwar in einem wesentlichen Punkt?«

»Weil die Matarese nie so etwas wie Gangster rekrutiert haben; niemand ist je in ihrer Hierarchie aufgestiegen, weil er jemanden umgelegt hat. Oh, wenn man ihnen das befahl, töteten sie, aber nicht mit Fleischerhaken, nicht mit Schrotflinten, nicht mit Ketten im Fluß – gewöhnlich nicht einmal mit Leichen. Wenn der Matarese-Rat – und genau das war es – Wert auf Brutalität legte, die der Öffentlichkeit zur Kenntnis gebracht wurde, dann zahlten sie aus geheimen Quellen irgendwelche Terroristen, die man aber nicht mit ihnen in Verbindung bringen konnte. Ihre Mitglieder setzten sie nie für solche Dinge ein. Sie waren leitende Angestellte, keine Gangster.«

»Sie waren habgierige Mistkerle, die einem Wildschwein in den Hintern krochen.«

»Allerdings.« Wieder lachte Scofield leise in sich hinein und nahm einen Schluck Brandy. »Sie hielten sich für eine Elite, Cameron, Leute, die turmhoch über den normalen Sterblichen standen. Im großen und ganzen waren sie die besten Absolventen der besten Universitäten auf beiden Seiten des Atlantik, die Besten und Intelligentesten, die Industrie und Regierung aufbieten konnte. Für sie gab es nicht die leisesten Zweifel, daß sie mit der Zeit ungeheuer erfolgreich werden würden; die Matarese waren für sie nur ein Mittel zum Zweck. Aber sobald sie sich einmal mit ihnen eingelassen haben, kamen sie nicht mehr los. Und das Mittel zum Zweck wurde zu einer Welt, der sie nicht mehr entkommen konnten.«

»Wie steht es mit der Verantwortlichkeit? Wie steht es mit Recht und Unrecht? Wollen Sie sagen, daß diese Armee der Besten und Klügsten keinen Begriff von Moral hatte?«

»Ich bin sicher, daß das für einige nicht stimmt, Mr. Pryce … Cameron«, sagte Antonia Scofield, die jetzt lautlos aus einem weißen Türbogen auf die Veranda getreten war. »Und ich bin ebenso sicher, daß ihnen und ihren Familien, wenn sie solche Vorbehalte vorgebracht hätten, Schreckliches widerfahren wäre ... im wesentlichen tödliche Unfälle.«

»Das ist barbarisch.«

»Das war der Stil der neu zum Leben erweckten Matarese«, fügte Scofield hinzu. »An die Stelle der Moral trat die Ausweglosigkeit. Sehen Sie, das alles hat sich ganz allmählich entwickelt, und ehe ihnen das ganz klar geworden war, gab es keinen Ausweg mehr. Sie lebten ein ungewöhnlich extravagantes und doch seltsam normales Leben mit Frauen und Kindern und einem teuren Geschmack. Sie verstehen doch, worauf das alles hinausläuft, Cam?«

»Mit beängstigender Klarheit ... Ich weiß ein wenig – nicht sehr viel – darüber, wie Sie und Wassilij Taleniekov zusammenkamen und den Matarese den Krieg erklärt haben. Aber Ihr Bericht war nicht sehr umfassend. Würden Sie bitte noch etwas deutlicher werden?«

»Sicher wird er das«, sagte die Frau. »Nicht wahr, Liebling?«

»Jetzt fängt sie schon wieder an«, sagte Scofield und warf Antonia einen liebevollen Blick zu. »Mein Abschlußbericht war eine Farce, weil der kalte Krieg immer noch ziemlich heiß war und es ein paar Witzbolde gab, die Wassilij, unseren Sowjetfeind, als einen Unmenschen hinstellen wollten. Damit wollte ich nichts zu tun haben.«

»Er hat sich für den eigenen Tod entschieden, damit wir leben konnten, Cameron«, sagte Antonia und ging zu einem weißen Korbstuhl neben ihrem Mann. »Er hat sich, von schrecklichen Schmerzen gepeinigt, auf unsere Feinde geworfen und uns die Flucht ermöglicht. Wenn er sich nicht geopfert hätte, hätte man uns beide getötet.«

»Vom Todfeind zum Verbündeten, ja zum Freund, für den man das eigene Leben opfert?«

»Soweit würde ich nicht gehen, und ich habe viele Jahre darüber nachgedacht. Wir haben nie vergessen, was wir einander angetan haben, aber ich denke, er hat für sich die Entscheidung getroffen, daß sein Verbrechen das größere war. Er hat meine Frau getötet, ich seinen Bruder ... Das ist Vergangenheit; nichts kann daran etwas ändern.«

»Davon hat man mir erzählt«, sagte Pryce. »Man hat mir auch gesagt, daß man Sie als ›Nicht zu retten‹ eingestuft hatte. Wollen Sie darüber reden?«

»Was gibt es da zu reden?« antwortete Scofield leise. »Es ist geschehen.«

»›Was gibt es darüber zu reden?‹« wiederholte Pryce verblüfft. »Herrgott noch mal, Ihre eigenen Leute haben Ihre Exekution angeordnet!«

»Ich weiß«, sagte Scofield. »Jemand hat alles addiert, aber am Ende die falsche Summe herausbekommen, und da ich wußte, wer derjenige war, beschloß ich, ihn zu töten. Dann machte ich mir klar, daß man mich ohne Zweifel erwischen würde, und das war er nicht wert. Also hörte ich auf, wütend zu sein, und stellte klare Verhältnisse her. Ich spielte meine Karten aus, und wie sich zeigte, waren die recht gut.«

»Zurück zu Taleniekov«, sagte Pryce. »Wie hat es mit Ihnen beiden angefangen?«

»Sie sind schlau, Cam. Der Schlüssel ist immer am Anfang, die erste Tür, die aufgesperrt werden muß. Ohne diese Tür kommen Sie nicht zu den anderen.«

»Ein Labyrinth mit Türen?«

»Mehr als Sie zählen können. Der Anfang ... es war verrückt, aber so war das eben, und Taleniekov und ich steckten mittendrin. Es gab zwei außergewöhnliche Morde, zwei Meuchelmorde. Auf unserer Seite war das General Anthony Blackburn, der Vorsitzender der Vereinigten Stabschefs, und auf der Seite der Sowjets Dimitrij Juriewitsch, ihr führender Nuklearphysiker, der damals kurz vor entscheidenden Erkenntnissen hinsichtlich der Bombe stand.«

»Deputy Director Shields hat den Namen erwähnt, und ich habe mich daran erinnert. Ein berühmter Russe, den ein wilder Bär zerrissen hat.«

»Ein *verwundeter* Bär, den man angeschossen und auf Juriewitschs Weg getrieben hatte. Es gibt auf der ganzen Welt nichts Bösartigeres und Wilderes als einen verwundeten Bären, dem die Witterung des eigenen Blutes in die Nase steigt. Er wird jeden zerreißen, bis man ihn selbst tötet ... Warten Sie. Frank Shields? Ein Bulldoggengesicht mit tiefliegenden Augen, die noch keiner richtig gesehen hat. Den gibt es immer noch?«

»Er hat eine hohe Meinung von Ihnen ...«

»Im Rückblick vielleicht. Früher war das anders. Frank ist ein Pedant; er konnte Männer wie mich nie ertragen. Aber Analytiker haben die Neigung, sich dauernd in Alternativen zu verstricken, die einander widersprechen.«

»Sie wollten gerade auf diese beiden Morde zu sprechen kommen.«

»Nein, ich muß an diesem Punkt abschweifen, Cameron. Haben Sie je von der ›Banalität des Bösen‹ gehört?«

»Natürlich.«

»Was sagt Ihnen das?«

»Nun, ich würde sagen, grauenhafte Taten, die mit solcher Regelmäßigkeit wiederholt werden, daß sie alltäglich werden – eben banal.«

»Sehr gut. Und genau das ist mit Taleniekov und mir passiert. Sehen Sie, bezüglich schwarzer Operationen war damals die herrschende Meinung, daß Wassilij und ich die führenden Akteure auf diesem Gebiet waren. Das war mehr Legende als Wirklichkeit. In Wahrheit waren wir, abgesehen von dem, was wir uns gegenseitig angetan hatten, zusammen höchstens für vierzehn in der Öffentlichkeit ziemlich breitgetretene Tötungen im Lauf von zwanzig Jahren verantwortlich, er für acht, und ich für sechs. Nicht gerade die Liga, in der Carlos spielte. Aber Legenden bekommen ihr Eigenleben, weiten sich aus, wirken überzeugend. Solche Legenden sind etwas Schreckliches.«

»Ich glaube, ich ahne, worauf Sie hinauswollen«, sagte Pryce. »Jede Seite hat dem mutmaßlichen Chefattentäter der Gegenseite die Schuld gegeben – Ihnen und Taleniekov.«

»Genau das. Aber keiner von uns hatte etwas damit zu tun. Aber man hatte diese Morde so arrangiert, als ob wir unsere Visitenkarten hinterlassen hätten.«

»Aber wie sind Sie zusammengekommen? Sie werden ja schließlich nicht nach dem Telefon gegriffen und einander angerufen haben.«

»Das wäre wirklich komisch gewesen. ›Hallo, KGB-Vermittlung? Hier ist Beowulf Agate. Würden Sie mich freundlicherweise mit Ihrem berühmten Genossen Oberst Taleniekov, Codebezeichnung Schlange, verbinden. Ich würde gern mit ihm plaudern. Wissen Sie, wir sollen beide nämlich in allernächster Zeit aus Gründen, die gar nicht zutreffen, eliminiert werden. Albern, nicht wahr?‹«

»›Beowulf Agate‹ – das war schon ein toller Name«, stellte der CIA-Agent fest.

»Ja, ich fand ihn auch immer recht phantasievoll«, sagte Scofield. »Auf seine Art geradezu russisch. Sie wissen ja, daß sie häufig die beiden Vornamen verwenden und den Familiennamen weglassen.«

»Brandon Alan ... Beowulf Agate. Sie haben recht. Aber, da Sie offensichtlich den KGB nicht angerufen haben, wie sind Sie dann zusammengekommen?«

»Unter schärfsten Sicherheitsvorkehrungen, wobei jeder dachte, der andere würde ihn töten wollen. Wassilij hat in unserem tödlichen Schachspiel den ersten Zug getan. Zunächst mußte er die Sowjetunion verlassen, weil bereits ein Erschießungskommando für ihn bereitstand – die Gründe sind zu verschlungen, um jetzt darauf einzugehen; zum zweiten hatte ihn ein im Sterben liegender, früher einmal allmächtiger KGB-Direktor über die Matarese informiert ...«

»Ich sehe den Zusammenhang nicht«, unterbrach ihn Pryce.

»Denken Sie nach. Sie haben fünf Sekunden Zeit.«

»Herrgott im Himmel«, sagte Pryce leise, und seine Augen verengten sich. »Die Matarese? *Sie* haben die beiden Männer getötet? Juriewitsch und Blackburn?«

»Ins Schwarze getroffen, Field Officer Pryce.«

»Warum?«

»Weil ihre Fühler bis in die Lageräume der beiden Supermächte hineinreichten und die Hitzköpfe auf beiden Seiten der Ansicht waren, daß jeder Mord eine hervorragende Idee war, wenn man ihn nur durchführen konnte, ohne Spuren zu hinterlassen. Die Matarese haben die Attentate durchgeführt, nur einige wenige in Washington und Moskau davon informiert und es überzeugend so hingestellt, daß alle Indizien auf Wassilij und mich deuteten.«

»Einfach so? Aber, ich frage noch mal, *warum*?«

»Weil sie das seit Jahren getan hatten. Sie haben beiden Supermächten Informationen über die neuesten Vernichtungswaffen ihrer Feinde geliefert und sie gezwungen, immer tödlichere Waffen zu produzieren, bis der Rüstungswettlauf ungeheure Ausmaße angenommen hatte. Und die ganze Zeit haben die Matarese Milliarden verdient, weil ihre Klienten im Waffengeschäft mit Vergnügen ihren Tribut an sie leisteten.«

»Das geht mir alles zu schnell ... Dann hat also Taleniekov den ersten Schritt getan?«

»Er hat mir über Zürich eine Nachricht zukommen lassen. ›Wir werden einander entweder töten oder miteinander reden.‹ Er schaffte es irgendwie, hier herüberzukommen, und nach einer Reihe von Treffen, bei denen wir uns jedesmal um ein Haar gegenseitig umgebracht hätten, redeten wir schließlich. Wir nahmen an, daß unsere Namen, also die Figuren, die man, wenn Sie so wollen, aus uns gemacht hatte, unsere beiden Länder bis an den Rand des Abgrunds getrieben hatten. Nur das Dazwischentreten des sowjetischen Generalsekretärs und des amerikanischen Präsidenten konnte die Hitzköpfe schließlich bändigen. Sie überzeugten einander gegenseitig, daß keines der beiden Länder für die Morde verantwortlich war, daß Taleniekov und ich gar nicht am Schauplatz der jeweiligen Morde gewesen waren.«

»Erlauben Sie«, sagte Pryce und hob die Hand ins Kerzenlicht. »Wie ich schon sagte, habe ich mich an den Tod Juriewitschs erinnert, weil er so makaber war. Aber an die Ermordung eines General Blackburn erinnere ich mich nicht; vielleicht weil ich noch zu jung war. Für einen acht- oder neunjährigen Jungen bedeutet der Vorsitzende der Vereinigten Stabschefs nicht sehr viel.«

»Sie hätten sich auch nicht erinnert, wenn Sie acht- oder neunundzwanzig gewesen wären«, erwiderte Scofield. »Die Medien berichteten damals, daß Anthony Blackburn an Herzversagen gestorben sei, zu Hause in seiner Bibliothek, bei der Lektüre der Heiligen Schrift. Nicht übel, wenn man die Wahrheit kennt. In Wirklichkeit hat man ihn in einem teuren New Yorker Hurenhaus umgebracht, wo er sich auf äußerst perverse Art vergnügt hat.«

»Und warum ist er getötet worden? Bloß weil er Vorsitzender der Vereinigten Stabschefs war?«

»Blackburn war nicht bloß eine Galionsfigur. Er war ein brillanter Taktiker und dazu ein fanatischer Kommunistenfresser. In Korea hatte er den Spitznamen ›Mad Anthony‹, und sein Schlachtruf war ›Bringt die Kommunistenschweine um!‹, aber für seine Anhänger in den Vereinigten Staaten war er ein bedächtiger, vorsichtiger militärischer Intellektueller. Die Sowjets wußten es besser; sie hatten ihn in Korea studiert. Als Vorsitzender der Vereinigten Stabschefs war er ihnen ein Dorn im Auge. Sie waren überzeugt, daß er sich nie ganz dem Einfluß MacArthurs entzogen hatte, den sie als große Gefahr betrachteten.«

»Okay, ich verstehe. Sie und Taleniekov haben sich also unterhalten. Wie hat Sie das zu den Matarese geführt?«

»Der alte KGB-Direktor, Krupskowa – oder so ähnlich jedenfalls –, war angeschossen worden. Die Verletzung war ernsthaft, und er ließ Wassilij rufen. Er sagte Taleniekov, daß er die Berichte über die Ermordung von Juriewitsch und Blackburn analysiert habe, ebenso wie das Protokoll des Telefongesprächs zwischen dem amerikanischen Präsidenten und dem sowjetischen Generalsekretär. Er zog daraus den Schluß, daß es sich bei den Attentaten um das Werk einer Geheimorganisation handelte, die sich Matarese nannte und ihren Ursprung in Korsika hatte. Er erklärte Wassilij, daß diese Matarese ihre Finger überall drin hätten, hohe Regierungsbeamte bestechen würden und überall in den Ländern der freien Welt und in den Ländern des Ostblocks immer mächtiger würden.«

»Hatte dieser Krupskowa mit den Matarese gearbeitet?« fragte Pryce.

»Er sagte, wir alle hätten das getan, seit Jahren schon. Da gab es geheime Signale, Treffen wurden an Orten arrangiert, wo keine Beobachtung möglich war, schattenhafte Männer, die sich im Dunkeln mit anderen schattenhaften Männern trafen. Und dabei wurden Todeskontrakte geschlossen – der Preis spielte keine Rolle«

»Und damit sind sie durchgekommen?«

»Auf beiden Seiten«, antwortete Scofield. »Es waren die Fangarme der Matarese. Sie wußten, was die Extremisten wollten und lieferten Resultate, deren Spuren man nie zu ihren Auftraggebern zurückverfolgen konnte.«

»Es muß aber doch Aufzeichnungen über Zahlungen gegeben haben. Wie hat man sie denn bezahlt?«

»Das kam nie in die Bücher. Verdeckte Operationen werden aus Gründen nationaler Sicherheit nie vom Rechnungshof überprüft. Die Sowjets hatten in dieser Beziehung natürlich weniger Probleme, aber wir standen ihnen da nicht sehr nach. Um es etwas salopp auszudrücken, unsere Regierungen befanden sich offiziell nicht im Krieg, wohl aber *wir*. Das war ein gottverdammt blutiger Schlamassel, und wir waren mittendrin.«

»Sie sind ein ziemlicher Zyniker, nicht wahr?«

»Natürlich ist er das«, sagte Antonia Scofield und kippte ihren weißen Korbstuhl etwas nach vorn. »Männer wie mein Mann und Wassilij Taleniekov waren Killer, die man losgelassen hatte, Killer, die Männer und Frauen töten mußten, von denen sie wußten, daß die sonst sie töten würden. Und zu welchem Zweck? Während die Supermächte mit Paraden und Musikkapellen den Anschein erweckten, als würden sie aufeinander zugehen, und die Entspannung verkündeten, oder wie immer sie das nannten, hatten Agenten wie Brandon Scofield und Wassilij Anweisung, weiter zu töten. Wo war da die Logik, Cameron Pryce?«

»Darauf habe ich keine Antwort, Mrs. Scofield – Antonia. Das war eine andere Zeit.«

»Was ist denn *Ihre* Zeit, Cam?« fragte Scofield. »Wie lauten Ihre Anweisungen? Hinter wem sind Sie her?«

»Terroristen, würde ich sagen. Und dabei gehören diese Matarese wahrscheinlich zu den gefährlichsten Terroristen, die es überhaupt gibt, weil das eine neue Art von Terrororganisation ist, denke ich.«

»Genau richtig, junger Mann«, pflichtete Scofield ihm bei. »Sie mögen im Augenblick keine Menschen massakrieren oder Gebäude in die Luft sprengen – sie zahlen dafür, daß solche Dinge geschehen oder ziehen im Hintergrund an den Drähten und schicken vorprogrammierte Psychopathen, die gar nicht wissen, was sie tun –, aber sie können und werden alles auch selbst tun, wenn es Teil ihrer Strategie ist.«

»Einer Strategie wofür?«

»Für ein bösartiges, internationales Kartell mit dem erklärten Ziel brutaler finanzieller Macht.«

»Um dieses Ziel auch nur annähernd zu erreichen, müßten sie die Konkurrenz ausschalten, müßten sämtliche Wettbewerber neutralisieren.«

»Jetzt haben Sie es erfaßt. Ein Amoklauf des Kapitalismus! Ein monströses Monopol mit Scheinwettbewerbern, die in Wirklichkeit unter einer Decke stecken. Und was kommt als nächstes, Officer Cameron Pryce?«

»Ich weiß nicht, was Sie meinen ...«

»Ich meine, was als *nächstes* kommt? Die führenden Finanzplätze der Welt sind also jetzt unter einer zentralen Autorität vereint. Was folgt darauf?«

»Die Regierungen«, sagte Pryce leise, und wieder verengten sich seine Augen. »Derjenige, der über das meiste Geld verfügt, trifft die politischen Entscheidungen.«

»Genial, mein junger Freund!« rief Scofield, hob seinen leeren Cognacschwenker und warf seiner Frau einen einfältigen Blick zu. »Wie wäre es, meine Liebe?«

»Ich hole die Flasche«, sagte Antonia und stand auf. »Du warst ja die letzten paar Monate ein braver Junge.«

»Nicht freiwillig, verdammt! Bloß wegen dieser lausigen Ärzte in Miami.«

»Aber könnte es dazu kommen?« sagte der CIA-Agent nachdenklich, während Antonia ins Haus ging. »Könnte es wirklich dazu kommen?«

»Dafür liefert die Geschichte mehr Beispiele, als wir beide aufzählen können, Cameron. Eine Fusion nach der anderen, Firmen, die aufgekauft werden, feindliche oder einvernehmliche Übernahmen. Globale Monopole, junger Mann. Das geht zurück bis zu den Pharaonen im alten Ägypten, die sich einfach über ihre Provinzfürsten hinwegsetzten, und den Römern, die ihren Senat schließlich heimschickten, so daß die herrschenden Cäsaren allein das Sagen hatten. Daran ist nichts Neues, es ist nur modernisiert und computerisiert. Die Mistkerle, die alles haben wollen, werden alles bekommen, wenn man sie nicht daran hindert.«

»Und wer wird sie daran hindern?«

»Ich nicht, weiß Gott. Mir ist das inzwischen egal. Vielleicht wachen eines Tages die Leute – die Leute, denen immer alles gleichgültig ist – auf und sehen, daß ihre ganzen Freiheiten verschwunden sind, vom Schlund einer finanziellen Oberhoheit verschlungen. Das ist es, worauf die Matarese abzielen. Das Ergebnis sind Polizeistaaten – überall. Anders können sie nicht überleben.«

»Und Sie glauben wirklich, daß es dazu kommen könnte?«

»Es kommt darauf an, wie groß ihr Vorsprung ist und wer in ihrem Aufsichtsrat sitzt. Offengestanden, ja, es könnte dazu kommen. Wenn Sie es genau untersuchen, sprechen wir hier von einer Art Terrorismus in Nadelstreifen, von internationalen Absprachen, die den Kartellgesetzen auf der ganzen Welt Hohn sprechen. Es ist, als würden General Motors, Ford, Chrysler, Volkswagen, Toyota, Mercedes und zwei oder drei andere Hersteller sich zusammentun und ein gewaltiges Autokartell bilden. Es ist gar nicht so weit hergeholt.«

»Und sobald sie das geschafft haben, sind die Regierungen ihr nächstes Ziel«, sagte Pryce.

»Oh, ich vermute, daß einige von ihnen schon in den Startlöchern sitzen, wie es vor dreißig Jahren der Fall war. Einer der Matarese wäre beinahe Präsident der Vereinigten Staaten geworden. Sie hatten bereits solchen Einfluß im Kongreß und im Senat, daß sie fast das Außenministerium und das Pentagon an ihrem Schnürchen tanzen ließen. Und jetzt, wo alles international läuft – stellen Sie sich einmal vor, sie würden das Foreign Office in England, den Quai d'Orsay in Frankreich und die entsprechenden Stellen in Rom, Ottawa und Bonn kontrollieren, ein hübsches Bild, nicht wahr? Herr im Himmel, in ein paar Jahren, wenn sie die Politiker erst einmal in ihrer Tasche haben, brauchen wir nur noch ein paar von den Matarese arrangierte Gipfeltreffen, und dann marschieren wir alle nach ihrer Musik, glücklich und zufrieden wie die Muscheln, bis wir begreifen, daß dann, wenn der Trommelwirbel aufhört, auch mit unseren Alternativen Schluß ist. Wir kaufen das, was die uns verkaufen wollen, wir nehmen, was sie uns geben wollen ... wir glauben das, was sie uns erzählen ... sonst geht es uns dreckig.«

»›Terrorismus in Nadelstreifen‹, ein toller Begriff.«

»Und ebenso tödlich wie jede andere Art von Terrorismus, Cam. Denn sobald sie sich einmal eingekrallt haben, hier ein Monopol, dort eine Megafusion, ineinander verschachtelte Konglomerate hier *und* dort, werden sie keine Opposition mehr hinnehmen.«

»Das tun sie anscheinend jetzt schon nicht mehr«, sagte Pryce.

»Meinen Sie damit die Morde, von denen Sie gesprochen haben?« fragte Scofield. »Der französische Finanzier, der spanische Arzt, die englische Lady und der italienische Polospieler auf Long Island?«

»Wir wissen, daß der Franzose mit den Matarese in Verbindung stand, das ist aktenkundig, allem Anschein nach hat er das selbst gesagt. Und was die anderen angeht, so gibt es recht verwirrende Lücken in ihren finanziellen Unterlagen, sagte wenigstens Frank Shields.«

»In dem Punkt täuscht sich mein alter Freund mit den kleinen Augen sicherlich nicht«, räumte Scofield ein. »Wenn es um Lücken ging, hatte er immer einen sehr klaren Blick. Er suchte immer nach einem Schema, und wenn er keines fand, suchte er nach etwas anderem.«

»Dieses andere hier sind die Matarese. Die Morde haben alle in einem Zeitraum von achtundvierzig Stunden stattgefunden. Die Killer sind verschwunden, ohne irgendeine Spur zu hinterlassen ...«

»Das paßt zu ihnen«, unterbrach ihn Scofield.

»Und warum ist die Spur ihres Reichtums so kompliziert zu verfolgen?« fragte Pryce.

Wieder lachte der pensionierte CIA-Mann leise, mehr für sich selbst. »Wie viele Millionäre kennen Sie denn, die Sie freiwillig in ihr Portefeuille blicken lassen, zumal wenn es irgendwelche fragwürdigen Aspekte bei der Herkunft ihres Vermögens gibt?«

»So viele Millionäre kenne ich nicht, jedenfalls nicht persönlich.«

»Jetzt kennen Sie mich.«

»Sind Sie ...«

»Genug, kein weiteres Wort mehr zu dem Thema. Verstehen Sie, was ich meine?«

»Das würde ich lieber nicht. Aber in Anbetracht Ihrer Dienstakte würde ich das als Trennungsprämie bezeichnen ... Wo fangen wir an? Wo fange *ich* an?«

»Sie haben es selbst gesagt, die Geldspur«, erwiderte Scofield. »Frank Shields ist gut, aber er ist Analytiker. Er zählt Erbsen, arbeitet mit Papier, mit Computerausdrucken von Kurven und Tabellen, die von verantwortungsbewußten und nicht so verantwortungsbewußten und meist nicht auffindbaren Leuten verfaßt worden sind. Sie müssen sich mit Menschen auseinandersetzen, nicht mit elektronischen Aufzeichnungen.«

»Das habe ich früher schon getan«, sagte Pryce, »und ich halte auch sehr viel von dieser Methode. Die neue Technik kann Grenzen überschreiten, kann beobachten und lauschen. Aber sie kann nicht mit den Männern und Frauen sprechen, die wir zur Rede stellen müssen. Dafür gibt es keinen Ersatz. Aber was diese Geldspur betrifft – wo soll ich anfangen?«

»Nun«, sagte Scofield nachdenklich, »ich würde sagen, da Sie die Mörder nicht finden können, beginnen wir mit den Opfern selbst, ihren Familien, ihren Anwälten, ihren Bankiers, vielleicht sogar ihren engen Freunden und Nachbarn. Jeder, der möglicherweise etwas über ihre Einstellung weiß, oder was sie vielleicht über sich selbst gesagt haben. Das ist verdammt langweilig – aber es gehört zu Ihrem Job, und es kann durchaus sein, daß Sie in diesem Labyrinth eine weitere Tür finden, die Sie öffnen können.«

»Warum sollten diese Leute mit mir reden?«

»Aber das ist doch einfach, zum Teufel. Die Firma hat Verbindungen, Frank hat Verbindungen. Die werden Ihnen die erforderlichen Papiere beschaffen, dann sind Sie legitimiert. Sie gehören zu den Guten; Sie versuchen herauszufinden, wer ihre Angehörigen getötet hat, und die Nachrichtendienste haben Ihnen freie Bahn verschafft.«

»So einfach kann es doch nicht sein ...«

»Einfachheit ist die Muttermilch der Penetration, mein junger Freund. Tut mir leid, Sie daran erinnern zu müssen.«

»Ich verstehe und verstehe doch nicht.«

»Dann denken Sie noch ein wenig darüber nach.«

Plötzlich kam Antonia Scofield aus dem Haus gerannt. »Bray«, rief sie, »ich war auf der Veranda vorn, um die Lichter auszumachen, und da habe ich Feuer am Horizont gesehen, Explosionen, glaube ich.«

»Lösch die Kerzen!« befahl Scofield. »Sie, Pryce, Sie kommen mit!« Wie Infanteristen im Dschungel rannten die beiden Männer, Beowulf Agate an der Spitze, auf dem kaum wahrnehmbaren Weg durch das Laubwerk. Pryce war so geistesgegenwärtig gewesen, sich seine Flugtasche zu schnappen, als er sah, wie Scofield beim Verlassen des Hauses einen würfelförmigen, lederbezogenen Gegenstand an sich nahm. Jetzt hatten sie die Büsche und Sträucher hinter sich gebracht und den Strand erreicht, wo die Fotozellen auf die Strahlen der Karibiksonne warteten.

»Runter!« sagte der Ältere, öffnete das Lederetui und holte ein klobiges Infrarotglas heraus. Pryce zog den Reißverschluß seiner Tasche auf und tat es ihm gleich. Beide suchten den Horizont ab. Weit draußen im Wasser war ein schimmerndes Leuchten zu erkennen, begleitet von unregelmäßigen Lichtblitzen. »Was halten Sie davon?« fragte Scofield.

»Das werde ich Ihnen sofort sagen«, sagte Pryce und griff in die Tasche nach seinem vorprogrammierten Telefon, »aber im Augenblick habe ich starke Magenschmerzen.«

»Ein stechendes Gefühl, stimmt's?«

»Allerdings.«

»Das kenne ich. Das ändert sich nie.«

»Du großer Gott!« stieß Pryce aus. »Da ist nichts. Niemand meldet sich!«

»Ihr Boot?«

»Der Kutter der Coast Guard. Einfach in die Luft gesprengt. Diese Jungs ... es waren doch bloß Jungs! Alle tot.«

»Vielleicht kommen sie hierher ...«

»Sie? Wer?«

»Die, die den Kutter versenkt haben«, sagte Scofield kühl. »Wir sind hier Teil eines winzigen Archipels, sechs oder sieben winzige Inseln, aber möglicherweise konzentrieren sie sich auf diese hier.«

»Aber wer ist das? Rauschgiftpiraten, die ihre Jäger loswerden wollen?«

»Das wäre ein großes Glück, junger Mann, und ich sage das voll Mitgefühl für diese Jungs.«

»Was wollen Sie damit sagen? Wollen Sie andeuten, daß die hinter *mir* her sind? Das wäre doch verrückt! Ich bin an Backbord ausgestiegen – das Schiff war auf westlichem Kurs – und habe gewartet, bis Wolken aufkamen, ehe ich mich abgestoßen habe. Niemand könnte mich gesehen haben, nur jemand hier. Und das waren Sie.«

»Nein, Cameron Pryce, die sind nicht hinter Ihnen her; die sind Ihnen gefolgt, aber sie sind nicht hinter Ihnen her. Sie haben etwas fertiggebracht, was ich für unmöglich hielt: Sie haben mich in die Hölle zurückgezerrt. Die haben Karten, einen Lageplan. Wenn nicht heute, dann über kurz oder lang.«

»Es tut mir leid! Ich habe mir wirklich jeden Schritt sorgfältig überlegt, um Sie zu schützen!«

»Machen Sie sich keine Vorwürfe. So erfahren Sie auch sind, auf die sind Sie nicht vorbereitet. Das sind nur wenige. Aber wenn es heute abend sein soll, dann hat jemand, der sehr wohl auf sie vorbereitet ist, eine Überraschung für sie in petto.«

»Was?«

»Das werde ich später erklären. Bleiben Sie hier. Ich bin spätestens in fünf Minuten wieder zurück.« Der ehemalige Agent richtete sich auf.

»Wer sind ›sie‹?« fragte Pryce.

»Muß ich das wirklich sagen?« sagte Scofield. »Die Matarese, junger Mann.«

5

Erfüllt von Sorge, in die sich Wut mischte, zwang Pryce sich, ruhig zu atmen, als er durch das Infrarotglas aufs Meer hinausstarrte. Das pulsierende Leuchten wurde immer schwächer, bis es schließlich ganz aufhörte. Ein Feuer, das das Meer verschluckt hatte. Pryce bewegte sein Glas jedesmal, wenn sich ein Riß in der Wolkendecke auftat – nach links, nach rechts, zurück über die Stelle, wo das Meer die Überreste des Kutters verschluckt hatte, und schließlich, für den Fall, daß sich in der Dunkelheit ein Schiff herangeschlichen hatte, nach unten.

Und da war es! Eine kleine, schwarze Silhouette von den jetzt schwachen Strahlen des Mondlichts beleuchtet. Es schien direkten Kurs auf Outer Brass 26 zu halten – oder nicht? Wo blieb Scofield?

Wie aufs Stichwort hörte er das Rascheln von Blättern, als Beowulf Agate, gefolgt von seiner Frau, zwischen den Palmen hervortrat. Beide schleppten schwer, Scofields Last konnte Pryce zuerst identifizieren: ein drei Fuß langer Raketenwerfer mit Schulterstütze, Kaliber vier Zoll. Die große Segeltuchtasche, die seine Frau schleppte, enthielt offensichtlich die Munition.

»Etwas Neues?« fragte Scofield, nahm Antonia die Tasche ab und legte den Werfer auf einen Felsbrocken, der aus dem Sand ragte.

»Noch ein Boot, zu weit draußen, um Genaueres zu erkennen, aber es sieht so aus, als würde es auf uns zukommen.«

»Beiderseits davon kann man flache Landmassen erkennen, die man kaum als Inseln bezeichnen kann. Möglicherweise sind das die ersten beiden Ziele – und wir dann das dritte.«

»Das ist ein schwacher Trost ...«

»Das könnte reichen«, unterbrach Scofield ihn. »Ich möchte sehen, was für Ausrüstung die an Bord haben.«

»Macht das einen Unterschied?«

»Jedenfalls genug, um zu entscheiden, ob ich es in die Luft jage oder nicht. Schwere Antennen, Satellitenschüsseln, Radarschüsseln – oh, das macht sogar einen großen Unterschied, glauben Sie mir.«

»Sie werden es vernichten müssen, wenn es vor dem Strand vor Anker geht.«

»Herrgott, jetzt haben Sie mich gerade auf eine Idee gebracht!« rief Scofield und drehte sich zu seiner Frau um.

»Wenn es das ist, was ich glaube, bist du verrückt«, sagte Antonia Scofield, die hinter ihrem Mann kauerte.

»Ganz und gar nicht«, widersprach dieser. »Wir haben den Vorteil auf unserer Seite, sämtliche Vorteile! Wir können jetzt schon erkennen, daß es sich um ein relativ kleines Fahrzeug handelt. Wie viele Leute kann es an Bord haben? Vier, fünf, sechs?«

»Du hast nicht ganz unrecht, mein Lieber«, antwortete Antonia zögernd. »Ich werde sogar zum Haus zurückgehen und uns zusätzliche Waffen holen.« Sie richtete sich auf und verschwand im Gebüsch.

»Wenn Toni auf mich sauer ist, wird aus ›mein Liebling‹ immer ›mein Lieber‹«, sagte Scofield und grinste. »Das heißt, sie weiß, daß ich recht habe, gibt es aber nur ungern zu.«

»Ich gebe ungern zu, daß ich keine Ahnung habe, wovon Sie reden! Und damit meine ich Sie beide.«

»Manchmal denke ich, daß Sie ein bißchen schwer von Begriff sind, Cam.«

»Lassen Sie das! Also – was reden Sie da?«

»Als ehemaliger Profi gesprochen – wäre es nicht klasse, wenn wir uns dieses Boot schnappen würden? Es beschlagnahmen? Wir könnten doch eine ganze Menge in Erfahrung bringen, oder? Wir locken sie hier an Land, und dann drehen wir den Spieß um. Dann sind *sie* dran.«

»Hey, verdammt, jetzt verstehe ich!« rief Pryce aus. »Die werden mit Sicherheit Sprechfunkverbindung mit ihrem Schiff haben. Also schnappen wir uns den, der an Land kommt, zeigen ihm, daß hier ein Raketenwerfer auf das Boot gerichtet ist, und machen ihnen klar, daß die geringste feindselige Bewegung ihre letzte ist.«

»Ja, so etwa habe ich mir das vorgestellt.«

»Und was bringt uns Mrs. Scofield jetzt?«

»Drei MAC-10, nehme ich an. Die haben eine größere Reichweite. Außerdem haben wir uns ganz spezielle Schalldämpfer anbringen lassen; man hört bloß ein leichtes Spucken, sonst nichts. Ich denke, wenn wir jemals wirklich schießen müssen, könnten wir wegrennen, ohne unseren Standort preiszugeben.«

»Sie kennt sich in solchen Dingen aus?«

»Genausogut wie Sie und ich. Sie hält sich hinsichtlich der Welt, die ich verlassen habe, besser auf dem laufenden als ich. Sie kann einfach nicht vergessen, wie lange wir auf der Flucht waren – sie glaubt, daß wir immer noch Flüchtlinge sind. Ich denke, sie wäre imstande, sich eine Taucherflasche umzuschnallen und einen Zerstörer in die Luft zu jagen, wenn sie das Gefühl hätte, einer von uns sei in Gefahr.«

»Eine Klasselady.«

»Ja, das ist sie«, stimmte Scofield zu. »Ohne sie hätten weder Wassilij noch ich überlebt... Da kommt sie!«

»Ich habe mich für die Uzi entschieden«, sagte Antonia atemlos und ließ die Waffen zu Boden sinken. »Die ist leichter, und auf kurze Distanz gibt es nichts Besseres.« Dann nahm sie die Segeltuchtasche von der Schulter. »Ich habe für die MACs je sechzig Schuß mitgebracht; die sind in den rotgestreiften Plastikbeuteln; meine sind in den blauen... Was jetzt, mein Liebling?«

»Ah, sie wird sanfter!« rief Scofield. »Das ist jetzt wieder ganz wie Ajaccio oder Bonifacio, stimmt's, Toni?«

»Mir wird dabei ganz übel, du Mistkerl.«

»Aber, Sie sehen es, Cam, sie wächst an den Schwierigkeiten. Stimmt's, altes Mädchen.«

»Alt kann ich akzeptieren. Tot nicht.«

»Haben Sie vielleicht in Ihrer Wundertüte die Taschenlampe mitgebracht, Pryce?«

»Na klar.«

»Holen Sie sie raus, knipsen Sie sie an, und fuchteln Sie damit herum. Aber richten Sie sie nicht auf das Boot, sondern bewegen Sie sie ziemlich ziellos. Unsere Opfer dort draußen sollen sie unbedingt sehen.«

»Ich hoffe, Sie wissen, was Sie tun«, sagte Pryce.

»Um Ihre Formulierung aufzugreifen, mein Junge, ich weiß es, und ich weiß es auch nicht. Ich weiß nur, daß wir damit die Dinge etwas beschleunigen können, und das ist doch meistens unser Ziel, oder?«

»Kein Widerspruch.« Pryce schaltete seine Taschenlampe ein und beschrieb damit Kreise am dunklen Himmel, bis die plötzlich näherkommende Silhouette draußen sichtbar wurde.

»Er hat den Kurs gewechselt!« sagte Scofield. »Er fuhr ursprünglich auf Brass 24 zu, und jetzt hat er gewendet! Gute Arbeit, junger Freund.«

»Was jetzt?« fragte Pryce.

»Die werden ein Schlauchboot schicken«, sagte Antonia. »Ich gehe zu dem Strandabschnitt rechts, und Sie gehen nach links, Cam.«

»Und was dann?«

»Dann warten wir ab, was die rüberschicken«, sagte Scofield, der inzwischen seinen Raketenwerfer zwischen den Felsen in Stellung gebracht hatte. »Ich werde das Boot draußen anvisieren. Wer auch immer an Bord zurückgeblieben ist, wird an Deck sein... und dann werden wir ja sehen, wie die Chancen stehen.«

»Und was ist, wenn die genauso gut ausgerüstet sind wie Sie?« fragte Pryce. »Fünfundsiebzig Millimeter oder so? Damit könnten die Ihre ganze Insel in die Luft jagen!«

»Falls die so was haben und ich es sehe und jemanden dabei erwische, wie er danach greift, jage ich das ganze Ding einfach in die Luft.«

Das kleine Schiff, ein Fischerboot, kam immer näher an Outer Brass 26 heran. Als es auf etwa zweihundert Meter herangekommen war, konnte man am Bug eine großkalibrige Kanone erkennen, groß genug, um einen Kutter der Coast Guard zu versenken. Aber die drei Leute, die man an Deck erkennen konnte, waren jetzt damit beschäftigt, ein Schlauchboot mit Außenbordmotor zu Wasser zu lassen. Jetzt kam der Skipper an die Reling, gab allem Anschein nach Anweisung, Anker zu werfen, und stand dann mit einem Feldstecher vor den Augen und einer ziemlich großen Pistole an der Hüfte da.

»Das Gesicht kenne ich!« sagte Pryce. »Das ist ein Schwede, er steht auf der Terroristenliste, die Stockholm verteilt hat. Einer der Verdächtigen bei dem Attentat auf Palme!«

»Er hat offenbar eine neue Heimat gefunden«, sagte Scofield. »Jetzt möchte ich erst recht an Bord gehen.«

»Sei vorsichtig, mein Lieber.«

»Sie ist immer noch sauer... sicher, Süße, geh jetzt zur rechten Flanke, aber bleib um Himmels willen in unserem kleinen Dschungel und hübsch unten. Vergiß nicht, er hat die gleichen Nachtgläser wie wir.«

»Ich geh ja schon.«

»Sie auch, Cam, nach links. Dann nehmen wir diese Mistkerle ins Sperrfeuer. Aber nicht vergessen, wenn Sie schießen müssen, dann über ihre Köpfe hinweg. Wir wollen Gefangene, keine Leichen.«

»Verstanden, Sir.«

»Schluß mit diesem ›Sir‹-Blödsinn. Ich bin nicht Ihr Lehrmeister, ich bin nur nebensächlich.«

Das Schlauchboot schwappte höchstens sechzig Meter von Scofield entfernt an den Strand. Auf der rechten Seite der etwa hufeisenförmigen Bucht stand Antonia im Schutz des Dschungels, die Uzi schußbereit. Auf der linken Flanke kniete Pryce neben einem vulkanischen Steinbrocken, die MAC-10 feuerbereit. Der erste der drei Insassen des Schlauchboots sprang über den Bug ins Wasser, in der linken Hand eine Waffe, in der rechten ein Tau. Als nächstes kam der Mann in der Mitte, er trug mit beiden Händen ein großes Sturmgewehr. Der Mann, der den Außenbordmotor bedient hatte, schaltete diesen ab und folgte den anderen; er war ebenfalls bewaffnet.

Als der Mond kurz durch die Wolken lugte, wirkten sie wie ganz gewöhnliche Fischer. Zwei hatten ungepflegte Bärte – ein Beleg für die Aversion von Seeleuten gegen die Vergeudung von warmem Wasser –, der dritte war glattrasiert. Dieser letzte Mann war der Führer des Schlauchboots und allem Anschein nach jünger als die anderen, vielleicht Mitte dreißig, während seine Begleiter – beide untersetzt und vierschrötig – Ende vierzig oder sogar etwas älter waren. Außerdem trug der dritte leger wirkende, aber teure sportliche Kleidung: gut sitzende weiße Jeans, eine weite blaue Guayabera-Jacke aus Baumwollstoff und eine Seglermütze – ein deutlicher Kontrast zu den zerfransten Hemden und Hosen seiner Begleiter. Jeder der drei hatte an einem Lederriemen eine Taschenlampe um den Hals hängen.

»Hey, Jack«, rief der jüngere dem vordersten der drei zu, »zieh das Boot an Land, und sieh dich dort drüben um!« Er zeigte in die Richtung, wo Antonia sich versteckt hielt. »Und du, Harry, siehst dir die andere Seite an.« Das war Pryce' Revier. »Hier ist jemand, dieser Lichtstrahl ist nicht aus dem Nichts gekommen!« Der Anführer des kleinen Suchtrupps sprach Englisch, aber es war offenkundig nicht seine Muttersprache. Der slawische Akzent war nicht zu überhören.

»Ich weiß nicht, *mate*«, rief Harry und verriet damit und mit seiner gedehnten Redeweise seine australische Herkunft. »Auf diesen Karibikinseln weiß man nie – da reflektiert alles mögliche.«

»Ich weiß, was ich gesehen habe. Weiter!«

»Wenn wir wirklich was gesehen haben«, sagte der Mann namens Jack, den Pryce am Tonfall als Cockney erkannte, »waren die jedenfalls nicht sehr besorgt, oder?«

»Schluß mit dem Geschwätz, seht euch um!«

»Ich werde nicht dafür bezahlt, daß mir irgend so ein verdammter Kanake eins über den Schädel zieht.«

»Du wirst viel besser bezahlt, als du wert bist, Harry. Und jetzt ein bißchen fix!« In dem Augenblick sah Scofield aus seiner Deckung, was er zu sehen gehofft hatte. Der Anführer des Suchtrupps holte ein kleines Walkie-talkie aus der Jackentasche und sprach hinein. »Niemand am Strand zu sehen, und kein sichtbares Licht hinter den Bäumen und Büschen. Wir sehen uns um; Funkgerät auf Empfang.«

Dann zog er sich den Lederriemen über den Kopf, schlang ihn sich um das linke Handgelenk, knipste die Taschenlampe an und ließ den Lichtstrahl wandern. Scofield duckte sich, als der Lichtkegel über seinem Kopf die Felsbrocken und den dahinter verborgenen Raketenwerfer streifte. Dann herrschte wieder Dunkelheit, sah man von dem unregelmäßigen Mondlicht ab; Beowulf Agate spähte über die Steinbrocken. Er erschrak.

Der Anführer hatte etwas entdeckt, und Scofield wußte sofort, was es war: die Reihen kleiner Platten mit Fotozellen, die Outer Brass 26 mit zusätzlicher Energie versorgten. Langsam ging der Mann darauf zu.

Rechts von ihm schlich Jack vorsichtig durch den Sand und ließ den Kegel seiner Taschenlampe immer wieder nach allen Seiten kreisen. Er kam bis auf einen halben Meter an Antonia heran, und just in dem Augenblick trat sie aus dem Gebüsch, rammte ihm den kurzen Lauf ihrer Uzi in den Rücken und flüsterte: »Ein Ton, und du schläfst bei den Fischen, sagt man, glaube ich. Laß die Waffe fallen!«

Auf der linken Flanke wartete Pryce hinter dem Felsbrocken, während der Australier mit seiner Taschenlampe langsam näherkam. Als der Mann mit der Schulter den Felsen streifte, trat Pryce einen Meter hinter ihm aus seiner Deckung.

»Wenn du den Mund aufmachst, schicke ich dich in die Känguruhhölle, *mate*«, sagte er leise.

»Was zum ...«

»Ich habe es dir einmal gesagt!« fiel Pryce ihm leise ins Wort. »Ein zweites Mal sage ich es nicht. Dann mache ich ernst.«

»Keine Sorge, *mate*! Für so 'nen Scheiß bin ich nicht an Bord gekommen.«

»Warum bist du dann an Bord gekommen ... *mate*?«

»Für die Knete – das Geld. Diese Mistkerle zahlen jede Woche soviel, wie ich sonst in zwei Monaten kriege!«

»Du bist aber weit weg von zu Hause. Warum?«

»Ich habe für die in den West Territories gearbeitet, oberhalb von

Perth. Ich bin ein guter Arbeiter und lasse mit mir reden, wenn Sie wissen, was ich meine. Schließlich müssen wir alle mal in die Hölle.«

»Weißt du für wen du arbeitest?«

»Keine Ahnung. Nie gefragt. Ist mir egal. Schmuggelgut, denke ich; wahrscheinlich Rauschgift. Wir sind immer den Tankern und den Frachtern entgegengefahren, die nach Durban und Port Elizabeth unterwegs waren.«

»Du bist mir schon ein toller Mann.«

»Das finden meine Kinder auch. Ich bringe schließlich den Speck nach Hause, wie ihr Yankees sagt.«

»Halt den Kopf gerade, Aussie, dann tut es weniger weh.«

»Was ...?«

Prya ließ seine MAC-10 fallen und ging auf den Mann zu, die Arme hoch erhoben, und dann krachten seine harten Handkanten beiderseits gegen den Hals des Australiers. Der Mann würde wenigstens zwei Stunden bewußtlos sein.

Plötzlich hallten Worte durch die Dunkelheit der kleinen Bucht. »Jack, Harry, ich hab' was gefunden! Viele Dutzende kleiner Platten, und alle mit einem dicken Kabel verbunden! Sie sind hier. Wir haben sie gefunden; das ist ihre Elektrizitätsversorgung!«

»Und ich habe *Sie* gefunden«, sagte Scofield und erhob sich hinter den dunklen Felsen am Strand, die MAC-10 mit dem Schalldämpfer in der Hand. »Ich würde vorschlagen, Sie legen jetzt diese AK-47 weg, ehe ich nervös werde und Ihnen eine Kugel durch den Kopf jage. Ich mag diese Waffen nicht; die bringen Menschen um.«

»Mein Gott, Sie sind es!«

»Was haben Sie gesagt?«

»Beowulf Agate, Ihr Codename.«

»Und das erkennen Sie in diesem Licht?«

»Ich habe mir Ihre Stimme auf Band angehört.«

»Warum sind Sie denn so wild darauf, mich zu finden? Nicht, daß das so schwierig wäre.«

»Bis vor kurzem hatten wir dazu keinen Grund. Beowulf war in Vergessenheit geraten, ein Relikt, ein Mann, der verschwunden war.«

»Und jetzt bin ich wieder aufgetaucht?«

»Die Gründe kennen Sie genauso gut wie ich. Die alte Frau in Tscheljabinsk, René Mouchistine auf dieser Jacht.«

»Ich habe von diesen Leuten gehört.«

»Weshalb sollte sonst der neue Beowulf Agate der Firma, der vielgerühmte Cameron Pryce Sie aufsuchen?«

»Keine Ahnung. Sagen Sie es mir doch.«

»Er ist Experte, und Sie kennen Namen, die viele Jahre zurückreichen.«

»Wenn das so ist, dann habe ich sie vergessen. Diese Welt interessiert mich nicht mehr. Und, im übrigen, wie kommt es eigentlich, daß Sie über Pryce Bescheid wissen? Das war eine Vier-null-Suche, höchste Geheimhaltungsstufe.«

»Unsere Methoden sind ebenfalls höchst geheim, aber äußerst gründlich. Gründlicher als die der Firma.«

»›Unser‹ heißt natürlich Matarese.«

»Es ist anzunehmen, daß Agent Pryce Sie davon in Kenntnis gesetzt hat.«

»Eigentlich mußte er das gar nicht, falls Sie das interessiert.«

»Tatsächlich?«

»Und das heißt, daß Ihre Informationen und die meinen aus derselben Quelle stammen. Und das ist doch interessant, nicht wahr?«

»Aber auch ohne jeden Belang, Mr. Scofield. Diese Namen, die Sie vergessen haben und die Unternehmen, die sie vertraten – Ihnen ist doch sicherlich klar, daß die inzwischen bedeutungslos sind. Die meisten Leute, wenn nicht alle, sind tot, und die Unternehmen von anderen geschluckt.«

»*Ah*, und doch fallen mir einige wieder ein, glaube ich, aber die waren auch all die Jahre recht gut versteckt, nicht wahr? Mal sehen, ob ich mich erinnern kann ... Da war Woroschin in der sowjetischen Stadt Kalinin, und daraus ist natürlich Verachtin in Essen geworden, nicht wahr? Beide befanden sich im Besitz ihrer jeweiligen Regierungen, aber sie waren jemandem – *etwas* – anderem verpflichtet. In der Stadt Boston, im Staate Massachusetts, nicht wahr?«

»Jetzt ist es genug, Mr. Scofield.«

»Jetzt seien Sie kein Spielverderber. Mein Gedächtnis ist wieder aktiviert worden – das war seit Jahren nicht mehr der Fall. Dann gab es noch Waverly Industries in England, die ebenfalls an Boston hingen und Scozzi-Paravacini, oder war das Paravacini-Scozzi? In Mailand? Aber die haben ebenfalls Ihre Anweisungen aus Boston bekommen ...«

»Ja, es ist schon gut. Es reicht jetzt ...«

»Du lieber Gott, nein, solange wir uns nicht mit dem viel zu frühen tragischen Tod von Wirtschaftsführern wie dem brillanten Ennio Scozzi, der Witwe Odile Verachtin, und des sturen David Waverly befassen. Ich hatte immer das Gefühl, daß sie irgendwie das Mißfallen des – ob ich es wage, den Namen auszusprechen – *Hirtenjungen* erweckt haben?«

»Alles Rauch und Asche, Scofield. Ich wiederhole, völlig ohne Bedeutung. Und das ist nichts als ein *nom de guerre* für jemanden, der schon längst tot und vergessen ist.«

»*Nom de guerre?* Das ist so was wie ein Spitzname, oder?«

»Sie sind nicht ungebildet.«

»Der Hirtenjunge ... in manchen Teilen jener geheimen Welt, in der Sie sich bewegen, jener Welt der ewigen Nacht, ist er eine Legende, die Jahrzehnte zurückreicht. Eine Legende, über die es Aufzeichnungen gibt, Aufzeichnungen von jenen, die er am Ende vernichtet hat. Wenn man diese Aufzeichnungen finden und zusammenfügen könnte, würden sie die Geschichte der internationalen Finanzwelt verändern, nicht wahr? ... Oder vielleicht einen Plan für die Zukunft beschreiben.«

»Ich sage es zum letzten Mal!« Der Anführer des Suchtrupps spie es förmlich aus. »Sinnloses Geschwätz!«

»Weshalb sind Sie dann hier?« fragte Scofield. »Warum waren Sie so wild darauf, mich zu finden?«

»Wir befolgen Befehle.«

»Oh, wie ich diesen Satz liebe! Damit läßt sich vieles entschuldigen, oder?«

»Müssen Sie eigentlich jeden Satz mit einer Frage beenden?«

»Nur so kann man etwas erfahren, nicht wahr?«

»Lassen Sie mich ganz offen sein, Mr. Scofield ...«

»Heißt das, daß Sie das bis jetzt nicht waren?« fiel Scofield ihm ins Wort.

»Bitte hören Sie damit auf!«

»Entschuldigung, fahren Sie fort.«

»Wir leben heute in einer anderen Zeit als damals, als Sie die CIA verließen, Sir ...«

»Wollen Sie damit sagen, daß ich schon zum alten Eisen gehöre, sozusagen vorsintflutlich, nicht mehr auf dem laufenden?« unterbrach ihn Scofield erneut.

»Nur hinsichtlich der technischen Möglichkeiten«, erwiderte der andere sichtlich gereizt. »Sie haben keine Vorstellung, wie modern unsere

Datenbanken heute sind. Es gibt Instrumente, mit denen man Tausende von Dokumenten pro Stunde scannen und speichern kann. Und die Gründlichkeit, mit der man heute recherchieren kann, ist unglaublich.«

»Und das heißt, wenn ich zufälligerweise einige wenige von diesen Namen gegenüber interessierten Leuten erwähnen würde, könnte das jetzt zu neuen Namen führen – neuen Namen, neuen Firmen, wollen Sie das sagen? Mein Wort darauf, man müßte die ganze Geschichte der Geschäftswelt von Boston neu schreiben.«

»Was ich wirklich sagen will, Mr. Scofield«, stieß der Eindringling zwischen zusammengebissenen Zähnen hervor, als hätte er es mit einem senilen Idioten zu tun, »ist, daß wir bereit sind, Ihnen ein paar Millionen Dollar dafür zu bezahlen, wenn Sie wieder verschwinden. Südamerika, eine Insel im Südpazifik, wo Sie wollen. Eine Villa, eine Ranch, das Beste und Schönste, was Sie und Ihre Frau haben wollen.«

»Wissen Sie, wir waren nie richtig verheiratet, das war nur eine Vereinbarung zwischen uns ...«

»Das ist mir wirklich egal. Ich schlage Ihnen bloß eine hervorragende Alternative für das vor, was Sie jetzt haben.«

»Warum sind Sie dann nicht einfach hergekommen und haben uns mit Ihrer Kanone in die Luft gejagt? Sie hätten uns ausräuchern und mich töten können – dann wäre Ihr Problem gelöst.«

»Ich möchte Sie daran erinnern, daß wir die Spur von Agent Pryce hierher verfolgt haben. Das würde zu Komplikationen führen, die nicht akzeptabel sind. Übrigens, wo ist er?«

»Mrs. Scofield zeigt ihm gerade unsere Lagune; die ist im Mondlicht wirklich wunderschön, auch wenn sie nicht sehr groß ist ... Sie lehnen also nicht die Lösung, sondern nur ihre Konsequenzen ab.«

»Genauso wie Sie das in jüngeren Jahren getan hätten. Beowulf Agate war von allen Agenten für schwarze Operationen derjenige, der immer am pragmatischsten gehandelt hat. Er hat immer dann getötet, wenn er glaubte, es müsse sein.«

»Das stimmt nicht ganz. Er hat dann getötet, wenn es notwendig war. Das ist ein großer Unterschied. Glauben oder Vermutungen hatten damit überhaupt nichts zu tun.«

»Genug. Wie lautet Ihre Antwort? Wollen Sie den Rest Ihrer Tage im Luxus leben oder auf dieser winzigen Insel in einer Bruchbude bleiben? Und sterben?«

»Du lieber Gott, was für eine Entscheidung!« sagte Scofield und ließ seine MAC-10 ein wenig sinken, hielt sich die linke Hand nachdenklich über die Augen, ohne dabei den Blick von dem Eindringling zu wenden. »Für meine Frau wäre es wunderbar – meine Lebensgefährtin, wie man heute sagt –, aber ich würde ständig denken ...« Beowulf beobachtete im Schutz seiner Hand die Bewegungen des Eindringlings. Der Mann hatte die rechte Hand sinken lassen, sie hing jetzt an seiner weiten Guayabera-Jacke ... Plötzlich schob er die Jacke beiseite und griff nach einer Waffe, die in seinem Gürtel steckte. Ehe er feuern konnte, hob Scofield seine Waffe und gab einen einzelnen Schuß ab. Der Matarese sank in den Sand, Blut quoll aus der Wunde an seiner Brust.

»Was war das?« tönte eine Stimme aus dem Funkgerät des Toten. »Ich habe etwas gehört! Was war das?«

Scofield zerrte die Leiche in die Büsche, um sie dort zu verstecken, holte das kleine Funkgerät aus der Jackentasche und schaltete es ab. Dann rief er leise: »Aus eurem Schweigen, meine versteckten Täubchen, schließe ich, daß ihr eure Aufträge erfüllt habt. Bitte, kehrt unter größter Vorsicht zum Weihnachtsmann zurück.«

»Mein Mann schläft«, sagte Pryce und trat zwischen den Büschen hervor. »Er wird mindestens zwei Stunden träumen.«

»Und ich habe einen auf Händen und Knien«, fügte Antonia hinzu und kam mit ihrem Gefangenen aus dem Gebüsch gekrochen. »Wo ist der dritte?«

»Er war äußerst unhöflich; er hat versucht, mich zu töten. Jetzt leistet er in unserem Dschungel Buße.«

»Was machen wir jetzt, lieber Ehemann?«

»Die einfachste Sache auf der Welt, altes Mädchen«, sagte Scofield und blickte durch das Nachtglas aufs Meer hinaus. »Wir werden jetzt den Kapitän dieses sogenannten Fischerboots ein wenig nervös machen ... Cam, haben Sie zufällig ein Tau in Ihrer Wundertasche?«

»Nein, leider nicht.«

»Auch nicht sehr schlau. Ziehen Sie Ihr T-Shirt aus, reißen Sie es in Streifen und fesseln damit Tonis Gefangenen, an Händen und Füßen. Den Rest stopfen Sie dem Mistkerl in den Mund, und, falls es Ihnen nichts ausmacht, wäre vielleicht eine kleine Narkose auch ganz hilfreich.«

»Mit dem größten Vergnügen.« Pryce machte sich an die Arbeit und war damit in anderthalb Minuten fertig.

»Und ich, Bray?«

»Augenblick noch, Liebes«, antwortete Scofield, der immer noch das Glas am Auge hatte. »So, er geht runter, wahrscheinlich zum Funkgerät. Jetzt beobachtet er das Ufer nicht. Und außer ihm ist offensichtlich niemand an Bord!«

»Und?«

»Und deshalb wirst du jetzt zum Haus laufen und ein paar Leuchtraketen holen, vier oder fünf sollten reichen, und dann rennst du den Ostweg hinunter, vielleicht sechzig, siebzig Meter, und dann schießt du eine davon ab.«

»Warum? Dann weiß er doch, daß wir hier sind!«

»Das weiß er ohnehin schon, Liebste. Jetzt müssen wir ihn ein wenig verwirren.«

»Und wie wollen wir das anstellen?«

»Indem du danach zum Haus zurückläufst und dann den westlichen Weg nimmst, an der Lagune vorbei, und dort eine weitere Leuchtrakete hochschießt. Du solltest die erste in sagen wir acht Minuten zünden, und die zweite ungefähr in elf.«

»Allmählich begreife ich, was du vorhast ... Livorno, richtig?«

»Dort hat es funktioniert, oder?«

»Ja, allerdings, mein Liebling. Ich bin schon unterwegs.« Antonia verschwand im Gebüsch.

»Da ich nie in Livorno war – das heißt, ich war zwar dort, aber nicht als Sie beide dort waren«, sagte Cameron, »wäre es vielleicht gar nicht übel, wenn Sie mir sagen würden, was Sie dort getan haben? Und wenn Sie dann schon gerade dabei sind, was *ich* tun soll?«

»Können Sie schwimmen?«

»Ja. Ich besitze ein Profizertifikat bis auf neunzig Meter Tiefe und für Tauchen mit Gerät.«

»Sehr lobenswert, aber wir haben hier keine Taucherflaschen und auch nicht die Zeit, bis Sie wieder in Ihr Spiderman-Kostüm geschlüpft sind. Ich meine, können Sie ganz normal schwimmen?«

»Natürlich.«

»Und wie weit unter Wasser? Ohne Flossen?«

»Mindestens fünfundzwanzig Meter.«

»Das sollte reichen. Schwimmen Sie dort hinaus, tauchen Sie unter dem Schiff durch, kommen Sie auf der anderen Seite hoch, steigen Sie an Deck und knöpfen Sie sich diesen bald sehr verwirrten Hurensohn vor. Haben Sie ein Messer?«

»Müssen Sie das fragen?«

»Los jetzt, solange unser Skipper noch unter Deck ist!«

Pryce griff in seine Flugtasche, holte das Messer heraus, schnallte es sich um und rannte zum Strand. Er hechtete ins Wasser und strebte mit kräftigen Zügen auf das etwa zweihundert Meter entfernte Fischerboot zu, wobei er das Deck keine Sekunde aus den Augen ließ. Jetzt kam der Kapitän aus seiner Kabine heraus, also tauchte Pryce unter. Zehn, fünfzehn, zwanzig Meter, ein kurzes Auftauchen in der Finsternis, um Luft zu holen, dann wieder hinunter, und das solange, bis er das Schiff erreicht hatte. Er tauchte und kam auf der Steuerbordseite wieder herauf.

Ein Blick auf das Leuchtzifferblatt seiner Uhr verriet ihm, daß er beinahe sechs Minuten gebraucht hatte, um das Schiff zu erreichen; die erste Leuchtrakete würde in weniger als zwei Minuten steigen. Langsam schwamm er auf den Bug zu. Wenn die erste Rakete den Himmel im Osten erhellte, würde der Kapitän sicher an das Heck seines Bootes rennen, das nach Osten wies. Für Cameron war das die beste und vermutlich einzige Chance, ungesehen an Deck zu kommen. Er war sich darüber im klaren, daß das Messer seine einzige Waffe war und den Kugeln des Kapitäns in keiner Weise ebenbürtig.

Da! Der Nachthimmel links von dem Fischerboot war plötzlich taghell. Ein Feuerstrahl schoß in den Himmel, erreichte seinen Höhepunkt und platzte auseinander, blieb einen kurzen Augenblick lang als weißer, blendender Ball am Himmel hängen und sank dann langsam herunter, schwankte hin und her, bis er im Tropenwald verschwunden war.

»Michail, Michail!« schrie der Kapitän allem Anschein nach in sein Funkgerät, während man seine eiligen Schritte auf dem Deck hören konnte. »Was war das? ... Michail, gib Antwort! Wo bist du?« Pryce stieß mit beiden Füßen nach unten, stieg im Wasser empor, streckte die Arme aus und erreichte einen schmalen Vorsprung am Schiffsrumpf, aber der reichte aus. Sich mit den Fingern ins Holz krallend, zog er sich in die Höhe und schwang dann den rechten Arm nach oben, bis er das Dollbord erreichte; der Rest war eine reine Frage der Körperkraft. Er zog sich über die Reling und ließ sich auf das Deck fallen, atmete tief durch. Gleich darauf hatte er wieder Luft in den Lungen, und sein Herzschlag wurde langsamer. Die ganze Zeit schrie der schwedische Kapitän in sein Funkgerät, das ihm nicht antworten wollte: »Michail, wenn du mich hörst, ich fange jetzt zu schießen an! Das ist dein Signal, sofort zum Schiff zurückzukehren! Ich verschwinde hier, mit oder ohne dich!«

Soviel zur brüderlichen Kameradschaft der Matarese, von Loyalität ganz schweigen, dachte Pryce. Der Vorgesetzte überließ seine Untergebenen einem unbekannten, tödlichen Schicksal, um seine eigene Haut zu retten. Und dann wunderte sich Pryce, daß ihn das eigentlich überraschte. Scofield hatte ja genau das angedeutet.

Da war jetzt die zweite Explosion! Weit rechts stand der westliche Himmel in Flammen, das Licht war intensiver, blendender als bei der ersten Leuchtrakete – oder war das die Wolkendecke, die das Licht des Mondes ausblendete? Pryce richtete sich schnell auf, als die Kanone brüllte – der Schuß mußte ein gewaltiges Loch in die Büsche von Outer Brass #26 gerissen haben. Er arbeitete sich an der Wand der Deckskabine nach vorn; jetzt kam der Mond wieder heraus. Der Kapitän schien völlig hysterisch geworden zu sein, rannte ans Heck seines Trawlers und preßte sich das Nachtglas an die Augen.

Vielen Dank, dachte Pryce, als er lautlos und langsam von hinten auf den Mann zuging. *Wenn es einfach ist, ist es viel einfacher*. Mit der geballten linken Faust versetzte er dem Schweden einen gewaltigen Schlag ins Kreuz, fuhr mit der rechten Hand an dessen Holster, riß es auf und zog eine große .357er Automatic heraus. Der Kapitän fiel mit einem Schmerzensschrei aufs Deck. »Komm schon, mein Wikingerfreund, so weh tut das gar nicht. Das gibt bloß eine kleine Prellung. Dein Aussie-Kumpel Harry meint, daß du es sowieso viel besser hast, als die drüben auf der Insel. Er ist überzeugt, daß er, London Jack und der schöne Michail hungrigen Wilden geopfert werden sollen ... Los, steh auf, du Hurensohn! Du hast den Kutter der Coast Guard in die Luft gejagt und die jungen Männer darauf ins Jenseits befördert! Wenn ich nicht der Ansicht wäre, daß du noch nützlich sein kannst, würde ich dir mit dem größten Vergnügen eine Kugel in den Kopf jagen. *Hoch* mit dir, du Kotzbrocken!«

»Wer sind Sie?« stieß der Kapitän vorsichtig hervor und arbeitete sich unter Schmerzen in die Höhe. »Wie sind Sie an Bord gekommen?«

»Darüber kannst du dir ruhig den Kopf zerbrechen. Vielleicht bin ich der Racheengel, der dir jetzt die Rechnung dafür präsentiert, daß du all diese jungen Leute umgebracht hast. Eines steht fest, ich sorge dafür, daß du wieder nach Stockholm kommst.«

»Nein!«

»O doch. Ich habe dort viel zu viele Freunde, um irgend etwas anderes in Betracht zu ziehen. Und jetzt das Funkgerät, bitte!«

»Niemals!« Der Kapitän warf sich mit ausgestreckten Händen, die wie Bootshaken gekrümmt waren, nach vorn. Pryce sprang zurück und trat dem Terroristen mit voller Wucht zwischen die Beine. Wieder fiel der Schwede aufs Deck und griff sich stöhnend an die Hoden.

»Leuten wie euch macht es Spaß, anderen Schmerzen zuzufügen, aber einstecken – darauf versteht ihr euch nicht so gut, wie? Komisch, daß mich das gar nicht überrascht!« Pryce kniete nieder und riß dem Kapitän das Walkie-talkie aus der Jackentasche. Er richtete sich auf, studierte im Mondlicht die verschiedenen Knöpfe, drückte einen und sprach dann: »Scofield, sind Sie da, oder muß ich schreien?«

»Bin schon da, mein Freund. Das war eine verdammt interessante Übertragung. Ihr Kotzbrocken dort drüben hatte sein Gerät schon auf *Senden*. Ich schätze, er war nervös oder ein wenig durcheinander.«

»Habe schon kapiert, Sir. Ich würde vorschlagen, Sie kommen jetzt hier rüber und wir sehen uns um.«

»Ob Sie es glauben oder nicht, das hatte ich auch im Sinn.«

»Na ja, um so besser.«

Mit den beiden gefesselten Gefangenen im Schlepptau gingen Antonia und Scofield an dem Fischerboot längsseits. »Was haben Sie denn mit dem Schönling Michail gemacht?« rief Pryce.

»Der ist vom Erdboden verschwunden, junger Freund«, antwortete Scofield. »Deshalb haben wir uns ein wenig verspätet.«

»Was soll das heißen? Wenn hier ein Funkgerät ist, haben die unsere Koordinaten. Die werden seine Leiche finden!«

»Sehr unwahrscheinlich, Cam«, erklärte Scofield. »Wir haben ihn mit Fischköder vollgestopft – Hals und Taschen – und ihn in der Breeding Sharks Bay über Bord geworfen, wo wir unser Boot liegen haben. Wie gesagt, deshalb haben wir uns ein wenig verspätet.«

»Was?«

»Niemand mit einem Funken Verstand im Kopf schwimmt dort. Sie können es mir glauben. Der Mann ist ein für allemal weg vom Fenster, und dem Allmächtigen sei Dank für die gierigen Haie dort.«

Die Kabine unter Deck war mit Computergerät aller Art so vollgestopft, daß die beiden Längswände damit bedeckt waren. »Ich will mich hängen lassen, wenn ich von diesem Zeug hier etwas verstehe«, sagte Scofield.

»Mir ist das alles auch ein totales Rätsel«, fügte Antonia hinzu. »Man muß bestimmt ein Wissenschaftler sein, um damit etwas anzufangen.«

»Eigentlich nicht«, sagte Pryce und setzte sich an eine Tastatur. »Es gibt da einige grundlegende Eingaben, die einen Schritt für Schritt zu der gewünschten Funktion führen.«

»Würden Sie mir das freundlicherweise übersetzen?« sagte Scofield.

»Das würde zu lange dauern und Sie zu Tode langweilen«, erwiderte Pryce. »Die Anlage hier ist noch eingeschaltet. Man hat sie also vor kurzem benutzt und auch damit gerechnet, sie bald wieder zu benutzen.«

»Ist das gut?«

»Mehr als gut. Das ist ein Segen. Wir können die letzten Dateien aufrufen und nachsehen, was abgesandt worden ist.« Pryce begann auf der Tastatur zu tippen, worauf sofort zwei Worte in grüner Schrift auf dem schwarzen Bildschirm erschienen.

PASSWORT EINGEBEN.

»Verdammt!« stieß Pryce halblaut hervor, stand auf und ging zur Treppe. »Ich bin gleich wieder da«, sagte er. »Ich hole unseren Skipper runter, und der wird uns den Zugang zu diesem Ding hier verschaffen, sonst leistet er dem schönen Michail Gesellschaft bei den Haien!«

Pryce rannte die paar Stufen hinauf und sah sich im Mondlicht auf Deck um. Er erstarrte – was er da sah, war einfach nicht möglich. Der Kapitän war verschwunden; er selbst hatte ihn gefesselt und seine Fesseln in einer Klampe an der Schiffswand gesichert, aber er war nicht da! Dafür waren seine beiden Helfer mit Blut überströmt, der Cockney aus London offensichtlich tot, der Australier kaum noch am Leben – an seinem Schädel klaffte eine Wunde, seine Augen fingen bereits an, glasig zu werden.

»Was war da los?« brüllte Pryce den Australier an und packte ihn an den blutigen Schultern.

»Dieser verdammte Scheißer!« flüsterte der tödlich Verwundete. »Er hat sich aus dem Tau rausgewunden und gesagt, er will uns befreien. Aber dann hat er sich ein Winscheisen geschnappt und damit auf uns eingeschlagen, erst auf ihn, dann auf mich, so schnell, daß wir gar nich richtig mitgekriegt ham, was los is ... Zur Hölle soll er fahren!« Der Australier tat einen letzten gurgelnden Atemzug, dann war er tot.

Pryce sah über die Bordwand nach unten; das Schlauchboot war verschwunden. Der Geflohene hatte fünf oder sechs kleine Inseln zur Auswahl. Damit war die Spur für den Augenblick abgerissen. Pryce rannte wieder in die Kabine hinunter. »Dieser Hurensohn ist freigekommen, hat die anderen beiden umgebracht und sich das Schlauchboot geschnappt!« sagte er. »Und in den Computer komme ich nicht rein.«

»Dort drüben gibt es ein Telefon, junger Freund«, sagte Scofield. »Mir ist schon klar, daß das nicht gerade High-Tech ist, aber ich habe in unserem Haus angerufen und den Anrufbeantworter erwischt.«

»Sie sind ein Genie von gestern in einer lausigen High-Tech-Welt«, sagte Pryce erleichtert und griff nach dem Telefon neben dem Computer. Er gab den Code ein, der ihn im Satellitennetz größte Priorität verschaffen würde und stellte eine Verbindung mit Langley, Virginia, und dort dem Einsatzdirektorium her, dem sakrosanktesten aller geheimen Projekte der Firma.

»Ja?« sagte die neutrale Stimme am anderen Ende der Leitung.

»Hier Kurbelwelle, Karibik. Ich muß mit Deputy Director Frank Shields sprechen. Priorität Vier-null.«

»Director Shields hat das Gelände vor mehreren Stunden verlassen, Sir.«

»Dann schalten Sie mich zu ihm nach Hause durch.«

»Dazu benötige ich zusätzliche Informationen ...«

»Probieren Sie es mit dem Namen Beowulf Agate!« fiel Pryce ihm schroff ins Wort.

»Wer, Sir?«

»Ich dachte, das wäre ich«, sagte Scofield grinsend.

»Ich borge mir den Namen aus, stört Sie das?«

»Schätze nein.«

»Beowulf Agate«, wiederholte Pryce eindringlich.

Zwölf Sekunden später war am anderen Ende die Stimme von Frank Shields zu hören.

»Das war eine lange Zeit, Brandon, über zwanzig Jahre würde ich sagen.«

»Hier ist nicht Brandon, hier bin ich. Kurbelwelle und Karibik hat bei Ihrem Roboter nichts bewirkt, also habe ich mir den Namen ausgeborgt. Der Inhaber war einverstanden.«

»Sie haben ihn gefunden?«

»Ihn und noch eine ganze Menge mehr, Frank, aber jetzt ist nicht die Zeit für Einzelheiten. Ich brauche schnell Informationen. Ist Ihr *Big Guy Eye* noch in Betrieb?«

»BGI und seine Brüder und Schwestern sind immer in Betrieb, rund um die Uhr; das ist ja größtenteils Schrott. Was brauchen Sie?«

»Im Laufe der letzten Stunde hat es von hier aus eine oder mehrere Sendungen gegeben, der Himmel weiß wohin, entweder per Telefon oder Computer über Satellit. Können Sie den abgehörten Funkverkehr reinholen?«

»Aber sicher. Wieviel Material wollen Sie haben, zehn- oder zwanzigtausend Seiten?«

»Witzbold. Ich habe einen Blick auf die Karte geworfen. Ausgangspunkt der Sendung folgende ungefähre Koordinaten: Länge dreiundsechzig Grad sieben Minuten Nord – Breite achtzehn Grad vier Minuten West. Zeitspanne zwischen Mitternacht und zwei Uhr morgens.«

»Ich gebe zu, das engt die Auswahl etwas ein. Das wäre unsere Station Mayagüez in Puerto Rico. Und wonach sehen wir uns um?«

»Ob Beowulf Agate in den Mitschnitten vorkommt. Man hat Scofield gesagt, daß sie hinter ihm her sind.«

»Die Matarese?«

»Stimmt genau, das stammt von einem elegant gekleideten Kotzbrocken, der jetzt den Planeten nicht mehr beschmutzt.«

»Sie waren fleißig.«

»Die auch. Sie sind mir auf Schritt und Tritt gefolgt ...«

»Wie konnten sie das? Alles war doch streng geheim!«

»Weil wir einen oder mehreren von diesen Typen auf unserer Lohnliste haben.«

»Großer Gott!«

»Der hilft uns jetzt auch nicht weiter. Machen Sie sich an die Arbeit.«

»Unter welcher Nummer erreiche ich Sie?«

»Wir sind auf einem Schiff, und Nummer steht hier keine. Aber es gibt hier einen Computer mit Bildschirm und allem.«

»Schalten Sie Ihre Standleitung auf Verschlüsselung. Ich werde veranlassen, daß Mayagüez unmittelbar mit Ihnen in Verbindung tritt, falls die etwas finden. Und auch, wenn sie nichts finden. Ich werde denen auch noch ein paar Tips geben.«

»Ich verlasse mich darauf, daß Sie was rauskriegen, Frank«, sagte

Pryce, zog sich die Tastatur des Computers heran und lieferte Shields die Daten, die er brauchte. »Diese Mistkerle haben eine ganze Crew junger Männer von der Coast Guard umgebracht.« Pryce legte auf und lehnte sich schwer atmend in den Sessel zurück.

»Was tun wir jetzt?« fragte Antonia.

»Wir warten, Mädchen«, antwortete Scofield. »Wir warten zur Not, bis die Sonne aufgeht. Mayagüez muß eine ganze Menge rausfiltern, falls sie überhaupt etwas finden.«

»Eine Zeitspanne von nur zwei Stunden mit ziemlich exakten Koordinaten sollte es ein wenig einfacher machen«, sagte Pryce. »Selbst Shields sieht das so.«

»Frank mag ja einen eindrucksvollen neuen Titel haben«, murmelte Scofield, »aber deswegen ist und bleibt er immer noch ein Analytiker. Er fühlt sich in Washington wohl. Sie sind draußen im Einsatz. In solchen Situationen beschränkt sich seine Aufgabe darauf, Leute wie Sie in Stimmung zu halten. ›Die Jungs draußen glücklich machen‹ nennen diese Sesselfurzer das.«

»Sie sind wirklich ein Zyniker.«

»Ich habe lange genug gelebt und zu viele andere überlebt, um etwas anderes zu sein.«

»Dann warten wir also.« Die Minuten schleppten sich dahin, alle starrten wie gebannt auf den Bildschirm. Beinahe eine Stunde verstrich, bis plötzlich Text auf dem Schirm erschien:

> *In Zerhackermodus. Abhören unmöglich. Basierend auf ›Beowulf Agate‹ und zusätzlichen Informationen aus D. C. haben wir recherchiert und senden folgendes: Vermutlich zwei Sendungen von geschätzten Koordinaten. Beides Telefonate in französischer Sprache:* Teurer Falke trifft in Buenos Aires ein. *Zwei:* Marinebeobachter kooperativ, neutrale Zone. Inseln südwestlich von British Tortola.« *Ende der Mitteilung. Empfänger noch unter Überwachung. Europäische Mittelmeerstationen ermitteln Zielpunkt.*

»Ist ja komisch!« rief Brandon Scofield aus. »Richtig nett.«

»Wieso?« fragte seine Frau.

»Die haben das Codieren bei den Pfadfindern gelernt«, sagte Scofield.

»Ja, ziemlich durchsichtig, das würde ich auch sagen«, pflichtete Pryce ihm bei.

»Was ist durchsichtig?« sagte Antonia.

»›Teurer Falke trifft in Buenos Aires ein‹«, wiederholte Scofield. »Übersetzung: der teure Falke – der Jäger – ist unser neuer Freund Pryce. Preis – teuer. Buenos Aires ist B. A., zweifellos Beowulf Agate, und das bin ich.«

»Oh, jetzt verstehe ich«, sagte Antonia, die immer noch auf den grünen Text auf dem schwarzen Bildschirm starrte. »Und der Rest?«

»Das beantworte ich«, sagte Pryce zornig. »›Marinebeobachter kooperativ‹ ... und neutralisiert. Die haben den Kutter der Coast Guard in die Luft gejagt. Verdammt sollen sie sein!«

»In dem zweiten Gespräch heißt es ›Inseln südwestlich von British Tortola‹«, ergriff jetzt wieder Scofield das Wort. »Keine konkret bezeichnete Insel, und wenn man einmal von den Brasses absieht, gibt es im Süden und Südwesten von uns wenigstens zwanzig Inseln. Fahren wir auf unsere Sechsundzwanzig, dann kann ich meine Geräte einsetzen, und außerdem können wir einen Schluck trinken, was ich jetzt für äußerst notwendig halte.«

»Sie haben keinen Computer«, wandte Pryce ein.

»Ich brauche auch keinen, mein Junge. Ich habe ein Telefon, eines von diesen neumodischen Comsat-Dingern. Hat mich eine Stange Geld gekostet, aber wenn Sie einen Freund in Hongkong haben, können Sie ihn jederzeit damit anrufen.«

Plötzlich war ferner Donner am Nachthimmel zu hören, aber es war kein Gewitter. Es war etwas anderes.

»Was zum Teufel ist jetzt wieder los?« sagte Cam.

»Auf Deck!« schrie Scofield und packte seine Frau an der Hand und zerrte sie zu der kurzen Treppe, während er mit der anderen Hand Pryce zuwinkte. »Raus hier!«

»Was ... warum?«

»Weil das wahrscheinlich ein Luftangriff ist, Sie Idiot!« schrie der Agent im Ruhestand. »Die suchen uns. Wenn die das Boot hier sehen, sind wir erledigt. Beeilung, ihr beiden. Runter von dem Boot!«

Alle drei schwammen so schnell sie konnten von dem Schiff weg, als ein Düsenjäger aus dem Himmel stieß und zwei Bomben abwarf, deren Explosion den düsteren Himmel kurzzeitig erhellte. Das Schiff sank binnen weniger Augenblicke.

»Toni, Toni, wo bist du?« schrie Scofield in den aufgewühlten Wellen.

»Hier drüben, Liebling!« rief Antonia von weiter draußen.

»Pryce? ... Sind Sie da, sind Sie am Leben, Pryce?«

»Allerdings!« antwortete Pryce. »Und das will ich auch bleiben!«

»Schwimmen Sie zur Insel«, befahl Scofield. »Es gibt einiges zu bereden.«

»Was gibt es zu bereden?« fragte Pryce, als er sich auf der unbeleuchteten Veranda abtrocknete.

»Die haben das Leben zerstört, das ich so liebgewonnen habe, junger Mann. Die haben uns unser Glück und unsere Freiheit genommen.«

»Da kann ich nichts machen«, sagte Pryce. »Ich habe Ihnen ja gesagt, ich habe mir große Mühe gegeben, Ihren Aufenthaltsort nicht bekannt werden zu lassen.«

»Aber es hat nicht ausgereicht, oder?«

»Gehen Sie mir nicht auf den Geist. Sie haben selbst zugegeben, daß es gar nicht so schwer war, Sie zu finden.«

»Für Sie nicht, aber für die war ich das. Mit einer Ausnahme, mit der ich nie gerechnet habe, aber das hätte ich wohl tun sollen. Nach all den Jahren haben die immer noch einen Maulwurf in der Firma. Und zwar an ziemlich hoher Stelle. Hatten Sie das geahnt?«

»Nein. Sie haben ja gehört, wie ich zu Frank gesagt habe, daß da jemand auf unserer Lohnliste steht. Er ist im Viereck gesprungen.«

»Ich glaube Ihnen, und ihm glaube ich auch. Und deshalb müssen Sie dafür sorgen, daß es sich herumspricht: Beowulf Agate ist wieder da. Alle sollen erfahren, daß Beowulf Agate und Wassilij Taleniekov, die Schlange, wieder da sind und erst Ruhe geben werden, wenn es keine Matarese mehr gibt.«

»Und was ist mit mir, Scofield?«

»Sie sind unser Vollstrecker. Unsere Speerspitze.«

»Unser? ... Taleniekov ist tot. Den gibt es nicht mehr!«

»Aber nicht in meinem Kopf, Cameron Pryce. Da wird es ihn immer geben.«

6

Sie saßen auf der dunklen, von einem Moskitogitter geschützten Veranda im spärlichen Licht einer Petroleumlaterne, deren Docht fast ganz heruntergebrannt war und die gerade noch genug Licht lieferte, um die Ziffern auf Scofields Funktelefon zu beleuchten. Er hatte die lange Zahlenkette eingegeben, die ihnen eine direkte Verbindung mit der geheimen Einsatzzentrale in Langley verschaffte. »Nehmen Sie den anderen Apparat«, forderte Scofield Pryce auf, worauf dieser im Dunkeln nach dem Telefon herumtastete.

»Ja?« Wieder das Flüstern der roboterhaften Stimme.

»Noch einmal Beowulf Agate«, sagte Scofield. »Stellen Sie mich zu Shields durch.«

»Einen Augenblick, Sir.« Die Leitung war dem Anschein nach eine Sekunde lang tot, dann war wieder die körperlose Stimme zu hören: »Ich fürchte, Sie sind nicht Beowulf Agate. Ihr Stimmabdruck stimmt nicht überein.«

»Stimmabdruck?... Herrgott noch mal, Cam, sagen Sie diesem prätorianischen Schlüsselbewahrer, daß *ich* Beowulf Agate bin, und nicht Sie!«

»Jetzt habe ich's. Es lag auf dem Boden«, sagte Pryce und griff nach dem Telefon und schaltete sich ein. »Hören Sie, Nachtwache, ein Stimmabdruck bedeutet überhaupt nichts, der Code ist das Entscheidende, und den kann mehr als einer haben. Und jetzt schnell, wenn ich bitten darf!«

»Cameron?« sagte die hellwache Stimme von Frank Shields.

»Hi, Squinty«, schaltete Scofield sich ein.

»Brandon, Sie sind das!«

»Wie haben Sie das erraten?«

»Lassen Sie mich nachdenken. Wie geht es Ihnen, Bray?«

»Also, bevor ihr Aasgeier wieder in meinem Leben aufgetaucht seid, ist es mir wesentlich besser gegangen!«

»Das mußten wir aber, alter Freund. Das hat Pryce Ihnen ja sicher klargemacht. Übrigens, was halten Sie von ihm?«

»Ich kann Ihnen wirklich nicht sagen, was er für ein Arschloch ist, weil er nämlich am anderen Apparat mithört.«

»Ich bin am anderen Apparat«, bestätigte Pryce leise und hörbar erschöpft. »Lassen Sie sich von mir kurz ins Bild setzen, Frank.« Pryce schilderte schnell die Ereignisse der letzten Stunden bis zum Verschwinden des schwedischen Kapitäns. »Er muß jemanden ganz in der Nähe erreicht haben, denn er war kaum von seinem Boot verschwunden, als schon ein Überschall-Jet den Kahn zu Treibholz zerdeppert hat. Zum Glück, und dafür bin ich ihm wirklich von Herzen dankbar, hat ihr ehemaliger Kollege den Lärm gehört und lange vor mir den richtigen Schluß daraus gezogen, sonst würde ich jetzt nicht mit Ihnen reden. Aber ich weiß immer noch nicht, wie er es angestellt hat.«

»Er kennt die Matarese, Cam.«

»Das tue ich allerdings, Squinty«, schaltete Scofield sich wieder ein, »und unser Killerkapitän brauchte gar nicht erst mit jemandem Verbindung aufzunehmen. Die haben dieses Fischerboot von der ersten Sendung an angepeilt, die dort abging. Von dem Augenblick an war das ganze Räderwerk in Bewegung, und den Kahn und seine Crew haben die natürlich von Anfang an als entbehrlich geführt. Die Matarese überlassen nie etwas dem Zufall.«

»Jetzt haben Sie es gehört, Pryce«, sagte Shields zweitausend Meilen nördlich von den Virgin Islands.

»Aber verdammt noch mal, wo ist dieser Flieger denn hergekommen?« explodierte Pryce. »Das war ein Kampfbomber, bewaffnet, er muß also von einem Luftwaffenstützpunkt gekommen sein! Herrgott, haben die denn auch die Air Force infiltriert? Bei der Firma hat ihnen das ja offensichtlich keine große Mühe bereitet.«

»Daran arbeiten wir«, sagte Shields leise und mit stockender Stimme.

»Sie könnten sich täuschen, Cam«, sagte Scofield ruhig. »Die Explosionen haben uns geblendet; es war dunkel, und wir schwammen um unser Leben. Wir können nicht ganz sicher sein, was wir da gesehen haben.«

»Und dank eurer Ritterlichkeit«, fügte Antonia hinzu, »war ich weiter draußen als ihr beide. Ich hab' mir die Maschine angesehen, als der Pilot einen Kreis flog, um sein Werk zu betrachten ...«

»Ich bin untergetaucht, weil ich Angst hatte, er würde uns unter Feuer nehmen«, rief Pryce.

»Ich auch«, sagte Scofield.

»Auf die Idee bin ich gar nicht gekommen ...«

»Was hast du denn gesehen, Liebste? ... Können Sie sie hören, Frank?«

»Ganz deutlich«, sagte der Mann in Langley.

»Es war ein Jet, ganz sicher, aber kein Modell, das ich kenne, und er trug auch, wie mir schien, keinerlei Kennzeichnung. Aber die Tragflächen sahen irgendwie seltsam aus, und an der Unterseite waren große Ausbuchtungen.«

»Eine Harrier«, sagte Cameron Pryce angewidert. »Die können von jedem Hinterhof aus starten.«

»Für die kein Problem, sich so etwas zu beschaffen«, fügte Beowulf Agate hinzu. »Ich wette, daß die Dutzende von den Dingern haben, strategisch verteilt.«

»Also, um auf Ihre frühere Einschätzung zurückzukommen«, meldete sich jetzt wieder Shields zu Wort, »als Sie sagten, jemand hätte das Boot ›angepeilt‹, hieß das in Wirklichkeit, daß die Harrier da schon bereitstand?«

»Daran zweifele ich keinen Augenblick. Wann habt Ihr Jungs dort oben denn beschlossen, Pryce hinter mir herzuschicken?«

»Vor sechs oder sieben Tagen, als der Coast-Guard-Stützpunkt auf St. Thomas uns nur ein Postfach melden konnte, um das sich nie jemand zu kümmern schien.«

»Genug Zeit, um eine 747 auf eine Insel zu verlegen, ganz zu schweigen von einer kleinen Harrier. Schließlich, Squinty, und ich sage das in aller Bescheidenheit, bin ich ja doch recht interessant, finden Sie nicht auch?«

»Sie sind ein ... lassen wir das lieber.« Man konnte Shields atmen hören. »Ich habe eine neue Meldung über das Ergebnis der Relais-Peilung im Mittelmeerraum.«

»Was zum Teufel ist das jetzt wieder?« fragte Scofield. »Etwas Neues?«

»Eigentlich nicht, Brandon. Sie haben das selbst häufig benutzt – nur eine neue Bezeichnung, weil die Satellitenkommunikation inzwischen Computer, Funkverkehr und Telefon mit einbezieht. Erinnern Sie sich, wenn Sie, sagen wir von Prag London anrufen wollten, aber eine Nummer in Paris gewählt haben?«

»Sicher. Wir haben den KGB und die Stasi damit oft zum Wahnsinn getrieben. Einmal hätten sie fast ein Ballettstudio in die Luft gejagt, weil sie dachten, das sei unser MI6-Briefkasten. Bloß daß sie es einfach nicht über das Herz brachten, durch die wirbelnden Tutus zu feuern!«

»Das ist genau dasselbe, nur technisch wesentlich moderner.«

»Also, ich habe wirklich keine … Augenblick mal, jetzt verstehe ich! Wir nannten das ›Anrufweiterleitung‹, und Sie nennen es jetzt ›Relais-Peilung‹.«

»Weil wir vorwärts und rückwärts arbeiten. Wir senden nicht nur, wir können jetzt über die Mehrfachrelais auch die Empfänger anpeilen.«

»Das ist beachtlich, Squinty.«

»Schluß jetzt mit dem Vortrag«, sagte Pryce. »Ich werde unseren neugierigen Freund später auf den neuesten Stand bringen. Also, was haben Sie rausbekommen?«

»Es ist verrückt, Cam. Der erste Anruf ging nach Paris, wurde dann nach Rom weitergeleitet, anschließend nach Kairo, zurück nach Athen, dann nach Istanbul und schließlich nach Italien, in die Lombardei, genauer gesagt an den Comer See. Und dort haben sie ihn gegabelt …«

»Gespaltene Ziele!« rief Pryce aus. »Die haben die Drähte gespalten!«

»In drei Teile. Aber das stärkste Signal ging nach Groningen in den Niederlanden, wo es endete. Unsere Fachleute glauben, daß die letzte Etappe ein Privatanschluß in Utrecht, Amsterdam oder Eindhoven war.«

»Drei ziemlich große Städte, Frank.«

»Ja, das wissen wir auch. Wo wollen Sie anfangen? Ich werde unseren Agenten Bescheid sagen, daß sie Sie in jeder Hinsicht unterstützen sollen.«

»Er wird nicht anfangen!« rief Scofield in den Hörer. »Er wird dann anfangen, wenn ich ihm das sage!«

»Jetzt mal hübsch langsam, Bray«, sagte Frank Shields ruhig, »ich würde Sie nicht einmal, wenn mein Leben davon abhinge, für einen Außeneinsatz freigeben. Unter anderem würde mich dann nämlich meine Frau verlassen, mit der ich schon vierzig Jahre verheiratet bin. Sie vergöttert Sie, wie Sie ja wissen.«

»Grüßen Sie mir Janie, sie war immer intelligenter und viel interessanter als Sie. Aber wenn Sie mich zurückhaben wollen, Sie Hurensohn, dann zu meinen Bedingungen.«

»Nicht im Feldeinsatz!«

»Das akzeptiere ich, Squinty. Ich schieße noch verdammt gut, aber ich kann nicht mehr so über Zäune springen wie früher.«

»Was wollen Sie dann?«

»Ich will die Operation leiten.«

»Was?«

»Ich bin der einzige, der in ihre Organisation eingedrungen ist. Ich war dabei, als wir sie in die Hölle gejagt haben. Aber vor diesem kleinen Weltuntergang gab es nur Taleniekov und mich, die sie ausgespäht und eine Ahnung davon hatten, wie sie dachten, was sie bewegte, wie fanatisch sie ihre Ziele verfolgten – und alles unter dem Mäntelchen der Vernunft, damit die ganze Welt nach ihrer Pfeife tanzen sollte. Sie dürfen mich nicht einfach wieder in der Versenkung verschwinden lassen, Frank. Das lasse ich nicht zu! Sie brauchen mich!«

»Ich wiederhole, nicht im Feld«, erklärte der Deputy Director der CIA ruhig, aber bestimmt.

»Das will ich doch gar nicht – ich kenne meine Grenzen. Aber ich werde Ihnen keine freie Bahn geben.«

»Was soll das heißen?«

»Wenn der Junge in die Bredouille kommt, habe ich das Recht, mich einzuschalten.«

»Kommt nicht in Frage. ›Bredouille‹ bedeutet für Sie etwas völlig anderes als für irgend jemand sonst.«

»Was ist, wenn er getötet wird?«

»Oh?« Shields zögerte. »Daran hatte ich nicht gedacht.«

»Aber man muß es doch in Betracht ziehen, oder?«

»Schluß jetzt!« rief Cameron Pryce. »Ich sorge für mich selbst, Frank!«

»Jetzt versuchen Sie bloß nicht, den Helden zu spielen, mein Junge«, sagte Scofield in seinen Hörer. »Helden haben am Ende immer eine Unmenge Orden, die man mit ihnen begräbt.«

»Also schön, Brandon, wie wollen Sie vorgehen?« fragte Shields.

»Antonia und ich haben die Absicht, zu diesem Haus hier zurückzukehren, wenn es nicht in die Luft gejagt wird. Aber zunächst werden wir wohl rauf zu Ihnen kommen müssen.«

»Ganz wie Sie wollen. Unser Budget ist einigermaßen flexibel.«

»Du großer Gott, das klingt ja wie bei den Matarese. Die haben mir zwei Millionen und einen Palast im Südpazifik angeboten.«

»So weit können wir nicht gehen, aber es gibt da ein paar recht attraktive Alternativen. Alles natürlich sichere Häuser.«

»Dann wollen wir anfangen, Squinty. Die Zeit ist knapp.«

»Verdammt noch mal!« rief Cameron Pryce, der das Telefon so dicht am Mund hielt, daß den beiden anderen die Ohren weh taten. »Mag ja sein, daß ich kein alter Kumpel von Ihnen bin, *Squinty*, aber das ist immer noch meine Operation! Ich habe diesen Hurensohn gefunden und lasse mich jetzt nicht einfach ausbooten!«

»Das will ja keiner, junger Mann«, sagte Brandon Alan Scofield. »Sie werden alles das tun, was ich nie wieder versuchen sollte, was aber ohne Zweifel getan werden muß. Sehen Sie, in dieser Gleichung gibt es einen Faktor, den weder Sie noch irgend jemand sonst in Washington versteht. Den Hirtenjungen hat man von dieser Erde entfernt, aber die Krone ist an einen anderen weitergegeben worden. Und der ist der Schlüssel.«

»Wieder dieser Hirtenjunge? Was zum Teufel reden Sie da eigentlich?«

»Das werde ich Ihnen sagen, wenn ich glaube, daß die Zeit dafür reif ist.«

Der vierstöckige Steinbau an der Keizersgracht in Amsterdam erinnerte an den Glanz der reichsten Jahre jener Handelsstadt um die Jahrhundertwende. Das viktorianische Mobiliar war zwar massiv und doch kunstvoll geschnitzt, Erbstücke, wie sie in einer reichen Familie über Generationen weitergegeben worden waren. Flämische und französische Gobelins von unschätzbarem Wert zierten die Wände der hohen Räume, deren Fenster das Licht durch feinste Spitzengardinen in die Räume fallen ließen. An der Hinterseite des Gebäudes gab es einen kleinen Mahagoniaufzug mit einem Messinggitter, der bis zu fünf Fahrgäste aufnahm. Um freilich den dritten und obersten Stock zu erreichen, mußte man einen speziellen Code eingeben, der täglich geändert wurde. Gab man einen falschen Code ein, so blieb der Aufzug sofort stehen und das Messinggitter ließ sich nicht mehr öffnen. Wer also versuchte, den dritten Stock ohne Codefreigabe zu erreichen, saß in der Falle und war den Bewohnern des Hauses auf Gnade und Barmherzigkeit ausgeliefert.

Im übrigen hatte der Hauptbereich eines jeden Stockwerks seine spezielle Funktion. Das Erdgeschoß war im wesentlichen ein großer Salon, in dem auch der für das Bürgertum vergangener Generationen obligatorische Steinway-Flügel nicht fehlte und wo Cocktailpartys und gelegentlich auch Vorträge stattfinden konnten. Das erste Stockwerk, das man ohne Mühe über die Treppe erreichte, enthielt einen grandiosen Speisesaal, in dem sechzehn Menschen bequem Platz fanden, mit einer separaten Bibliothek und einer riesigen Küche dahinter.

Das zweite Stockwerk enthielt die Schlafräume: eine große Suite mit Bad und drei zusätzliche Gästezimmer mit allen Bequemlichkeiten. Der dritte Stock war *off limits*. Die Treppen endeten im zweiten Stockwerk, und das Geländer ging in den Flur über, ohne daß irgend etwas auf die Existenz eines weiteren Stockwerks hingewiesen hätte; man konnte dort nur eine erlesen tapezierte Wand sehen.

Sollte jedoch ein Bewohner oder ein Gast den Aufzugscode besitzen, so stand ihm beim Betreten des dritten Stockwerks etwas Erstaunliches bevor: Was sich dort verbarg, war nichts weniger als eine militärische Einsatzzentrale. Die ganze vordere Wand war eine von hinten beleuchtete Karte der ganzen Welt, auf der in verschiedenen Farben winzige Lichter unregelmäßig pulsierten. Gegenüber dieser Darstellung der Erde konnte man sechs weiße Computerstationen sehen, je drei auf beiden Seiten eines Mittelgangs, der zu einem riesigen, erhöht stehenden Schreibtisch führte, sozusagen dem Thron für den regierenden Monarchen.

Abgesehen von diesen Zeugnissen modernster Technologie, die im Vergleich mit den Stockwerken darunter so anachronistisch wirkten, war vielleicht das eigentümlichste Phänomen, daß es keinerlei Fenster gab. Von außen betrachtet waren sie vorhanden, innen existierten sie nicht. Analog der Treppe, die im zweiten Stock endete, hatte man die Fenster im dritten Stock einfach zugemauert, so daß der Raum nur von der gewaltig wirkenden Weltkarte und den Halogenlampen an jeder der sechs Computerstationen beleuchtet wurde. Schließlich, wie um die makabre Atmosphäre des Raums noch zu verstärken, waren die sechs Männer, die die Computer bedienten, alles andere als strahlende junge Leute mit eifrigen Gesichtern, wie man sie gewöhnlich mit solchem Gerät in Verbindung brachte. Vielmehr waren sie ausnahmslos Männer in mittleren Jahren, weder schlank noch korpulent, mit strengen Gesichtszügen, wie man sie häufig bei Wirtschaftsmanagern findet, wohlhabend, aber keinerlei Frivolitäten zugeneigt.

In Amsterdam war früher Vormittag, das bestätigte eine der blauen Wanduhren über der Landkarte, die die Mitteleuropäische Zeitzone vertrat, in der sich auch die Niederlande befinden. Alle sechs Computer summten leise vor sich hin, und die Finger der Männer tanzten geschickt über die Tastaturen, wobei ihre Augen immer wieder zu dem riesigen Bildschirm wanderten, auf dem die kleinen blitzenden Lämpchen auf ausgesandte oder empfangene Informationen deuteten.

Jetzt kam Jan van der Meer Matareisen aus einer wuchtigen Tür an der Längsseite des Raums, ging schnell auf den Schreibtisch zu, setzte sich und schaltete seinen Computer ein.

Er schlug ein paar Tasten an und sah erwartungsvoll auf den Bildschirm. Dann ertönte seine metallisch und besorgt klingende Stimme. »Nummer fünf, wie steht es mit den neuesten Nachrichten aus der Karibik?« fragte er in holländischer Sprache. »Ich finde hier nichts, absolut nichts!«

»Ich wollte es gerade übertragen, *mijnheer*«, erwiderte der nervös wirkende Mann mit der Stirnglatze an Station fünf. »Es gab dort beträchtliche Verwirrung, und die Decodierung war mühsam, weil die Nachricht hastig und unvollständig ausgesandt worden war.«

»Und wie lautet sie? Schnell!«

»Unser Pilot ist überzeugt, daß er über Guantánamo mittels AWACS-Radar geortet wurde. Er hat ein Ausweichmanöver vorgenommen, jegliche Kommunikation eingestellt und Kurs nach Süden genommen.«

»Ziel?«

»Unbekannt, Sir. Er deutete an – er hat sich insgesamt nicht sehr klar ausgedrückt –, daß er ›unorthodoxen‹ Kontakt herstellen würde, sobald er sich in Sicherheit befände.«

»Unorthodox«, mischte sich Station sechs ein, rechts unterhalb von Matareisen, »das bedeutet, daß er aller Wahrscheinlichkeit nach eine unserer Zweigstellen aufsuchen und dort veranlassen wird, daß die mit uns Verbindung aufnehmen.«

»Und welche Möglichkeiten hat er?«

»Die nächste ist Barranquilla in Kolumbien«, antwortete Station zwei und tippte ein paar Daten ein. »Oder Nicaragua, vielleicht auch die Bahamas, aber das wäre gefährlich. Nassau arbeitet zu offen mit Washington zusammen.«

»Augenblick, *mijnheer*!« rief Fünf. »Eine Sendung. Aus Caracas!«

»Gut geflogen und gut gedacht«, sagte der Führer der Matarese. »In Venezuela sitzen wir fest im Sattel.« *Äußerst fest*, dachte Matareisen, *die sitzen in den Aufsichtsräten aller großen Ölgesellschaften.* »Die Nachricht bitte.«

»Ich dechiffriere sie gerade.«

»Rasch!«

»Bitte: ›Argonaut bei Neptun. Keine Erben. Bericht folgt.‹«

»Ausgezeichnet, ausgezeichnet!« rief Matareisen und erhob sich von seinem Sessel. »Machen Sie sich eine Notiz, daß wir unseren Piloten belohnen müssen. Er hat das Schiff versenkt, und es gibt keine Überlebenden ... und ich muß auch einen Bericht machen.« Mit diesen Worten ging Matareisen zu der Tür an der rechten Wand zurück. Er preßte seine Handfläche auf die etwas tieferliegende Sicherheitsplatte; ein Klicken war zu hören, dann griff er nach dem Knopf, öffnete die mächtige Tür und schloß sie wieder hinter sich.

Die sechs Männer an den Computern atmeten wie aus einem Munde erleichtert auf. »Glauben Sie, wir erfahren je, was da drinnen ist?« flüsterte Station drei lächelnd.

»Man bezahlt uns äußerst gut dafür, seine Erklärung zu akzeptieren«, erwiderte eins ebenfalls im Flüsterton. »Er sagt, das sei seine Privatwohnung und er habe dort Geräte, die den unseren weit überlegen sind. Dabei haben wir schon die besten, die es gibt.«

»Aber er ist niemandem verantwortlich, das hat er doch klargemacht«, sagte zwei. »Wem sollte er also berichten?«

»Wer weiß?« fuhr drei fort. »Aber falls das auch ein Kommunikationsraum ist, stehen dort bestimmt zwanzig oder dreißig Maschinen. Der Raum ist vielleicht ein wenig schmaler als der hier, aber ganz bestimmt ebenso lang.«

»Darüber sollten wir uns gar nicht erst den Kopf zerbrechen, Freunde«, sagte Station eins. »Wir sind reicher, als wir je waren, und müssen die Regeln akzeptieren. Ich jedenfalls würde nie wieder in meine Stellung in der Wirtschaft zurückkehren, denn so hoch mein Gehalt dort auch war, es ist kein Vergleich mit *mijnheer* van der Meers Großzügigkeit.«

»Da kann ich Ihnen nur zustimmen«, tönte Station fünf. »Augenblick! Wieder eine Sendung. Diesmal über Istanbul.« Alle Augen wandten sich dem Bildschirm an der Wand zu.

»Lesen Sie«, sagte Vier. »Vielleicht müssen wir van der Meer verständigen.«

»Es ist von Adler ...«

»Das ist Washington«, fiel sechs ihm ins Wort, »unsere Kontaktperson in Langley.«

»Lesen Sie!«

»Augenblick, ich muß es erst dechiffrieren; aber es ist nicht lang.«

Siebenundneunzig Sekunden verstrichen, alle Augen ruhten auf Station fünf. Schließlich meldete er sich wieder zu Wort: »Ich habe die

Codenamen bereits übertragen. Damit lautet der Text folgendermaßen: ›Beowulf Agate überlebt. Er und der Falke – das ist Cameron Pryce – in Kontakt mit D-Director Shields. Beowulf und die Frau fliegen unter Schutz der Firma in die USA. Der Wolf übernimmt Einsatzkommando.‹«

»Sie müssen van der Meer stören«, befahl vier.

»Das sollen wir nicht, wenn er dort drinnen ist ...«

»Tun Sie es!«

»Warum tun Sie es nicht?«

»Das werde ich ... Ich lasse ihm noch ein paar Minuten Zeit, falls er zurückkommt.«

Jan van der Meer Matareisen schloß die schwere Tür zu seinem persönlichen Refugium und trat in das strahlende Sonnenlicht, das durch die offenen Fenster hereinfiel. Die riesige Suite bot jeden vorstellbaren Komfort. Da war nichts von den komplizierten Maschinen jenseits der Betonwand zu sehen; bloß ein luxuriöses Wohnzimmer: brokatbezogene Sessel, ein elegant geschwungenes Sofa, das mit fahlgelbem Loro-Piana-Alpaka bezogen war, und auch hier wieder Gobelins von unschätzbarem Wert. Ein überdimensionierter Fernseher mit den modernsten Audiogeräten dominierte eine Wand, und in einer verspiegelten Bar konnte man die teuersten Whiskys und Brandys sehen. Es war die Wohnung eines Mannes, für den das Beste gerade gut genug war.

Van der Meer stand reglos vor einem breiten goldgerahmten Spiegel. »Ich bin es noch einmal, Mr. Guiderone. Ich habe gute Nachrichten.« Er sprach jetzt englisch.

»Nachrichten, die Sie vor einer Viertelstunde noch nicht hatten?« hallte es aus einem Lautsprecher, ebenfalls in Englisch mit amerikanischem Akzent – einem kultivierten Akzent, dem man die Region nicht anmerkte, eine Sprache, wie sie gebildete, wohlhabende Leute sprachen.

»Es ist gerade eingetroffen.«

»Wie wichtig?«

»Beowulf Agate.«

»Das brillanteste Schwein der Welt«, sagte die Stimme des unsichtbaren Mannes, den Matareisen mit Guiderone angesprochen hatte. Er lachte leise. »Ich komme kurz raus, ich telefoniere gerade. Schalten Sie auf die Satellitenschüssel von Saratoga. Ich würde gern von dort auch gute Nachrichten hören. Ich habe im dritten und im fünften Rennen Pferde laufen.«

Matareisen kam der Aufforderung nach. Der riesige Schirm füllte sich mit Vollblütern am Start, Jockeys, die auf ihre Tiere einpeitschten. Jetzt trat Julian Guiderone aus einer Tür. Er war ein durchtrainierter Mann mittlerer Größe, nicht ganz einen Meter achtzig groß, und trug ein Paisley-Sporthemd aus italienischer Seide zu einer scharf gebügelten grauen Flanellhose und Gucci-Slippers. Auf den ersten Blick fiel es schwer, sein Alter zu schätzen – obwohl er sicher nicht jung war. In seinem grauen Haar konnte man hellblonde Strähnen entdecken, aber sein scharfgeschnittenes Gesicht vereitelte jeden Versuch, sein Alter zu schätzen. Es war ein gutes Gesicht, vielleicht mit etwas zu perfekten Proportionen, zu symmetrisch, und seine gebräunte Haut war leicht verfärbt, wie es häufig geschieht, wenn Touristen aus dem Norden sich zu sehr der Tropensonne aussetzen. Wahrscheinlich hätte man das bei einer beiläufigen Begegnung nicht bemerkt, nur die gesunde Bräune. Aber wenn man sein Gesicht länger studierte, merkte man es, ebenso wie die Tatsache, daß er beim Gehen das linke Bein ein wenig nachzog.

»Übrigens, alter Freund«, sagte er, »ich werde noch drei Tage hierbleiben und um die gleiche Stunde wieder abreisen, wie ich eingetroffen bin – um vier Uhr morgens. Sorgen Sie dafür, daß der Alarm dann ausgeschaltet ist.«

»Wird dann bald ein anderer eintreffen?«

»Nur, wenn es Ihnen recht ist. Sie haben natürlich Ihre eigenen Termine, und alles strebt jetzt auf den Höhepunkt zu, nicht wahr?«

»Ich würde nie zulassen, daß Sie dadurch beeinträchtigt werden, Mr. Guiderone.«

»So sollen Sie nicht denken, van der Meer. Sie führen das Kommando. Sie haben das Sagen. In zwei Jahren werde ich siebzig sein; dann muß ein Jüngerer ran. Ich fungiere nur als Berater.«

»Aber einer, dessen Rat hoch geschätzt wird«, beeilte sich Matareisen hinzuzufügen. »Sie waren schon hier, als ich noch ein unerfahrener junger Spritzer war. Sie wissen Dinge, die ich nie wissen werde.«

»Dafür, van der Meer, können Sie Dinge *tun*, zu denen ich schon lange nicht mehr imstande bin. Man sagt mir, Ihre Hände und Füße seien tödliche Waffen – was man bei ihrem elegant gepflegten Aussehen und Ihrer gar nicht so beeindruckenden Größe nie glauben würde. Es heißt, Sie könnten wesentlich größere und stärkere Männer binnen

Sekunden gefechtsunfähig machen.... Als ich jung war, habe ich das Matterhorn und den Eiger erstiegen, aber ich glaube, heute würde ich nicht einmal mehr den Anfängerhügel schaffen.«

»Meine körperlichen und intellektuellen Fähigkeiten können sich nie mit der Weisheit Ihrer Erfahrung messen.«

»Das bezweifle ich, aber ich danke für das Kompliment...«

»Sagen Sie mir etwas über diesen Scofield, diesen ›Beowulf Agate‹«, fiel ihm Matareisen höflich, aber bestimmt ins Wort. »Ich habe Ihre Anordnungen ohne Widerspruch befolgt, aber, wenn Sie gestatten, mit einigem Risiko. Ich bin natürlich sehr neugierig. Sie haben ihn ›das brillanteste Schwein der Welt‹ genannt. Warum?«

»Weil er mit Schweinen gelebt und sich mit Schweinen abgegeben hat – den eigenen amerikanischen Schweinen, die versucht haben, ihn zu töten. ›Exekution wegen Hochverrats‹ lautete ihre legale Rechtfertigung.«

»Jetzt kennt meine Neugierde keine Grenzen mehr! Die Amerikaner wollten ihn töten?«

»Er hat das in Erfahrung gebracht, und statt sich an denen zu rächen, die den Befehl erteilt hatten, hat er den Spieß umgedreht und ist wahrhaft unantastbar geworden.«

»Wie bitte?«

»Er hat all die anderen Schweine jetzt seit fünfundzwanzig Jahren erpreßt.«

»Wie?«

»Er hat ihnen gesagt, er verfüge über unumstößliche Beweise, daß wir die wichtigsten Bereiche seiner Regierung völlig korrumpiert hätten und im Begriff gewesen seien, unseren eigenen Mann als Präsidenten der Vereinigten Staaten zu installieren. Und das war völlig richtig. Wenn Beowulf Agate und die Schlange nicht gewesen wären, hätten wir den größten Coup in der Geschichte der zivilisierten Welt in die Tat umsetzen können.«

»Die Schlange?«

»Ein Offizier des sowjetischen Nachrichtendienstes namens Taleniekov.... Das ist alles, was Sie wissen müssen, van der Meer. Die Schlange ist eines höchst unschönen Todes gestorben, und uns kommt es jetzt zu, den Auftrag für die Hinrichtung Beowulf Agates auszuführen, den seine eigenen Leute erteilt haben.«

»Das haben wir. Das ist meine Neuigkeit. Das Alpha-Schiff ist versenkt worden. Mir liegt die Bestätigung vor, daß Scofield sich darauf befunden hat. Er ist tot, Mr. Guiderone.«

»Ich gratuliere, van der Meer!« rief der Berater des Vorsitzenden der Matarese aus. »Sie haben sich Ihre Position wirklich verdient! Ich werde das dem Rat in Bahrain vortragen. Wenn Scofield irgendwelche Dokumente hinterlassen hat, sind wir darauf vorbereitet. Das Gezeter eines in Ungnade gefallenen Irren ist ohne Bedeutung, damit werden wir fertig. Noch einmal, hervorragende Arbeit, Matareisen! Jetzt können Sie sich der nächsten Etappe widmen. Wie läuft es? Wo stehen Sie jetzt?«

»Wir sind in ganz Europa, den Mittelmeerländern und den Vereinigten Staaten bereit. Wir haben Geheimverhandlungen mit einer großen Zahl von Aufsichtsräten und Vorständen wichtiger Unternehmen geführt, die wir mit eigenen Leuten besetzt haben – im Grunde genommen haben wir nicht mit Widerstand zu rechnen; die Zahlen sind auf unserer Seite.«

»Vernünftige Strategie«, sagte Guiderone. »Sie brauchen die Stimmen.«

»Die haben wir. Wir werden durch die Übertragung von Aktienpaketen, die wir bereits besitzen, Firmen an uns bringen, darüber hinaus durch Aufkündigung von Krediten durch Bankhäuser, die unter unserer Kontrolle stehen, Firmen in den Bankrott treiben und sie dann schlucken, und darüber hinaus natürlich eine große Zahl von Fusionen durchführen. Gleichzeitig werden wir die Devisenkurse verschiedener Währungen hochtreiben und anschließend für drastische Kursrückgänge sorgen und schließlich unsere neuen Gesellschaften zur Steigerung der Produktivität durch Personalabbau effizienter machen.«

»Bravo«, murmelte der Berater mit einem bewundernden Blick auf den Jüngeren. »Chaos«, fügte er dann leise hinzu.

»Ja, und zwar innerhalb kürzester Zeit und von ungeahnten Ausmaßen«, pflichtete Matareisen ihm bei. »Zunächst werden nur Zehntausende von Arbeitsplätzen verlorengehen, dann Millionen ...«

»Überall«, fiel Guiderone ihm ins Wort. »Auf regionaler Ebene wird es zu Rezessionen kommen und dann zu einer gewaltigen Depression quer durch das ganze wirtschaftliche und soziale Spektrum. Und was kommt dann?«

»Was noch? Die Banken. Wir kontrollieren oder verfügen über Sperrminoritäten in mehr als dreihundert Banken im kontinentalen Europa und sechzehn im Vereinigten Königreich, wenn Sie es separat betrachten wollen. Wir haben auch Fortschritte bei den israelischen und arabischen Instituten gemacht, indem wir den jeweiligen Parteien gegenüber erklärt haben, wir würden ihre Positionen unterstützen, aber wir müssen uns noch mit Einflußbereichen auseinandersetzen, die wir nicht kontrollieren, insbesondere in Saudi-Arabien und den Emiraten. Die Banken dort stehen alle unter dem Einfluß von Familien.«

»Und in Amerika?«

»Dort haben wir einen Durchbruch erzielt. Einer unserer Leute, ein hochangesehener Anwalt aus Boston – Ihrer Heimatstadt, glaube ich –, arrangiert gegenwärtig die Fusion der vier größten Banken in New York und Los Angeles mit einem europäischen Konglomerat. Wenn man die einzelnen Zweigstellen zusammenzählt, werden wir über achttausend Kreditinstitute in den Vereinigten Staaten und Europa unter unserer Kontrolle haben.«

»Und unter ›Kredit‹ verstehen Sie die operative Funktion, habe ich recht?«

»Natürlich.«

»Und was dann?«

»Der krönende Abschluß, Mr. Guiderone. Achttausend Zweigstellen, die über zehntausend größeren Unternehmen in allen wichtigen Städten routinemäßig Kreditlinien zur Verfügung stellen, ist so ziemlich das Maximum an Hebelwirkung, das man sich vorstellen kann.«

»Sie meinen die Drohung, diese Kreditlinien zu kündigen? Habe ich wieder recht, Matareisen?«

»Nein, das haben Sie nicht.«

»Nein?«

»Es wird keine Drohungen geben, einfach Vorstandsbeschlüsse. Sämtliche Kreditlinien werden gekündigt werden. In Los Angeles werden Filmstudios schließen, Film- und Fernsehproduktionen eingestellt werden. In Chicago werden Konservenfabriken, Sportunternehmen und Bauträgerfirmen gelähmt sein, weil kein Geld mehr zur Verfügung steht. Am stärksten wird es New York treffen. Die ganze Bekleidungsindustrie, die von Krediten lebt, wird vernichtet werden und ebenso die aggressiven neuen Hotelbesitzer mit ihren Beteiligungen an den Casinos von New Jersey. Das sind alles Unternehmen, die von Kreditlinien abhängig sind. Wenn man ihnen den Kredit streicht, sind sie erledigt.«

»Die Leute werden völlig durchdrehen! Es wird in Dutzenden von Städten zu Protestkundgebungen kommen. Der helle Wahnsinn!«

»Ich rechne damit, daß die Regierungen binnen sechs Monaten vor einer Krisensituation stehen, Arbeitslosigkeit ohne Ende. Die globalen Märkte werden zusammenbrechen, und die Menschen werden überall lautstark Abhilfe fordern.«

»Sie werden nach einem Wandel verlangen, van der Meer, jenem abstrakten Begriff, der sich jeder Definition entzieht. Und unsere Leute sind darauf vorbereitet – überall?«

»Natürlich. Es ist zu ihrem Nutzen, ebenso wie zum Nutzen ihrer Regierungen, ohne den sie nicht existieren und weiter gedeihen können.«

»Sie sind wirklich ein Genie, van der Meer. Daß Sie das alles so schnell und so effizient geschafft haben.«

»Es war in Wirklichkeit gar nicht so schwierig. Die Reichen der Welt wollen ihren Reichtum steigern, und die Armen wollen, daß aus jenem Reichtum Arbeitsplätze geschaffen werden. Das war in der Geschichte der Menschheit immer so. Man muß nur in die eine oder die andere Welt eindringen, vorzugsweise beide, und sie überzeugen, daß sie – wie die Amerikaner sagen würden – ›beschissen‹ werden. Die alte Sowjetunion hat an die Arbeiterklasse appelliert, die keine Erfahrung hatte. Die Konservativen stützen sich auf die Unternehmer, die gewöhnlich nichts für eine soziale Verpflichtung übrig haben. Wir haben beides.«

»Also haben wir die Macht und die Kontrolle«, pflichtete Guiderone ihm bei. »Das war der Traum, die Vision des Barone de Matarese. Das ist die einzige Methode. Mit Ausnahme der Regierungen – die waren nie Teil seiner Vision, nur die internationale Finanzwelt.«

»Er gehörte einer anderen Zeit an, und die Zeiten haben sich geändert. Wir müssen die Regierungen kontrollieren. Die späteren Matarese haben das natürlich begriffen.... Mein Gott, der Präsident der Vereinigten Staaten? Das hätten Sie geschafft?«

»Er wäre buchstäblich ins Amt gespült worden«, erklärte Guiderone leise, und seine Stimme klang, als befände er sich in Trance. »Nichts konnte ihn aufhalten – und er war unser Mann. Herrgott im Himmel, unser Mann!« Der Ältere wandte sich dem Licht zu, das durch die Fenster hereinströmte und sprach weiter, seine Stimme jetzt eisig kalt, voll Abscheu. »Bis dieses Schwein ihn vernichtet hat.«

»Irgendwann einmal, wenn Ihnen das paßt, würde ich gern hören, was damals geschehen ist.«

»Das ist eine Geschichte, die nie ans Licht kommen darf, mein junger

Freund, selbst Ihnen kann ich sie nicht erzählen, und es gibt niemanden, den ich höher schätze. Denn wenn diese Geschichte, wie Sie es nennen, je ans Tageslicht käme, würden die Regierten nirgends auf der Welt mehr Vertrauen zu ihren Regierungen haben. Ich kann Ihnen nur sagen, van der Meer, bleiben Sie auf Ihrem Kurs. Es ist der richtige.«

»Ich weiß Ihre Worte zu schätzen, Mr. Guiderone.«

»Das sollten Sie«, sagte der elegante alte Mann und drehte sich zu Matareisen herum. »Denn während Sie der Enkel des Barone de Matarese sind, bin ich der Sohn des Hirtenjungen.«

Es war, als hätte van der Meer Matareisen ein Blitz getroffen, als würde der Donner in seinem Schädel nachhallen. »Ich bin sprachlos!« flüsterte er, und seine Augen weiteten sich. »Es hieß, er sei getötet worden.«

»Er ist ›getötet‹ worden, aber er ist nicht gestorben«, flüsterte Guiderone, und seine alten Augen funkelten amüsiert. »Aber das ist ein Geheimnis, das Sie mit ins Grab nehmen müssen.«

»Natürlich! Aber der Rat – in Bahrain – die müssen es doch wissen.«

»Oh, das! Also offengestanden, da habe ich übertrieben. Ich halte mich häufig in Bahrain auf, aber in Wahrheit bin ich der Rat, die anderen sind habgierige Marionetten. Damit sollten Sie leben, van der Meer, ich bin nur Ihr Berater.« Ein leises Summen kam aus der in der Wand eingebauten Sprechanlage. Guiderone zuckte zusammen, er funkelte Matareisen an. »Ich dachte, Sie hätten Anweisung gegeben, Sie nie zu stören, wenn Sie hier sind!« sagte er mit kehliger Stimme.

»Es muß ein Notfall sein. Niemand weiß, daß Sie hier sind – mein Gott, das ist meine Privatwohnung, völlig schalldicht. Die Wände und Böden sind zwanzig Zentimeter dick. Ich weiß einfach nicht …«

»Melden Sie sich, Sie Narr!«

»Ja, natürlich.« Van der Meer eilte wie ein soeben aus einem Alptraum Erwachter an das Gerät und nahm den Hörer ab. »Ja? Ich habe Ihnen doch gesagt, daß man mich …« Aber die Stimme am anderen Ende fiel ihm offenbar ins Wort, und er lauschte, wurde blaß. Dann legte er den Hörer auf und starrte Julian Guiderone an. »Nachricht von Adler in Washington«, begann er mit kaum hörbarer Stimme.

»Ja, das ist Langley. Was ist?«

»Scofield hat den Bombenangriff überlebt. Er ist mit der Frau und Cameron Pryce in die Staaten unterwegs.«

»Tötet ihn, tötet sie alle!« stieß der Sohn des Hirtenjungen zwischen zusammengepreßten Zähnen hervor. »Wenn Scofield diese Attacke überlebt hat, dann wird er sich auf uns stürzen wie ein waidwund geschossener Bär, so wie alles angefangen hat. Man muß ihn zum Schweigen bringen; setzen Sie alle auf ihn an, die in Amerika für uns tätig sind! Töten Sie ihn, bevor er mir noch einmal in die Quere kommt!«

»Mir ...?« Zu Matareisens Erstaunen kam jetzt auch noch eine schreckliche Angst. Sie stand in seinen Augen, als er Julian Guiderone anstarrte. »Dann waren *Sie* das? Sie waren unsere ultimative Waffe. Sie sollten Präsident der Vereinigten Staaten werden!«

»Das war eine ausgemachte Sache, nichts konnte mich aufhalten – nur dieses verdammte Schwein.«

»Das ist also der Grund, weshalb Sie bei Ihren Reisen so auf Geheimhaltung achten, mit so vielen Pässen.«

»Ich will ganz offen zu Ihnen sein, van der Meer. Wir gehen auf unterschiedliche Art an unsere Verantwortung heran. Niemand hält Ausschau nach einem Mann, der vor fast dreißig Jahren als tot erklärt wurde, aber dieser Mann, diese Legende bleibt am Leben, um überall seinen Legionen Mut zu machen. Er erhebt sich aus dem Grab, um sie voranzutreiben, ein lebendes menschliches Wesen, ein *Gott* auf Erden, den sie fühlen, anfassen und hören können.«

»Ohne die Angst, verraten zu werden«, sagte der Holländer und musterte den anderen mit einem ganz neuen, kritischen Blick.

»Sie andererseits«, fuhr der Sohn des Hirtenjungen fort, »Sie arbeiten im dunkeln. Man sieht Sie nie, spürt Sie nie, hört Sie nie. Wo sind Ihre Soldaten? Sie kennen sie nicht. Sie geben ihnen nur ihre Befehle.«

»Ich arbeite im Inneren, nicht im Äußeren«, protestierte Matareisen.

»Was zum Teufel soll das jetzt wieder heißen.«

»Ich formuliere; ich erscheine nicht bei Paraden. Ich bin kein Filmstar, ich bin der Kopf hinter dem Starrummel. Alle wissen das.«

»Warum? Liegt das an dem Geld, das Sie verteilen?«

»Es genügt. Ohne mich sind sie alle nichts!«

»Ich flehe Sie an, mein kluger junger Freund, überlegen Sie sich das gut. Wenn Sie der Bestie zu viel Futter hinwerfen, wird sie feindselig und stellt sich gegen Sie. Das ist ein Naturgesetz. Streicheln Sie das Tier. Es braucht die Berührung. Es braucht eine Stimme, auf die es hören kann.«

»Tun Sie die Dinge auf Ihre Art, Mr. Guiderone, ich tue sie auf die meine.«

»Ich bete darum, daß wir nie zusammenstoßen, van der Meer.«

7

Das sichere Haus am Ufer der Chesapeake Bay hatte einmal einer der wohlhabendsten Familien an der Ostküste Marylands gehört. Es war an die Nachrichtendienste für den symbolischen Betrag von einem Dollar pro Jahr verpachtet – als Gegenleistung dafür, daß der Internal Revenue Service einen Berg unbezahlter Steuern gelöscht hatte, die sich – nachträglich lauthals als ungesetzlich bezeichneten – Manipulationen verdankten. Auf diese Weise hatte die Regierung sowohl die Schlacht als auch den Krieg gewonnen. Es hätte wesentlich mehr gekostet, ein so geeignetes Anwesen an einer derart günstigen Stelle zu erwerben, auf normalem Wege zu mieten oder auch nur zu renovieren.

Hinter den Stallungen und Feldern dehnte sich ein weites, den Zugang behinderndes Marschland, eher Sumpf als Marsch, das von einigen Binnenflüßchen gespeist wurde. Vor dem Herrenhaus, das noch aus der Zeit vor dem Bürgerkrieg stammte, neigte sich eine ausgedehnte, gepflegte Rasenfläche sanft zu einem Bootshaus und einem langen Pier, der in die sanften Wasser der Bucht hinausreichte – sanft, wenn der Atlantik mit sich selbst im Frieden lag, gefährlich, wenn das nicht der Fall war. An dem Steg waren zwei Fahrzeuge vertäut. Ein Ruderboot und ein kleines Motorboot, die beide dazu dienten, einen dreißig Meter weiter in der Bucht vor Anker liegenden Jollenkreuzer von sechsunddreißig Fuß Länge zu erreichen. Im Bootshaus, den Augen Neugieriger verborgen, gab es noch eine flache Chris Craft, die vierzig Knoten die Stunde brachte.

»Der Jollenkreuzer steht Ihnen zur Verfügung, wenn Ihnen danach ist«, hatte Deputy Director Frank Shields gesagt, als er Pryce, Scofield und Antonia auf dem Flugplatz in Glen Burnie abholte, wo die Düsenmaschine der Navy sie abgesetzt hatte.

»Das ist ja eine richtige Schönheit!« hatte Scofield ausgerufen, als sie später gemeinsam über die Rasenfläche gegangen waren. »Aber meinen Sie, daß es eine besonders kluge Idee wäre, einen Segelausflug zu machen?«

»Natürlich nicht, aber jedes andere Anwesen ähnlich diesem hier hat ein oder zwei Jachten. Also könnte es auffallen, wenn Sie keine hätten.«

»Es würde auch auffallen, wenn der Jollenkreuzer nie seinen Ankerplatz verließe«, sagte Cameron Pryce.

»Das ist uns bewußt«, pflichtete ihm sein Vorgesetzter bei. »Deshalb darf er auch unter bestimmten Umständen für kurze Ausflüge benutzt werden.«

»Und was sind das für Umstände, Mr. Shields?« fragte Antonia.

»Sie müssen die Streifen eine Stunde vorher verständigen und ihnen ihre genaue Route bekanntgeben; sie werden Sie dann am Ufer begleiten. Außerdem müssen Sie zwei Wachen mitnehmen und alle schußsichere Kleidung tragen.«

»Sie denken wirklich an alles, Squinty.«

»Wir wollen, daß Sie sich wohlfühlen, Brandon, aber nicht, daß Sie unvorsichtig werden«, sagte Shields, der die Augen noch weiter zusammengekniffen hatte, als Scofield diesen abfälligen Spitznamen benutzte.

»Wenn man bedenkt, daß wir im Norden Sumpfland haben, einen kriegsstarken Zug Gorillas von der Agency und Einzelkämpfer von der Army auf dem Gelände, ganz zu schweigen von einem Sicherheitssystem, das eigentlich nach Fort Knox gehören würde, dann frage ich mich nur, wie es überhaupt jemand schaffen soll, in unsere Nähe zu kommen.«

»Wir vertrauen niemandem.«

»Und weil wir schon gerade von Sicherheit reden«, fuhr Scofield fort, »gibt es irgendwelche Fortschritte mit diesem Maulwurf in den Diensten der Matarese?«

»Nein. Deshalb sind wir ja so vorsichtig.«

Ihre Wohnräume, die Streifenpläne und die Kommunikation mit Langley waren ausschließlich von Shields persönlich arrangiert worden. Jedes notwendige Schriftstück wurde nach Empfänger und Kopienzahl numeriert und durfte ausschließlich auf einem Spezialpapier mit einer Quecksilberschicht verfaßt werden, das auf keinem bekannten Kopiersystem vervielfältigt werden konnte. Auf etwaigen Kopien wären nur verschmierte schwarze Streifen zu erkennen.

Darüber hinaus hatten alle, die zu den Plänen Zugang hatten, strikte Anweisung, diese stets bei sich zu führen und auf Anweisung sofort vorzuzeigen. Ein Verlassen des Grundstücks – aus welchem Grund auch immer – war verboten, und das erklärte zum Teil, weshalb das gesamte Personal – mit Ausnahme der Vorgesetzten – alleinstehend und ungebunden war. Schließlich hatte man auch allen klargemacht, daß sämtliche Telefonate auf Band mitgeschnitten werden würden.

Frank Shields überließ nichts dem Zufall. In der Agency hatte man bis jetzt keinerlei Fortschritte beim Aufspüren irgendwelcher Maulwürfe der Matarese gemacht. Sämtliches Personal von den obersten Hierarchiestufen bis hinunter zu einfachen Büroangestellten und Mitarbeitern des Gebäudedienstes wurde gründlich durchleuchtet, die Vorgeschichten der Leute ein zweites und drittes Mal überprüft, ihre Bankkonten, ihre Lebensweise und selbst die belanglosesten Angewohnheiten studiert. Es würde keinen zweiten Aldrich Ames geben.

Das Bedrückende an der ganzen Prozedur war, daß die wenigen mit diesen Ermittlungsarbeiten betrauten Leute keine Ahnung hatten, weshalb sie das tun mußten. Es gab keinen kalten Krieg, keinen zentralen, äußeren Feind, keine spezielle Terroristenorganisation, keinerlei nachvollziehbaren Hinweise – nur die Anweisung, *alles* zu überprüfen. *Wozu*, um Himmels willen? Gebt uns einen Hinweis!

Ungewöhnliches Verhalten, besonders in den Reihen der Mitarbeiter mit höherer Schulbildung. Angewohnheiten oder Hobbys, die nicht zu den Einkommensverhältnissen paßten; Clubs oder Vereinigungen, die sie sich nicht leisten konnten; Autos in ihrem Besitz; Schmuck, den ihre Frauen oder Freundinnen trugen. Und falls es Kinder gab, die teuere Privatschulen besuchten, wer bezahlte das Schulgeld? Alles, *jedes*.

»Also bitte«, rief einer der Ermittler. »Das betrifft schließlich die Hälfte dieser Clowns in den oberen Etagen! Einige von denen betrügen ihre Frauen – als ob das etwas Neues wäre. Andere treffen ganz im stillen irgendwelche Übereinkünfte mit Schulen, Immobilienmaklern oder Autohäusern, indem sie einfach ihre Langley-Ausweise zeigen – die Plastikkärtchen können sehr überzeugend wirken. Einige trinken zuviel und offengestanden tue ich das vielleicht auch, aber nicht soviel, um uns damit zu kompromittieren. Auf was läuft denn alles hinaus, wen suchen wir? Geben Sie uns einen Namen, ein Ziel, *irgendwas*.«

»Das kann ich nicht«, hatte Deputy Director Shields zum Leiter des Ermittlungstrupps gesagt.

»Ich will Ihnen was sagen, Frank. Wenn irgendein anderer als Sie damit ankäme, würde ich jetzt zum Direktor gehen und ihm sagen, daß derjenige spinnt.«

»Da würde er Ihnen wahrscheinlich recht geben, aber zugleich würde er Ihnen auch die Anweisung geben, meine Befehle zu befolgen.«

»Sie sind sich doch darüber im klaren, daß Sie mindestens drei- oder vierhundert anständige Leute in Mißkredit bringen, die sich bloß die Schuhe anders zubinden. Das wissen Sie doch?«

»Das kann ich nicht ändern.«

»Es ist aber schmutzig, Frank.«

»Das sind die auch, und die sind hier – *er* ist hier, oder *sie* ist hier. Jemand, der sich mit dem Computer auskennt und direkt oder indirekt Zugang zu unserem geheimsten Material hat ...«

»Damit schränken wir die Suche immerhin schon einmal auf vielleicht hundertundfünfzig Leute ein«, fiel ihm der Ermittler trocken ins Wort, »wenn Sie nämlich das Wort ›indirekt‹ nicht zu sehr auf die Goldwaage legen ... Herrgott noch mal, damit haben wir angefangen! Im Umkreis von dreißig Metern um das Direktorium gibt es keine Menschenseele, die wir nicht bis aufs Knochenmark durchleuchtet haben.«

»Dann gehen Sie einen Schritt weiter und probieren es mit dem Tomographen, denn es gibt Verräter.«

Das dreiköpfige Untersuchungsteam war mit seinem Latein am Ende; wenn sie alleine waren, diskutierten sie ernsthaft über die Zurechnungsfähigkeit des Deputy Director. Schließlich wäre es nicht das erste Mal, daß sich Paranoia breitgemacht hätte, die Erinnerung daran war stark ausgeprägt. Da gab es den klassischen, dokumentarisch belegten Fall J. Edgar Hoovers im FBI und später einen DCI namens Casey, der im Begriff gewesen war, seine eigene nachrichtendienstliche Superorganisation aufzubauen, die niemandem verantwortlich war, jedenfalls nicht Langley oder dem Präsidenten oder dem Kongreß. Nein, Paranoia war für die CIA kein Fremdwort, aber Frank Shields war nicht paranoid. Das bewies die erste Nacht, die sie in dem Herrenhaus an der Ostküste von Maryland verbrachten.

Cameron Pryce' Kopf ruckte auf dem Kissen immer wieder hin und her. Plötzlich waren seine Augen weit geöffnet; irgend etwas hatte ihn geweckt, aber er wußte nicht, was es war. Und dann stellte sich vage die Erinnerung an ein Geräusch ein – ein Kratzen, ein Scharren? Ein kurzer Lichtblitz. Was war das, wo war es?

Die Glastüren, die auf den kleinen Balkon hinausführten? Sein Zimmer befand sich im ersten Stock der zweistöckigen Villa. Scofield und

Antonia waren unmittelbar über ihm untergebracht. Und er *hatte* etwas gehört; seine geschlossenen Augen hatten irgendwie einen Lichtblitz wahrgenommen, vielleicht den Reflex eines Suchscheinwerfers von einem Boot in der Bucht… vielleicht. Und vielleicht auch nicht, aber wahrscheinlich. Er streckte die Arme über den Kopf und gähnte. Die weite Wasserfläche vor den Fenstern, der stumpfe Schein des Mondlichts, das im wesentlichen von der Wolkendecke verschluckt wurde; das alles erinnerte nur zu sehr an Outer Brass #26 vor nicht einmal zwanzig Stunden.

Eigentlich seltsam, sinnierte er und ließ den Kopf wieder aufs Kissen sinken. Für den Durchschnittsbürger war das Leben eines Geheimagenten eine ständige Folge von Abenteuer und Aufregung, von Ereignissen, in denen er besondere Fähigkeiten einsetzte, die sein Überleben ermöglichten. Das wurde als Tatsache hingenommen, weil es ständig unrichtig im Film, im Fernsehen und in Romanen so dargestellt wurde. Zum kleineren Teil stimmte es natürlich: Man mußte dazu ausgebildet sein, diese Arbeit zu tun, ganz besonders die unangenehmeren Aspekte davon. Aber wenn es dazu kam, dann waren es jedesmal Augenblicke der Angst, Augenblicke extremer Anspannung.

Jemand hatte einmal gesagt, das eigentliche Ziel des Tiefseetauchens sei, am Leben zu bleiben. Pryce, ein erfahrener Taucher, hatte darüber herzlich gelacht, bis er einmal mit seiner damaligen Freundin vor der Costa Brava unter ein Rudel Hammerhaie geraten war.

Nein, in seinem Beruf galt es, solange man im Einsatz war, solche Vorfälle so oft wie möglich zu vermeiden. Und wenn die Einsatzbefehle in der Phantasie eines Verbindungsoffiziers entstanden waren, der zu viele Filme gesehen oder zu viele Romane gelesen hatte, dann beachtete man sie einfach nicht. Pryce hatte nicht die Absicht zu sterben, um damit die Laufbahn irgendeines Analytikers zu fördern.

Wieder ein Kratzen! Ein Scharren… vor der Balkontür. Er träumte nicht, das war Wirklichkeit. Aber wie war das möglich? Das Gelände war von Patrouillen geschützt, auch die Rasenfläche und die Terrassen unter ihm; *niemand* konnte sich Zutritt zu ihnen verschaffen. Er griff nach seiner Taschenlampe und seiner Automatik, die beide neben ihm auf der Bettdecke lagen, stand langsam auf und ging auf die Doppeltür zu, die auf den kleinen Balkon führte. Lautlos zog er den linken Türflügel auf und spähte nach draußen, blickte zuerst nach unten.

Herrgott im Himmel! Er brauchte keine Taschenlampe, um die zwei reglos am Boden ausgestreckten Körper auszumachen, beide in Pfützen des eigenen Blutes, das immer noch aus den Halswunden strömte – falls man es als Halswunde bezeichnen konnte, wenn jemandem praktisch der Kopf abgeschnitten war! Pryce knipste seine Taschenlampe an und richtete den Strahl nach oben. Eine Gestalt in einem schwarzen Latexanzug war, mit Hilfe von an seinen Händen und Knien befestigten Saugnäpfen, an der glatten Steinmauer der Villa emporgeklettert. Er hatte den Balkon von Scofields Zimmer erreicht, und als er jetzt Pryce' Lichtstrahl sah, warf er den Saugnapf an seiner rechten Hand weg, griff in seinen Gürtel, zog eine Maschinenpistole heraus und begann zu feuern. Pryce warf sich hinter die schützende Schlafzimmerwand, als eine ganze Salve von Schüssen auf den Balkon peitschte, von denen die meisten von dem schmiedeeisernen Balkongitter abprallten, als Querschläger ins Zimmer pfiffen und dort in den Wänden steckenblieben. Pryce wartete. Einen Augenblick lang herrschte Stille. Der Killer schob ein neues Magazin in seine Waffe. *Jetzt.* Pryce stürzte sich auf den Balkon und gab schnell hintereinander einige Schüsse auf die schwarze Gestalt über ihm ab. Der Anblick der Leiche in dem schwarzen Latexanzug, die die Saugnäpfe an den Knien und der linken Hand immer noch an der Wand festhielten, wirkte beinahe obszön.

Die Leiche wurde heruntergelassen, die sterblichen Überreste der beiden Wachen entfernt. An dem Killer war nichts zu finden, was zu seiner Identifizierung beitragen konnte.

»Wir werden ihm die Fingerabdrücke abnehmen«, sagte ein Wachmann im Kampfanzug. »Wir finden schon heraus, wer dieser Hurensohn ist.«

»Die Mühe können Sie sich sparen, junger Mann«, widersprach Brandon Scofield. »Wenn Sie sich seine Finger ansehen, werden Sie dort völlig glatte Haut vorfinden. Das Fleisch ist weggebrannt, wahrscheinlich mit Säure.«

»Sie machen Witze.«

»Ganz bestimmt nicht. So arbeiten sie. Wenn man für die besten bezahlt, bekommt man sie auch, und dazu gehört, daß sie nicht identifiziert werden können.«

»Dann gibt es immer noch die Zähne …«

»Ich vermute, da wird man eine Menge Änderungen feststellen, beispielsweise im Ausland hergestellte Plomben und Brücken, die man ebenfalls nicht zurückverfolgen kann. Ich bin sicher, daß der Gerichtsmediziner mit mir übereinstimmen wird.«

»Mit Ihnen übereinstimmen? Wer zum Teufel sind Sie?« fragte der Offizier.

»Jemand, den Sie hätten schützen sollen, Colonel. Besonders gut haben Sie Ihren Job nicht erledigt, oder?«

»Ich verstehe das einfach nicht, das macht keinen Sinn! Wie ist dieser Mistkerl durchgekommen?«

»Erstklassige Ausbildung, vermute ich. Wir hatten Glück, daß Agent Pryce, der ebenfalls erstklassig ausgebildet ist, einen leichten Schlaf hat. Aber das gehört wohl mit zu seiner Ausbildung, nicht wahr?«

»Beruhigen Sie sich, Bray«, sagte Pryce und trat durch den grellen Schein der Scheinwerfer in den Kreis von Wachen, die die Leiche umgaben. »Wir hatten Glück, und dieser Knabe da war nicht so gut ausgebildet, wie Sie denken. Er hat genügend Lärm gemacht, um einen betrunkenen Matrosen zu wecken.«

»Danke, Kumpel«, sagte der Colonel leise.

»Schon gut.« Pryce nickte. »Und Ihre Frage trifft den Nagel auf den Kopf. Wie hat er es geschafft, an Ihnen allen vorbeizukommen, speziell durch den Sumpf, und von dort muß er ja gekommen sein?«

»Wir haben im Abstand von zwanzig Metern Streifen eingeteilt«, sagte ein Mann von der Agency, »mit sich überlappenden Strahlern von je dreißig Lumen, und Stacheldraht überall an der Böschung. Nach meiner Ansicht ist das einfach unmöglich.«

»Die andere Zugangsmöglichkeit wäre von der Straße her«, sagte eine Frau Mitte dreißig von der Army. Sie trug dunkle Jeans und eine schwarze Lederjacke und ebenso wie die anderen eine Drillichmütze mit einem Abzeichen über dem Schild; ein paar blonde Strähnen waren zu sehen, die über die Schläfen zurückgenommen waren. »Wir haben zusätzlich zu dem unter Strom stehenden Haupttor noch hundertfünfzig Fuß weiter innen ein Wachhäuschen aufgebaut«, erklärte sie. »Wir haben dort eine Stahlschranke und zwei bewaffnete Wachen.«

»Und was ist auf der anderen Seite?« fragte Pryce.

»Ein meiner Ansicht nach völlig unpassierbares Stück Marschland«, antwortete sie. »Man hat dort schichtweise Kies und Drahtgeflecht auf eine Tiefe von sieben Fuß eingefüllt, ehe man die Straße gebaut hat. So wie man Start- und Landebahnen baut.«

»Sie sind ja gut informiert, Miss … Miss …«

»Lieutenant Colonel Montrose, Mr. Pryce.«

»Oh, Sie kennen meinen Namen?«

»Weil es zu diesem Job gehört, Sir. Unsere Aufgabe besteht darin, das Gelände zu sichern und …« Sie stockte.

»Ich verstehe«, sagte Pryce schnell und entkrampfte die Situation damit.

»Lieutenant Colonel Montrose ist meine Stellvertreterin«, schaltete der Colonel sich immer noch ein wenig unsicher ein.

»In einer Ranger-Einheit?« fragte Pryce skeptisch.

»Wir haben zwar Ranger-Ausbildung, sind aber keine«, sagte die Frau, nahm ihre Mütze ab und schüttelte ihr aschblondes Haar. »Wir gehören zur SET.«

»Was?«

»Schnelle Eingreiftruppe«, antwortete Scofield. »Das kenne ja sogar ich, Jungchen.«

»Es freut mich, daß Sie so gebildet sind, Alterchen. Wo ist Antonia?«

»Sie hat sich einen der Jungs von der Firma geschnappt und ist auf die Jagd gegangen.«

»Auf die *Jagd*? Wonach denn?« fragte Montrose erschreckt.

»Keine Ahnung. Mein Mädchen ist eine recht unabhängige Lady.«

»Das bin ich auch, Mr. Scofield! Individuelle Suchaktionen, bei denen nicht einer unserer Männer mit eingeschaltet ist, darf es nicht geben!«

»Die gibt es aber ganz offensichtlich, Miss … Colonel. Meine Frau hat das Gelände sehr sorgfältig studiert. Das wäre nicht das erste Mal, daß sie so etwas getan hat.«

»Ich bin über Ihre Vorgeschichte informiert und weiß sie zu schätzen, Sir. Aber ich bin dafür verantwortlich, daß Sie hier nicht unbewacht …«

»Jetzt beruhigen Sie sich, Colonel«, fiel Pryce ihr ins Wort. »Unsere Jungs von der Firma tragen vielleicht keine Uniformen, aber sie sind verdammt gut. Das weiß ich, weil ich auch zu dem Verein gehöre.«

»Ihr Macho-Gehabe interessiert mich nicht, Mr. Pryce. Für militärische Begleitung sind wir zuständig.«

»Recht reizbar, die Kleine, was?« murmelte Scofield.

»Sie können meinetwegen auch Miststück sagen, wenn Ihnen das Spaß macht, Mr. Scofield. Das kann ich auch akzeptieren.«

»Das haben Sie gesagt, Lady.«

»Jetzt reicht es!« rief Pryce aus. »Wir sollen hier zusammenarbeiten, nicht konkurrieren, Herrgott noch mal.«

»Ich wollte lediglich Klarheit über unsere spezielle Ausbildung und – nicht nur beiläufig – unsere Feuerkraft schaffen.«

»Das würde ich an Ihrer Stelle nicht weiter verfolgen, Colonel Montrose«, sagte Pryce und deutete mit einer leichten Kopfbewegung auf die blutende Leiche auf dem Boden.

»Ich verstehe das immer noch nicht!« rief der RDF-Colonel. »Wie hat er das nur geschafft?«

»Nun, mein Sohn«, sagte Scofield, »wir wissen, daß er keine Angst vor Höhen hatte, und das bedeutet gewöhnlich, daß der betreffende auch keine Angst vor der Tiefe hat.«

»Was zum Teufel soll das jetzt wieder bedeuten?« fragte Pryce.

»Ich bin mir da nicht ganz sicher, aber eine Menge Psychologen behaupten das jedenfalls. Jemand, der gern mit dem Fallschirm abspringt, fühlt sich auch unter Wasser zu Hause. Es muß wohl etwas mit der umgekehrten Schwerkraftwirkung zu tun haben. Ich hab' das irgendwo gelesen.«

»Na, vielen Dank, Bray. Was schlagen Sie also vor?«

»Vielleicht, daß wir uns einmal am Wasser umsehen?«

»Überprüft, gegengeprüft und ständig wieder geprüft«, erklärte Montrose entschieden. »Das war unser erster Schritt. Wir haben nicht nur Streifen, die das Areal beiderseits des Piers auf eine Tiefe von beinahe tausend Metern ständig abgehen, sondern dazu auch noch landeinwärts Lasersperren. Niemand kommt da durch.«

»Und ein Attentäter würde damit rechnen, nicht wahr?« fragte Scofield. »Ich meine, für ihn muß das doch auf der Hand liegen.«

»Vermutlich«, räumte Lieutenant Colonel Montrose ein.

»Gab es in den letzten paar Stunden irgendwelche Anzeichen, daß jemand eingedrungen ist?« bohrte Scofield.

»Also, genaugenommen waren alle negativ«, erwiderte sie. »Kinder von Nachbaranwesen, die auf dem Rasen gezeltet haben, ein paar Betrunkene, die von einer Party kamen und die wir weitergeschickt haben, und zwei Fischer, die unbefugt das Gelände betreten haben – und alle wurden von uns aufgehalten.«

»Haben Sie die anderen Streifen informiert?«

»Natürlich. Es hätte ja sein können, daß wir Unterstützung brauchen.«

»Also könnte es doch sein, daß eine gewisse Ablenkung stattgefunden hat, nicht wahr? Unabsichtlich oder vielleicht – absichtlich.«

»Das ist mir eine zu allgemeine Unterstellung und offen gestanden auch ziemlich unmöglich.«

»Ziemlich, Colonel Montrose?« fragte Brandon Scofield. »Nicht völlig.«

»Was wollen Sie damit sagen?«

»Ich sage gar nichts, Lady. Ich versuche bloß, mir einen Reim auf das zu machen, was hier passiert ist.«

Plötzlich war von hinter dem blendenden Lichtschein der Scheinwerfer Antonias Stimme zu hören. »Wir haben sie gefunden, mein Liebling, wir haben sie gefunden!« Scofields Frau und ihr CIA-Begleiter traten aus dem diffusen nebligen Licht und rannten auf die Wachen zu. Sie warfen ein paar Gegenstände auf den Boden: schwere Taucherflaschen; eine Unterwassermaske, eine Unterwasserlampe mit einem blauen Strahl; ein wasserdichtes Walkie-talkie und ein Paar Flossen. »Die lagen am Marschufer unterhalb vom Haupttor im Schlamm«, sagte Antonia. »Es gab für ihn keine andere Möglichkeit, hereinzukommen.«

»Woher haben Sie das gewußt?« wollte Montrose wissen.

»Der Zugang vom Wasser war gesichert, undurchdringlich. Die Marschen – dort gab es auch Patrouillen –, aber mit Hilfe eines Ablenkungsmanövers kann man da durchkommen.«

»Was?«

»Genau wie damals, als Taleniekov aus Sewastopol entkam, stimmt's, Liebes?« warf Scofield fröhlich ein.

»Du hast ein ausgezeichnetes Gedächtnis, mein Lieber.«

»Warum ›mein Lieber‹? Was hab' ich falsch gemacht?«

»Du hast nicht dran gedacht. Was hat Wassilij getan, um durch die Dardanellen zu kommen?«

»Ein Ablenkungsmanöver, natürlich. Ein Boot mit einem falschen Rumpf, der einfach auffallen mußte. Die Sowjetpatrouillen haben ihn entdeckt und hätten anschließend beinahe Junge bekommen, weil er leer war!«

»Genau, Bray. Und jetzt übertrag dieses Manöver aufs Land.«

»Klar! Man lenke das Offensichtliche in die Ferne und aktiviere es dann innerhalb von Sekunden!«

»Das ist das Funkgerät, mein Liebling.«

»Bravo, Liebes!«

»Wovon reden Sie beide?« fragte Lieutenant Colonel Montrose.

»Ich würde vorschlagen, daß Sie herausfinden, wer die Betrunkenen waren, die dieses Gelände betreten haben«, sagte Cameron Pryce. »Und am besten die beiden Fischer auch.«

»Warum?«

»Weil einer oder beide oder alle Funkgeräte hatten, die auf das, das da auf dem Boden liegt, abgestimmt waren. Dort neben der Leiche.«

Ihr Name war Leslie Montrose, Lieutenant Colonel, U.S. Army, Tochter eines Generals, Absolventin von West Point, und unter der schroffen militärischen Schale eine sympathische Frau. Das fand Pryce wenigstens, als er, Montrose und ihr Vorgesetzter, ein Colonel Everett Bracket, um den Küchentisch saßen, Kaffee tranken und die Ereignisse der Nacht analysierten. Bracket, der, wie es schien, mit einigem Widerstreben Montrose als seine Stellvertreterin akzeptierte, hatte Pryce die Einzelheiten ihres Werdegangs geschildert.

»Damit Sie mich nicht falsch verstehen, Pryce, es ist nicht, weil sie eine Frau ist«, hatte Bracket gesagt, während Montrose draußen der Army-Einheit Befehle erteilte. »Ich mag sie – verdammt, meine Frau mag sie auch. Aber ich bin einfach nicht der Ansicht, daß Frauen in die SET gehören.«

»Was meint Ihre Frau dazu?«

»Nun, sagen wir mal, sie ist nicht ganz meiner Ansicht. Und meine siebzehnjährige Tochter ist noch schlimmer. Aber die waren auch beide noch nicht im Einsatz, wenn es richtig heiß hergeht. *Ich* schon, und da gehört eine Frau einfach nicht hin! Da kommen Menschen ums Leben, Gefangene werden gemacht – man muß die Dinge einfach realistisch sehen, und ich mag mir einfach meine Frau und meine Tochter nicht in einer solchen Situation vorstellen.«

»Es gibt eine Menge, die da ganz Ihrer Ansicht sind, Colonel.«

»Sie nicht?«

»Doch, natürlich, aber wir sind auch nie im eigenen Land angegriffen worden, auf dem Festland. Die Israelis schon, und die haben eine ganze Menge Frauen in ihren Streitkräften – und die Araber auch, und beide haben sowohl in den aktiven Streitkräften als auch bei der Reserve Frauen, ganz zu schweigen von den Terroristenkadern. Wir würden das beide möglicherweise völlig anders sehen, wenn es eine Invasion am Strand von Kalifornien oder Long Island gäbe.«

»Ich glaube nicht, daß ich meine Meinung ändern würde«, erklärte Bracket entschieden.

»Vielleicht würden die Frauen Sie umstimmen. Schließlich waren es die Frauen – die Mütter –, die uns alle durch die Eiszeit gebracht haben. Und im Tierreich ist es immer das Weibchen, das beim Schutz der Jungen die größte Wildheit an den Tag legt.«

»Mann, Sie sind ja unheimlich! Wie haben Sie sich denn das zusammengereimt?«

»Grundlagen der Anthropologie, Colonel... Sagen Sie, Ihr Lieutenant Colonel trägt dieselbe Mütze wie Sie, aber ein anderes Abzeichen. Wie kommt das?«

»Wir lassen das zu, deshalb.«

»Das verstehe ich nicht. Ein Baseball-Spieler der Yankees setzt doch auch keine Mütze der Boston Red Sox auf.«

»Das ist das Geschwader ihres Mannes. War das Geschwader ihres Mannes.«

»Wie bitte?«

»Ihr Mann hat bei der Air Force einen Jäger geflogen. Er wurde im Golfkrieg über Basrah abgeschossen. Es heißt, er habe sich mit dem Schleudersitz retten können, aber man hat nie mehr von ihm gehört nach dem Waffenstillstand – wozu es nie hätte kommen dürfen!«

»Das ist jetzt Jahre her«, sagte Pryce nachdenklich. »Und sie ist bei der Army geblieben?«

»Allerdings. Und zwar auf höchst aggressive Weise, wie ich vielleicht hinzufügen sollte. Meine Frau und ich haben versucht, es ihr auszureden – ihr geraten, sich ein neues Leben aufzubauen. Bei ihrer Ausbildung gibt es Dutzende von Firmen, die sie mit Handkuß nehmen würden. Sie hat eine Managementausbildung, versteht etwas von Computern – all das, was die Fernsehwerbung der Army anpreist. Und dazu kommt noch, daß sie sehr schnell befördert worden ist – sie war damals Major. Aber sie wollte nichts davon wissen.«

»Das kommt mir seltsam vor«, sagte Pryce. »In der Privatwirtschaft würde sie vermutlich mehr verdienen.«

»Sagen Sie ruhig zehn-, vielleicht zwanzigmal soviel. Und außerdem würde sie dann in einer Umgebung arbeiten, wo es eine Menge interessanter Männer gibt, und vermutlich sogar reiche. Sie könnte interessante Bekanntschaften machen, Sie verstehen, was ich meine?«

»Ist nicht schwer zu erraten. Und sie wollte nichts davon wissen?«

»Nein. Das ist wahrscheinlich wegen des Jungen.«

»Des Jungen?«

»Sie und Jim hatten einen Sohn, exakt acht Monate und zwanzig Tage, nachdem die beiden die Abschlußprüfung in West Point bestanden hatten. Das hat sie immer betont und sich dabei vor Lachen kaum eingekriegt. Er ist jetzt vierzehn oder fünfzehn und hat seinen Vater vergöttert. Wir vermuten alle, daß sie annimmt, ihr Sohn würde es ihr übelnehmen, wenn sie aus der Army austreten würde.«

»Da sie jetzt hier ist – und für niemanden erreichbar –, wo ist der Junge?«

»Auf einer dieser Privatschulen in New England – Jim war nicht arm, und sie als Generalstochter auch nicht. Und der Junge kennt den Satz: ›Deine Mutter ist im Einsatz verreist.‹«

»Ein ganz normaler Soldatenjunge.«

»Ja, wahrscheinlich. Meine Kinder würden sich das nicht gefallen lassen, aber er anscheinend schon.«

»Sie sind auch kein toter Held«, sagte Pryce. »Also müssen sie auch keinen Altar für sie errichten.«

»Vielen Dank, Sie Scherzkeks. Aber wahrscheinlich haben Sie recht.«

»Trotzdem, sie hat also nie jemanden hier beim Militär gefunden, der ihr auch nur annähernd akzeptabel erschienen ist? Schließlich ist sie noch relativ jung.«

»Sie glauben wohl, daß meine Frau und ich das nicht versucht haben? Sie sollten sehen, wie viele Typen wir ihr schon vorgeführt haben ... Sie sagt jedesmal gute Nacht *in* unserem Haus, ein höflicher fester Händedruck, keine Chance für irgend jemanden, ihr näherzukommen ... Und falls Sie irgendwelche Absichten haben sollten, Mr. Geheimagent, dann vergessen Sie's. Sie lebt in strengem Zölibat.«

»Ich habe keinerlei Absichten, Colonel. Ich muß nur über die Leute informiert sein, mit denen ich zu tun habe. Das gehört zu meinem Job.«

»Sie haben die Akten aller hier eingesetzten Leute bekommen, siebenundzwanzig, um es genau zu sagen.«

»Nehmen Sie es mir nicht übel, aber ich habe gerade fünf Tage in der Karibik verbracht, ohne viel Schlaf zu bekommen, und die letzten zwei völlig ohne Schlaf. Für Ihre Akten hatte ich noch keine Zeit.«

»Sie werden sie ganz akzeptabel finden.«

»Bestimmt werde ich das.«

An dem Punkt war die Küchentür aufgegangen, und Lieutenant Colonel Montrose war in den Raum getreten, so daß Pryce und Colonel Bracket ihr Gespräch hatten unterbrechen müssen. »Alles ist sicher, und ich habe zusätzliche Streifen an den Strand geschickt«, erklärte sie.

»Warum?« fragte Pryce.

»Weil das sein logischer Fluchtweg war, für den Killer, meine ich. Die Marschen werden ständig überwacht.«

»Da bin ich anderer Ansicht. Sie sagten vorher, der Strand sei auf einer Länge von tausend Metern mit Lichtschranken gesichert, seitlich und landeinwärts, also eine Art elektronischer Zaun für das ganze Anwesen. Glauben Sie ernsthaft, daß ein Attentäter das nicht wüßte?«

»Worauf wollen Sie hinaus, Mr. Pryce?« fragte Leslie Montrose sichtlich verstimmt. »Was für eine Fluchtmöglichkeit gäbe es denn noch?«

»Den Weg, auf dem er reingekommen ist, Colonel. Nur, daß Scofields Frau seine Taucherausrüstung gefunden hat. Ich würde vorschlagen, Sie schicken eine Streife nach Westen zu der nächsten Straße, die nach Norden und Süden führt. Der Fahrer soll möglichst wenig Lärm machen und nachsehen, wer dort wartet. Der Betreffende wird sicherlich seine Scheinwerfer ausgeschaltet haben, also sollten wir auch ohne Licht fahren.«

»Das finde ich lächerlich! Der Killer kann nicht heraus. Er ist tot.«

»Sicherlich ist er das, Colonel Montrose«, pflichtete Pryce ihr bei. »Aber wenn wir hier nicht einen Verräter mit einem Funkgerät haben, von dem wir nichts wissen ...«

»Unmöglich!« rief Bracket.

»Ich hoffe, Sie haben recht«, fuhr Pryce fort. »Wenn das der Fall ist, dann wird der Betreffende, der draußen auf unseren Attentäter wartet, nicht wissen, daß er tot ist ... Los jetzt, Colonel Montrose, das ist ein Befehl.«

Beinahe eine Stunde verstrich. Bracket schlief am Tisch, den Kopf auf die Arme gestützt. Pryce, der mit dem Schlaf kämpfte, ging immer wieder in die Küche und spritzte sich an der Spüle Wasser ins Gesicht, bis sein Hals und sein Hemd völlig durchnäßt waren. Die Tür ging langsam auf, und Lieutenant Colonel Leslie Montrose kam herein, ebenso erschöpft wie der Mann, dessen Blick sich erwartungsvoll zu ihr hob.

»Der Wagen war da«, sagte sie leise, »und ich wünschte bei Gott, er wäre nicht da gewesen.«

»Warum?« fragte Pryce benommen und stand auf.

»Sie haben einen von meinen Männern umgebracht...«

»Großer Gott, nein!« Pryce' Stimme ließ Bracket hochfahren.

»Ja. Sie hätten mich erwischt, aber mein Corporal hat mich zur Seite gestoßen, und dabei ist er getroffen worden. Er war noch ein Junge, der jüngste Soldat der Einheit. Er hat sein Leben für mich geopfert.«

»Das tut mir leid!«

»Was sind das für Leute, Mr. Pryce?« fragte Leslie Montrose. Sie sagte es ganz leise, aber die Verzweiflung in ihrer Stimme war nicht zu überhören.

»Jemand hat sie ›das Böseste, was es auf dieser Welt gibt‹ genannt«, antwortete Pryce leise und ging zu ihr und legte ihr kurz den Arm um die Schultern. Sie weinte.

»Man muß sie aufhalten, dieses Morden muß ein Ende haben!« stieß Montrose hervor. Ihr Kopf fuhr in die Höhe, in ihren Augen funkelte es, Tränen rollten über ihre Wangen.

»Ja, ich weiß«, sagte Pryce und ließ sie los. Colonel Bracket sank wie betäubt langsam in seinen Stuhl zurück.

THE INTERNATIONAL HERALD TRIBUNE
(Titelseite)
VERBLÜFFENDE FUSION ZWEIER LUFTFAHRTRIESEN

PARIS, 30. September – Die gemeinsame Ankündigung aus London und Paris, daß British Aeronauticals und die französische Compagnie du Ciel sich zu einer Firma zusammengeschlossen haben, hat in der Luftfahrtindustrie Europas und der Vereinigten Staaten großes Aufsehen erregt und zu Erschütterungen geführt. Die Fusion der beiden Giganten mit ihren schier unbeschränkten Mitteln, ihren gesicherten Lieferverträgen mit privaten Fluggesellschaften und Regierungen, ihren Produktionsgesellschaften und ihrem Zugang zu kostengünstigen Arbeitskräften macht diese neue Firma zum größten und mächtigsten Flugzeughersteller der Welt. Börsenanalytiker auf beiden Seiten des Atlantik sind zu dem Schluß gekommen, daß Sky Waverly, wie die neue Gesellschaft heißen soll, die tragende Säule der Flugzeugindustrie sein soll. Um Clive Lawes, Wirtschaftsredakteur der *Times* zu zitieren: »Sie werden auf ihrer Trommel den Takt schlagen, und die anderen werden danach marschieren müssen.«

Mit dem Namen Waverly wird Sir David Waverly geehrt, der Gründer der Stammfirma Waverly Industries, die vor mehr als fünfundzwanzig Jahren von anglo-amerikanischen Interessenten übernommen wurde.

Unbestätigte Einzelheiten der Fusion, darunter auch über Aktientauschangebote und geplante künftige Schritte des neuen vereinigten Vorstandes der neuen Gesellschaft, finden Sie auf Seite 8. Mit Sicherheit gibt es bereits Pläne über die Zusammenlegung von Fertigungsstrecken und die Reduzierung überflüssiger Managementfunktionen. Als Leitmotiv könnte man ein häufig gebrauchtes Zitat aus einem amerikanischen Film der späten vierziger Jahre zitieren: »Bitte anschnallen, vor uns liegt eine holprige Straße.«

8

Es war Vormittag an der Ostküste von Maryland. Die grelle Herbstsonne stand auf halber Höhe, ihre Strahlen schimmerten auf den ruhigen Wellen der Chesapeake Bay. Pryce hatte sich soeben auf der weiten Terrasse mit ihrem herrlichen Blick über die Küste zu Scofield und Antonia gesetzt. Für die Bewohner des Herrenhauses war ein Frühstücksbüfett aufgebaut worden. Die restlichen Bewohner des Anwesens waren in den drei mehr als großzügigen Gästehäusern untergebracht.

»Nehmen Sie Platz, Cameron«, sagte Scofields Frau. »Darf ich Ihnen Kaffee eingießen?«

»Nein, danke«, antwortete Pryce freundlich und ging zu dem Büfett mit den Kaffeekannen. »Ich hole ihn mir schon.«

»Keine gute Idee«, brummelte Scofield. »Sie verwöhnen sie.«

»Sie sind nicht ganz bei Trost, wissen Sie das?« sagte Pryce schläfrig. »Dafür ist es wahrscheinlich auch noch viel zu früh.«

»Früh, daß ich nicht lache«, widersprach Scofield, »es ist schon beinahe zehn. Wo zum Teufel sind die anderen?«

»Keine Ahnung. Ich weiß nicht einmal, wer das alles ist.«

»Die beiden Colonels, der große und die kleine, der CIA-Typ, der letzte Nacht – heute morgen – mit Toni unterwegs war, und Frank Shields Verbindungsmann, der mich immer so ansieht, als hätte ich eine ansteckende Krankheit.«

»Frank hat ihn bestimmt über Sie aufgeklärt.« Pryce füllte seine Tasse, ging zum Tisch zurück und setzte sich. Antonia beantwortete die Frage ihres Mannes:

»Colonel Bracket und Lieutenant Colonel Montrose sind im Westflügel untergebracht, dort hat auch Eugene Denny, der Verbindungsmann von Shields, sein Zimmer. Und mein ›Typ‹, wie du ihn nennst, Liebling, ist auf dem selben Gang wie wir untergebracht... Wir haben nicht einmal weit zu gehen, um zusammenzukommen, während du vor dich hin schnarchst.«

»Ha!« rief Scofield und grinste. »Da sehen Sie es mal wieder, Cam, es gibt tatsächlich Leute, denen nicht einmal ein Kinderbett heilig ist. Je jünger, desto besser!«

»Dafür darfst du dir deine Eier jetzt selbst holen, mein Lieber.«
»Ich will keine Eier. Du sagst immer, daß sie mir nicht bekommen.«
»Wer hat das hier alles hergerichtet?« wollte Pryce wissen.
»Warum? Denken Sie, es könnte vergiftet sein?«
»Das nicht gerade, aber interessieren würde es mich trotzdem.«
»Sie sind mißtrauisch, junger Freund.«
»Ich will es Ihnen sagen«, erklärte Antonia, die sich heute offenbar für Auskünfte zuständig fühlte. »Alles Essen wird in den Küchen von Langley zubereitet, hermetisch verschlossen, verdrahtet, etikettiert und dann jeden Morgen und jeden Abend jeweils um sechs per Helikopter hierhergebracht.«
»Den Lärm habe ich gehört.« Pryce nickte. »Aber ich dachte, das sei vielleicht Luftüberwachung oder irgendein VIP, der uns besuchen kommt... Wie haben Sie das alles rausgekriegt, Toni? Ich meine das Essen, wo die Leute schlafen...«
»Ich stelle Fragen.«
»Sie machen das gut.«
»Bray hat es mir beigebracht. Wenn man sich in einer scheinbar passiven Lage befindet, so wie wir jetzt beispielsweise, sollte man immer Fragen stellen – nett und unschuldig, so als ob man wirklich neugierig wäre. Er behauptet immer, Frauen könnten das besser als Männer, also mache ich das.«
»Er ist ein richtiges Herzchen. Das bedeutet zugleich auch, daß die Wahrscheinlichkeit größer ist, daß Sie erschossen werden.«
Scofield schnaubte. »Du mußt nachdenken, bevor du kaust«, sagte er. Dann wurde er plötzlich ernst. »Wir haben von dem SET-Corporal gehört, der gestern nacht ins Gras gebissen hat. Diese Mistkerle!«
»Von wem haben Sie es gehört?«
»Von Colonel Bracket. Er kam herauf, um Denny ins Bild zu setzen, und dann gab es ein ziemliches Durcheinander – Vorwürfe, wenn Sie so wollen. Toni und ich sind dann aufgestanden und haben mitgemischt.«
»Was für Vorwürfe?«
»Alles nur Bockmist, das ist alles.«
»Nein, das ist nicht alles.«
»Lassen Sie nur, Cam«, sagte Antonia. »Mr. Denny war ›ein wenig von der Rolle‹, wie ihr Amerikaner sagt.«
»Was hat er gesagt?«
»Er wollte wissen, wer Montrose erlaubt hätte, das Gelände mit

einem Fahrzeug zu verlassen«, antwortete Scofield. »Bracket hat ihm gesagt, daß sie als seine Stellvertreterin von niemandem eine Erlaubnis brauche.«

»Im Grunde genommen hat er damit gesagt, daß er es ihr erlaubt hat«, fügte seine Frau hinzu. »Der Colonel.«

»Das stimmt nicht«, sagte Pryce. »Ich habe ihr den Befehl erteilt, und zwar aufgrund meiner Erfahrung als Außenagent, der eine logische Analyse vorgenommen hatte. Bedauerlicherweise hatte ich recht... Was hat Denny gemacht? Für wen zum Teufel hält er sich eigentlich?«

»Ich bin Verbindungsbeauftragter von Deputy Director Shields und trage in seiner Abwesenheit die volle Verantwortung für alles, was hier geschieht.« Die Worte kamen von einem mittelgroßen, schlanken Mann mit schütter werdendem Haar, der in diesem Augenblick durch die Tür auf die Veranda herausgekommen war. Sein freundliches, jugendliches Gesicht wollte nicht so recht zu seiner beginnenden Glatze passen, und seine Stimme konnte als eintönig beschrieben werden. »Und eine derartige Verantwortung«, fuhr er fort, »bringt auch Autorität mit sich.«

»Sie sind nicht nur von der Rolle, Denny«, sagte Pryce, stand auf und baute sich vor dem CIA-Beamten auf, »Sie liegen völlig daneben! Jetzt hören Sie mir einmal zu, Sie heißer Feger. Ich kann mich nicht erinnern, gestern nacht von Ihnen irgendwelche verantwortlichen Erklärungen gehört zu haben, als ein toter Killer zwischen zwei Wachleuten, denen er den Hals von einem Ohr zum anderen durchgeschnitten hat, von einer Wand plumpste. Ich kann mich nicht mal daran erinnern, daß Sie überhaupt anwesend waren!«

»Ich war dort, Mr. Pryce, wenn auch nur kurz – es gab nichts, was ich hätte beitragen können. Vielmehr hielt ich es für notwendig, sofort mit Director Shields Verbindung aufzunehmen. Wir haben ziemlich lange miteinander telefoniert und alle möglichen Schwachstellen diskutiert, auch die Hubschrauberbesatzungen... er wird um zwölf Uhr hier sein.«

»Die Hubschrauberpiloten ins Gebet nehmen?« fragte Scofield.

»Ja, Sir.«

Pryce ergriff wieder das Wort. »Dann will ich wissen, mit welcher Vollmacht und mit welcher Erfahrung Sie meine Entscheidung oder eine der SET in Frage stellen.«

»Ich denke, das liegt auf der Hand. Ein Mann ist getötet worden.«

»Das kommt vor, Mr. Denny. Ich mag das nicht, Sie mögen das nicht – niemand von uns mag das. Aber es *kommt vor.*«

»Hören Sie, Pryce, vielleicht habe ich ein wenig zu dick aufgetragen, als ich ...«

»*Damit* haben Sie recht!« unterbrach Pryce ihn.

»Aber ich bin hier, um alles zu überwachen, um sicherzustellen, daß alles glatt läuft. Und das war die erste Nacht. Ich stehe da wie ein Narr, wie ein Idiot.«

»Sie hätten das nicht verhindern können, und ich glaube, das wissen Sie«, sagte Pryce, der sich allmählich beruhigte, und bedeutete Denny mit einer Handbewegung, er solle sich zu ihnen setzen.

»Vielleicht hätte ich die Ermordung der beiden Wachen nicht verhindern können und auch den Attentatsversuch nicht, aber wahrscheinlich würde ich jedem aus dem schon geschilderten Grund davon abgeraten haben, das Gelände zu verlassen. Wenn ich es gewußt hätte.«

»So, das hätten Sie?« Pryce geriet wieder in Fahrt. »Warum?«

»Weil es eine bessere Möglichkeit gab – vorausgesetzt, daß tatsächlich jemand an der alten Chesapeake Road auf den Attentäter wartete.«

»Vorausgesetzt daß, Herrgott! Wollen Sie mit der Familie des Jungen telefonieren?«

»Ich hatte hypothetisch ...«

»Der redet ja noch geschraubter als Sie ...«

»Shields redet auch geschraubt, aber ich war lange genug mit diesen Clowns zusammen, um sie zu verstehen ... Was hätten Sie denn getan, Mr. Analytiker – Sie sind doch Analytiker, stimmt's?«

»Ja. Ich hätte unsere Leute darauf angesetzt, die in einem getarnten Fahrzeug in einem Feld nördlich der Einfahrt bereitstehen. Die hätten von außen angreifen können.«

»Was für Leute?« Pryce schrie förmlich. »Was für ein Fahrzeug?«

»Die sind dort. In Achtstundenschichten.«

»Warum zum ... warum wußten *wir* nicht darüber Bescheid?«

»Auf mich brauchen Sie keine Rücksicht zu nehmen, Cameron«, sagte Antonia, der man den Zorn anmerkte, »und ich glaube, hier sind wirklich deutliche Worte angebracht. Mr. Denny, warum hat man uns nicht informiert?«

»Herrgott, ich hatte einfach noch keine Gelegenheit! Die erste Nacht, was konnte denn schon in der ersten Nacht passieren ...?«

»Und genau darauf baut der Feind«, sagte Scofield, und seine Stimme klang plötzlich befehlsgewohnt. »Aber das ist nicht Ihre Schuld, das ist die Schuld von Shields – und das ist auch nicht das erste Mal, daß er das macht. In der ersten Lagebesprechung sollte das gesamte Team über sämtliche Möglichkeiten informiert werden, die uns zur Verfügung stehen – das hat oberste Priorität. Keine Überraschungen, keine Alternativen, von denen wir nichts wissen, und keine blöden Versäumnisse, ist das klar, Junge?«

»Für dieses Szenario kann man sich auch Variationen vorstellen, Sir.«

»Dann nennen Sie mir eine, Sie Schwachkopf!«

»Bitte, Bray«, sagte seine Frau und legte ihm die Hand auf den Arm.

»Nein, ich will seine Antwort hören! Nur zu, Analytiker!«

»Ich glaube, Sie wissen das, Mr. Scofield«, sagte Denny mit seiner sanften, ausdruckslosen Stimme. »Sie kennen Director Shields schon lange Zeit.«

»Der *L-Faktor*, habe ich recht?«

»Ja«, erwiderte der Verbindungsmann so leise, daß man ihn kaum hören konnte.

»Was in Gottes Namen ist das jetzt wieder?« fragte Pryce verwirrt.

»Sie haben gerade völlig zu recht den Namen des Herrn gebraucht«, sagte Scofield. »Der L-Faktor ist die Heilige Schrift nach dem heiligen Shields, dem Makellosen, dem Bibelgelehrten. Das L steht für Leviticus, eins der fünf Bücher Mose, das dritte Buch des Alten Testaments. Soviel weiß ich noch.«

»Wovon redest du, lieber Mann?«

»Shields war immer der Meinung, daß man die Antworten auf die meisten menschlichen Probleme und Rätsel in der Bibel finden kann. Nicht unbedingt die religiösen Aspekte, sondern in den Interpretationen der Geschichten, die man dort findet, ob sie nun der Legende angehören oder geschichtliche Tatsachen sind.«

»Frank ist religiöser Fanatiker?« Pryce war sichtlich verblüfft.

»Das weiß ich nicht. Das müßten Sie ihn fragen. Aber seine Bibel kennt er jedenfalls.«

»Dieser L-Faktor, dieser Leviticus, was soll das?« fragte Pryce nach.

»Um es kurz zu sagen, vertraue niemals dem Hohepriester. Er könnte eine Ratte sein.«

»Wie bitte?« Pryce ließ sich langsam auf seinen Stuhl sinken und starrte Scofield an, als ob der pensionierte CIA-Agent ein Verrückter wäre.

»Ich weiß nicht, ob ich das je ganz begriffen habe, aber jedenfalls war im Leviticus das Amt des Hohepriesters auf die Söhne Levis oder Aarons beschränkt, glaube ich. Sie waren die Herrscher des Tempels und erteilten allen anderen ihre Befehle. Dann fälschten ein paar ehrgeizige Brüder, die nicht dieser exklusiven Bruderschaft angehörten, irgendwelche Ahnentafeln und schlichen sich auf die Weise in den Club ein. Die Folge war, daß sie zu echter politischer Macht kamen und sich nicht mehr um die *vox populi* scherten.«

»Sind Sie noch bei Trost?« Pryce war richtig sauer, und seine Augen blitzten. »Das ist doch biblischer Humbug!«

»Nicht unbedingt«, widersprach ihm Eugene Denny. »Mr. Scofield stellt die wesentlichen Fakten ganz richtig dar, wenn auch nicht im richtigen Zusammenhang.«

»Verzichten Sie auf das Überflüssige«, sagte Pryce. »Ich möchte wissen, wovon er redet.«

»Im Leviticus steht, daß einige männliche Leviten, wie man die Söhne Levis nannte, als ihre Zahl wuchs, die Erben Aarons zu Priestern des Tempels von Jerusalem ernannten, dem damaligen Sitz der Macht. Wie in allen Machtzentren dieser Art gab es dort Korruption – minimal nach späteren Maßstäben gemessen, möchte ich hinzufügen, aber nichtsdestoweniger Korruption seitens jener, die das starre System ändern wollten, etwas, wie ich ebenfalls hinzufügen möchte, was meistens gerechtfertigt ist. Schließlich, will eine Legende wissen, auf die man Anspielungen in Numeri oder Deuteronomium finden kann, wurde ein Zelot zum Führer des Tempels von Jerusalem, bis man ihm nachwies, daß er ein Verräter und kein Sohn Aarons war.«

»Danke für die Bibellektion, Herr Pfarrer«, sagte Pryce, der Mühe hatte, höflich zu bleiben, »aber was zum Teufel hat das alles zu bedeuten?«

»Das bedeutet«, sagte Scofield, dem man anmerken konnte, daß er innerlich kochte, »Deputy Director Shields ist nicht ganz sicher, ob er *mir* vertrauen kann.«

»Was?« Pryce fuhr wütend zu Shields Verbindungsmann herum.

»Sie müssen wissen, junger Freund«, fuhr Scofield fort, »in Squintys biblischer Phantasie ist dieses Gelände hier der Tempel von Chesapeake, und obwohl Ihr beiden Arschlöcher das nicht glaubt, hat keiner von euch beiden in dieser Operation auch nur den Furz einer Vollmacht. Die habe ausschließlich ich. So lautet mein Abkommen mit Shields – fragen Sie ihn, Mr. Denny.«

»Ich bin über diese Übereinkunft informiert worden, Mr. Scofield, und es kommt mir wohl kaum zu, Ihnen da zu widersprechen.«

»Natürlich nicht. Sie sind Frankieboys Lakai, und ich wette meine linke Arschbacke, daß Sie mit Ihren Leuten in dem ›getarnten Fahrzeug‹ in Kontakt stehen, für den Fall, daß ich plötzlich auf die Idee kommen sollte, hier Leine zu ziehen und mit meiner Frau abzuhauen!«

»Was redest du da, Bray?« wollte Antonia wissen.

»Und ich wette meine rechte Arschbacke«, fuhr Scofield fort, ohne auf sie einzugehen, »daß die Torwache Anweisung hat, sofort mit Ihnen Verbindung aufzunehmen, falls ich vorne rausfahre, wozu ich aber berechtigt bin, weil ich hier tatsächlich absolute Vollmacht habe.«

»Du redest Unsinn, mein Lieber ...«

»Den Teufel tue ich. Der L-Faktor, dieser Leviticusquatsch. Ich bin der Hohepriester des Tempels, der möglicherweise ein Verräter ist. Stimmt es nicht, Analytiker?«

»Es gab andere Erwägungen«, erwiderte Denny leise.

»Wenn es die gegeben hat, warum hat man uns – warum hat man *mir* – nichts von Ihrer Einheit dort draußen gesagt? Ich hätte von Anfang an mit oberster Priorität informiert werden müssen, falls Entscheidungen zu treffen sind, die ich Ihnen nicht gestatten würde! ... O nein, das ist wieder einer von Squintys verschlungenen Tricks, verdammt noch mal!«

»Es gab die Möglichkeit eines plötzlichen, massiven Angriffs auf das Gelände ...«

»Und zwei oder drei Mann in einem ›getarnten Fahrzeug‹ hätten das *verhindern* sollen?« fiel ihm Beowulf Agate wütend ins Wort. »Heiliger Strohsack, für wie blöd halten Sie mich eigentlich?«

»Das kann ich nicht beantworten, Sir. Ich befolge nur Befehle.«

»Wissen Sie, junger Freund, das ist jetzt das zweite Mal, daß ich das in den letzten dreißig Stunden gehört habe, und ich kann Ihnen darauf bloß sagen, was ich diesem Hurensohn gesagt habe, der einem Hai als Vorspeise gedient hat: *Damit kann man vieles entschuldigen!*«

»Hey, jetzt mal langsam, Bray«, versuchte Pryce ihn zu beruhigen. »Vielleicht hat Frank recht gehabt – was den zweiten Teil angeht, meine ich, mit dem Angriff.«

»Das gibt einfach keinen Sinn, Junge. Wenn er das wirklich geglaubt hätte, würde da draußen ein ganzes Bataillon bereitstehen, und ich wäre der erste, der es erfahren hätte. Nein, Squinty hat darauf gewartet, daß ich etwas tue, womit keiner rechnet. *Herrgott*, dieser Mistkerl ist ein Genie!«

»Sie haben was?« rief Pryce.

»Ich verstehe dich wirklich nicht, mein Liebling...«

»In diesen High-Tech-Zeitalter kann man mit niemandem hier drinnen über Draht oder Funk kommunizieren, weil ja jeder durch einen Detektor muß. Die einzige Möglichkeit ist also persönlicher Kontakt, geheimer Kontakt. Nach diesem Schlamassel mit diesem Mistkerl, der die Wachen umgebracht und versucht hat, mich zu erledigen – vielen Dank, daß Sie ihn mir vom Leib gehalten haben, Cam –, bin ich zum selben Schluß wie Sie gekommen. Ich wollte abwarten, bis Toni eingeschlafen war, und dann selbst hinausgehen, auf *meine* Art. Also weder durch das Tor noch mit einem gottverdammten Fahrzeug. Ich hätte das wesentlich eleganter angestellt und es auch geschafft.«

»Das wäre nicht das erste Mal, Gentlemen«, sagte Antonia und drückte liebevoll den Arm ihres Mannes. »In Europa, als wir um unser Leben gerannt sind, bin ich häufig am Morgen aufgewacht und habe Brandon und Taleniekov Kaffee trinkend vorgefunden. Das Problem, das uns solche Angst gemacht hatte – der Mann oder die Männer, deren Waffen auf uns gerichtet waren –, hatte aufgehört, eine Bedrohung zu sein. Das war gewöhnlich alles, was sie darüber sagten, nicht mehr.«

»Und Sie schätzen das, was gestern nacht passiert ist, als ähnlich ein?« fragte Pryce Scofield.

»In gewisser Weise natürlich«, pflichtete ihm der pensionierte Agent bei. »Nur, daß Frank meine Ziele völlig mißverstanden hat. Ich wollte nicht da raus, um mich in aller Stille mit den Matarese zu einigen, die mir ja, wie ich Squinty gesagt habe, Millionen angeboten haben, wenn ich verschwinde. Ich wollte diese Mistkerle erledigen. Oder sie, wenn ich die Geduld dazu aufgebracht hätte, lebend schnappen.«

»Warum haben Sie ihn dann gerade als Genie bezeichnet?« fragte Pryce verwirrt.

»Weil ich unter ähnlichen Umständen das eine *oder* das andere tun würde. Frank geht immer auf Nummer Sicher.«

»Aber sich auch nur auszumalen, Sie könnten zum Feind übergehen, zum Verräter werden«, rief Pryce aus, »das muß Sie doch so wütend machen, daß Sie ihn ungespitzt in den Boden hauen möchten!«

»Nein, nein, niemals«, sagte Scofield. »Wenn er mittag hierherkommt, werde ich ihm sicherlich die Meinung sagen, aber nicht mehr.«

»Warum nicht?«

»Ich will Ihnen was erzählen, was vor dreißig Jahren geschehen ist. Ich war damals verdeckt in Prag tätig, und mein Führungsoffizier war ein Mann, den ich wirklich für brillant hielt, der beste und tüchtigste Kontakt nach Moskau, den wir je auf unserer Seite hatten. Ich sollte mich eines Nachts mit ihm am Moldau-Ufer treffen, als ich Minuten, bevor ich meine Wohnung verließ, eine dringende Mitteilung aus Washington bekam, aus Langley – von Frank Shields. Ich dechiffrierte sie, und die Mitteilung lautete: ›Schicken Sie einen Lockvogel, keinen von uns. Irgendeinen Rauschgiftdealer, halten Sie sich am Rande auf.‹ ... Dieser Kokaindealer wurde von Kugeln durchlöchert, die für mich bestimmt waren. Frank Shields hatte meinem Führungsoffizier eine Falle gestellt, durch die er sich verriet. Mein brillanter Kontaktmann war ein KGB-Killer.«

»Und jetzt stellt er Ihnen dieselbe Falle«, sagte Pryce. »Und Sie können das akzeptieren?«

»Warum nicht? Er geht auf Nummer Sicher, und er hätte recht haben können. Alles, was ich für meine vielen Dienstjahre für *meine* Regierung bekam, war eine Pension und eine Prämie, von der ich mir ein Boot gekauft habe. Es hätte ja sein können, daß mich das Angebot der Matarese in Versuchung geführt hat.«

»Aber er kennt Sie doch!«

»Niemand kennt einen anderen Menschen wirklich, jeder kennt nur sich selbst, Cam. Wir schaffen es vielleicht, ein wenig unter die Haut zu kommen, aber in das Bewußtsein können wir nicht eindringen, und damit können wir auch die zahlreichen Alternativen nicht erkennen, für die es sich möglicherweise entscheidet. Woher wissen Sie denn, wer ich wirklich bin oder wer Toni ist?«

»Himmel noch mal, wir haben stundenlang miteinander geredet. Über hundert Dinge. Ich vertraue Ihnen!«

»Sie sind noch jung, mein neuer Freund, aber seien Sie vorsichtig. Vertrauen baut auf Optimismus, es ist eine Folge mehrerer Schatten. Und diesen Schatten können Sie keine drei Dimensionen geben, und wenn Sie sich auch noch so bemühen.«

»Aber irgendwo muß man doch anfangen«, sagte Pryce, ohne dabei den Blick von Scofield zu wenden. »Dieser Leviticusquatsch, dieser Hohepriester, der ein Verräter sein könnte – worauf zum Teufel läuft das alles hinaus?«

»Willkommen in unserer Welt, Cameron. Sie mögen vielleicht glauben, daß Sie sie bereits kennen, aber Sie haben Ihren Abstieg in die Hölle gerade erst begonnen. Das ist nicht eine Hölle, wie sie unser unverdorbener Mr. Denny kennt, weil er wie Squinty hinter einem Schreibtisch mit all den Computern sitzt und abstrakte Entscheidungen trifft. Manchmal sind diese Entscheidungen richtig, häufig sind sie falsch, aber eines kann kein Computer simulieren, nämlich menschliche Konfrontationen. Am Ende können Maschinen nicht mit Maschinen reden.«

»Ich glaube, darüber haben wir schon mal gesprochen«, sagte Pryce. »Ich spreche von gestern nacht, eine Nacht, die ich nie vergessen werde. Wo stehen wir?«

»Nun, ich denke, die erste Lektion ist, daß hier nichts linear verläuft – nicht auf einer geraden Linie. Die zweite sagt, daß wir es mit einem zweidimensionalen Gebilde zu tun haben – die Linien laufen in alle Richtungen auseinander, und Sie müssen die Möglichkeiten einengen.«

»Ich spreche von gestern nacht – von heute morgen!«

»Oh, das. Das kann ich Ihnen nicht sagen. Squinty wird in etwa einer Stunde hier sein, dann werden wir ihn fragen.«

»Ich kann es Ihnen sagen«, sagte Denny. »Director Shields verlegt die ganze Anlage unter strengster Geheimhaltung auf ein Anwesen in North Carolina.«

»Das ist das einzige, was er nicht tun wird!« rief Scofield aus.

»Aber Sir, wir sind hier entdeckt worden …«

»Da haben Sie verdammt recht, und ich wünschte, wir könnten das in sämtlichen Zeitungen veröffentlichen – nein, das wäre vermutlich falsch. Soll es ruhig als geheim klassifiziert bleiben. Alle, die es nicht wissen sollen, werden es schon erfahren.«

»Wirklich, Sir, der Deputy besteht darauf, daß wir zu packen anfangen …«

»Dann schicken Sie den *Deputy* zu mir, und ich werde Gegenorder erteilen! Ihr Idioten wißt eben nicht, daß die Bienen zum Honigtopf fliegen. Das ist ein altes korsisches Sprichwort.«

THE WALL STREET JOURNAL
(Titelseite)
DREI BANKEN DER WELTSPITZENKLASSE SCHLIESSEN ALLIANZ

NEW YORK, 1. Oktober – Als weiterer Beweis für die zunehmende Internationalisierung der Finanzinstitute haben sich drei der größten Banken der Welt praktisch zusammengeschlossen. Es handelt sich um die in gleicher Weise bekannten Universal Merchants in New York, die Bank of the Pacific aus Los Angeles und den Banco Ibérico von Madrid, das umsatzstärkste Institut in Spanien und Portugal, das auch über weitläufige Interessen im Mittelmeerraum verfügt.

Die drei Institute haben unter Berücksichtigung komplizierter internationaler Gesetze eine horizontale Aufgabenteilung geschaffen, die die Produktivität in ihren jeweiligen Einflußbereichen maximieren soll. Die neuesten Technologien, die eine praktisch verzögerungsfreie weltweite Kommunikation, darunter auch Finanztransaktionen, erlauben, werden ein völlig neues Bankensystem schaffen, »praktisch eine Art Renaissance«, ließ Benjamin Wahlburg wissen, ein bekannter Bankier, Finanzexperte und Sprecher des neuen Konglomerats, das den Namen Universal Pacific Iberia tragen soll. »Wir nähern uns mit schnellen Schritten einer bargeldlosen Gesellschaft, die auf der ganzen Welt Milliarden und Abermilliarden einsparen wird«, fuhr Mr. Wahlburg fort, »wenn private wie Firmentransaktionen mit Plastikkarten identifiziert und Überweisungen auf elektronischem Wege durchgeführt werden. Mit der Universal Pacific Iberia wollen wir uns an die Spitze dieser ermutigenden wirtschaftlichen Renaissance stellen und investieren deshalb beträchtliche Mittel in ihre Entwicklung.«

Nach Schätzung von Fachleuten wird UPI, das neue Finanzkonglomerat, mit seinen Tausenden von Zweigstellen, einer der bedeutendsten Geldgeber in den Vereinigten Staaten, den Staaten an der Pazifikküste, in Südeuropa und im Mittelmeerraum von Gibraltar bis Istanbul sein.

Der Verfasser dieser Zeilen ist als Beobachter der internationalen Märkte hinsichtlich der Frage der Kontrollmechanismen beunruhigt. Mr. Wahlburg erklärte am Telefon: »Selbstverständlich wird es in dieser neuen Entwicklung auch Kontrollorgane geben. Kein verantwortungsbewußter Wirtschaftsführer oder Bankier könnte sich etwas anderes vorstellen.«

Der zur Landung ansetzende Helikopter näherte sich knatternd dem mit einem Kreis markierten Landeplatz auf dem Gelände. Deputy Director Frank Shields trat mit vor der grellen Sonne praktisch geschlossenen Augen aus der weißschimmernden Metalltür, wo er sofort von Brandon Scofield mit einer verbalen Attacke überfallen wurde. Pryce stand neben ihm. Zum Glück übertönten die wirbelnden Rotorblätter den größten Teil der lautstarken Vorwürfe des ehemaligen Agenten, und als die beiden Männer schließlich diese Geräuschkulisse hinter sich gelassen hatten, war Scofield praktisch außer Atem.

»Da Sie sich ja selbst zusammengereimt haben, was ich vorhatte – warum hat es Sie dann überrascht oder sogar geärgert?« fragte der attackierte Deputy Director.

»Das ist so ziemlich das Dümmste, was ich je von Ihnen gehört habe, Squinty!« röhrte Scofield.

»Warum?«

»Hören Sie auf, sich zu wiederholen!«

»Hey, das ist eigentlich Ihre Angewohnheit, Brandon, nicht meine. Und sehen Sie es doch mal so: Da Sie offensichtlich begriffen haben, daß ich den L-Faktor einsetzen könnte, und Sie die Prüfung ja bestanden haben, sind Sie jetzt sauber, und ich brauche mir nicht den Kopf zu zerbrechen, ob ich vielleicht etwas übersehen habe.«

»Es war wegen des Angebots der Matarese an mich, nicht wahr? Die Millionen und die Ranch irgendwo ...«

»Sie haben das zwar nur beiläufig erwähnt«, fiel Shields ihm ins Wort, »aber ich mußte immer wieder daran denken. Sie selbst haben schließlich einen Präsidenten der Vereinigten Staaten vor fünfundzwanzig Jahren dazu gebracht, daß er Sie auszahlt. Aber um Ihre Frage zu beantworten – ja.«

»Woher wissen Sie denn, daß ich nicht akzeptiert habe?«

»Weil Sie es dann nie Denny gegenüber erwähnt hätten, ganz besonders nicht so eindeutig.«

»Sie sind unmöglich!«

»Mag sein, aber denken Sie an Prag. Übrigens, wo ist Denny eigentlich?«

»Ich habe ihm Anweisung gegeben, daß er sich verdrückt, bis ich mit Ihnen fertig bin. Schließlich hatten wir uns ja darauf geeinigt, daß ich diese Operation leite. Die Vollmacht habe ich doch, oder?«

»Sind Sie jetzt fertig, Brandon?« fragte Shields, ohne die Frage des anderen zu beantworten.

»Nein, verdammt! Ihre Idee, hier dichtzumachen und nach North Carolina zu ziehen – das kommt überhaupt nicht in Frage! Wir bleiben hier.«

»Sie sind reif für eine Anstalt. Die Matarese wissen, wo wir sind – wo Sie sind. Sie wissen, daß Sie den Bombenangriff auf dieses Schiff überlebt haben, und indem Sie hierher geflogen und sich auf unsere Seite gestellt haben, haben Sie denen den Fehdehandschuh hingeworfen. Die werden solange keine Ruhe geben, bis sie Sie erledigt haben.«

»Sagen Sie mir, Squinty, warum wollen die mich umbringen?«

»Aus demselben Grund, aus dem wir Sie finden wollten – wegen dem, was möglicherweise in Ihrem Betonschädel stecken könnte. Was Sie damals am Ende Ihrer Laufbahn berichtet haben, war nicht gerade besonders aufschlußreich, aber, um es mit Ihren eigenen Worten auszudrücken, Sie wissen mehr über die Matarese als irgend jemand sonst auf unserer Seite.«

»Und was hindert mich daran, Ihnen alles, was ich weiß, auf Papier zu liefern?«

»Überhaupt nichts, aber es gibt Gesetze, und wir haben es schließlich mit mächtigen Interessengruppen zu tun, vermutlich sehr reichen Leuten innerhalb und außerhalb der Regierung, die sehr viel Einfluß haben.«

»Na und?«

»Und deshalb sind mit der Maschine geschriebene Aussagen – Erklärungen – von einem toten, in Mißkredit geratenen CIA-Agenten, der sich zu allem Überfluß nur selten korrekt verhalten und seine Vorgesetzten dauernd falsch informiert und angelogen hat, nicht gerade das, was man den Gerichten, geschweige denn einem Kongreßausschuß, vorlegt.«

»Zerreißen Sie die Akte, verbrennen Sie sie! Das liegt alles weit zurück und hat mit den augenblicklichen Umständen überhaupt nichts zu tun.«

»Sie waren zu lange weg, *Beowulf Agate*. Das sind jetzt die neunziger Jahre. Akten werden nicht mehr säuberlich in Aktendeckel gelegt, sie werden in Computerdateien eingegeben, und jeder Abteilungsleiter in sämtlichen nachrichtendienstlichen Institutionen, der über die richtigen Codes verfügt, kann sich Zugang zu ihnen verschaffen. Und ich garantiere Ihnen, daß einige das bereits getan haben.«

»Sie wollen also sagen, daß man meine kalte Leiche nicht verhören kann und daß nur noch Aufzeichnungen von notwendigen Maßnahmen übriggeblieben sind, die ich ergriffen habe und die mich zu einem Lügner und Spinner stempeln.«

»Genau das sage ich. Sie wären nicht mehr als faules Fleisch, das die Matarese durch den Wolf drehen.« Shields hielt kurz inne und gab dann Scofield und Pryce ein Zeichen, sich von dem inzwischen verstummten Hubschrauber und seiner geschäftigen Mannschaft zu entfernen. »Hören Sie mir zu, Brandon«, fuhr er fort, als sie außer Hörweite der Crew waren, »ich weiß, daß Cameron Sie durch die Mangel gedreht hat, um einiges aus Ihnen herauszuquetschen, und ich werde das auch tun. Aber ehe wir weitermachen, muß ich Ihnen gegenüber reinen Tisch machen. Es darf keine Geheimnisse zwischen uns geben.«

»Squinty hat meiner Wenigkeit etwas zu beichten?« spottete Scofield. »Ich dachte, wir prähistorischen Dinosaurier hätten keine Geheimnisse übrig, über die sich zu reden lohnt.«

»Es ist mir ernst, Brandon. Das wird Ihnen klarmachen, wie weit ich gekommen bin, und vielleicht erleichtert es Sie sogar ein wenig, falls Sie irgendwelche Skrupel hatten, darüber zu reden.«

»Ich kann es nicht erwarten.«

»Als Sie vor Jahren den Dienst quittierten, waren so viele Fragen unbeantwortet geblieben, Dinge, zu denen Sie sich einfach nicht äußern wollten ...«

»Dazu hatte ich verdammt gute Gründe«, sagte Scofield leise. »Diese Clowns, die die Abschlußbesprechung führten, hatten nichts anderes im Sinn, als den ganzen Schlamassel Taleniekov anzuhängen. Sie redeten dauernd nur von ›Feind‹ und ›Kommunistenschwein‹ – ich hätte sie umbringen können. Sie wollten Wassilij allein als das ganze Reich des Bösen hinstellen, wo doch nichts weiter von der Wahrheit entfernt war.«

»Nur die Hitzköpfe, Brandon, nur die Hitzköpfe. Wir übrigen haben das weder gesagt noch geglaubt.«

»Dann hättet Ihr kühleren Typen vielleicht die Feuer löschen sollen! Als ich denen erklärte, daß Taleniekov Moskau verlassen mußte, weil man ein Todesurteil über ihn verhängt hatte, sagten sie immer wieder,

›alles nur ein Trick‹ und ›Doppelagent‹ und andere dämliche Klischees, von denen sie überhaupt nichts verstanden!«

»Aber Sie wußten, daß Taleniekov, wenn Sie die ganze Wahrheit berichteten, als ein Wahnsinniger in die Geschichte eingehen würde, der die Supermächte an den Rand des nuklearen Krieges getrieben hatte.«

»Ich bin nicht sicher, ob ich Sie jetzt richtig verstehe, Squinty«, sagte Scofield vorsichtig.

»Ach was, Sie verstehen mich ganz gut. Sie konnten nicht gut in einem offiziellen Bericht erklären, daß die Vereinigten Staaten von Amerika im Begriff waren, einen Präsidenten zu wählen, der Erbe der gefährlichsten und bösartigsten Organisation war, die die Welt seit den Nazis je gekannt hat, nur daß es kein kommunistischer Hitler war, sondern ein geheimnisvoller Mann, über den man in den Kellergewölben der Weltpolitik nur flüsterte. Der Sohn des Hirtenjungen.«

»Was zum Teufel ...«, stieß Scofield hervor und drehte sich zu Pryce herum, der erstaunt den Kopf schüttelte.

»Woher haben Sie das gewußt?« sagte er dann zu Shields gewandt. »Ich habe den Sohn des Hirtenjungen nie erwähnt. Er war tot, der ganze verdammte Verein war tot! Und ja, Sie haben recht, einer der Gründe, warum ich den Mund hielt, war Taleniekov. Aber es gab da noch einen anderen, ob Sie es glauben oder nicht. Unser Land, unser ganzes Regierungssystem wäre zum Gespött der zivilisierten Welt geworden. Wie haben Sie das erfahren?«

»Der Leviticus-Faktor, mein alter Freund. Erinnern Sie sich, was ich Ihnen einmal über den L-Faktor gesagt habe?«

»Ja, allerdings. Sie sagten: ›Sehen Sie sich den Hohepriester an und stellen Sie sich die Frage, ob er unter seinem Talar eine Ratte ist‹. Trotzdem, wie sind Sie darauf gekommen?«

»Wir werden dieses Gespräch draußen auf dem Wasser fortsetzen. Es gibt hier jemanden, der eine andere Form von Ratte ist, und ich will nicht das Risiko eingehen, daß wir elektronisch abgehört werden ... Die Einheit, die Sie bei dem Helikopter gesehen haben, ist ein Team von Antiterrorismusexperten. Die Männer sind dazu ausgebildet und verfügen auch über die notwendigen Instrumente, um alle möglichen Sorten von Wanzen zu finden, ganz gleich wie gut sie versteckt sind.«

»Eines muß ich Ihnen lassen, Squinty. Nach all den Jahren haben Sie den einen oder andern Trick aufgeschnappt.«

»Ihr Lob rührt mich zutiefst.«

THE ALBANY TIMES

(Wirtschaftsteil, Seite 2)

KONSOLIDIERUNG VON VERSORGUNGSUNTERNEHMEN STEHT UNMITTELBAR BEVOR

ALBANY, 2. Oktober – Der ständig zunehmende Energiebedarf und die damit einhergehenden steigenden Kosten haben Versorgungsunternehmen von Toronto bis Miami zu ernsthaften Gesprächen über eine Zusammenlegung ihrer Aktivitäten veranlaßt. Informationen über diese Konferenzen gelangten zum ersten Mal an die Öffentlichkeit, als die Elektrizitätsgesellschaft von Boston sich wegen der geradezu explodierenden Stromkosten mit einer Art Verbraucherrevolution konfrontiert sah. Einzelne Gewerbebetriebe und eine große Zahl von Forschungszentren drohten den Staat zu verlassen, dessen Immobilienmarkt sich ohnehin schon auf einem Tiefpunkt befindet. Das hätte mit hoher Wahrscheinlichkeit den Auszug von Universitäten zur Folge und am Ende könnte Massachusetts verarmen und Boston zu einem Ghetto werden.

Auf Befragen äußerte sich Jamieson Fowler, der Vorstandsvorsitzende der Gesellschaft, in lakonischer Kürze: »Energie kostet Geld, und es wird schlimmer, nicht besser. Ob es eine Lösung gibt? Selbstverständlich – Strom aus Kernenergie. Aber niemand will diese Anlagen im Umkreis von hundert Meilen haben, wo stehen wir also? Ich glaube nicht, daß es Staaten gibt, die über genügend große Wüsten verfügen. Wenn wir natürlich das gewaltige Netz von Energieversorgung zu einer einzigen Organisation zusammenfügen könnten, einem Konsortium, dann würden die Kosten allein schon aus Rationalisierungsgründen erheblich fallen.

Bruce Ebersole, Präsident von Southern Utilities, äußerte sich in ähnlicher Weise. »Unsere Aktionäre wären glücklich, und das sind hauptsächlich ältere Leute – unsere geliebten Omas und Opas –, die Öffentlichkeit würde besser bedient werden, weil wir überall unsere Anlagen modernisieren könnten, und wir alle könnten uns auf bessere Zeiten freuen – angefangen bei den gewaltigen Kombinatsmaschinen bis zur simplen Glühbirne, mein Freund.«

»Und dabei würden Zehntausende von Arbeitsplätzen verloren gehen, nicht wahr?« fragte der Verfasser dieser Zeilen. »Was ist mit denen?«

»Wir würden die Lernfähigen umschulen, denke ich.«

Die Gestalt in der dunklen Ecke des Bootshauses spähte um den Rahmen der offenen Tür herum. Unten klatschten die Wellen gegen den Liegeplatz der Chris Craft. Das Motorboot näherte sich langsam der Mitte der Bucht; Scofield saß am Steuer und unterhielt sich angeregt mit den beiden anderen.

Lieutenant Colonel Leslie Montrose holte ein Funktelefon aus einer Tasche ihrer Uniformjacke, wählte eine Folge von dreizehn Ziffern und hielt den Apparat ans Ohr.

»Circle Vecchio«, sagte die Männerstimme am anderen Ende der Leitung. »Sprechen Sie.«

»Drei Subjekte außer Hörweite in Konferenz. Nichts unternehmen, bis Situation geklärt ist.«

»Danke. Die Information wird an unsere Leute in London weitergegeben. Übrigens, neues Gerät kommt mit dem Flug um 18 Uhr. Zur Weitergabe freigegeben. Ein Paket von Ihrem Sohn.«

9

Der Motor der Chris Craft tuckerte jetzt im Leerlauf, und das Boot schaukelte im leichten Wellengang der Chesapeake Bay, während der Motor am Heck leise vor sich hin spuckte.

»Ich verstehe das immer noch nicht, Frank«, sagte Scofield, der am Steuer saß und sich wieder Shields zuwandte. »Ich habe in all diesen Anhörungen weder den Hirtenjungen noch den Sohn des Hirtenjungen auch nur ein einzige Mal erwähnt. Sie waren tot, die ganze verdammte Bande war tot!«

»Das stand in den Aufzeichnungen, die wir nach dem Massaker in Appleton Hall außerhalb von Boston gefunden haben. Die Fragmente waren weitgehend verbrannt, aber man hat sie in den Labors unter Glas studiert, und dabei stießen wir auf den Namen, genauer gesagt auf einen Teil des Namens – ›Hirt...unge‹ stand da immer wieder. Und dann hat die korsische Abteilung der Interpol den Namen Guiderone entdeckt, einen der unehelichen Nachkommen des Barons von Matarese, anscheinend sein Lieblingssohn, weil er bis zu seinem Tode ständig mit ihm in Kontakt geblieben ist. Und daraus erwuchs die Annahme, daß er der Hirtenjunge sei.«

»Und wie ging es dann weiter?«

»Das war für mich der Anlaß, nach logischen Gesichtspunkten weiterzusuchen. In einem der Fragmente habe ich kaum lesbar die Formulierung ›er ist der *Sohn*‹ entdeckt, die sich dann noch zweimal in zwei verschiedenen Aktenvermerken wiederholten. Und in einem anderen Fragment stand ›wir müssen gehorchen‹. Sagt Ihnen das was, Brandon?«

»Ja«, antwortete Scofield bedächtig. »Das ist die Spur, der Taleniekov und ich auch nachgegangen sind. Aber wie haben Sie es angestellt?«

»Es hat Monate, ja Jahre gedauert, bis wir uns einen Reim darauf machen konnten. Aber dann ist es mir gelungen.«

»Um Himmels willen – *wie?*«

»Wieder der Leviticus-Faktor – der Hohepriester war eine Ratte.«

»Noch mal, bitte.«

»Unter den an jenem Nachmittag Getöteten war der Ehrengast der

Konferenz in Appleton Hall. Er war ein echter Nachkomme der Appleton-Dynastie und dazugeholt worden, um sich von den neuen Besitzern des Anwesens Beifall spenden zu lassen.«

»Sie haben also gewußt, wer sie waren«, sagte Scofield als Feststellung, nicht als Frage.

»Ich ahnte es zumindest. Der Ehrengast war Senator Joshua Appleton III., der Mann, in dem alle den nächsten Präsidenten der Vereinigten Staaten sahen. Niemand zweifelte daran; man nahm es als gegeben hin. Er war die populärste Gestalt in der politischen Landschaft. Und er war im Begriff der mächtigste Führer der freien Welt zu werden.«

»Und?«

»In Wirklichkeit war der von allen geehrte Senator gar nicht Appleton; er war schon seit Jahren ein anderer gewesen. Er war Julian Guiderone, der Sohn des Hirtenjungen, gesalbt von Guillaume, dem Baron von Matarese.«

»Ich wußte das, aber wie haben Sie es rausbekommen?«

»Ihr Verdienst, Brandon. Lassen Sie sich von mir Schritt für Schritt in die Vergangenheit führen, so wie Sie damals Schritt für Schritt vorgegangen sind.«

»Ich bin fasziniert«, sagte Scofield. »Ich wollte, Toni wäre jetzt hier.«

»Wo ist sie?« fragte Pryce und lehnte sich gegen die schwankende Bootswand.

»Sie stellt Fragen«, sagte Scofield, ohne näher darauf einzugehen. »Fahren Sie fort, Frank, was war das für eine Spur, der Sie nachgegangen sind?«

»Zuerst ging ich, weil ich Sie ja kannte, davon aus, daß Sie sich eine falsche Persönlichkeit mit den dazugehörigen Papieren aufgebaut hatten, um dorthin zu kommen, wo Sie hinwollten – das war Grundkurswissen. Wie ich erfuhr, entsprach Ihre Legende durchaus Ihren hohen Maßstäben an Kreativität: Ihre Papiere wiesen Sie ganz offiziell als Mitarbeiter im Stab von Senator Appleton selbst aus. Dann haben Sie, weil Sie ja in so vielen Bereichen im dunkeln tappten, Appletons geistesgestörte alte Mutter am Louisburg Square aufgesucht.«

»Sie war Alkoholikerin, schon seit über einem Jahrzehnt«, fügte Scofield hinzu.

»Ja, ich weiß«, sagte Shields. »Als ich sie zwanzig Monate später besuchte, war ihr Zustand noch genau derselbe.«

»Solange haben Sie gebraucht?«

»Sie waren mir keine Hilfe. Anfänglich hat sie sich nicht an Sie erinnert, aber als ich gerade gehen wollte, hatte ich Glück. Aus heiterem Himmel – ich sollte vielleicht sagen aus dem blauen Dunst – sagte sie plötzlich mit unheimlich klingender Singsangstimme, als spräche da ein völlig anderer Mensch: ›Wenigstens haben Sie nicht darauf bestanden, Joshs altes Zimmer zu sehen.‹ Das war mein erster Treffer, weil ich wußte, daß Sie ihr anderer Besucher gewesen sein müssen.«

»Also haben Sie dasselbe getan.«

»Allerdings. Und das hat mir den zweiten Treffer eingebracht. Besonders weil sie sagte, daß sie nicht mehr dort gewesen sei, seit Joshua Ihren weit zurückliegenden Vorgänger hineingelassen hat.«

»Ich dachte, Appleton sei tot«, fuhr Pryce dazwischen.

»Tatsächlich war der echte Appleton eineinhalb Tage später getötet worden; bedenken Sie, das alles liegt fünfundzwanzig Jahre zurück. Die Whiskygeister hatten in ihr die Oberhand gewonnen.«

»Was war Ihr zweiter Treffer?« bohrte Scofield. »Dieses Zimmer war nicht viel mehr als eine falsche Gedächtnisstätte mit nutzlosen Andenken. Fotografien, Schulwimpel und Segelpreise. Falsch, weil Appleton nie am Louisburg Square gewohnt hat. Er war mit ein paar Wunden aus dem Koreakrieg heimgekommen und ist nach der Krankenhausbehandlung auf das Anwesen seiner Familie zurückgekehrt.«

»Nicht so schnell, Brandon, das gehört alles mit zu der Spur. Aber Sie haben das Zauberwort erwähnt – ›Fotografien‹. In dem Augenblick, als wir das Zimmer betraten, wankte das alte Mädchen an eine Wand und rief, daß eines der Fotos fehle. Sie fing zu schreien an, kreischte die ganze Zeit etwas wie ›Joshs Lieblingsbild‹.«

»So, so, Squinty, Sie hatten also wieder eine Spur gefunden, nicht wahr? Sie haben das arme alte Mädchen befragt und erfahren, daß es sich um ein Foto von Appleton und seinem engsten Freund gehandelt hatte. Zwei schneidige junge Männer, etwa gleich groß, vor einem Segelboot, beide kräftig gebaut, beide der gutaussehende Typ, wie er in den Privatschulen Neuenglands gezüchtet wird – so als ob sie Vettern sein könnten.«

»Näher sogar, Mrs. Appleton zufolge. Brüder. Bis einer in den Krieg zog und der andere plötzlich den Militärdienst verweigerte und in die Schweiz flog.« Shields griff in die Tasche und zog ein kleines Notizbuch heraus; es war zerknittert, die Seiten teilweise vergilbt. »Das habe ich aus einem Aktenschrank ausgegraben. Ich wollte sichergehen, daß ich bei unserem Gespräch die Fakten und die Namen richtig hatte. Wo waren wir?«

»Eine Fotografie...« Pryce, der immer noch an der Bootswand lehnte, war sichtlich fasziniert. »Die Fotografie.«

»O ja, richtig«, sagte der Deputy Director und blätterte in dem Notizbuch. »Es war nach dem Koreakrieg; Appleton stand im Jurastudium, als er in einen schrecklichen Zusammenstoß auf dem Massachusetts Turnpike geriet. Er wäre damals beinahe im Massachusetts General Hospital gestorben – zahlreiche Brüche, erhebliche innere Blutungen und schreckliche Verunstaltungen im Gesicht. Die Familie setzte Spezialisten aus der ganzen Welt ein, die rund um die Uhr tätig waren. Es schien hoffnungslos, aber offensichtlich war es das nicht. Und damit, Brandon, lag Ihr nächster Schritt ziemlich nahe. Sie suchten das Massachusetts General Hospital auf und begaben sich dort in die Verwaltungsabteilung. Die Dame dort ist inzwischen pensioniert, aber sie erinnert sich ganz deutlich an Sie.«

»Hat sie meinetwegen Schwierigkeiten bekommen?«

»Nein, aber Sie haben ihr in Ihrer Eigenschaft als enger Berater von Senator Appleton einen persönlichen Dankesbrief des Mannes versprochen, der bald Präsident werden sollte. Den hat sie nie bekommen; daran hat sie sich erinnert.«

»Verdammt, ich hatte keine Zeit zu schreiben«, sagte Scofield. »Weiter. Sie machen das wirklich sehr gut.«

»Die Krankenhausverwaltung hat Ihnen nicht sehr viel gesagt – das meiste war ärztliches Kauderwelsch mit über achtzig Seiten detaillierter Schilderung der einzelnen Behandlungsschritte der geleisteten Dienste und allem möglichen – aber Sie wollten mehr haben. Sie wollten Namen. Also hat sie Sie in die Personalabteilung geschickt, die damals schon komplett auf Computer umgestellt war, und deren Aufzeichnungen Jahre in die Vergangenheit reichten.«

»Die hatten damals einen jungen Schwarzen, der am Computer saß, und ohne ihn wäre ich erledigt gewesen«, schaltete sich Scofield ein. »Er war Student am MIT und hat sich im Krankenhaus nebenher das Geld für sein Studium verdient. Komisch, aber ich erinnere mich nicht an seinen Namen.«

»Das sollten Sie aber. Er heißt heute Dr. Amos Lafollet – Doktor der Philosophie – und ist eine Koryphäe in der Nuklearmedizin. Als ich ihn endlich aufgespürt hatte, sagte er, wenn ich Sie je zu Gesicht bekäme, solle ich Sie fragen, ob Ihnen die Widmung in seinem ersten Buch gefallen hat.«

»Ich wußte gar nicht, daß er eines geschrieben hat.«

»Also, ich habe es mir gekauft; es ist ein Standardwerk über Nuklearmedizin. Wollen Sie die Widmung hören? Ich habe sie hier.«

»Na klar.«

»›Für einen großzügigen Fremden, der wenig fragte und viel gab und einem jungen Mann seine Karriere ermöglichte, dieses Buch eingeschlossen‹ ... Nicht schlecht für einen Fremden, dem die eigene Mutter sicherlich keine solche Widmung schreiben würde.«

»Meine Mutter dachte, ich sei entweder Gangster oder Berufsspieler. Aber zurück nach Boston, wenn ich bitten darf.«

»Aber sicher«, sagte Shields und wandte sich wieder seinen Aufzeichnungen zu. »Dr. Lafollet, damals ein junger Student, der an den Computern im Krankenhaus arbeitete, entdeckte, daß die beiden für die Behandlung Appletons zuständigen Chirurgen ersetzt worden waren, und fand zu seiner großen Verblüffung heraus, daß der eine Ersatzmann gestorben und der Name des anderen aus den Akten gelöscht worden war. Wer waren diese Leute? Es war unmöglich, das festzustellen.«

»Vergessen Sie die Krankenschwestern nicht, Frank«, sagte Scofield leise und starrte Shields an. »Für mich waren die äußerst wichtig.«

»Das waren sie allerdings.« Der Deputy Director nickte.

»Was ist mit den Krankenschwestern«, fragte Pryce.

»Vermutlich auf Anweisung der Appletonfamilie wurden anstelle der Krankenhausangestellten drei Privatschwestern eingesetzt, die alle in einem Bootsunfall ums Leben kamen – vier Tage, bevor Joshua Appleton entlassen und in das Haus seiner Familie zurückgebracht wurde, das damals gerade zum Verkauf stand. An einen sehr alten, sehr wohlhabenden Bankier namens Guiderone, einen Freund der Appletons, dem bekannt war, daß ihre finanzielle Lage nicht mehr rosig war.«

»Sagen Sie es ruhig, Squinty. An Nicolas Guiderone, den Hirtenjungen.«

»Sie hatten damals noch keine richtige Antwort auf Ihre Fragen, Brandon, aber Sie erkannten das Muster einer gewaltigen Verschwörung. Was Sie wirklich in der Hand hatten, waren die Namen der beiden ursprünglichen Chirurgen, von denen einer tot und der andere zwangspensioniert worden war. Er hieß Dr. Nathaniel Crawford. Er ist vor etwa fünfzehn Jahren gestorben, aber ich hatte einige Jahre vor seinem Tod noch Gelegenheit, mit ihm zu sprechen. Er hat sich ebenfalls an Sie erinnert, an Ihren äußerst beunruhigenden Anruf. Er hat mir gesagt, danach wären seine Alpträume zurückgekehrt.«

»Die hätte er nicht zu haben brauchen. Seine Diagnose war korrekt, aber man hat ihn getäuscht. Sein Patient, Joshua Appleton III., ist seiner Prognose gemäß im Krankenhaus gestorben.«

»In Gesellschaft der beiden unbekannten Chirurgen und vielleicht auch einer oder zwei der privaten Krankenschwestern«, fügte Shields hinzu. »Die Reihenfolge ist mir nicht bekannt und auch nicht, was Sie damals zu ahnen begannen, aber ich vermute, daß das der Zeitpunkt war, wo Sie den jungen Amos Lafollet dazu überredet haben, nach Washington zu fliegen und dort ein paar alte Röntgenaufnahmen zu besorgen.«

»Alles ging damals so schnell, daß ich mich auch nicht mehr an die Reihenfolge erinnere«, sagte Scofield und steuerte die Chris Craft in den schwachen Wind. »Taleniekov und Toni wurden als Geiseln festgehalten; für langes Planen war keine Zeit. Ich befand mich halb im Blindflug, aber ich konnte nicht anhalten.«

»Und doch ahnten Sie schon, daß die Röntgenaufnahmen Ihren Verdacht bestätigen würden, so ungeheuerlich er auch sein mochte.«

»Ja«, sagte Scofield nachdenklich, den Blick aufs Wasser gerichtet, als liefe vor seinem inneren Auge das Geschehen jener Tage noch einmal ab. »Es waren Röntgenbilder, die vor so langer Zeit und an so unterschiedlichen Orten hergestellt worden waren, daß niemand sich an ihnen zu schaffen gemacht, geschweige denn sie beseitigt haben konnte.«

»Aber Sie hatten nur einen Satz dieser Aufnahmen und mußten sie mit einem anderen vergleichen. Das stimmt doch, Brandon?«

»Ja, allerdings«, sagte Scofield und drehte sich wieder zu Shields herum, »und da Sie so weit gekommen waren, hatten Sie natürlich auch eine ziemlich klare Vorstellung davon, wer es war.«

»Natürlich, aber ich hatte keine Möglichkeit, es zu beweisen, weil ja Sie den zweiten Satz Aufnahmen hatten. Sie stellten fest, wie ich es in jenem Zimmer am Louisburg Square feststellte, daß Appleton und sein engster Freund beide die Andover Academy besucht hatten. Sie fuhren hin, machten den Zahnarzt ausfindig – enge Freunde, insbesondere Jungs im Teenageralter, würden sicher zum selben Zahnarzt gehen –

und überredeten den Arzt, Ihnen die Röntgenaufnahmen der beiden Jungen zu leihen. Und er hat Sie Ihnen sogar geschenkt; er hatte die Praxis übernommen und wollte die Unterlagen seines Vorgängers ohnehin ausräumen.«

»Und dann haben Sie die Wahrheit erfahren«, sagte Scofield. »Gute Arbeit, Frank, wirklich.«

»Und damit hatten Sie jetzt etwas in der Hand, um mit den Leuten zu verhandeln, die Antonia und Taleniekov in ihrer Hand hatten. Etwas, das Sie gegen ihre Freiheit eintauschen konnten.«

»Was hatte er in der Hand?« fragte Cameron Pryce verwirrt.

»Die Röntgenaufnahmen bewiesen, daß der Ehrengast in Appleton Hall an jenem Tag nicht Senator Joshua Appleton war, sondern ein Kommilitone und enger Freund von ihm namens Julian Guiderone, der Sohn des Hirtenjungen, der bald ins Weiße Haus ziehen sollte, mit allem Drum und Dran.«

»Großer Gott«, rief Pryce aus. »Sie haben mich also nicht auf den Arm genommen, Bray?«

»Sie meinen, Squinty glauben Sie es und mir haben Sie nicht geglaubt, junger Freund?«

»Nun ja, Sie müssen zugeben, daß Frank eine Menge Lücken gefüllt hat, über die Sie einfach hinweggegangen sind.«

»Aber nicht alle.« Scofield sah zu Shields hinüber. »Hat Crawford Ihnen erklärt, wer einer der Ersatzärzte war?«

»Das hat er allerdings. Er war der prominenteste Schönheitschirurg der Schweiz. Ein Spezialist, in dessen Klinik sich die Reichsten der Welt die Tür in die Hand gaben. Würden Sie mir glauben, wenn ich Ihnen sage, daß er ums Leben kam, als er die Kontrolle über seinen Wagen verlor und in Villefranche in einen Abgrund stürzte? Drei Tage, nachdem er aus Boston zurückgekehrt war?«

»Ich kann nur nicht verstehen, weshalb die Matarese drei Tage lang gewartet haben.«

»Und daß Julian Guiderone, der das Land verlassen hatte, um nicht in Korea kämpfen zu müssen, angeblich bei einem Lawinenunglück in der Nähe des Dorfes Col de Pillon ums Leben gekommen ist, wo man ihn dann auch wegen seiner großen Liebe für die Alpen begraben hat?«

»Ja, das habe ich vor fünfundzwanzig Jahren in den Zeitungsarchiven gelesen. Ich frage mich nur, wer damals im Sarg lag, oder war der bloß leer?«

»Es hat wenig Sinn, das Grab zu öffnen – falls es überhaupt eines gibt.«

»Es hat wenig Sinn, irgend etwas von all dem wieder auszugraben, Frank. Es gibt keine Guiderones mehr. Der Hirtenjunge und sein Sohn sind tot. Wir müssen uns woanders nach den Anführern der Matarese umsehen.«

»Das stimmt vielleicht nicht, Brandon«, sagte Shields leise, und Scofield fuhr mit dem Kopf herum. »Bei Ihrer Abschlußbesprechung nach dem Einsatz, wenn man es so nennen kann, behaupteten Sie, Senator Appleton – geborener Guiderone – sei an jenem Tag bei dem Schußwechsel in Appleton Hall ums Leben gekommen ...«

»Den Teufel habe ich!« brüllte Scofield. »Ich habe diesen Hurensohn eigenhändig erschossen! Durch das zersprungene Fenster, mit meiner Waffe!«

»Aber so ist das damals nicht rübergekommen.«

»Vielleicht habe ich mich ein wenig undeutlich ausgedrückt, ich weiß nicht! Ihr Mistkerle hattet mich als ›Nicht zu retten‹ eingestuft, und mir war wirklich nicht danach, euch irgendeine Trumpfkarte in die Hand zu geben.«

»Wie auch immer, Sie haben damals gesagt, er sei in den offenen Kamin gestürzt, in die Flammen ...«

»Genau das war auch der Fall!«

»Die Polizei ist wenige Minuten später am Tatort aufgekreuzt, Brandon. Im offenen Kamin war keine Leiche. Man hat Schleifspuren entdeckt, als ob man einen Körper oder eine Leiche herausgeschleppt hätte. Verbrannte Gewebereste überall, die so plattgedrückt waren, daß man daraus schließen konnte, daß sie Druck ausgesetzt gewesen waren, daß jemand das Feuer ausgetreten hatte. Nach meiner Einschätzung und der der Spurensicherung hat Julian Guiderone überlebt.«

»Unmöglich! ... Und selbst wenn, und ich sage noch einmal, das ist unmöglich, wie hätte er dann entkommen können?«

»Wie sind Sie und Antonia entkommen? Dort herrschte ein solches Durcheinander – die Schüsse, die Explosionen in der Kanalisation, die vermutlich Ihr Werk waren –, es war ein einziges Chaos. Ich habe jeden einzelnen Polizeibeamten, jeden Mitarbeiter der privaten Bewachungsgesellschaft verhört, und ein Mitglied des Einsatzkommandos erinnerte sich, daß ein Mr. Vickery und seine Frau, beide völlig verstört, in einem schnell fahrenden Auto am Haupttor erschienen und behaupteten, sie seien Gäste, lediglich Gäste. Sie hätten sich in einem Wandschrank versteckt und waren, als das Feuer einen Augenblick lang nachgelassen hatte, zur hinteren Tür hinausgerannt, wo ihr Wagen stand.«

»Und?«

»Ihre Schwester heißt mit Familiennamen Vickery, Brandon.«

»Sie sind sehr gründlich, das muß man Ihnen lassen, Squinty.«

»Danke für das Kompliment, aber das ist jetzt ohne Belang. Es gab ein weiteres Fahrzeug, eine ähnliche Story. Ein verwundeter Gast in einer privaten Ambulanz, die nie das Krankenhaus erreichte ... Das alles läuft darauf hinaus, daß Julian Guiderone, der Sohn des Hirtenjungen, ohne Zweifel noch am Leben ist. Und wenn es auf dieser Welt jemanden gibt, den er im Fadenkreuz haben möchte, dann sind das Sie. Beowulf Agate.«

»Verdammt interessant, Frank. Er und ich sind etwa gleich alt. Zwei alte Männer aus einer anderen Zeit, die beide danach lechzen, was ihnen vorenthalten wird. Er wünscht sich Macht in geradezu widerwärtigem Ausmaß, was ich nicht zulassen kann, und ich will nichts als meinen persönlichen Frieden, und den will er mir nicht lassen.« Scofield atmete tief durch und sah Cameron Pryce an. »Ich nehme an, daß wir über kurz oder lang von unseren Kommandeuren abhängig sind, und ich habe völliges Vertrauen in meinen.«

»Ich hoffe, Sie wissen, was Sie tun«, sagte Pryce. »Ich kann nur sagen, daß ich mir alle erdenkliche Mühe geben werde.«

»Oh, Sie werden noch wesentlich mehr tun, mein Sohn.«

LOS ANGELES TIMES

(Titelseite)

ERSTAUNLICHER ZUSAMMENSCHLUSS IN DER EURO-AMERIKANISCHEN FILMWIRTSCHAFT

LOS ANGELES, 9. Oktober – Die Welt ist kleiner geworden, die Segnungen der modernen Technik erlauben über Satellit und Kabel auf der ganzen Welt den verzögerungslosen Zugang zu allen Medien. Niemand weiß, wo das einmal enden wird. Aber die vier noch verbliebenen großen Filmstudios mit ihren Sendeanstalten und Kabelbetreibern haben heute bekanntgegeben, daß sie sich mit Continent-

Celestial zusammengeschlossen haben, um auf diese Weise gemeinsam Informations- und Unterhaltungsprogramme liefern zu können. Die Verbände der Schauspieler, Drehbuchautoren, Produzenten und Regisseure begrüßten diesen Schritt in die Zukunft, weil auf diese Weise ihren Mitgliedern zusätzliche Arbeitsmöglichkeiten geboten werden. Die Schauspielergewerkschaften haben vorgeschlagen, daß ihre Mitglieder künftig Fremdsprachen lernen. Die Vorteile, die aus dieser Megafusion erwachsen, liegen auf der Hand, wohingegen nicht so klar ist, welche Richtung der so entstandene Gigant einschlagen wird – *(Fortsetzung auf Seite 2)*

Zehn Minuten vor vier Uhr morgens führte Julian Guiderone von Amsterdam aus sein letztes Telefonat mit Langley, Virginia. »Total abhörsicher?« fragte er.

»Total«, erwiderte die Stimme im CIA-Gebäude. »Das ist mein persönlicher Zerhacker, den mir das Direktorat zur Verfügung gestellt hat.«

»Gut. Ich reise hier in wenigen Minuten ab, nächster Kontakt Kairo.«

»Nicht Bahrain?«

»Mindestens drei Wochen nicht. Ich habe mit unseren Arabern zu tun – nicht mit ihren, mit unseren.«

»Viel Glück«, sagte die Stimme aus Langley, Virgina. »Wir alle glauben an Sie.«

»Das sollten Sie. Und Sie müssen auch an Amsterdam glauben. Er ist auf dem richtigen Kurs.«

»Dann werden wir das«, erwiderte der Maulwurf.

Vier Tage später stellte Cameron Pryce Scofield beim Frühstücksbüfett zur Rede. »So kommen wir einfach nicht weiter«, sagte er, während er an dem schwarzen Kaffee nippte.

»Sie kommen aber anscheinend schon weiter«, sagte Scofield und zündete sich einen dunkelbraunen Zigarillo an. »Mit unserem hübschen Lieutenant Colonel, meine ich.«

»Also, ganz ehrlich, ich versuche es nicht einmal.«

»Sie sind aber oft mit ihr zusammen …«

»Falsch. Sie ist mit *mir* zusammen. Kaum gehe ich zum Tor hinaus, taucht sie auf. Ich mache einen Spaziergang am Strand, und plötzlich ist sie da. Ich schlendere zum Hubschrauberlandeplatz, um zu sehen, wer als nächster ankommt, und sie ist zehn Meter hinter mir.«

»Vielleicht hat sie es auf Sie abgesehen, junger Freund.«

»Tut mir leid«, sagte Pryce, »keine Signale, keine Körpersprache, lediglich kaum wahrnehmbare Feindseligkeit mit einer dünnen Schicht nichtssagender Freundlichkeit darüber. Es ist so, als ob sie mich beobachten würde, als wüßte sie nicht so recht, wie sie mich einstufen soll. Es ergibt einfach keinen Sinn.«

»Aber sicher ergibt es einen«, grinste Scofield und blies eine aromatische, bläuliche Rauchwolke aus. »Das paßt genau zu ihrer letzten äußerst professionellen Bitte, die über Colonel Bracket an Shields gelangt ist. Sie möchte Ihre komplette, ungekürzte Akte. Natürlich sollen Sie nicht informiert werden.«

»Kapiere ich nicht.«

»Sie möchte Sie entweder heiraten, mein Junge, oder sie hält Sie für das gefährliche Leck in unserem Sicherheitsnetz.«

»Dann hoffe ich, daß es letzteres ist. Vom Hormonspiegel her würde diese Lady besser zu einem General passen.«

Plötzlich übertönte ein ohrenbetäubender Schrei auf der anderen Seite der Veranda die Gespräche der wenigen anderen Frühstücksgäste. Frank Shields Verbindungsmann, Eugene Denny, hatte sich mit beiden Händen an den Hals gegriffen, war aus seinem Stuhl hochgefahren und zu Boden gekracht; jetzt wand er sich in Krämpfen, und seine Beine zuckten wie elektrisiert. Nur Sekunden später tat sein Gegenüber Colonel Everett Bracket es ihm gleich, griff sich mit der rechten Hand an den Hals und krallte sich mit der linken am Tisch fest, während ihn ein heftiges Zittern durchlief, bis er schließlich über der Tischplatte zusammenbrach und ein paar Teller auf dem Fliesenboden zerschellen ließ.

Pryce und Scofield rannten auf die beiden zu, und ein Mann in Armyuniform, der Küchendienst hatte, kam ebenfalls hinzu. Pryce beugte sich vor und tastete Brackets und Dennys Hals ab.

»Mein Gott, Sie sind tot!« rief Pryce aus und richtete sich wieder auf. »Das muß Gift gewesen sein.«

Ein junger, völlig verwirrter Soldat kniete nieder, um die Teller zu untersuchen.

»Nicht anfassen, Junge!« sagte Scofield schnell.

Pryce und Scofield blickten auf die zerbrochenen Teller und die

Essensreste auf dem Boden. Beide Männer hatten Eier gegessen, pochierte beziehungsweise Spiegeleier, weil man noch Teile weichen Eigelbs erkennen konnte.

»Wer weiß, daß sie Eier mochten?« fragte Pryce leise.

»Verdammt, wahrscheinlich jeder von den Jungs, die hier gearbeitet haben. Toni hat ziemlich klar gesagt, was sie davon hält, wenn ich Eier esse, und die meiste Zeit höre ich auf sie. Vor zwei Monaten haben diese Idioten von Ärzten gesagt, mein Cholesterin sei über dreihundert.«

»Haben Sie heute morgen Eier bestellt?«

»Bestellt? Das ist ein Büfett, haben Sie das noch nicht bemerkt? In diesen Schüsseln auf dem Tisch ist Rührei mit Würstchen, und in der daneben sind pochierte Eier, die in siedendem Wasser schwimmen.«

»Aber Sie haben heute keine Eier gegessen?«

»Ich hatte gestern welche ... und ich dachte, Toni könnte vielleicht auftauchen.«

»Die Küche absperren«, befahl Pryce dem SET-Soldaten.

»Absperren? Ich bin die Küche, Sir. Alles kommt verschlossen an, auch die Eier, und jeder, der Küchendienst hat, bereitet sie genau nach Vorschrift zu.«

»Vorschrift?«

»Ganz detailliert, Sir. Nicht, daß wir sie brauchen. Ich meine, was kann man schon mit Eiern machen?«

»Menschen umbringen, mein Freund«, sagte Scofield. »Die Küche versiegeln. Und zwar dalli«

In dem begehbaren Kühlschrank stand noch einer der beiden üblichen zwei Kartons mit Eiern. Sonst war er praktisch leer, wenn man von ein paar Kartons mit Milch, einigen Packungen Käse und noch nicht geöffneten Dosen mit alkoholfreien Getränken absah.

»Was halten Sie davon?« fragte Pryce. »Vielleicht waren es gar nicht die Eier.«

»Vielleicht«, antwortete Scofield und wandte sich wieder dem jungen Soldaten zu. »Sagen Sie, Soldat, was ist mit diesen Anweisungen – für die Eier, meine ich?«

»Die kleben an der Wand links von der ersten Herdplatte, Sir, aber ich kann sie auswendig, wie das ABC.... Sechs in einer Schüssel mit ein wenig Milch verquirlen und mit Butter in eine Pfanne schlagen – das sind die Rühreier. Die anderen sechs kommen in den großen Heißwasserkessel drüben auf dem Tisch, und den Rest macht man nach Gefühl.«

»›Nach Gefühl‹?«

»Man sieht gelegentlich danach, je nachdem, wer auftaucht. Wenn sie zu hart werden, dann sind sie hellgelb, schöpft man sie raus und ersetzt sie.«

»Tun Sie das oft, Soldat?«

»Eigentlich nicht, Sir. Die, die Sie so mögen, kommen gewöhnlich schon früh runter. Herrgott, ich verstehe das nicht!«

»Aber Sie verstehen doch, daß Sie den Mund halten müssen?« sagte Scofield mit Nachdruck.

»Sicher, aber das ist verrückt. Tut mir leid, aber es ist wirklich verrückt! Das wird sich doch in der ganzen Anlage herumsprechen, das können Sie nicht verhindern!«

»Das weiß ich auch, mein Sohn. Ich will bloß wissen, wer außerhalb dieser Anlage davon erfährt. Wir wollen also den Informationsfluß ein wenig eindämmen.«

»Ich verstehe immer noch nicht – Sir.«

»Das brauchen Sie auch nicht. Und jetzt bringen Sie diesen Karton mit Eiern zur Spüle hinüber und mischen Sie ein wenig Flüssigseife und warmes Wasser.«

Scofield nahm sich jedes Ei einzeln vor, schüttelte es, tauchte es in die Seifenlauge und hielt es dann ans Licht. Jedes hatte an der Spitze winzige Blasen, wobei die Öffnung zu fein war, um sie mit bloßem Auge erkennen zu können.

»Jetzt soll mich doch der Teufel holen«, sagte Pryce, als er eines der Eier studierte.

»Das hätte er wahrscheinlich getan, wenn Sie das gegessen hätten. Diese Tötungsmethode ist von den Borgias in der Mitte des fünfzehnten Jahrhunderts entwickelt worden, bloß daß sie ein wenig gröber vorgegangen sind. Sie haben einfach die Hutnadeln ihrer Damen benutzt und das Gift einsickern lassen. Sie haben das auch mit Tomaten, Kürbissen, Pflaumen und am liebsten mit Trauben gemacht.«

»Wie zivilisiert«, sagte Pryce sarkastisch.

»Diese Eier sind mit den modernsten und dünnsten Injektionsspritzen präpariert worden, die es gibt. Dieselbe Methode wenden manche Zauberer an, die frischen Eiern eine Substanz injizieren, die sie im Nu hart werden läßt, daß sie nicht kaputtgehen, wenn man sie fallen läßt. Auf eine schreckliche Art eigentlich amüsant, finden Sie nicht?«

»Nein, ganz und gar nicht«, widersprach Pryce. »Was wollen Sie jetzt unternehmen, da Sie ja hier der Boß sind?«

»Das Naheliegende. Die Küche in Langley unter Quarantäne und jeden, der dort arbeitet, unter strengste Überwachung stellen.«

Der Computer in dem Herrenhaus an der Chesapeake Bay meldete: *Die fraglichen Produkte wurden von den Rockland Farms in Rockport, Maryland, gekauft. Dazu liegt ein Auftrag der Central Intelligence Agency vor, der nach gründlicher Überprüfung der Firma erteilt wurde. Bei den CIA-Angestellten im Küchenbereich von Langley handelt es sich überwiegend um langjährige Angestellte, deren Vergangenheit gründlich überprüft worden ist. Weitere Überprüfungen ergaben keine neue Erkenntnisse. Intensive Untersuchungen werden fortgesetzt.*

THE BALTIMORE SUN

(Wirtschaftsteil, Seite 3)

ROCKLAND FARMS VERKAUFT

ROCKPORT, 10. Oktober – Rockland Farms, einer der größten Geflügelproduzenten des Landes und der größte im Osten der Vereinigten Staaten, ist von Atlantic Crown, Limited, übernommen worden, einer weltweiten Vertriebsorganisation für landwirtschaftliche Produkte mit Verkaufsbüros in aller Welt. Jeremy Carlton, Sprecher von ACL, hat der Presse gegenüber folgendes erklärt:

»Die Übernahme von Rockland Farms bedeutet für Atlantic Crown eine wesentliche Steigerung der Marktpräsenz in vielen Ländern. Es war schon lange unser Traum, unsere Palette von landwirtschaftlichen Produkten aus dem Herzen Amerikas durch die Hinzunahme von Geflügelprodukten zu erweitern. Die globale Ausweitung von Franchisenehmern im Schnellimbißbereich würde allein den Aufwand für diese Transaktion rechtfertigen. Mit unserem Netz internationaler Vertriebsstellen können wir unsere Produkte schnell und effizient an Kunden auf der ganzen Welt liefern.

Diese Erklärung wäre nicht vollständig, wenn ich mich an dieser

Stelle nicht auch bei der Familie Bledso, den ehemaligen Eigentümern von Rockland Farms, für ihre kooperative Verhandlungsführung und die Weitsicht bedanken würde, die sie damit an den Tag gelegt hat, Atlantic Crown als Käufer auszuwählen. Wir werden uns in jeder Beziehung bemühen, die Tradition der Familie zu wahren.«

Einzelheiten über den Kaufpreis wurden in der Presseerklärung nicht erwähnt, und da sich beide Firmen in Familienbesitz befinden, ist darüber auch keine Auskunft erforderlich. Es muß sich jedoch um einen gewaltigen Betrag handeln, denn die Übernahme von Rockland Farms macht Atlantic Crown zum profitträchtigsten Unternehmen der Lebensmittelindustrie, vielleicht in der ganzen Welt.

Das schwach erleuchtete Arbeitszimmer in dem großen Haus am Stadtrand von Rockport, Maryland, unterschied sich nur wenig von anderen Häusern im Dreimillionendollar-Bereich auf den Grundstücken von Millionärs-»Farmen« weitab von den Gerüchen ihres Gewerbes. Obwohl die Zeit der kalten Herbstwinde gerade erst begonnen hatte, prasselte ein Feuer im Kamin, dessen Flammen lange Schattenzungen über die Wände tanzen ließen. Ein zorniger Mann um die Vierzig trat auf eine ältere Gestalt in einem Rollstuhl zu.

»Wie konntest du das tun, Großvater? Ich habe jahrelang alle Angebote von Atlantic Crown abgewiesen! Das sind Geier, die kaufen jedes Lebensmittelunternehmen auf, das ihnen unter die Augen kommt, bis ihnen alle gehören und sie den Märkten die Preise diktieren können!«

»Und mir gehört diese Firma und nicht dir«, keuchte der alte Mann und hielt sich eine Sauerstoffmaske an den Mund. »Wenn ich tot bin, kannst du tun, was du willst, aber bis dahin gehört sie mir.«

»Aber warum?«

»Ihr habt alle gutes Geld bekommen, nicht wahr?«

»Das ist völlig egal, und das weißt du auch. Diese Leute passen nicht zu uns. Das sind Blutsauger.«

»Das ist völlig richtig, Enkel, aber vor fünfzig Jahren gab es eine Zeit, wo das Geld, das heute hinter Atlantic Crown steckt, einen jungen Visionär finanziert hat. Geld, das von Geldverleihern hätte stammen können, die man aus der Hölle ausgestoßen hat. Wie, glaubst du wohl, hätte ein junger Diplomlandwirt, ein Berufsanfänger, ohne dieses Geld über zehntausend Acres fruchtbaren Boden kaufen können? Bei Gott, sie waren die Visionäre, nicht ich.«

»Willst du damit sagen, daß du dich ihnen nicht widersetzen konntest?«

»Das kann niemand.«

Im riesigen Konferenzsaal von Atlantic Crown in dem Penthouse des ACL-Gebäudes in Wichita, Kansas, saßen nur zwei Männer. Der Mann am Kopfende des Tisches, der einen dunklen Nadelstreifenanzug trug, ergriff das Wort.

»Als nächstes ist die Rindfleischindustrie dran. Anweisung aus Amsterdam.«

»Wir brauchen eine Kapitalspritze«, sagte sein Finanzvorstand, der mit einem dunkelblauen Blazer und französischen Manschetten bekleidet war. »Ich hoffe, das ist denen klar.«

»Die werden wir bekommen«, antwortete der Vorstandsvorsitzende von Atlantic Crown. »Übrigens, dieses kleine Problem mit den Eiern in dem Komplex an der Chesapeake Bay, ist das erledigt?«

»Unser Team hat sich in der letzten Verhandlungsrunde davon überzeugt. Erledigt, in allen Details, bis zu den verschlossenen Kartons für den Hubschrauber.«

»Das ist gut. Wir müssen in allen Dingen präzise sein.«

10

Schweißgeruch hing über den von Menschen wimmelnden Straßen Kairos, in denen sich Tausende und Abertausende in der grellen Mittagssonne drängten. Der chaotische Verkehr wälzte sich träge dahin, immer wieder von kurzen Zwischenspurts unterbrochen, Hupen plärrten und ächzten zornig und übertönten zwischenzeitlich das Stimmengewirr in Dutzenden von Sprachen und Dialekten. Die Menschenmasse war ebenso vielfältig wie dieser akustische Tumult: arabische Gewänder mischten sich mit westlichen Anzügen, Jacken und Blue Jeans, und die muslimischen Kopfbedeckungen wechselten ab mit Melonen, Stetsons und Baseballmützen. Man konnte das Gefühl haben, sich in einem Makrokosmos von Ost und West zu befinden, wobei die Araber in der Überzahl waren, da dies ja ihr Land, ihre Stadt war. Kairo, Stadt der Legenden, wo Mythos und Wirklichkeit untrennbar miteinander verbunden waren und doch von Gegensätzen und Widersprüchen zerrissen.

Julian Guiderone, mit *Aba, Thobe* und *Ghotra* bekleidet und durch eine große, dunkle Sonnenbrille vor neugierigen Blicken geschützt, ging den überfüllten Al Barrani Boulevard hinunter und suchte nach dem Zeichen, das ihm sagen würde, daß er sein Ziel erreicht hatte. Und da war es! Eine blaue Bourbonenlilie auf einem kleinen weißen Wimpel im Schaufenster eines Juwelierladens. Der Sohn des Hirtenjungen blieb stehen, um sich vor dem Schaufenster eine Zigarette anzuzünden; das erlaubte ihm, langsam den Blick über seine Umgebung schweifen zu lassen, das Ungewöhnliche zu suchen. Einen Mann oder eine Frau, deren Augen auf *ihm* ruhten. Das könnte die Konferenz gefährden, die im Stockwerk über dem Laden stattfinden sollte. Niemand, kein Mensch mit Ausnahme der dort Konferierenden durfte wissen, welchen Zweck dieses bevorstehende Treffen hatte. Wenn auch nur das leiseste Gerücht in Umlauf kam, könnte das katastrophale Folgen haben.

Guiderone trat zufrieden seine Zigarette aus und ging hinein, hielt drei Finger in Hüfthöhe vor sein wallendes Gewand. Der Angestellte hinter der Theke nickte zweimal und deutete mit einer Kopfbewegung auf einen dunkelroten Samtvorhang zu seiner Rechten. Julian bedankte sich mit einer knappen Verneigung und trat durch den Vorhang, der eine Treppe verbarg. Er stieg die schmalen Stufen hinauf und ärgerte sich wie jedesmal, wenn er Treppen steigen mußte, über sein verletztes Bein und die Behinderung, die es mit sich brachte. Oben angelangt, sah er den blauen Punkt auf einem Messingtürknopf und ging etwas schwerfällig um das gebogene Treppengeländer herum auf die Tür zu. Er blieb kurz stehen, reglos mit Ausnahme seiner Hände, die sich unter seinem Gewand vergewisserten, daß seine beiden Waffen bereit waren: eine kleine .25er Pistole auf der rechten Seite und ein geriffeltes handgranatenähnliches Wurfgeschoß auf der linken, das, wenn man es gegen eine Wand warf, bei seiner Explosion eine tödliche gasförmige Substanz verströmte.

Guiderone griff nach dem Messingknopf, drehte ihn entschlossen, stieß die Tür auf und blieb stehen, studierte den Raum, der vor ihm lag. Vier Männer, alle in Beduinengewändern, waren um einen Tisch versammelt, jeder mit einem Wüstenschleier, der sonst gegen Sandstürme schützte und hier die Identität seines Träger verbergen sollte. Julian brauchte so etwas nicht. Er wollte, daß alle das Gesicht des Sohns des Hirtenjungen kannten, denn wenn einer von ihnen ungehorsam war, würde dieses Gesicht ihn solange verfolgen, bis er seinen letzten Atemzug tat.

»Guten Morgen, Gentlemen, oder ist jetzt Nachmittag?« sagte er, trat ein und setzte sich auf den Stuhl, der der Tür am nächsten stand. »Ich hoffe, Sie alle haben sich vergewissert, daß unser Treffpunkt sicher ist.«

»Der Raum ist mit Ausnahme unserer Stühle und dieses Tisches völlig leer«, erwiderte der Araber, der Guiderone gegenübersaß und dessen Goldbrokatschmuck auf seiner *Ghotra* ihn als Scheich auswies. »Die Wände sind von unseren Untergebenen untersucht worden. Sie haben uns gemeldet, daß sie frei von irgendwelchen Lauschgeräten sind.«

»Und was ist mit Ihnen? Mit uns? Unsere Gewänder können viele Dinge verbergen, nicht wahr?«

»Die alten Gesetze der Wüste gelten auch heute noch«, sagte ein anderer links von Julian. »Die Strafe für einen Verräter ist immer noch Enthauptung mit dem Dolch. Und das ist qualvoll langsam. Keiner von uns würde davor zurückschrecken, einen anderen hinzurichten, und das weiß jeder von uns.«

»Ein klares Wort. Lassen Sie uns also beginnen. Da nichts schriftlich festgehalten werden darf, wird jeder von Ihnen als Anführer seiner Gruppe mir mündlich Bericht erstatten, habe ich recht?«

»Das haben Sie«, antwortete ein dritter Konferenzteilnehmer am anderen Ende des Tisches. »Die Berichte werden sich möglicherweise wiederholen, weil jeder im wesentlichen dieselbe Information liefert...«

»Dann wäre es im Interesse der Kürze vielleicht geboten«, fiel ihm der letzte Mann ins Wort, der Julian auf der rechten Seite schräg gegenüber saß, »zumal schließlich auf den Kopf eines jeden von uns ein Preis ausgesetzt ist und keiner Wert darauf legt, länger als unbedingt nötig hierzubleiben, daß zunächst die allgemeinen Daten beigebracht werden und jeder die für seinen geographischen Bereich wichtigen Details hinzufügt.«

»Eine ausgezeichnete Idee«, pflichtete der Sohn des Hirtenjungen ihm bei, »aber erlauben Sie mir, daß ich Ihnen ein Kompliment mache: Sie alle sprechen meine Sprache wesentlich besser als die meisten meiner Landsleute.«

»Sie sind eine polyglotte Gesellschaft äußerst mangelhaft ausgebildeter Menschen«, sagte der Araber am Ende des Tisches. »Wir sind anders, völlig anders. Ich beispielsweise habe eine Professur für Internationales Privatrecht in Cambridge.«

»Und ich bin Arzt an der Universität von Chicago und habe in Stanford als Assistenzarzt gearbeitet und später praktiziert – wie viele andere Muslime«, fügte der Mann zur Rechten Julians hinzu.

»Ich habe in Heidelberg promoviert und dann einige Jahre einen Lehrstuhl für mittelalterliche Geschichte an einer deutschen Universität bekleidet«, bemerkte der Mann, der vorher seine Ungeduld bekundet hatte, mit leiser Stimme.

»Meine akademischen Leistungen sind nicht so beeindruckend«, sagte der vierte Delegierte, »dafür liegt meine Stärke vielleicht im Pragmatischen. Ich bin Elektroingenieur und habe an größeren Projekten für Regierungsstellen und Privatunternehmen teilgenommen. Ich sehne mich nach dem Tag, an dem ich zurückkehren und in meiner Heimat bauen kann.«

»Faszinierend«, murmelte Guiderone und ließ den Blick über die dunklen Augen der vier Araber wandern. »Sie sind die Elite des Nahen Ostens, und doch nennt man Sie Terroristen.«

»Andere ziehen den Begriff Freiheitskämpfer vor, was wesentlich korrekter wäre«, verbesserte ihn der Scheich. »Die Hagana und die Sterngruppe hatten einfach mehr Fürsprecher im Westen als wir, und wir tun weiterhin das, was wir tun, weil diejenigen, die unsere Verbündeten sein sollten, ständig mit unseren gemeinsamen Feinden irgendwelche Übereinkünfte treffen. Es ist widerwärtig.«

»Wenn wir einmal zugeschlagen haben, werden sie es sich zweimal überlegen, in solche Verhandlungen einzutreten«, sagte der Ungeduldige. »Warum kommen wir also jetzt nicht zur Sache?«

»Ausgezeichnet«, stimmte der Sohn des Hirtenjungen zu, »und da es Sie so danach drängt, sollten Sie vielleicht mit den allgemeinen Informationen beginnen.«

»Mit großem Vergnügen, Sir«, sagte der ungeduldige ehemalige Wissenschaftler, »zumal Sie ja einer unserer großzügigsten Wohltäter sind... Unsere Einheiten befinden sich an vierundzwanzig Standorten in Ausbildung, vom Jemen bis zum Baakatal, alle in Wüsten und an Küsten, die für Feinde und Spione unzugänglich sind. Außerdem haben wir von den Juden in Entebbe etwas gelernt: Der Schlüssel für unsere Operationen heißt Präzision. Nicht zuletzt dank der finanziellen Unterstützung sind sowohl auf Wüstensand als auch im Wasser Attrappen aufgebaut worden. Die Teams werden von unseren erfahrensten Militärs und von Fachleuten für nachrichtendienstliche Tätigkeit, Infiltration und Sabotage geführt. Wenn die Stunde zum Losschlagen kommt, werden wir wie ein Mann handeln und eine Feuersbrunst auslösen, die die Welt nie vergessen wird und nie aus der Geschichte tilgen kann.«

»Das sind selbstbewußte Worte, mein Freund«, sagte Guiderone und nickte langsam. »Jetzt zu den Einzelheiten. Wollen wir mit Ihrem Gegenüber beginnen?«

»Mit noch größerem Vergnügen«, erwiderte der in Chicago ausgebildete Arzt, der jetzt seinen Wohnsitz und seine Praxis in Kalifornien hatte. »Die Ziele meiner Einheiten befinden sich in Kuwait, Irak und Iran, wobei wir als Zeichen unserer Universalität ohne jedes Vorurteil vorgehen. Zehntausend Ölquellen werden in Flammen stehen – im Vergleich dazu wird die Katastrophe von Kuwait wie ein Lagerfeuer wirken.«

»Meine Teams konzentrieren sich auf die größeren Ölfelder der Saudis von Ad-Dawhah über Ash Shad'ra bis zu den Quellen nördlich von

'Unayzah«, sagte der Elektroingenieur. »Dann weiter zu den Tankern im Persischen Golf und im Golf von Oman, die in Umschlaghäfen von Al Khiran bis Matrah und Maskat liegen ...«

»Das schließt also die Emirate ein, ja?«

»Natürlich, alle; die Sultane wissen nichts.«

»Und ich werde mich um die Häfen in den östlichen Gewässern kümmern«, fügte der Spezialist für mittelalterliche Geschichte aus Deutschland hinzu, und seine Augen funkelten über seinem Schleier. »Von Bandar Daylan nach Süden bis Bandar Abbas in der Meerenge von Hormuz. Während die Ölquellen im Irak und Iran vernichtet werden, werden gleichzeitig Millionen Tonnen in den Häfen brennen.«

»Und ich«, sagte der Scheich am gegenüberliegenden Tischende, »habe mir sämtliche Exporte vorbehalten, die vor der Küste Israels geladen werden, hunderte von Schiffen in den Häfen von Tüilkarm, Tel Aviv und Rafah, deren Ware – landwirtschaftliche Produkte, Maschinen und illegale Waffen – gleichzeitig in die Luft gehen werden. Die Zionisten mit ihren Geldsäcken brechen jeden Vertrag, um ihre Tresore mit Schekeln zu füllen. Dem werden wir ein Ende machen, und dann sollen alle sehen, wie die Kreditinstitute in Jerusalem und Tel Aviv ins Chaos abstürzen!«

»Und das können Sie uns garantieren?« fragte Guiderone.

»Da mein Name Al Khabor Hassin ist, wie Sie wohl wissen, wissen Sie auch, daß ich der Beschützer der Hassiniten bin, von denen im Westen das Wort ›Assassine‹ abgeleitet wurde. Unterschätzen Sie niemals unsere Macht über Leben und Tod.«

»Das ist höchst interessant und auch recht melodramatisch«, sagte Julian mit leiser Stimme, und griff dabei unauffällig unter sein Gewand. »Und sind Sie der Ansicht, daß Sie als Beschützer des Assassinenstammes die in Ihrer Position begründeten Pflichten erfüllt haben werden?«

»Natürlich! Das ist mein Sieg über das niederträchtige Israel!«

»Und niemand außer Ihnen kann das?«

»Meine Truppen stehen bereit. Die Meere werden wochen-, ja monatelang keine Nacht kennen! Die Feuer überall vom Golf bis Kairo werden das Land wie die Morgensonne erhellen. Überall im Nahen Osten. Es ist unser Sieg!«

»Wessen Sieg, Al Khabor Hassin?« fragte Guiderone leise.

»Unser Sieg. Unser aller Sieg. Und meiner, ganz besonders meiner! Weil ich der Führer bin!«

»Das dachte ich mir«, sagte der Sohn des Hirtenjungen, hob seine Automatik und gab zwei Schüsse ab. Al Khabor Hassin war sofort tot und fiel auf den Boden, Blut strömte aus zwei Löchern in seiner Stirn. Die drei anderen am Tisch fuhren in ihren Stühlen zurück, erschreckt, reglos. Ihre dunklen Augen starrten Guiderone an.

»Er hätte uns alle vernichtet«, sagte Julian. »Denn was er tat, wollte er für sich selbst tun. Man vertraue nie einem Führer, der sich selbst zum Führer ausruft, bevor irgendein anderer das tut. Fanatiker sind gefährlich, weil sie ihr Ego nicht unter Kontrolle halten können.«

»Was sollen wir mit ihm tun?« fragte der praktische denkende Ingenieur.

»Bringen Sie ihn in die Wüste. Dort sollen die Aasvögel entscheiden.«

»Und was dann?« fragte der Arzt aus Chicago.

»Nehmen Sie Verbindung mit seinem Stellvertreter auf und schicken Sie ihn zu mir. Ich werde mir ein Bild von ihm machen, und wenn er mir akzeptabel erscheint, werde ich ihm erklären, daß Al Khabor Hassins Herz dem großen Streß nicht gewachsen war. Das ist nicht schwierig.«

»Sonst hat sich nichts verändert, hoffe ich«, sagte der Historiker.

»Überhaupt nichts«, antwortete Guiderone. »Al Khabor hatte recht. Weite Bereiche des Mittelmeerraums werden wochenlang keine Nacht kennen, wenn erst einmal die Feuer brennen. Es wird eine Symmetrie des Schreckens sein, alle Instrumente werden einem Crescendo des Terrors zutreiben. Ebenso wird es in der Nordsee sein. Unsere Leute in Schottland, Norwegen und Dänemark werden Dutzende von Öltürmen sprengen. Wenn die Feuer verlöschen, wird sich die zivilisierte Welt, so wie wir sie kennen, im Chaos befinden. Und unsere Aufgabe wird sein, sie wieder unter Kontrolle zu bringen … auf rationaler, therapeutischer Basis. Denn mehr als alles andere meinen wir es gut mit den Menschen.«

»Und welchen Zeitpunkt haben Sie dafür vorgesehen?«

»Den ersten Tag des neuen Jahres«, sagte Guiderone. »In siebenundneunzig Tagen. Wir beginnen heute abend mit dem Countdown.«

Cameron Pryce klopfte an Scofields Tür. Es war halb sechs Uhr morgens. Antonia unterdrückte ein Gähnen, als sie ihn hereinließ. Sie trug einen Flanellpyjama und entschuldigte sich dafür. »Ich ziehe mir gleich einen Bademantel an und sage dem alten Knurrhahn, daß Sie hier sind. Und dann werde ich Kaffee aufsetzen; wenn er morgens keinen bekommt, ist er unerträglich.«

»Das ist nicht notwendig, Toni ...«

»Natürlich ist es das«, unterbrach sie ihn, »vielleicht nicht für Sie, aber für ihn. Sie wären sicher nicht zu dieser Zeit hier, wenn es nicht notwendig wäre.«

»Das ist es auch.«

»Dann kommen Sie rein, aber machen Sie sich auf einiges gefaßt, während ich den Kaffee aufsetze und ihn wecke.« Pryce folgte ihr in die kleine Kochnische.

»Ist es so schlimm?«

»Noch schlimmer. Er ist Tropenzeit gewöhnt, Cam. Für ihn beginnt der Tag um zehn oder halb elf.«

»Wissen Sie, Sie sprechen ein ausgezeichnetes Englisch.«

»Das verdanke ich Bray. Als wir uns entschieden hatten zusammenzubleiben, ließ er Dutzende von Schallplatten einfliegen und dann Bänder mit Sprachübungen, et cetera, et cetera. Er war in Harvard, aber heute behauptet er, in grammatischen Fragen wisse ich besser Bescheid als er. Offen gestanden stimmt das auch. Er kann ein Partizip am Satzanfang nicht von einem Adverb unterscheiden.«

»Ich auch nicht«, sagte Pryce und nahm an dem kleinen Tisch Platz, während Antonia an der Kaffeemaschine hantierte. »Aber wenn ich einmal neugierig sein darf – Sie brauchen natürlich nicht zu antworten – wie sind Sie zu dem Entschluß gekommen ›zusammenzubleiben‹, wie Sie es formuliert haben?«

»Die naheliegende Antwort ist jetzt wohl ›Liebe‹«, antwortete Antonia und wandte sich von der weißen Kaffeemaschine ab und sah Price an. »Und das war es natürlich auch, physisch und emotional, aber da war noch viel, viel mehr. Brandon Scofield war ein völlig aufgewühlter Mann, seine Vorgesetzten jagten ihn ebenso wie seine Feinde, und alle wollten seinen Tod. Er hätte – er und Taleniekov hätten viele Kompromisse schließen können, um diese Forderung nach ihrem Tod aus der Welt zu schaffen. Aber das hat keiner von beiden getan, weil sie die Wahrheit über die Matarese herausgefunden hatten. Es gab damals eine Menge Leute in verschiedenen Regierungen und auch anderswo, die Angst hatten, ihnen zu folgen, weil zu viele korrumpiert worden waren. Bray und Wassilij sagten sich, zum Teufel mit ihnen, und machten einfach weiter. Taleniekov ist gestorben, damit wir dem Gemetzel entkommen konnten. Und ich stand alleine da mit einem Riesen, einem anspruchslosen, klar denkenden Mann, einem Mann, der in vieler Hinsicht sanftmütig war, solange nicht Gewalt geboten war. Und er war jederzeit bereit, sein Leben für mich zu opfern. Wie konnte ich diesen Mann *nicht* lieben, ihn nicht verehren?«

»Er kommt mir nicht wie ein Mann vor, der Verehrung will. Er macht mir eher den Eindruck, als würde er sie ablehnen.«

»Natürlich tut er das. Weil es ihn an die ›schlimmen Tage‹ erinnert, wie er sie nennt. Die Tage, in denen die Pistole der Gleichmacher war – man tötete, denn wenn man es nicht tat, konnte es einen der eigenen Leute treffen.«

»Diese Tage gehören der Vergangenheit an, Toni. Der kalte Krieg ist vorbei. So etwas gibt es heute nicht mehr.«

»In seinen Alpträumen erinnert er sich immer noch daran. Ich denke, was ihn am meisten geplagt hat, waren die jungen Fanatiker. Sie waren einfach zu jung und zu verletzlich, um für die Dinge verantwortlich zu sein, zu denen sie sich verpflichtet fühlten.«

»Es waren Killer, Antonia.«

»Es waren Kinder, Cameron.«

»Nun, ich bringe nicht die Voraussetzungen mit, um Brays Probleme zu lösen, und das ist auch nicht der Grund, weshalb ich gekommen bin.«

»Natürlich nicht. Warum sind Sie um diese Zeit hier?«

»Wie wäre es, wenn Sie ihn wecken würden? Das spart uns Zeit, und ich brauche mich dann nicht zu wiederholen. Ich will nicht zu lange hierbleiben, falls jemand mich bereits aufs Korn genommen hat.«

»Wirklich?«

»Wirklich.«

Fünf Minuten später kam ein ziemlich zerzaust wirkender Scofield in die Nische, dicht gefolgt von Antonia. Beide trugen Bademäntel – der von Toni war aus flauschigem weißen Frottee, während Brandons Mantel ziemlich mitgenommen aussah, zwar sauber, aber an einigen Stellen zerrissen. »Wenn wir in ein anständiges Hotel gegangen wären«, sagte er mürrisch, »hätte ich einen Bademantel klauen können. Was zum Teufel soll das, Junge? Ich kann nur hoffen, daß es wichtig ist. Ist kein Kaffee da?«

»Setz dich, Liebling. Ich hole dir welchen.«

»Also, reden Sie, Cam. Ich bin noch nie freiwillig um diese Zeit aufgestanden, seit einer schlimme Nacht in Stockholm, wo eine junge Dame das falsche Zimmer, aber den richtigen Schlüssel hatte.«

»Angeber«, sagte Antonia, brachte zwei Tassen Kaffee an den Tisch und setzte sich.

»Für Sie keinen?« fragte Pryce und deutete mit einer Kopfbewegung auf seine Tasse.

»Ich bin Teetrinkerin, und ich ...«

»Und ich bin verdammt neugierig«, fiel Scofield ihr ins Wort. »Reden Sie, junger Mann.«

»Sie erinnern sich doch, daß ich Ihnen gesagt habe, daß unser Lieutenant Colonel Montrose auf mich den Eindruck machte, als würde sie sich an meine Spuren heften?«

»Sicher. Und ich erinnere mich, daß ich angedeutet habe, sie sei vielleicht scharf auf Sie.«

»Was ich sofort abgetan habe. Ob Sie es glauben oder nicht, ich kenne die Anzeichen, und wir sind nicht in Stockholm. Als Bracket letzte Woche getötet wurde und man ihr die Verantwortung für die Sicherheit übertragen hat, dachte ich, das wäre vielleicht ein geeigneter Zeitpunkt, den Spieß umzudrehen. Sie hatte jetzt wesentlich mehr zu tun, und da mußte ganz zwangsläufig ihre Konzentration etwas nachlassen. Und außerdem ist sie krankhaft ehrgeizig und möchte im Pentagon Punkte sammeln.«

»Also haben Sie angefangen, sie zu beschatten?« Scofield beugte sich vor.

»Ja. Äußerst vorsichtig und hauptsächlich spät nachts. Sie hat zweimal, das erste Mal um drei Uhr morgens, das zweite Mal um Viertel nach vier in der Nacht darauf, das Zimmer verlassen und ist zum Bootshaus hinuntergegangen. In der Decke über der Chris Craft gibt es eine mit Gitterdraht geschützten Birne; die hat sie beide Male eingeschaltet. Ich habe mich an das kleine Fenster in der rechten Wand geschlichen und hineingesehen. Sie hat jedesmal ihr Handy rausgezogen und ein Gespräch geführt.«

»Das ist verdammt dämlich«, sagte Scofield. »Jeder, der einen Radioscanner hat, kann diese Frequenzen abhören. Deshalb sollen sie nur im Notfall benutzt werden.«

»Das dachte ich auch«, pflichtete Pryce ihm bei. »Außerdem dachte ich, daß nur sie, Bracket, Sie und ich solche Telefone haben.«

»Stimmt genau«, sagte Scofield. »Alle anderen Telefone werden überwacht. Das hat Frank Shields so festgelegt. Ich würde gern wissen, mit wem sie gesprochen hat.«

»Deshalb bin ich gestern nachmittag kraft meiner Vollmacht als dienstältester CIA-Beamter nach Easton gefahren unter dem Vorwand, Zeitungen und Zeitschriften zu kaufen.«

»Und warum haben Sie mir den *U. S. News and World Report* und diese Finanzblätter gekauft? Sie wissen doch, daß mich dieses Zeug nicht interessiert.«

»*Penthouse*, den *National Enquirer* oder irgendwelche Comichefte gab es nicht, aber das war auch nicht der Grund, weshalb ich in die Stadt gefahren bin. Ich habe dort von einem öffentlichen Telefon aus Frank in Langley angerufen und ihn gefragt, ob er die Nummern feststellen könne, die Montrose von ihrem Handy aus angerufen hat. Er sagte, das sei kein Problem, weil ja alle Anrufe berechnet würden. Ich solle einen Augenblick warten – und in ein, zwei Minuten war er wieder dran.«

»Und was hat er rausgefunden?« fragte Scofield ungeduldig. »Wen hat sie angerufen?«

»Das ist das Komische. Niemanden.«

»Aber Sie haben sie doch gesehen«, wandte Antonia ein.

»Natürlich habe ich das, und das habe ich Frank auch klargemacht. Shields ließ mich noch mal kurz warten, und dann hatte er eine verblüffende Information. Auf Montroses Telefon waren keine Gespräche registriert, wohl aber drei auf dem Apparat von Colonel Bracket.«

»Diese Telefone sehen alle gleich aus«, sagte Bray. »Sie hat sie vertauscht!«

»Aber warum?« fragte Antonia.

»Aus Gründen der Tarnung, Liebes. Aber sie hat nicht damit gerechnet, daß Bracket getötet werden würde. Sein Handy oder jedenfalls das, das er bei sich trug, ist doch mit der Leiche nach Langley gebracht worden, oder nicht?«

»Jetzt kommt die nächste Überraschung«, sagte Cameron Pryce. »Das war nicht der Fall. Frank glaubte, daß einer von uns beiden es an sich genommen hat, weil wir ja als erste bei Brackets und Dennys Leichen waren.«

»Aber das haben wir nicht. Mir ist das nicht mal in den Sinn gekommen.«

»Mir auch nicht.«

»Dann gibt es hier also ein unbeaufsichtigtes Telefon. Wir sollten es ruhig dabei belassen.«

»Der Ansicht ist Frank auch. Sie werden jetzt beide abgehört.«

»Und wen hat sie jetzt angerufen? Montrose, meine ich?«

»Überraschung Nummer drei.«

»Was?«

»Das Weiße Haus. Sie hat das Weiße Haus angerufen.«

In Abständen von zwanzig Minuten landeten nacheinander acht Privatmaschinen auf dem Amsterdamer Flughafen Schiphol. Die Besitzer stiegen aus und wurden nacheinander von muskelbepackten Männern, die man zuletzt in den Hügeln von Porto-Vecchio über den Wassern des Tyrrhenischen Meeres gesehen hatte, zu wartenden Limousinen geführt. Sie wurden zu dem eleganten vierstöckigen Haus an der Keizersgracht gefahren, jenem Kanal, der durch die wohlhabendsten Viertel der Stadt führt. Schließlich führte man die acht Nachkommen des Baron von Matarese nacheinander in den riesigen Speisesaal im ersten Stock.

Die Umgebung erinnerte verblüffend an die große Halle des palastähnlichen Herrenhauses in Porto-Vecchio. Der Tisch war lang, das edle Holz auf Hochglanz poliert, und die weit auseinander stehenden Stühle machten den Eindruck, als solle jedem Gast genug Platz zum Nachdenken gegeben werden. Lediglich die Kristallschalen mit Kaviar fehlten. An ihrer Stelle lagen kleine Notizblocks mit silbernen Kugelschreibern auf dem Tisch. Alle Notizen würden nach der Konferenz verbrannt werden.

Sobald die Nachkommen des Barons Platz genommen hatten, trat Jan van der Meer Matareisen ein und nahm seinen Platz am Kopfende der Tafel ein. »Ich stelle mit Freuden bei dieser unserer zweiten Konferenz eine gewisse kameradschaftliche Stimmung im Raum fest.« Er machte eine kurze Pause. »Das ist auch durchaus angemessen. Sie haben alle hervorragende Arbeit geleistet.«

»Herrgott, alter Junge, ich würde sagen, daß wir alle gewaltige Profite erzielt haben«, sagte der Engländer. »Der Wert unserer Investitionen hat sich vervielfacht!«

»Meine Maklerfirma hat derartige Zuwachsraten seit den achtziger Jahren nicht mehr erlebt«, sagte die blonde Frau aus Kalifornien. »Das ist umwerfend.«

»Es sind auch nur Papiergewinne«, mahnte Matareisen. »Wir werden Ihnen sagen, wann Sie verkaufen sollen. Tun Sie es dann sofort, denn es wird einen Crash geben.«

»Das ist kaum vorstellbar, Kumpel«, sagte der Amerikaner aus New Orleans. »Meine Immobilien und meine Kasinos boomen. Alle wollen einsteigen.«

»Und nach all den Fusionen und dem Personalabbau ist unsere Bank schlanker – und härter – geworden«, fügte der Bankier aus Boston hinzu. »Wir sind im Begriff, ein Wirtschaftsfaktor von internationalem Gewicht zu werden. Man kann uns nicht aufhalten.«

»Oh, doch, das muß man sogar«, sagte Matareisen. »Das gehört zum großen Plan, und es darf keine Abweichungen geben. Wir werden Ihnen sagen, an wen Sie Ihre wichtigsten Aktiva verkaufen sollen; im wesentlichen aber nicht an die höchsten Anbieter.«

»Sie maßen sich an, der Banco Vaticano Vorschriften zu machen?« fragte der Kardinal.

»Ganz sicher, Euer Eminenz. Weil Sie nämlich in erster Linie dem Kern der Matarese angehören und erst in zweiter Linie Priester sind.«

»Blasphemie«, sagte der Kardinal leise, ohne den Blick von Matareisen zu wenden.

»Realität, Priester, blanke Realität. Oder wäre Ihnen lieber, wenn die Bank des Vatikans über Ihre finanziellen Kavaliersdelikte informiert würde, etwa dieses hübsche Anwesen am Comer See? Auch wenn das natürlich nur ein Klacks ist.«

»Was soll der Unsinn – ›nicht an den höchsten Anbieter‹?« fragte der Deutsche zornig. »Halten Sie uns für Idioten?«

»Sie alle werden beträchtliche Profite machen. Vielleicht nicht in dem Maße, wie Sie erwartet haben, aber es ist notwendig.«

»Sie drehen sich im Kreis, *senhor*«, sagte der Mann aus Portugal.

»Aber wir sind doch ein Kreis, oder nicht? Der Matarese-Kreis.«

»Bitte, drücken Sie sich deutlicher aus!« drängte der Deutsche. »Was wollen Sie sagen?«

»Nun, um es ganz eindeutig zu sagen, Sie werden Anweisung erhalten, Ihre Anteile an die Interessenten zu verkaufen, die die geringste Erfahrung haben und am wenigsten dazu geeignet sind, die jeweiligen Firmen zu führen.«

»Sacre bleu!« entfuhr es dem Erben aus Paris. »Sie reden Unsinn! Weshalb sollten solche Leute interessiert sein?«

»Eitelkeit, *mon ami*«, erwiderte Matareisen. »Solche Leute nehmen regelmäßig den Mund zu voll und geben ihr Geld für Dinge aus, nach denen sie sich sehnen, die sie aber nicht kontrollieren können. Die Geschichte der internationalen Wirtschaft wimmelt von Beispielen dafür. Zuerst fallen einem dabei die Japaner ein: Sie wollten die Filmindustrie in Los Angeles, also haben sie bezahlt und bezahlt und bezahlt, bis die Studios sie aufgefressen haben, weil sie einfach nicht über die Kenntnisse verfügten, um sie zu führen.«

»Für mich klingt das wie Maultierscheiße!« wütete der Unternehmer aus New Orleans.

»Nein, er hat recht«, sagte der Kardinal, der die ganze Zeit den Holländer nicht aus den Augen gelassen hatte. »Das läßt den Zusammenbruch glaubhafter erscheinen. Das schwächt das System und bringt das Volk auf die Straße, das sofort anfangen wird, Lösungen zu fordern, einen Wandel.«

»Sehr gut, Priester. Sie können strategisch denken.«

»Realität, Holländer, blanke Realität. Oder sollte ich sagen, Glaubwürdigkeit?«

»Das sind austauschbare Begriffe, nicht wahr?«

»Am Ende natürlich. Die Scholastiker haben das begriffen. Und da jetzt die Saat gelegt ist, wann werden wir ernten?«

»Alles muß überall sorgfältig koordiniert werden. Ein Ereignis muß zum nächsten führen, jede Maßnahme zur nächsten, und das Ganze darf von außen betrachtet keinerlei Verbindung erkennen lassen. Die Volkswirtschaft in Amerika und Europa ist eine einzige Katastrophe, die man auch mit noch so moderner Technik nicht kurieren kann, weil bei jedem neuen technischen Fortschritt die Zahl der vorhandenen Arbeitsplätze aufs neue schrumpft. Technologie produziert keine Arbeitsplätze. Sie vernichtet sie.«

»Theoretisch«, fragte der Engländer mit gerunzelter Stirn, »worin liegt Ihre – worin liegt unsere Lösung, falls wir eine haben, und wäre es auch nur für die Zwecke der Public Relations?«

»Eine wohltätige Konsolidierung, wobei die oberste Autorität jenen zukommt, die die Firmen wieder aufpäppeln können, nachdem sie an die Stelle jener getreten sind, die dazu nicht imstande sind. Eine Leistungsgesellschaft, die den Reichen, den Gebildeten und den Ehrgeizigen zusagen wird, und dazu ein kontrolliertes System von Vorteilen für die mit geringeren Fähigkeiten, solange sie sich bereitwillig, ja sogar begeistert dem Gefüge einordnen, das für die Wiedergesundung erforderlich ist.«

»Und was kommt danach?« fragte der Mann aus Boston. »Die Viertagewoche? In jedem Haus ein Fernseher, an dem ein Überwachungssystem angeschlossen ist?«

»Die moderne Technik hat ihre Möglichkeiten, nicht wahr? Aber solche Konzepte liegen weit in der Zukunft. Zunächst müssen wir das finanzielle Chaos mit unserem eigenen Maßnahmenkatalog überwinden.«

»Womit wir wieder bei meiner Frage wären«, unterbrach ihn der Kardinal. »Wann ernten wir?«

»In rund drei Monaten, je nach den aktualisierten Fortschrittsberichten, und die Ernte wird einige Zeit in Anspruch nemen, bis all ihre Restriktionen allgemein bekannt sind. Ich würde sagen, in hundert Tagen. Das klingt hübsch, nicht wahr? ›Hundert Tage.‹«

»Pryce!« brüllte Scofield und rannte, so schnell seine Beine das zuließen, über den Rasen oberhalb des Bootshauses. Pryce drehte sich um; er war scheinbar ziellos durch das Gelände gegangen, aber in Wirklichkeit hatte er durchaus ein Ziel. Er hielt nach jemandem Ausschau, der aus einem Versteck hervorkommen würde, jemandem, der vielleicht ein verschwundenes Handy bei sich trug.

»Hey, langsam«, sagte Pryce, als Scofield atemlos bei ihm eintraf. »Sie haben nicht gerade die Kondition für einen Sprint.«

»Meine Kondition ist genauso gut wie Ihre, mein Junge!«

»Warum bin ich dann hier?«

»Ach, halten Sie den Mund«, herrschte Scofield ihn an, atmete ein paarmal tief durch und wischte sich den Schweiß vom Gesicht. »Hören Sie, diese Zeitschriften, die Sie aus Easton mitgebracht haben – ich habe angefangen, sie zu lesen. Wie lange läuft das schon?«

»Wie lange läuft was schon?«

»Diese Fusionen, diese Firmenaufkäufe, ganze Industrien und Versorgungsunternehmen, die sich zusammentun?«

»Ich würde sagen, vielleicht zwanzig oder dreißig Jahre, vielleicht sogar wesentlich länger.«

»Nein, Sie Idiot. Ich meine jetzt! In den letzten Wochen oder vielleicht Monaten?«

»Keine Ahnung«, sagte Pryce. »Ich interessiere mich nicht sonderlich für diese Dinge.«

»Verdammt noch mal, das sollten Sie aber! Das ist Matarese in Reinkultur!«

»Was?«

»Der Stil, die Strategie! Das ist Korsika, Rom, Paris, London, Amsterdam und ja, weiß Gott, Moskau, alles fängt von vorne an! Das sind die Spuren, die Taleniekov und ich bis nach Boston, Massachusetts, verfolgt haben. Neulich in der Karibik habe ich vorgeschlagen, daß Sie sich um die Opfer kümmern, ihre Familien, ihre Freunde, ihre Anwälte, und soviel wie möglich in Erfahrung bringen ...«

»Da bin ich dran. Frank Shields hat zwei Leute darauf angesetzt, mir Hintergrundmaterial über den italienischen Polospieler zu beschaffen, der in Long Island ins Gras gebissen hat, über den spanischen Wissenschaftler, der in Monaco vergiftet worden ist, und die adelige Philanthropin in London, die ihr zweiter Ehemann ermordet hat. Wenn in den nächsten paar Tagen nichts dabei herauskommt, besorgt mir Frank eine Militärmaschine nach England.«

»Dann möchte ich jetzt einen anderen Vorschlag machen«, sagte Scofield. »Stellen Sie das alles auf Sparflamme, und kümmern Sie sich um das, was hier gerade vor unserer Nase abläuft!«

»Wie bitte?«

»Diese Zeitschriften, dieser ganze Finanzmist; diese Zauberer in Nadelstreifen. Diese Geldhaie und ihre Profite. Und, wenn Sie schon dabei sind, setzen Sie die Rechercheure auf diese Firmen an, in unserem Land, aber auch außerhalb – die Namen sind alle da, und ich wette, es gibt da noch eine ganze Menge Artikel, die ich nicht gesehen habe – Artikel mit weiteren Namen, weiteren Spuren!«

»Das meinen Sie ernst, nicht wahr?«

»Da haben Sie verdammt recht. Als ich den Namen Waverly sah, wußte ich Bescheid! Ich kann sie riechen, und der Gestank ist überwältigend, das kann ich Ihnen sagen.«

»Wenn Sie recht haben, könnte uns das eine Menge Zeit sparen.«

»Wir suchen doch immer nach Abkürzungen, nicht wahr?«

»Na klar, nur müssen Sie zum Ziel führen.«

»Die führen zum Ziel, Cam. Ich kann mich da nicht täuschen. Ich habe das schon mitgemacht, ehe Sie gelernt haben, Ihren Namen in den Schnee zu schreiben, wenn Sie verstehen, was ich meine.«

»Ich werde Frank in Langley anrufen, mal hören, was er meint.«

»Den Teufel werden Sie!« widersprach Scofield. »Ich werde ihn selbst anrufen. Ihnen fehlt die rechte Überzeugung, und ich bin immer noch der Leiter dieser Operation.«

»Ich dachte, ich sei dafür zuständig, sie durchzuführen«, sagte Pryce. »All die Dinge, die Sie nicht tun wollen – oder zu denen Sie nicht imstande sind, wie z. B. ein 60-Meter-Lauf über den Rasen.«

»Jetzt werden Sie nicht kleinlich. Ein Gutes hat die Geschichte jedenfalls«, sagte Scofield, packte Pryce am Arm und zerrte ihn zum Hauptgebäude und dem sicheren Telefon zurück. »Statt daß Sie ziellos in Europa rumeiern, werde ich Sie im Auge behalten können und Ihnen sagen, wo's langgeht.«

»Kann ich statt Ihnen nicht Daffy Duck haben? Der würde mich besser beraten. Und leichter auszukommen wäre weiß Gott mit ihm auch.«

Keiner der beiden Männer, die bei Sonnenuntergang an der Chesapeake Bay entlanggingen, wußte, daß sich im gleichen Augenblick auf einem auf den Landkarten nicht eingezeichneten Landeplatz am Rand von Havre de Grace, Maryland, ein Black Hawk S. O. A.-Hubschrauber mit exakt derselben Markierung wie die, die von Langley, Virginia, nach Norden flogen, auf den Start nach Süden vorbereitete. Nur daß er im Laderaum nicht die normalen Versorgungsgüter für ein isoliertes Anwesen an der Chesapeake Bay beförderte, sondern unten am Rumpf sechs Eintausend-Pfund-Bomben trug. Ein Mann in Amsterdam hatte seinen Einsatz befohlen.

11

»So, haben Sie jetzt alles, Squinty – Entschuldigung, ich vergaß, daß das aufgezeichnet wird – Deputy Director Shields, wollte ich sagen, bester Analytiker auf Gottes weiter Welt seit Gaius Octavius es für nötig hielt, Crassus auf diesen Spartacus anzusetzen?«

»Ich habe alles«, tönte Frank Shields ruhige, aber angespannt wirkende Stimme aus dem Telefonhörer. »Wenn wir unter Streß stehen, sind Ihre Witzchen immer willkommen. Kann ich bitte Agent Pryce sprechen?«

»Er kann Ihnen gar nichts sagen, Frank. Er fängt gerade erst an, das Puzzle zusammenzusetzen.« Scofield setzte sich im Bett seiner Suite auf und sah zu Pryce hinüber, der am Fenster stand. »Ehrlich gesagt«, fuhr Scofield fort, »er scheint noch Zweifel zu haben, aber ich habe keine.«

»Ich habe ihm etwas zu sagen, Brandon. Sämtliches Material, das er über diese drei Leute angefordert hat, die ermordet worden sind, kommt mit dem Sechs-Uhr-Hubschrauber.«

»Wie vollständig ist das Material?«

»Sehr. Alles, was wir in drei Tagen aufspüren konnten. Familien, Freunde, Nachbarn, geschäftliche Verbindungen, Eigentumsverhältnisse, Schulden. Drei komplette Pakete, die wir hauptsächlich Interpol und unseren Freunden in London zu verdanken haben.«

»Er wird Ihnen sicher sagen, wie dankbar er ist, aber im Augenblick ist das alles zweitrangig. Sagen Sie Ihren Rechercheuren, sie sollen sich auf das konzentrieren, was ich Ihnen gerade gesagt habe.«

»Agent Pryce, bitte?« wiederholte Shields. Scofield gestikulierte mit dem Telefon, worauf Pryce seinen Platz am Fenster verließ, neben das Bett trat und den Hörer nahm.

»Ja, Frank?«

»Ich habe Brandon gerade gesagt, daß Sie das angeforderte Hintergrundmaterial heute mit der Sechs-Uhr-Maschine bekommen, an Sie persönlich addressiert.«

»Das hatte ich schon angenommen, als er davon geredet hat, daß etwas zweitrangig sei. Danke, ich sehe mir das noch heute abend an.

Irgendwelche Neuigkeiten über die Kontakte von Colonel Montrose zum Weißen Haus?«

»Die behaupten, sie nicht zu kennen.«

»Dann lügen sie.«

»Diese Telefonzentrale hat keinen Puls, bloß Nummern, die einen mit lebenden Menschen verbinden. Wir arbeiten daran... Was halten Sie von Brays Theorie hinsichtlich dieser Fusionen?«

»Schauen Sie, Frank, ich kann nicht leugnen, daß an Brays Spekulationen vielleicht was dran ist, aber wenn Sie an die Antitrust-Gesetze und die verschiedenen Kommissionen denken, das Kartellamt beispielsweise oder die Börsenaufsicht – wenn an diesen Fusionen etwas faul wäre, würden die dann nicht schon in die Verhandlungen eingreifen?«

»Nicht notwendigerweise«, erwiderte Shields. »Diese Finanzhaie haben Scharen von Rechtsanwälten, von denen jeder in einer Stunde mehr bezahlt bekommt, als wir im Monat. Die wissen, welche Knöpfe man drücken, wen man kaufen und wann man den Firmenjet einsetzen muß. Ich übertreibe natürlich. Vermutlich ist daran weniger, als ich jetzt andeute, und wahrscheinlich mehr, als ich gern glauben möchte.«

»Mann, Sie verstehen sich aber darauf, einen Spagat zu machen«, sagte Pryce.

»Man nennt das auch den Versuch, fair zu sein. Wollen wir den vorhandenen Zweifel nicht zugunsten unseres älteren Mitbürgers auslegen?«

»Älterer Mitbürger? Sind Sie beide nicht etwa gleichaltrig?«

»Tatsächlich bin ich anderthalb Jahre älter, aber sagen Sie ihm das nicht. Früher, als er mich noch nicht ›Squinty‹ nannte, sagte er ›Junior‹ zu mir. Das verschafft ihm das Gefühl, weiser zu sein – und das Gemeine daran ist, man kommt mit der Zeit dahinter, daß er das gewöhnlich auch ist.«

»Dann gehen wir doch auf ihn ein. Wir haben noch diese Dossiers aus Europa und werden sie wohl auch benutzen. Bis später, Deputy Augustus Spartacus oder wie er Sie sonst genannt hat.« Pryce reichte Scofield den Hörer zurück. »Wir werden in Ihrem Sandkasten spielen, Bray. Wenigstens eine Weile.«

»Wenn ich mich täusche, werde ich mich entschuldigen, was ich immer tue, wenn ich mich täusche. Wenn ich so darüber nachdenke, kann ich mich nicht daran erinnern, wann ich mich das letzte Mal entschuldigen mußte, also kann das nicht sehr oft gewesen sein.«

Der Black-Hawk-Hubschrauber der CIA hatte etwa die Hälfte der Strecke zu seinem Bestimmungsort zurückgelegt, als der Kopilot sich an den Piloten wandte: »Hey, Jimbo, sollte dieser Luftkorridor nicht gesperrt sein?«

»Da hast du verdammt recht. Sechs Uhr morgens und sechs Uhr abends. Alle Flugplätze, öffentlich und privat, sind davon informiert worden. Verbunden mit strengen Strafandrohungen. Wir sind *top secret*, Lieutenant. Kommst du dir dabei nicht wichtig vor?«

»Im Augenblick kommt's mir nur so vor, als hätte jemand das nicht erfahren.«

»Was soll das heißen?«

»Schau doch auf den Radarschirm. Da nähert sich ein Flugzeug. Höchstens neunhundert oder tausend Fuß westlich von uns.«

»Dazu brauche ich den Radarschirm nicht. Ich kann ihn sehen! Wo sind wir? Ich nehme Verbindung mit Langley auf.«

»Koordinaten zwölf und achtzehn über Wasser westlich von Taylor's Island. Zeit, auf Nordkurs zu gehen und mit den Landevorbereitungen zu beginnen.«

»Das ist Wahnsinn!« rief der Pilot und blickte durch das Seitenfenster des Helikopters. »Es ist einer von unseren, ein S. O. A.... er fliegt genau auf uns zu! Jetzt dreht er halb ab – die Kennzeichen – *Himmel noch mal*, das sind ja... *unsere*. Geh auf Funk, ich verpisse mich!«

Das waren seine letzten Worte. Eine gewaltige Explosion riß den Hubschrauber in Stücke. Was von ihm übrigblieb, stürzte in einer spiralförmigen Bahn ins Wasser, ein Feuerball, der schnell in den Wellen verschwunden war.

Der Mann am Radarschirm in Langley blickte mit gerunzelter Stirn auf das rechte obere Viertel seines Monitors. Er drückte ein paar Knöpfe, vergrößerte einen Ausschnitt und rief dann seinen Vorgesetzten. »Bruce, was ist da los?«

»Was denn?« fragte der Mann in mittleren Jahren mit der schweren Hornbrille und blickte von seinem Tisch in der Mitte des großen, antiseptisch wirkenden Raums auf.

»Ich habe *Silent Horse* verloren.«

»Was? Die Chesapeake-Route?« Der Vorgesetzte sprang auf, aber in dem Moment hob der andere beschwichtigend die Hand.

»Ist schon okay! Da sind sie wieder. Muß ein Energieausfall gewesen sein. Tut mir leid.«

»Wenn das noch mal passiert, kriege ich einen Ausschlag. *Silent Horse*, Herrgott. Wenn man das Geschrei dieser Mistkerle im Kongreß hört, haben wir wahrscheinlich unsere Elektrizitätsrechnung nicht bezahlt.«

Innerhalb weniger Minuten liefen bei den Polizeirevieren in Prince Frederick, Tilghman, Taylor's Island und am Choptank River insgesamt achtundsiebzig Anrufe ein, die sich alle auf eine Feuerkugel am frühen Abendhimmel bezogen, eine Art Explosion, ein Flugzeug vielleicht. Sofortige Erkundigungen bei allen größeren und kleineren Flughäfen in der Umgebung lieferten keinerlei weiterführende Informationen, geschweige denn die Bestätigung eines solchen Vorfalls. Die Polizei in Prince Frederick rief schließlich den Luftwaffenstützpunkt Andrews an, dessen umsichtiger Presseoffizier mit gebührender Höflichkeit direkten Fragen auswich. Er wisse nichts von irgendwelchen Übungsflügen, könne sie aber auch nicht völlig ausschließen. Man sei ständig auf der Suche nach neuen Sicherheitsvorkehrungen und Möglichkeiten zur Auswertung von Wetterdaten, um damit dem Steuerzahler zu dienen.

»Dieser PR-Idiot in Andrews weiß nicht, ob er auf dem Topf sitzen bleiben oder aufstehen soll«, sagte der Polizeichef in Prince Frederick zu seinem Sergeant. »Wahrscheinlich war das einer dieser tieffliegenden Wetterballons, wenigstens sehe ich das so. Sagen Sie den anderen Bescheid, und machen wir uns wieder an die Arbeit – falls wir welche haben.«

Mit leise tuckerndem Motor zog das Boot langsam aus dem Choptank River in die Chesapeake Bay hinaus. Die beiden älteren Fischer in den schmutzigen Overalls, einer hinten, einer in der Mitte des motorisierten Ruderboots, hielten ihre Angelruten und warteten darauf, daß einer der hungrigen Fische in Erwartung einer Abendmahlzeit anbeißen würde. Sobald sie etwas gefangen hatten, würden sie an den Picknickplatz am Ufer zurückkehren, wo ihre Frauen im Vertrauen darauf, daß ihre Männer das Abendessen bringen würden, inzwischen den Grill angeheizt hatten. Sie taten das jetzt seit einigen Jahren zweimal die Woche; sie waren Automechaniker in derselben Werkstatt, und ihre Frauen waren

Schwestern. Sie führten ein gutes Leben. Sie arbeiteten hart, und die Reichen der Chesapeake Bay mit ihren luxuriösen Autos sorgten für ständige Arbeit. Aber das beste von allem waren diese Picknicks, wenn die beiden Schwestern miteinander quatschten und die beiden Freunde mit ihrer langjährigen Erfahrung und zwei Sixpacks Bier dafür sorgten, daß der Fischbestand der Bucht nicht überhandnahm.

»Al«, sagte der Mann am Steuer. »Schau mal – dort drüben!«

»Wo?«

»Auf meiner Seite.«

»Was soll ich denn sehen, Sam?« fragte Al und drehte sich um.

»Das runde Ding, das da drüben treibt.«

»Yeah, jetzt seh' ich's. Da links ist noch eins.«

»Mhm, das sehe ich auch. Ich fahr' mal rüber.« Das Boot wurde schneller und näherte sich den beiden Gegenständen. »Ich werde verrückt!« rief Sam. »Das sind Rettungsringe.«

»Schnapp du dir den einen, dann fahr 'nen Bogen, und ich hol' mir den andern.« Sie zogen die beiden Gegenstände über Bord. »Hey!« rief Al. »Die sind echt U.S. Air Force. Ich wette, davon kostet jeder 'nen Hunni oder zwei!«

»Wahrscheinlich dreihundert, Sam. Zehn Mäuse für die Herstellung, und die Army kauft sie für drei- oder vierhundert. Du hast doch von diesen Klodeckeln und den Schraubenschlüsseln gehört, oder?«

»Na klar.«

»Deshalb zahlen wir soviel Steuern, stimmt's?«

»Also holen wir uns ein bißchen von unserem zurück. Wir behalten sie, oder?«

»Warum nicht? Wir haben all die Jahre nie einen Rettungsring gehabt.« Al hielt den weißen Ring in das schwächer werdende Licht.

»Wir haben auch nie einen gebraucht«, sagte Sam. »Weißt du, als wir aus dem Choptank rauskamen, habe ich einen von diesen Hölliokoptern stromaufwärts fliegen hören. Meinst du, der hat die verloren?«

»Nee«, widersprach Al. »Unsere Jungs in Uniform sind dazu ausgebildet, solche Dinger loszuwerden. Dann müssen sie wieder neue kaufen, so wie bei den gesprungenen Klodeckeln und den lausigen Schraubenschlüsseln. Ich habe irgendwo gelesen, das gehört zum System.«

»Verdammt, ich war immer ein guter Staatsbürger. Ich war bei Ànzio, und du warst auf dieser Scheißinsel im Pazifik, die keiner aussprechen kann.«

»Eniwitok, Kumpel. Ein richtiger Haufen Scheiße.«
»Dann behalten wir die Dinger, ja?«
»Warum nicht?«
»Gut. Jetzt laß uns zusehen, daß wir noch ein paar Fische fangen, ehe uns das Bier ausgeht«, sagte Sam.

Niemand wußte, was geschah; niemand verstand es; es war der helle Wahnsinn. Der Hubschrauber aus Langley näherte sich seinem Landeplatz, wo die Bodenmannschaft bereits wartete, als plötzlich die Maschine nach links abdrehte. Aus der offenen Bordtür eröffneten automatische Waffen das Feuer auf die unten versammelten Soldaten und töteten die meisten oder verwundeten sie schwer. Dann drehte der Helikopter ebenso plötzlich nach rechts ab und flog in weitem Bogen über das Gelände, als suche er ein weiteres Ziel. Was das war, war schnell zu erkennen: die Villa inmitten der weiten Rasenfläche. Der Hubschrauber kreiste, stieg dabei etwas in die Höhe und bereitete sich auf den Zielanflug und die abschließende Verwüstung vor.

Von den Maschinengewehrsalven aufgescheucht, rannten Scofield und Pryce zu den Fenstern im Süden, der Himmelsrichtung, aus der die Schüsse und Schreie zu hören gewesen waren.
»Herr im Himmel« schrie Scofield. »Die haben es auf uns abgesehen!«
»Das ist zu konzentriert«, widersprach Pryce. »Eine – da, schauen Sie! Mein Gott, das ist *Silent Horse*! Was zum Teufel ...?«
»Wollen wir wetten, Kleiner«, konterte Scofield. »Der sieht bloß wie *Silent Horse* aus! Er kommt auf uns zu. Wir verschwinden hier!« Scofield rannte auf die Tür zu.
»Nein!« schrie Pryce. »Der Balkon auf der Nordseite!«
»Was?«
»Dort sind zwei Regenrinnen. Wir wissen nicht, was er dabeihat. Schaffen Sie das?«
»Probieren Sie's aus, mein Junge. Ich muß Toni finden!«
Die beiden Männer rannten nebeneinander auf die Türen zu, rissen sie auf und traten auf den kleinen Balkon mit dem schmiedeeisernen Gitter hinaus. Über ihnen dröhnte der Hubschrauber im ohrenbetäubenden Lärm seiner Rotorblätter nach Norden, setzte zur Wende an.
»Bomben!« schrie Pryce. »Die haben Bomben geladen!«

»Der kehrt jetzt um und will das ganze Haus in die Luft jagen ...«

»Da muß er höher steigen, wenn er nicht selbst mit hochgehen will. Los jetzt!«

Die beiden Männer stiegen auf gegenüberliegenden Seiten des Balkons über das Geländer und klammerten sich an den jeweiligen Regenrohren fest. Wie zwei in Panik geratene Spinnen arbeiteten sie sich Hand über Hand nach unten, rutschten manchmal längere Strecken und plumpsten schließlich auf den Boden, während der Hubschrauber immer höher stieg, um in sichere Distanz für einen Bombenabwurf zu kommen.

»Unten bleiben und so dicht wie möglich am Haus«, rief Pryce. »Er wird mindestens zwei oder drei Anflüge brauchen, um den ganzen Schrott abzuladen.«

»Das habe ich mir selbst in meiner Senilität zusammengereimt«, sagte Scofield. »Wenn er die erste Ladung fallen läßt, hauen wir hier ab ... Ich muß Toni finden!«

»Wissen Sie, wo sie hingegangen ist?«

»Sie hat etwas vom Bootshaus ...«

»Warum nicht?« fuhr Pryce dazwischen. »Schlimmstenfalls können wir im Zickzack über die Bucht fahren.«

»Hervorragende Idee«, murmelte Scofield. »Jetzt kommt er, der Hurensohn!«

Was dann folgte, war die reinste Horrorszene. Die gesamten oberen Stockwerke des Herrenhauses wurden demoliert und zu einem Flammenmeer, über dem sich dicke Rauchwolken auftürmten, die nur noch ahnen ließen, wo einmal ein architektonisches Meisterwerk gestanden hatte.

»Weiter!« rief Pryce. »Hinunter zum Bootshaus!«

»Wir haben wenigstens vierzig Sekunden, weil der zweite Anflug von Süden kommen wird.«

Die zwei Gestalten rannten über den leicht abfallenden Rasen, während der Hubschrauber sein Bombardement fortsetzte. Dichte Rauchwolken stiegen in den Himmel, während gewaltige Explosionen den Erdboden beben ließen. Atemlos lehnten sich Scofield und Pryce an die Wand des Bootshauses und sahen dem Werk der Verwüstung zu.

»Haben Sie das gehört?« fragte Scofield, dessen Atem schwer ging.

»Allerdings!« sagte Pryce. »Ich wünsche mir diesen Mistkerl vor meiner Waffe, vorzugsweise auf kurze Distanz.«

»Nein, Junge, das Knattern, das Feuer aus automatischen Schußwaffen. Unsere Jungss haben sich neu formiert und nehmen sich jetzt den Hubschrauber vor!«

»Sagen Sie das denen, die nicht überlebt haben.«

»Ich wünschte, ich könnte das«, sagte Scofield, dessen von Falten durchzogenes Gesicht jetzt traurig wirkte. »Toni«, rief er plötzlich. »Gehen wir rein und sehen nach, ob sie hier ist!«

Das war der Fall, und die Szene, die sich den beiden Männern unter dem schrägen Dach des Bootshauses darbot, verblüffte beide. Jenseits des Liegeplatzes, wo die Chris Craft im Wasser auf und ab tanzte, stand Antonia und hielt mit einer Pistole Lieutenant Colonel Leslie Montrose in Schach, die ein Handy in der Hand hielt, aber keines von der Art, wie die CIA sie an ihre Mitarbeiter ausgab.

»Ich habe mich daran erinnert, Mr. Pryce, was Sie über Colonel Montrose und ihre Telefongespräche aus dem Bootshaus gesagt haben, und beschlossen, sie persönlich etwas unter die Lupe zu nehmen.« Eine Folge ohrenbetäubender Explosionen von draußen unterbrach ihre Erklärung.

»Das war jetzt der Rest des Hauses, Colonel«, sagte Pryce voll eisiger Wut. »Haben Sie den Angriff von hier aus dirigiert? Und wie viele andere sind noch dabei ums Leben gekommen, Sie Miststück?«

»Das wird Ihnen alles erklärt werden – falls nötig«, sagte Montrose kühl.

»Dann sollten Sie sich damit verdammt beeilen!« Scofield zog eine Pistole aus dem Gürtel. »Sonst zerschieße ich Ihnen jetzt nämlich die hübsche Visage. Sie arbeiten für den Feind!«

»Wenn es so aussieht«, sagte Montrose, »dann wäre das mein innigster Wunsch.«

»Sie haben das Weiße Haus angerufen!« brüllte Pryce. »Wer ist Ihr Kontakt, der Maulwurf, der Verräter auf sechzehnhundert?«

»Niemand, den Sie kennen.«

»Dann sollten Sie mir das lieber jetzt sagen, sonst sage ich nämlich meinem Freund hier, daß er Ihnen eine Kugel durch den Kopf jagen soll.«

»Das würde ich Ihnen zutrauen ...«

»Da haben Sie verdammt recht. Raus mit der Sprache, Sie Miststück!«

»Ich habe allem Anschein nach keine Wahl.«

»Allerdings.«

»Mein Kontakt, wie Sie ihn nennen, steht dem Präsidenten sehr nahe, ein Fachmann für verdeckte Aktivitäten. Ich war – ich bin in einer einmaligen Position, um unserem Land einen Dienst zu leisten.«

»In welcher Position? Was für ein Dienst?«

»Der Feind, wie Sie sie genannt haben, hat meinen Sohn entführt. Man hat ihn, kurz nachdem man uns hier eingeteilt hatte, aus seiner Schule in Connecticut gekidnappt. Wenn ich nicht das tue, was sie von mir verlangen, töten sie ihn.«

Eine letzte Explosion ließ die Erde erbeben, und das Bootshaus zittern. Drei Fenster zersprangen, und ein Regen von Glassplittern ging auf die Chris Craft nieder. Draußen konnte man deutlich einen roten Ballon sehen, der an den Überresten des oberen Fensterrahmens hing. Er hatte die Explosion wie durch ein Wunder überlebt und flatterte am Ende einer langen Leine.

Das war die Markierung, die das Killerflugzeug zu seinem Ziel gelotst hatte. Jemand in der Anlage war Beowulf Agate gefolgt und hatte Minuten vor dem Angriff genau gewußt, wo er sich befand.

12

Die Plastiksäcke mit den Leichen und die Verwundeten wurden binnen einer Stunde auf dem Luftweg abtransportiert, während die Bundesbeamten die wenigen benommenen Polizisten des örtlichen Reviers zurückhielten, die keine Ahnung hatten, was hier eigentlich ablief. Die relativ entfernt wohnenden Nachbarn, die von dem Lärm entsetzt waren, aber keinen Blick auf das Gelände und die Ruinen werfen konnten, verlangten Erklärungen. Man speiste sie im wesentlichen mit der schnell zusammengestrickten ›vertraulichen‹ Information ab, es habe sich um eine Razzia gegen Rauschgifthändler gehandelt. Vier Anwesen erschienen daraufhin sofort auf dem Immobilienmarkt, obwohl man ihren Besitzern versichert hatte, die ›Operation‹ sei erfolgreich verlaufen und endgültig abgeschlossen.

Aus den Bandaufzeichnungen der Radarstation schloß man, daß die falsche *Silent Horse* nach Osten über die Bethany Beach und dann auf den Atlantik hinaus geflogen sei, wo sie vom Radarschirm verschwunden war. Diese These wurde durch die Meldung des Naval Air Test Center in Nanticoke am Patuxent River südlich von Taylor's Island gestützt, deren eigene Radarschirme ein nicht identifiziertes Luftfahrzeug auswiesen, das sich schnell aufs offene Meer bewegt hatte, wo es dann abrupt erloschen war.

Die Fachleute waren sich einig, weil dieses Vorgehen eine bekannte Strategie von Terroristen war. Der Killerhubschrauber hatte einen Treffpunkt im Atlantik angeflogen, wo die Mannschaft abgesprungen und von einem Boot aufgenommen worden war. Darüber hinaus konnte man davon ausgehen, daß vor dem Verlassen des Helikopters eine vorbereitete Sprengladung gezündet worden war, die Augenblicke später zur Explosion der Maschine geführt hatte, deren Überreste auf den Meeresgrund sanken. Die Matarese waren in allen Dingen präzise.

Frank Shields ging mit Scofield durch das früher einmal friedliche Gelände. Ringsum waren noch schmerzliche Spuren des Gemetzels zu sehen, hauptsächlich in den rauchenden Überresten des zerstörten

Herrenhauses. Zerfetzte Türen, Fragmente von Fensterrahmen, Wände und Säulen, die jetzt nur noch schwelende Ruinen waren, und von denen manche fast zweihundert Meter weit geschleudert worden waren – die Länge zweier Footballfelder.

»Es ist wie ein Schlachtfeld, auf dem zwei Armeen zusammengeprallt sind«, sagte Scofield ernst, »nur daß wir in diesem Fall gar nicht wußten, daß wir uns im Kampf befanden. Diese Schweine! ... Und es ist meine Schuld! Ich hätte das alles verhindern können, das werde ich mir nie verzeihen.«

Scofields Worte verhallten leise.

»Ich glaube nicht, daß Sie das hätten verhindern können, Brandon ...«

»Ach, hören Sie auf, Frank! Sie haben gesagt, wir sollten hier weggehen, und ich habe nein gesagt. Ich bin ein sturer, dickköpfiger alter Esel, der einfach nicht begreift, daß er aufhören sollte, Befehle zu erteilen! Ich war viel zu lange aus dem Spiel, um da noch mitreden zu können.«

»Ich will Sie jetzt nicht trösten oder Sie von jeder Verantwortung freisprechen«, bemerkte Shields. »Ich sage bloß, daß Sie es nicht hätten verhindern können.«

»Wie können Sie das sagen?«

»Weil es überall passiert wäre, ganz gleich, wo Sie waren ... Wir sind von Spionen durchsetzt, Bray, vor denen nichts mehr geheim ist. Keine Aktenvermerke, keine Bürocodes und keine vertraulichen Anweisungen an die Abteilungen.«

»Woher wissen Sie das?«

»Als das Notsignal durchkam und wir erfuhren, was hier ablief, habe ich die externe Sicherheit angerufen und bin explodiert. Wo zum Teufel waren unsere Luftdeckung, unsere Streifenflüge? Sie waren immer am Rande des Luftkorridors eingeteilt, sechs Uhr morgens und sechs Uhr abends.«

»Und wo waren sie?« fragte Scofield zornig. »Verdammt, wir haben sie jedesmal gehört, wenn die Jungs eingeflogen sind! Sie haben Toni am Morgen immer geweckt. Wo waren sie?«

»X-Sicherheit hat mir gesagt, sie hätten unter dem üblichen Notfallcode eine interne Anweisung erhalten, die Geleitjäger für *Silent Horse* wegen Wartungsarbeiten am Hubschrauber abzusetzen.«

»Was? Wer hat das genehmigt?«

»Ganz sicherlich nicht ich, Brandon.«

»Ihr Büro? Wer in Ihrem Büro?«

»Sie verstehen nicht. Das kann jeder gewesen sein, aber wer würde es wagen?«

»Dann knöpfen Sie sich Ihr Personal eben vor!« brauste Scofield auf. »Spannen Sie sie nacheinander aufs Rad, bis ihnen das Blut aus den Poren quillt! Das müssen Sie einfach – die hätten ebensogut selbst an den Maschinengewehren sitzen und diese Bomben abwerfen können. Acht Menschen tot, und vier weitere, die vermutlich nicht durchkommen. Tun Sie was, Frank! Ich kann das nicht, aber Sie schon – verdammt noch mal, das ist Ihr Revier!«

»Ja, es ist mein Revier, und es wird auch auf meine Art geschehen, weil ich sowohl dazu ermächtigt bin als auch die Verantwortung dafür trage und meine Entscheidungen weder auf Sturheit noch auf dem Bestreben basieren, allem meinen Stempel aufzudrücken.«

»Oh …?« Scofield verstummte. Dann griff er nach Shields' Arm. »Sie haben recht, Squinty, das habe ich jetzt verdient.«

»Ja, ich glaube schon.«

»Ich bin einfach wütend!«

»Das bin ich auch, Brandon«, sagte der Deputy Director, und seine zusammengekniffenen Augen starrten Scofield fest an. »Aber ein solcher Aufstand in der Agency, wie Sie ihn vorschlagen, würde unsere Feinde nur noch tiefer in den Untergrund treiben und darüber hinaus eine Atmosphäre erzeugen, in der solche Elemente gedeihen. Uneinigkeit und Meinungsverschiedenheiten eignen sich gut zur Ablenkung.«

»Herrgott im Himmel«, sagte Scofield und ließ Shields' Arm wieder los. Sie gingen weiter. »Jetzt verstehe ich wieder, weshalb Sie Analytiker sind und ich nicht … Aber ich verstehe *nicht*, warum sie nicht einfach einen Killer auf mich ansetzen, der mir eine Kugel durch den Kopf jagt. Einfach, sauber und schnell mit einem Minimum an Risiko und einer maximalen Erfolgschance. Schließlich haben wir doch hier unseren eigenen Maulwurf. Diesen roten Ballon hat doch nicht der Weihnachtsmann dort aufgehängt.«

»Nein, aber das beantwortet Ihre Frage. Wer auch immer der Maulwurf ist, er mußte wissen, daß Sie, Antonia und Pryce nur ganz selten, wenn überhaupt, außer Sichtweite der Anlagenüberwachung waren.«

»Ist das denn so?«

»Aber sicher. Wir haben versucht, jede Eventualität in Betracht zu ziehen. Schließlich haben wir doch nicht diesen ganzen Aufwand getrieben, damit man Sie hier einfach abknallt.«

»Wie kommt es dann, daß ich nichts davon bemerkt habe. Und Toni und Cameron auch nicht? Wir sind alle drei keine Amateure.«

»Weil es hauptsächlich aus der Ferne geschehen ist, nach einer Einteilung in Sektoren. Da ruft beispielsweise ein Sergeant einen Corporal über sein Walkie-talkie an und sagt ›Bomba‹ – das waren Sie – ›verläßt Sektor sechs, Sieben übernehmen.‹ Wir haben das ganze Gelände rastermäßig aufgeteilt – den Rest können Sie sich denken.«

»Sich abwechselnde Fahrzeuge«, nickte Scofield. »›Braune Limousine biegt von der Eighth Avenue ab, häng dich ab der sechsundvierzigsten Straße dran.‹«

»Exakt. Eine Taktik, die immer noch funktioniert.«

»Die alten sind gewöhnlich die besten, Frank ... Aber was zum Teufel reden wir da eigentlich? Wir stecken bis zum Hals in der Scheiße und reden wie zwei grüne Jungs in der Ausbildung!«

»Wir reden so, damit wir denken können, Brandon. Etwas anderes bleibt uns nicht übrig.«

»Wir sollten besser aufhören zu denken und anfangen zu handeln, Junior.«

»Also wirklich, Bray. ›Squinty‹ kann ich ertragen, aber nicht ›Junior‹. Außerdem, wie ich Pryce schon sagte, bin ich älter als Sie.«

»Tatsächlich?«

»Achtzehn Monate und elf Tage, *Kleiner*. Aber wenn Sie schon nicht denken wollen, was hätten Sie denn dann in der Abteilung ›Handeln‹ vorzuschlagen?«

»Zunächst mal«, antwortete Scofield, »sollten wir alles zusammensetzen, was wir haben. Der junge Sergeant, der draußen auf der Straße erschossen wurde; der Mann, der nachts an der Wand hochgeklettert ist, um Toni und mich wegzuputzen; Bracket und Denny vergiftet, bei einem Frühstück getötet, das für mich bestimmt war; der Bombenangriff, von dem wir keine Spuren finden können, mit einer Zielmarkierung, die hier drinnen von einem oder mehreren Maulwürfen angebracht worden ist, die wir nicht finden können. Und schließlich ist da noch der Kontakt dieser Montrose mit dem Weißen Haus. Wenn man das alles zusammenzählt – was kommt dabei raus?«

»Sie sind jetzt doch wieder beim Denken«, sagte Shields mit einem traurigen Lächeln. »Was diese Montrose angeht, so ist sie sauber, auch wenn sie kurz durchgedreht hat. Mir ist allerdings ein Rätsel, wie sie überhaupt noch was auf die Reihe kriegt. Die Angst um ihren Sohn muß sie doch auffressen.«

»Und wie hat sie diesen Kontakt zum Weißen Haus hergestellt?«

»Über Colonel Bracket. Er und seine Frau sind – in seinem Fall muß ich wohl sagen: war – eng mit Montrose befreundet. Als ihr Junge entführt wurde, und die Entführer – wir dürfen wohl annehmen, daß sie Matarese waren – mit ihr Verbindung aufnahmen, hätte sie beinahe einen Nervenzusammenbruch bekommen. Sie hatte niemanden, an den sie sich wenden konnte, ganz sicherlich nicht die Bürokratie, die ja niemals den Mund halten kann. Also hat sie sich – das haben wir von Mrs. Bracket erfahren, die im Moment selbst unter einer ziemlichen Belastung steht – an ihren Mann gewandt, Everett, einen Kollegen beim Militär, der in mancher Hinsicht für sie ein Mentor war.«

»Das klingt einleuchtend«, sagte Scofield. Sie hatten inzwischen den asphaltierten Hubschrauberlandeplatz erreicht. »Sie hat sich ihm anvertraut, weil er ihr Freund und mit ihr in West Point war, jemand, dem sie vertraute. Aber was ist mit dem Weißen Haus?«

»Bracket hat seine Fachsemester in Yale absolviert, und einer seiner Kommilitonen war Thomas Cranston ...«

»Den Namen kenne ich«, fiel Scofield ihm ins Wort. »Er war einer von uns, nicht wahr?«

»Einer der besten, die wir hatten. Abgesehen von seinen fachlichen Talenten konnte er sich hervorragend verkaufen. Wenn er in Langley geblieben wäre, hätte er gute Chancen gehabt, einmal Direktor zu werden, und ich hätte ihn unterstützt.«

»Squinty, das hätte Ihr Job sein können! Gibt es denn kein bißchen Ehrgeiz in Ihrem gebrechlichen Körper?«

»Nicht, wenn ich weiß, daß ich dafür nicht qualifiziert bin, und an dem Spaß habe, was ich tue – was ich gut tue. Cranston hat die Agency verlassen und die Leitung einer dieser Denkfabriken übernommen, die von internationalen Möchtegernakademikern finanziert werden. Und von da war es nur ein kleiner Sprung in die Strudel der Politik. Er ist jetzt Chefberater des Präsidenten für Belange der nationalen Sicherheit.«

»Also hat Bracket Montrose zu ihm geschickt.«

»Ja, das war durchaus logisch, und wenn man die letzten Ereignisse bedenkt, auch klug. Wir verfügen über Erfahrung und Macht, aber bei uns gibt es ganz offenkundig Krebsgeschwüre. Wenn sie zu uns gekommen wäre, hätte das den Tod ihres Sohnes bedeuten können.«

»Aber was kann dieser Thomas Cranston tun?«

»Ich habe keine Ahnung. Aber was auch immer es ist, es wird irgendwie hintenrum laufen.«

»Mit wem?«

»Das weiß ich nicht.«

»Dann sollten wir es herausfinden.«

»Ich habe mich bereits um ein vertrauliches Gespräch mit ihm bemüht. Vielleicht erfahren wir dabei etwas, was uns das Weiße Haus nicht wissen lassen möchte – in diesem kritischen Augenblick.«

»Stehen wir denn nicht auf derselben gottverdammten Seite?« fragte Scofield mit erhobener Stimme.

»Wir arbeiten manchmal mit unterschiedlichen Zielsetzungen.«

»Das ist doch ausgemachter Blödsinn!«

»Keine Frage, aber so stehen die Dinge nun mal.«

»Schon gut, schon gut. Ich bestehe natürlich darauf, an diesem Gespräch teilzunehmen. Und Pryce und Antonia auch. Schließlich sind wir die Experten, nicht wahr?«

»Sie werden teilnehmen«, stimmte Shields zu. »Aber Colonel Montrose nicht. Cranston glaubt, daß sie die Dinge in diesem Stadium nicht objektiv genug sehen könnte.«

»Das ist verständlich. Und jetzt zu dem, was zur Zeit auf den Finanzmärkten läuft – die vielen Fusionen, die Firmenbündnisse, die Marktabsprachen. In dieser Sache kann ich helfen. Ich bin kein Computer, aber ich erinnere mich an Namen, Beziehungen, Freunde der Matarese und die Feinde, die sie entweder geschluckt oder vernichtet haben. Ich brauche nur Hintergrundmaterial über die Firmen und Einzelheiten über die Vorgehensweisen – das ist wichtig, sogar lebenswichtig. Die größte Schwäche der Matarese ist ihre Inzucht: Sie stützen sich immer auf die eigenen Leute, auch wenn die Verbindungen Jahrzehnte zurückliegen. Sie arbeiten mit Erpressung und bauen auf die Habgier der Menschen. Das ist ein Schema, das immer wieder zum Vorschein kommt. Und daran erkenne ich sie.«

»Unsere Rechercheure haben Ihre Anregungen aufgegriffen und sind fleißig am Werk. Sie sollten alles, was sie verlangt haben, innerhalb weniger Tage bekommen. Man wird Ihnen das Material per Kurier in North Carolina zustellen.«

»Wieder ein Anwesen wie dieses hier?«

»Nein. Eine exklusive Anlage im Gebirge – vielleicht ein Dutzend schrecklich teuerer Eigentumswohnungen in den Great Smokies. Sie sollten sich dort auf Kosten der Steuerzahler, die von ihrem Glück gar nichts wissen, recht wohl fühlen.«

»Moment mal!« rief Scofield, dessen Blick auf einen silbrig glitzernden Metallsplitter auf der Asphaltfläche gefallen war. Er hob ihn auf. »Das stammt von dem Black Hawk, der hier alles zerteppert hat.« Er spuckte auf das Stück Metall und kratzte dann mit dem Daumennagel daran.

»Woher wollen Sie das wissen?« fragte Shields.

»Unsere Leute haben beim zweiten oder dritten Anflug zurückgeschossen und ein kleines Stück vom Leitwerk erwischt. Das kann gar nichts anderes sein.«

»Und?«

»Der Lack ist verhältnismäßig frisch. Schicken Sie das zu Sikorsky. Vielleicht können die was damit anfangen, es zu der ursprünglichen Maschine zurückverfolgen.«

»Ich glaube, jetzt verstehe ich nicht ganz, Brandon.«

»Der Black Hawk, der hier die Bomben abgeworfen und uns beschossen hat, war unecht, von den Matarese getarnt. Sehen Sie zu, ob Sie von Sikorsky erfahren können, wer im Laufe der letzten sechs Wochen einen MH-60K Special Operations Chopper geleast oder gekauft hat.«

»Ich dachte, Sie hätten diese Welt hinter sich gelassen.«

»Antonia hat Fragen gestellt. Einer der SET-Revolverhelden hat den Hubschrauber identifiziert.«

Cameron Pryce und Antonia Scofield hatten die persönlichen Habseligkeiten der Toten und Verletzten eingesammelt. Als sie damit fertig waren, gesellten sie sich zu Brandon und Frank Shields am Hubschrauberlandeplatz, wo inzwischen auch Lieutenant Colonel Leslie Montrose erschienen war.

»Wir werden von vier F16 nach North Carolina eskortiert werden, zwei vor uns, zwei hinter uns«, sagte der Deputy Director, als die vier ihr Gepäck an Bord brachten.

Die Black Hawk stieg in einer weiten Spirale auf. Shields saß bei dem Piloten und dem Kopiloten in der Kanzel, Scofield hatte sich neben seine Frau und Pryce zu Montrose gesetzt. Für die beiden letzteren waren die ersten Augenblicke ein wenig peinlich, weil keiner der beiden wußte, was er sagen sollte. Schließlich ergriff Pryce das Wort.

»Mir tut das alles schrecklich leid.«

»Mir auch«, erwiderte Leslie Montrose kühl. »Hätten Sie zugelassen, daß Mr. Scofield mich tötet?«

»Das ist eine schwierige Frage. Ich dachte, Sie wären für den Luftangriff verantwortlich ... Ja, zu dem Zeitpunkt hätte ich das wahrscheinlich getan. Männer sind getötet worden, viele sind verletzt. Meine Reaktion war ziemlich heftig.«

»Das wäre mir genauso gegangen. Das kann ich verstehen.«

»Warum zum Teufel haben Sie uns dann nichts über Ihre besondere Situation gesagt?«

»Weil man mir das verboten hatte, das war ein klarer Befehl.«

»Von wem? Einem gewissen Thomas Cranston?«

»Ich wußte, daß Sie das herausfinden würden. Ja, Tom Cranston, mit ausdrücklicher Billigung seines Chefs, des Präsidenten.«

»Warum?«

»Weil Cranston kein Vertrauen dazu hatte, daß die CIA das ganze Gelände wirklich gründlich abschirmen könnte. Und damit hat er ja recht behalten, oder?«

»Ein guter Freund von mir, der jetzt dort vorn beim Piloten sitzt, quält sich gerade damit. Er leidet wirklich darunter.«

»Die sind überall, Mr. Pryce, wer auch immer sie sind, sie sind überall! Und wir können sie nicht sehen, sie nicht finden!«

»Sie wissen nicht, wer sie sind?«

»Ich weiß nur von diesen schrecklichen Telefonanrufen aus Kairo, Paris und Istanbul und höre die Stimme, die mir sagt, was mit meinem Sohn geschehen wird! Was würden Sie in meiner Lage tun?«

»Genau das, was Sie getan haben, Lady. Nach ganz oben gehen, wenn das möglich ist. Nicht zu der gestaltlosen, von Lecks durchsetzten Mitte.«

»Cranston hat mir gesagt, daß es Kanäle gebe, oberhalb der Geheimdienstwelt oder darunter, wenn Sie so wollen, die Drohungen aussprechen könnten wie kein anderer. Ich bin eine Mutter. Ich will meinen Sohn zurück! Sein Vater ist für sein Land gestorben, ich bin alles, was ihm noch geblieben ist. Ich will ihn wiederhaben, und wenn ich dafür mein Leben geben muß – dazu bin ich bereit. Ich bin Soldat und kenne die Risiken, und ich werde vor nichts zurückschrecken, um zu bekommen, was mir zusteht. Und deshalb konnte ich mir, Gott sei Dank, ganz oben Hilfe holen. Sie sind Teil einer Organisation mit Schwachstellen, und deshalb werde ich Sie, wenn es nötig ist, um meinen Jungen zu bekommen, auch übergehen. Mein Mann und ich haben schon genug geopfert!«

»Darf ich Ihnen einen Vorschlag machen?« fragte Pryce ruhig.

»Ich werde mir jeden Vorschlag anhören, solange ich glaube, daß der, der ihn macht, auf meiner Seite steht.«

»Ich bin auf Ihrer Seite, Colonel. Und Frank Shields auch. Und die Scofields.«

»Ich bin überzeugt, daß Sie das sind, soweit Sie das können.«

»Ich weiß nicht, was das bedeuten soll.«

»Sie haben Ihre eigenen Ziele und müssen Ihren Arsch sichern – vornehmer ausgedrückt, Ihren Ruf. Ich habe nur ein Ziel, die sichere Rückkehr meines Sohnes.«

»Nicht, um Ihnen zu widersprechen«, sagte Pryce leise, »das will ich nämlich nicht. Aber mir scheint, daß Sie Ihre Aufgaben äußerst gut erfüllt haben. Dabei war das ganz offensichtlich nicht Ihr Hauptziel.«

»Tom Cranston hat Ev Bracket gesagt, daß es da vielleicht eine Verbindung gibt, und deshalb haben die beiden arrangiert, daß ich diesen Einsatz bekam.«

»Vielleicht? Mehr wissen Sie nicht?«

»Abgesehen von der Existenz einer Gruppe von Terroristen, die es auf Sie und die Scofields, ganz speziell Mr. Scofield, abgesehen haben, erfahren wir Einzelheiten nur, soweit es unbedingt nötig ist.«

»Und Sie haben ihnen diese Scheiße abgekauft?« ereiferte sich Pryce. »Entschuldigen Sie bitte, aber das ist die reine Scheiße – höflicher würde man es vielleicht als Spitzfindigkeit bezeichnen.«

»Ich habe mich auf diese Scheiße oder Spitzfindigkeit eingelassen, weil ich an die Befehlshierarchie glaube. Ich räume ja ein, daß die auch ihre Mängel hat, aber sie ist häufiger angebracht als unangebracht. Information in den Händen Unerfahrener kann äußerst gefährlich sein.«

»Ein Beispiel bitte.«

»Ich glaube, am besten drückt es dieses alte Plakat aus dem Zweiten Weltkrieg aus. ›Ein unvorsichtiges Wort kann Schiffe versenken.‹«

»Auch bei denen, die am Steuer dieser Schiffe stehen?«

»Wenn sie es erfahren müssen, werden sie es erfahren.«

»Ist Ihnen je in den Sinn gekommen, daß auch nur ein nicht informierter Kapitän eines einzigen Schiffes allein aus diesem Grund mit einem anderen Schiff kollidieren lassen kann?«

»Ich bin sicher, daß solche Möglichkeiten immer in Betracht gezogen werden. Worauf wollen Sie hinaus, Mr. Pryce?«

»Sie spielen eine wichtige Rolle, Colonel, und Sie kennen nicht das ganze Bild – das sollten Sie aber. Ich würde meinen, Sie sollten darauf bestehen, daß man Sie einweiht, insbesondere wenn man Everett Brackets Tod bedenkt, seine Ermordung, genauer gesagt. Er war Ihr Freund. An Ihrer Stelle wäre ich äußerst traurig und verdammt wütend.«

»Ich habe meine eigene Art zu trauern, Mr. Pryce. Ich habe einen Ehemann verloren, erinnern Sie sich? Und wütend ... glauben Sie mir, das bin ich. Wie lautet Ihr Vorschlag? Ich erinnere mich, daß Sie einen machen wollten.«

»Und Sie haben mir gerade ein zusätzliches Argument dafür geliefert, daß Sie ihn annehmen sollten.«

»Wie bitte?«

»Diese Befehlshierarchie, die Sie so schätzen – sie wird auf eklatante Weise mißbraucht. Eine Besprechung ist zwischen mir, den Scofields und Cranston anberaumt; Shields hat darauf bestanden. Aber Sie werden nicht daran teilnehmen.«

»Oh?« In Montrose' Augen spiegelte sich instinktiver Argwohn und zugleich resignierende Hinnahme.

»Ich finde, Sie sollten da teilnehmen«, fuhr Pryce schnell fort. »Ich wiederhole, Sie spielen eine entscheidende Rolle, und für Sie steht viel auf dem Spiel. Sie sollten das ganze Bild kennen, nicht nur Fragmente. Manchmal treiben wir diese zurückhaltende Informationspolitik zu weit, bis die linke Hand nicht mehr weiß, wo die rechte ist. Glauben Sie mir, ich habe das am eigenen Leibe miterlebt. Sie sollten an dieser Besprechung teilnehmen.«

»Ich kann da nicht viel tun«, sagte Montrose bedrückt. »Undersecretary Cranston hat eine Entscheidung getroffen. Ich bin sicher, er hatte seine Gründe dafür.«

»Alberne Gründe. Er ist beunruhigt, weil Sie starke persönliche Motive haben. Er ist der Ansicht, Sie könnten schlappmachen.«

»Das ist eine Unverschämtheit.«

»Das finde ich auch. Und was mir noch viel weniger paßt, ist, daß er damit *de facto* alle Beiträge ausschließt, die Sie vielleicht vorbringen könnten.«

»Wie könnte ich das?«

»Das hängt ganz davon ab, was man Ihnen bei diesen Anrufen gesagt hat. Konnten Sie irgendwelche davon auf Band aufnehmen?«

»Nein. Die Männer, die mit mir sprachen – es waren verschiedene Männer –, sagten, sie besäßen Anlagen, mit denen man solche Geräte feststellen könnte, und falls sie aktiviert wären, hätte das ernste Konsequenzen. Aber jedes Gespräch hat sich mir Wort für Wort eingeprägt, und ich habe Protokolle in einem Notizbuch angefertigt, das sicher bei mir zu Hause im Safe liegt.«

»Hat Cranston davon Kopien?«

»Nein, ich habe ihm nur Zusammenfassungen geliefert.«

»Und damit war er zufrieden?«

»Etwas anderes hat er nicht verlangt.«

»Das ist nicht nur albern, er ist ein Idiot«, sagte Pryce.

»Ich halte ihn für einen äußerst brillanten und mitfühlenden Mann.«

»Das mag er beides sein, aber ein Idiot ist er auch. Und wie können Sie das sagen? Er hat Sie von einer wichtigen Konferenz ausgeschlossen, die letzten Endes unmittelbare Auswirkungen auf Ihren Sohn hat.«

»Ich sage es noch einmal«, erwiderte der Lieutenant Colonel, »er hatte seine Gründe. Vielleicht hat er recht; wie objektiv kann ich denn noch sein?«

»Ich würde sagen, daß Sie sich außergewöhnlich gut im Griff haben. Ich weiß nicht, wie man sich als Mutter in Ihrer Situation fühlt, aber ich weiß, weshalb ich meiner Mutter, meinem Vater, meinem Bruder und meiner Schwester nie gesagt habe, wo ich hingehe und was ich tue. Wollen Sie denn nicht an dieser Besprechung teilnehmen?«

»Von ganzem Herzen …«

»Dann werden Sie das auch«, fiel Pryce ihr ins Wort. »Und ich muß nur jemanden ganz leicht erpressen, um das zu erreichen.«

»Jetzt kann ich nicht mehr folgen. Erpressung?«

»Ja, verdammt. Ich kann Shields damit unter Druck setzen, daß ich ihm sage, die Scofields und ich würden uns weigern, ohne Sie teilzunehmen, und ihm den guten Rat gebe, Cranston den Kopf zurechtzurücken.«

»Weshalb sollte er das akzeptieren?«

»Erstens, weil sie beide uns brauchen, und zweitens, und viel wichtiger, Cranston hat nicht nach Ihrem Notizbuch verlangt, sondern sich mit Zusammenfassungen zufriedengegeben. Das allein schon würde Frank, den Analytiker, und Brandon, den Außendienstagenten par excellence, an die Decke gehen lassen.«

»Ja, reichen denn die Zusammenfassungen nicht aus?«

»Auf keinen Fall.«

»Warum nicht? Sie enthielten doch die wesentliche Information. Was gibt es da sonst noch?«

»Wortwahl, Anspielungen, umgangssprachliche Wendungen – alles mögliche könnte uns weiterbringen«, sagte Pryce, jetzt ganz Profi. »Wie ich es sehe«, fuhr er leise fort, »ist Cranston ein ausgezeichneter geopolitischer Stratege, wie Kissinger das war, aber draußen im Feld war er nie. Es gibt Wälder, und es gibt Bäume. Cranston mag Spitze sein, wenn es darum geht, sich ein Bild von dem ganzen Wald zu machen. Aber er kennt den Unterschied zwischen einem echten Baum und einem Stück Kulisse aus Plastik mit einer Tonne Sprengstoff nicht. Sie werden an dieser Besprechung teilnehmen, Lady – Entschuldigung, Colonel.«

Und das tat sie.

Die Turbopropmaschine der Air Force startete um fünf Uhr des darauffolgenden Morgens vom Luftwaffenstützpunkt Andrews. Sie hatte zwei Passagiere an Bord: Undersecretary Thomas Cranston und Deputy Director Frank Shields von der Central Intelligence Agency. Ihr Ziel war ein Privatflughafen in Cherokee, North Carolina, sieben Meilen südlich einer aus mehreren Eigentumswohnungen bestehenden Wohnanlage in den Great Smoky Mountains, die sich Peregrine View nannte. Da keiner der beiden Männer aus naheliegenden Gründen die in knapp zwei Stunden angesetzte Besprechung erwähnte, befaßte sich ihr Gespräch mit harmlosen Themen, war aber dennoch informativ.

»Wie haben Sie denn diese Anlage gefunden?« fragte der Undersecretary.

»Der Bauträger hatte sich eine Golfanlage ausgedacht, die sich nur die Reichsten der Reichen leisten konnten, dabei aber leider vergessen, daß die Reichsten der Reichen im allgemeinen zu alt für die Höhenlage und die steilen Wege sind«, antwortete Shields schmunzelnd. »Der

Bauträger ist pleite gegangen, und wir haben die Anlage für die Hälfte seiner Verbindlichkeiten gekauft.«

»Ich denke, der Kongreß sollte sich noch einmal überlegen, ob er wirklich hinsichtlich Ihres Etats so beunruhigt sein sollte. Ihr seid verdammt geschickte Geschäftsleute.«

»Wenn wir ein günstiges Angebot sehen, dann erkennen wir das auch, Mr. Undersecretary.«

»Und wie ist es?«

»Sehr elegant und sehr abgelegen. Wir haben dort ein Minimum an Personal für den Unterhalt und benutzen die Anlage als Sicherheitsbereich für die höchste Geheimhaltungsstufe. Früher haben eine Menge sowjetischer Überläufer dort gelernt, Golf zu spielen.«

»So ein kapitalistisches Spiel ...«

»Die meisten sind richtig süchtig darauf geworden, genauso wie auf den Sport, in den teuersten Restaurants von Washington Spesen zu machen.«

»Ja, ich erinnere mich an einige dieser Abrechnungen. Das waren noch Zeiten. Wo findet die Besprechung statt?«

»Es nennt sich Estate Four, ein Caddiewagen wird uns hinbringen. Es ist eine Fahrt von etwa einer Viertelmeile.«

»Werde ich eine Sauerstoffmaske brauchen?«

»In Ihrem Alter nicht. In meinem vielleicht.«

Sie saßen in bequemen Sesseln im Wohnzimmer einer eleganten Wohnung am Fuße der Great Smoky Mountains in den Appalachen. Scofield saß neben seiner Frau, Pryce und Lieutenant Colonel Montrose, die einen dunklen Faltenrock und eine weiße Seidenbluse trug, zu ihrer Linken. Ihnen gegenüber hatten der Deputy Director und Undersecretary Cranston Platz genommen.

Thomas Cranston war mittelgroß und neigte ein wenig zur Fülle. Sein Gesicht könnte von einem wohlmeinenden Bernini in Stein gemeißelt worden sein. Trotz seiner leichten Korpulenz verliehen ihm seine scharfgeschnittenen Züge das Aussehen eines Universitätsdekans in mittleren Jahren, der alles schon einmal gehört, sich aber seine intellektuelle Skepsis bewahrt hatte. Seine großen Augen, die die in Schildpatt gefaßten Brillengläser noch größer erscheinen ließen, vermittelten den ausgeprägten Wunsch, seinen Gesprächspartner zu verstehen, nicht, sich mit ihm zu streiten – außer, wenn es notwendig war. Er ergriff das Wort.

»Nachdem Ihre Freunde aus der Villa an der Chesapeake Bay mich lange genug angeschrien hatten, haben sie mir klargemacht, daß ich im Irrtum war. Ich wiederhole noch einmal, daß es mir leid tut.«

»Tom, ich wollte wirklich nicht, daß so etwas ...«

»Wenn Sie es nicht wollten, *ich* wollte es und will es auch jetzt noch, kleines Mädchen!« fiel ihr Brandon Scofield verärgert ins Wort.

»Mein Name ist Montrose, Vorname Leslie, und ich bin Lieutenant Colonel in der Army der Vereinigten Staaten, und nicht Ihr ›kleines Mädchen‹!«

»Aber ein toller Nachrichtendienstoffizier sind Sie auch nicht, und unsere Kleiderpuppe hier ebenfalls nicht. Herrgott im Himmel, Sie haben da wörtliche Aufzeichnungen dieser Telefongespräche oder wenigstens beinahe wörtliche, und dieser Clown gibt sich mit *Zusammenfassungen* zufrieden?«

»Ich darf Sie vielleicht daran erinnern, Mr. Scofield«, sagte Montrose mit einer Stimme, aus der militärische Autorität klang, »daß Undersecretary Cranston ein Berater des Präsidenten der Vereinigten Staaten ist.«

»Sie werfen ja ganz schön mit den Vereinigten Staaten von Amerika herum, wie? Ich wette, daß er *Under*secretary ist, denn als Sekretär würde ich ihn nicht einmal für meine Katze arbeiten lassen!«

»Jetzt reicht's, Brandon.« Shields war aufgesprungen.

»Hören Sie auf, Bray«, sagte Pryce und beugte sich vor.

»Jetzt haben dich alle gehört, Lieber«, fügte Antonia hinzu.

»Mal langsam«, sagte Cranston, um dessen Lippen ein kleines Lächeln spielte. »Agent Scofield hat jedes Recht, über mich verärgert zu sein. Ich lerne immer noch hinzu, und wie ja bereits erwähnt wurde, bin ich bisher weder im Feldeinsatz tätig gewesen, noch verfüge ich über die Erfahrung, um denjenigen, die es waren, Ratschläge zu erteilen. Ich arbeite auf völlig anderem Gebiet, und meine Erfahrung nützt Ihnen auf kurze Sicht nur sehr wenig.«

»Dann versuchen Sie es mal mit einem langen Paß«, sagte Scofield halblaut.

»Ich werde sogar noch etwas Besseres versuchen, Agent Scofield. Ich werde es mit einem ›Heilige Maria‹ versuchen, wenn mein Footballjargon noch stimmt.«

»Und wie?« fragte Pryce.

»Ich habe Leslies Notizbuch studiert und den Text in einen Computer mit der neuesten Textverarbeitungssoftware eingegeben. Mein ehemaliger Kollege Frank mit seiner größeren Erfahrung hat mir gesagt, worauf ich achten muß, und ich bin möglicherweise auf etwas Interessantes gestoßen.«

»Da bin ich aber gespannt«, sagte Scofield sarkastisch. »Bis jetzt rennen Sie mit Ihrer ›Heiligen Maria‹ eher in eine ›Judasfalle‹.«

»Lassen Sie das, Brandon«, wies Shields ihn resigniert zurecht und setzte sich wieder.

»Ich kann nichts dafür, Squinty. Diese Typen haben mich als ›Nicht zu retten‹ eingestuft.«

»Als diese ungeheuerliche Entscheidung getroffen wurde, Mr. Scofield, war ich noch ein Teenager. Ich habe mir die Unterlagen angesehen und hätte da entschieden widersprochen. Das können Sie jetzt akzeptieren oder nicht.«

»Sie sind überzeugend, das will ich Ihnen lassen«, erwiderte Scofield. »Außerdem glaube ich Ihnen sogar, obwohl ich gar nicht genau weiß, warum. Worauf sind Sie gestoßen?«

»Zwei Formulierungen, die in jedem der Gespräche auftauchen, die Colonel Montrose mit den Kidnappern ihres Sohnes geführt hat. Es gibt geringfügige Abweichungen, aber da ist eine Redundanz, so nennt man es wohl am besten.«

»Dann sagen Sie es deutlicher«, forderte Scofield ihn auf.

»Der Colonel ...«

»›Leslie‹ geht schon in Ordnung, Tom«, unterbrach ihn Montrose. »Die wissen, daß wir Freunde sind, und im Augenblick gehen mir militärische Dienstgrade ein wenig auf die Nerven. Die sind ziemlich kalt, oder?«

»Wir werden alle beeiden, daß wir das nie gehört haben«, sagte Pryce und grinste Leslie an, was bei dieser ein etwas verlegenes Lächeln auslöste. »Bitte fahren Sie fort, Mr. Undersecretary.«

»Also gut – man hat mit Leslie insgesamt siebenmal bezüglich ihres Sohnes Verbindung aufgenommen, zweimal aus den Niederlanden – Wormerveer und Hilversum; wir vermuten, das ist Amsterdam – und sonst aus Paris, Kairo, Istanbul und hier drüben aus Chicago und Sedgwick, Kansas. Diese geographische – weltweite – Streuung ist mit Bestandteil des Einschüchterungsmanövers. Wer waren die Anrufer? Wo kommen sie her? Sinn der Übung war, Leslie Angst zu machen. In jedem einzelnen Fall hat der Anrufer Anweisungen erteilt, die sie ausführen sollte, sobald sie das Gelände betreten hatte; sie sollten befolgt werden, andernfalls würde ihr Junge getötet werden ... Langsam.«

»Du lieber Gott«, flüsterte Antonia und sah Leslie an.

»Wie lauteten die Formulierungen?« fragte Shields. »Die beiden, die Ihnen aufgefallen sind?«

»Die erste kommt in sämtlichen Anweisungen vor. Sie sollten *›mit großer Präzision‹* ausgeführt werden. Die zweite wurde im Zusammenhang mit ihrer Androhung von Repressalien benutzt.«

»›Repressalien‹ ist nicht das richtige Wort, Tom«, korrigierte ihn Leslie. »Es geht um die Folterung und den Tod meines Kindes.«

»Ja.« Cranston hielt kurz inne, wich ihrem Blick aus. »Die Wendung war wie folgt, angefangen mit dem ersten Anruf aus Wormerveer in den Niederlanden ...«

»Was Sie für Amsterdam halten«, unterbrach ihn Scofield. »Warum?«

»Darauf komme ich später«, erwiderte der Präsidentenberater.

»Die Formulierung aus Wormerveer, bitte«, sagte Frank Shields, dessen Blick höchste Konzentration verriet.

»*›Bleiben Sie cool‹*, ein auffällig amerikanischer Ausdruck – aus dem Mund eines Mannes in den Niederlanden.«

»Afroamerikanischen Ursprungs, um genauer zu sein«, fügte Pryce hinzu, »obwohl es inzwischen überall verbreitet ist. Tut mir leid, bitte weiter.«

»Aus Hilversum, ebenso in Holland, *›denken Sie dran, cool zu bleiben‹*. In den Anrufen aus Paris und Kairo erscheinen wieder die Worte *›cool bleiben‹* und dann aus Istanbul *›es ist unbedingt nötig, daß Sie cool bleiben‹* – von einem türkischen Mittelsmann. Eine bemerkenswerter linguistischer Transfer, finden Sie nicht?«

»Das kommt darauf an, wer es sagt«, antwortete Scofield. »Was sonst noch?«

»Hier in den Staaten aus Chicago und Sedgwick, Kansas: *›Immer schön auf die coole Tour‹* und *›Cool heißt die Devise, Colonel, oder die Wiege kippt‹*.«

Leslie schloß die Augen, eine Träne wurde in ihrem Augenwinkel sichtbar. Sie atmete tief durch und nahm wieder militärische Haltung an.

»Dann wollen wir doch zusammenfassen, was wir haben«, sagte Scofield schroff und warf Leslie einen Blick zu, ehe er sich wieder dem

Mann aus dem Weißen Haus zuwandte. »Sie mögen doch Zusammenfassungen, also fassen Sie bitte zusammen.«

»Die Anweisungen waren schriftlich formuliert, sie waren den Sprechern vorgegeben. Leslie hat gesagt, daß es sich um unterschiedliche Stimmen handelte, unterschiedliche Akzente, und das ist völlig natürlich. Was nicht natürlich ist, ist der konsequente Gebrauch der Formulierung ›mit Präzision‹ und die verschiedenen Variationen von ›cool‹.«

»Ich glaube, da stimmen wir alle zu, Tom«, sagte Shields. »Worauf wollen Sie hinaus?«

»Würden Sie mir auch zustimmen, daß das Wort ›cool‹ sehr amerikanisch ist?«

»Natürlich«, entfuhr es dem ungeduldigen Scofield. »Na und?«

»Für ein amerikanisches Ohr bestimmt, eine idiomatische Betonung...«

»So scheint es«, sagte Pryce. »Was wollen Sie sonst noch daraus folgern?«

»Etwas Naheliegendes«, sagte Cranston. »Die Instruktionen sind von einem Amerikaner verfaßt, jemandem, der den oberen Rängen der Matarese angehört.«

Lieutenant Colonel Montrose schoß in ihrem Stuhl nach vorn. »Wer?« fragte sie.

»So heißen sie, Leslie«, sagte der Undersecretary of State. »Die Leute, die Ihren Jungen entführt haben, nennen sich Matarese. Ich habe eine Akte für Sie vorbereitet, alles, was bei uns über sie bekannt ist, im wesentlich von Mr. Scofield geliefert, den die Matarese als Beowulf Agate kennen.«

Leslies Kopf fuhr zu Scofield herum, und sie setzte zum Sprechen an, aber Frank Shields kam ihr zuvor. »Ich sehe, worauf Sie hinauswollen, Tom«, sagte er, allem Anschein nach, ohne Leslies Verblüffung zu bemerken. »Die oberen Ränge, die Hierarchie.«

»Jemand unterhalb dieser Ebene würde diese Informationen nicht bekommen oder sogar wissen, wer unser Colonel ist.«

»Und wenn Scofield recht hat, dann gibt es irgendwo in der Mataresegruppe hier drüben, wahrscheinlich einer Firma oder einem Konglomerat, das bereits nach der Pfeife der Matarese tanzt, irgendeinen Industrieboß, der diese Instruktionen niedergeschrieben hat. Wo sagten Sie doch, kam der andere Anruf her, ich meine, nicht der aus Chicago?«

»Sedgwick, Kansas.«

»Ich werde veranlassen, daß die Recherche-Einheit, die gerade dabei ist, Material für Bray zusammenzutragen, sich auf Illinois und Kansas konzentriert.« Shields stand auf und ging zu einer Kommode, auf der ein Telefon stand.

»Das bringt uns vielleicht nicht weiter, aber ein Anfang ist es jedenfalls, Frank«, sagte Cranston.

»Würde mir bitte jemand sagen, was hier los ist?« rief Leslie Montrose und stand trotzig auf. »Was für Material? Und was sind diese Matarese?«

»Lesen Sie die Akte, Colonel«, sagte Scofield und betonte dabei ihre Rangbezeichnung. »Wenn Sie damit fertig sind, ergänzen Toni und ich, was wir können, und das wird eine ganze Menge sein.«

»Vielen Dank, aber was hat das mit meinem Sohn zu tun?«

»Alles«, sagte Beowulf Agate.

13

Die Wohnanlage am Fuße der Great Smoky Mountains unterschied sich von dem Herrenhaus an der Chesapeake Bay etwa ebenso wie sein Sicherheitspersonal von den SET- und CIA-Patrouillen; anstelle letzterer war hier eine Gamma-Einheit der Special Forces aus Fort Benning eingesetzt, die erst kürzlich aus Bosnien zurückgekehrt war. Man hatte den Soldaten gesagt, die dort untergebrachten Gäste der Regierung seien ausgewählte Diplomaten, die man zur Berichterstattung zurückgerufen hatte. Und da sie alle heikle Positionen bekleidet hatten, sollten sie von jeglicher Einflußnahme von außen abgeschirmt werden. Das genügte; es waren Berufssoldaten, die es gewöhnt waren, auch Unausgesprochenes zu verstehen.

Da in diesem Bereich alles drastisch geändert worden war, wurden die notwendigen Versorgungsgüter aus der Stadt Cherokee herbeigeschafft, eine willkommene Abwechslung von dem zweimal täglichen Donnern der Helikopter. Statt dessen flogen regelmäßig kleine Maschinen den Flughafen von Cherokee an und brachten die von Scofield geforderten Materialien, die dann in das Sperrgebiet gefahren wurden. Diese Materialien reichten von Finanzberichten bis zu Korrespondenz aller Art, Vorträge von Wirtschaftsführern ebenso wie interne Aktenvermerke, soweit diese unauffällig beschafft werden konnten, sei es durch fachmännischen Diebstahl oder Bestechung. Bereits nach wenigen Tagen füllten die Kartons das Wohnzimmer von Scofield und Antonias zweistöckiger Wohnung, die den Namen Estate sechs trug. Estate fünf und sieben, die von Pryce und Lieutenant Colonel Montrose bewohnt wurden, befanden sich links und rechts davon.

Frank Shields und Thomas Cranston waren auf ihre Posten in Langley und im Weißen Haus zurückgekehrt und hielten den Kontakt mit sicheren Telefonen und Faxgeräten. Die Arbeit war mühsam, alle vier brüteten manchmal stundenlang über den Schriftstücken, bis die Rücken schmerzten und die Augen tränten. Am schlimmsten waren die Finanzberichte: endlose Zahlenreihen, gefolgt von Prognosen und Wertanalysen. »Projekt M-113« beispielsweise wurde mit knappen Worten als »unterbewertet; siehe Abschnitt 17 in diesem Bericht und vergleiche dann mit Abschnitt 28 und 36« geschildert. Um es noch schlimmer zu machen, stammte die Sprache aus einem Lehrbuch für fortgeschrittene Betriebswirte – theoretisch und pragmatisch, jedenfalls auf wissenschaftlichem Niveau und für den Laien praktisch unverständlich. Aber eines war Brandon Scofield klar, diese absurden Einschübe hatten den Zweck, den Leser bis zur Unverständlichkeit zu verwirren; sie führten bis an den Abgrund der Illegalität, aber nicht darüber hinaus.

»M-Einsdreizehn wird nie näher bezeichnet!« rief Scofield frustriert. »Und was mich am meisten ärgert, das braucht es auch gar nicht.«

»Ich käme da nicht durch«, sagte Pryce. »Aber was meinen Sie?«

»Das Prinzip des *laissez-faire*, das noch hinter das Malthusische Gesetz zurückfällt.«

»Wie bitte?« fragte Leslie.

»Konkurrenz«, antwortete Scofield. »Bis tatsächlich ein Angebot gemacht wird, haben widerstreitende Interessenten nicht das Recht zu wissen, daß ein solches Angebot geplant oder auch nur in Erwägung gezogen wird.«

»Was hat das mit dieser Malthusgeschichte zu tun?«

»Eisen, Bronze und Gold, junger Freund. Eisen möchte Bronze werden, und Bronze würde es vorziehen, Gold zu sein, und Gold will alles vereinnahmen. Jetzt raten Sie mal, wer Gold ist?«

»Die Matarese«, sagte Pryce.

»Heiliger Strohsack, mit der Zeit kapieren Sie es doch noch. Markieren Sie das hier. Das ist vielleicht ein Matarese.«

»Welche Firma?« fragte Antonia mit Papier und Bleistift in der Hand.

»Ein globales Konglomerat. Atlantic Crown, Zentrale in Wichita, Kansas.«

»Wir brauchen mehr als nur einen Jahresbericht, Bray«, sagte Pryce.

»Das ist nur der Anfang, junger Freund. Sobald wir ein Schema entdeckt haben – falls wir ein Schema entdecken –, wissen wir, wonach wir suchen müssen. Es überrascht mich, daß ich Ihnen das sagen muß.«

»Entschuldige, Liebling«, sagte Antonia und beugte sich in ihrem Stuhl nach vorn. »Aber ich denke, wir sollten eine kleine Pause einlegen. Wir tun jetzt seit Stunden nichts anderes als schuften, und ich zumindest spüre, wie meine Konzentration nachläßt.«

»Ich höre ungern auf«, sagte Leslie, einen Stapel Papiere in der Hand, »aber ich gebe Ihnen recht. Ich ertappe mich dabei, wie ich dieselbe Stelle immer wieder lese, damit mir das Ganze überhaupt etwas sagt.«

»Schwächlinge«, murmelte Scofield und gähnte. »Aber vielleicht ist das gar keine schlechte Idee. Ich könnte einen Drink gebrauchen.«

»Ein kleines Nickerchen könntest du gebrauchen, mein Liebling. Komm, ich bringe dich hinauf.«

»Die Frau ist ein Tier«, sagte Scofield und blinzelte Pryce und Leslie zu. »Das reinste Tier. Kann es gar nicht erwarten, mich ins Schlafzimmer zu zerren.«

»Sehr erfrischend«, sagte Leslie. »Gewöhnlich ist es ja umgekehrt, nicht wahr?«

»Das gehört ins Reich der Legende, meine Liebe«, erwiderte Antonia. »Hunde rennen hinter Autos her, aber sie können nicht fahren.«

»Ich bin von Pharisäern umgeben.« Scofield erhob sich aus seinem Sessel, gähnte erneut und ging dann mit Antonia zur Treppe.

»Vielleicht sollte ich ihn beim Wort nehmen«, sagte Antonia und wackelte mit den Hüften.

»Das könntest du bedauern, Liebes – denke ich.« Die beiden stiegen die Treppe hinauf und verschwanden.

»Wirklich reizend, die beiden«, sagte Leslie.

»Sie mag ich, er ist ein Ekel«, sagte Pryce leise.

»Das ist nicht Ihr Ernst.«

»Nein, ist es nicht«, gab Pryce zu. »Er hat mehr Verstand in zwei Gehirnzellen als ich im ganzen Kopf. Aber dafür hat er auch Dinge durchgemacht, die keiner von uns je erleben wird.«

»Und er leidet.«

»Ja, an Ereignissen, die er nicht verhindern konnte«, sagte Pryce. »Er fühlt Schuld, wo gar keine sein sollte.«

»Das muß jeder von uns selbst entscheiden. Nach gewissen Glaubensgrundsätzen ist Schuld etwas, was in uns allen schlummert.«

»Grundsätze, an die ich nicht glaube, Colonel. Zweifel ja, aber nicht Schuld, es sei denn, man hat Schuld an etwas ganz Schlimmem, das man unter Kontrolle hat.«

»Das hört sich sehr philosophisch an, Mr. Pryce ...«

»Cam oder Cameron, schon wieder vergessen?« fiel er ihr ins Wort. »Darauf hatten wir uns doch geeinigt ... Leslie.«

»Manchmal vergesse ich das absichtlich.«

»Warum?«

»Offen gestanden, weil ich mich unbehaglich dabei fühle. Sie sind wirklich ein sehr netter Mann – Cam, und ich habe andere Dinge im Kopf, ein anderes, um genau zu sein.«

»Ihren Sohn natürlich.«

»Natürlich.«

»Den habe ich auch im Sinn, glauben Sie mir das.«

Leslie warf ihm einen Blick zu. »Ja«, sagte sie schließlich und sah ihn unverwandt an. »Trotzdem ist das nicht dasselbe, oder?«

»Natürlich nicht«, sagte Pryce, »aber das macht meine Sorge nicht geringer. Wo stehen wir also?«

»Ich würde gern einen Spaziergang machen, ein wenig Luft schnappen. Brandons kleine Zigarren riechen zwar gut, aber er raucht so viele, daß das ganze Zimmer verqualmt ist.«

»Sagen Sie ihm das, dann hört er auf oder raucht wenigstens nicht mehr soviel.«

»Du lieber Gott, nein. Auf seine Art ist er genauso besessen wie ich, und wenn das Paffen ihm dabei hilft, dann soll er ruhig.«

»Trotzdem nehme ich an, daß Sie nicht rauchen«, sagte Pryce, als sie aufstanden.

»Da täuschen Sie sich. Jim und ich haben beide aufgehört. Wir haben uns sogar gegenseitig auf die Finger geschaut, aber als er vermißt war, habe ich leider wieder angefangen. Nicht stark und nie vor den Soldaten – das wird nicht gern gesehen –, aber es beruhigt einfach die Nerven, ganz gleich, wie dumm es auch sein mag.«

»Kommen Sie, lassen Sie uns diesen Spaziergang machen.« Sie gingen zur Tür.

»Jetzt habe ich es schon wieder vergessen«, sagte Leslie, als Pryce die mit einer Stahlplatte verstärkte Haustür öffnete. »Wir zarten Frauen sollen hier nicht allein herumgehen. Man erwartet, daß wir uns von einem von euch großen, starken Männern oder vorzugsweise einer Gammastreife begleiten lassen.«

»Ich habe so das Gefühl, daß ihr beiden zarten Frauen uns mit einem Schuß an die Wand nageln könntet.«

»Wie zartfühlend formuliert.«

»Gehen Sie schon, Sie Schlaumeier.«

Leslie lachte, zwar nur kurz, aber ein nettes Lachen, ein echtes Lachen.

Sie kamen zu einer Gabelung an dem Bergpfad, der weiß betoniert war, was für alte Beine und Golfwagen angenehmer war. Die linke Seite führte zu einem kleinen Teich hinunter, ein Wasserhindernis vor dem sechzehnten Abschlag, wobei eine Pumpe in der Mitte eine kleine Fontäne aufsteigen ließ. Der rechte Weg führte zu einem kleinen Wäldchen, das die ersten neun Löcher von den zweiten neun abgrenzte.

»Der Jungbrunnen oder der Urwald?« fragte Pryce.

»Oh, der Wald natürlich. Schließlich kann man ja mit ständig umgewälztem Chlor unsere Jugend nicht wieder erwecken, oder das, woran wir uns noch erinnern.«

»Hey, so lange ist das noch gar nicht her. Ich habe meinen Rollstuhl stehen lassen, und in Ihrem Haar sieht man auch noch kein Grau.«

»Ein paar Strähnen schon, glauben Sie mir. Sie sind nur nicht nahe genug rangekommen.«

»Dem will ich jetzt nicht weiter nachgehen ...«

»Vielen Dank«, unterbrach Leslie ihn, nahm den rechten Pfad und fuhr dann fort: »Haben Sie Ihre Meinung über Tom Cranston geändert?«

»Nicht ganz«, antwortete Pryce und schloß zu ihr auf. »Er entschuldigt sich zu schnell, gibt sich zu bescheiden. Das ist für so einen intelligenten Burschen nicht normal. Ich weiß nicht so recht, ob ich ihm vertrauen kann.«

»Quatsch!« sagte Leslie. »Er ist intelligent genug, um zu wissen, wann er unrecht hat, und das dann auch zuzugeben. So wie er das mit dem Handy auf dem Gelände getan hat.«

»Welchem Handy?«

»Dem, das er mir mit dem Black Hawk geschickt hat, unter dem Vorwand, es sei ein Päckchen von meinem Sohn. Drinnen lag ein handgeschriebener Zettel, den ich verbrennen sollte, und auf dem stand – ich zitiere jetzt wörtlich: ›Mein Gott, ich habe vergessen, daß die Agency Ihre Telefone abhören kann! Verwenden Sie das hier, tut mir wirklich leid.‹«

»Trotzdem haben Sie mit Bracket die Telefone getauscht.«

»Den Teufel habe ich!«

»Frank hat die Anrufe im Weißen Haus zu diesem Telefon zurückverfolgt; auf Ihrem sind nie welche geführt worden.«

»Dann muß das ganz am Anfang unserer Versetzung zur Chesapeake Bay geschehen sein. Everett hat den Karton mit unseren zwei

Telefonen geöffnet, die Batterien und die Ladegeräte überprüft und mir einfach eins gegeben.«

»Wußte er nicht, daß alle registriert waren?«

»Ich glaube, das war ihm egal. Ev hatte keine Geduld für Details. Aber warum ist das so wichtig?«

»Sackgassen.«

»Was?«

»Wir haben in dieser sogenannten Operation genug Sackgassen«, sagte Pryce. »Wir brauchen nicht auch noch falsche. Aber eine ist noch übriggeblieben. Wer hat Brackets Telefon? Es ist verschwunden.«

»Ich wette, es liegt auf dem Grunde der Chesapeake Bay«, sagte Leslie. »Jemand hat es gestohlen und es so schnell wie möglich beiseite geschafft. Man konnte es ja anpeilen, ja sogar abhören, erinnern Sie sich?«

»Warum ist es überhaupt gestohlen worden?«

»Vielleicht, um deprogrammiert und verkauft zu werden, falls man es hinausschmuggeln konnte. Oder von dem Maulwurf, dem man gesagt hatte, daß er es stehlen soll, um Gespräche abzuhören. Wenn das der Fall war, hat er vielleicht kalte Füße bekommen und es einfach verschwinden lassen, weil seit unserem Umzug alle genau unter die Lupe genommen werden.«

»Falls, wenn, vielleicht – alles Sackgassen«, sagte er.

»Um das Thema zu wechseln, oder eher doch nicht, meinen Sie, Mr. Scofield – Brandon – ist irgendwas auf der Spur?«

»Was dieses Konglomerat angeht, dieses Atlantic Dingsbums?«

»Atlantic Crown«, sagte Leslie. »Man sieht ihre Werbespots die ganze Zeit im Fernsehen. Sie sind sehr gut gemacht, meistens in den besseren Programmen.«

»Sie scheinen nie Produkte zu verkaufen«, sagte Pryce, »nur relativ einfache chemische Verfahren, wie ich mich erinnere. Aber, um Ihre Frage zu beantworten, wenn Bray etwas riecht, dann ist meistens auch etwas dran.«

Plötzlich hörten sie hinter sich einen Mann rufen; es war einer der Soldaten der Gamma-Einheit, der ihnen jetzt nachgerannt kam. »Gäste drei und vier! Gast Nummer eins hat versucht, Sie über Ihr Telefon zu erreichen.«

»Du lieber Gott, ich habe meine Handtasche in der Wohnung gelassen.«

»Und ich mein Telefon auf dem Tisch.«

»Er ist stinksauer, Leute«, sagte der Soldat im Tarnanzug. Er war außer Atem. »Er sagt, er möchte, daß Sie sofort ins … ›Basislager‹ kommen.«

»Ein ziemlich veralteter Ausdruck«, stellte Pryce fest.

»Ich weiß, was es heißt, Sir, aber das hier ist doch kein Kampfgebiet.«

»Für ihn schon.«

»Gehen wir«, sagte Leslie.

Scofield ging unruhig vor dem dunklen Kamin, in dem kein Feuer brannte, auf und ab. Antonia saß in einem Lehnsessel und las geduldig ein Fax.

»Wir haben hier Telefone«, sagte Scofield und blieb ruckartig stehen, als Pryce und Leslie eintrafen, »damit jeder jederzeit erreichbar ist, oder irre ich mich da?«

»Sie irren sich nicht, und wir bekennen uns in allen Punkten schuldig«, sagte Pryce. »Und jetzt machen wir vielleicht Schluß mit dem Inquisitionsquatsch, und Sie sagen uns, weshalb Sie uns bei einem sehr angenehmen Spaziergang gestört haben.«

»Entschuldigung, Brandon, wir waren einfach nachlässig«, sagte Leslie.

»Ich hoffe nicht in allen Dingen …«

»*Das* geht ein bißchen zu weit!« protestierte Leslie.

»Halt den Mund, mein Lieber«, sagte Antonia und funkelte Scofield an. »Und komm zur Sache.«

»Na schön, na schön! … Letzte Woche, als wir noch in Maryland waren, habe ich Ihnen gesagt, Sie sollten all die Überseeverbindungen vergessen und sich auf das konzentrieren, was wir hier haben, stimmt's?«

»Das haben Sie gesagt, aber ich habe dem nie zugestimmt. Nur kurzzeitig, so wie Frank Shields auch.«

»Also, ich nehme das zurück, oder wie unser Colonel hier sagen würde: ›Ich widerrufe den Befehl‹.«

»Warum?«

»Der MI5 in London hat ein Bündel Notizen in einer versperrten Schublade des Mannes dieser Engländerin gefunden, dem, der sie umgebracht hat. Sie haben sich aus Sicherheitsgründen geweigert, die Notizen rüberzufaxen, aber das Fax, das sie uns geschickt haben, ist mächtig interessant, regt den Appetit an. Gib es ihm Toni.« Das tat sie, und Pryce las, was auf dem dünnen, glänzenden Blatt stand.

In einer versperrten Schublade gefundene Papiere deuten darauf hin, daß Gerald Henshaw, der verschwundene Mann von Lady Alicia Brewster, geheime Aufzeichnungen über seine Umgebung geführt hat. Nach Angaben der Kinder von Lady Brewster, ein Junge und ein Mädchen, beide im Teenageralter, war Henshaw häufig angeheitert und hat im betrunkenen Zustand konfuses und widersprüchliches Zeug geredet. Wir schlagen vor, daß Sie einen erfahrenen Feldagenten und einen amerikanischen Psychologen, spezialisiert auf das Verhalten von Heranwachsenden, herüberschicken, um uns zu unterstützen. Und es damit aus den Londoner Kreisen herauszuhalten.

Pryce reichte Leslie das Fax. Sie las es und sagte bloß: »Die brauchen keinen Psychologen, die brauchen eine Mutter. Und das bin ich.«

14

Die Diplomatenmaschine landete auf dem Flughafen Heathrow und rollte zu dem Seitenflügel, wo Sir Geoffrey Waters, Chef der Inneren Sicherheit des MI5, Pryce und Leslie empfing. Der britische Abwehroffizier war ein kräftig gebauter, breitschultriger, mittelgroßer Mann Mitte fünfzig mit vollem braunen Haar, das an den Schläfen zu ergrauen begann. Er strahlte eine Aura ruhiger Fröhlichkeit aus, und seine hellen blauen Augen blitzen beinahe schelmisch, als wollten sie die stumme Botschaft: »Bin da gewesen, hab's gesehn, na und?« vermitteln. Die Crew der Air Force lud das Gepäck ihrer Passagiere aus, das äußerst knapp war, je ein Koffer, worauf der MI5-Chef das Bodenpersonal beauftragte, sie zum offenen Kofferraum seines Wagens, eines großen Austin, zu tragen.

»Sir Geoffrey Waters, vermute ich?« sagte Leslie, die als erste aus dem Flugzeug stieg.

»Mrs. Montrose, willkommen im Vereinigten Königreich! Ihr Gepäck wird bereits zum Wagen getragen.«

»Vielen Dank.«

»Sir Geoffrey?« Pryce trat neben Leslie und streckte ihm die Hand hin. »Pryce ist mein Name, Cameron Pryce.« Sie schüttelten sich die Hand.

»Wirklich, alter Junge?« sagte Waters mit gespielter Verblüffung. »Das hätte ich nie erraten! Wir haben bloß eine Akte über Sie, die mindestens einen Fuß dick ist, aber wer zählt schon Zoll, stimmt's?«

»Nichts ist mehr heilig...Unsere Akte über Sie ist wahrscheinlich zwei Fuß lang, aber wir können auch nicht besonders gut zählen.«

»Ah, koloniale Übertreibung, das ist es, was ich an euch Amerikanern so bewundere! Aber eines *ist* heilig. Sparen Sie sich bitte den ›Sir‹. Das ist völlig ungerechtfertigt. Der Titel wird nur verliehen, damit ein anderer gut aussieht.«

»Sie klingen wie jemand, den ich kenne – den wir beide kennen.«

»Ach ja. Wie geht es Beowulf Agate?«

»Immer noch der Alte.«

»Gut, das brauchen wir ... Kommen Sie jetzt. Wir haben eine Unmenge

Arbeit. Aber nach dem langen Flug müssen Sie sich den Abend freinehmen. Es ist schon beinahe sechs, gerade Mittag nach Ihrer Zeit; Sie müssen sich da erst anpassen. Man wird Sie morgen früh um acht Uhr abholen.«

»Von wo?« fragte Leslie mit einem strahlenden Lächeln.

»Dieses unverdiente ›Sir‹ hat seine Vorteile. Ich habe für Sie eine Suite im Connaught am Grosvenor Square organisiert. Erste Klasse, wenn Sie mich fragen.«

»Erstklassiges Spesenbudget«, fügte Pryce hinzu.

»Eine *Suite* ...?« Leslie warf Waters einen forschenden Blick zu.

»Oh, keine Sorge, meine Liebe. Separate Zimmer natürlich. Die Suite ist auf Mr. John Brooks und Miss Joan Brooks, Bruder und Schwester, reserviert. Falls jemand fragen sollte, was im höchsten Grade unwahrscheinlich ist, dann sind Sie hier, um eine Erbschaft von einem britischen Onkel zu regeln.«

»Und wer ist der Anwalt?« fragte Pryce.

»Braintree und Ridge, Oxford Street. Die haben wir schon früher eingeschaltet.«

»Sie sind ganz schön glatt, Geof, das muß man Ihnen lassen.«

»Das will ich doch hoffen, nach all den Jahren sind die rauhen Kanten doch ein wenig abgeschliffen ... Kommen Sie jetzt, steigen Sie ein.«

»Darf ich etwas sagen?« Leslie regte sich nicht von der Stelle, so daß die beiden Männer ebenfalls stehenbleiben mußten.

»Natürlich, was denn?«

»Das mit der Suite geht in Ordnung, Geoffrey. Aber wir sind von Westen nach Osten geflogen, nicht umgekehrt. Wie Sie schon erwähnt haben, für uns ist es immer noch Mittag. Ich bin gar nicht so müde ...«

»Das kommt noch, meine Liebe«, fiel ihr der MI5-Chef ins Wort.

»Wahrscheinlich, aber ich bin wirklich richtig wild darauf, mich an die Arbeit zu machen. Ich denke, Sie wissen, warum.«

»Freilich. Ihr Sohn.«

»Könnten wir uns nicht eine Stunde frisch machen und dann anfangen?«

»Mir würde das nichts ausmachen«, sagte Pryce.

»Ihr Vorschlag ist Musik in meinen plötzlich nicht mehr tauben Ohren! Ich will Ihnen was sagen, Leute, da wir ja keine Papiere aus dem Büro entfernen dürfen, schicke ich Ihnen einen Wagen, der Sie sagen wir um halb acht abholt. Wenn Sie Hunger haben, reicht das für den Zimmerservice, aber nicht für den Speisesaal.«

»Großartiges Spesenkonto«, murmelte Pryce. »Sie sollten mal mit einem gewissen Shields in Washington reden.«

»*Frank* Shields? Der alte *Squinty*? Gibt es den immer noch?«

»Ich glaube, ich höre eine Schallplatte mit einem Sprung«, sagte Pryce.

Rom, 17.00 Uhr

Julian Guiderone, mit einem dunklen Seidenanzug aus der Via Condotti bekleidet, ging das Kopfsteinpflaster der Via Due Macelli hinunter, dann die spanische Treppe hinauf und auf den Eingangsbaldachin des Hassler-Villa-Medici-Hotels zu. Ebenso, wie er das auf dem Al Barrani Boulevard in Kairo getan hatte, blieb er kurz stehen und zündete sich eine Zigarette an, während sein Blick zu den berühmten Steintreppen hinüberwanderte, die Byron verherrlicht hatte. Er stand reglos da und wartete darauf, daß irgendwo ein Mann oder eine Frau herauskam und sich umsah. Aber da war niemand, er konnte weitergehen.

Guiderone trat unter den dunkelroten Baldachin; die automatischen Glastüren öffneten sich, und er betrat die prunkvolle mit Marmor ausgelegte Halle und ging sofort nach links auf die schimmernden Messingtüren der Aufzüge zu. Er merkte sehr wohl, daß mehrere Hotelgäste, die ebenfalls warteten, ihm Blicke zuwarfen. Aber das kümmerte ihn nicht; er war es gewöhnt, Aufmerksamkeit zu erwecken, und wußte sehr wohl, daß er, wenn er das wollte, eine natürliche Autorität ausstrahlte, eine Art Überlegenheit, die seinen Zügen, seiner Erziehung, seiner Größe und der Kunst seines Schneiders zuzuschreiben war. So war es immer, und das wußte und begrüßte er.

Die Lifttüren öffneten sich; er trat als letzter ein und drückte den Knopf für das fünfte Stockwerk. Nach zwei Zwischenstopps war er dort, trat in den mit dicken Teppichen bedeckten Flur und studierte die Messingplatte, die ihm den Weg zu der Suite wies, die er suchte. Sie befand sich am hinteren Ende des Korridors auf der rechten Seite, auf dem Türknopf klebte ein kleiner blauer Punkt. Guiderone klopfte viermal an die Tür, mit einer Pause von jeweils einer Sekunde zwischen dem Klopfen; ein Klicken war zu hören, und er trat ein.

Der Raum war groß und prunkvoll, die Wände mit Pastellszenen des antiken Roms geschmückt, weiche Veloursfarben, vorzugsweise Gold, Weiß, Rot und Blau. Da war ein Wagenrennen im Kolosseum zu bestaunen, daneben Springbrunnen und an einer anderen Wand berühmte Statuen, die die Hände Michelangelos und seiner Zeitgenossen geformt hatten. In der Mitte des Raums standen vier Reihen von jeweils vier Stühlen, alle einem Rednerpult zugewandt, alle besetzt und ausschließlich von Männern. Es waren Männer unterschiedlichen Alters und unterschiedlicher Nationalität von Anfang dreißig bis hinein in die Sechzig. Sie stammten aus ganz Europa, den Vereinigten Staaten und Kanada.

Jeder einzelne war in irgendeiner Weise der Welt des Journalismus verbunden. Einige waren bekannte Reporter, andere angesehene Redakteure; einige waren Finanzberater, der Rest gehörte den Aufsichtsräten verschiedener größerer Zeitungen an.

Und jeder einzelne war – in der einen oder anderen Form – vom Sohn des Hirtenjungen, dem obersten Anführer der Matarese abhängig.

Julian Guiderone ging langsam und bedächtig auf das Rednerpult zu, während Stille im Raum eintrat. Er lächelte wohlwollend und begann:

»Mir ist bewußt, daß einige von Ihnen gegen ihren Willen hier sind, nicht, weil Sie das wünschen oder sich dazu verpflichtet fühlen, sondern weil sie unter Druck stehen. Ich hoffe aufrichtig, daß ich Sie umstimmen kann und Sie das Fortschrittliche an unseren Zielsetzungen erkennen werden. Ich bin kein Ungeheuer, Gentlemen. Ich bin vielmehr ein Mann, der mit ungeheuerem Reichtum gesegnet ist, und ich kann Ihnen versichern, daß ich es bei weitem vorziehen würde, mich meinen weitgespannten Interessen zu widmen, meinen Investitionen, meinen Pferden, meinen Sportclubs, meinen Hotels – als mich zu unser aller Nutzen sozusagen an die Spitze einer wirtschaftlichen Revolution zu setzen. Aber das kann ich nicht... Lassen Sie mich eine rhetorische Frage stellen. Wer anders als ein Mann mit unbeschränkten Mitteln, ein Mann, der niemandem Rechenschaft schuldig ist, der keinerlei Verantwortung gegenüber irgendwelchen Sonderinteressen hat, kann objektiv die finanzielle Krankheit erkennen, die überall in unseren zivilisierten Nationen grassiert? Ich behaupte, das kann nur ein solcher Mann, weil er nichts zu gewinnen hat. Umgekehrt könnte er sehr viel verlieren. Aber selbst das wäre auf lange Sicht belanglos... Was ich bin, Gentlemen, ist ein völlig neutraler, freier Unparteiischer, ein Schiedsrichter, wenn Sie so wollen. Aber um diese Vision, um meine Bestimmung zu erfüllen, brauche ich Ihre Unterstützung. Ich vertraue darauf, daß ich sie habe, und deshalb bitte ich Sie um Ihre Berichte. Namen sind nicht erforderlich, nur Ihre Publikationsorgane. Wir beginnen mit der ersten Reihe zu meiner Linken.«

»Ich bin der wirtschaftliche Berater des *Manchester Guardian*«, sagte der Engländer, dessen leise, zögernde Stimme sein Widerstreben erkennen ließ. »Ich habe wie geplant die langfristige Prognose bezüglich der zu erwartenden Verluste der Zeitung im Laufe des nächsten Jahrzehnts geliefert. Diese Zahlen lassen erkennen, daß zusätzliches Kapital in einem Maß erforderlich ist, das die Vorstellungen der Anteilseigner des *Guardian* weit übersteigt. Ich sehe keine andere Alternative, als in massivem Maße Fremdmittel aufzunehmen ... oder mit anderen Presseorganen zusammenzugehen.« Der Mann vom *Guardian* fügte nach einer Pause hinzu: »Ich hatte höchst vertrauliche Gespräche mit meinen Kollegen beim *Independent*, dem *Express*, der *Irish Times* und den *Edinburgh News*.« Dann verstummte er. Er war fertig. Sein Gesicht ließ seinen Widerwillen und das Gefühl der Niederlage erkennen.

»*Le Monde*, Paris, Marseille, Lyon *et tout de la France*,« sagte der Franzose, der neben dem Briten saß. »Da unsere Sektion – die erste Reihe hier – sich in erster Linie mit der Finanzstruktur befaßt, kann ich eigentlich nur dasselbe sagen wie mein englischer Kollege und habe auch in ähnlicher Weise gehandelt. Die Zahlen sprechen für sich. Wenn man die normale Inflationsrate und die steigende Papierknappheit in Betracht zieht, sind alle Zeitungen gezwungen, ihre wirtschaftliche Lage neu einzuschätzen, mit anderen Worten, eine Konsolidierung vorzunehmen. Aus diesem Grunde habe auch ich äußerst diskrete Gespräche mit ausgewählten Verlagsleitern von *Le Soir, Le Figaro* und dem *Paris Herald* geführt. Diese Gespräche werden Früchte tragen.«

»Daran besteht kein Zweifel«, sagte ein Amerikaner Mitte fünfzig mit beginnender Glatze. »Die technologischen Fortschritte in den Druckmedien erzwingen das geradezu; eine Druckerei kann mindestens sechs Zeitungen versorgen, morgen sogar ein Dutzend. Meine Kontaktleute bei der *New York Times*, der *Washington Post, Los Angeles Times* und dem *Wall Street Journal* warten nur darauf, daß der Groschen fällt. Für die ist das eine Frage des Überlebens.«

»Sie dürfen den *Toronto Globe and Mail* und das *Edmonton Journal* der Liste hinzufügen«, setzte der vierte Mann in der vordersten Reihe hinzu, ein junger Kanadier, dem wohl bewußt war, daß er sich hier inmitten der Elite seines Berufes befand. »Ich werde nach meiner Rückkehr erste Verhandlungen mit der *Winnipeg Free Press* und der *Vancouver Sun* einleiten!«

»Ihre Begeisterung verdient Beifall«, sagte der Sohn des Hirtenjungen. »Aber bitte bedenken Sie, daß Sie unter strengster Geheimhaltung operieren müssen.«

»Das ist klar! Natürlich!«

»Jetzt zu unserer zweiten Reihe«, fuhr Guiderone fort, »die Reihe, in der die Herausgebergremien unserer führenden internationalen Presseorgane vertreten sind, nämlich erneut die *New York Times* und der *Guardian* sowie *Il Giornale* aus Rom und die *Frankfurter Allgemeine* aus Deutschland. Mir ist wohl bewußt, Gentlemen, daß Sie alle im Augenblick zweitrangige Positionen in Ihren jeweiligen Blättern innehaben, aber Sie dürfen mich beim Wort nehmen, Ihr Status wird sich ändern. Jeder von Ihnen wird bald ein entscheidender Faktor sein, eine Stimme von Gewicht. Was meinen Sie?«

Nicht einmal ein Murmeln ließ Widerspruch erkennen. Sobald sie ihre Positionen eingenommen hätten, würden sie in Abstimmung handeln. Eine Frage des Überlebens.

»Unsere dritte Reihe, die Motoren, die Ihre Bestrebungen antreiben, die Eingeweide, wie wir Amerikaner sagen, Ihrer Zeitungen – die Journalisten selbst. Sie sind die Männer auf den Straßen, in den Staaten, den Provinzen, den Hauptstädten ihrer Länder, die Männer an der Front, die täglich über die Ereignisse berichten und Leser auf der ganzen Welt mit Neuigkeiten versorgen.«

»Sie brauchen gar nicht so dick aufzutragen«, sagte ein älterer Amerikaner mit rauher Stimme, dessen faltiges Gesicht Jahre voller endloser Nächte mit zu viel Whiskey verrieten. »Die Botschaft ist angekommen. Sie liefern uns die ›Ereignisse‹, und wir schreiben darüber. Eine große Wahl haben wir ja nicht, wenn wir wollen, daß mit unseren Jobs alles so bleibt, oder?«

»Der Ansicht bin ich auch, *mijnheer*«, fügte ein holländischer Reporter hinzu. »Großen Scharfsinn erfordert das gar nicht.«

»*C'est vrai*«, sagte ein Journalist aus Paris.

»Aber meine Herren, wie kann man das nur so negativ sehen?« sagte Guiderone bedächtig und schüttelte lächelnd den Kopf. »Ich kenne nur zwei von Ihnen persönlich, aber Ihrem Ruf nach sind Sie mir alle vier bekannt. Sie sind die führenden Männer auf Ihrem Gebiet; was Sie schreiben, wird auf mehreren Kontinenten gelesen, und wenn Sie im Fernsehen erscheinen, betrachtet man Sie als Autorität, als hochangesehene Vertreter Ihres Berufsstands.«

»Dann kann ich nur hoffen, daß das so bleibt«, fiel ihm der Amerikaner zynisch ins Wort.

»Natürlich wird es das, weil Sie korrekt über Ereignisse berichten werden ... wobei Sie natürlich die positiven Aspekte hervorheben und etwaige negative Reaktionen, zu denen es vielleicht kommen könnte, ein wenig herunterspielen. Schließlich stehen wir am Beginn eines neuen Jahrhunderts und müssen realistisch sein; ein zivilisiertes Land braucht den Fortschritt, sonst geht es abwärts.«

»Was Sie da sagen, klingt alles sehr gut«, sagte der Holländer mit einem leichten Lächeln, »man hört eben den Politiker, *mijnheer*.«

»Das ist ein Beruf, den andere mir aufgenötigt haben, bedeutende Leute zwar, aber ich habe ihn mir nicht ausgesucht.«

»Ja, besser noch, *monsieur*«, bemerkte der Pariser, »Sie sind der Outsider unter Insidern. *Très bien*.«

»Und Sie, und das gilt für jeden einzelnen von Ihnen, sind ungewöhnlich begabte und überzeugende Journalisten. Welche Indiskretionen auch immer Sie in der Vergangenheit vielleicht begangen haben mögen – und ich werde daraus nie einen Vorteil für mich ziehen –, sie verblassen neben Ihren Fähigkeiten. ... Und jetzt zu unserer vierten und letzten Reihe – vielleicht der für unsere Zwecke wesentlichsten. Die Redakteure der vier wichtigsten Publikationen der ganzen Welt und über zahlreiche Kapitalverflechtungen sozusagen die redaktionellen Flaggschiffe für über zweihundert wichtige internationale Zeitungen in Europa und Amerika. Ihr Einfluß ist gewaltig, meine Herren. Sie formen Meinungen und Ansichten in allen Industrienationen, eine Empfehlung von Ihnen garantiert einem Kandidaten den Erfolg, ihr Ausbleiben kann seinen Untergang bedeuten.«

»Sie schmeicheln«, fiel ihm ein korpulenter weißhaariger Deutscher ins Wort, dessen massive Gestalt den Stuhl, auf dem er saß, spielzeughaft erscheinen ließ. »Das war vor dem Fernsehen«, fuhr er fort. »Heutzutage kaufen sich die Amtsinhaber und ihre Herausforderer Fernsehzeit, massenhaft Fernsehzeit! *Dort* werden die Meinungen gebildet.«

»Nur in gewissen Grenzen, mein Herr«, widersprach ihm der Sohn des Hirtenjungen. »Sie spannen einen leichten Karren vor ein kräftiges Pferd. Wenn Sie sprechen, bezieht sich das Fernsehen auf Ihre Worte; das war immer so. Und es muß so sein, denn Sie haben die Zeit zum Nachdenken, die dem Fernsehen fehlt; alles ist spontan, wird sofort verarbeitet. Die Mehrzahl der führenden Leute im Fernsehen hört sich, und wäre es nur, um sich Peinlichkeiten zu ersparen, Ihre Meinung an und beachtet sie und löst sich dabei sehr wohl von den vorgestanzten Aussagen der Politiker.«

»Damit hat er nicht unrecht, Günther«, sagte ein anderer Amerikaner, der im Gegensatz zu seinem zynisch wirkenden Landsmann, dem Reporter, einen konservativen Straßenanzug trug. »Man hört doch mehr und mehr die Worte ›Die folgende Darstellung ist eine bezahlte Reklamesendung‹ oder auch ›Sie sahen eine politische Werbesendung, die das Komitee für Senator Soundso oder Kandidat Soundso bezahlt hat.‹«

»Na und, was hat das schon zu bedeuten? Es geht doch alles so schnell.«

»Das bedeutet schlicht und einfach, daß wir immer noch Einfluß haben«, antwortete ein dritter Redakteur, dem Akzent nach Engländer.

»Ich kann nur hoffen, daß es immer so sein wird«, fügte der letzte der Männer in der vierten Reihe hinzu, ein Italiener in einem maßgeschneiderten Nadelstreifenanzug.

»Ich kann nur wiederholen, was ich vor einigen Augenblicken schon gesagt habe«, sagte Guiderone, und dabei wanderte sein Blick von einem der Männer in der letzten Reihe zum anderen, stellte mit jedem Blickkontakt her. »Ich – *wir* – wissen sehr wohl, daß Sie im Augenblick in der Hierarchie Ihrer jeweiligen Redaktionen noch in der unteren Hälfte angesiedelt sind, aber das wird sich ändern. Es wird zu Vorgängen kommen, über die Sie nichts zu wissen brauchen und die dazu führen werden, daß Sie in Spitzenpositionen aufsteigen und man Ihre Ansichten mehr denn je als letzte Autorität akzeptieren wird.«

»Und das bedeutet«, sagte der korrekt gekleidete Amerikaner im dunklen Anzug, »daß wir redaktionell das unterstützen, was Sie vorschlagen, und zwar überall, in all unseren Printmedien?«

»›Vorschlagen‹ ist ein sehr flexibler Begriff, nicht wahr?« sagte der Sohn des Hirtenjungen. »Es ist sehr interpretationsfähig. Ich ziehe das Wort ›beraten‹ vor, weil es die Alternativen einschränkt, nicht wahr?«

Einen Augenblick lang herrschte Stille, dann sagte der Italiener: »Einverstanden.« Er hatte sichtlich Mühe, das Wort auszusprechen. »Sonst verlieren wir alles.«

»Ich drohe Ihnen nicht. Ich zeige nur Möglichkeiten auf... Ich glaube, unsere Besprechung ist beendet.«

Das war sie.

Gemeinsam verließ die Gruppe von Männern den Raum, als könnte sie sich damit vom Gestank einer ansteckenden Krankheit befreien. Der enthusiastisch wirkende Kanadier verließ den Raum als einer der letzten.

»Hören Sie, MacAndrew«, sagte Guiderone, und seine Hand berührte den jungen Mann dabei am Ellbogen, »wie wäre es, wenn wir jetzt, wo wir diese langweilige Geschichte hinter uns haben, unten in der Bar noch zusammen etwas trinken würden? Ich glaube, wir haben gemeinsame Bekannte in Toronto. Ich würde gerne mein Gedächtnis auffrischen.«

»Aber sicher, Sir! Mit dem größten Vergnügen.«

»Gut. Wir treffen uns dort in fünf Minuten. Ich muß noch ein kurzes Telefonat führen. Sehen Sie, daß Sie einen Tisch weiter hinten bekommen, wenn es geht.«

»Ich werde Sie dort erwarten ... *Sir.*«

Mit Ausnahme eines einzigen erinnerte sich der junge MacAndrew nur vage an die »Bekannten«, aber die Tatsache, daß Guiderone sich an sie erinnerte, tat ihm gut, besonders an eine, die ihm lebhaft vor Augen stand. Seine Exfrau.

»Als ich davon hörte, habe ich es sehr bedauert«, sagte Julian.

»Wahrscheinlich war es meine Schuld, Sir. Ich gebe zu, daß ich sehr ehrgeizig war, und deshalb habe ich sie vermutlich vernachlässigt. Wissen Sie, nachdem ich an der McGill University in Betriebswirtschaft promoviert habe, war ich voll und ganz mit mir selbst beschäftigt. Ich bekam damals eine ganze Menge Angebote, die meisten mit sehr viel Prestige, aber schlechter Bezahlung – und dann bot mir plötzlich eine Investmentfirma in Montreal eine Position mit einem Gehalt an, von dem ich vielleicht in zehn Jahren geträumt hätte!«

»Ich verstehe. Und dann kam eins zum anderen.«

»Das kann man wohl sagen! Dann ...«

»Entschuldigen Sie, junger Mann«, unterbrach ihn Guiderone. »Ich habe keine kubanischen Zigarren mehr. Würden Sie mir bitte in der Hotelhalle ein paar kaufen? Hier haben Sie hunderttausend Lire.«

»Natürlich, Sir. Mit dem größten Vergnügen, Sir.«

Der ehrgeizige junge Kanadier stand auf und ging mit schnellen Schritten aus der Bar. Der Sohn des Hirtenjungen holte ein kleines Tütchen aus der Tasche und leerte dessen Inhalt in das Glas des jungen Mannes; dann winkte er dem Kellner.

»Sagen Sie meinem Freund, daß ich telefonieren mußte. Ich bin gleich wieder da.«

»*Si, signore.*«

Julian Guiderone kam nicht zurück, wohl aber der junge Kanadier. Immer wieder nach links und rechts blickend und nach dem wichtigsten Mann in seinem Leben Ausschau haltend, trank MacAndrew aus seinem Glas. Vierunddreißig Sekunden später fiel er mit im Tod geweiteten Augen über den Tisch.

Der Sohn des Hirtenjungen ging die spanische Treppe hinunter in die Via Due Macelli, bog dort nach rechts und suchte das Büro von American Express auf. Sein chiffriertes Kommuniqué nach Amsterdam würde schnell dechiffriert werden, und dann würde man handeln. Im Klartext lautete es:

Unser Kanadier war gefährlich. Er hat in seiner Begeisterung zuviel geredet. Problem gelöst. Man soll einen anderen suchen.

Guiderone ging zurück zur Kreuzung mit der Via Condotti, eins der Einkaufsmekkas der Welt. Aber er würde dort nichts kaufen, sondern nur in einem Café einen oder zwei Cappuccinos trinken und etwas Ordnung in seine Gedanken bringen.

Er – *sie* – die *Matarese!* hatten mehr erreicht, als jede andere Eliteorganisation auf der Welt je von sich hätte behaupten können. Sie kontrollierten ganze Industrien, Versorgungsunternehmen, Fernsehanstalten und Filmproduktionen und schließlich auch Zeitungen auf der ganzen Welt. Nichts konnte sie aufhalten! Bald würden sie den ganzen Planeten kontrollieren, und es war doch so einfach.

Habgier.

Es war immer das gleiche Schema: Infiltration, dann Versprechen oder Erpressung – wer konnte da widerstehen? Die Gewinne steigen ins Unermeßliche, und die Mittelschicht steht Schlange, um ihren Anteil daran einzuheimsen – besser ein Teufel, mit dem man leben kann, als einer, den man nicht kennt. Und was war mit den unteren Klassen, den bedürftigen, ungebildeten Parasiten der Gesellschaft? Die sollten tun, was sie im achtzehnten und neunzehnten Jahrhundert getan hatten! Man mußte sie zwingen, ihre Lebensumstände zu verbessern! Möglich war es. Das hatte Amerika groß gemacht!

War es das wirklich? Oder war es etwas anderes?

In dem neonbeleuchteten Raum des britischen Geheimdienstes MI5 waren die Jalousien zugezogen. Es war nicht notwendig, das grelle

Tageslicht Londons auszuschließen, denn es war schon nach zehn Uhr abends. Es war nur eine Vorsichtsmaßregel, die sich seit dem kalten Krieg gehalten hatte, als man in den Gebäuden auf der anderen Seite der breiten Straße Kameras mit Teleobjektiven gefunden hatte.

Pryce und Leslie waren um halb acht am Connaught abgeholt worden; sie waren vor acht Uhr in der MI5-Zentrale eingetroffen. Eine Tasse Kaffee in der Hand, die Geoffrey Waters, Sparen-wir-uns-den-Sir, ihnen angeboten hatte, hatten die drei sich die Aufzeichnungen angesehen, die man in Gerald Henshaws Schublade in dem Haus am Belgravia Square gefunden hatte. Hauptsächlich handelte es sich um Zettel aus irgendwelchen Blocks, die mit hastig hingekritzelter, nur schwer lesbarer Schrift bedeckt waren. Dann waren die meisten der Zettel ganz im Gegensatz dazu sorgfältig zwei- oder dreimal zusammengefaltet worden, als ob sie geheime Hinweise für eine Schatzsuche wären, die man unter Steinen oder in der Rinde von Bäumen versteckt.

»Was halten Sie davon?« fragte Waters, nachdem Pryce Kaffee nachgeschenkt hatte.

»Zunächst das, was auf der Hand liegt«, sagte Pryce. »Alles ist willkürlich kodiert, und das heißt, daß es keinen grundlegenden Code gibt. Also sagt das alles praktisch nur ihm etwas, und jedes einzelne Blatt muß separat entziffert werden.«

»Ich bin wirklich keine Expertin«, sagte Leslie, »aber haben Sie alle üblichen Dechiffriermethoden bereits ausprobiert?«

»Allerdings, und zwar in einem Maß, daß unsere Computer fast Kopfschmerzen bekommen haben«, sagte Waters und setzte sich wieder an den runden Tisch. »Ziffern in arithmetischer und geometrischer Folge, lexikalische und alphabetische Überlappungen, Synonyme und Antonyme, in Schriftenglisch und Slang und vulgäre Idiomatik – Fremdsprachen hat Henshaw nicht beherrscht.«

»Woher wissen Sie das?« fragte Pryce.

»Die Kinder. Das war einer der wenigen Punkte, die sie während unserer ausführlichen Befragungen mit einigem Humor vorbrachten. Wie viele Kinder wohlhabender Eltern sind sie weitgereist und sprechen recht passabel Französisch. Wenn sie daher vor Henshaw Vertraulichkeiten austauschen wollten, taten sie das auf Französisch. Das machte ihn meist wütend, und daran hatten die beiden offensichtlich großen Spaß.«

»Einiges von diesem Unsinn ist so simpel, daß es geradezu lächerlich ist«, sagte Pryce und hielt den beiden anderen einen Fetzen Papier hin.

»Sehen Sie sich das an«, fuhr er dann fort und legte den Fetzen auf den Tisch. »*MAST/V/APR/TL/BF.* Alles in Großbuchstaben.«

»Das verstehe ich nicht«, sagte Leslie.

»Man braucht nur die Buchstaben ein wenig zu vertauschen, dann wird es gleich klar. *Amsterdam via Paris, Telefon in Brieftasche.* Das geht auch daraus hervor, daß diese Papiere alle doppelt und dreifach zusammengefaltet sind, damit sie in einer kleinen Tasche untergebracht werden können.«

»Ist das nicht ein ziemlicher Sprung?« fragte Leslie.

»Eigentlich nicht, meine Liebe«, antwortete Waters. »Wir sind bei diesem Blatt zu demselben Schluß gelangt.... Wie wäre es denn mit dem hier?« Der MI5-Beamte hob ein anderes Blatt vom Tisch. »Ich lese es Ihnen vor; diesmal sind es übrigens alles Kleinbuchstaben. *ng*-Bindestrich-*st*-Bindestrich-*o*, Punkt. Das ergibt überhaupt keinen Sinn. Hier wiederum haben wir eines, das Sinn macht. *Cy*-Bindestrich-*bk*-Bindestrich-*nu*-Bindestrich-*bf*, Punkt.«

»Ein Bankkonto«, sagte Pryce, »vermutlich auf den Cayman Islands, und die Nummer, so wie die Telefonnummer in Amsterdam ebenfalls in einer Brieftasche.«

»Richtig, alter Junge, das nehmen wir auch an.«

»Er hätte es ebensogut ausschreiben können, so klar ist das.«

»Genau das ist es aber«, rief Waters frustriert aus. »Da haben wir auf der einen Seite lächerlich simple Dinge, und andererseits wieder Zeug, das geradezu unergründlich kompliziert ist. Ich schwöre, wenn die Burschen, die Enigma konstruiert haben, so chiffriert hätten, dann würden unsere Jungs in Chequers immer noch daran arbeiten!«

»Hat Cam nicht gesagt, es sei ein Code, den er nur für sich selbst entwickelt hat?« sagte Leslie.

»Ja, genau das ist es«, pflichtete der Engländer ihr bei. »Und deshalb ist er praktisch unlösbar. Er existiert nur in seinem Kopf.«

»Diese verdammten Amateure«, sagte Pryce. »Sie bringen einen immer wieder zum Verzweifeln... Weiß man eigentlich immer noch nicht, wo er sich rumtreibt?«

»Nicht der geringste Hinweis. Es ist so, als sei er vom Erdboden verschwunden.«

»Ein erschreckender Gedanke.« Pryce stand auf, ging ans Fenster und zog eine Lamelle hoch, um nach draußen zu sehen. »Und nicht sehr überraschend.«

»Warum?« fragte Leslie.

»Keine Leiche, Colonel. Scofield hat mir erzählt, daß die Matarese keine Leiche zurücklassen, wenn sie keine Auftragskiller einsetzen.«

»Wollen Sie damit sagen, daß Henshaw zu den Matarese gehörte?«

»An untergeordneter Stelle, Geof. Nach allem, was wir wissen, war er zu dumm, um mehr zu sein. Aber sein Mörder – wenn er ermordet wurde – war es nicht. So sehe ich es.«

»Das klingt einleuchtend«, sagte Waters. »Was sollen wir Ihrer Ansicht nach als nächstes unternehmen?«

»Ich nehme an, Sie haben sich bei Verwandten, Freunden, Nachbarn, Anwälten, Banken, Ärzten und dergleichen umgehört?«

»Allerdings. Lady Brewster und ihr erster Mann waren Stützen der Gesellschaft, sie haben ihren Reichtum und ihre Prominenz genutzt, um wohltätige Zwecke zu unterstützen. Allen Berichten zufolge waren sie ein sehr glückliches und großzügiges Paar.«

»Und nach dem Tod ihres Mannes«, fragte Leslie. »Als Henshaw auf der Bühne erschien?«

»Das ist eine völlig andere Geschichte. Zuerst hat man ihn wohlwollend aufgenommen, aber dann hat er allmählich dieses Wohlwollen verloren. Es gab Gerüchte von Seitensprüngen und übermäßigem Alkoholgenuß, und wenn man einmal vom Klatsch absieht, waren da einige nachweisbare Autounfälle unter Alkoholeinfluß. Die Rechnungen wurden immer höher, und zugleich kam es häufiger zu Klagen von verschiedenen Clubs und Kneipen, die ihm Hausverbot erteilten. Schließlich, und das war am häßlichsten, meldete die Treuhandfirma, die die Bücher für Lady Brewsters Naturschutzstiftung führt, daß Henshaw unter dem Verdacht stand, dort Geld zu unterschlagen. Sie wollen die Sache nicht weiter betreiben, weil sie Angst haben, sie könnten damit andere Zuwendungen gefährden, aber ich gehe jede Wette ein, daß der Verdacht zutraf und daß es um eine Menge Geld ging.«

»Die Bank auf den Cayman Islands«, sagte Pryce.

»Das würde ich auch vermuten, alter Junge.«

»Es ist mehr als nur eine Vermutung, Geof. Aber selbst, wenn wir die Kontonummer hätten, wäre es nicht leicht, eine Bestätigung zu bekommen.«

»Wir sind da ziemlich einfallsreich, alter Junge. Aber vielleicht ist das gar nicht nötig. Unmittelbar vor ihrem Tod hat Lady Brewster einen Scheck über mehr als zwei Millionen Pfund an die Stiftung ausgestellt.

Ihre Kinder haben da eine Andeutung gemacht, wollten sich aber nicht mehr sagen. Wiederum um den guten Ruf der Stiftung zu schützen.«

»Sie haben gefragt, was unser nächster Schritt sein sollte, Geoffrey«, sagte Leslie. »Ich glaube, Sie haben die Frage gerade selbst beantwortet. Die Kinder. Können wir mit ihnen sprechen?«

»Natürlich. Sie sind in der Stadt und hängen in diesem alten Haus am Belgravia Square herum. Aber ich muß Sie warnen, die beiden sind noch ziemlich durcheinander; sie standen ihrer alten Dame sehr nahe, und der Junge ist ein richtiger Tiger. Die beiden sind von Geiern aller Art umgeben – Verwandten, die sie kaum kennen, Anwälten mit allen möglichen Ansprüchen an Henshaw, Reportern der Boulevardpresse, diesen Schmierblättern, die sich vor allem mit weiblichen Brustwarzen befassen, Sie kennen diesen Dreck schon.«

»Warum ist der Junge ein Tiger?« fragte Leslie. »Er ist doch erst – warten Sie mal – siebzehn, nicht wahr?«

»Sieht aber eher wie zwanzig aus und ist gebaut wie ein Rugbyspieler. Er ist sehr um seine jüngere Schwester bemüht und hat, ohne daß ihm irgend jemand geholfen hat, drei – nicht einen oder zwei, sondern drei – Journalisten von der schmierigen Sorte hinausgeschmissen, die sie bedrängt haben. Unsere Jungs waren sehr beeindruckt; wie es aussieht, hat er die drei fertiggemacht und sie dann nacheinander aus dem Haus geworfen. Zwei haben Armbrüche davongetragen, und der dritte – wie soll ich es formulieren? – hatte ein Problem im Schritt.«

»Wir werden sehr zurückhaltend auftreten«, sagte Pryce, »und ich werde mir einen Unterleibschutz besorgen.«

»Davon abgesehen ist er ein äußerst netter junger Mann, wenn auch ein wenig aufgedreht. Das gilt eigentlich für beide – sehr nett, aber ein wenig durcheinander.«

»Er klingt wie eine Zeitbombe, Geof.«

»Nein, das nicht, alter Junge. Er ist nur Ringer. Wie ich höre, hat er in den Midlands ein paar Medaillen geholt.«

»Ich glaube, ich mag ihn jetzt schon«, sagte Leslie. »Mein Sohn ist auch Ringer. Er ist erst fünfzehn, aber er hat zwei Jahre hintereinander die Juniorenschulmeisterschaft gewonnen ...«

»Und ich jage Schmetterlinge«, fiel Pryce ihr ins Wort. »Die Netze sind ziemlich schwer, aber ich schaffe das immer irgendwie. Wann können wir sie besuchen, Geof?«

»Morgen. Den Zeitpunkt können Sie festsetzen, die beiden erwarten Sie.«

15

Roger und Angela Brewster erhoben sich gleichzeitig aus ihren Sesseln in dem Salon der Villa am Belgravia Square. Durch die hohen Erkerfenster fiel das Licht der Morgensonne ins Zimmer auf die antiken Möbel und die wertvollen Gemälde an den Wänden. Bei aller Pracht strömte der Raum dennoch eine Aura von Behaglichkeit aus, gerade als wolle er sagen: »Entspann dich, sei locker, dies ist ein freundlicher Ort – ein Sessel ist immer noch ein Sessel, und ein Sofa bloß ein Sofa.«

Geoffrey Waters ging Leslie und Pryce durch die geöffneten Doppeltüren voraus. Sein Erscheinen verfehlte seine Wirkung auf die beiden jungen Leute nicht.

»Sir Geoffrey!« strahlte das Mädchen und ging auf ihn zu.

»Morgen, Sir Geoffrey«, schloß sich der Junge seiner Schwester an und streckte dem Besucher die Hand entgegen.

»Also wirklich, habe ich euch denn gar nichts beigebracht? Nein, Roger, ich gebe dir erst die Hand, wenn du mich richtig begrüßt!«

»Entschuldigung, Geoffrey«, sagte der junge Ringer und schüttelte ihm die Hand.

»Und du, mein Kind?« Waters sah das Mädchen an. »Und ein Kuß auf die Wange, wenn du so nett wärst.«

»Also gut… Geoffrey.« Sie gab Waters den verlangten Kuß und sah dann die beiden Fremden an. »Ist er nicht ein Charmeur?«

»Gegen das Älterwerden ist kein Kraut gewachsen, meine Liebe, aber man braucht nicht alt zu *sein*. Darf ich euch meine beiden neuen Kollegen vorstellen? Lieutenant Colonel Montrose, United States Army, und Special Agent Pryce von der Central Intelligence Agency.«

Man schüttelte sich die Hände. »Das verstehe ich nicht«, sagte Roger Brewster. »Was hat der Tod unserer Mutter, ihre Ermordung, mit der Armee der Vereinigten Staaten zu tun?«

»Im Grunde nichts«, sagte Leslie. »Aber ich will offen zu euch beiden sein, selbst wenn meine Vorgesetzten mich dafür aus der Army rausschmeißen. Die Leute, die für den Tod eurer Mutter verantwortlich sind, haben meinen Sohn entführt. Sie wollen ihn töten, wenn ich nicht tue, was sie von mir verlangen.«

»Du lieber Gott!« rief Angela Brewster aus.

»Das ist ja schrecklich!« schloß ihr Bruder sich an. »Wie haben sie Verbindung mit Ihnen aufgenommen?«

»Seit drei Wochen überhaupt nicht mehr. Ich habe meine Anweisungen über Mittelsmänner bekommen und sie auch, zumindest nach außen hin, bei meinem letzten Einsatz ausgeführt. Im wesentlichen hat man mich auf die Probe gestellt? Wo wir seien? Einzelheiten über die Sicherheitsvorkehrungen... solche Dinge. Da wir in Erfahrung gebracht hatten, daß es bei der CIA einen oder mehrere Maulwürfe gibt, waren die Informationen, die ich geliefert habe, korrekt, aber überflüssig.«

»Und wann, meinen Sie, wird man sich wieder an Sie wenden?« fragte Angela Brewster.

»Das kann jetzt jeden Augenblick sein«, sagte Leslie, und ihre Augen schienen plötzlich ins Leere zu blicken. »Bald wird mich eine Nachricht erreichen – eine Telefonnummer, die ich aus einer Telefonzelle anrufen soll –, wo und wann ich anrufen soll, und dann wird mir eine Tonbandstimme Anweisungen erteilen. In den letzten fünf Tagen war ich für sie nicht erreichbar. Unsere sämtlichen Sicherheitsvorkehrungen sind umgestellt worden, maulwurfsicher, glauben wir. Aber heute morgen haben wir in Langley durchsickern lassen, daß ich in London bin.«

»Und Sie haben keine Angst?« rief Angela Brewster.

»Ich habe noch wesentlich mehr Angst davor, daß sie nicht mit mir Verbindung aufnehmen würden.«

»Und was können wir für Sie tun?« fragte Roger Brewster.

»Uns alles sagen, was ihr über Gerald Henshaw wißt«, antwortete Pryce. »Und dann unsere Fragen beantworten.«

»Wir haben der Polizei und dem MI5 alles gesagt, was wir wissen, – wirklich alles.«

»Sag es *uns*, Angela«, bat Leslie.

»Ja, tu das, mein Kind«, fügte Waters hinzu. »Wir sind alle nur Menschen und deshalb auch alle unvollkommen. Vielleicht fällt unseren neuen Freunden etwas auf, was uns entgangen ist.«

Die Litanei fing mit Henshaws Schwächen an: daß er häufig betrunken war, seine dauernden Frauengeschichten, seine notorische Geldknappheit, seine Arroganz gegenüber den Dienstboten, wenn Lady Brewster außer Hörweite war – eine Liste, die kein Ende nahm.

»Es überrascht mich, daß eure Mutter das hingenommen hat«, sagte Pryce.

»Dazu hätten Sie Gerald Henshaw kennen müssen«, antwortete Angela leise und etwas zögernd, als müsse sie nach den richtigen Worten suchen. »Mutter war nicht dumm. Sie hat nur nicht gesehen, was andere Leute gesehen haben. Er hat diese Seite seines Wesens vor ihr verborgen.«

»Und in der Beziehung war er ein echtes Genie«, mischte Roger sich ein. »In ihrer Nähe konnte er wirklich liebenswürdig und bezaubernd sein. Ein paar Jahre lang habe ich den Mistkerl richtig gemocht. Angela nicht, aber ich schon.«

»Frauen haben in dieser Hinsicht ein besseres Gefühl, findest du nicht?«

»Das ist ein Märchen, Schwesterchen. Und ganz am Anfang war er wirklich gut für sie.«

»Abgelenkt hat er sie, das ist alles.«

»Aber wart ihr beide denn die meiste Zeit nicht in der Schule?«

»Ja, das stimmt«, sagte der Bruder, »aber die letzten sechs Jahre jedenfalls waren wir im Sommer und an den Feiertagen und gelegentlich auch an den Wochenenden zu Hause. Nicht unbedingt immer beide, aber jedenfalls oft genug, um sehen zu können, was hier ablief.«

»Genug, um deine Meinung zu ändern, Roger?« bohrte Pryce.

»Ganz entschieden, Sir.«

»Und womit hat dein Meinungsumschwung angefangen?« fragte Leslie. »Ich meine, wie hast du erkannt, daß deine Schwester recht hatte?«

»Alles das, was wir Ihnen gesagt haben.«

»Das sind Dinge, die ihr allmählich erfahren habt, nehme ich an. Ich meine, es ist euch nicht plötzlich aufgefallen, oder? Da muß doch irgend etwas gewesen sein, was dich nachdenklich gemacht hat?«

Bruder und Schwester sahen einander an. Schließlich antwortete Angela: »Es war diese Autoreparaturwerkstatt in St. Albans, nicht wahr, Rog? Die riefen an und sagten, der Jaguar sei fertig, erinnerst du dich?«

»Das stimmt«, stimmte der Bruder zu. »Der Besitzer der Werkstatt dachte, er würde mit Gerry sprechen. Er sagte, er würde den Wagen nur gegen Bargeld rausgeben – keine Schecks, keine Rechnung, sondern bares Geld.«

»Und warum?« Pryce sah Geoffrey Waters an, der verwundert den Kopf schüttelte.

»Wie ich später erfuhr, war das das elfte Mal in anderthalb Jahren, daß Gerry den Jaguar zur Reparatur gebracht hatte. Er und Mum waren in Brüssel zu irgendeiner Naturschutzveranstaltung, also habe ich den Bentley genommen und bin nach St. Albans gefahren und habe mit dem Mann geredet. Er hat mir gesagt, Henshaw habe ihn die ersten paar Rechnungen an die Vermögensverwalter Mutters schicken lassen, die nicht gerade in dem Ruf stehen, prompt zu zahlen, außerdem feilschen sie gelegentlich ein wenig.«

»Das ist aber doch wohl kaum ein Grund, Barzahlung zu verlangen«, sagte Leslie. »Versicherungsgesellschaften stellen gewöhnlich auch Fragen, wenn man ihnen Reparaturrechnungen schickt.«

»Nun, das ist es ja gerade. Gerry hat nie unsere Versicherung in Anspruch genommen. Er hat die Unfälle gar nicht gemeldet.«

»Das tun andere Leute auch nicht«, erklärte Pryce, »weil sonst ihre Prämien steigen.«

»Das habe ich auch schon gehört, Sir. Aber da war noch etwas anderes. Warum hat er die Reparaturen überhaupt in der Werkstatt in St. Albans machen lassen? Warum nicht bei der Jaguarvertretung hier in London? Bei denen haben wir seit Jahren unsere Autos gekauft.«

»Wahrscheinlich damit eure Mutter nichts von den Unfällen erfuhr.«

»Das hatte ich zuerst auch gedacht, Mr. Pryce. Aber Mum war ja nicht blind, und es läßt sich ja kaum verbergen, wenn ein Auto nicht da ist. Ganz besonders ein roter Jaguar, der gewöhnlich vor dem Haus parkt – Gerald hat sich nie die Mühe gemacht, ihn in die Garage zu fahren.«

»Jetzt begreife ich. Hast du dann den wahren Grund herausgefunden?«

»Möglicherweise, Sir. Die Reparaturrechnung damals betrug zweitausendsechshundertsiebzig Pfund ...«

»Zweitausendsechshundert ... fast dreitausend Pfund?« sagte Waters erregt. »Das ist ja praktisch ein Totalschaden!«

»Das war aber nicht der Fall, wenigstens war auf der Rechnung nichts davon zu erkennen. Da stand nur etwas von einem ausgebeulten Kotflügel und Lackarbeiten und ›Generalreinigung‹, was ja schließlich nicht viel mehr als gründlich waschen und polieren heißt.«

»Und was sonst?« wollte Waters wissen. »Wie kam der Bursche dann auf beinahe dreitausend Pfund?«

»Der Restbetrag stand unter ›Diverses‹ ...«

»Was?« fragte Pryce verblüfft. »Hat der Mann denn geglaubt, er würde damit durchkommen?«

»Ich glaube nicht, daß er darüber nachgedacht hat«, erwiderte Roger Brewster. »Ich sollte vielleicht erklären, daß er sehr verwundert war, daß ich kam und nicht Gerry. Ich glaube nicht, daß er mir den Betrag am Telefon gesagt hätte, wenn er gewußt hätte, daß ich dran war.«

»Hat er denn diese ›diversen‹ Kosten erklärt?« fragte Pryce nach.

»Er hat gesagt, ich solle meinen ›alten Herrn‹ fragen.«

»Hast du ihm denn das Geld gebracht, bar, meine ich?«

»Ja, ich wollte den Wagen zurückhaben. Da Mutter häufig wegen ihrer Naturschutzstiftung unterwegs war, hatte sie für Angela und mich Konten für Notfälle eingerichtet. Ich war zur Bank gefahren, hatte Geld abgehoben und war nach St. Albans gefahren und wollte dort jemanden bitten, den Bentley wieder zurückzubringen.«

»Wolltest du es deiner Mutter sagen?« fragte Leslie.

»Also, ich hatte vor, zuerst Gerry zur Rede zu stellen, um zu hören, ob er eine vernünftige Erklärung hätte.«

»Und das hast du?« fragte Pryce.

»Natürlich, und er war völlig aus dem Häuschen. Erst einmal hat er dreitausend Pfund aus der Tasche gezogen – und sonst hatte er nie soviel Geld – und gesagt, der Rest sei für die Mühe, die ich gehabt hätte. Und dann forderte er mich auf, Mum nichts zu sagen, weil sie für die Reparatur verantwortlich gewesen sei und er nicht wolle, daß sie sich ärgerte.«

»Weshalb sollte sie denn verantwortlich gewesen sein?« fragte Geoffrey Waters.

»Er hat behauptet, Mutter sei mit dem falschen Benzin und zu wenig Öl im Getriebe zu unserem Landhaus gefahren. Und deshalb sei es notwendig gewesen, den ganzen Motor zu überholen.«

»Und das hast du akzeptiert?«

»Nein, natürlich nicht! Mutter hat diesen Wagen gehaßt; sie hatte ihn Gerry geschenkt, der ihn geliebt hat. Nicht, weil es ein Jaguar war, sondern wegen der Farbe. Sie sagte, rot sei protzig. Viel zu auffällig. Das war nicht ihre Art.«

»Warum hast du das während unserer Befragungen nie erwähnt?«

»Weil nie die Rede darauf kam, Geoffrey. Niemand hat gefragt, wie wir den echten Gerald Henshaw kennengelernt haben.«

»Und wie hast du das?« fragte Leslie. »Eine Reparaturrechnung, und wenn sie noch so aus dem Rahmen fiel, konnte dir doch schließlich nicht soviel sagen, oder?«

»Rog war wütend«, antwortete Angela an seiner Stelle. »Er hat mit mir geredet, was er nicht immer tut, und mir gesagt, hier sei wirklich etwas sehr faul. ›Natürlich ist es das‹, habe ich gesagt, ›ich habe es ja immer gewußt!‹ Und dann erinnerten wir uns, daß wir einen Vetter hatten, einen Anwalt in der Regent Street. Wir gingen zu ihm und haben ihn aufgefordert, ein paar Nachforschungen über Gerry anzustellen.«

»Und dann ist die ganze Geschichte ans Licht gekommen«, fuhr Roger fort. »Die Freundinnen mit Namen und Adressen, seine Trinkerei, die Unfälle, für die er bezahlt hat, die Hausverbote in Restaurants und Clubs, die ganze verdammte Geschichte, und alles eindeutig bestätigt.«

»Habt ihr es eurer Mutter gesagt?« Pryce' Blick wanderte zwischen den beiden jungen Leuten hin und her.

»Zuerst nicht«, sagte Roger, »aber Sie sollten versuchen, das zu verstehen. Gerry war ein Gauner, ein Scharlatan, aber er hat unsere Mutter glücklich gemacht. Als unser Vater starb, hatte sie tiefe Depressionen – eine Weile fürchteten Angela und ich wirklich, sie könnte sich das Leben nehmen.«

»Und dann ist plötzlich dieser großartige Schauspieler aufgetaucht«, sagte Angela. »Groß, schlank, elegant, mit außergewöhnlichen Empfehlungen – die sich später zum großen Teil als erlogen herausstellten –, aber er war für sie da. Wie konnten wir das kaputt machen?«

»Darf ich bitte, Leute?« fragte Sir Geoffrey Waters, ohne damit ihre Frage zu beantworten. »Darüber haben wir schon geredet. Worauf wollen wir jetzt hinaus?«

»Auf diesen Punkt ›Diverses‹«, antwortete Pryce. »Zweitausendsechshundert Pfund für einen Kotflügel? Ich denke, wir sollten nach St. Albans fahren.«

»Zwei Punkte für die Kolonien«, sagte der Mann vom MI5.

Bei den St. Albans Motor Works handelte es sich um eine kleine Werkstatt im Gewerbeviertel der Stadt. Das Hämmern und die schrillen Geräusche mehrerer Bohrmaschinen und dazwischen immer wieder das asthmatische Keuchen zweier Hebebühnen waren nicht zu überhören. Der Besitzer war ein kräftig gebauter Mann in einem verschmierten Overall, dessen Gesichtszüge und Haltung erkennen ließen, daß er körperlich schwer für seinen Lebensunterhalt arbeiten mußte, wobei die tief eingegrabenen Furchen um seine Augen und auf seiner Stirn ihn älter erscheinen ließen, als er war. Er war Anfang vierzig und hieß eigentlich Alfred – Alfie Noyes.

»O ja, ich erinner mich noch gut an den Jungen, so als wär's gestern gewesen. War 'n bißchen überrascht, daß nich sein alter Herr gekommen ist.«

»Dann hatten Sie Mr. Henshaw erwartet, seinen Stiefvater?« fragte Waters, der seinen einschüchternden MI5-Ausweis gezeigt hatte.

»Ja, das hab' ich tatsächlich, Sir. Wir hatten ausgemacht, daß hier Sperrgebiet ist, wenn Sie wissen, was ich meine.«

»Das weiß ich nicht«, sagte Pryce, den Waters geheimnisvoll als amerikanischen Berater des britischen Nachrichtendienstes vorgestellt hatte. »Sagen Sie es mir doch bitte, Mr. Noyes.«

»Ich will keinen Ärger haben, wirklich nich. Ich hab' nix Unrechtes getan.«

»Dann sagen Sie es mir. Was hatten Sie mit Henshaw verabredet?«

»Also, das ist jetzt vielleich zwei oder drei Jahre her, so ungefähr, da ist der Mann zu mir gekommen und hat gesagt, er hätt' 'nen neuen Kunden für mich, so 'nen reichen Pinkel mit Problemen zu Hause. Das haben ja viele von den Promis, Sie wissen schon …«

»Die Verabredung, bitte.«

»Daran war überhaupt nix Verbotenes, so was würde ich nie machen, bestimmt nich! Bloß sozusagen eine Gefälligkeit, für 'nen Prominenten aus 'ner angesehenen Familie. Mehr war das nich. Das schwör' ich Ihnen beim Grab meiner Mutter.«

»Und was war das für eine Gefälligkeit, Mr. Noyes?«

»Also wirklich, es war ganz einfach, so einfach wie das ABC. Sehn Sie, jedesmal wenn er Ärger hatte, mit seinem roten Jaguar mein' ich, dann hat er uns angerufen, und dann haben wir 'nen Tieflader genommen und sind hingefahren und haben ihn abgeholt.«

»Das waren also Unfälle, habe ich recht?«

»Ein paar, ja, aber nich alle.«

»Hä?« Geoffrey Waters Augenbrauen fuhren in die Höhe. »Ein paar?«

»Ja, freilich, Sir. Er ist 'n nervöser Fahrer, das ist er, wie 'n … Hypochondrer – er schnüffelt dauernd, das müssen wohl die Dämpfe sein – Sie verstehen doch, was ich meine?«

»Da bin ich nicht sicher«, sagte Waters. »Würden Sie es mir bitte erklären?«

»Also, er sagt zum Beispiel, da klopft was im Motor, wo in Wirklichkeit gar nix ist. Oder er hört 'n Quietschen in der Fensterscheibe, das wir dann nich feststellen konnten, wahrscheinlich bloß 'n bißchen Regenwasser in den Gummidichtungen. Ich sag's Ihnen, Gentlemen, der Mann konnt' einem richtig den Nerv töten, aber wir haben den Tieflader geschickt, und er hat seine Rechnungen bezahlt.«

»Kommen wir zu den Rechnungen«, sagte Leslie Montrose, die ganz bescheiden links neben Pryce stand. »Ich habe gehört, daß Sie mit der Vermögensverwaltung Henshaws – der Brewster-Familie – Ärger hatten.«

»Oh, das wäre Westminster House. Aber Ärger würde ich das nich nennen, Ma'am. Das war schließlich denen ihr Job, und sein Auto war unserer. Die haben sich manchmal mit dem Bezahlen was Zeit gelassen, aber damit konnt' ich leben, mein Geschäft läuft schließlich gut, wirklich. Am Ende haben sie dann schon die Moneten ausgespuckt, und da beklagt man sich nich, nich bei einem Kunden wie Mr. Henshaw.«

»Und wie hieß der Mann, der vor zwei oder drei Jahren bei Ihnen war?«

»Falls der seinen Namen gesagt hat, dann so leise, daß ich ihn nich richtig mitgekriegt hab'. Er hat gesagt, er sei Vertreter einer Privatbank, die Henshaws Interessen wahrnimmt.«

»Welche Bank?«

»Das hat er nich gesagt.«

»Und Sie haben ihn nicht gefragt, warum Sie die Rechnungen nicht an ihn schicken können, wenn er doch Henshaws Banker ist?«

»Oh, in dem Punkt hat er sich ganz klar ausgedrückt, Sir. Er hat gesagt, daß es in der Öffentlichkeit überhaupt keine Verbindung zwischen ihm oder der Bank und Mr. Henshaw geben darf.«

»Ist Ihnen das nicht ein wenig komisch vorgekommen, mein Freund?«

»Ja klar, natürlich ist es das. Aber er hat mir erklärt, ganz deutlich sogar, daß reiche Familien manchmal ganz seltsame Vorstellungen haben, wenn es um Ehemänner, Frauen und Kinder geht... Sie wissen schon, all die Erbschaftsregeln und Stiftungen und so 'n Zeug, von denen unsereins keine Ahnung hat.«

»Was sollten Sie also tun?«

»Das, was Henshaw mir sagte. In dem Punkt hatte er völlig freie Hand.... Klar, 'n paar Rechnungen habe ich 'n bißchen ausgepolstert, aber nur, um dafür für den Tieflader und den Fahrer zu bezahlen, ich schwör's Ihnen! Die ganze Geschichte war ein wenig verrückt, aber gewöhnlich haben wir keine Kunden wie diesen Henshaw und die Brewsters. Ich meine, man liest ja schließlich die ganze Zeit in den Zeitungen von diesen Leuten – den anständigen Zeitungen, meine ich.«

»Wollen wir doch zur Sache kommen, Mr. Noyes«, sagte Leslie entschieden. »Dem Grund, weshalb wir hier sind. Wie erklären Sie den Posten ›Diverses‹ auf der Rechnung, die Roger Brewster in bar bezahlt hat? Ein Betrag von über vierzehnhundert Pfund, glaube ich.«

»Himmel noch mal, ich hab' doch gleich gewußt, daß das früher oder später rauskommt! Und ich sag's Ihnen auch ganz ehrlich, ich war da wirklich sauer. Angekotzt hat mich das! Entschuldigen Sie bitte. Ich hab' diesen Betrag fast achtzehn Monate lang in meinen Büchern geführt! Henshaw hat gesagt, daß er zahlen würde. Aber wenn ich die Rechnung den Westminsterleuten schicken würde, würde ich ihn nie wieder sehen. Und schließlich hatte ich eine solche Scheißwut – Entschuldigung...«

»Ist schon gut, fahren Sie fort.«

»Ich war so wütend, daß ich Henshaw am Telefon gesagt hab' – ich *dachte*, daß es Henshaw war –, daß er jetzt entweder bezahlt, oder er kriegt den Jaguar nich!«

»Und wofür war der Betrag?« fragte Leslie.

»Also, ich hab' geschworen, daß ich nie einem was sagen würde.«

Geoffrey Waters griff in die Tasche und holte seinen MI5-Ausweis wieder heraus und klappte ihn auf. »Ich denke, Sie reden jetzt besser, alter Junge, sonst werden Sie wegen Verbrechen gegen die Krone unter Anklage gestellt.«

»Verbrechen! Aber ich doch nich! Ich bin bei der Zivilgarde!«

»Die hat man vor zehn Jahren aufgelöst.«

»Reden Sie«, drängte Pryce.

»Also schön, ich will mit euch Typen ja keinen Ärger... Vor rund zwei Jahren hat Henshaw mir gesagt, daß er einen erstklassigen Safe unter dem Boden im Kofferraum seines Jaguar haben will. Einen Safe, der wie ein Teil des Fahrgestells aussieht. Das hat fast eine Woche gedauert, obwohl er den Safe in zwei Tagen haben wollte. Wir mußten alles andere zurückstellen – dafür hab' ich ihn bezahlen lassen, das hab' ich allerdings! Ganz besonders, weil er dann bei einer anderen Garage die Platte in den Kofferraum hat einbauen lassen. Jetzt sieht man nich, wo das verdammte Ding ist!«

»Haben Sie den Mann von der Bank je wieder zu sehen bekommen?« fragte Pryce.

»Ihn selbst nich, aber eine Menge Kollegen von ihm.«

»Wieso?«

»Jedesmal, wenn wir den Jag abgeholt und repariert haben, dann ist einer von den Typen hier aufgetaucht und hat sich unsere Reparaturarbeit angesehen. Ich sag's Ihnen, mir hat das gar nich gepaßt, genauso wie mir auch die Geschichte mit der Platte im Kofferraum nich gepaßt hat. Ich habe einen verdammt guten Ruf, das können Sie mir glauben.«

»Waren diese Männer je mit dem Wagen allein?«

»Keine Ahnung, ich hatte meistens zu tun.«

»Vielen Dank, Mr. Noyes«, sagte Geoffrey Waters. »Sie waren sehr hilfsbereit. Die Krone weiß das zu schätzen.«

»Gott sei Dank!«

Der rote Jaguar stand in der für drei Fahrzeuge ausgelegten Garage im hinteren Teil des Hauses am Belgravia Square. Roger Brewster hatte den schweren Werkzeugkasten seines verstorbenen Vaters herausgeschleppt und dann in der Garage herumgestöbert, bis er einen Schweißbrenner ausfindig gemacht hatte. Pryce hielt die Skizze in der Hand, die sie aus Alfred Noyes' Werkstatt mitgenommen hatten, während der junge Brewster den Kofferraum des roten Jaguar öffnete.

»Ich habe manchmal stundenlang auf der Bank gesessen und habe meinem Dad dabei zugesehen, wie er an seinen Autos herumgebastelt hat«, sagte Roger. »Ich weiß nicht, ob er ein guter Mechaniker war oder nicht, aber gewöhnlich hat er alles, worauf er sich richtig konzentriert hat, gut gemacht... So, jetzt wären wir soweit«, verkündete er dann und riß den Teppichbelag aus dem Kofferraum heraus, so daß das Metall freilag. Er griff nach dem Schweißbrenner und einer Schutzbrille. »Wenn Sie mir jetzt bitte die Stelle anzeichnen würden, Mr. Pryce.«

»Und du bist auch ganz sicher, daß nicht ich das machen soll?« sagte

Pryce. Er hielt die Pläne von St. Albans und ein Stück Kreide in der Hand.

»Ja, und zwar aus mehreren Gründen«, erwiderte Roger. »Wenn hier etwas ist, dann will ich den Mistkerl selbst zur Strecke bringen, und wie könnte ich das besser als mit dem Werkzeug meines Vaters?«

Roger Brewster machte sich an die Arbeit; die blauweiße Flamme schmolz den Stahlboden des Kofferraums allmählich in einem perfekten Rechteck auf. Als er fertig war, goß er kaltes Wasser über die Schweißstelle, so daß zischend kleine Dampfwölkchen aufstiegen. Dann nahm er einen Hammer und klopfte entlang der Schweißstelle auf die Platte, bis diese in den dunklen Raum darunter fiel. Mit einer langen Zange aus dem Werkzeugkasten zog er die Metallplatte heraus und ließ sie auf den Boden fallen. Jetzt war deutlich eine massive Safetür mit einem verschmutzten weißen Zahlenschloß in der Mitte zu erkennen. Wieder studierte Pryce die Pläne, die Noyes ihm gegeben hatte, und las dort etwas, woran Gerald Henshaw bestimmt nie gedacht hatte: die Zahlenfolge für das Kombinationsschloß, die von der Manchester Safe Company dort aufgedruckt war.

Sie legten den Inhalt des Safes in einer Reihe auf der Werkbank aus: ein Bündel Inhaberobligationen, von denen die erste mit einem acht Tage zurückliegenden Einlösedatum versehen war, dem Morgen des Tages, an dem Lady Brewster ermordet worden war; vier Schlüssel für vier verschiedene Türen, wahrscheinlich Wohnungen für die diversen Geliebten Henshaws; eine Anzahl vordatierter Travellerschecks und ein paar zerknitterte Notizblätter, die in einem Code beschriftet waren, die nur der verschwundene, möglicherweise bereits tote Besitzer des Wagens hätte entziffern können.

»Was für ein Durcheinander!« rief Waters. »Was sollen wir jetzt damit anfangen?«

»Zunächst einmal«, erklärte Pryce, »ist das vermutlich sein Honorar – es stammt von den Leuten, die hinter der Entführung und dem Mord an Lady Brewster stehen. Eine obskure Autoreparaturwerkstatt weit außerhalb Londons, die einem nicht besonders intelligenten, fleißigen Mann gehört, der von den sogenannten ›besseren Leuten‹ übermäßig beeindruckt ist.«

»Ja, das ist nicht zu übersehen, alter Junge, aber Noyes war ja recht offen zu uns, geradezu hilfsbereit. Ich glaube nicht, daß er etwas vor uns verborgen hat.«

»Sie haben ihm ja keine Wahl gelassen«, sagte Leslie.

»Wir haben also eine äußerst raffinierte Kommunikationsmethode entdeckt, aber weiter bringt uns das nicht. Keine Identität, keine Beschreibung, keinerlei Hinweise. Sie haben sich alle in Luft aufgelöst!«

»Ihrer Ansicht, daß Mr. Noyes uns bewußt nichts verschwiegen hat, schließe ich mich zwar an«, sagte Leslie, »aber etwas hat mich doch gestört.«

»Und was war das?« fragte Pryce.

»Nun, er hat einige Male betont, wie gut seine Firma doch läuft, wie gut sein Ruf sei, und daß er keineswegs knapp bei Kasse sei ...«

»So habe ich das aber nicht gehört«, fiel Roger Brewster ihr ins Wort. »Bei mir hat er dauernd gejammert, daß er praktisch pleite sei und nicht wisse, wie er seine Löhne und seine Rechnungen bezahlen solle. Als ich ihm die zweitausendsechshundert Pfund gezeigt habe, hat nicht viel gefehlt, und er hätte mir die Füße geküßt.«

»Das klingt für mich wesentlich glaubwürdiger«, fuhr Leslie fort. »Ich meine, wenn er wirklich so erfolgreich ist, wie er uns das dargestellt hat, warum hat er dann keine größere Werkstatt mit mehr Platz für Autos? Und Mechaniker habe ich auch nur zwei gesehen; und das ist ja nicht gerade viel Personal.«

»Vielleicht hat er gelogen, um Eindruck auf uns zu machen«, sagte Pryce. »Das würde mich nicht wundern, wo Geoffrey ihm seinen Ausweis unter die Nase gehalten hat.«

»Mag schon sein, aber ich sehe da auch einen echten Widerspruch. Er hat schließlich von den Vermögensverwaltern der Brewsters in geradezu begeisterten Tönen gesprochen. Sie hätten ihre Arbeit zu tun und er die seine, warum also großes Theater machen?«

»Um Henshaw als Kunden zu halten«, erwiderte Waters. »Wo liegt da der Widerspruch?«

»Weil das in Wirklichkeit nicht so läuft, Geoffrey. Seit dem Tod meines Mannes hatte ich öfter mit Autoreparaturen zu tun. Diese Leute sind immer ziemlich aggressiv, und ich kann mir nicht vorstellen, daß das hier drüben anders sein sollte.«

»Das ist jetzt nicht sexistisch gemeint«, sagte Pryce. »Aber ›diese Leute‹, wie Sie sie nennen, sind Frauen gegenüber immer ein wenig reizbar, weil sie der Meinung sind, daß Frauen nichts von Autos verstehen.«

»Darauf will ich ja hinaus, wenigstens teilweise. Als Jim nicht mehr zurückkam, hat sich ein Freund von uns, ein Steuerberater, unserer Finanzen angenommen, bis ich die Dinge im Griff hatte. Weil ich in der Zeit mehrere Male versetzt wurde, hat das fast ein Jahr gedauert ...«

»Worauf wollen Sie hinaus, Leslie?« fragte Pryce ungeduldig.

»Ich hatte einige Unfälle, an einem war ich schuld, weil ich nicht aufgepaßt hatte. Bei den beiden anderen handelte es sich um kleine Kratzer auf Parkplätzen. Joe Gamble – das ist unser Steuerberater – hat mir gesagt, das Schlimmste an seinem Job seien immer die Autoreparaturrechnungen. Nicht nur wegen der Versicherungsgesellschaften, die sich jedesmal sträuben, sondern auch wegen der Reparaturwerkstätten, die nicht nur unverschämte Rechnungen stellten und schon nach ein paar Tagen eine Mahnung schickten, sondern weil sie ihn auch dauernd beschimpften.«

»Mein liebes Mädchen«, schaltete sich Geoffrey Waters ein, »mit so fadenscheinigen Zusammenhängen wollen Sie eine Parallele konstruieren?«

»Keine Parallele – einen Widerspruch, der mir zu denken gibt.«

»Und der wäre?«

»Daß Alfred Noyes Brewsters Verwalter so sympathisch findet. Sie haben ihn regelmäßig auf sein Geld warten lassen, sich häufig mit ihm über seine Rechnungen gestritten, und er fand nur, daß es schließlich ›denen ihr Job war‹?«

»Ich kann nur wiederholen, daß unser Freund Alfie offenbar nicht das Risiko eingehen wollte, Henshaw als Kunden zu verlieren.«

»Das mag ja sein, Geof, aber dumm ist Alfie doch ganz sicher nicht«, sagte Pryce. »Er hat Henshaw einen höchst vertraulichen Dienst geleistet, den ein Fremder arrangiert hatte. Solange er nicht von den Regeln abwich, würde er Henshaw nicht verlieren. Ich glaube, das hat man ihm zugesagt.«

»Wovon reden Sie eigentlich alle?« meldete sich jetzt Angela Brewster zum ersten Mal zu Wort. »Ich verstehe das nicht.«

»Ich auch nicht«, sagte ihr Bruder.

»Wie gut kennt ihr beiden die Leute von Westminster House?« fragte Leslie. »Mit wem habt ihr dort zu tun?«

Wieder sahen die beiden Brewsterkinder sich mit gerunzelter Stirn an.

»Wir waren mit Mum vor vielleicht zwei Jahren dort, um ein paar Papiere zu unterschreiben«, sagte die Schwester. »Wir haben den Chef der Firma kennengelernt, einen Mr. Pettifrogge – den Namen habe ich mir gemerkt, weil ich ihn so komisch fand –, und alle waren sehr nett und höflich. Aber das waren die Leute unserer Mutter gegenüber eigentlich immer.«

»War Henshaw mit dabei?« fragte Waters.

»Nein«, antwortete der Bruder, »und daran erinnere ich mich ganz deutlich. Weißt du noch, Angela? Mum hat gesagt, wir brauchten Gerry nicht zu sagen, daß wir alle dort gewesen waren.«

»Natürlich erinnere ich mich. Die Papiere waren sehr vertraulich.«

»Was waren das denn für Papiere?« wollte Pryce wissen. »Wenn es nicht zu vertraulich ist.«

»Es ging um die Übertragung bestimmter Wertgegenstände – im Falle von … et cetera, et cetera«, antwortete Roger leise. »Ich habe sie nicht genau gelesen.«

»Also, dann habe ich sie wohl genauer gelesen«, sagte Angela mit fester Stimme. »Da waren einige Seiten Inventar – Gemälde, Teppiche, Möbel –, Sachen, die in der Familie bleiben sollen und nicht ohne ausdrückliche Zustimmung von Rog und mir unter Aufsicht von Mums Anwälten aus dem Haus entfernt werden dürfen.«

Pryce pfiff halblaut durch die Zähne. »Wow, da hat man einen gewissen Gerald Henshaw also ausgeschlossen.«

»Nein, Sir«, widersprach die Schwester, »das Inventar ist damit eingeschlossen worden. Es gab da eine Klausel – besser gesagt, eine Anordnung –, daß das Haus, falls es unmöglich sein sollte, innerhalb von achtundvierzig Stunden festzustellen, wo sich unsere Mutter aufhielt, unter Bewachung gestellt werden und nichts aus ihm entfernt werden darf. Ich nehme an, sie bekam allmählich Zweifel an ihrem Mr. Wonderful.«

»Es war aber keine bestimmte Person in der Firma genannt«, schaltete Geoffrey Waters sich ein, »an die ihr euch wenden sollt, falls die Notwendigkeit dazu entstand?«

»Nein, aber seit Mutters Tod sind einige hier gewesen«, sagte Roger. »Der alte Pettifrogge war einmal hier, das war eher ein Beileidsbesuch; er ist so alt, daß man sich gut vorstellen kann, wie er noch mit dem Federkiel schreibt. Der Mann, der dort offenbar das Sagen hat und die Inventarliste überprüft hat, war ein gewisser Chadwick. Er hat sich als stellvertretender Geschäftsführer vorgestellt und uns erklärt, er sei hauptsächlich mit Mutters Konten und denen von Wildlife befaßt.«

»Ich würde sagen, das Westminster House of Finance sollte unsere nächste Station sein, findet ihr nicht auch, Leute?« sagte Geoffrey Waters.

Das Westminster House entsprach voll und ganz den Erwartungen der beiden Besucher aus Amerika. Ein schmales, ehrwürdiges Stadthaus aus dem achtzehnten Jahrhundert am Carlisle Place, sechs Stockwerke hoch und liebevoll renoviert. Die geschmackvolle auf Hochglanz polierte Messingtafel rechts von der Doppeltür aus dickem Glas ließ keine Zweifel daran, daß sie an der richtigen Adresse waren.

Westminster House
Gegründet 1902
Private Vermögensverwaltung

Das Gebäude selbst strahlte eine diskrete Aura von Macht und Stärke aus und ließ Generationen, ja Dynastien wohlhabender und mächtiger Familien als Kunden erahnen. Das Westminster House hatte in den Finanzkreisen Londons fast ein Jahrhundert lang in aller Stille seinen Einfluß ausgeübt, den es sich mit seiner unzweifelhaften Integrität und klugen Dispositionen erworben hatte. Damit hatte es eine schier undurchdringliche Mauer von Respektabilität um sich herum errichtet.

Als der Wagen des MI5 mit Waters, Pryce und Leslie zum Carlisle Place jagte, sollte diese Mauer einen Sprung bekommen, einen Spalt, der so breit war, daß Westminster House bald üblen Spekulationen ausgesetzt sein würde.

Waters bog von der Victoria Street in den Carlisle Place; er und seine beiden Fahrgäste staunten über den Anblick, der sich ihnen bot. Vor dem Westminster House standen zwei Polizeifahrzeuge und eine Ambulanz, deren rotes Licht blinkte. Die beiden Geheimdienstbeamten und der Colonel der US Army sprangen aus dem Wagen und eilten auf die Menge vor dem Gebäude zu. Sein Ausweis bahnte dem Sicherheitschef des MI5 den Weg durch die Zuschauermenge, Leslie und Pryce folgten dicht hinter ihm.

»*I. S. – MI-Five*!« rief Waters. »Im Namen der Krone, lassen Sie mich und meine beiden Kollegen hier rein!«

Drinnen herrschte höchste Erregung. Angestellte, Sekretärinnen, Bürohilfskräfte und Reinigungspersonal wieselten in einem Zustand höchster Hysterie herum. Schließlich entdeckte Geoffrey Waters, nachdem er sich fast brutal durch die Menge geschoben hatte, einen Mann in einem dunklen dreiteiligen Anzug, bei dem es sich unverkennbar um einen leitenden Angestellten der Firma handeln mußte. »Mein Name ist Waters, MI-Five, im Auftrag der Krone! Was ist passiert?«

»Oh, was? Hier ist alles so durcheinander ...«

»Was passiert ist?« schrie Pryce.

»Es ist so schrecklich, so absolut schrecklich!«

»Was ist schrecklich?« rief Leslie.

»Brian Chadwick, unser erster Vizepräsident, von dem alle wußten, daß er eines Tages die Firma leiten würde, hat gerade Selbstmord begangen!«

»Alle Polizeibeamten!« rief Sir Geoffrey Waters. »Sofort das Büro des Toten hermetisch abriegeln!«

16

Bahrain, 14.00 Uhr

In einer alabasterfarbenen Villa am Ufer des Persischen Golfs saß ein fünfzehnjähriger junger Mann in einem Raum mit weißen Wänden und mit Gitterstäben vor den Fenstern an einem Schreibtisch. Es war eine Zelle und war doch auch keine, denn der Junge hatte eine eigene Toilette, ein bequemes Bett, ein Fernsehgerät und so viel Bücher und Schreibzeug, wie er wollte. Der Name des Jungen war James Montrose junior, sein Spitzname »Jamie«.

Seine Zeit konnte er sich in gewissen Grenzen nach eigenem Belieben einteilen. Auf dem von Mauern umgebenen Gelände durfte er sich frei bewegen, mußte sich allerdings die Begleitung einer Wache gefallen lassen; er durfte auch das Schwimmbecken und die Tenniswand benutzen – die beiden Tennisplätze nützten ihm nichts, weil es keine anderen »Gäste« gab, mit denen er hätte spielen können. Außerdem konnte er sich Essen ganz nach seinen Wünschen bestellen. Es war eine eigenartige Gefangenschaft, aber eine solche war es nichtsdestoweniger. In die Hauptstadt Manamah oder an irgendwelche andere Orte des unabhängigen Archipels durfte er sich nicht fahren lassen. Er war auf die Villa beschränkt und hatte keine Verbindung mit der Welt draußen vor ihren Toren.

Jamie Montrose war ein gutaussehender Teenager, groß für sein Alter, eine Mischung seiner attraktiven Eltern. Er hatte jene ruhige Entschlossenheit an sich, die man so häufig bei Soldatenkindern antrifft. Allem Anschein nach kommt das von den häufigen Umzügen von einem Stützpunkt zum nächsten, zu Hause und in fremden Ländern, und der ständigen Notwendigkeit, sich Unbekanntem anzupassen. Bei Leslie Montrose' Sohn freilich war auch noch ein Wesenszug anzutreffen, den man häufig bei Soldatenkindern nicht findet. Die Statistiken deuten häufig darauf hin, daß Soldatenkinder die Lebensweise ihrer Eltern ablehnen und diese Ablehnung ganz besonders auf den Vater konzentrieren, der gewöhnlich derjenige ist, der die Uniform trägt, aber James Montrose junior verehrte seinen Vater oder, genauer gesagt, sein Andenken.

Das äußerte sich nicht in einer aggressiv zur Schau getragenen militärischen Haltung, und da war auch nichts von missionarischem Eifer hinsichtlich der vielen positiven Aspekte des Soldatenlebens. Seiner Empfindung nach war dies eine Entscheidung, die jemand nach sorgfältigem Abwägen der eigenen Schwächen und Stärken traf. Wollte man versuchen, Jamies Wesen in wenigen Worten zusammenzufassen, so wahrscheinlich am besten damit, daß man ihn als einen ruhigen Beobachter bezeichnete, der die Umstände sorgfältig studierte, ehe er sich auf etwas einließ. Die letzten paar Jahre mit ihren plötzlichen Anpassungen hatten ihn gelehrt, bedächtig und vorsichtig, aber nicht unschlüssig zu sein. Unter seinem ruhigen, ja lakonischen Äußeren verbarg sich die Kraft und die Entschlossenheit eines schnellen Denkers.

»James«, hallte eine laute Stimme durch die versperrte Tür, »es ist doch recht, wenn ich hereinkomme, oder nicht?«

»Komm nur herein, Ahmed«, antwortete der junge Montrose. »Ich bin immer noch hier, weil ich die Eisenstäbe vor den Fenstern nur ein paar Zentimeter verbiegen konnte. Ich kann mich noch nicht hindurchzwängen.«

Die Tür ging auf, und ein schlanker Mann in einem westlichen Anzug, aber mit einer arabischen Kopfbedeckung trat ein. »Du bist immer so amüsant, James«, sagte der Mann mit der Sprechweise von Leuten im Nahen Osten, die ihr Englisch auf britischen Schulen gelernt haben. »Du kannst ein reizender Gast sein, wenn du nicht... mürrisch bist, so nennt man das, glaube ich.«

»Probier es mit ärgerlich. Du hast mich nicht mit meiner Mutter telefonieren lassen. Ich weiß nicht, was sie weiß oder nicht weiß, was man ihr gesagt oder nicht gesagt hat. Ich bin nicht mürrisch, Ahmed, ich bin wirklich ärgerlich.«

»Man hat dich aber doch nicht schlecht behandelt, oder?«

»Wie nennst du das?« fragte Jamie sichtlich bereit, sich mit Ahmed zu streiten. Er stand von seinem Schreibtisch auf. »Ich bin hier in Ali-Baba-Land eingeschlossen, ein Gefangener in einem Luxusgefängnis. Aber trotzdem ist das hier eine Zelle, eine lausige Zelle! Wann wirst du mir endlich sagen, was hier eigentlich *läuft*?«

»Aber du weißt doch, James, deine Mutter ist ihren Vorgesetzten bei einem höchst geheimen, äußerst gefährlichen Einsatz behilflich. Indem wir dich hier festhalten, kann dir nichts passieren, und niemand kann herausbekommen, wo du dich befindest. Glaube mir, junger Mann, deine Mutter ist äußerst dankbar. Sie begreift, daß sie in große Gefahr geraten könnte, wenn dir etwas passieren würde.«

»Dann soll *sie* mir das sagen! Ein Anruf, ein Brief... Herrgott, *irgend etwas*!«

»Wir dürfen kein Risiko eingehen. Auch das versteht sie.«

»Weißt du was, Ahmed«, sagte der junge Montrose und ging um den Schreibtisch herum und stellte sich vor den Bahraini hin. »Du sagst mir all diese Dinge und erwartest, daß ich sie glaube. Aber warum sollte ich das? Als der Direktor in der Schule mich aus meiner Klasse holte und mir sagte, man würde mich zum Kennedy-Airport bringen, wo mich Regierungsbeamte erwarten würden – unter höchster Priorität in Sachen der nationalen Sicherheit –, habe ich mitgemacht, weil ich dachte, daß es etwas mit meiner Mutter zu tun hätte. Ich habe mir bloß die Ausweise der Typen aus Washington zeigen lassen, die ganz echt aussahen, und habe sonst keine Fragen gestellt.«

»Warum hättest du das auch tun sollen? Du bist doch ein ›Soldatenbalg‹, wie man das, glaube ich, bei euch nennt. Du mußt doch verstehen, daß es in Fragen der Sicherheit eine exakte Befehlshierarchie und strenge Geheimhaltung gibt.«

»Das kann ich dann akzeptieren, wenn ich es verstehe. Aber diese ganze Geschichte ist verrückt! Ich kenne meine Mutter, und sie verhält sich einfach nicht so, wie du das hinstellst. Sie hätte mich zumindest angerufen und mir irgendwelche Hinweise gegeben.«

»Dafür war keine Zeit, James. Man hat sie in letzter Minute zu diesem Einsatz hinzugezogen, und sie hatte nicht einmal mehr Zeit zum Packen, geschweige denn mit dir zu sprechen. Sie ist *incommunicado*. Du verstehst doch was ›incommunicado‹ bedeutet, oder?«

»Ja doch, weil ich das bin. Ohne Kommunikation. Und jetzt sag mir folgendes: Warum war da diese Tonbandaufzeichnung, als ich Colonel Bracket vom Flughafen aus anrufen wollte? Diese Tonbandaufzeichnung, die mir sagte, die Nummer sei zur Zeit nicht vergeben? Und als ich dann die Vermittlung anrief, hat man mir gesagt, seine augenblickliche Nummer sei nicht eingetragen und deshalb könne man mir nicht helfen. Ich frage noch einmal, was *läuft* da?«

»Wenn du ›Gott‹ durch ›Regierung‹ ersetzt, findest du die Antwort darauf in eurer Bibel. Ihre Wege sind unergründbar.«

»Yeah, aber nicht völlig verrückt!«

»Das ist eine Frage der Beurteilung. Ich kann sie dir nicht beantworten.«

»Also, irgend jemand sollte das besser tun, sonst...«, sagte James Montrose junior mit fester Stimme, und seine Augen bohrten sich in die des Arabers, eines Mitglieds der Matarese.

»Sonst was, junger Mann?«

Jamie Montrose sagte nichts.

Die Leiche von Brian Chadwick wurde aus dem Westminster House in London in das Büro des Gerichtsarztes gebracht. Eine Autopsie war angeordnet worden, obwohl das Einschußloch in seiner rechten Schläfe und die Pistole, die er immer noch in der Hand hielt, eigentlich keinen Zweifel daran ließen, daß er sich selbst das Leben genommen hatte. Die Frage war, *warum*? Ein Mann Mitte vierzig mit einem ausgezeichneten Ruf, ein Mann, der im Begriff stand, den Höhepunkt seiner beruflichen Karriere zu erreichen – was hatte ihn zu dieser Tat veranlaßt?

Der Pathologe hatte die Antwort.

Es war Mord.

»An seiner rechten Hand sind keinerlei Spuren von Kaliumchlorat festzustellen, keinerlei Schmauchspuren, wie es im Fernsehen immer, wenn auch nicht korrekt, heißt«, sagte der Gerichtsmediziner. »Außerdem ist am Schädelansatz eine kräftige Kontusion festzustellen, die von einem Killer stammen muß, der sich in Kampfsportarten auskennt. Er ist bewußtlos geschlagen und erschossen worden, und anschließend hat man ihm die Waffe in die Hand gedrückt.«

»Ziemlich dumm für einen erfahrenen Killer, nicht wahr?« fragte Pryce, der an einem Tisch in der MI5-Zentrale saß, in die man den Gerichtsmediziner zu einem vertraulichen Gespräch gebeten hatte.

»Wenn Sie eine Vermutung hören wollen, dann hätte ich eine für Sie«, sagte der Pathologe. »Ich würde sagen, der Mann, der ihn ermordet hat, hatte es sehr eilig und hatte keine Zeit für irgendwelche Vertuschungsmanöver. Aber das ist wie gesagt nur eine Vermutung.«

»Sie meinen, man hat ihn aufgefordert, sofort zu handeln?« fragte Leslie.

»Ja, oder vielleicht noch schneller«, sagte der Arzt.

»Mit anderen Worten«, sagte Pryce, »Sie würden sagen, der Betreffende wußte, daß wir zu Chadwick unterwegs waren, stimmt's? Aber das wußten nur die beiden Brewster-Kinder.« Pryce schüttelte den Kopf. »Das ergibt doch keinen Sinn!«

»Da kann ich Ihnen nicht helfen, alter Junge.«

»Vielleicht kann ich das«, schaltete Waters sich ein. »Das ist etwas, was wir nicht in Betracht gezogen haben, obwohl wir das hätten tun sollen.«

»Und was ist das, Geof?«

»Bei all unseren technischen Einrichtungen haben wir einfach nicht daran gedacht, daß man in einem Haus auch Wanzen anbringen kann.«

Angela Brewster spähte durch den Spion, ehe sie Waters, Leslie und Pryce die Haustür öffnete. »Wo ist dein Bruder, meine Liebe?«

»Er ist mit Coleman zu unserer Sicherheitsfirma gefahren ...«

»Was ist passiert?« fiel Leslie ihr scharf ins Wort.

»Nichts. Es war Colemans Idee. Er hat gesagt, wir sollten das System ändern, wenigstens teilweise.«

»Wer ist Coleman?« fragte Pryce.

»Den habe ich ganz vergessen zu erwähnen, alter Junge ...«

»Coley ist hier so eine Art Faktotum, könnte man sagen«, sagte Angela. »Er ist schon eine Ewigkeit bei uns, solange ich zurückdenken kann. Er war ein Freund meines Vaters, ein Sergeant Major unter seinem Kommando damals in den fünfziger Jahren, als es diese Unruhen in den Emiraten gab. Er und Dad haben damals beide das Military Cross bekommen.«

»Und was tut er?« fragte Leslie.

»Wie gesagt, so ziemlich alles. Wenn wir einen Fahrer brauchen, dann fährt er uns; wenn Mum etwas brauchte, hat er es geholt. Und dann beaufsichtigt er auch die Putzfrauen, die zweimal die Woche herkommen, und wenn etwas geliefert wird, und Handwerker bei Reparaturen. Ich habe schon oft gehört, wie er einem Klempner oder einem Elektriker gesagt hat, er wisse ja überhaupt nicht, was er überhaupt tue.«

»Genauso stelle ich mir einen von euren britischen Hauptfeldwebeln vor, Geoffrey.«

»Die sind eine ganz besondere Spezies, Cameron. Ich bin wirklich überzeugt, daß sie für unsere meisten Siege seit dem siebzehnten Jahrhundert verantwortlich sind, mit Ausnahme einer Revolution in den Kolonien, wo sie offensichtlich nicht dabei waren ... Coleman ist ein sympathischer Bursche, der nicht um die Dinge herumredet und nie zugeben will, daß er langsam in die Jahre kommt. Ein ziemlich kräftiger Bursche übrigens für sein Alter.«

»Wohnt er hier, Angela?« fragte Pryce.

»Nur wenn niemand zu Hause ist, Sir. Wenn wir weg sind, bleibt er in einem der Gästezimmer. Seine Wohnung ist ganz in der Nähe, und wir haben eine direkte Telefonleitung zu ihm. In jedem Zimmer steht ein Apparat; wenn wir ihn brauchen, klingeln wir, und er ist in Null Komma nichts hier.«

»Selbständiger Bursche, nicht wahr?«

»Ja, und unser Dad hat uns eingeschärft, daß wir das respektieren sollen.«

»Da hat er recht gehabt«, sagte Pryce. »Er hat sein eigenes Leben... Als Ihr Vater gestorben war, wie ist er mit Henshaw zurechtgekommen?«

»Ich denke, er war ihm zuwider, aber er hat sich das aus Loyalität für Mum nicht sehr anmerken lassen. Wenn Gerry da war, ist er nicht oft vorbeigekommen... Lassen Sie mich erklären, warum ich so sicher bin, daß Coley nicht viel für Mr. Wonderful übrig hatte. Vor sechs Monaten war ich an einem Sonntagmorgen zu Hause; Roger war in der Schule, und Mutter war in der Kirche, als es passiert ist.« Das junge Mädchen hielt inne, als wäre es ihr peinlich fortzufahren.

»Was ist passiert, Angela?« fragte Leslie leise.

»Gerry kam in Unterhosen die Treppe herunter. Er hatte einen mächtigen Kater, und in der Bar oben in der Bibliothek war die Whiskysorte nicht, die er haben wollte. Er taumelte hin und her, und ich habe wohl überreagiert – ich meine, er sah so zornig aus, so wirr... so ... nackt. Ich habe nach Coley geklingelt, den Knopf ein paarmal gedrückt, das ist das Signal, daß er sofort kommen soll.«

»Ist er gekommen?« fragte Geoffrey Waters.

»Es hat keine zwei Minuten gedauert. Gerry war inzwischen bereits völlig hinüber; er hat mich angebrüllt und übel beschimpft, weil er seinen verdammten Whisky nicht in der Bar finden konnte. Als er Coley sah, war er natürlich wie vor den Kopf geschlagen; er hat versucht, gerade zu stehen und uns einzuseifen. Aber der gute alte Coleman wollte davon nichts hören. Er trat zwischen uns, und ich werde nie vergessen, was er gesagt hat.« Angela hielt kurz inne und imitierte dann, wie Mädchen ihres Alters das häufig tun, die Stimme des Mannes, von dem sie erzählte. In diesem Fall war das ein schroff klingender Yorkshiredialekt im tiefsten Baß: »›Sie sind für den Salon nicht angemessen gekleidet, Sir, und ich rate Ihnen, keinen Schritt weiterzugehen. Ich kann Ihnen versichern, daß ich keine Waffe brauche, aber das Ergebnis könnte dasselbe sein, und das wäre für mich so ziemlich das größte Vergnügen, seit ich in Pension bin.‹ ... War das nicht *super*? Ich kann Ihnen sagen, Henshaw ist aus dem Zimmer gerannt und die Treppe hinaufgetorkelt wie eine betrunkene Vogelscheuche!«

»Haben Sie oder Mr. Coleman Ihrer Mutter davon erzählt?« fragte Waters.

»Wir haben darüber gesprochen und uns dagegen entschieden. Aber Coley hat mir das Versprechen abgenommen, ihn sofort anzuklingeln, falls ich Gerry je wieder in einem solchen Zustand sehen sollte.«

»Und wenn er nicht zu Hause gewesen wäre?« fragte Leslie.

»Er hat uns einmal gesagt, daß er einen Apparat an sein Telefon angeschlossen hat, der jeden Anruf im Umkreis von fünfzig Kilometern an ihn weiterleitet. Und wenn er je eine größere Reise macht, dann trifft er andere Vorkehrungen.«

»Zum Beispiel?«

»Es gibt zwei Männer hier in London, die auch in Dads Brigade in Oman waren. Beide sind schon pensioniert, aber Coley sagt, sie seien wirklich qualifiziert. Der eine ist ein ehemaliger Militärpolizist, der andere war früher bei Scotland Yard.«

»Ziemlich großartige Empfehlungen.«

»Fand ich auch.«

»Was wollte Coleman denn an der Alarmanlage ändern lassen?« fragte Pryce weiter.

»Er hat etwas von Fernsehkameras gesagt, die das Bild in seine Wohnung übertragen. Er wollte sich die Pläne mit Rog ansehen und sich überlegen, was man machen kann, glaube ich.«

»Hat er gesagt, warum er das will?« fragte Waters.

»Das meiste war technisches Kauderwelsch, das ich nicht verstanden habe, aber Rog anscheinend doch, es sei denn, er hat mir etwas vorgemacht, was er manchmal tut.«

Es klingelte an der Haustür, und Waters sagte schnell: »Das ist wahrscheinlich das Team aus unserem Büro. Ich habe sie vom Auto aus angerufen und sie gebeten, so schnell wie möglich hierher zu kommen.«

»Welches Team?« Angela war beunruhigt. »Weshalb die Eile?«

»Wir möchten dich nicht beunruhigen, meine Liebe«, antwortete Leslie, »und vielleicht hat es auch gar nichts zu bedeuten, aber es besteht die Möglichkeit, daß man in eurem Haus eine Wanze angebracht hat.«

»Du liebe Güte!«

»Ich lasse die Leute jetzt rein.«

»Sie müssen den Alarm abstellen«, rief das Mädchen, als Waters zur Tür ging. »Das kleine Kästchen rechts, drücken Sie *zwo eins drei*, und warten Sie dann ein paar Sekunden.«

»Wird gemacht.« Der Engländer ließ drei Männer ein, von denen zwei elektronische Geräte trugen, wie sie Elektriker und Fernsehmechaniker häufig bei sich haben, während der dritte eine große schwarze Tasche in der Hand hielt. »Wir fangen in der Garage an«, sagte Waters und führte die drei Männer zum hinteren Ende der Eingangshalle. »Dort hat ein bestimmtes Gespräch stattgefunden; hier hinten ist ein Eingang... Kommt ihr auch mit, ihr drei?«

»Zur Stelle, Geof«, antwortete Pryce und führte Angela Brewster und Leslie zu ihm.

»Wie hätte das denn jemand tun können?« fragte Angela. »Ich meine, sich Zutritt zum Haus verschaffen und eins dieser Dinger anbringen, eine Wanze meine ich?«

»Wenn eine hier ist, dann gibt es wahrscheinlich noch mehr«, sagte Pryce.

»Wie ekelhaft! Das ist ja noch schlimmer, als ein fremdes Tagebuch zu lesen. Ich habe meines immer abgesperrt. An meinem zehnten Geburtstag hat Dad mir einen kleinen Wandsafe einbauen lassen, und an dem kann ich jederzeit die Kombination wechseln, wenn ich will.«

»Als ich so alt wie du war, habe ich auch ein Tagebuch geführt«, sagte Leslie. »Mein Bruder war die ganze Zeit dahinter her und wollte es lesen.«

»Hatten Sie einen älteren Bruder?«

»Jünger, meine Liebe, und das ist viel schlimmer. Man muß irgendwie auf sie aufpassen, und die sabotieren jeden Schritt, den man macht.«

Hinter ihnen war leises Lachen zu hören, das erst verstummte, als sie die Garage erreicht hatten. »Ich wußte gar nicht, daß Sie einen Bruder haben«, flüsterte Pryce auf der Treppe.

»Ich dachte, Sie hätten meine Akte gelesen.«

»Ich habe mir Ihren Ausbildungs- und Kenntnisstand flüchtig angesehen, aber nicht Ihre Lebensgeschichte.«

»Dafür bin ich Ihnen dankbar.«

»Weiß Ihr Bruder, was passiert ist?«

»Emory ist ein Schatz, ein wirklich netter Kerl, aber nicht der Typ Mensch, zu dem man geht, wenn man Probleme hat.«

»Oh?«

»Mein Bruder hat einen kurzen Bart und eine ganze Latte akademische Grade. Er ist der jüngste ordentliche Professor in Berkeley, und er und seine Frau machen Rucksacktouren in den Bergen und schleppen dabei Mozart- und Brahmskassetten mit und alte englische Madrigale. Sagt Ihnen das etwas?«

»Klingt nach einem interessanten Menschen. Kinder?«

»Dazu haben sie sich noch nicht durchgerungen. Entscheidungen sind für die beiden ein Riesenproblem, das sie gewöhnlich durch Aufschieben lösen.«

»Jetzt bin ich im Bild.«

Die drei Elektronikspezialisten des MI5 machten sich in der Garage ans Werk. Zwei gingen langsam unter Anleitung des Dritten, der mit einer Schleifenantenne an einer Art Miniaturtelefonmast langsame Bewegungen vollführte, an den Wänden entlang. Der Teamchef sah immer wieder auf eine Skalenscheibe an seinem Instrument und machte sich Notizen auf einem Schreibbrett, das er in der anderen Hand hielt.

»Hier drinnen gibt es eine Menge ionisiertes Metall, Sir Geoffrey«, sagte der Teamleiter, nachdem sein Apparat einige Male schnarrende Geräusche von sich gab. Schließlich, nach vielleicht zehn Minuten, gab das Gerät, wenn man es an die Hinterwand der Werkbank hielt, ein gleichmäßiges stetiges Piepen von sich. Bei dieser Wand handelte es sich um ein Brett mit Zapfen, an denen Werkzeuge hingen.

»Nehmt das Ding herunter, Leute«, befahl Waters.

Die drei Männer nahmen die Werkzeuge ab und legten sie auf die Werkbank. Anschließend gingen sie daran, das an den vier Ecken und in der Mitte mit kräftigen Schrauben befestigte Brett von der Wand zu entfernen. Als das geschehen war, lehnten sie es an den roten Jaguar und untersuchten die Wand dahinter gründlich. Aber sie schienen nichts zu finden, denn sie fingen immer wieder an derselben Stelle zu suchen an, und schüttelten am Ende den Kopf.

»Hier ist nichts, Sir Geoffrey.«

»Da muß aber etwas sein«, antwortete Waters. »Ihre Instrumente lügen doch nicht, oder?«

»Nein, Sir, eigentlich nicht.«

»Die Werkzeuge«, sagte Pryce. »Nehmen Sie sich die Werkzeuge Stück für Stück vor.«

Innerhalb weniger Minuten hatten sie die Wanze gefunden. Sie war im Griff eines großen Hartgummihammers verborgen, einem Werkzeug, das nur selten benutzt wurde, da man Arbeiten, für die ein solcher Hammer gebraucht wurde, üblicherweise in einer Reparaturwerkstatt vornehmen ließ.

»Ian«, sagte Waters zum Leiter der Gruppe gewandt, »haben Sie Ihren Zauberkasten mitgebracht?«

»Aber gewiß, Sir Geoffrey.« Der Mann kniete nieder, öffnete seine schwarze Tasche und holte ein Gerät von der Größe eines dicken Buchs heraus. Er legte es auf den Garagenboden, ging zu seiner Tasche zurück und zog ein in einzelne Quadrate aufgeteiltes Metallgitter hervor, das in der Mitte eines jeden Quadrats winzige Lämpchen aufwies und an dessen Rahmen ein dünner Draht mit einem kleinen Stecker hing.

»Was ist das?« fragte Leslie.

»Ein Peilinstrument, Miss«, antwortete der Teamchef. »Es ist noch im Versuchsstadium und funktioniert noch nicht so, wie wir das gerne hätten, aber wir können es hier gut gebrauchen. Sehen Sie, dieses Gitter hier entspricht ungefähr zwölfhundert Quadratmetern, also etwa drei Häuserblocks, das ist der übliche Bereich. Ich verbinde den Rahmen jetzt mit dem Sucher, schließe die Wanze an und kann dann zusehen, wie die Lichter über das Gelände wandern und dort anhalten, wo die Empfänger untergebracht sind. Nicht exakt natürlich, aber die Abweichung ist akzeptabel.«

»Das ist erstaunlich«, sagte Leslie.

»Es überrascht mich, daß Sie das nicht kennen«, sagte Ian. »Wir haben Ihren Geheimdienst von dieser Entwicklung unterrichtet.«

»Bei uns wird Geheimhaltung großgeschrieben«, sagte Pryce leise. »Manchmal sogar zu groß.«

»Bitte, machen Sie weiter, alter Junge.« Der Teamchef trug seinen Apparat zur Werkbank, befestigte das kleine Lauschmikrophon daran und schaltete das Gerät ein. Die winzigen Lämpchen flackerten im

Uhrzeigersinn zweimal nacheinander um das Gitter herum und kamen schließlich in einem Quadrat in der linken oberen Ecke zum Stillstand.

»Was zeigt uns das jetzt?« fragte Leslie, Angela neben sich. »Was schließen Sie daraus?«

»Das Gerät ist auf die vier Himmelsrichtungen abgestimmt«, sagte Ian. »Da, sehen Sie, in der unteren Hälfte ist sogar ein Kompaß eingebaut«, fügte er hinzu und zeigte auf eine kleine Nadel. »Sie brauchen sich jetzt bloß die unmittelbare Umgebung vorzustellen, so als ob das hier eine Landkarte wäre.«

»Sie meinen, die Straßen und Häuserblocks um den Belgravia Square herum?« sagte Angela Brewster.

»Ganz richtig, Miss«, fuhr Ian fort und wies auf einige Quadrate neben dem beleuchteten Punkt. »Das hier wäre Grosvenor Crescent, das dort Chesham Place, und das mit den Lichtern, wo vermutlich der Abhörposten ist, wäre wohl die Lowndes Street.«

»Lowndes?« rief Angela aus. »Dort wohnt Coley«, fügte sie leise hinzu.

Der Nachthimmel über Bahrain war dunkel. Die Muezzins hatten die letzten Gebete von den Minaretten gerufen, und die Zeit des Schlafens und der nächtlichen Spiele der Privilegierten begann. Jamie Montrose stieg langsam aus dem Bett und schlüpfte lautlos in die Kleider. Als er angezogen war, knipste er die Schreibtischlampe an, ging zu der versperrten weißen Tür, atmete tief durch und fing plötzlich an, mit beiden Fäusten gegen die Stahlplatte zu hämmern.

»Hilfe!« schrie er. »Helft mir doch!«

»Was ist denn, Master James?« rief die Stimme von der anderen Seite der Tür.

»Wer bist du?«

»Kalil, Master James. Was ist denn los?«

»Ich weiß nicht, aber mein Magen brennt so! Ich denke, du solltest einen Arzt rufen – ich habe mich jetzt fast eine Stunde lang im Bett gekrümmt, aber der Schmerz hört einfach nicht auf!«

James Montrose junior griff nach einer eisernen Hantel, die man ihm für seine gymnastischen Übungen gegeben hatte, und stellte sich neben der Tür an die Wand. »Um Himmels willen, schnell! Das tut so weh, als müßte ich sterben!«

Die Tür flog auf, und der Bahraini schoß ins Zimmer; als er niemanden sah, erstarrte er einen Augenblick lang verblüfft. In dem Moment, als er sich umdrehte, hieb ihm der Teenager mit aller Gewalt die Hantel gegen die Stirn. Der Wachmann sackte bewußtlos zu Boden.

»Tut mir leid, Kalil«, flüsterte der Junge atemlos. »Mein Dad hätte das ein Ablenkungsmanöver genannt.« Dann durchsuchte Jamie den reglosen Mann, zog einen .45er Colt aus seinem Holster und nahm einige in arabischer Schrift beschriebene Papiere und eine Brieftasche mit einer nicht unbeträchtlichen Zahl von Geldscheinen an sich. Er erinnerte sich an das, was Ahmed, der Chef der Gefängnisvilla, ihm gesagt hatte. ›Versuch gar nicht erst, unsere Wachen mit irgendwelchen Versprechungen zu bestechen, James. Nach unseren Begriffen werden sie sehr gut bezahlt, man könnte sie sogar reich nennen.‹ Der junge Montrose steckte das Geld in die Tasche. Dann zerrte er die bewußtlose Gestalt zum Bett, riß das Laken in Fetzen, fesselte den Wachmann und knebelte ihn. Dann rannte er zum Schreibtisch zurück und schaltete das Licht aus.

Er trat vorsichtig durch die offene Tür in den Flur, schloß sie leise, drehte den großen Messingschlüssel im Schloß und ging dann den Korridor hinunter, den er jetzt seit Wochen kannte, auf den Bogen zu, der ins Freie führte. Jamie wußte von den vielen langen Nächten, die er an seinen vergitterten Fenstern verbracht hatte, daß zwei Wachleute mit Karabinern und Pistolen auf dem Gelände regelmäßig Streife gingen. Sie trugen weiße arabische Gewänder und Kopfbedeckungen, gingen an den Mauern entlang, trafen sich jeweils an den Mauern im Osten und Westen und gingen dann wieder zurück.

Der weiße Bogen, auf den Jamie jetzt zuging, führte zu dem Hof im Osten und der Mauer, die man in dem schwachen Licht vom Hauptgebäude erkennen konnte. Er kauerte sich in der Dunkelheit nieder und wartete, bis die beiden Wachleute sichtbar wurden, sich in der Mitte der weißen Mauer an einer Stelle trafen, die gleich weit von den versperrten und undurchdringlichen Toren im Norden und Süden entfernt war. Die Wachleute blieben stehen, zündeten sich Zigaretten an und plauderten. Plötzlich war Jamie beunruhigt. Der Schlag, den er Kalil versetzt hatte, war kräftig genug gewesen, um ihn bewußtlos zu machen, aber nicht lebensgefährlich; das war nicht nötig gewesen. Kalil konnte jeden Augenblick wieder zu sich kommen, und es gab ein Dutzend Möglichkeiten, die Aufmerksamkeit der Wachen zu erregen.

Jamie starrte zu den beiden Bahrainern hinüber und wünschte sich sehnlichst, sie würden ihre Streife wieder aufnehmen. Aber sie standen nur da und redeten und lachten über einen Witz. Jamie Montrose begann zu schwitzen. Es war allgemein bekannt, daß die Gesetze in den arabischen Emiraten mindestens so hart waren wie irgendwo sonst auf der Welt, je nachdem, wessen Mißfallen man erregt hatte – und *derjenige* bestimmte die Strafe ... *Aber worüber machte er sich eigentlich Sorgen?* Seine »Absonderung« war eine gemeinsame Maßnahme Bahrains und der Regierung der Vereinigten Staaten!

Oder etwa nicht? Das war die Frage, denn Jamie war einfach nicht davon überzeugt, daß man ihm die Wahrheit gesagt hatte. Da waren zu viele Dinge, die keinen Sinn ergaben, Dinge, die ihm geradezu verrückt erschienen! Seine Mutter hätte es irgendwie geschafft, mit ihm Verbindung aufzunehmen, ihn wissen zu lassen – zumindest *andeutungsweise* –, was da los war. Etwas anderes anzunehmen war verrückt, ebenso unsinnig wie alles übrige, was passiert war! Und da war es jetzt! Ein Krachen aus seiner Zelle und gleich darauf Stöhnen und halbunterdrückte Schreie am Fenster. Dann war das Klirren von Glas und Porzellan, das zerschlagen wurde, zu hören und schließlich das splitternde Krachen eines sich in seine Bestandteile auflösenden Tisches. Die beiden Wachen rannten zum Ostfenster, und Jamie hielt den Atem an, voller Angst, daß gleich das Allerschlimmste passieren würde. Aber dazu kam es nicht! Sie hatten keine Taschenlampen.

Die Wachen schrien irgend etwas ihm Unverständliches auf Arabisch, und jeder zeigte in eine andere Richtung. Der eine nach Norden, der andere auf den Bogen, in dessen Schutz Jamie kauerte. Der zweite Wachmann rannte an ihm vorbei, kein anderes Ziel als seine Zelle im Auge. Plötzlich flammten überall auf dem Gelände Scheinwerfer auf.

An der Mauer im Osten war noch niemand. Das war seine einzige Chance! Er rannte in den Hof, raste auf die zweieinhalb Meter hohe Mauer zu, sprang, wie er noch nie zuvor gesprungen war, riß sich die Fingernägel ab, als er sich an irgendwelchen Steinvorsprüngen festklammerte. In seiner Panik schaffte er es tatsächlich, die Mauerkrone zu erreichen, als ihm plötzlich klar wurde, daß seine Hände blutüberströmt waren. Die Mauerkrone war nicht nur mit Glasscherben gespickt, sondern außerdem noch mit Stacheldraht gesichert, dessen Spitzen scharf wie Rasierklingen waren.

Jamie überlegte einen Augenblick, eine Millisekunde lang – *Umstände. Auswerten. Was hätte* Dad *getan?* Die Scheinwerferbalken erfaßten ihn, konzentrierten sich auf seine erstarrte Gestalt. Ohne zu denken, nur vom Instinkt getrieben, sprang er wie ein Stabhochspringer über die Mauer, krümmte seinen Körper zu einem Bogen und landete hart auf den Schultern. Sein rechter Arm tat höllisch weh, aber damit konnte er leben, solange er nur sein überaus zivilisiertes Gefängnis hinter sich lassen konnte.

Er rannte so schnell er konnte, erreichte eine unasphaltierte Straße und wartete auf ein Fahrzeug, das er anhalten konnte. Einige rollten vorbei, achteten nicht auf ihn, bis schließlich ein Taxi anhielt. Der Fahrer sprach Arabisch.

»Ich verstehe Sie nicht, Sir«, sagte der junge Montrose immer noch atemlos. »Ich bin Amerikaner ...«

»Americain?« rief der Fahrer. »Du *Americain*?«

»Ja!« rief Jamie und nickte heftig, froh, daß der Mann etwas Englisch sprach. »Gibt es hier ... ein ... Konsulat oder eine amerikanische Botschaft?«

»H'ambassie americain!« sagte der Fahrer laut und grinste und nickte dabei wie ein aufgeregtes Huhn. *»Shalkh Isa* ... in Manamah!«

»Die Botschaft?«

»Ja, ja ...«

»Bringen Sie mich dorthin – fahren Sie!« Jamie griff in die Tasche, zog eine Handvoll Geldscheine heraus und sprang auf den Rücksitz.

»Aiyee Americain!« schrie der Bahraini vergnügt, als sein Taxi mit aufheulendem Motor davonschoß.

Sechzehn Minuten später, nachdem sie drei Brücken überquert hatten und Jamie inzwischen die blutenden Hände mit seinem Hemd umwickelt hatte, befanden sie sich in der Hauptstadt Manamah. Montrose junior sah zum Fenster hinaus und sah sich von fremdartigen Bildern und Geräuschen umgeben. Teile der kleinen Stadt lagen in völliger Dunkelheit da, und auf den Straßen waren kaum Menschen zu sehen. Andere Teile wieder waren hell beleuchtet. In den Schaufenstern funkelten exotische Waren, und aus Lautsprechern tönte fremdartige Musik in klagenden Lauten; diese Straßen wimmelten von Menschen, die ihm aber irgendwie keine Angst einflößten. Was Montrose junior am meisten verblüffte, war der Anblick zahlreicher amerikanischer Matrosen und Marineoffiziere.

»H'ambassie Americain!« rief der Fahrer und deutete gestikulierend auf ein in Rosa und Weiß gehaltenes Gebäude in der Shalkh-Isa-Straße.

Als Jamie die Fassade des Gebäudes sah, wurde ihm sofort klar, daß hier etwas nicht stimmte! Da standen vier Männer in arabischen Gewändern, je zwei beiderseits des mit Schnitzereien verzierten Tors aus glänzendem schwarzen Holz. Auf den ersten Blick konnte man sie für Wachen halten. Aber amerikanische Botschaften waren ausnahmslos von Marines bewacht. Und jene wenigen Botschaften, bei denen es erforderlich war, daß sie nachts von Streifen vor den Toren geschützt wurden, würden niemals, *niemals* einheimische Zivilisten der gastgebenden Stadt dazu einsetzen, weil das reiner Selbstmord gewesen war. Jamie war in zu vielen Ländern gewesen, um daran zu zweifeln.

Also konnte das nur eines bedeuten: Die vier Araber kamen aus der weißen Villa am Ufer des persischen Golfs! »Weiterfahren!« schrie Jamie und packte den Fahrer mit der Kraft eines jungen Ringers an der Schulter und deutete mit dem rechten Zeigefinger auf die Straße vor ihnen. »Zurück zu den Lichtern, den Leuten ... den *Geschäften*!«

»*Aiyee, Shoppees*! Du *kaufen*!«

Die beiden Hände mit Gaze umwickelt, die er mit Hilfe der Zeichensprache in einer Drogerie erworben hatte, mischte der junge Montrose sich unter die Menschenmenge, die das Ladenviertel des Az-Zahran-Distrikts in Manamah füllten. Er entdeckte einen Marineoffizier, einen Lieutenant, wie man den Rangabzeichen an seinem offenen Hemdkragen und den silbernen Schwingen an seinem Hemd entnehmen konnte. Etwas an dem Mann und seinem Auftreten erinnerte Jamie auf unbestimmte Art an seinen Vater. Der schwarze Offizier war groß mit gut geschnittenen Gesichtszügen, die Vertrauen erweckten. Er war gerade damit beschäftigt, ein paar Matrosen, die allem Anschein nach einen Laden entdeckt hatten, wo man illegal Alkohol kaufen konnte, dazu zu bringen, hier schleunigst zu verschwinden, ehe die Hafenpatrouille sie entdeckte. Sie nahmen seinen Rat an.

Montrose junior ging auf den Offizier zu. »Lieutenant«, sagte er gerade laut genug, um den Lärm der Menschenmenge zu übertönen, »kann ich Sie kurz sprechen, Sir?«

»Du bist Amerikaner«, stellte der Marineoffizier fest. »Was zum Teufel hast du mit deinen Händen angestellt, Junge?«

»Das gehört zu den Dingen, über die ich mit Ihnen reden muß, Sir. Ich glaube, ich brauche Hilfe.«

17

Cameron Pryce wanderte ziellos und besorgt zwischen dem prunkvollen Mobiliar im Salon auf und ab, während Leslie Montrose mit Angela auf dem brokatbezogenen Sofa saß.

»Man lenkt uns ab, verdammt!« erregte sich der CIA-Mann. »Wir rennen im Kreis herum, in einem Kreis ohne Tangenten, wie Scofield es ausdrücken würde.«

»Wovon reden Sie, Cam?« fragte Leslie.

Pryce bekam keine Gelegenheit mehr, ihr eine Antwort zu geben, weil in dem Augenblick Geoffrey Waters wütend die Treppe heruntergerannt kam. »Verdammt, verdammt, verdammt«, rief er.

»Das habe ich schon gesagt«, bemerkte Pryce. »Warum Sie jetzt auch?«

»Weil die ganze Bude hier verwanzt ist. Das könnte genausogut eine Außenstelle der BBC sein oder einer dieser verdammten Piratensender im Kanal!«

»Und was heißt das jetzt genau, bitte?« sagte Pryce.

»Hören Sie sich das an, alter Junge. Wir haben die Wanze in der Garage gefunden, drei in diesem Zimmer, zwei im Eßzimmer und je eine in jedem einzelnen Zimmer im ganzen Haus – Entschuldigung, in der Bibliothek oben waren es zwei.«

»Das ist ja so *widerwärtig*!« rief Angela.

»Das muß doch eine ganze Weile gedauert haben, die alle einzubauen«, sagte Leslie.

»Und ohne dabei beobachtet zu werden«, fügte Pryce hinzu. »Da muß jemand allein im Haus gewesen sein, der nicht befürchten mußte, entdeckt zu werden.« Er drehte sich zu Angela Brewster herum. »Seit dem Tod deiner Mutter warst du und dein Bruder doch auf euren jeweiligen Schulen, nicht wahr?«

»Wir sind nach der Beerdigung etwa vierzehn Tage hier in London geblieben – Gespräche mit Anwälten und dem Nachlaßverwalter und einer Unmenge Verwandten, all dieses Zeug. Und dann waren wir natürlich manchmal an den Wochenenden hier. Rog holt mich jeweils ab, und dann fahren wir zusammen hierher, so wie wir es gestern getan haben.«

»Worauf Special Agent Pryce hinaus will, meine Liebe«, sagte Geoffrey Waters, »ist, daß wir davon ausgehen müssen, daß Sergeant Major Coleman in eurer Abwesenheit hier war, ist das richtig?«

»Ja«, antwortete Angela so leise, daß man es kaum hören konnte und sah dabei zu Boden.

»Dann würde ich sagen, wissen wir bereits, wer die Wanzen angebracht hat. Der Mann ist ganz offensichtlich ein Kandidat für Old Bailey, und ich hätte gute Lust jetzt gleich Scotland Yard anzurufen.« Waters ging auf ein Telefon zu.

»Nein, Geof!« wandte Pryce ein. »Das ist das letzte, was wir tun werden – oder mit ein wenig Glück das vorletzte.«

»Einen Augenblick, alter Junge. Coleman ist doch der einzige, der das gemacht haben kann, und, daran darf ich Sie vielleicht erinnern, das ist strafbar.«

»Dann lassen wir ihn beobachten, und zwar rund um die Uhr, aber wir sperren ihn nicht ein.«

»Ich weiß nicht, ob ich Ihnen folgen kann ...«

»Das ist das, was ich vorher auch schon gesagt habe«, fiel Pryce ihm ins Wort. »Wir werden immer wieder von allem möglichen abgelenkt und konzentrieren uns nicht auf die eigentlich entscheidende Frage, wegen der Leslie und ich hergekommen sind. Warum ist Angelas Mutter ermordet worden? Wo ist die Verbindung mit den Matarese?«

»Mit wem?«

»Das erkläre ich dir später, meine Liebe«, sagte Leslie.

»Da bin ich völlig anderer Ansicht«, sagte Waters. »Indem wir allem nachgehen, was vorgefallen ist, werden wir hoffentlich eine Verbindung herstellen können. Sie müssen nur ein wenig Geduld haben, alter Junge. Schließlich haben wir ja sonst nichts in der Hand?«

»Irgend etwas müssen wir übersehen haben«, fuhr Pryce fort und schüttelte langsam den Kopf. »Ich weiß nicht, was es ist, aber wir übersehen da ganz bestimmt etwas. Vielleicht sollten wir uns an das erinnern, was Scofield auf Brass 26 gesagt hat ...«

»Auf was, alter Junge?«

»Oh, tut mir leid. Das ist die Insel, wo ich Beowulf Agate zum erstenmal gesehen habe.«

»Was hat Scofield denn da gesagt?« fragte Leslie.

»Im Grunde genommen, daß wir ein detailliertes Profil von Lady Brewster brauchen, und das bedeutet Gespräche mit Anwälten, Bankiers, Ärzten, Nachbarn; wir brauchen ein psychologisches Profil, und ganz besonders müssen wir allen Spuren nachgehen, bei denen es um Geld geht.«

»Mein lieber Freund!« rief Waters aus. »Glauben Sie, wir haben hier gesessen und Däumchen gedreht? Wir haben eine ziemlich ausführliche Akte über Lady Brewster zusammengetragen, und die umfaßt das meiste von dem, was Sie gerade erwähnt haben.«

»Warum haben Sie denn davon nichts gesagt?«

»Wir hatten andere Prioritäten, wenn Sie sich vielleicht erinnern wollen. Prioritäten, von denen wir glaubten, daß sie Abkürzungen zu dieser Verbindung darstellen, von der Sie gesprochen haben.«

»Abkürzungen? Sie haben wohl mit Scofield gesprochen?«

»Schon seit Jahren nicht mehr, aber wir wollen doch alle keine unnötigen Umwege machen, oder?«

»Und psychologische Profile können solche Umwege sein«, sagte Leslie. »Sie nehmen eine Unmenge Zeit in Anspruch, und ich bin nicht sicher, ob meinem Sohn das guttut. Das mag egoistisch sein, aber ich kann nichts dran ändern.«

»Das kann Ihnen niemand verübeln!« sagte Angela Brewster.

»Das tut auch niemand«, sagte Waters. »Sie haben recht, Cameron. Wir lassen diesen Mistkerl Coleman rund um die Uhr überwachen. Wenn man bedenkt, wie schnell sich alles entwickelt hat, kann es gut sein, daß er uns zu anderen führt.«

»Und wenn er plötzlich besonderen Bewegungsdrang an den Tag legt und Ihre Leute nicht mehr mitkommen, können wir immer noch Scotland Yard einschalten.«

Hinter dem Bogengang waren kurz hintereinander vier Pieptöne zu hören. Das war die Haustür. »Das werden Rog und Coley sein«, sagte Angela. »Die haben beide Fernbedienungen, mit denen man den Alarm ausschaltet. Ich weiß nicht, was ich sagen soll, wie ich mich verhalten soll. Was soll ich tun?«

»Dich ganz natürlich verhalten«, sagte Leslie Montrose. »Begrüße ihn einfach ganz normal. Ich nehme an, die beiden werden uns eine ganze Menge zu sagen haben.«

Roger Brewster kam mit zwei großen Kartons, die offensichtlich nicht sonderlich schwer waren, in den Raum. »Hallo, alle miteinander«, sagte er und stellte die Kartons vorsichtig ab.

»Wie war's denn, Rog?« fragte Angela stockend. »Wo ist Coley?«

»Frage zwei, er fährt den Bentley in die Garage. Frage eins, sehr gut. Der alte Coley ist wirklich ein raffinierter Bursche, das kann ich dir sagen!«

Die anderen wechselten Blicke. »Wieso, mein Junge?« sagte Waters.

»Also, er ist bei diesem Bewachungsunternehmen wie ein Lamm aufgetreten, hat sich die Aufzeichnungen und die Pläne unserer Alarmanlage geben lassen, alle notwendigen Fragen gestellt und sich vergewissert, daß die technischen Voraussetzungen vorhanden waren, um das System auf seine Wohnung in der Lowndes Street umzuschalten. Was natürlich der Fall war.«

»Und wieso ist er raffiniert?« fragte Pryce.

»Weil er dann plötzlich zu einem völlig anderen Menschen geworden ist, ein richtiger Tiger – wie Jekyll und Hyde! Als wir im Wagen saßen und hinüberfuhren, hat er Andeutungen gemacht, irgendwelche Unregelmäßigkeiten im System, aber er hat nichts Näheres gesagt, also dachte ich, daß er einfach nur gemeckert hat – diese Systeme haben alle ihre Macken.«

»Aber er hat nicht bloß gemeckert?«

»Nein, das ist es ja, Sir. Er hat sich den Ausdruck mit den detaillierten Daten vorgenommen und dem Chef der Firma anhand seines Notizbuchs eine richtige Standpauke gehalten.«

»Worüber hat er sich denn beklagt?« fragte Waters, ohne sich seine Besorgnis anmerken zu lassen.

»Er hat behauptet, in den Eintragungen seien eine ganze Anzahl Fehler. Wissen Sie, unser System hält mit Datum und Uhrzeit exakt fest, wann der Alarm eingeschaltet wird und registriert, wenn sich in dieser Zeit jemand Zutritt verschafft.«

»Und weiter, Rog?«

»Coley hat gesagt, es gäbe Zeiten, wo er den Alarm eingeschaltet hat, die nicht in den Ausdrucken vermerkt waren – und das heißt natürlich, es gibt keine Garantie, daß nicht jemand unbefugt eingedrungen ist.«

»Und was hat der Mann dazu gesagt?«

»Nicht sehr viel, Mrs. Montrose. Aber Coley hat ihm auch kaum Gelegenheit dazu gelassen. Und als der Mann behauptete, Coley hätte wahrscheinlich nicht die richtigen Codes eingegeben, hat der alte Coleman einfach erklärt, das sei nicht möglich.«

»Ein Sergeant Major eben wie er im Buch steht, Geof«, sagte Pryce leise.

»Ganz ohne Zweifel, alter Junge«, pflichtete Waters ihm bei. »Was ist denn in den Schachteln, Roger?«

»Im Foyer sind noch zwei, ich bringe sie herein.«

»Was *drinnen* ist, möchte ich wissen.«

»Das soll Coley Ihnen sagen. Ich weiß nicht, ob ich es richtig kapiert habe.« In seiner Hast wäre Roger beinahe mit dem Mann zusammengestoßen, der jetzt mit zwei Kartons in den Raum trat. Oliver Coleman, ehemals Sergeant Major bei den Royal Fusiliers, war ein mittelgroßer Brocken von einem Mann, dessen breite Brust mit den breiten Schultern, dem dicken Hals und der aufrechten Haltung trotz seines Straßenanzugs sofort den ehemaligen Soldaten erkennen ließen. Sein noch mit Spuren des früheren Rot durchsetztes weißes Haar über dem von Falten durchzogenen Gesicht war bürstenartig kurz geschnitten; seine Gesichtszüge waren ausdruckslos, weder freundlich noch unfreundlich. Roger Brewster war buchstäblich von ihm abgeprallt.

»'tschuldigung, Junge«, sagte er und warf dem jungen Mann, der noch um sein Gleichgewicht bemüht war, einen Blick zu. »Guten Tag, Sir Geoffrey«, fuhr er fort. »Ich sehe, draußen steht ein grauer Lieferwagen, der vermutlich Ihren Leuten gehört.«

»Das sollten Sie eigentlich nicht vermuten. Er ist nicht gekennzeichnet.«

»Dann würde ich vorschlagen, daß Sie ihn irgendwie beschriften, zum Beispiel mit ›Fischhandlung‹ oder ›Obst und Gemüse‹. Diese grauen Fahrzeuge fallen auf. Genausogut könnten Sie gleich MI5 draufmalen.«

»Das werde ich mir merken. Darf ich Ihnen unsere neuen Kollegen vorstellen, Sergeant Major? Lieutenant Colonel Montrose, United States Army, und Special Agent Pryce, CIA.«

»Ja, die Kinder haben mir von den beiden erzählt«, sagte Coleman und ging auf Leslie zu.

»Sergeant Major.« Leslie lehnte sich auf der Couch vor und streckte ihm die Hand hin.

»Ich würde ja eine Ehrenbezeugung machen, Colonel, aber das liegt jetzt schon einige Jahre zurück.« Sie schüttelten sich die Hand. »Ist mir ein Vergnügen, Ma'am. Die Kinder haben eine sehr hohe Meinung von Ihnen – von Ihnen beiden.« Coleman drehte sich zu Pryce herum; auch sie gaben sich die Hand. »Eine Ehre, Special Agent. Euch Jungs kriegen wir nicht oft zu sehen.«

»Ich heiße Pryce, und ich bin auch kein ›special‹ Agent. Wir haben keine ›Special Agents‹, Sergeant Major. Aber das will Sir Geoffrey auch nicht in den Kopf.«

»Und ich heiße Coley, Mr. Pryce. Alle sagen Coley zu mir.«

»Weil wir schon dabei sind, Coley, alter Junge, Roger hat gesagt, Sie würden erklären, was in diesen Schachteln ist. Bitte, tun Sie das.«

»Mit dem größten Vergnügen, Sir! Sehen Sie, ich habe darüber Buch geführt, wann ich das Haus betreten und wieder verlassen habe, und zwar die letzten ...«

»Ja, alter Junge, der junge Mann hat das schon erklärt, Ihr Notizbuch und das alles. Aber was tun Sie jetzt?«

»Also, vor anderthalb Wochen habe ich Argwohn geschöpft, wirklich. Ich bin eines Morgens nach Kent gefahren – in einer persönlichen Sache –, und als ich spät am Nachmittag zurückkam, da habe ich gesehen, daß jemand an den Azaleen vorne am Eingang herumgemacht hat, da waren ein paar neue Knospen abgebrochen, als ob etwas dagegen gestoßen wäre. Ich habe mir nicht viel dabei gedacht; die Leute von der Post, und wer sonst was anliefert, haben manchmal große Pakete, Sie wissen schon.«

»Aber es hat Sie immerhin so beschäftigt, daß Sie angefangen haben, Aufzeichnungen zu führen, ist das richtig?« fragte Pryce und musterte den alten Soldaten scharf.

»Genau das, Sir. Ich habe mir exakt aufgeschrieben, wann ich das Haus verlassen und wann ich es wieder betreten habe. Manchmal war das nur auf ein paar Minuten, zum Beispiel zum Markt und zurück. Und dann habe ich gelegentlich auch einfach an der Ecke gewartet, ob da vielleicht irgendso ein Lump auftaucht.«

»Aber das war nie der Fall?« sagte Pryce.

»Nein, Sir. Und da bin ich auf eine Idee gekommen – ehrlich gesagt, war das erst neulich. Am Donnerstag habe ich hier drinnen ein Telefon abgehoben, laut gehustet, während ich so getan habe, als würde ich wählen, und dann habe ich ganz deutlich gesprochen und gesagt, ich würde mich mit jemandem gegen Mittag im Regents Park treffen. Ich habe dann noch einigen Unsinn geredet, das man für Code halten konnte, und habe dann wieder aufgelegt.«

»Der älteste Infanterietrick seit das Militär Funkgeräte eingeführt hat«, sagte Pryce. »Einfach von der Annahme ausgehen, daß der Feind die Außenfrequenzen anpeilt.«

»Genau, Sir!«

»Lassen Sie mich den Rest erzählen. Sie sind zum Regents Park gefahren, haben gemerkt, daß ein Wagen Ihnen folgte und sind dann dort herumspaziert, bis Sie herausgekriegt hatten, wer Ihnen folgte ...«

»Stimmt genau, Sir!«

In dem Augenblick kamen die drei Mann des MI5 mit ihren Geräten die Treppe herunter. Ian, der Teamchef, warf noch auf der Treppe einen Blick auf sein Schreibbrett. »Auf dem Dachboden haben wir auch noch zwei gefunden, Sir Geoffrey.«

»Coley, sehen Sie!« rief Roger Brewster.

»Was denn, Junge?«

»Das Zeug, das die da bringen! Das sieht genauso aus wie die Sachen, die wir im Laden von deinem Freund am Strand geholt haben.«

»Stimmt genau, Roger. MI5 war gar nicht viel langsamer als wir. Die sind bloß vor uns hier aufgekreuzt.«

»Was soll das heißen, Coleman?«

»Wanzen, Sir Geoffrey. Das ganze Haus muß von Abhörgeräten gewimmelt haben! Das habe ich doch bewiesen.«

»Sie haben es bewiesen, und wir haben sie gefunden«, sagte Waters leise mit argwöhnisch klingender Stimme. »Ein hervorragendes, wenn auch ein wenig ungewöhnliches Timing, finden Sie nicht auch?«

»Ich weiß nicht, was Sie jetzt meinen, Sir.«

»Ich denke, wir sollten uns einmal Ihre Wohnung ansehen, Coleman.«

»Wozu denn? Die neuen Geräte werden doch erst in ein paar Tagen installiert sein.«

»Wir interessieren uns für die existierenden Geräte.«

»Wie bitte?«

»Ich will offen sein, alter Junge. Das heute nachmittag ist vielleicht eine brillante schauspielerische Leistung Ihrerseits, aber ich bezweifle, daß Sie mit den neuesten Techniken in der Abhörpeilung vertraut sind.«

»Ich habe keinen Schimmer, wovon Sie reden«, sagte Coleman, dessen Gesicht sich zu röten begann.

»Die Abhörstation für die Geräte in diesem Haus befindet sich unserer Peilung nach in der Lowndes Street. Ihre Wohnung ist in der Lowndes Street. Muß ich noch mehr sagen?«

»Wenn Sie damit andeuten wollen, was ich vermute, dann reiße ich Ihnen Ihre verdammte Kehle raus!«

»Das würde ich nicht empfehlen«, sagte Waters, während seine Leute wie ein Mann vortraten. »Schlechte Manieren, alter Freund.«

»Aber verdammt besser als die Ihren, Sie Scheißkerl! Brigadier Daniel Brewster war der beste Kommandant, unter dem ich je gedient habe. Und außerdem war er der beste Freund, den ich je hatte, eine Freundschaft, die ich nie erlebt hätte, wenn er mir nicht in den Bergen von Muskat das Leben gerettet hätte, wo die Terroristen mich einfach liegen gelassen hatten! Als er gestorben ist, habe ich mir geschworen, daß ich seiner Familie bis zu meinem letzten Atemzug diene. Und jetzt kommen Sie und verzapfen diesen Müll! Wie können Sie das wagen?«

»Ihre Schauspielerei beginnt mich zu langweilen, Coleman.«

»Und Sie bringen mich auf die Palme, *Sir Schweinebacke*!«

»Schluß jetzt, alle beide!« herrschte Pryce die beiden Männer an. »Wir können das ganz schnell klären. Sergeant Major, hätten Sie etwas dagegen, wenn Sir Geoffrey sich in Ihrer Wohnung umsieht?«

»Nein, natürlich nicht. Wenn er mich höflich gefragt hätte, hätte ich das gleich gesagt.«

»Wann waren Sie zuletzt zu Hause?« fragte Waters ein wenig gedämpft.

»Mal sehn«, antwortete Coleman, »die Kinder sind gestern hier ziemlich spät angekommen, und ich war oben geblieben, also ist es schon zwei oder drei Tage her, daß ich zuletzt nach meiner Post gesehen habe. Die Computeraufzeichnungen der Alarmanlagen werden das zeigen – falls sie stimmen.«

»So. Sehen Sie, dann ist das geklärt«, sagte Pryce und sah Waters an. »Lassen Sie sich den Zugangscode geben, und schicken Sie Ihr Team hinüber, Geof.«

»Also, ich war vielleicht ein wenig voreilig, Coley, alter Junge, aber die Indizien wirkten doch ziemlich eindeutig, wissen Sie.«

»Ja, nun, die Lowndes Street ist ziemlich lang. Ich war vielleicht auch ein wenig voreilig. Ich werde mich bemühen, im Umgang mit Vorgesetzten etwas disziplinierter zu sein. Tut mir leid.«

»Keine Ursache, alter Junge. Ich hätte genauso reagiert.«

»Hey, Coley«, mischte Roger Brewster sich ein. »Ich mag Sir Geoffrey, aber Ihr ›Vorgesetzter‹ ist er nicht. Er ist genauso Zivilist wie Sie.«

»Stimmt!« ließ sich jetzt auch Angela vernehmen.

»Ich bin ganz zerknirscht«, sagte Waters, ein warmes Glänzen in den Augen. »Nicht, daß das das erste Mal wäre. Aber abgesehen davon, daß wir die Wanzen entdeckt haben, sind wir wieder genauso schlau wie vorher.«

»Das würde ich nicht sagen, Sir«, wandte Coleman ein. »Sie haben mich ja nicht ausreden lassen, aber ich habe einen der Typen erkannt, die mich im Regents Park beschattet haben. Er arbeitet für das Bewachungsunternehmen, als Monteur, und ich glaube, er heißt Wally oder Waldo oder so ähnlich.«

»Das ist doch schon etwas, Geof!« rief Pryce. »Setzen Sie Ihre Leute darauf an. Schnappen Sie sich den Kerl und holen Sie alles aus ihm raus, was er weiß.«

Als hätte Sir Geoffreys Handy nur auf diesen Satz gewartet, war plötzlich aus seiner Jackentasche ein diskretes Zirpen zu hören. Er zog das Telefon heraus und schaltete es ein. »Waters«, meldete er sich und lauschte. »Sie rufen genau im richtigen Augenblick an, Mark. Ich wollte gerade *Sie* anrufen, aber in einer völlig anderen Sache.« Er zog ein Notizbuch und einen Kugelschreiber heraus, fing zu schreiben an und sagte dann: »Wiederholen Sie das bitte, alter Junge, und buchstabieren Sie die Namen.... Oh, sie sind korrekt, *Sie* haben sie bereits überprüft, ausgezeichnet, ich komme so schnell wie möglich. Und jetzt zu der anderen Sache.« Waters erteilte seine Anweisungen bezüglich eines Wally oder Waldo in der Sicherheitsfirma der Brewsters. »Bohren Sie tief, aber leise.« Waters steckte das Telefon wieder ein und sah Pryce an. »In Zukunft, *Agent* Pryce, werden wir diesen Tag möglicherweise in unserem Lexikon als ›den Tag der doppelten Abkürzung‹ führen.«

»Geht es ein wenig deutlicher, Geof.«

»Aber mit dem größten Vergnügen. Jemand aus dem Foreign Office, einer der wenigen Leute, die teilweise über unsere Operation informiert sind, hat meinen Assistenten angerufen und gesagt, er hätte vielleicht etwas für mich. Erinnern Sie sich an die drei anderen, die etwa gleichzeitig mit Lady Brewster ermordet wurden, und wie wir nach Verbindungen gesucht und keine gefunden haben?«

»Aber sicher«, antwortete Pryce. »Der französische Millionär auf seiner Jacht, der spanische Arzt in Monte Carlo und der italienische Polospieler auf Long Island. Es gab keinerlei Verbindung und nichts, was darauf deutete, daß sie einander kannten.«

»Die haben wir jetzt. Der in Monte Carlo vergiftete Arzt war Wissenschaftler und stammte aus einer wohlhabenden Familie in Madrid.

Als die Universität, wo er sein Labor hatte, Daten aus seinen Computern holen wollte, stießen sie auf ein paar E-Mails an Alicia Brewster, Belgravia, *off line*, vertraulich.«

»Wie hieß der Mann?« fragte Roger schnell.

»Juan Garcia Guaiardo.«

»Ich kenne den Namen«, sagte Angela.

»Woher, meine Liebe?« Waters setzte sich.

»Das weiß ich nicht genau. Aber wenn Rog und ich zu Hause waren und beim Dinner oder beim Tee saßen, hat Mum gelegentlich erwähnt, daß sie etwas von einem Juan oder einem Guaiardo gehört habe, und dann hatte sie immer so einen komischen Blick, als ob sie ärgerlich wäre. Einmal hörte ich, wie sie sagte: ›Man muß sie aufhalten, ihnen Einhalt gebieten‹ oder so ähnlich.«

»Was sie damit gemeint hat, hat sie nie gesagt?« fragte Pryce.

»Nein, eigentlich nicht«, sagte Roger Brewster kopschüttelnd. »Wissen Sie, Mutter hat meiner Ansicht nach zu viel gearbeitet, als Dad gestorben war. Manchmal war sie völlig erledigt und hat Dinge gesagt, die keinen richtigen Sinn ergaben.«

»Was deine Schwester gerade gesagt hat, ergibt aber durchaus einen Sinn«, sagte Pryce. »Wo ist der Computer eurer Mutter?«

»Oben in ihrem Büro«, antwortete Angela.

»Denken Sie jetzt das gleiche wie ich, Cam?« sagte Leslie Montrose.

»Würde mich nicht wundern. Wo ist das Büro deiner Mutter?«

»Kommen Sie, wir zeigen es Ihnen«, sagte die Tochter und stand auf und ging auf die Wendeltreppe zu. Die anderen folgten ihr.

Alicia Brewsters Arbeitszimmer war eine Kombination aus moderner Technik und altmodischer Behaglichkeit. Die großen Erkerfenster teilten den Raum in zwei völlig unterschiedliche Bereiche. Auf der linken Seite reichten Bücherregale vom Boden bis zur Decke, und eine weiche Ledergarnitur, Tische und Stehlampen erzeugten eine anheimelnd warme Atmosphäre.

Die gegenüberliegende Seite dagegen war ein weißer Alptraum der modernsten und teuersten Technik. Ein riesiger Computerbildschirm, ein überdimensionierter Drucker, zwei Faxgeräte und eine Telefonkonsole mit mindestens vier separaten Leitungen dominierten diesen Bereich. Die Bezeichnung »eiskalt« war viel zu warm für die rechte Hälfte des Zimmers.

»Geof«, sagte Pryce, als sich alle in dem Büro versammelt hatten,

»rufen Sie Ihren Freund im Foreign Office an und lassen Sie sich die Details über Guaiardos E-Mails an Lady Brewster geben.«

»Wird gemacht. Können Sie mit diesen Dingern hier umgehen, alter Junge?«

»Einigermaßen.«

»Gut, ich bin nämlich kein Experte.«

»Ich schon«, schaltete Lieutenant Colonel Montrose sich ein. »Die Army hat mich auf die University of Chicago geschickt, Abteilung Informatik. Ich kenne mich mit ›diesen Dingern‹ mehr als nur einigermaßen aus.«

»Dann an die Arbeit, Army, ich gehöre nicht in Ihre Liga.«

»In die gehören nur wenige, *Special* Agent Pryce. Ich will mir die Anlage und die Handbücher dazu einmal kurz ansehen.« Acht Minuten später hatte sie das dicke Handbuch durchgeblättert, hielt einen Zettel mit den Daten der E-Mails aus Madrid in der Hand und ließ ihre Finger über die Tastatur fliegen. »Wir haben Glück«, sagte sie. »Die Suchfunktion ist nicht gesperrt. Wir rufen die Madrid-E-Mails auf und sehen nach, ob sie beantwortet worden sind.«

Dann spie der Drucker Seite um Seite aus, jedesmal von wenigen Anschlägen auf der Tastatur ausgelöst. Es handelte sich um sieben Seiten unterschiedlicher Länge, vier von Madrid nach London, drei von London nach Madrid. Zusammengenommen stellten sie eine kaum verständliche Straßenkarte dar, eine Karte, auf der die Straßen keine Nummern und die Städte und Dörfer keine Namen hatten, aber immerhin eine Karte mit zahlreichen Hinweisen, aus denen sich ein Mosaik von Möglichkeiten aufbauen ließ. Der Reihe nach lauteten sie folgendermaßen:

Madrid, 12. August. Meine liebe Cousine. Ich habe mir sämtliche ärztlichen Unterlagen besorgt, die ich bis zurück zum Jahr 1902 über die ursprünglichen Mitglieder finden konnte und habe dabei zahlreiche überlebende Nachkommen lokalisieren können. Die Tatsache, daß die Mitglieder ausschließlich etablierten Familien angehören, für die Stammbäume vorhanden sind, hat mir die Suche erleichtert.

London, 13. August. Lieber Juan. Gott sei Dank bist du Wissenschaftler. Du mußt dich beeilen. Wie ich vom Comer See höre – Scozzi-Paravacini –, wird dort Druck ausgeübt.

Madrid, 20. August. Meine liebe Cousine Alicia. Unter Einsatz meiner etwas fragwürdig erworbenen, aber jedenfalls äußerst realen Mittel habe ich gut beleumundete private Ermittler eingesetzt, denen ich ein Minimum an Informationen zur Verfügung gestellt habe. Als Ergebnis konnte ich dreiundvierzig Prozent meiner ursprünglichen Liste streichen. Vielleicht werden es noch mehr. Die jeweiligen Personen hatten ganz einfach keinerlei Kenntnis und standen auch in keiner Weise in Verbindung. Vergleiche von Stimmustern bestätigten ihre völlige Unkenntnis.

London, 22. August. Such weiter, mein Lieber. Druck aus Amsterdam, aber von mir entschieden abgewiesen.

Madrid, 28. August. Liebste Cousine. Das Massaker in Estepona, bei dem Mouchistine und seine vier internationalen Anwälte ums Leben kamen, war eine Katastrophe. Ich kann nicht feststellen, woher der Befehl kam, aber eins steht fest, er kam von den M, weil Antoine Lavalle, Mouchistines Vertrauter, die Absichten des alten Mannes preisgegeben hat. Die Anwälte aus Paris, Rom, Berlin und Washington waren reine Strohmänner. Aber wie sollten sie Mouchistines Anweisungen ausführen, und wie können wir Näheres erfahren? Ich habe keine Ahnung.

London, 1. September. Liebster Juan. Der Druck aus Amsterdam hat inzwischen unangenehme Ausmaße angenommen, das sind jetzt massive Drohungen. Die Kinder wissen es nicht, aber ich habe Leibwächter engagiert, die in ihrer Nähe bleiben sollen, hoffentlich ohne entdeckt zu werden.

»Verdammt!« schrie Roger, nachdem er die vorletzte E-Mail gelesen hatte. »Ich habe es doch gewußt! Da waren immer diese drei oder vier Typen. Sie sind immer wieder aufgetaucht, ganz plötzlich in einem Pub oder auf dem Fußballplatz. Zwei von ihnen habe ich zur Rede gestellt und gefragt, was sie wollten. Aber sie taten wie unschuldige Lämmer – sagten, sie wären Jungs vom Land, die gern mal einen Schluck trinken würden und unsere Mannschaft anfeuern wollten.«

»Ich habe sie auch gesehen, Bruderherz«, sagte Angela. »Einer von ihnen hat meinetwegen sogar Ärger bekommen, fürchte ich. Ich habe ihn der Schulleitung gemeldet, weil ich ihn für einen Spanner hielt. Dann war er plötzlich verschwunden, aber an seiner Stelle kamen andere. Und an dem Punkt war mir klar, daß Mum sich um uns Sorgen machte.«

»Warum hast du mir nichts gesagt?«

»Weil du manchmal recht jähzornig sein kannst, Rog, und ich mir dachte, Mutter würde schon wissen, was sie tut.«

Madrid, 10. September. Der Mord an Giancarlo Tremonte, dem letzten männlichen Nachkommen und Erben des Scozzi-Vermögens, beweist mir, daß die M vor nichts zurückschrecken. Die wollen uns alle zum Schweigen bringen. Sei vorsichtig, liebste Cousine. Vertraue niemandem.

»Jetzt haben wir die Verbindung!« erregte sich Waters. »Mein Gott, die waren Cousin und Cousine und standen sich offenbar sehr nahe! Daß wir das nicht herausgefunden haben!«

Wieder war aus Sir Geoffreys Jacke das gedämpfte Klingeln seines Telefons zu hören. Er zog es heraus, drückte den Knopf und meldete sich: »Ja?« Allem Anschein nach war das, was er zu hören bekam, alles andere als eine gute Nachricht, denn seine Gesichtszüge verfinsterten sich zusehends. Schließlich schloß er die Augen und seufzte hörbar. »Ich gebe zu, daß das nicht sonderlich hilfreich ist, aber suchen Sie jedenfalls weiter. Vielleicht können Sie herausfinden, wer sein Kollege im Regents Park war.« Sir Geoffrey steckte das Telefon ein und sah die anderen an. »Heute nachmittag hat man die Leiche von Wallace Esterbrook, auch als Wally Esterbrook bekannt, Angestellter der Trafalgar Guardian Company, mit zwei Einschüssen im Hinterkopf aus der Themse gefischt. Als Zeitpunkt seines Todes hat man vorläufig die letzten achtundvierzig Stunden festgestellt.«

»Donnerstag abend oder Freitag früh«, sagte Coleman. »Großer Gott, das paßt genau!«

»Was paßt?« fragte Pryce.

»Unsere Blicke sind sich einen kurzen Moment begegnet, bloß ein paar Sekunden. Er hat gewußt, daß ich ihn erkannt habe.«

»Aber was ist mit dem Kerl, der bei ihm war?« drängte Pryce.

»Keine Ahnung, das kann ich wirklich nicht sagen, aber ich meine, daß er uns beide angesehen hat.«

»Jetzt sind Sie dran, Geof.«

18

Brandon Alan Scofield, alias Beowulf Agate, war in dem Element, das er am besten kannte, an das er sich aus einer Zeit erinnerte, die mehr als ein Vierteljahrhundert zurücklag. Er war wieder ein Jäger auf der Pirsch, eine Raubkatze, die ihre Beute nachts jagte, ein zweibeiniger Killer in geheimem Auftrag, der den Feind in der Dunkelheit beschlich, ihn nur im Notfall tötete, weil es viel wünschenswerter war, ihn lebend zu fangen.

Um ungehinderte Kommunikation sicherzustellen und zugleich Scofields Aufenthaltsort geheimzuhalten, blieb Antonia in Peregrine View in den Smoky Mountains. Anrufe, die von Cameron Pryce oder Leslie Montrose aus Europa ankamen, konnten dank der modernen Mobilfunktechnik ohne jede Verzögerung an ihn weitergeleitet werden. Sie hatte von Bray lediglich verlangt, daß er sie nach seiner Landung in Wichita alle acht Stunden anrufen und ihr über seine Fortschritte berichten sollte. Wenn sein Anruf sich um mehr als zwei Stunden verspätete, würde sie Frank Shields bei der Central Intelligence Agency anrufen und ihm die Wahrheit sagen. Scofield hatte Einwände, aber Antonia ließ sich nicht umstimmen. »Ich will dich wieder ganz zurück haben, du alter Idiot! Was sollte ich denn ohne dich mit Brass 26 anfangen?«

Beowulf Agate befand sich in Wichita, Kansas, der Zentrale von Atlantic Crown Limited. Jemand in der Vorstandsetage dieser Firma hatte die Anweisungen an Lieutenant Colonel Leslie Montrose geschrieben und sie in Paris, London, Kairo, Athen und weiß der Himmel wo sonst noch verbreiten lassen. Dieser Jemand gehörte der Führungsebene der Matarese an, und Brandon war fest entschlossen, herauszufinden, wer dieser Jemand war.

Die Uhr am Armaturenbrett seines gemieteten Wagens zeigte 2.27 Uhr morgens an. Der riesige Parkplatz von Atlantic Crown war fast leer. Lediglich die Fahrzeuge der Sicherheitsabteilung standen hell erleuchtet im Scheinwerferlicht, wo ihre Aufschrift *Patrol Vehicle* nicht zu übersehen war. Scofield lächelte. Die Sowjets damals waren wesentlich raffinierter gewesen; sie hatten nie auf sich aufmerksam gemacht. Er zog ein Jagdmesser aus der Scheide, öffnete die Fahrertür, trat ins Freie und schloß die Tür lautlos hinter sich. Dicht an den Boden gepreßt, drang er in die hellerleuchtete Zone ein und ging daran, sämtliche Reifen der Streifenfahrzeuge anzustechen. Dann arbeitete er sich im Schatten an eine Seitentür heran und studierte das kleine Kästchen der Alarmeinrichtung, das immer den schwächsten Punkt einer gutbewachten Anlage darstellte. Es war beinahe primitiv, dachte Scofield. Atlantic Crown hielt wie so viele Firmen ihrer Größenordnung nicht viel von elektronischen Sicherheitsvorrichtungen, vermutlich weil es für sie unvorstellbar war, daß ihre Sicherheit je in Gefahr sein könnte. Die Gehälter des Sicherheitspersonals waren eine notwendige Ausgabe, komplizierte elektronische Anlagen machten häufig mehr Ärger, als sie wert waren, und waren eigentlich überflüssig.

Scofield stemmte das Kästchen mit einem Werkzeug auf, das er am Gürtel trug, holte eine Taschenlampe heraus und sah sich die Drähte an. Primitiv – nein, eher vorsintflutlich. Dank euch, ihr unbekannten Erbsenzähler, schmunzelte er, während er seinen Lichtstrahl auf die verschiedenen Drähte richtete. *Rot, Weiß, Blau, Blau, Orange, Weiß, Blau.* Amateure! Bray zog eine kleine Kneifzange heraus und knipste die drei blauen Drähte durch. Er wartete auf eine Reaktion. Es kam keine. Er hatte den östlichen Quadranten des Systems lahmgelegt.

»Jetzt kann der alte Mann sich an die Arbeit machen«, flüsterte Beowulf Agate im Selbstgespräch. »Los geht's, Junge!«

Mit winzigen Drahtspitzen manipulierte Scofield das Schloß der Seitentür und trat ein. Die Gänge lagen im Dunkeln. Die Neonröhren an der Decke leuchteten nur schwach, grau in grau, alles gedämpft und ohne Schatten. Scofield wußte, daß er den Aufzug nicht benutzen durfte. Also suchte er nach einem Treppenhaus und begann den Aufstieg. Das Gebäude von Atlantic Crown war siebzehn Stockwerke hoch; er mußte ins sechzehnte.

Und das tat er.

Scofield verspürte ein seltsam belebendes Gefühl. Da war natürlich die Angst, und das war gut; er war zu lange außen vor gewesen und brauchte die Bremsen der Vorsicht. Aber er hatte all die Werkzeuge seines ehemaligen Berufs wieder hervorgeholt: die Schuhe mit den dicken Kreppsohlen, die seine Schritte dämpften; die Dietriche, eine Taschenlampe mit blauem Licht, ein mit Magneten versehenes stethoskopähnliches Meßgerät für Safes, eine Sprühdose mit lähmendem Gas, eine

Miniaturkamera, eine .25er Heckler & Koch, natürlich mit Schalldämpfer, und eine Drahtgarotte. Er trug einen Kampfanzug mit zahlreichen Taschen und hatte besonderen Spaß an der Vorstellung, daß Frank Shields die ganze Ausrüstung bezahlt hatte, ohne die Wahrheit zu kennen.

»Sie werden nicht im Feld arbeiten!« hatte sich der CIA-Analytiker erregt. »Darüber hatten wir uns geeinigt.«

»Natürlich nicht, Squinty«, hatte Beowulf Agate darauf geantwortet. »Glauben Sie, ich bin genauso bescheuert wie Sie? Ich weiß doch, was ich kann und was nicht, auch wenn ich ein gutes Stück jünger bin als Sie.«

»Nicht mal ein Jahr, Brandon. Weshalb dann all die Ausgaben?«

»Weil der Hinweis, den ich bekommen habe, vielleicht zu dem Durchbruch führen könnte, den wir hier brauchen.«

»Das beantwortet meine Frage nicht.«

»Also schön, ich will offen sein, aber nur bis zu einem bestimmten Punkt. Und ich rate Ihnen gut, das zu akzeptieren. Ich habe den besten Agenten engagiert, den die Stasi je hatte, einen kaltblütigen Hurensohn, der von ein paar Regierungen und von Interpol gesucht wird. Er ist aus allen Agentenlisten getilgt und hat keinen Namen und keine Vorgeschichte mehr. Das ist nicht das erste Mal, daß wir das getan haben, Squinty, und jetzt müssen wir es wieder tun.«

»Und was kostet er?«

»Zweitausend pro Tag plus Spesen und eine Prämie von hunderttausend, wenn er uns das liefert, was wir erwarten.«

»Das ist natürlich unverschämt, aber wenn das stimmt, was Sie sagen, und der Mann das schafft, dann können wir wohl damit leben. Wir haben früher schon mehr bezahlt. Sie können sich das Geld bei der Commercial Bank of Nova Scotia abholen, davon gibt es nur eine, und sie steht im Telefonbuch. Verlangen Sie dort nach einem Direktor namens Wister, das ist unser Kontaktmann. Ich genehmige eine erste Rate von zehntausend.«

»Finanziell hat die Sache auch ihren Vorteil, Squinty. Unser Mann hat gesagt, wenn er ins Gras beißt, brauchen wir nichts zu bezahlen. Er meint, er hätte keine Verwandten, denen er eine müde Mark hinterlassen würde. Also zum Teufel damit.«

»Scheint ja ein selbstbewußter Mistkerl zu sein, wie?«

»Er ist beides. Deshalb ist er auch gut.«

Verdammt, dachte Scofield, als er außer Atem im fünfzehnten Stock angekommen war. Er hätte Squinty den fünf-, nein, den zehnfachen Betrag nennen sollen! Sein fiktiver Stasi-Agent war eine derartige Inspiration, daß er inzwischen beinahe selbst an den Mann glaubte. Keine Frage, sinnierte Beowulf Agate, als er sich eine kurze Verschnaufpause erlaubte, seine Übereinkunft mit seinem brillanten deutschen Geschöpf mußte neu strukturiert werden. Aufgewertet. Das hieß, falls bei der Wichita-Operation etwas herauskam. Und deshalb, überlegte Scofield, sollte er jetzt besser anfangen, sich Gedanken darüber zu machen.

Beim Überfliegen der Unterlagen, die sie sich teils auf legalem, teils auf weniger legalem Wege über das Atlantic-Crown-Konglomerat beschafft hatten, stachen immer wieder zwei Namen hervor: Alistair McDowell, Vorstandsvorsitzender, und Spiro Karastos, Finanzvorstand. Die Aktenvermerke, die die beiden einander und den Leitern ihrer nachgeordneten Abteilungen schickten, wiesen eine fast roboterhafte Ähnlichkeit auf, eine Mischung aus betriebswirtschaftlichen Begriffen und Alltagssprache. Eine Sprachanalyse hatte ergeben, daß jeder von beiden der Verfasser der Anweisungen sein konnte, die Lieutenant Colonel Leslie Montrose, der Mutter des entführten James Montrose, erteilt worden waren.

Die genaue Lage der Büros der beiden Männer und die Zeitpläne der nächtlichen Reinigungstrupps herauszufinden hatte keine Mühe bereitet. Ihre Büros befanden sich im sechzehnten Stock und lagen dicht beieinander, es gab sogar eine Verbindungstür. Die Reinigungstrupps arbeiteten gewöhnlich zwischen ein Uhr und zwei Uhr morgens im sechzehnten Stockwerk; ihre Arbeit dort nahm nie mehr als vierzig Minuten in Anspruch. Außerdem hatte Scofield in Erfahrung gebracht, daß die Türen zu den Treppenhäusern sukzessive geöffnet wurden, damit die Treppen gewischt und etwaige Abfälle entfernt werden konnten. Eine dafür reichlich belohnte Putzfrau, überzeugt, damit ihre Stellung nicht zu riskieren – ganz im Gegenteil –, hatte sich bereit erklärt, im sechzehnten Stock einen Gummitürstopper anzubringen. Das tat sie, um hundert Dollar reicher, in der Annahme, einen harmlosen Streich unter Kollegen zu unterstützen. Außerdem war sie auf den Vorschlag eingegangen, die Tür zu Alistair McDowells Büro nicht abzuschließen. Der Grund? Damit seine Vorstandskollegen heimlich ein paar Dutzend bunte Luftballons und ein Büfett mit Kaviar und

Champagner in das Büro ihres Kollegen schmuggeln konnten, um seinen Geburtstag zu feiern. Warum nicht? Der ältere Herr, der an die Putzfrau mit dieser Bitte auf dem Parkplatz herangetreten war, war so nett gewesen und hatte einen superteuren Anzug angehabt. Teuer genug, um ihre Familie damit sechs Monate lang zu ernähren.

Beowulf Agate hatte seine Überzeugungskraft nicht verloren. In früheren Jahren hätte er sich vielleicht für eine weniger zeitraubende, dafür aber auch riskantere Vorbereitung entschieden. Aber sein Alter forderte mehr Sorgfalt bei den Vorbereitungen. Er schmunzelte unwillkürlich und wünschte sich, er hätte in der Vergangenheit manchmal so weise und vorsichtig gehandelt. Das hätte ihm vielleicht zwei Schulterwunden, drei Kugeln in den Beinen und einen Bauchschuß erspart, dessen Heilung Wochen gedauert hatte. Aber was soll's? Schließlich konnte er jetzt auch nicht mehr über einen anderthalb Meter hohen Zaun springen. Anderthalb Meter, von wegen, einen mit etwas Glück, und anschließend hatte er drei Tage Rückenschmerzen!

Seine Waden schmerzten immer noch von der langen Kletterpartie, und er schüttelte sie heftig und versuchte den Schmerz wegzumassieren, ehe er die letzte Treppe hochstieg. Wie versprochen, stand die Feuertür einen Spalt weit offen, gerade so, daß es nicht auffiel. Kameras waren in den Fluren nicht angebracht – schließlich gingen ja einige Nachtwächter Streife, überprüften die Bürotüren und steckten am Ende eines jeden Stockwerks Schlüssel in eine Kontrolluhr. Scofield hatte jetzt die oberste Stufe erreicht und zog die Tür einen Spalt auf, um in den Flur zu blicken. Er schob sie sofort wieder zu; ein Wachmann kam direkt auf ihn zu, den schweren Sicherheitsschlüssel in der Hand, den er am Ende des Flurs nur wenige Schritte von der Feuertreppe entfernt in die Uhr stecken würde.

Scofield hockte sich, plötzlich besorgt, hin, entfernte den Türstopper und hielt die schwere Stahltür mit schmerzenden Fingern, so daß nur ein winziger Spalt Licht zu sehen war. Er mußte den Atem anhalten, um den Schmerz zu unterdrücken, seine Finger brannten wie Feuer. Dann hörte er endlich das Klicken der Zeituhr und die sich in Richtung Aufzug entfernenden Schritte des Nachtwächters. Er zog die Tür wieder einen Spalt auf, schob die linke Hand in den Spalt und steckte die Finger seiner rechten Hand in den Mund, um den Schmerz zu lindern. Der uniformierte Wachmann stand vor einer Lifttür, die sich gerade öffnete. Der Mann verschwand, und Scofield, dem der Schweiß auf der Stirn stand, trat schnell in den düsteren Flur.

Der Reinigungstrupp hatte seine Arbeit bereits getan, wohltuende Stille umgab ihn. Scofield eilte schnell den Flur hinunter und überflog dabei die Namen und Titel an den Türen.

Alistair McDowell
Vorstandsvorsitzender

Es handelte sich um die Tür in der Mitte unmittelbar vor ihm am Ende des Korridors. Links und rechts waren keine ähnlichen Türen zu sehen, was darauf hindeutete, daß Alistair McDowell eine ganze Suite, nicht nur ein normales Büro besaß. Scofield griff nach dem auf Hochglanz polierten Messingknopf und hoffte, daß die von ihm so großzügig bedachte Putzfrau ihr Versprechen gehalten hatte. Das hatte sie. Scofield drehte langsam den Knopf und öffnete vorsichtig die Tür, bereit, sofort wegzurennen, falls ein Alarm ertönte. Das war nicht der Fall, und so trat er schnell ein, drehte sich um, schloß die Tür hinter sich, knipste seine kleine Taschenlampe an und ließ den blauen Lichtkegel durch den Raum wandern, zuerst über den Boden und dann zu den großen vier Fenstern, deren schwere Vorhänge er zuzog. Jetzt konnte seine Suche beginnen.

Alistair McDowell hatte Familie und wollte offenbar, daß jeder das wußte. Mit Nachdruck. Auf seinem riesigen, glänzend polierten Schreibtisch und in den Bücherregalen zwischen den Fenstern waren wenigstens zwei Dutzend Fotografien in silbernen Rahmen verteilt. Sie zeigten drei Kinder in verschiedenen Stadien des Heranwachsens, von Babys in den Armen ihrer Mutter bis zur Teenagerzeit. Sie waren mit ihren Eltern und dem ganzen Drum und Dran des jeweiligen Lebensabschnitts abgebildet: Kinderwagen, Taufkleid, Laufstall, Schaukel, Dreirad, Fahrrad, Tennisschläger, Pferde und Segelboote. Das Ganze war ein kurzer Abriß des Guten Lebens, so wie es ein gottesfürchtiger Mann verdient, der stolz auf seine Familie, seine Gemeinde, seine Kirche und sein Land war. Die Früchte seines Fleißes waren Wohlstand, Glück und Sicherheit. Es war der *American way of life*, den er sichtlich genoß.

Und wenn Beowulf Agates Verdacht sich auch nur annähernd bestätigte, dann würde ein gewisser Alistair McDowell einer der ersten sein, der diesen Traum zerstörte, indem er ihn auf eine auserwählte Elite beschränkte, der Legionen von Speichelleckern – sprich: Sklaven – untertan waren.

Die Schreibtischschubladen, von denen zwei abgeschlossen waren, stellten kein Problem dar, enthielten aber auch mit Ausnahme vielleicht eines Terminkalenders nichts Nützliches. Scofield zog seine Miniaturkamera heraus und fotografierte jede einzelne Seite des Kalenders; das nahm beinahe eine Viertelstunde in Anspruch. Anschließend durchsuchte er die ganze Suite, angefangen mit dem von ihm nicht erwarteten Schlafzimmer hinter der rechten Wand, dem Büro selbst und schließlich einem Konferenzzimmer auf der linken Seite, das in seiner schweren Schlichtheit streng, aber elegant wirkte. Bei seiner Suche war er auf einige Gegenstände gestoßen, die eine gründlichere Untersuchung erforderten. Dazu gehörte in erster Linie ein hinter einer Reihe ledergebundener juristischer Werke versteckter Wandsafe. Die Bücher waren Scofield aufgefallen, weil McDowell zwar ein vielgerühmter Manager, aber kein Jurist war.

Die dicken Bände standen da, um seine Besucher zu beeindrucken, nicht als Arbeitsexemplare. Und zugleich bildeten sie eine ausgezeichnete Tarnung für einen Wandsafe. Die nächste Entdeckung war eine versperrte winzige Kammer, die so klein war, daß sich dort nur eine Person aufhalten konnte, mit einem Computer modernster Bauart und einem einfachen Plastiksessel. Und dann war da schließlich noch ein versperrter Mahagoni-Aktenschrank, der ein wenig deplaziert unter einem Gemälde mit einer Jagdszene stand, als hätte der Innenarchitekt vergessen, ihn in die Wand einzubauen. Der letzte Fund war der verblüffendste: eine große freistehende Musikbox, die bestimmt fünfzig Jahre alt war, auf einem geschnitzten Schränkchen aus Kirschbaumholz – eine Rarität, die bestimmt fünfzigtausend Dollar wert war, wenn nicht erheblich mehr.

Als Scofield das Schränkchen mit Hilfe seines Drahtinstruments geöffnet hatte, reizte freilich dessen Inhalt seine Neugierde weit mehr als die Rarität selbst. Es handelte sich um ein elektronisches Gerät, das Beowulf Agate sofort erkannte: die Schreibmaschinentastatur und die vier Zylinder, die sich vorwärts und rückwärts drehen ließen, langsam und gemächlich, geradezu schicksalhaft, bis alle synchronisiert waren und zum Stillstand kamen, weil ein schwieriges Problem gelöst und ein Code gebrochen war. Es handelte sich um eine Dechiffriermaschine, die nach dem Prinzip der berühmten Enigma gebaut war, des Konvertierungsapparats, der im Zweiten Weltkrieg den Code der deutschen Obersten Heeresleitung geknackt hatte.

Die Maschine hatte einen modernen Zusatz, der offensichtlich ihre Zugehörigkeit zum Computerzeitalter bestätigte. Anstelle einer gedruckten Seite, die unten herauskam, war oben ein kleiner Monitor angebracht. Scofield erinnerte sich an die Zeit, als er in London mit dem britischen Nachrichtendienst zusammengearbeitet und fasziniert Geschichten über Enigma gehört hatte. Ein englischer Kollege war mit ihm in ein Zweigbüro in Oxford gegangen, wo eine modernisierte Version des Originals im Einsatz war, ganz in der Nähe der Universität, falls wissenschaftliche Recherchen erforderlich sein sollten.

»Tippen Sie das Wort ›Aardvark‹ ein«, hatte der junge MI5-Beamte namens Waters gesagt. Bray war der Aufforderung nachgekommen, und auf dem Bildschirm war sofort in grünen Lettern HAU AB, ARSCHLOCH erschienen. »Einige unserer jungen Mitarbeiter haben leider einen etwas skurrilen Humor«, hatte Geoffrey Waters schmunzelnd gesagt. »Jetzt tippen Sie den Satz ›Der Apfel rollt weit vom Stamm.‹« Auch das hatte Scofield getan, aber diesmal reagierte der Bildschirm zivilisiert. TREFFEN STUTTGART BESTÄTIGT WIE GEPLANT. »Das war eine Sendung, die wir letzte Woche aufgefangen haben. Sie kam von einem Maulwurf im Foreign Office, der sie zur Stasi in Ostberlin abgesetzt hat.«

»Was ist dann passiert?«

»Oh, er ist schon nach Stuttgart gefahren, aber er ist leider nicht mehr zurückgekommen. Einer unserer Jungs auf der anderen Seite der Mauer hat die Stasi wissen lassen, daß er ein Doppelagent sei.«

Scofield schaltete Alistair McDowells persönliches Dechiffriergerät ein. Weil ihm nichts Besseres einfiel, tippte er ›Aardvark‹ ein. Der Bildschirm antwortete darauf mit UNZULÄNGLICH. Zumindest hatte das amerikanische Produkt bessere Manieren. Dann gab er den Satz ›Der Apfel rollt weit vom Stamm‹ ein. Der Bildschirm wurde hell, die Zylinder fingen an, sich zu drehen, und kamen schließlich wieder zum Stillstand. Diesmal erschien der Satz: ZUSÄTZLICHE DATEN BENÖTIGT – NULLSUCHE. Stämme und rollende Äpfel waren also nicht zu entziffern. Scofield zog seine Kamera wieder heraus und machte ein paar Aufnahmen von dem Gerät in der Hoffnung, den Hersteller ausfindig machen zu können. Es mußte sich um ein Unternehmen handeln, das auf oberster Geheimhaltungsstufe militärische und nachrichtendienstliche Stellen versorgte. Im Fachjargon also eine ›Möglichkeit‹.

Jetzt wandte Scofield sich wieder dem Aktenschrank zu und schaltete eine der Stehlampen ein. Der Schrank hatte vier Schubladen, also zog er sich einen Stuhl heran und fing mit der untersten Schublade, die die Buchstaben T bis Z enthielt, sieben mit Reitern versehene Register mit einer ganzen Anzahl von Aktendeckeln dazwischen.

Die Lektüre war nicht nur mühsam, sondern auch von geradezu lähmender Langeweile. Der größte Teil von Alistair McDowells Korrespondenz befaßte sich mit Firmenkäufen, möglichen Firmenkäufen, Vertriebsstrategien, Budgets, Gewinnprognosen und entsprechenden Maximierungsprogrammen. Dann gab es da auch einige Akten von geringerer Tragweite, beispielsweise Kopien von nichtssagenden Ansprachen vor Rotarierclubs, Handelskammern und Wirtschaftsverbänden, sowie Briefe an Politiker, die meist ebenso nichtssagend waren, und einige wenige an die Direktoren einiger Privatschulen (allem Anschein nach war die nächste McDowell-Generation doch nicht so makellos rein und sauber). Schließlich war da noch eine Sammlung von Aktenvermerken des Vorsitzenden, die sich mit früheren und aktuellen Verhandlungen befaßten. Scofields Blick war inzwischen glasig geworden, und der Inhalt der Akten fing an, ihn zu ermüden. Bis er auf den Buchstaben Q stieß und dort auf den unerklärlichen Titel *Quotientengruppengleichungen*.

Was sollte das bedeuten? Was waren »Quotientengruppengleichungen«? Es handelte sich um fünf Aktendeckel voller handschriftlich mit Ziffern und Symbolen, möglicherweise irgendwelchen Formeln bedeckter Papiere, aber Scofield hatte nicht die leiseste Ahnung, was sie zu bedeuten hatten. Doch sein Instinkt sagte ihm, daß Alistair McDowell hier Dinge festgehalten hatte, die ein anderer nicht verstehen sollte. Andernfalls würde es zumindest verständliche Überschriften auf den einzelnen Blättern geben, die in auch noch so kurzer Form den Inhalt erkennen ließen. Aber da war nichts, nicht die leiseste Andeutung.

Scofield wußte, daß Quotient ein mathematischer Begriff war, ebenso wie Gleichung, aber was »Gruppe« in diesem Zusammenhang bedeuten sollte, war ihm ein Rätsel. Er sah sich im Büro um in der Hoffnung, ein Wörterbuch oder ein Lexikon zu finden und entdeckte natürlich auch eins auf einem der unteren Regale. Er trug das Buch zum

Schreibtisch, warf einen Blick auf die Fenster, um sich zu vergewissern, daß die Vorhänge völlig geschlossen waren, und knipste McDowells Schreibtischlampe an. Beim Blättern in dem Buch fand er schließlich:

Quotient – das Resultat einer Division; die Anzahl von Mengen, die in einer anderen Menge enthalten sind.

Und darunter:

Quotientengruppe – eine Gruppe, deren Elemente für eine Untergruppe einer vorgegebenen Gruppe wesentlich sind.

Beowulf Agate war sich darüber im klaren, daß er auf eine Goldader gestoßen war. Er fotografierte jede einzelne der handschriftlichen Seiten in den fünf Aktendeckeln und war sich ziemlich sicher, damit die ersten Hinweise zu besitzen, die ihn möglicherweise zu den Gruppen und Untergruppen der Matarese führen würden.

Dann setzte er die Suche fort, fand aber in dem Aktenschrank nichts mehr von Interesse, wenn ihn auch der Inhalt einiger Aktendeckel amüsierte. McDowell führte Buch über die monatlichen Ausgaben seiner Frau für Kleidung und Haushalt, die er teilweise in Randbemerkungen als übertrieben bezeichnet hatte, darunter auch Rechnungen über alkoholische Getränke, die mit dicken roten Ausrufezeichen markiert waren. Diese Unterlagen spiegelten nicht gerade das liebevolle Familienleben wider, das die Fotos in den silbernen Rahmen darstellten.

Scofield schloß die oberste Schublade des Aktenschranks und wandte sich wieder dem Computer zu. Er schaltete das Licht ein und musterte die ihm völlig fremde Anlage. Für ihn gab es hier nichts mehr zu tun. Er holte sein Handy heraus und rief Peregrine View in den Smoky Mountains an.

»Dein Anruf kommt über eine Stunde zu spät!« sagte Antonia verärgert. »Wo steckst du denn, du alter Esel?«

»An einem Ort, den mir keiner dieser Amateure zugetraut hätte.«

»Komm schleunigst zurück ...«

»Ich bin noch nicht fertig«, fiel Scofield ihr ins Wort. »Hier ist ein Computer und ein Wandsafe ...«

»Doch, du bist fertig!« rief Antonia. »Es ist etwas passiert.«

»Was denn?«

»Frank Shields hat vor etwa zwei Stunden angerufen. Er weiß nicht recht, was er tun soll.«

»Das wundert mich aber bei Squinty. Er weiß doch immer, was zu tun ist.«

»Diesmal nicht. Er will deinen Rat.«

»Ich werde verrückt! *Meinen* Rat? Worum geht's?«

»Der Nachrichtendienst der Navy hat sich bei ihm gemeldet. Wenn die Information stimmt, ist Leslies Sohn entkommen und befindet sich an Bord eines Schiffes auf dem amerikanischen Stützpunkt in Bahrain.«

»Du großer Gott, das ist ja prima! Gut für den Jungen!«

»Genau das ist es, Bray, er ist ein Junge, eigentlich noch ein Kind. Shields meint, es könnte eine Falle sein.«

»Eine Falle? Warum denn in aller Welt?«

»Weil der Junge nicht bereit ist, mit irgend jemandem außer seiner Mutter zu sprechen, sagt der Marineoffizier, der bei ihm ist. Mit keinem amerikanischen Regierungsbeamten, niemandem von einem Nachrichtendienst oder aus dem Weißen Haus, ja nicht einmal mit dem Präsidenten selbst. Nur mit seiner Mutter, um ganz sicher zu sein, daß es wirklich auch sie ist.«

»Verdammt!« rief Scofield und hieb dabei unwillkürlich auf den nächstliegenden Gegenstand. In dem Fall war das die Tastatur des Computers. Im gleichen Augenblick ertönten überall im Gebäude ohrenbetäubende Alarmsignale. Der versteckte Computer war nicht nur geheiligt, sondern neigte auch zu hysterischen Anfällen. Scofield schrie in sein Telefon: »Ich verschwinde hier! Sag Squinty, ich rufe ihn von einem öffentlichen Telefon aus an, das ist sicherer als das Handy. Er soll dann auf Zerhacker schalten. Wünsch mir Glück, altes Mädchen!«

Scofield rannte aus dem Büro, schloß die Tür hinter sich und hetzte über den Flur zu dem Treppenausgang auf der linken Seite. Er stieß die schwere, feuersichere Tür auf, schloß sie schnell wieder hinter sich, bückte sich und nahm den kleinen Gummitürstopper heraus. Plötzlich hörte er hinter sich im Flur die Rufe der Wachleute. Offenbar gab es eine hitzige Auseinandersetzung, und Scofield begriff sofort. Niemand besaß einen Schlüssel für das Büro des Vorstandsvorsitzenden. Jede andere Tür ließ sich vermutlich mit dem Hauptschlüssel öffnen, aber nicht die McDowells und aller Wahrscheinlichkeit nach auch die von Karastos nicht, dem Finanzchef der Firma, dessen Büro unmittelbar mit der Suite des Vorstandsvorsitzenden verbunden war. *Verdammt*! dachte Scofield. Er hatte keine Zeit mehr gehabt, Karastos Büro zu durchsuchen, ganz zu schweigen von dem Safe im Bücherschrank. Aber jetzt war nicht die Zeit, verpaßten Chancen nachzutrauern. Er mußte schleunigst aus dem Gebäude verschwinden und mit Shields Verbindung aufnehmen. Leslie Montrose' Junge! Herr im Himmel!

Dann hörte er draußen jemanden schreien: »Die Treppenhäuser! Ich rufe den Big Mac an und sag dem Arschloch, er soll uns seine Kombination geben! Wenn da ein Brand ausbrechen würde! Ich möchte wissen, ob es dem Kerl lieber ist, wenn seine Bude abbrennt, als daß er uns reinläßt?«

»Tritt doch die Scheißtür ein!«

»Die hat Stahleinlagen. Außerdem würde er mir das dann vom Gehalt abziehen, dieser Drecksack!«

Die *Treppenhäuser.* In diesem T-förmigen Gebäudeflügel gab es noch zwei weitere Treppen. Wie viele Wachen waren insgesamt im Einsatz, und welche der drei Treppen würden sie sich als erste vornehmen? Herrgott, wahrscheinlich alle gleichzeitig! Scofield hetzte, so schnell er konnte, die Betonstufen hinunter, hielt sich am Geländer fest und schwang sich an jedem Absatz buchstäblich von einer Treppe auf die nächste. Atemlos, schweißüberströmt und mit schmerzenden Waden kam er im Erdgeschoß an, an der Tür, durch die er das Gebäude betreten hatte. Er blieb stehen, holte tief Luft und strich sich geistesabwesend über seine Tarnkombination.

Schritte! Einige Stockwerke über ihm auf der Treppe. Vermutlich vier oder fünf Männer, sie rückten schnell näher. Er hatte keine Wahl; er mußte das Gebäude verlassen, wohl wissend, daß auch draußen Wachen sein würden. Er hatte keine Zeit, um lang nachzudenken.

Da waren auch Wachen, mindestens eine. Der Blauuniformierte sah ihn aus der Tür kommen und rannte auf ihn zu. »Hey, *Sie da*!« schrie der breitschultrige Mann und zog die Pistole aus dem Holster.

»Nicht hey *ich*, Freundchen!« brüllte Beowulf Agate mit einer Stimme, die laut von den Mauern widerhallte. »Hey, *Sie*! Ich bin Colonel Chaucer, National Guard, Special Forces. Diese Firma ist Regierungslieferant oberster Sicherheitsstufe. Wir sind an Ihr Alarmsystem angeschlossen.«

»Sie sind was – *wer*?« fragte der Mann verblüfft und sichtlich beeindruckt.

»Das haben Sie doch gehört, Mann. Wir werden automatisch alarmiert, weil AC streng geheime Chemikalien entwickelt.«

»Der Alarm ist doch vor weniger als fünf Minuten ausgelöst worden …«

»Unsere Fahrzeuge sind rund um die Uhr auf Streife. Wir sind nie weit entfernt.«

»Oh, das ist ja ...«

»Meine Männer sind in der ganzen Anlage ausgeschwärmt. Und jetzt schnell! Überprüfen Sie die Nordosttreppe, die hier ist sauber. Ich treffe mich mit meinen Männern.«

Scofield rannte zum Ausgang, drehte sich in der letzten Sekunde um. »Sagen Sie allen, Sie sollen drinnen bleiben! Meine Leute könnten schießen.«

»Ach du lieber Gott!«

Scofield raste auf Nebenstraßen aus Wichita, bis er die Route 96, die Hauptstraße, erreichte, wo er eine Telefonzelle zu finden hoffte. Schließlich fand er eine, ein schwach beleuchtetes, mit obszönen Graffiti bedecktes Häuschen. Er schob eine Münze in den Schlitz und wählte die Vermittlung und meldete ein R-Gespräch mit Frank Shields sicherem Telefon zu Hause an.

»Wo sind Sie, Brandon?«

»Wo kein Weizen blüht und kein Büffel flieht, Squinty. Es ist vier Uhr morgens, und ich sehe rings um mich nur das flache Land von Kansas.«

»Okay, mein Anschluß ist ziemlich sicher, und es ist äußerst unwahrscheinlich, daß wir abgehört werden können.«

»Ich würde sagen, unmöglich.«

»Trotzdem, verwenden Sie keine Namen, überlassen Sie das mir.«

»Geht klar.«

»Zunächst – haben Sie etwas gefunden?«

»Wovon reden Sie?«

»Antonia hat gesagt, Sie befänden sich ›auf der Jagd‹, und da brauchte ich gar nicht weiterzufragen, Sie verlogener Mistkerl!«

»Um Ihre Frage zu beantworten, *Sir*, ich denke, ja, ich habe etwas gefunden. Aber was hat es mit diesem verschwundenen Gegenstand auf sich?«

»Das ist verrückt, Bray. Der Junge befindet sich bei einem Offizier, einem Piloten von unserem Flottenstützpunkt in Bahrain.«

»Und er ist nicht bereit, mit irgend jemandem außer unserer Lady von der Army zu sprechen, das hat mir Toni schon erklärt. Wo liegt Ihr Problem?«

»Wenn ich die Verbindung zwischen den beiden herstelle, könnte ich damit das Todesurteil für beide unterzeichnen. Bahrain verfügt über die modernsten technischen Einrichtungen. Die Typen dort können jede Sendung anzapfen, die sie wollen. Wie kann ich da das Risiko eingehen, den Aufenthaltsort der beiden preiszugeben?«

»Tun Sie nichts, bis ich zurück bin, Squinty. Ich habe da ein paar Ideen. Schicken Sie mir einen Militärjet.«

»Wohin denn, um Himmels willen?«

»Woher soll ich das wissen? Ich bin hier auf einer Straße, vielleicht zehn Meilen außerhalb von Wichita.«

»Fahren Sie zum Flughafen von Wichita zurück, und rufen Sie mich von dort an. Dann sage ich Ihnen, zu wem Sie gehen sollen.«

Julian Guiderone, der Sohn des Hirtenjungen, saß an einem Tisch an der Via Veneto in Rom und trank seinen morgendlichen *caffelatte*, als das Handy in seiner Brusttasche summte. Er zog es heraus. »Der Hirte«, meldete er sich.

»Wichita ist aufgeflogen«, meldete die vertraute Stimme aus Amsterdam. »In welchem Maße wissen wir noch nicht.«

»Überlebende?«

»Unsere zwei Leute. Sie waren nicht vor Ort.«

»McDowell und Karastos?«

»Sie waren beide zu Hause. Sie waren nicht involviert.«

»Doch, das waren sie. Beide töten, und ihre Büros säubern.«

19

Der Flugzeugträger *U. S. S. Ticonderoga* war gigantisch, eine schwimmende Stadt, ausgestattet mit praktisch allem, was zu einer Stadt gehörte – Geschäften, Apotheken, Restaurants (die hier Messe hießen), Turnhallen, Büros und Zimmern – Einzelzimmer, Doppelzimmer und ganze Schlafsäle. Und es gab mehr Korridore, Seitengänge und Ecken, als man in der Chinatown von San Francisco finden konnte, vorausgesetzt man modernisierte sie im Stile von Raumschiff Enterprise. Je tiefer man in die Eingeweide des Schiffes eindrang, um so weniger bevölkert waren die stählernen Flure. Dafür hatten sie mehr Verästelungen, Luken und Laderäume als oberhalb der Wasserlinie. Im Augenblick rannten zwei ziemlich auffällige Gestalten durch einen niedrigen Korridor. Eine davon ein großer schwarzer Offizier, der sich ständig bücken mußte, um nicht an irgendwelche Rohre oder sonstigen Wandvorsprünge zu stoßen, der andere ein junger Weißer im Teenageralter, dessen Hände ein frischer Verband zierte.

»Schnell, schnell!« rief Lieutenant Luther Considine, dessen Sommeruniform ungebügelt war und dringend der Reinigung bedurfte.

»Wo gehen wir hin?« fragte Jamie Montrose erregt.

»Wo der Wachoffizier und seine Bluthunde dich nicht finden werden, hoffe ich!«

Sie erreichten eine schwere Metalltür mit der Aufschrift KEIN ZUTRITT FÜR UNBEFUGTE. Considine zog einen Schlüssel heraus, schloß die Tür auf und öffnete sie. Sie traten in einen kleinen weißgetünchten Raum, in dem ein langer Tisch mit einer Resopalplatte stand, ein paar braun gepolsterte Drehstühle und eine große Leinwand auf der rechten und ein Diaprojektor auf der linken Seite.

»Was ist das?« fragte Montrose junior.

»Die Piloten halten hier nach geheimen Einsätzen ihre Besprechungen.«

»Und wie sind Sie an den Schlüssel gekommen, Lieutenant?«

»Der Sicherheitsoffizier war früher mal mein Staffelkommandant, bis der Stab auf die Idee kam, daß er entweder zu schlau oder zu blind zum Fliegen war. Er ist immer noch mein Zimmerkollege und glaubt, ich hätte ein Rendezvous mit einem dunklen Engel der Barmherzigkeit.«

»Das war sehr nett von ihm.«

»Nett, von wegen! Ich habe seine Spielschulden in Rhodos bezahlt. Nimm dir einen Stuhl, und ruh dich aus. Ich werde diesen Schalter umlegen, dann steht draußen neben der Tür in Leuchtschrift *Eintritt verboten.*«

»Ich weiß nicht, wie ich Ihnen danken soll, Sir.«

»Das brauchst du nicht, Jamie. Es reicht, wenn du mir noch ein wenig erzählst, und – vergiß nicht – wenn du mich angelogen hast, bin ich meine Streifen los.«

»Sie können mir glauben, ich habe Ihnen die Wahrheit ...«

»Ich glaube dir ja!« unterbrach Luther Considine ihn, und seine schwarzen Augen blitzten. »Ich glaube dir, weil es so verrückt ist und du so jung bist und der Sohn eines Kampfpiloten, den wir für den besten in der ganzen Navy gehalten haben. Warum solltest du also lügen? Aber der Captain, der Knabe mit den vier Streifen, der diese schwimmende Metropole fährt, glaubt, du seist aus meinem Quartier weggerannt und ich könnte dich nicht finden, weil unser Nachrichtendienstoffizier dir befohlen hat, mit Washington zu reden.«

»Auf keinen Fall!« erregte sich der junge Mann. »Sie reden von anlügen – man hat mich oft genug angelogen!«

»Okay, okay, ist schon gut. Und jetzt noch mal – was haben die beiden Typen am Kennedy Airport genau gesagt?«

»Nicht sehr viel. Im Grunde genommen nur, daß meine Mutter zu einem Geheimeinsatz eingeteilt worden sei und daß sie mich deshalb, falls es irgendwelche undichten Stellen geben sollte, ›aus dem Verkehr‹ ziehen wollten.«

»Und was ist mit Ausweisen? Vergiß es. Die Typen dürften keine Mühe haben, sich Fälschungen zu besorgen. Und du hast ihnen geglaubt?«

»Also, mir sind die richtig nett vorgekommen, wissen Sie? Ich meine, sie waren so besorgt, ich hatte das Gefühl, daß denen das alles wirklich leid tut. Und dann haben sie mich sogar bis ins Flugzeug gebracht, ohne Ticket und ohne Paß und so.«

»Und du hast ihnen keine Fragen gestellt?«

»Ich habe sogar eine ganze Menge gefragt, aber die wußten auch nicht viel mehr als ich.«

»Was *haben* sie dir denn gesagt?« fragte Considine und musterte den jungen Mann dabei scharf.

»Na ja, sie haben gesagt, das Flugzeug würde nach Paris fliegen, aber das konnte ich natürlich auch selbst auf der Tafel lesen. Dann haben sie gesagt, ich würde weiter fliegen, aber sie wüßten nicht, wohin. Bloß, daß da in Orly wieder zwei Leute seien, die mich abholen würden.«

»Und über deine Mutter und ihren Einsatz haben sie sonst nichts gesagt?«

»Weil sie nichts *gewußt* haben. Ich hatte den Eindruck, daß das stimmte. Dann habe ich ihnen gesagt, ich müßte mit ein paar Leuten telefonieren, und die haben gesagt, nur zu. Ich habe zu Hause angerufen, aber da hat sich niemand gemeldet, und der Anrufbeantworter war nicht eingeschaltet. Dann habe ich einen Offizier angerufen, der mit meiner Mutter befreundet ist und häufig mit ihr zusammen gearbeitet hat. Da hat sich die Vermittlung eingeschaltet und gesagt, die Nummer habe sich geändert und die neue Nummer sei nicht eingetragen. Und an dem Punkt stand für mich ziemlich fest, daß da wirklich eine echte Geheimoperation im Gang war. Aber all das habe ich Ihnen schon erzählt, Lieutenant.«

»Nicht alles, das mit den Telefongesprächen ist mir neu. Aber trotzdem, ich will es immer wieder hören, könnte ja schließlich sein, daß mir irgendwas entgangen ist.«

»Da gibt es nichts, was einem entgehen könnte, Lieutenant.«

»Spar dir den ›Lieutenant‹, Jamie. Sag einfach Luther. Wer weiß, wenn du mich das nächste Mal siehst, bin ich vielleicht wieder ein gewöhnlicher Matrose. Vom Piloten zum Deckschrubber... Colin Powell wird mir den Niggerarsch aufreißen. Ich bin zwar nicht gerade der Kleinste, aber der würde das schaffen.«

»Ich glaube nicht, daß das irgendwas mit Ihrer Hautfrabe zu tun hat... Luther.«

»Oh, wie ich euch liberalen Weiße liebe. Hättest du dir nicht einen netten weißen Marineoffizier aussuchen können, um ihm deine Geschichte zu erzählen? Ich habe da so einen Schnösel in meiner Staffel, der sofort durchdreht, wenn nicht alles blitzblank ist. Der Kerl ist imstande, einen Koch zu melden, wenn er Fett an der Schürze hat.«

»Dann würde er mich auch melden.«

»Du hast es erfaßt. Also, noch mal das mit den Telefonaten, ganz besonders das, wo sich die Nummer geändert hatte.«

»Da wollte ich Colonel Everett Bracket sprechen. Er war mit Mum in West Point, und er und seine Frau waren mit meinen Eltern befreundet. Er hat bei bestimmten Einsätzen häufig darum gebeten, daß Mum ihm zugeteilt wird.«

»Was sind das für Einsätze?«

»Er ist ein ziemlich hohes Tier beim Nachrichtendienst der Army. Meine Mutter hat eine Spezialausbildung in Computern und anderem technischen Kram. Das ist eine Unterabteilung von G-zwo, und Onkel Ev hat Mum, glaube ich, häufig hinzugezogen.«

»Warum hat er sie für einen vermutlich gefährlichen verdeckten Einsatz ausgewählt?«

»Keine Ahnung. Seit Vater tot ist, ist er so etwas wie ein Ersatzvater für mich, und ich bin sicher, daß er sie nicht in eine gefährliche Situation bringen würde. Das wäre das allerletzte, was er tun würde, das ergibt einfach keinen Sinn!«

»Jetzt hör mir mal gut zu, Jamie, und versuch dich genau zu erinnern: Wann ganz genau hast du aus Washington gehört – von deinem Schulleiter –, daß du zum Kennedy-Airport nach New York fahren sollst?«

»Das war an einem Freitag, an das genaue Datum kann ich mich nicht erinnern, aber ein Freitag war es ganz sicher.«

»Aha. Und – wieder ganz genau bitte – wann hast du vor diesem Freitag das letzte Mal mit deiner Mutter gesprochen?«

»Ein paar Tage vorher, drei oder vier vielleicht. Ein ganz normaler Anruf, wie es mir in der Schule geht und so Zeug.«

»Und danach hast du nicht mehr mit ihr gesprochen?«

»Dazu war kein Anlaß.«

»Dann können wir davon ausgehen, daß sie an diesen drei oder vier Tagen nicht versucht hat, dich zu erreichen?«

»Das weiß ich sogar ganz bestimmt.«

»Wieso?«

»Ich habe in Paris auf dem Flughafen den beiden Männern, die mich dort abgeholt haben, gesagt, ich müßte einen Cousin anrufen, der dort lebt, weil Mum mich darum gebeten hätte. Das hat die beiden ziemlich aus dem Konzept gebracht, aber ich hatte den Eindruck, sie wollten keinen Ärger haben, also haben sie mich telefonieren lassen. Bloß, daß sie dabei dicht hinter mir gestanden und jedes Wort mitgehört haben.«

»*Und?*«

»Ich habe so eine Telefonkarte, wissen Sie, so eine, die man überall verwenden kann. Und ich kenne die Nummern, um in die Staaten zu telefonieren, und die Schule ...«

»Tatsächlich?« fiel Considine ihm ins Wort.

»Hey, Lieutenant – Luther, ich bin schließlich ein paar Jahre lang mit der Army in der Welt rumgekommen. Haben Sie das vergessen? Aber die meisten meiner Freunde schon aus meiner Kinderzeit leben in Virginia, und dort sind wir auch eigentlich zu Hause.«

»Du hast also telefoniert, und zwar mit deiner Schule, nehme ich an, und nicht mit einem Cousin, den es gar nicht gibt.«

»Oh, geben tut es Kevin schon. Er ist ein gutes Stück älter als ich und studiert an der Sorbonne.«

»Wirklich eine beeindruckende Familie. Aber du hast jedenfalls deine Schule angerufen.«

»Na klar. Olivia war in der Zentrale; sie hat ein Stipendium, und wir sind miteinander gegangen, Sie verstehen schon.«

»Ich denke schon ... *Und*?«

»Also, sie hat mich gleich erkannt, und ich habe sie gefragt, ob meine Mutter versucht hat, mich anzurufen – die führen dort in der Zentrale Buch. Sie hat nein gesagt, und dann habe ich so getan, als würde ich mit meinem Cousin Kevin reden, und dann wieder aufgelegt. Ich werde mich bei Livvie noch dafür entschuldigen müssen.«

»Ja, das solltest du tun«, sagte Considine und massierte sich mit den Fingerspitzen die Stirn. »Das ist auch wieder ein Telefongespräch, von dem du mir nichts gesagt hast.«

»Das hab' ich wohl vergessen. Aber von dem großen Haus über der Brücke und den Wachen habe ich Ihnen erzählt, und daß ich dort niemanden anrufen konnte und die mich in einem Zimmer festgehalten haben mit Eisenstangen an den Fenstern und all dem Zeug.«

»Und wie du dort entkommen bist«, sagte der Pilot, »was an und für sich schon erstaunlich genug war. Du mußt ein zäher Bursche sein; deine Hände haben schrecklich ausgesehen. Aber du hast nicht aufgegeben.«

»Ob ich zäh bin, weiß ich nicht. Ich wußte bloß, daß ich da raus mußte. Mein Wärter, Ahmed – ich habe ihn Wärter genannt –, hat mir immer dasselbe heruntergeleiert, wie eine Schallplatte mit einem Sprung hat das geklungen und auch genauso überzeugend. Nach all diesen Tagen hätten sie es nicht geschafft, meine Mutter und mich am Telefon zusammenzubringen. Aufgelegter Blödsinn!«

»Und vermutlich auf die Stunde genau abgestimmt, wenn nicht auf die Minute«, überlegte Luther Considine laut und stand ruckartig auf.

»Was meinen Sie damit?«

»Wenn bei dir alles sauber ist, und da bin ich inzwischen ziemlich sicher, dann mußten diese Typen dich aus dem Land schaffen, ehe deine Mama diesen verdeckten Einsatz begann, wobei diese Geschichte mit dem verdeckten Einsatz vermutlich das einzig wahre Wort war, was deine Kidnapper dir gesagt haben.«

»Jetzt komme ich nicht mehr mit, Luther«, sagte Jamie stirnrunzelnd.

»Das ist das einzige, was einen Sinn ergibt«, sagte der Pilot und sah auf seine Uhr. »Die Operation, in die deine Mutter da eingeschaltet ist, betrifft diese Drecksäcke, die dich geschnappt haben. Und es muß eine ziemlich wichtige Sache sein.«

»Wie bitte?«

»Kidnapping ist an sich schon ein ziemlich dicker Hund, und den Sohn eines Army-Offiziers zu entführen, der zum Geheimdienst der Regierung abgeordnet ist, ist der sichere Weg auf den elektrischen Stuhl.«

»Aber warum haben sie mich entführt?«

»Um Mutter Montrose unter Druck setzen zu können«, sagte Considine und ging zur Tür. »Ich bin in ein paar Stunden wieder da. Ruh dich ein wenig aus, schlaf vielleicht, wenn du kannst. Ich lasse die rote Schrift eingeschaltet, damit dich niemand stört.«

»Wo gehen Sie hin?«

»Du hast mir ja ziemlich detailliert beschrieben, wo sie dich festgehalten haben. Und ich kenne mich in Bahrain ganz gut aus. Ich habe eine ziemlich gute Vorstellung, wo das sein könnte; es gibt nicht zu viele Orte, wo solche Anwesen stehen. Ich werde mir eine Polaroid und ein paar Schachteln Film mitnehmen. Vielleicht haben wir Glück.«

Julian Guiderone saß ganz allein und völlig entspannt in seinem Lear-Jet, unterwegs zu seinem Haus in Bahrain, das in vieler Hinsicht der Sitz seines Finanzimperiums war. Er fühlte sich in Bahrain mit seinem komfortablen Lebensstil immer besonders wohl, auch wenn Manamah weder so reizvoll wie Paris noch so zivilisiert wie London war – aber wenn es einen Ort auf Erden gab, wo der Begriff *laissez-faire* in Reinkultur galt, dann war das Bahrain. Das Glaubensbekenntnis des kleinen Golfstaates war die Nichteinmischung, und das ging weit über den

Bereich der Wirtschaft hinaus, reichte bis in die Seele des Individuums hinein, und in besonderem Maße natürlich, wenn man zu den Reichen gehörte.

Julian hatte dort Freunde, wenn auch keine engen Freunde – Julian hatte keine engen Freunde, sie waren eine Last –, und er dachte daran, ein paar kleine Dinnerpartys zu veranstalten, ein paar Prinzen einzuladen, aber hauptsächlich Banker und Ölbarone, den wahren Adel.

Sein Pager summte und riß ihn aus seinen Gedanken. Er zog ihn heraus und stellte beunruhigt fest, daß er aus dem Ländercode 31, den Niederlanden, angerufen wurde. Die Nummer selbst war ohne Belang, sie war falsch. Es gab nur einen Menschen, der ihn anrufen konnte. Aus Amsterdam. Jan van der Meer Matareisen. Guiderone griff nach dem in die Schreibtischplatte eingelassenen Telefon.

»Ich fürchte, ich habe schlechte Nachrichten, Sir.«

»Alles ist relativ. Was gerade noch schlimm ist, kann im nächsten Augenblick von großem Nutzen sein. Was ist los?«

»Das Paket, das wir über Paris in den Nahen Osten geschickt haben, ist verschwunden.«

»*Was?*« Guiderone schoß mit einem solchen Ruck nach vorne, daß sich ihm die Schnalle des Sitzgurts schmerzhaft in den Unterleib bohrte. »Sie meinen, wir haben das Paket *verloren*?« stieß er hervor und schnallte sich mit vor Schmerz verzerrtem Gesicht los. »Haben Sie sich umgesehen, ich meine, wirklich gründlich gesucht?«

»Wir haben unser bestes Personal darauf angesetzt. Keine Spur.«

»Suchen Sie weiter – überall!« Der Sohn des Hirtenjungen hatte Mühe, nicht die Beherrschung zu verlieren. »In der Zwischenzeit«, fuhr er dann langsam fort, »habe ich das Boot geleast, das große Boot. Also machen Sie es leer, völlig leer. Und entlassen Sie die Mannschaft, die ganze Mannschaft. Und schicken Sie sie zu unserem Liegeplatz in Oman, nach Maskat. Der Scheich, der es übernimmt, hat seine eigenen Leute.«

»Ich verstehe, Sir. Das wird alles bis heute abend erledigt.«

»Aber suchen Sie um Himmels willen weiter nach dem Paket!« Guiderone knallte den Hörer hin und rief: »Pilot?«

»Ja, *signore*?« hallte es aus dem keine drei Meter entfernten Cockpit.

»Wie sieht es mit Treibstoff aus?«

»Reichlich. Wir sind erst seit zweiundzwanzig Minuten unterwegs, *signore*.«

»Reicht es bis Marseille?«

»Leicht, *signore.*«

»Dann ändern Sie den Flugplan, und bringen Sie mich dorthin.«

»Sofort, *signore* Paravacini.«

Paravacini. Ein Name aus den vergessenen Archiven der Matarese, aber die wenigen, die ihn kannten, versetzte der Name, wenn nicht in Schrecken, so doch in erhebliche Besorgnis. Die Firma Scozzi-Paravacini, die aus einer Ehe zwischen beiden Familien hervorgegangen war, hatte zu den ersten gehört, die der Baron Guillaume de Matarese zu Anfang des zwanzigsten Jahrhunderts unter seinen Einfluß gebracht hatte. Im Laufe der Jahre war sie von anderen Unternehmen übernommen worden und in ihnen aufgegangen. Aber in manchen Teilen der Welt konnte Guiderone aus dem Namen noch Nutzen ziehen. Legenden leben lange, ganz besonders solche, die ihren Ursprung in der Angst haben. Obwohl Scozzi einer der ursprünglichen Erben gewesen war, war er bald zu einer Galionsfigur geworden. Es hieß, zwischen den Herren Scozzi und Paravacini sei es wegen der Verbindung mit dem Baron von Matarese zu einem heftigen Streit gekommen. Die Paravacinis hatten sich dazu entschlossen, sich dem korsischen Freibeuter anzuschließen, während die Scozzis das Gefühl hatten, betrogen worden zu sein, und sich deshalb für heftigen Widerstand entschieden, weil sie fürchteten, nach der Übernahme jeden Einfluß auf ihre Firma zu verlieren.

Im Laufe der Jahre entfremdeten sich die früher einmal unzertrennlichen Scozzis und Paravacinis, deren luxuriöse Anwesen nur wenige Meilen voneinander entfernt am Ufer des Comer Sees lagen, in einem Maße, daß sie nichts mehr miteinander zu tun haben wollten. Mit der Zeit erwuchs daraus eine regelrechte Feindschaft. Mehrere hochbezahlte Direktoren der Firma, denen man nachsagte, auf der Seite der Scozzis zu stehen, wurden ermordet, und es ging die Rede, ihre Mörder seien von den Paravacinis bezahlt worden, auch wenn es dafür nie Beweise gab. Dann wurde eines Tages die Leiche des ältesten Sohns und Erben der Familie Scozzi an das Ufer des Comer Sees gespült; angeblich war er ertrunken. Aus Angst vor den als gewalttätig bekannten Paravacinis versäumte es die Polizei von Bellagio zu melden, daß man in der Brust des Toten einen winzigen Einstich entdeckt hatte, der bis ins Herz reichte. Die Behörden hatten allen Anlaß zur Vorsicht, weil einige männliche Nachkommen der Paravacini Priester geworden waren, wichtige Priester, Emissäre des *Vaticano*! Unter solchen Umständen bewegte man sich mit größter Vorsicht.

Die Scozzis verkauften durch Vermittlung ihrer Anwälte ihre Interessen an ein anderes großes italienisches Konsortium, die Tremontes, eine äußerst wohlhabende Familie, die fest in der jüdisch-christlichen Ethik verankert war. Und wer konnte beide besser kennen? Die Tremontes hatten ihren Aufstieg zu internationaler Bedeutung damit begonnen, daß sich ein brillanter italienischer Jude mit einem ebenso scharfsinnigen Katholiken zusammentat. Zunächst wurde diese Verbindung sowohl seitens der Kirche als auch der Synagoge mit Stirnrunzeln betrachtet, aber als die Familie sich dann beiden Religionen gegenüber als ungewöhnlich großzügig erwies, verstummte die Kritik bald.

Aber in den Mittelmeerländern, ganz besonders in Italien, überlegte Julian Guiderone, hatte der Name Paravacini noch einen besonderen Klang. Man nahm sich einem Paravacini gegenüber keine Freiheiten heraus, weil es sonst leicht dazu kommen konnte, daß man binnen weniger Stunden tot war. Es war nur eine Frage der Wahrnehmung.

Was die Tremontes und ihre bigotte Religiosität anging, so war durchaus möglich, daß der Tod ihres polospielenden Anwalts in Amerika ihre Antipathie gegenüber den Matarese schwinden ließ. Sie wußten, daß ihm andere folgen konnten. Das war die Prophezeiung der Paravacinis. Sie mußten sie ernst nehmen, denn jeder Tod ist am Ende etwas äußerst Persönliches.

Was Guiderone in einem an Paranoia grenzenden Maße beunruhigte, war ein Gestank, der ihm in die Nase stieg und den er nicht ertragen konnte. Das Schwein der Welt, Beowulf Agate! Er war wieder am Werk. Genau wie er das vor einem Vierteljahrhundert gewesen war! Er war der Kopf hinter der Suche, ein schlaues Gehirn, das nach dem Unmöglichen suchte. Man mußte ihm Einhalt gebieten, ihn töten, so wie es auf dem Anwesen in der Chesapeake Bay geplant gewesen war. Julian würde in Marseille die Anweisung erteilen. Tötet Brandon Alan Scofield, koste es, was es wolle!

Die Air Force F-16 flog aus Wichita direkt zu dem kleinen Flughafen von Cherokee, sieben Meilen nördlich von Peregrine View. Ein CIA-Fahrzeug erwartete den ziemlich mitgenommen aussehenden Scofield und brachte ihn schnell in die ehemalige Luxusresidenz, während die frühe Morgensonne die Great Smoky Mountains in rosigen Schimmer hüllte. Nachdem Scofield Antonia begrüßt hatte, war er nicht sonderlich überrascht, eine vertraute Stimme aus der Küche zu hören.

»Ich hoffe, Sie konnten im Flugzeug ein wenig schlafen«, rief Frank Shields. »Ich hab's, weiß Gott, nicht geschafft! Dieser verdammte Pilot hat keine einzige Turbulenz zwischen Andrews und hier ausgelassen.« Jetzt erschien der CIA-Analytiker mit einem Becher Kaffee in der Hand in der Küchentür. »Ich nehme an, Sie möchten eine Tasse.«

»Lassen Sie mich das machen, Frank«, sagte Antonia. »Schimpfen Sie ihn ruhig aus, er hat's verdient.« Sie ging an Shields vorbei in die Küche. »Ich werde ihm ein paar Eier machen. Er ist völlig hinüber, und ich bin eine Idiotin.«

»Das sollte ich wirklich, wissen Sie«, sagte Shields, als er ins Wohnzimmer trat und Scofields mit Schweißflecken getränkten Kampfanzug anstarrte. »Sie ausschimpfen, meine ich. Wie haben Sie sich denn ausstaffiert, wie ein Komparse in einem Rambofilm!«

»Die Kluft hat ihren Zweck erfüllt, Squinty. Wenn ich einen Anzug getragen hätte, säße ich jetzt in einem Gefängnis in Kansas.«

»Ich will es Ihnen glauben, sparen Sie sich die Erklärung. Schließlich muß ich vielleicht glaubwürdig lügen können. Ich nehmen an, die zehntausend, die ich genehmigt habe, haben Sie bereits verpulvert.«

»Ich habe gerade erst damit angefangen. Wenn Sie sehen, was ich mit nach Hause gebracht habe, wird mein Freund von der Stasi seine *hundert*tausend haben wollen.«

»Es ist alles eine Frage der Interpretation, Brandon, einschließlich rekognoszierten Materials.«

»Wie kann man nur so geschwollen daherreden ...«

»Aber eines nach dem anderen«, unterbrach Shields ihn, plötzlich ernst geworden. »Was ist mit dem Montrose-Jungen? Ich habe erklärt, daß ich da einige Vorbehalte habe, und Sie haben gesagt, Sie hätten vielleicht eine Idee. Also raus damit.«

»Ganz einfach«, sagte Scofield. »Sie sagten doch, der Junge sei bei einem Marineoffizier, einem Piloten, das stimmt doch?«

»Ja, Leslies Sohn hat ihn mitten aus einer Menschenmenge in Manamah herausgepickt. Er ist Kampfpilot auf der *Ticonderoga*, ein Staffelführer, Luther Considine heißt er, und er hat einen verdammt guten Ruf. Seine Vorgesetzten halten eine ganze Menge von ihm. Ein Kandidat für das War College und alles, was dazugehört.«

»Der Junge hat sich einen schlauen Kopf ausgesucht.«

»Offensichtlich.«

»Dann sollten Sie auch mit ihm weitermachen.«

»Was?«

»Der Junge vertraut ihm allen Anschein nach. Also reden Sie mit diesem Considine. Seien Sie ehrlich zu ihm, Sie haben gar keine andere Wahl. Sie müssen Leslie sagen, daß ihr Sohn außer Gefahr und in sicheren Händen ist, alles andere ist undenkbar.«

»Da bin ich ganz Ihrer Ansicht. Nur daß es da ein kleines Problem gibt. James ist nicht auffindbar. Er ist verschwunden ...«

»Er ist *was*?«

»Das ist die letzte Nachricht, die ich habe. Die sind nicht sicher; sie glauben nicht, daß er den Flugzeugträger verlassen hat, aber sie können ihn jedenfalls nicht finden.«

»Waren Sie je auf einem Flugzeugträger, Squinty?«

»Herrgott, Sie können einem ganz schön auf den Nerv gehen! Nein, bis jetzt noch nicht.«

»Dann stellen Sie sich einmal den größten Teil von Georgetown vor und verlegen Sie das Ganze aufs Wasser, dann haben Sie eine Vorstellung. Der Junge könnte überall sein, es kann Tage, vielleicht sogar Wochen dauern, ihn zu finden, wenn er so beweglich ist, wie es anscheinend der Fall ist.«

»Das ist doch lächerlich! Er muß essen, trinken, gelegentlich auf die Toilette – irgendwann wird ihn doch jemand sehen.«

»Nicht, wenn jemand ihm hilft, zum Beispiel ein Marineoffizier, der sich mit ihm angefreundet hat.«

»Wollen Sie sagen ...«

»Einen Versuch ist es wert, Frank. Ich habe vor Jahren gelernt, daß Piloten ein ganz besonderer Menschenschlag sind. Wahrscheinlich hat das damit zu tun, daß sie die meiste Zeit ganz allein in einer fliegenden Bombe viele Meilen über der Erdoberfläche stecken, und Jamies Vater war ein hochdekorierter Kampfpilot – postum. Sie haben nichts zu verlieren, Squinty. Nehmen Sie Kontakt mit diesem Considine auf. Probieren Sie's einfach.«

In der High-Tech-Welt ist nichts perfekt, was in erster Linie darauf zurückzuführen ist, daß jedesmal, wenn eine Technik bis zur Perfektion entwickelt worden ist, ein neues Gegenprodukt erfunden wird, das genauso perfekt ist. Aber MSTS – *Military Satellite Transmission*

Scrambler –, die modernste Zerhackertechnik, bietet wohl den größten Schutz für geheime Nachrichtenübermittlung, den man sich vorstellen kann. Bis zur nächsten Woche vielleicht. Der Schlüssel liegt in den Sende- und Empfangsanlagen: Sie sind so kalibriert, daß die Stimmmuster tausendfach getrennt und wieder zusammengefügt werden, während sie durch den Äther reisen. Ein minimaler Risikofaktor blieb bestehen, aber den mußte man gegen die Gefühle einer Mutter und den Schutz der Beteiligten abwägen.

Lieutenant Considine erhielt Anweisung, sich im Kommunikationsbereich des Flugzeugträgers einzufinden. Dort stellte man eine Verbindung mit Peregrine View her, wo man in aller Eile die aus dem Pentagon eingeflogenen entsprechenden elektronischen Geräte aufgebaut hatte. Die Sendeantenne war auf dem Clingmans Dome, der höchsten Erhebung der Great Smokies, installiert worden. Kurz darauf saß Luther Considine mit Kopfhörern vor einer Konsole.

»Lieutenant Considine«, sagte eine körperlose Stimme achttausend Meilen von ihm entfernt. »Mein Name ist Frank Shields, ich bin Deputy Director der Central Intelligence Agency. Können Sie mich hören?«

»Ich empfange Sie gut, Mr. Director.«

»Ich will mich so kurz wie möglich fassen. Ihr junger Freund weigert sich, unmittelbar mit irgendeinem Regierungsbeamten zu sprechen, und ich kann ihm das nicht verübeln. Man hat ihn im Namen der Regierung genug belogen.«

»Dann hat er mir also die Wahrheit gesagt!« sagte der Pilot erleichtert. »Ich habe es doch gewußt.«

»Ja, er hat Ihnen die Wahrheit gesagt«, sagte Shields, »aber ich bin aus Gründen der persönlichen Sicherheit nicht der Ansicht, daß wir einen Kontakt zwischen ihm und der Person, mit der er reden möchte, gestatten können. Vielleicht in ein paar Tagen, wenn wir die nötigen Vorkehrungen getroffen haben, aber nicht im Augenblick.«

»Ich glaube nicht, daß er das akzeptieren wird. Ich glaube, ich würde das an seiner Stelle auch nicht tun.«

»Dann wissen Sie, wo er sich aufhält?«

»Ganz offiziell, nein. Nächste Frage, bitte.«

»Es ist keine Frage, Lieutenant, es ist eine Bitte. Bitten Sie ihn, Ihnen etwas mitzuteilen, *irgendwas*, was nur die Person wissen kann, mit der er in Verbindung treten will. Werden Sie das tun?«

»Falls und wenn ich ihn finde, werde ich Ihre Nachricht an ihn weitergeben, Mr. Director.«

»Wir werden warten, Lieutenant. Ihr Fernmeldeoffizier besitzt die nötigen Codes, um mich zu erreichen. Das sind nur Zahlen; sonst weiß niemand von unserem Gespräch.«

»Wiedersehen, Sir. Ich hoffe, ich kann Ihnen helfen.« Considine nahm die Kopfhörer ab, und der Techniker trennte die Verbindung.

»Jetzt hör mir zu, Jamie«, sagte der Pilot. Die beiden saßen sich auf Kisten in einem Lagerraum unter Deck gegenüber. »Der Mann klang vertrauenswürdig – genauer gesagt klang er eigentlich eher, als ob man ihn einbalsamiert hätte –, aber was er sagte, war vernünftig. Er ist ein Abwehrheini und muß sämtliche Aspekte eines komplizierten Diagramms studieren.«

»Ich weiß nicht, was Sie meinen, Luther.«

»Er befürchtet eine Falle. Er sagt, er könne verstehen, daß du nur mit deiner Mutter reden willst, weil man dich im *Namen* der Regierung belogen hat. Er sagte etwas von ›persönlicher Sicherheit‹ und ›Sicherheitsvorkehrungen‹, die gewährleistet sein müssen, ehe er euch beide miteinander sprechen läßt. Er ist um dich und deine Mutter besorgt.«

»Mit anderen Worten, ich könnte ein Lockvogel sein. Ich könnte überhaupt nicht *ich* sein.«

»Sehr gut. Wo hast du das gelernt?«

»Ich habe Onkel Ev und Mutter reden hören. Sie waren zwar beide G-zwo, sind aber gelegentlich auch anderen Abteilungen in Abwehrfragen zugeteilt worden.«

»Herrgott im Himmel«, murmelte Considine. »Ich habe ja schon mal gesagt, daß deine Mutter da an einer ganz wichtigen Sache beteiligt sein muß. Aber jetzt habe ich das Gefühl, daß ›ganz wichtig‹ noch stark untertrieben ist. Großer Gott, Jamie, ist dir klar, daß unser Abwehroffizier hier auf dem Schiff zuerst mit den Geheimdienstleuten in Washington gesprochen hat, die ihn an die DIA weiterverbunden haben, dann ans State Department und schließlich mit Thomas Cranston im Weißen Haus, dem persönlichen Sicherheitsberater des Präsidenten? Wenn du dich erinnerst – er ist der Typ, der dafür sorgen wollte, daß der Große Mann selbst mit dir spricht!«

»Den Präsidenten kenne ich nicht, ich kenne meine Mutter. Niemand könnte ihre Stimme so imitieren, daß ich es nicht merke, oder das wissen, was sie weiß.«

»Genau das will dieser Shields von dir, etwas, wovon *du* weißt, daß nur *sie* es wissen kann. Verstehst du denn nicht? Sobald er weiß, daß du echt bist, und sie das bestätigt, kann er den nächsten Schritt tun. Ich glaube, das ist vernünftig, ebenso wie ich glaube, daß das, was hier zur Zeit im Gange ist, die allerhöchsten Regierungskreise nervös gemacht hat. Jetzt komm schon, Jamie, gib mir irgendwas.«

»Also gut, ich muß nachdenken.« Montrose junior erhob sich von seiner Kiste und ging in dem Lagerraum auf und ab. »Okay«, sagte er dann, »als ich ein Kind war, ich meine, wirklich klein, haben Mum und Dad mir ein Stofftier geschenkt, ein Lamm, eines, womit ein kleines Kind sich nicht verletzen kann. Selbst die Knopfaugen waren kindersicher. Jahre später, mein Vater war schon einige Monate tot, hat Mutter unser Haus verkauft, und wir sind umgezogen – wegen der vielen Erinnerungen und all dem Zeug. Als ich ihr dabei half, den Dachboden auszuräumen, hat sie das kleine Plüschlamm gefunden und gesagt: ›Schau, da ist Malcomb.‹ Ich konnte mich nicht daran erinnern und ganz bestimmt nicht an den Namen. Mum hat mir erzählt, sie und Dad hätten herzlich gelacht, als ich das Ding ›Malcomb‹ getauft hatte, wo ich das doch kaum aussprechen konnte. Sie hat gesagt, das sei der Name einer Figur in einem Zeichentrickfilm im Fernsehen gewesen. Ich konnte mich nicht daran erinnern, aber es muß wohl gestimmt haben, wo sie es gesagt hat.«

»Das ist es dann also?« fragte Luther. »Der Name dieses Plüschtiers?«

»Sonst fällt mir nichts ein. Und ich kann mir auch nicht vorstellen, daß sonst jemand davon weiß.«

»Vielleicht reicht es. Übrigens, hast du dir die Polaroidaufnahmen von den Villen angesehen?«

»Ich habe zwei angekreuzt, die es sein könnten.« Der Junge griff mit seiner verbundenen Hand in die Tasche und zog mit einiger Mühe ein gutes Dutzend Fotos heraus.

»Die sehe ich mir an, sobald ich oben fertig bin. Übrigens, wenn ich zurückkomme, bringe ich dich woanders hin.«

»Wohin denn?«

»Mein zweiter Mann hat sich drei Tage Urlaub in Paris verschafft. Seine Frau kommt auf eine Woche rüber. Sie ist Moderedakteurin oder so etwas. Und sein Zimmerkollege liegt mit Masern im Sanitätsbereich – kannst du dir das vorstellen, Masern. Am Ende setzen sie noch Zwölfjährige in unserer Staffel ein.«

»Ich bin fünfzehn und habe schon elf Flugstunden hinter mir. Ich bin für einen Soloflug bereit, Luther.«

»Das ist ja sehr beruhigend. Bis später.«

Leslie Montrose saß in einer gläsernen Zelle innerhalb eines großen weißen Saals, der bis zur Decke mit elektronischen Geräten angefüllt war. Eine Unzahl in grünlichem Licht schimmernder Bildschirme mit Digitalanzeigen darunter und Kurvenschreibern und Analoganzeigen darüber füllten den ganzen Raum, in dem sich zehn Arbeitsplätze für Leute befanden, die auf Geheimsendungen spezialisiert waren. Der Raum enthielt die internationale Sendezentrale des MI6, wo Nachrichten aus der ganzen Welt eingingen und nach überallhin abgesetzt wurden. Leslie saß vor einer computergestützten Telefonkonsole, die mit drei Telefonen in unterschiedlichen Farben – Grün, Rot und Gelb – bestückt war. Aus einem unsichtbaren Lautsprecher war eine Frauenstimme zu hören.

»Madam, würden Sie bitte den grünen Hörer aufnehmen? Ihr Gespräch kommt jetzt herein.«

»Vielen Dank.« Leslie griff nach dem Hörer; ihre Hand zitterte, als sie ihn erfaßte, und eine Welle von Angst durchströmte sie. »Hier spricht der nach London eingeteilte Teilnehmer ...«

»Geht schon in Ordnung, Leslie«, fiel Frank Shields ihr ins Wort, »die Litanei können wir uns sparen.«

»*Frank*?«

»Die haben mir gesagt, diese Anlage sei so sicher, als ob wir in einem Besenschrank in Alaska miteinander sprechen würden.«

»Das weiß ich nicht, aber ich kann Ihnen sagen, daß ich mich auf einer emotionalen Achterbahn befinde, seit Geof Waters mir gesagt hat, ich solle hier auf einen Anruf warten. Er hat mir nicht mal gesagt, daß Sie das sind.«

»Das weiß er auch nicht, und wenn er ein ehrlicher Etonschüler ist, dann weiß er es auch nicht, wenn wir beide fertig sind, es sei denn, Sie sagen es ihm.«

»Herrgott, sagen Sie mir doch, was los ist, Frank!« Leslies Stimme war plötzlich ganz leise geworden. »Ist meinem Sohn etwas passiert?«

»Ich habe vielleicht Neuigkeiten für Sie, Leslie, aber zuerst muß ich Ihnen eine Frage stellen.«

»Eine *Frage*? Ich will jetzt keine Fragen beantworten, ich möchte hören, was mit meinem Kind ist!«

»Sagt Ihnen der Name Malcomb etwas?«

»Malcomb – *Malcomb*? Ich kenne niemanden, der Malcomb heißt! Was soll die dämliche Frage?«

»Ganz ruhig, Colonel, nicht aufregen. Überlegen Sie, denken Sie nach…«

»Ich brauche nicht nachzudenken, *gottverdammt*!« schrie Leslie jetzt beinahe hysterisch. »Was zum Teufel ist ein *Malcomb*, und was hat das mit meinem Sohn zu tun? Ich kenne niemanden – ich habe nie jemanden gekannt…« Plötzlich verstummte Leslie; der Atem stockte ihr. Sie riß den grünen Telefonhörer vom Ohr und starrte mit weit aufgerissenen Augen auf die weiße Wand außerhalb ihrer Zelle. »O mein Gott!« flüsterte sie und legte den Hörer wieder ans Ohr. »Dieses kleine ausgestopfte Schaf, ein Lämmchen, ein Spielzeugtier, das er als Dreijähriger gehabt hat! Er hat es ›Malcomb‹ genannt, nach der Figur…«

»Das stimmt, Leslie«, bestätigte Frank Shields viertausend Meilen von ihr entfernt am Fuße der Great Smoky Mountains. »Ein Spielzeugtier, das ihr beide vergessen habt, bis…«

»Bis wir es auf dem Dachboden gefunden haben!« unterbrach Leslie ihn. »Ich habe es gefunden, und Jamie konnte sich nicht mehr daran erinnern, also habe ich es ihm gesagt. Es ist *Jamie*! Sie haben von meinem Sohn gehört!«

»Nicht unmittelbar, aber er ist in Sicherheit. Er ist entkommen, eine ganz außergewöhnliche Leistung für einen jungen Mann seines Alters.«

»Hey, er ist auch ein außergewöhnlicher Junge!« rief die glückliche Mutter. »Vielleicht nicht gerade der Beste in Biologie und Latein, aber ein verdammt guter Ringer! Habe ich Ihnen gesagt, daß er ein verdammt guter Ringer ist?«

»Das wissen wir.«

»Oh, ich fange an zu faseln, wie?« sagte sie unter Tränen. »Tut mir leid, Frank. Ich plappere, und die Tränen laufen mir über die Wangen.«

»Dazu haben Sie auch ein Recht, Leslie.«

»Wo ist er? Wann kann ich mit ihm sprechen?«

»Im Augenblick befindet er sich auf einem Flottenstützpunkt im Nahen Osten…«

»Im *Nahen Osten*?«

»Ich kann im Augenblick nicht das Risiko eingehen, ihn mit Ihnen sprechen zu lassen. Wir haben keine Chance, so kurzfristig die entsprechenden Anlagen zu installieren, um wirklich sicherzustellen, daß die Verbindung nicht abgehört wird. Sie können sich ja wahrscheinlich vorstellen, daß die Leute, denen er entkommen ist, überall nach ihm suchen, und diese Burschen verstehen sich genauso gut auf Elektronik wie wir.«

»Das verstehe ich, Frank. Ich bin schließlich ein Computermädchen.«

»Das hat mir Pryce auch gesagt.«

»Er ist wirklich nett. Er ließ es sich nicht nehmen, mit mir hierher zu kommen, und ich weiß ganz genau, daß er und Sir Geoffrey andere Pläne hatten. Ich habe da etwas von einem Pokerspiel in Waters' Club gehört, und das hätten die beiden sich wirklich verdient.«

»Haben Sie ihm gesagt, wer Sie wirklich sind? Ein G-zwo-Offizier im Sondereinsatz und nicht nur ein SET-Colonel?«

»Nein, aber das ahnt er vermutlich, seit ich mich mit den Computern am Belgravia Square beschäftigt habe. Ich weiß aber nicht, ob er überhaupt den Unterschied kennt oder sich dafür interessiert.«

»Möglicherweise schon. Er mag es nicht, wenn man ihm etwas verschweigt. In der Beziehung kann er genauso unangenehm werden wie Beowulf Agate.«

»Ich sehe da kein Problem. Sie sorgen doch dafür, daß Jamie erfährt, daß ich Bescheid weiß, ja?«

»Aber sicher. Sagen Sie mir so etwas wie diese Malcomb-Geschichte, damit er weiß, daß es von Ihnen kommt.«

»Geht in Ordnung. Sagen Sie ihm, daß sein Biologielehrer mir geschrieben hat. Er soll sich gefälligst auf den Hosenboden setzen, sonst ist Schluß mit seinen sportlichen Ambitionen.«

Als Leslie die »Internationale Sendezentrale« des MI6 verließ, waren in dem langen, breiten Korridor nur zwei Menschen zu sehen. Der eine war ein bewaffneter Posten, der in der Mitte des Korridors an einem Tisch saß, der andere Cameron Pryce, der ganz am Ende stand. Leslie nickte dem Wachposten zu und ging mit schnellen Schritten auf Pryce zu. Ihr Herz schlug wie wild, und die Freude strahlte aus ihren Zügen, als sie sich Pryce in die Arme warf, ihn an sich drückte und ihm ins Ohr flüsterte: »Es ist Jamie! Er ist entkommen, er ist in Sicherheit!«

»Das ist wunderbar, Leslie!« rief Pryce und senkte dann gleich wieder die Stimme. »Das ist ja großartig, wirklich großartig«, fügte er hinzu und drückte sie ebenso fest an sich, wie sie ihn. »Wer hat denn angerufen?«

»Frank Shields. Die haben das schon vor einer Weile erfahren, aber sie mußten ganz sichergehen – und das sind sie auch. Es ist Jamie!«

»Sie müssen so erleichtert sein ...«

»Ich finde keine Worte!« Und dann, als würde ihr plötzlich bewußt, daß sie sich immer noch umarmt hielten, kam sie ins Stottern und löste sich von ihm. »Ich – es – es tut mir leid, Cam. Ich benehme mich wie ein kleines Kind ...«

»Weil *Ihr* Kind in Sicherheit ist«, sagte Pryce, der sie immer noch festhielt, und griff ihr jetzt unters Kinn, hob ihr Gesicht. »Sie weinen ja, Leslie.«

»Das sind Freudentränen, mein Freund, mein guter Freund.«

»Das ist die Erleichterung.«

»Ja, das ist sie wohl.« Ihre Gesichter waren nur wenige Zentimeter voneinander entfernt. Pryce ließ sie los, trat einen Schritt zurück, legte die Hände auf ihre Schultern. »Ich danke Ihnen, mein Freund«, sagte sie.

»Wofür? Dafür, daß ich hier bin? Ich hätte sonst nirgendwo sein wollen.«

»Dafür auch. Aber das habe ich nicht gemeint. Vor ein paar Sekunden hätte ich Ihnen am liebsten einen Kuß gegeben.«

»Sie sind im Augenblick ziemlich verletzlich, Colonel.«

»Und dafür danke ich Ihnen, dafür, daß Sie das wissen.«

Pryce lächelte und nahm die Hände von ihren Schultern. »Im Augenblick brauchen Sie wirklich nichts von mir zu befürchten, aber trauen Sie mir nicht auf lange Sicht. Ich bin schließlich kein Mönch.«

»Und ich keine Nonne. Obwohl – die letzten paar Jahre war ich das vielleicht doch.«

»Darüber sollten wir ein wenig nachdenken, so wie wir Leute vom Nachrichtendienst gewöhnlich ein Problem angehen.«

»Da bin ich ja leider nicht mit von der Partie ...«

»Jetzt hören Sie schon auf, Lady. Ich weiß seit der Chesapeake Bay Bescheid.«

»Was wissen Sie?«

»Sie sind Army G-zwo, und zwar ziemlich weit oben, und Ev Bracket war das auch.«

»Wie bitte?«

»Sie gehören einer Eliteeinheit an, das, was die Briten *Special Branch* nennen. Sie reisen in der Weltgeschichte herum und spüren Bösewichter auf – mit der entsprechenden Ausbildung natürlich.«

»Wie in Gottes Namen sind Sie denn darauf gekommen?«

»Sie haben sich zu oft verraten. Sie denken wie jemand vom Geheimdienst, reden häufig so, und die Army schickt schließlich auch keinen SET-Offizier auf einen Computerkurs an die Uni von Chicago, bloß damit der oder die Betreffende dann einen Laptop in die Schlacht tragen kann.«

»Das ist komisch, wirklich komisch!« rief Leslie, und ihre geröteten Augen strahlten. »Erst vor fünf Minuten hat Frank mich gefragt, ob ich Ihnen etwas gesagt hätte. Ich habe gesagt, nein, aber ich hätte mir gedacht, daß Sie Argwohn geschöpft haben, weil ich den Computer am Belgravia Square benutzt habe. Ihm macht es übrigens nichts aus, aber war es der Computer?«

»Nein, viel einfacher. Ich weiß zwar, daß manche Leute im Pentagon und in Langley nicht viel davon halten, aber wir CIA-Typen und ihr G-zwo-Typen haben oft gute Gründe zusammenzuarbeiten. Nein, ich habe einfach einen alten Freund in Arlington angerufen, und der hat Sie und Bracket für mich ein wenig überprüft. Er oder ich haben dem anderen mal irgendwo in Moskau das Leben gerettet, ich weiß nicht mehr, wer es war. Jedenfalls blieb ihm nichts anderes übrig, als mir den kleinen Wunsch zu erfüllen.«

Jetzt lachte Leslie laut auf, laut genug, um den Wachmann zu ihnen hinüberblicken zu lassen. »Agent Pryce«, sagte sie, »oder vielleicht sogar Special Agent Pryce, meinen Sie, wir könnten das Band ein wenig zurücklaufen lassen und noch einmal von vorn anfangen?«

»Das halte ich sogar für eine prima Idee, Colonel Montrose. Unser Band ist gelöscht, und ich schlage vor, wir fangen noch einmal an, am besten, indem wir in einem erstklassigen Restaurant miteinander zu Abend essen, um die gute Nachricht zu feiern. Und da ich mit meinen Spesen recht großzügig umgehe, lade ich Sie ein.«

»Und ich soll Ihnen nicht trauen?«

»Keinen Augenblick. Das kommt mit auf das Band.«

20

Frank Shields instruierte seine Sekretärin, die jetzt seit neunzehn Jahren für ihn tätig war, daß er die nächsten zwei Tage »nicht am Platz« sei und niemand erfahren dürfe, wo er sich befand. Das schloß sämtliche Angehörigen der Agency ein, ohne Rücksicht auf ihren Rang.

»Falls es irgendwelche Krisen gibt, benutze ich die Denver-Verbindung«, hatte die Frau darauf geantwortet, für die das gelegentliche Verschwinden ihres Vorgesetzten zu einem Teil ihrer Alltagsroutine geworden war. Anschließend versprach sie, Mrs. Shields anzurufen und sie über die Abwesenheit ihres Mannes zu informieren und ein Flugzeug anzufordern, das den Deputy Director nach Montreal bringen sollte. Sie würde dafür sorgen, daß die Anforderung als streng geheim eingestuft und nach dem Start der Maschine nach Cherokee wieder zurückgezogen und der Pilot angewiesen wurde, nach Andrews zurückzukehren.

»Sie haben wie üblich nichts vergessen, Margaret«, hatte Frank Shields sie gelobt. »Sie sollten vielleicht noch zusätzlich die Denver-Verbindung überprüfen.«

»Das habe ich bereits getan, Sir. Keine Probleme. Ich rufe Colorado an, und Ihr Pager reagiert, wobei der Anruf selbst in Denver endet.«

»Ich denke, ich werde vorschlagen, daß man Sie zum Direktor ernennt.«

»Sie könnten den Job jederzeit haben, Sie brauchten es nur zu sagen.«

»Ich will ihn nicht, und in organisatorischer Hinsicht sind Sie besser qualifiziert. Und Maggie, sagen Sie Alice, es täte mir wirklich leid, daß ich heute weg muß. Die Kinder kommen heute oder morgen mit sämtlichen Enkeln zum Abendessen; sie wird ziemlich ärgerlich sein.«

»Das ist erst gegen Ende der Woche«, verbesserte ihn die Sekretärin. »Bis dahin sind Sie vielleicht schon wieder zurück.«

»Woher wissen Sie das?«

»Alice hat angerufen und mich gebeten, in Ihrem Terminkalender nachzusehen. Sie sollten mich wirklich nicht blamieren, und deshalb hoffe ich, daß Sie bis dahin zurück sind.«

»Ich werde mich bemühen.«

»Ja, bitte.«

»Ich glaube, daß ist so etwas wie ein Befehl.«

Dann verdoppelte Shields seine Anstrengungen, Mutter und Sohn Montrose zusammenzubringen, wobei er auf oberstem Sicherheitsniveau mit Geoffrey Waters, MI5 und MI6 zusammenarbeitete. Sie gelangten gemeinsam zu dem Schluß, daß die einfachste und vermutlich auch nächstliegende Transportweise auch die sicherste wäre. Die *Ticonderoga* war zwischen Bandar-e Charak und Al-Wakrah auf Patrouille im Persischen Golf eingesetzt. Beim Start der Maschinen zu ihren Aufklärungsflügen würde sich ein randvoll aufgetankter Jet aus der Formation lösen und Kurs auf einen Stützpunkt der Royal Air Force im Distrikt Loch Torridon in Schottland nehmen. Als Pilot war Lieutenant Luther Considine eingeteilt. Sein Passagier war James Montrose junior.

Die einzige Reaktion des begeisterten Jamie war: »Hey, das ist Spitze! Bloß, daß dieser Biologieknilch an Mum schreiben mußte! So ein Mist!«

Das Zusammentreffen würde in einem kleinen Dorf zwölf Meilen nördlich von Edinburgh stattfinden. Geoffrey Waters veranlaßte persönlich, daß drei bewaffnete Mitarbeiter des MI5 die amerikanische Maschine bei der Landung erwarteten und den Piloten und Jamie zu dem Landgasthof in dem Vorort von Edinburgh brachten. MI5 mietete den ganzen Gasthof mit der strengen Auflage, daß beginnend mit dem Eintreffen von Miss Joan Brooks und ihrem Bruder John – Leslie Montrose und Cameron Pryce – dort für einen Zeitraum von achtundvierzig Stunden keine Einheimischen oder Touristen wohnen durften.

Waters blieb in London und hielt mit Frank Shields und Brandon Scofield Verbindung und diskutierte mit ihnen das neue Material, das Beowulf Agate aufgetan hatte.

Für Cameron Pryce gab es noch einen weiteren Grund, nach Schottland zu fliegen. Luther Considine brachte Fotos der beiden Villen am Persischen Golf mit, von denen Jamie eine als diejenige identifiziert hatte, in der man ihn gefangen gehalten hatte. Der Pilot hatte sich bemüht, Hintergrundmaterial über die Inhaber der beiden Villen zu besorgen. Das war nicht leicht. Bahrain legte getreu seinem Ruf als Steueroase großen Wert auf Vertraulichkeit, und deshalb wurde ein geheimes Dreieck zwischen London, den Great Smokies und einem obskuren Dorf in Schottland hergestellt. Auf die Weise konnten Informationen ohne Verzögerung hin- und hergeleitet werden – und Information war in diesem Stadium die einzige Waffe, die sie gegen die Matarese und die von ihnen eingeleiteten globalen Strategien ins Feld führen konnten. Und daß die Matarese »Dinge« in Bewegung gesetzt hatten, wurde immer offenkundiger.

THE WASHINGTON POST

(Titelseite)

SENAT UNTERSUCHT GEWERKSCHAFTSTAKTIKEN

WASHINGTON, 23. Oktober. Der mit kartellrechtlichen Fragen befaßte Senatsausschuß hat sich überraschenderweise einmal nicht die Unternehmer sondern die Gewerkschaften aufs Korn genommen. Er hat Zweifel an der Zweckmäßigkeit des erheblichen Einflusses angemeldet, den die großen Gewerkschaften auf Zehntausende von Arbeitern ausüben und damit das Wirtschaftswachstum behindern.

THE BOSTON GLOBE

(Titelseite)

ELECTRO-SERVE FUSIONIERT MIT MICRO WARE

BOSTON, 23. Oktober – Die zur Verblüffung der Computerindustrie soeben bekanntgegebene Fusion der beiden führenden Unternehmen Electro-Serve und Micro Ware wird zum sofortigen Verlust von dreißigtausend Arbeitsplätzen führen. Während die Wall Street auf die Fusion mit enthusiastischen Kurssteigerungen reagierte, herrschte in anderen Bereichen tiefe Niedergeschlagenheit.

THE SAN DIEGO UNION
(Seite 2)
FLOTTENSTÜTZPUNKT WIRD VERKLEINERT TAUSENDE VON MITARBEITERN WERDEN ENTLASSEN

SAN DIEGO, 24. Oktober – Das Marineministerium in Washington hat bekanntgegeben, daß der Flottenstützpunkt in San Diego erheblich verkleinert werden soll; vierzig Prozent des Personals sollen auf andere Anlagen verteilt werden. Der Mehrzahl der Zivilangestellten wird gekündigt werden. Ein Großteil der umfangreichen Liegenschaften wird an private Investoren auf dem Wege der Versteigerung veräußert.

Es war etwas im Gange, aber niemand, weder in der privaten Wirtschaft noch bei den Behörden, wußte, was es war; oder falls sie es wußten, schwiegen sie.

Das Zusammentreffen zwischen Leslie Montrose und ihrem Sohn verlief erwartungsgemäß. In den Augen der Mutter standen Tränen; der Anblick seiner verbundenen Hände versetzte ihr einen Stich. James Montrose junior legte eine Mischung von Freude und Erleichterung an den Tag, in das sich ein wenig Verlegenheit über das Verhalten seiner Mutter mischte. Cameron Pryce hielt diskrete Distanz und wartete in der düsteren Bar des Landgasthofs, die an einen Pub erinnerte. Als Leslie schließlich die Arme von ihrem Sohn löste und sich die Nase geputzt hatte, atmete sie ein paarmal tief durch und begann dann zu reden.

»Jamie, ich möchte dir Mr. Pryce, Cameron Pryce, vorstellen. Er ist Beamter der Central Intelligence Agency.«

»Dieselbe Branche, was, Mum? Freut mich, Sir.« James löste sich von seiner Mutter.

»Ist mir ein Vergnügen, Jamie«, sagte Pryce, der jetzt aus dem Hintergrund hervortrat. »Ich sollte sagen, eine Ehre«, fuhr er fort. »Was du gemacht hast, war wirklich außergewöhnlich, und das ist mein Ernst.« Sie gaben sich die Hand – vorsichtig, ohne zuzudrücken.

»So schlimm war das eigentlich gar nicht, Sir, als ich erst über die Mauer war, aber da waren Glassplitter und Stacheldraht oben drauf.«

Leslie Montrose stockte der Atem.

»Da hast du dir also die Hände verletzt?« sagte Cameron.

»Ja, Sir. Es heilt aber ziemlich schnell. Diese Navy-Ärzte sind wirklich gut. Übrigens, wo ist Luther?«

»Nebenan an dem sicheren Telefon. Er spricht mit unseren Kollegen von MI5 und MI6.«

»Okay, Mr. Pryce.« Der Teenager zögerte kurz, und dann spürte man förmlich seine Wut, als es aus ihm heraussprudelte: »Würde mir vielleicht jemand sagen, was hier eigentlich los ist? Warum ist das alles passiert? Diese Lügen, meine Entführung, daß ich nicht mit Mum reden konnte, Telefonnummern, die plötzlich verschwinden oder sich ändern oder geheimgehalten werden und all der Mist! Aber ganz besonders die Lügen! Was soll das?«

»Deine Mutter und ich werden dir alles erklären, so gut es geht. Das hast du dir weiß Gott verdient.«

»Also, ich denke die erste Frage, auf die ich eine Antwort möchte«, sagte Jamie, »nehmen Sie es mir nicht übel, Sir, aber wo ist Onkel Ev – Colonel Everett Bracket?«

»Jamie«, sagte Leslie und trat vor. »Ich habe lange darüber nachgedacht, wie ich dir das beibringen soll, aber ich weiß ehrlich nicht, wie ich es anstellen soll.«

»Was soll das heißen, Mum?«

»Everett war an dieser Operation beteiligt. Die CIA hat die Abwehr der Army für militärischen Schutz eingeschaltet. Ev hat mich angefordert und gesagt, das wäre nur für die Dauer der sogenannten Chesapeake Mission. Er wollte mich für seine Computer, er ist mit den Dingern nie klargekommen und brauchte jemanden, dem er hundertprozentig vertrauen konnte.«

»Also schön, du bist also an diesen Ort an der Chesapeake Bay gegangen, und was dann?«

»Also zuerst haben wir einige Zeit in Fort Benning verbracht, um uns damit vertraut zu machen, wie es bei SET-Einsätzen zugeht. Als ich nach Hause kam und meine Sachen packte, fingen die Telefonanrufe an. Es war schrecklich, Anrufe von überall. Du warst entführt worden, und wenn ich nicht genau das tat, was sie wollten, dann würden sie dich foltern und exekutieren.«

»Heilige Scheiße!« rief Jamie halblaut. »Und was hast du gemacht, Mum?«

»Mich zusammengerissen – ich hätte nie gedacht, daß ich das könnte.

Ich wußte gleich, daß ich nicht allein mit all dem fertig würde. Also bin ich zu Everett gegangen, und der kennt Tom Cranston, das ist ein alter Freund von ihm im Weißen Haus. Cranstons Anweisungen waren klar und eindeutig. Wir durften niemandem etwas sagen. Tom würde das alles auf höchster Ebene in die Hand nehmen. Und dann passierte an der Chesapeake Bay eine Katastrophe nach der anderen, bis dort schließlich das reinste Schlachtfeld war. Everett ist dabei getötet worden, wie spielt jetzt keine Rolle.«

»Herrgott – nein!«

»Ich fürchte doch«, sagte Pryce leise.

»Oh, Scheiße, Scheiße, *Scheiße*! Onkel Ev!«

»Das war das zweite Mal, daß ich mich zusammenreißen mußte, Jamie. Ich durfte nicht einmal Mr. Pryce merken lassen, wie mich das alles mitgenommen hatte. Ich mußte meine Gefühle unterdrücken und weiterhin alles über Tom erledigen.«

»Und das ist deiner Mutter hervorragend gelungen«, sagte Pryce, dessen Stimme jetzt ein wenig schärfer klang. »Wenn sie mir gegenüber ein wenig offener gewesen wäre, wären wir vielleicht besser vorangekommen.«

»Womit denn?« schrie der Junge.

»Das werde ich dir erklären müssen«, sagte Pryce. »Und das wird einige Zeit in Anspruch nehmen. Deshalb schlage ich vor, daß wir das morgen früh tun. Wir alle, ganz besonders du, junger Mann, haben ein paar anstrengende Tage hinter uns. Jetzt wollen wir uns ein wenig ausruhen, ja?«

»Ich bin müde, aber ich hab' so viele Fragen!«

»Du hast jetzt beinahe drei Wochen keine Antwort darauf bekommen, Jamie, also wirst du es wohl noch ein paar Stunden aushalten, oder? Du brauchst jetzt dringend Schlaf.«

»Was meinst du, Mum?«

»Ich denke, daß Cam recht hat, Jamie. Wir sind alle so angespannt und so erschöpft, daß wir wahrscheinlich gar nicht klar denken können.«

»›Cam‹, Mutter?«

In Peregrine View standen Scofield, Frank Shields und Antonia vor dem mit Fotos übersäten Tisch im Eßzimmer der Wohnung. Die Filmspulen, die Scofield in Wichita aufgenommen hatte, waren in aller Eile vor Ort in Gegenwart einer Gamma-Patrouille entwickelt und vergrößert worden.

»Diese Stapel«, sagte Scofield und deutete auf mehrere Reihen von Fotos, die handschriftlich beschriebene Seiten voller Namen und Daten zeigten, »stammen aus Alistair McDowells Terminkalender.«

»Ich werde sie sofort per Fax an meine Sekretärin weiterleiten, damit sie alle darin erwähnten Namen überprüfen kann. Vielleicht läßt sich ein Schema erkennen, oder es gibt sogar ein paar Überraschungen.«

»Und was ist das hier, Bray?« fragte Antonia. »Das sieht wie Formeln aus. Mathematik oder Physik, irgendwas Naturwissenschaftliches.«

»Keine Ahnung«, antwortete Scofield. »Die stammen aus Mappen mit der Aufschrift ›Quotientengruppengleichungen‹. Ich war immer der Ansicht, wenn jemand sich der Mühe unterzieht, so geheimnisvolle Formulierungen zu verwenden, und dann noch Notizen in Buchstaben- und Zahlengruppen macht, die keiner verstehen kann, bedeutet das, daß er etwas verbergen will – etwas, zu dem er häufig kurzfristigen Zugang benötigt, das er sich aber nicht traut, einem Computer anzuvertrauen.«

»Weil Computer Dinge sehr dauerhaft speichern können«, sagte Shields und griff nach einigen der Fotos. »Selbst Dinge, die gelöscht worden sind, können Fachleute wieder sichtbar machen.«

»Genau das habe ich mir auch gedacht«, sagte Scofield. »Papiere kann man verbrennen, aber nicht eine Festplatte.«

»Das ist nicht Mathematik oder Physik«, fuhr Shields fort, »das sind chemische Formeln, und das entspricht auch McDowells Akte.«

»Das müssen Sie näher erklären, Squinty.«

»Alistair McDowell ist Chemie-Ingenieur, er hat am MIT studiert und war dort immer an der Spitze seiner Klasse, bis er schließlich promoviert hat. Seine Leistungen im Labor waren brillant, und Atlantic Crown hat ihn praktisch aus dem Hörsaal engagiert und ihm versprochen, sämtliche Forschungen zu finanzieren, die er durchführen wollte.«

»Ein ziemlich großer Sprung aus dem Labor an die Spitze eines Lebensmittelkonzerns, nicht wahr, Frank?« fragte Antonia.

»Sicher, aber für seinen schnellen Aufstieg gab es verdammt gute Gründe. Der Mann war nicht nur klug, sondern hatte auch Organisationstalent. Da ihm fast unbeschränkte Mittel zur Verfügung standen, reorganisierte er sämtliche Entwicklungsabteilungen – er muß in den

Labors wie ein Diktator regiert haben –, bis sie mehr Gewinn abwarfen als je zuvor. Damit qualifizierte er sich unübersehbar für das oberste Management.«

»In diesen Buchstaben und Zahlengruppen stecken Informationen, Squinty, das spüre ich, das weiß ich.«

»Ich denke, Sie haben recht, Brandon. Ich werde alles an unsere Chemiker schicken und bin gespannt, was sie finden.«

»Es muß doch Variationen in den Codes geben, die zu Namen, Organisationen, Ländern führen ...«

»Wenn das nicht der Fall ist«, sagte Shields, ohne eine Miene zu verziehen, »dann handelt es sich um die neuesten Produkte oder ganz spezielle Konfitüren. Aber für den Augenblick neige ich eher dazu, Ihnen recht zu geben.«

»Was ist mit diesen Bildern?« fragte Antonia und wies auf sieben Fotos, auf denen technisches Gerät abgebildet war.

»Bei vier davon handelt es sich um ein Dechiffriergerät, das als Musikbox getarnt war, die drei anderen zeigen den Computer. Ich dachte, wir könnten vielleicht die Hersteller ausfindig machen und dort weitermachen.«

»Ich kann Ihnen jetzt schon sagen, daß der Computer von Electro-Serve stammt, die mit uns ein geheimes Abkommen haben. Wenn der Computer dem unseren ähnlich ist, dann hat die Firma ihren Vertrag mit uns verletzt. Das könnte Electro Millionen kosten.«

»Vor Gericht, Squinty. Aber Sie wissen verdammt gut, daß unsere Leute nicht vor Gericht gehen können.«

»Da ist was dran«, sagte Shields bedrückt. »Das wissen Sie besser als die meisten von uns. Was machen wir also?«

»Auf die schmutzige Tour, Mr. Deputy Director«, sagte Beowulf Agate. »Keine Anhörungen, keine Gerichte, keine Störungen aus dem Kongreß oder dem Senat. Die schmutzige Tour, mit allen Schikanen. Wir beschaffen uns die Namen, die Regionen, die Firmen. Wir finden heraus, wo der Kopf dieser Medusa ist, aus dem all dieses Schlangengezücht wächst. Und dann schneiden wir ihnen die Köpfe ab, einem nach dem anderen.«

»Das ist aber sehr abstrakt, Brandon.«

»Nein, das ist es nicht, Frank. Wir haben es mit Menschen zu tun. So, wie wir es auch vor fünfundzwanzig Jahren mit Menschen zu tun hatten. Taleniekov und ich haben sie damals zerschlagen, und Pryce und ich werden sie heute zerschlagen. Also, machen Sie sich an die Arbeit, und sorgen Sie dafür, daß wir jede mögliche Unterstützung bekommen.«

»Sie werden nichts ohne unsere Billigung tun, das wollen wir von Anfang an klarstellen.«

»So lautet unsere Vereinbarung nicht, Frank. Vergessen Sie nicht, Sie sind zu mir gekommen. Ich bin nicht vor Ihrer Tür aufgetaucht. Sie haben doch gesagt, sie wollten glaubwürdig lügen können – glauben Sie mir, dafür werde ich sorgen, und zwar nicht zu knapp.«

Das sichere rote Telefon klingelte; es stand auf einem Tisch ganz nahe bei Shields. Er hob ab. »Ja?« sagte er und hörte dann zu. Eine halbe Minute später sagte er knapp »Danke«, legte auf und sah Scofield an. »Ich glaube, Sie haben zwei Schlangenköpfe weniger, die Sie abschlagen müssen. Alistair McDowell und Spiro Karastos sind gestern abend, als sie gemeinsam mit dem Auto nach Hause fuhren, bei einem Unfall ums Leben gekommen; Karastos saß am Steuer. Ein schwerer Sattelschlepper muß sie erwischt haben. Der Wagen hat einen Totalschaden.«

»Muß?« sagte Scofield. »Weiß man das denn nicht genau?«

»Es war ein Unfall mit Fahrerflucht. Die Polizei ...«

»Schließen Sie ihre Büros!« rief Scofield. »Riegeln Sie sie ab, und stellen Sie Wachen in den Gängen auf. Wir müssen die Geräte dort zerlegen und unter die Lupe nehmen!«

»Zu spät, Brandon«, sagte Shields leise. »Beide Büros sind binnen einer Stunde nach dem Unfall ausgeräumt worden.«

»Wer hat das angeordnet?« fragte Scofield.

»Firmenvorschrift. Allem Anschein nach ist es bei Atlantic Crown üblich, immer wenn ein Vorstandsmitglied plötzlich stirbt, sein Büro sofort zu räumen.«

»Warum?« wollte Scofield immer noch erregt wissen.

»Wegen der Gefahr der Industriespionage. Das ist heutzutage allgemein bekannt. Und es gibt häufig Herzanfälle, Gehirnschläge, unerwartete Tumore und dergleichen. Stark dem Wettbewerb ausgesetzte Firmen versuchen sich deshalb gegen nachteilige Folgen zu schützen.«

»Das ist doch verrückt, Squinty! Was sagt die Polizei dazu?«

»Wo ist denn die Straftat? Der Unfall hat sich an einer Kreuzung auf dem Land ereignet. Es gibt keine Zeugen, bloß ein paar Kratzspuren und Metallteile, die auf einen Zusammenstoß hindeuten. Bis jetzt wird das Ganze als Unfall geführt.«

»Aber wir wissen beide, daß es keiner war.«

»Da bin ich ganz Ihrer Ansicht«, sagte Shields, »besonders in Anbetracht der Eile, in der die Büros ausgeräumt wurden. Man könnte sogar sagen, daß man das tragische Ereignis vorhergesehen hat.«

»Natürlich hat man das, und schon der bloße Verdacht unsauberer Machenschaften gibt der Polizei das Recht, sämtliche Spuren zu sichern, die Hinweise auf ein Verbrechen liefern könnten.«

»Genau das ist die Ironie und außerdem der Beweis für einen vorsätzlichen Mord.«

»Was wollen Sie damit sagen, Frank?« fragte Antonia.

»Als die Polizei und die Sanitäter am ›Unfallort‹ ihre Arbeit abgeschlossen hatten, waren diese zwei Büros bereits leer.«

»›Binnen einer Stunde‹«, sagte Scofield und wiederholte damit Shields Formulierung. »Die Führung von Atlantic Crown kann das unmöglich so schnell erfahren haben.«

»Ihr Verstand scheint mit den Jahren gelitten zu haben, Brandon. Natürlich wissen wir, wie sie es erfahren haben.«

»Oh, das wissen wir, wie? Dann müssen wir rausbekommen, wo sie alles hingebracht haben!«

»Und wer die Anweisung gegeben hat«, schlug Antonia vor, »und wer an die Leute herangetreten ist, die sie ausgeführt haben.«

»Drei ausgezeichnete Fragen«, sagte Shields. »Wir werden sofort anfangen.«

»Das dürfte interessant werden«, sagte Scofield.

Sir Geoffrey Waters, O. B. E., studierte die Informationen, die der amerikanische Lieutenant Luther Considine über das sichere Telefon aus Schottland geliefert hatte. Ein offizielles Fax würde folgen, damit der Pilot seine Aussage noch einmal überprüfen konnte. Aber weil die Anlage kurzzeitig ausgefallen war, beschloß der MI5-Beamte, die Bestätigung nicht abzuwarten.

Die Besitzverhältnisse der beiden Anwesen in Bahrain als verwickelt zu bezeichnen wäre eine grobe Untertreibung gewesen. Es gab eine Unzahl von Namen, von Anwälten, Firmen, internationalen Konglomeraten und Gesellschaften – aber keine Einzelpersonen, die man als Eigentümer hätte identifizieren können. Es war das reinste Labyrinth; selbst die Anwälte im Nahen Osten, die durchaus kooperativ waren, kamen nicht weiter. Die Verträge waren auf elektronischem Wege übermittelt worden, berichteten sie, und die zum Kauf erforderlichen Mittel waren inkognito aus verschiedenen Städten wie Madrid, London, Lissabon und Bonn telegrafisch überwiesen worden. Ein Geldtransfer hatte stattgefunden, aber Unkorrektheiten waren keine festzustellen.

Lediglich ein Fragezeichen gab es – der Anwalt in Bahrain, der den Kauf vermittelt hatte, hatte über den eigentlichen Kaufpreis hinaus eine zusätzliche Million Dollar bekommen, und das war außergewöhnlich. Bei genauerer Untersuchung hatte sich herausgestellt, daß in die internationale Überweisung aus Versehen eine zusätzliche Null eingegeben worden war. Der bahrainische Makler, der mit den strengen Betrugsgesetzen seines Heimatlandes vertraut war, meldete die Überzahlung den Behörden und dem Absender. Dabei handelte es sich um eine obskure Holdinggesellschaft in Amsterdam.

Amsterdam.

Der schlanke Mann mit dem schütteren Haar in der EDV-Abteilung der Central Intelligence Agency erhob sich von seinem Schreibtisch in seinem kleinen Büro und griff sich mit beiden Händen an die Schläfen. Er ging mit unsicheren Schritten zum nächsten Arbeitsplatz, einem Büro unmittelbar neben seinem. »Hey, Jackson«, sagte er. »Ich habe wieder einen meiner Migräneanfälle. Herrgott, das ist unerträglich!«

»Gehen Sie in den Aufenthaltsraum, Bobby, ich schalte Ihr Terminal auf das meine und halte die Stellung. Sie sollten wirklich mal zum Arzt gehen.«

»Das habe ich getan, Jackson. Der sagt, das sei der Streß.«

»Dann machen Sie hier Schluß. Sie bekommen jederzeit woanders einen besser bezahlten Job.«

»Mir gefällt es aber hier.«

»Das ist doch Quatsch. Gehen Sie nur. Ich kümmere mich um Ihre Anlage.«

Bobby Lindstrom begab sich nicht in den Aufenthaltsraum, sondern ging hinaus und dort zu einem der Münztelefone. Er schob vier Vierteldollars ein, einen nach dem anderen, und wählte sieben Nullen. Eine Folge von Glockentönen war zu hören, fünf an der Zahl, dann drückte er achtmal die Null und wartete.

»Auf Band«, sagte die metallische Stimme. »Beginnen Sie.«

»Hier Adler. Habe DD-zwo-Kommunikation entschlüsselt. Zielpersonen befinden sich in North Carolina, die P. V. Anlage. Weitermachen gemäß Marseille. Ende.«

Es war Nacht, dunkle Nacht. Dichte Bergnebel, die überall über dem Boden hingen, verschluckten die Mondstrahlen. Auf der Zufahrtsstraße zu dem Wachhäuschen von Peregrine View konnte man ein Scheinwerferpaar erkennen, das immer näher kam. Als es schließlich die Stahlschranke erreicht hatte, die die Straße absperrte, konnte man erkennen, daß es sich um eine braune Limousine handelte, ein Regierungsfahrzeug mit zwei Standern auf den Kotflügeln – der Wagen eines Generals, eines Zweisterne-Generals.

Eine Wache trat aus dem Häuschen, und der Wagen hielt an. Der Mann blickte ins Wageninnere und sah dort vier Offiziere in Uniform – der Fahrer war ein Major, neben ihm saß der General auf dem Vordersitz, auf dem Rücksitz hatten zwei Captains Platz genommen.

»General Lawrence Swinborn, junger Mann«, erklärte der General und hielt dem Mann über die Brust des Fahrers hinweg seine Papiere ans offene Fenster. »Hier sind meine Freigaben von der CIA und der Army.«

»Tut mir leid, Sir«, erklärte der Sergeant der Gamma Force, »wir brauchen diese Freigaben mindestens zwölf Stunden vor dem Eintreffen eines Gastes. Geht leider nicht, Sir. Sie müssen dort hinten wenden.«

»Das ist schade, Sergeant«, sagte der General und legte den Kopf etwas zur Seite und nickte. Auf dieses Zeichen hob der Captain auf dem linken Rücksitz eine Pistole mit Schalldämpfer und schoß den Mann in die Stirn. Der Schuß klang, wie wenn jemand ausspuckt. Als der zweite Wachposten seinen Kameraden fallen sah, rannte er aus seinem Wachhäuschen heraus, in zwei weitere Schüsse desselben Captain hinein, wieder Kopfschüsse. Keines der Opfer gab einen Laut von sich.

»Aussteigen«, befahl der General, »die Leichen in die Büsche schaffen und die Schranke hoch.«

»Jawohl, Sir!«

»Major, Scheinwerfer ausschalten.«

»Sofort! ›Lawrence‹ – das klingt gut.«

»Ich hoffe, Sie müssen sich nie daran erinnern.« Die Stahlschranke hob sich in der Dunkelheit, die beiden Captains kehrten auf ihre Plätze zurück, und die Limousine rollte langsam weiter. Ein dritter Posten tauchte im Nebel auf; er war sichtlich verwirrt, als er auf den Wagen zuging.

»Was zum Teufel soll das?« fragte er. »Wer seid ihr Leute?«

»Pentagon Sicherheitskontrolle, Soldat«, antwortete der General. »Ich nehme an, Sie können die Stander erkennen.«

»Ich sehe fast nichts, aber jedenfalls habe ich keine Anweisung.«

»Wir sind freigegeben, Corporal. Wir sind hier, und ich bin General Lawrence Swinborn.«

»General oder nicht, Sir, wir haben Anweisung, jedes Fahrzeug in die Luft zu jagen, über das man uns nicht informiert hat.«

»Dann haben Sie offensichtlich beim Appell nicht aufgepaßt, Soldat. Also, wo sind die anderen konzentriert? Ich habe keine Lust, mich noch mal aufhalten zu lassen.«

Der muskulöse, breitschultrige Corporal der Gamma Force studierte den Wagen und seine Insassen. Jetzt trat er langsam zwei Schritte zurück, seine rechte Hand griff an das Holster, schnallte es auf, während er mit der linken Hand ein Funkgerät aus der Tasche zog. Im offenen Rückfenster des Wagens sah er jetzt den Lauf einer Pistole. »Das geht Sie einen Dreck an, Mister.« Der Mann tauchte nach links weg und rollte sich zur Seite, als ringsum, begleitet von spuckenden Geräuschen, Kugeln einschlugen. »Feindliches Fahrzeug, Sektor drei!« rief er in sein Funkgerät. »Bin unter Beschuß.«

»Phase B!« befahl der Mann, der sich Swinborn nannte. Gleichzeitig sprangen alle vier links aus dem Wagen und rissen sich die Uniformen herunter, während sich der Corporal, der am rechten Bein verwundet war, hochrappelte, hinter den Bäumen Deckung suchte und begann, das Feuer zu erwidern. Die vier Eindringlinge rissen die letzten Uniformteile im Schutz ihres Wagens herunter, darunter kam Tarnkleidung zum Vorschein, wie sie auch die Gamma Force trug. »Ausschwärmen!« befahl der falsche General. »Er ist in dem ersten Bau rechts, etwa zweihundert Meter die Straße hinauf. Geht durch den Wald vor, wir treffen uns dort!«

Dann folgten Gewalt und Chaos der Verwirrung auf dem Fuße. Die Lichtbündel kräftiger Taschenlampen zuckten durch den Nebel. Uniformen – getarnte Kampfanzüge –, die aus dem Nebel auftauchten, veranlaßten die Wachsoldaten, ihre Waffen wieder zu senken – und dieser Irrtum kostete sie das Leben.

Als Scofield die Schüsse hörte, schaltete er alle Lichter aus, schnappte sich zwei MAC-10 aus ihrem kleinen Arsenal, reichte sie seiner Frau und Frank und instruierte sie, auf Schnellfeuer zu schalten, wenn jemand an der Tür oder einem der Fenster auftauchte.

»Was wirst du tun, Bray?« fragte Antonia.

»Etwas, worauf ich mich ganz gut verstehe, altes Mädchen«, sagte Scofield und rannte zur Küche und der Tür, die von dort ins Freie führte. Er trug seinen Kampfanzug und schnappte sich eine .45er Pistole mit sechs Magazinen. Er schlüpfte nach draußen und lief in den Wald. Lautlos schlich er von Baum zu Baum, wie ein Panther, der seine Jungen beschützt. Seine Arme und Beine schmerzten von der ungewohnten Anstrengung. Aber er sah noch recht gut, und, was das wichtigste war, sein Gehör war immer noch scharf.

Und dann hörte er es! Das Knacken eines abgestorbenen Zweigs unter dem Gewicht eines Fußes. Und dann das Rascheln heruntergefallener Äste, die jemand mit dem Fuß beiseite schob. Beowulf Agate zog sich hinter die Büsche zurück, suchte Deckung. Was er durch das Blattwerk sah, verblüffte ihn nicht nur, sondern machte ihn wütend. Drei Gestalten, alle in der Kleidung der Gamma Force mit Baretts, Hosen und Stiefeln, hatten einen Fehler gemacht! Sie trugen alle ihr Haar kurz, aber nicht den Bürstenschnitt, wie ihn die Gamma-Soldaten üblicherweise trugen. Die Haarspitzen sahen unter dem Mützenrand hervor, bedeckten ihren Nacken, was für die Streifen in Peregrine View unmöglich war. Haar wurde so kurz gestutzt, daß es praktisch unsichtbar war, ganz besonders im Nacken, weil sich dort unter Anspannung und bei hoher Temperatur Schweißtropfen bildeten. So etwas konnte irritierend sein, und das konnten sich die Gamma Force nicht leisten.

Jetzt tauchte ein vierter Mann zwischen den Bäumen auf; offenbar war das Zusammentreffen mit den drei anderen vorher verabredet worden. »Ich habe gerufen, daß ich ›jemanden verfolge‹«, sagte der falsche Gamma-Führer mit einem halblauten Lachen, »und damit habe ich diese Pfadfinder in den Sektor sieben geschickt, ganz am Rand der Anlage. Unsere Zielpersonen sind hier drinnen, in diesem noblen Bau. Und jetzt machen wir sie fertig! Los!«

Scofield hob seine Pistole, gab zwei Schüsse ab und setzte damit zwei der Eindringlinge außer Gefecht. Dann bewegte er sich rasch durch das Unterholz, entfernte sich etwa zehn Meter von der Stelle, von der aus er geschossen hatte. Ein Kugelhagel ging auf die Stelle rechts von Scofield nieder, zerfetzte Laub und Äste und klatschte in die Bäume.

»Wo steckt dieser Dreckskerl?« schrie der Anführer erregt.

»Keine Ahnung!« brüllte der andere zurück, »aber er hat gerade Greg und Willie umgelegt!«

»Mund halten! Keine Namen! Er ist irgendwo dort drüben ...«

»Wo?«

»Hinter den Büschen da, denke ich.«

»Er hat nicht wieder geschossen. Vielleicht ist er abgehauen.«

»Vielleicht auch nicht. Machen wir ihn fertig!«

»Wenn er da ist, kriegen wir den Dreckskerl auch!«

Die beiden Killer rannten los, die Waffen auf Dauerfeuer geschaltet. Nach einigen längeren Salven hielten sie inne. Es herrschte Stille. Und in dem Augenblick warf Scofield einen schweren Stein auf eine Stelle links von den Männern. Sie fingen sofort wieder an zu schießen, und Scofield wartete auf das, was gleich kommen mußte.

Und es kam auch. In dem Dunst, in den sich jetzt Pulverdampf mischte, konnte er sehen, wie einer der Männer seine Waffe nach oben richtete; er hatte aus dem einfachen Grund zu schießen aufgehört, weil ihm die Munition ausgegangen war und er ein frisches Magazin einschieben mußte.

Scofield erschoß den dritten Mann und brach aus dem Unterholz, als dieser stürzte. »Laß das Ding fallen!« befahl er dem Killer, der seine Waffe in der rechten Hand und ein volles Magazin in der linken hielt. »Fallen lassen!« wiederholte Scofield und ließ den Hammer seiner Pistole einrasten.

»Großer Gott, Sie sind *er*, oder?«

»Ihrer Grammatik zum Trotz – ja, das bin ich. Aber ich habe ja auch in Harvard studiert, obwohl das keiner glauben will.«

»Hurensohn!«

»Das sind vermutlich Sie, nehme ich an. Oder wollen wir es anders formulieren? Ein Mataresensohn.« Der Mann schob langsam, im Nebel kaum sichtbar, sein Magazin millimeterweise auf die Pistole zu. Plötzlich schüttelte er sein rechtes Bein, hob es ein wenig an. »Ganz ruhig«, sagte Scofield, »Sie sind nur einen Hauch davon entfernt, den Löffel abzugeben.«

»Mein Bein, verdammt noch mal! Ich habe Krämpfe von dem vielen Laufen.«

»Ich sage es kein zweites Mal, Kotzbrocken. Die Waffe fallen lassen.«

»Das tue ich doch, bestimmt!« Der Killer drückte die Waffe gegen das rechte Bein, zuckte dabei zusammen. »Ich muß diesen Muskelkrampf loswerden, das tut höllisch weh.«

»Also, da muß ich Ihnen recht geben, Sie Drecksack. Krämpfe können...« Plötzlich fuhr der Mataresekiller herum, rammte das geladene Magazin in die Waffe und richtete sie auf Scofield. Scofield feuerte. Der Killer sackte zu Boden.

»*Verdammt*«, schrie Scofield. »Ich wollte dich lebend haben, du Mistkerl.«

Eine Stunde später war in Peregrine View wieder Ruhe eingekehrt. Man beklagte die Toten, bereitete sich darauf vor, ihre Eltern zu verständigen; niemand, der Frau oder Kinder hatte, war zu dem Einsatz eingeteilt worden. Scofield saß erschöpft auf einem Stuhl.

»Sie hätten da draußen getötet werden können!« ereiferte sich Frank Shields.

»Das gehört mit zum Job, Squinty. Aber schließlich bin ich hier, oder?«

»Eines Tages kommst du vielleicht nicht mehr so davon, du weißhaariger alter Esel«, sagte Antonia, die neben Scofield stand und seinen müden Kopf stützte.

»Gibt es sonst noch was Neues, Frank?«

»Wir haben aus Wichita gehört, Brandon. Der ganze Inhalt der Büros von McDowell und Karastos ist mit der KLM ins Ausland geflogen worden. Zielort Amsterdam.«

Amsterdam.

21

Die schwere Citröen-Limousine rollte langsam durch den strömenden Regen im Hafen von Marseille. Dichter Nebel beschränkte die Sicht auf dunstige zehn Meter. Die Scheinwerfer waren fast nutzlos, weil die vom Mittelmeer hereinrollenden Schwaden sie kurz vor dem Wagen verschluckten, so daß man den Eindruck hatte, in eine wallende, weiße Wand zu fahren. Julian Guiderone spähte aus dem linken hinteren Fenster.

»Da sind jetzt die Lagerhallen!« rief er laut dem Fahrer zu, um das Prasseln des Regens auf dem Wagendach zu übertönen. »Haben Sie eine Taschenlampe?«

»*Oui*, Monsieur Paravacini. Immer.«

»Dann leuchten Sie da hinüber, nach links. Wir suchen Nummer einundvierzig.«

»Das ist siebenunddreißig. Es kann nicht mehr weit sein, *monsieur.*«

Das war es auch nicht. Die schwache Glühbirne in ihrem Gehäuse aus Drahtgeflecht war kaum wahrzunehmen. »Halt!« befahl der Sohn des Hirtenjungen, der im Augenblick den unheilvollen Namen Paravacini benutzte. »Drücken Sie auf die Hupe, zweimal kurz.«

Der Fahrer kam der Aufforderung nach und gleich darauf hob sich ein schweres Tor und gab den Blick auf eine etwas hellere Beleuchtung dahinter frei. »Soll ich hineinfahren?«

»Nur kurz«, sagte Guiderone, »nur damit ich drinnen aussteigen kann. Dann fahren Sie rückwärts wieder hinaus und warten auf der Straße. Wenn das Tor sich wieder öffnet, holen Sie mich ab.«

»Ist mir eine Ehre, *monsieur.*«

Julian Guiderone stieg aus, blieb auf der verlassenen Betonfläche stehen und nickte seinem Chauffeur zu. Die Limousine schob sich rückwärts wieder in den Wolkenbruch hinaus; das Tor senkte sich langsam. Guiderone stand reglos da; er wußte, daß er nicht lange würde warten müssen. Aus dem Schatten kam Jan van der Meer Matareisen auf ihn zu. Seine schlanke Gestalt mit dem kantigen, blassen Gesicht wirkte vor den Dimensionen der riesigen Lagerhalle zwergenhaft.

»Willkommen, Mr. Guiderone.«

»Heilige Mutter Gottes, Mann!« rief der Sohn des Hirtenjungen. »Ich hoffe, Sie haben einen guten Grund, mich um diese Stunde hierherzuzerren. Es ist beinahe vier Uhr morgens, und ich habe zwei harte Tage hinter mir!«

»Es ließ sich nicht vermeiden, Sir. Meine Informationen sind so dramatisch, daß ich sie Ihnen nur persönlich übermitteln kann. Wir müssen sofort besprechen, was für Maßnahmen wir ergreifen wollen.«

»*Hier*, in diesem kalten, muffigen Betonmausoleum?«

»Bitte, begleiten Sie mich in mein Büro. Ich habe in jedem der Gebäude hier Büros, weil mir sämtliche Lagerhäuser an dieser Straße gehören und sechs Piers, die ich häufig vermiete. Damit decke ich sämtliche Kosten ab.«

»Soll mich das beeindrucken?« fragte Guiderone und folgte Matareisen zu einem zehn Meter entfernten Büro hinter einer Glaswand.

»Verzeihen Sie meine Prahlerei, Mr. Guiderone. Anscheinend suche ich dauernd Ihre Billigung, weil Sie der Leitstern unserer Bewegung sind.«

»Das *war* ich, Jan. Jetzt sollten Sie in mir nur einen Berater sehen.« Sie betraten das Büro, das mit einer Fülle elektronischer Gerätschaften ausgestattet war. Guiderone nahm auf einer schwarzen Ledercouch Platz, Matareisen setzte sich hinter seinen Schreibtisch. »Lassen Sie uns über diese Maßnahmen sprechen, die Sie erwähnt haben. Ich möchte gern so schnell wie möglich zu meinem Hotel zurück.«

»Ich denke, Sie sollten wissen, Sir, daß ich noch vor drei Stunden behaglich in meinem Haus an der Keizersgracht in Amsterdam geschlafen habe. Ich hielt es für notwendig, sofort aufzustehen, meinen Piloten zu rufen und nach Marseille zu fliegen.«

»Jetzt bin ich wirklich beeindruckt. Warum?«

»Wir müssen unseren Zeitplan beschleunigen ...«

»Was? Wir sind noch nicht bereit – Sie sind noch nicht bereit!«

»Hören Sie sich bitte an, was ich Ihnen zu sagen habe. Es sind Ereignisse eingetreten, die wir nicht vorhersehen konnten. Es gibt ernsthafte Probleme.«

»Beowulf Agate«, flüsterte Guiderone. »Sagen Sie mir, daß er tot ist!«

»Er ist nicht gestorben. Soweit wir feststellen können, ist der Einsatz des Söldnertrupps gescheitert, sie sind dabei alle ums Leben gekommen.«

»Was sagen Sie da?« Guiderones Stimme war eisig geworden. Er saß wie erstarrt auf der Couch und sah den Jüngeren unverwandt an.

»Allem Anschein nach hat Scofield seine Fähigkeiten nicht verloren. Die Nachricht von Adler lautet, daß er die ganze Einheit allein erledigt hat.«

»Das Schwein der Welt!« Guiderones Stimme klang jetzt kehlig und so leise, daß Matareisen ihn kaum hören konnte.

»Ich fürchte, das ist noch nicht alles. Und deshalb müssen wir über taktische Maßnahmen sprechen«, sagte Matareisen ruhig. »Wir wissen, daß Scofield derjenige war, der sich Zutritt zu McDowells Büro in Wichita verschafft hat, aber wir wissen nicht, was er dort in Erfahrung gebracht hat. Aber allein schon die Tatsache, daß er McDowell aufs Korn genommen hat, sagt uns eine ganze Menge, und wenn man das mit den Nachrichten aus London in Verbindung bringt ...«

»Was ist denn in London passiert?« fragte der Sohn des Hirtenjungen mit eisiger Stimme.

»Ich hatte in dem Haus der Brewsters in Belgravia Abhörmikrophone anbringen lassen.«

»War das notwendig?« fiel Guiderone ihm ins Wort.

»Ja. Lady Brewster hatte recht heftig auf meine Vorschläge reagiert und mir erklärt, die Matarese hätten in ihrem Leben nichts zu suchen. Sie hat mir klargemacht, daß es andere gäbe, die genauso empfänden, die ihr Leben und ihren Reichtum dafür einsetzten, die Sünden ihrer Vorfahren auszugleichen. Das hat uns zu dem Erben der Scozzi-Tremonte geführt, dem sogenannten Playboy Giancarlo, der in Wirklichkeit ein internationaler Anwalt war, der gegen uns tätig war.«

»Er ist auf einem Poloplatz in Amerika getötet worden. Na und? Schließlich gibt es keine Spuren.«

»Jedenfalls hat die Central Intelligence Agency Ihren alten Feind, Beowulf Agate, von seiner Karibikinsel zurückgeholt. Er wußte – er weiß mehr über uns als irgend jemand sonst auf der Welt. Keine Ahnung, warum das geschehen ist, jedenfalls hat die CIA ihn rekrutiert.«

»Das Schwein der Welt!« entfuhr es Guiderone erneut.

»Deshalb mußten wir wissen, was in dem Haus in Belgravia im Gange war. Wir haben Lady Brewsters Schwachkopf von einem Ehemann dazu erpreßt, sie zu überwachen, und ihm schließlich die Anweisung erteilt, sie zu töten. Unfälle gibt es immer, und dieser Mann war eine Katastrophe, wenn auch nur kurze Zeit. Aber das ist erledigt. Ebenfalls ohne Spur.«

»Wir kommen vom Thema ab«, sagte Guiderone knapp. »Sie haben also in dem Haus Mikrophone installieren lassen ...«

»Man hat sie entdeckt.«

»Das war doch von Anfang an zu erwarten. Die Leute, die sich um die Brewsters kümmern, sind nicht dumm, das sind hochbezahlte Spezialisten, die es sich nicht leisten können, sorglos zu sein. Die kleinste Panne und eine Wagenladung elektronischen Geräts rollt dort an – und das war ja offenbar auch der Fall. Zu unserem Schaden.«

»Es ist wesentlich komplizierter, aber ich kann Ihnen versichern, es gibt keine Spuren, die zu uns weisen. Der Mann, der die Geräte installiert hat, ist eliminiert worden, und seine Empfangsstation in der Lowndes Street ist gesäubert. Sämtliche Bänder sind sichergestellt.«

»Ihre Effizienz ist lobenswert«, sagte der Sohn des Hirtenjungen. »Aber ich bin sicher, daß das noch nicht alles ist. Sie sind bestimmt nicht mitten in der Nacht aus Amsterdam hierhergeflogen, um mich mit Ihrer Tüchtigkeit zu beeindrucken.« Guiderone hielt inne, und sein Blick wurde wieder feindselig. »Sie erwähnten etwas davon, daß der Zeitplan beschleunigt werden müsse, und damit bin ich unter keinen Umständen einverstanden. Es gibt noch viel zuviel zu tun, und wir sind darauf angewiesen, daß alles wirklich wie am Schnürchen abläuft. Es darf keine Störungen und keine Änderungen geben!«

»Da bin ich, bei allem Respekt, anderer Ansicht. Dank Ihrer außerordentlichen Anstrengungen und meiner bescheidenen Beiträge befinden sich die entscheidenden Schachfiguren überall in Europa, Nordamerika und dem Mittelmeerraum an Ort und Stelle. Wir müssen zuschlagen, solange unsere Maschine auf Hochtouren läuft und bevor plötzlich Hindernisse auftauchen.«

»Was für Hindernisse? Es geht um den Jungen, nicht wahr, den jungen Montrose!«

»Weg, verschwunden, untergetaucht«, sagte der Holländer schnell. »Er gehört der Vergangenheit an und ist ohne Belang. Was haben wir schon verloren? Den Gehorsam einer Mutter, die für uns nicht mehr wichtig ist. Sie befindet sich jetzt mit Scofields Kollegen, einem Mann namens Pryce, in London. Man sagt, er sei äußerst gefährlich. Um zu verhindern, daß die beiden irgendwelche Fortschritte machen, werden sie beide in den nächsten Tagen, vielleicht sogar den nächsten Stunden getötet werden, und das ist für uns wichtig.«

»Warum? Nicht, daß ich Einwände hätte, aber es muß Dinge geben, die Sie mir verschweigen.«

»Verzeihen Sie, Sir, aber diese ›Dinge‹ liegen auf der Hand.«

»Seien Sie vorsichtig, junger Matareisen. Vergessen Sie nicht, mit wem Sie reden.«

»Ich bitte um Entschuldigung, aber bei allem Respekt, ich muß Ihnen das auf meine Weise erklären. Wir wissen nicht, wie es dazu gekommen ist, aber McDowell ist in Wichita enttarnt worden. Wie? Wie kam es, daß Scofield Bescheid wußte? Der ganze Inhalt von McDowells Büro ist an uns geschickt worden; ein Spektrogramm der Akten hat ergeben, daß sich kürzlich jemand daran zu schaffen gemacht hat; an der Dechiffriermaschine auch. Und wir wissen, daß versucht worden ist, den Computer einzuschalten, weil das den Alarm ausgelöst hat. Was hat Ihr Beowulf Agate erfahren, und hat er überhaupt etwas erfahren?«

»Was konnte er erfahren?« fragte Guiderone nachdenklich. »McDowell war ebenso vorsichtig wie brillant. Er hätte nie etwas in seinem Büro gelassen, was auf uns hinwies. Das ist unvorstellbar.«

»Vielleicht fühlte er sich in seiner Suite bei Atlantic Crown sicherer. Seine Ehe war gescheitert, seine Frau eine eifersüchtige Alkoholikerin – mit gutem Grund übrigens. Verstehen Sie denn nicht, Sir, wir *wissen* es einfach nicht!«

»Auch wenn man gewisse Verzögerungen einkalkuliert, ist das kein Grund, den Zeitplan zu ändern. Um die Ergebnisse zu bekommen, die wir uns wünschen, ist es unerläßlich, daß das Timing exakt stimmt. Es darf nicht die geringste Panne geben. Die dicht aufeinanderfolgenden Erschütterungen müssen katastrophale Ausmaße annehmen. Wir machen planmäßig Fortschritte. Es gibt keine Änderungen.«

»Dann muß ich mich noch klarer ausdrücken«, sagte der Mann aus Amsterdam. »Und Sie haben recht, es gibt Dinge, die ich Ihnen nicht gesagt habe, weil ich sie unter Kontrolle hatte und es keinen Anlaß gab, Sie damit zu behelligen. Aber als ich erfuhr, daß Scofield unsere Leute getötet hatte, wußte ich, daß es Zeit war, ein persönliches Gespräch mit Ihnen zu führen.«

»Um mich zu überzeugen?«

»Um Sie zu überzeugen.«

»Dann strengen Sie sich mehr an, Jan«, sagte Guiderone beunruhigt. Man konnte ihm die Konzentration anmerken. »Sie haben viel bewirkt – wirklich ungewöhnliche Leistungen. Ich kann Ihre Meinung nicht einfach abtun. Also, was haben Sie mir verschwiegen, was Ihnen jetzt so wichtig erscheint?«

»Das ist nicht nur eine Sache, man muß das alles im Zusammenhang sehen. Wir müssen auf das Boot in der Karibik zurückkommen, den schwedischen Kapitän, der entkommen ist. Er hat sich über Tortola nach Puerto Rico durchgeschlagen ...«

»Ja, ja«, unterbrach Guiderone ihn ungeduldig. »Sie haben ihm Geld zukommen lassen, damit er nach Amsterdam zurückfliegen kann. Das weiß ich alles.«

»Er ist nie dort eingetroffen. Ein schwedischer Geschäftsmann hat ihn im Flugzeug entdeckt, die Polizei erwartete ihn in Heathrow, und dann hat man ihn mit dem Flugzeug nach Stockholm gebracht, um ihn dort wegen seiner Teilnahme an dem Palme-Attentat unter Anklage zu stellen.«

»Das ist unangenehm für ihn, aber wieso betrifft das uns?«

»Er könnte versuchen, mit den Behörden dort einen Kuhhandel zu machen, indem er ihnen Hinweise auf uns liefert.«

»Soviel weiß er nicht.«

»Er weiß genug. Er hatte seine Befehle, auch wenn wir die Spuren verwischt haben.«

»Ich verstehe. Fahren Sie fort.«

»Unser Informant hat, unmittelbar bevor der Lauschposten in der Lowndes Street aufgeflogen ist, London Control mitgeteilt, daß Pryce, Montrose und ein MI-5-Beamter zum Westminster House unterwegs waren ...«

»Das ist praktisch die Privatbank der Brewsters«, fiel ihm der Sohn des Hirtenjungen ins Wort. »Wenn Sie sich erinnern, habe ich, um mir Informationen zu verschaffen, Lady Brewsters Anlageberater benutzt, einen gewissen Chadwick. Ich habe ein paarmal recht angenehm mit ihm zu Mittag gegessen, aber nicht viel erfahren.«

»Deshalb mußte er getötet werden«, sagte Matareisen mit ausdrucksloser Stimme. »Wir hatten keine Ahnung, was zwischen Ihnen beiden besprochen worden war, aber uns war jedenfalls klar, daß es keine Verbindungen geben durfte. London Control hat das persönlich erledigt und auch Ihre Akte aus Chadwicks Büro entfernt. Ein Glück übrigens, daß er das getan hat.«

»Warum?«

»Chadwick hat unter anderem festgehalten, und ich zitiere jetzt wörtlich: ›Mr. Guiderone interessiert sich ganz besonders für die Brewsters am Belgravia Square. Ohne Zweifel auch so ein neureicher Amerikaner.‹«

»So ein Mistkerl«, sagte Guiderone und schmunzelte. Dann wurde er gleich wieder ernst. »Ich muß erneut Ihre Effizienz loben, Jan, und bin Ihnen aufrichtig dankbar. Das war ein törichtes, unnötiges Risiko meinerseits. Aber Sie sprechen hier von möglichen Entwicklungen, und die müssen nicht notwendigerweise zu den Konsequenzen führen, die Sie so beunruhigen.«

»Setzen Sie an die Stelle von ›möglich‹ ›denkbar‹. Das ist nur ein winziger Unterschied, Mr. Guiderone.«

»Aber nicht ausreichend, um die Operationen zu unterbrechen, die im Augenblick eingeleitet werden. Der Persische Golf, das Mittelmeer, die Nordsee – aufeinander aufbauende eskalierende Strategien, die die ganze Finanzwelt lähmen werden, mein junger Freund. Ein Finale, wie eine Götterdämmerung! Sie müssen mir schon stärkere Argumente liefern, Jan.«

»Ich denke, das kann ich, wenn Sie mir noch eine Minute zuhören wollen.«

»Das tue ich gern.«

»Die sich steigernde Nervosität auf den Finanzmärkten Europas, Amerikas und des Nahen Ostens spielt uns in die Hände, wie wir es geplant haben. Die Analysen, die uns augenblicklich vorliegen, gipfeln im Verlust von achtzig Millionen Arbeitsplätzen, was ebenfalls zu unserem Vorteil ist, weil wir bereit sind, das Vakuum auszufüllen und wieder Stabilität herzustellen, wobei wir die Führung übernehmen …«

»Das ist alles gut so, Jan, sehr gut sogar! Es kommt darauf an, was die Menschen *wahrnehmen*, nicht auf die Realität, die ist zweitrangig. Wir werden die Wirtschaft und damit die Regierungen von zweiundsechzig Ländern kontrollieren, darunter die sieben einflußreichsten Hauptstädte. Wir werden unser Ziel erreichen, den großen Plan der Matarese in die Tat umsetzen! Und alles wird völlig legal ablaufen. Wir sind unbesiegbar!«

»Sie haben immer noch nicht verstanden, Mr. Guiderone«, erregte sich Matareisen. »Sie sehen es nicht!«

»Was sehe ich nicht? Die Erfüllung einer Legende, die ebenso wichtig ist wie die Suche nach dem Gral? Die Antwort auf die Probleme unseres Planeten!«

»Sir, ich flehe Sie an, sehen Sie der Realität ins Auge, auch wenn Sie sie für zweitrangig halten, sonst könnte aus ihr leicht Wahrnehmung werden!«

»Was faseln Sie da?«

»Mein Anwalt in Lissabon, ein Mann von ungeheurem Einfluß, der nur noch von seiner Verschlagenheit übertroffen wird ...«

»Ist das dieser Bursche, der sich die Azoren unter den Nagel gerissen hat, mit Steuereinnahmen und allem?«

»Genau der, und zugleich der Mann, der unseren Feind Dr. Juan Guaiardo in Monte Carlo beseitigen ließ.«

»Ja, was ist mit ihm?«

»Er steht korrupten Elementen in der spanischen Regierung sehr nahe, im großen und ganzen sind das die Überreste der alten Franco-Getreuen, einschließlich Teile des Madrider Nachrichtendienstes. Er war sich nicht sicher, was das alles zu bedeuten hatte, aber es hat ihn so erschreckt, daß er heute nachmittag – gestern nachmittag – mit mir Verbindung aufgenommen und mir alles Material gefaxt hat, das er sich beschaffen konnte. Die Unterlagen sind nicht vollständig, aber beängstigend.«

»In welcher Hinsicht? Raus damit, Matareisen!«

»Allem Anschein nach waren Dr. Guaiardo und Lady Brewster miteinander verwandt und standen sich sehr nahe.«

»Dann hat die spanische Armada also doch etwas zuwege gebracht. Und?«

»Dr. Guaiardo war Wissenschaftler und hat seine medizinischen Kenntnisse in anderen Bereichen eingesetzt. Er hat tatsächlich einen detaillierten genealogischen Stammbaum der Matarese-Organisation erarbeitet, der fünf Generationen zurückreicht und in dem Familien, Firmen, Gesellschaften und Bündnisse namentlich aufgeführt sind. Das Ganze ist aufgebaut wie ein richtiger Stammbaum, in dem Firmenfusionen wie Eheschließungen behandelt werden, bis am Ende unsere großen Kartelle stehen.«

»Großer Gott!« flüsterte der Sohn des Hirtenjungen und massierte sich die Stirn mit den Fingern. »Ist es schon soweit? Ist der Stammbaum abgeschlossen?«

»Das wissen wir nicht genau. Wie ich schon sagte, mein Gewährsmann hat mir gegenüber ...«

»Selbst wenn das der Fall wäre«, sagte Guiderone, »würde es Monate, vielleicht Jahre dauern, bis alle Beweise zusammen wären. Schließlich geht es hier um komplizierte Vorgänge, und jeder einzelne Schluß könnte angezweifelt, ja sogar mit juristischen Mitteln angefochten werden.«

»Sie wissen ganz genau, daß das so nicht läuft, Sir. Selbst der Hauch einer Andeutung, daß ein globales Unternehmen wie das unsere in Verbindung mit den Wirtschaftskrisen stehen könnte, die über die nationalen Grenzen hinaus die Welt erfaßt haben, wäre der sichere Weg in die Katastrophe. Unsere Katastrophe, Mr. Guiderone.«

»Das Schwein der Welt!« sagte der Sohn des Hirtenjungen leise und lehnte sich auf der schwarzen Ledercouch zurück. »Er hat die Männer getötet, die ihn beseitigen sollten, und er hat Wichita gefunden. Herrgott, wie hat er das gemacht? Er steckt hinter allem. Genau wie damals!«

Das Marblethorpe war ein kleines elegantes Hotel an der Upper East Side von New York, eine kurzzeitige Bleibe für die Großen der internationalen Szene. Dazu gehörten Diplomaten, Größen der internationalen Finanzwelt, Staatsmänner auf dem Weg zum Gipfel ihrer Bedeutung oder bereits wieder auf dem Abstieg, und alle gewöhnlich in Verhandlungen, die besser an einem Ort stattfanden, wo man die Teilnehmer nicht beobachten konnte. Das Marblethorpe eignete sich ideal für solche Anlässe; es war etwa zu diesem Zweck entworfen worden, gebaut von einem Multimillionär, der oberhalb der überfüllten Straßen Manhattans Vertraulichkeit und Komfort suchte. Abgesehen von der erforderlichen Zeile in den weißen Seiten des Telefonbuchs, gab es keine Anzeigen, die für das Hotel warben. Es gab auch keine Einzel- oder Doppelzimmer sondern nur Suiten. Jedes Stockwerk enthielt zwei davon, die einander gegenüber angeordnet waren. Acht Stockwerke hoch, sechzehn Suiten; es war nie eine frei. Alle waren ständig »vermietet«.

»Es gibt einen Seiteneingang mit einer grünen Tür und ganz wenig Licht«, sagte Frank Shields, der auf einem üppig gepolsterten blaßroten

Lehnsessel Platz genommen hatte, während Scofield um einen Queen-Anne-Schreibtisch herumging, auf dem eine weiße Telefonkonsole stand. Antonia kam aus einem der Schlafzimmer.

»Es ist wirklich wunderschön hier, Frank«, sagte sie und lächelte. »Verwandelt es sich um Mitternacht in ein Rattenloch?«

»Das will ich nicht hoffen. Einige Gäste könnten einen Herzanfall bekommen – oder *ihre* Gäste.«

»Oh, ein Haus für Rendezvous?«

»Die hat es hier sicherlich gegeben, meine Liebe, und gibt es auch heute noch. Aber das ist nicht der Hauptzweck des Hotels. Der Vorstand mißbilligt solche Dinge sogar.«

»Für was dann?«

»Nun, man könnte sagen, Konferenzen zwischen Leuten, die aus dem einen oder anderen Grund nicht miteinander konferieren sollten. Die Sicherheitsvorkehrungen, die hier geboten werden, sind mit Abstand die besten, die es im zivilen Bereich überhaupt gibt. Man bestellt sich nicht einfach am Empfang ein Zimmer, man muß empfohlen werden.«

»Wie sind Sie denn hereingekommen, Squinty?«

»Wir sitzen im Aufsichtsrat.«

»Gute Arbeit. Trotzdem hätte ich angenommen, daß solcher Luxus Ihre Mittel übersteigt, es sei denn, Sie gehen inzwischen ein wenig sorgloser mit Sonderfonds um.«

»Wir haben da ein besonderes Arrangement. Als Mitglieder des Aufsichtsrats stellen wir gründliche Recherchen über empfohlene Gäste an.«

»Sie bezahlen also nicht.«

»Außerdem erfahren wir, wer sich mit wem trifft. Der ideale Interessensausgleich, könnte man sagen. Und da unsere Dienste häufig unbezahlbar sind, können wir schließlich nicht zulassen, daß der Steuerzahler dafür zur Kasse gebeten wird.«

»Sie sind ein Genie, Frank.«

»Aber warum ausgerechnet in New York?« fragte Antonia. »Wenn diese Leute so großen Wert auf Geheimhaltung legen, dann würde ich doch meinen, daß es dafür einen besseren Ort als eine der berühmtesten Städte der Welt gibt. Irgendwo auf dem Land oder einer Insel wie der unseren. Davon muß es doch Hunderte geben.«

»Da irren Sie sich leider, Toni. Man kann sich leichter in einer belebten, überfüllten Stadt verstecken als irgendwo in der Provinz. Fragen Sie die Jungs von der Mafia, die in den Appalachen waren – oder sehen Sie uns an, in Maryland und North Carolina, oder selbst Sie beide auf Brass 26. Pryce hat Sie gefunden, weil es eine Spur gab, der er nachgehen konnte. In einer hektischen Stadt wie dieser können sich Spuren verlieren, und hektisch ist New York weiß Gott.«

»Das muß ich mir mal durch den Kopf gehen lassen«, sagte Antonia nachdenklich. »Aber warum sind wir hier, Frank?«

»Hat Brandon Ihnen das nicht gesagt?«

»Was soll er mir gesagt haben …?«

»Ich fand die Idee ausgezeichnet, und da ich ja wußte, daß ich hier jederzeit Unterkunft bekommen würde, war ich einverstanden.«

»Mir *was* gesagt?« bohrte Antonia.

»Darauf wollte ich gestern abend in Peregrine kommen, aber wenn du dich erinnerst, hast du im anderen Schlafzimmer geschlafen.«

»Weil ich wütend war! Ein alter Esel, beinahe siebzig, läßt sich auf eine nächtliche Schießerei ein. Du hättest dabei getötet werden können.«

»Das bin ich aber nicht, oder?«

»Bitte, ihr beiden, hört auf damit.«

»Ich will eine Erklärung haben! Weshalb sind wir hier, Bray?«

»Wenn du dich beruhigst, erkläre ich es dir, altes Mädchen. New York ist einer der wichtigsten, wenn nicht überhaupt der wichtigste Umschlagplatz der internationalen Finanzwelt, darin wirst du mir wahrscheinlich zustimmen.«

»Und?«

»Die internationale Finanzwelt ist für die Matarese von entscheidender Bedeutung, das ist der Bereich der Wirtschaft, den sie unter ihre Kontrolle bringen wollen, falls ihnen das nicht bereits gelungen ist. Und dann gibt es da noch etwas anderes, was für sie ebenfalls von ›entscheidender Bedeutung‹ ist, und das weiß ich, weil Taleniekov und ich es gesehen und es erlebt haben und beinahe beide ums Leben gekommen wären, weil wir es erfahren hatten …«

»Ich war auch dabei, verehrter Gatte.«

»Gott sei Dank warst du das, altes Mädchen. Wenn das nämlich nicht der Fall gewesen wäre, wären wir jetzt beide tot. Aber das war noch, ehe wir dich gefunden hatten. Wir haben auf die Weise die Matarese nämlich überhaupt erst nach Korsika zurückverfolgen können.«

»Was, um Himmels willen, reden Sie da, Brandon?«

»Zum Teufel, Squinty, das habe ich Ihnen doch gesagt.«

»Oh, ja, ja, jetzt erinnere ich mich. Deshalb sind wir ja hier. Entschuldigung, Toni. Es ist nur … er ist so melodramatisch, und ich bin wirklich todmüde.«

»Sag's mir jetzt endlich!« rief Antonia.

»Die Führung der Matarese informiert ihre einzelnen Teilbereiche, ihre Jünger, wenn du so willst, nie über negative Vorkommnisse. Es ist so, als ob sie nicht zugeben könnten, daß sie in irgendeiner Weise verletzbar sind, weil sie befürchten, daß ihre Gefolgsleute sonst Angst bekommen könnten, daß sie entdeckt werden.«

»Und?«

»Nun, siehst du, Mädchen, Wichita ist erledigt, kaputt, Schluß, ein Punkt auf einem Radarschirm. Aber ich wette meine sämtlichen Auslandskonten, daß die Jünger nichts davon wissen.«

»Ihre *was* …?«

»Halten Sie den Mund, Squinty. Sie sind so viel älter als ich, daß Sie sich nicht mal daran erinnern können, was ich Ihnen gestern erzählt habe.«

»Ich habe diesen letzten Satz nie von Ihnen gehört. Auslandskonten – oh, großer Gott …!«

»Siehst du, meine liebe Toni, ich werde jetzt so tun, als wäre ich ein ganz hoher Bonze bei den Matarese – kürzlich aus Amsterdam eingetroffen, eine Stadt, die allem Anschein nach eine wichtige Rolle in der Organisation spielt. Ich werde jedem einzelnen, mit dem ich unter strengster Geheimhaltung konferiere, erzählen, daß Wichita erledigt ist, weg vom Fenster, *finito*.«

»Wer sind diese Leute? Mit wem wirst du ›konferieren‹?«

»Ein paar Dutzend Präsidenten, Vorstandsvorsitzende, Finanzchefs und Aufsichtsratsvorsitzende von all diesen netten, sympathischen Firmen und Gesellschaften, die in letzter Zeit Fusionen, Aufkäufe und allen möglichen sonstigen Kram getrieben haben. Wir haben eine Liste von achtunddreißig möglichen Personen hier und in Europa. Irgendeiner von denen wird mir auf den Leim gehen.«

»Falls Sie recht haben, Brandon«, schaltete Shields sich ein, »was ist dann, wenn sie sich mit Amsterdam in Verbindung setzen?«

»Das ist ja der Knüller, Squinty. Ich werde ihnen sagen, daß Amsterdam das nächste Wichita sein könnte und daß mein Rat lautet, einen weiten Bogen um Amsterdam zu schlagen, weil die schon genug Mist gebaut haben.«

»Aber werden sie dir denn glauben, Bray?«

»Meine Liebe, Taleniekov und ich haben Jahre damit verbracht, unsere bösartigen Talente für genau diese Art von Anlaß zu schärfen. Glaube mir, ich verstehe mich auf mein Handwerk. Bei Gott, das tue ich!«

In Loch Torridon, Schottland, war früher Morgen. Das Mosaikfenster des kleinen Speisesaals des Gasthofs gab den Blick auf die taubedeckten Felder frei, die bis zu den Bergen des Hochlands reichten. Das Frühstücksgeschirr war abgeräumt worden, und nur noch zwei große Kannen mit Kaffee und Tee standen auf dem Tisch. Um ihn herum saßen Leslie Montrose, ihr Sohn, Cameron Pryce und Luther Considine, Lieutenant, U.S. Navy.

»Das ist ja heller *Wahnsinn*!« sagte der Pilot, der sich jetzt eine Stunde lang Erklärungen von Leslie Montrose und Cameron Pryce angehört hatte.

»Aber genau das läuft gerade ab«, sagte Pryce.

»Und Sie sind sicher, daß ich in das alles eingeweiht werden soll?« fragte Considine.

»Eigentlich nicht. Aber Ihre ein wenig unübliche Freigabe kommt von jemandem, mit dem sich niemand anlegen wird ...«

»Oh, ich verstehe«, unterbrach ihn der Pilot. »Dieser stellvertretende Direktor von der CIA, mit dem ich gesprochen habe. Ein Mr. Shields, glaube ich.«

»Nein, der hat nichts zu sagen.«

»Wer denn dann?«

»Ihr junger Freund hier, Montrose junior, den Sie in Manamah aufgegabelt haben.«

»Jamie?« Considine sah zu dem Teenager hinüber. »Was in aller Welt hast du gemacht, Junge?«

»Wenn Sie nicht gewesen wären, Luther, würde ich jetzt wahrscheinlich irgendwo unter einer Düne in Bahrain liegen. Sie haben ein Recht darauf zu erfahren, warum Sie das Risiko eingegangen sind, wieder das Deck schrubben zu müssen, wissen Sie noch? Und außerdem, wenn Sie einmal Admiral sind, werden Sie mir vielleicht dabei behilflich sein, daß ich wie mein Dad zur Navy oder zum Marine Air Corps komme.«

»Jetzt weiß ich nicht, ob ich dir danken oder mich hier schleunigst verdrücken soll! Diese ganze Geschichte geht weit über meinen Horizont. Heilige Maultierscheiße, eine weltweite Verschwörung, die Kontrolle über die Finanzen der halben Welt an sich zu ...«

»Und der Rest dann später, Lieutenant«, sagte Leslie Montrose. »Eine Verschwörung der Korruption und der Angst, das sind die Waffen dieser Leute. Mein Sohn und ich waren nur belanglose Nebenfiguren bei dem Versuch, einen Mann zu töten, der die Geschichte der Matarese kennt und daraus vermutlich eine Verbindung zur Gegenwart herstellen kann.«

»Ja, die Mata-soundso? Was bedeutet das, Colonel?«

»Das ist ursprünglich ein Eigenname, Luther«, antwortete Pryce, »ein Korse, dessen ursprüngliche Ideen zu so etwas wie einer Blaupause für ein internationales Monopol geworden sind, ein Monopol, das heute schon wesentlich mächtiger als die Mafia ist.«

»Wie gesagt, das geht alles weit über meinen Horizont.«

»Nicht nur über Ihren, Lieutenant, auch über unseren«, sagte Leslie. »Niemand von uns ist darauf vorbereitet, es gibt auch keine Ausbildung, die einen zum Kampf gegen diese Leute befähigt. Wir alle tun, was wir können, um in unseren jeweiligen Bereichen etwas gegen diese Verschwörung auszurichten, und hoffen dabei, daß unsere Vorgesetzten die richtigen Entscheidungen treffen.«

Considine schüttelte verwirrt den Kopf. »Und was tun wir jetzt?«

»Wir warten auf Anweisungen von Frank Shields«, antwortete Pryce.

»In Peregrine?« fragte Leslie.

»Nein, die sind nach New York umgezogen.«

»Warum New York?«

»Weil Scofield ein Szenario entwickelt hat, das sie ausprobieren wollen. Geof Waters geht in London nach demselben Schema vor.«

»Augenblick!« rief der schwarze Marineoffizier. »Soll ich das etwa auch verstehen? Wer ist Scofield, was ist das für ein ›Szenario‹, und wer ist Waters in London?«

»Sie haben ein gutes Gedächtnis für Details«, sagte Leslie.

»Wenn man heutzutage in dreißigtausend Fuß Höhe ein paar Dutzend Ausdrucke hat, braucht man das auch, Ma'am – Colonel.«

»Ich habe es dir doch gesagt, Mum, eines Tages wird er Admiral sein.«

»Vielen Dank, Jamie, vielleicht weist man dich bis dahin in eine Jugendstrafanstalt ein.«

Das Telefon klingelte. Es war ein spezieller Apparat, den MI5 eingerichtet hatte. Cameron Pryce nahm den Hörer ab. »Ja?«

»Hier Waters, London. Die Leitung ist sicher. Wie geht es Ihnen?«

»Ich bin ein wenig durcheinander. Und Ihnen?«

»Ebenso, alter Junge. Wir fahren jetzt Beowulf Agates Strategie, aber es wird ein, zwei Tage dauern, falls man uns nicht auf die Schliche kommt, natürlich. Durch dieses Gespräch jedenfalls nicht.«

»Na, herzlichen Dank«, sagte Pryce. »Was sollen wir tun? Wo möchten Sie, daß wir hingehen?«

»Ist Ihr amerikanischer Pilot in Reichweite?«

»Er sitzt neben mir.«

»Fragen Sie ihn, ob er tieffliegende Starrflügelpropellermaschinen fliegen darf.«

Pryce gab die Frage weiter, und Considine antwortete: »Ich darf alles fliegen, was vom Boden abhebt, mit Ausnahme möglicherweise von Raumschiffen, aber mit denen käme ich vermutlich auch klar.«

»Haben Sie ihn gehört?«

»Laut und deutlich, und das ist gut. In zwei Stunden wird auf dem Flugplatz von Loch Torridon ein alter, aber völlig überholter Bristol Freighter, ein zweimotoriges Arbeitspferd von Flugzeug, landen. Diese Maschine sollen Sie alle besteigen.«

»Und wo geht die Reise hin?«

»Ihre versiegelten Anweisungen sind zu dem präzisen Zeitpunkt, der auf dem Umschlag steht, zu öffnen, sobald Sie in der Luft sind.«

»Das ist doch aufgelegter Blödsinn, Geof!«

»Das stammt von Ihrem Beowulf Agate, alter Junge. Es hat etwas mit Radar zu tun.«

In Marseille war es 5.30 Uhr, und das fahle Licht der Morgendämmerung kroch langsam über dem allmählich erwachenden Hafen am Himmel empor. Gruppen von Dockarbeitern strebten auf den Piers ihren Arbeitsplätzen zu, während im Hintergrund das Mahlen und Klirren schwerfälliger Maschinen zu hören war. Jan van der Meer Matareisen war allein in seinem Büro; die letzten Nachrichten aus London machten die Erleichterung zunichte, die nach Julian Guiderones Abschied über ihn gekommen war. »Hast du eine Erklärung für soviel Unfähigkeit?« fragte er scharf.

»Ich bezweifle, ob jemand anderes es hätte besser machen können«, erwiderte die Stimme aus London, eine ausdruckslose, aristokratisch klingende Frauenstimme.

»Das wissen wir aber nicht, oder?«

»*Ich* weiß es, und dein Ton gefällt mir nicht.«

»Dann gefällt er dir eben nicht. Ich glaube nur nicht, daß dir das viel nützt.«

»Das ist nicht sehr höflich, Jan. Und fair auch nicht.«

»Tut mir leid, Amanda. Es gibt große Schwierigkeiten.«

»Soll ich nach Amsterdam fliegen und dir ein wenig helfen?«

»Ich bin nicht in Amsterdam. Ich bin in Marseille.«

»Du kommst ganz schön rum, wie, mein Lieber? Warum Marseille?«

»Weil es notwendig war.«

»Es war Julian, nicht wahr? Ich glaube, für ihn ist Marseille so etwas wie ein drittes oder viertes Zuhause. Mir hat es dort am wenigsten gefallen. Die Leute, die dort zu ihm kamen, waren so ungehobelt.«

»Bitte, erinnere mich nicht an eure Beziehung ...«

»Schnee von gestern, von vorgestern. Und warum nicht? Ich habe dir nie etwas verheimlicht ... und wir haben uns auf die Weise kennengelernt, Liebster.«

»In ein oder zwei Tagen vielleicht ...«

»Laß dich von ihm nicht unter Druck setzen, Jan! Er ist ein widerwärtiger, schrecklicher Mann und denkt nur an sich.«

»Er muß so sein. Das verstehe ich. Trotzdem muß ich eine Erklärung für ihn haben. Zwei Fehlschläge hintereinander sind einfach unerträglich.«

»Ich weiß nicht, wovon du redest ...«

»Das brauchst du auch nicht zu wissen«, fiel Matareisen ihr ins Wort. Seine Hand begann zu zittern. »Mir war das wirklich ernst, was ich vorher gesagt habe. Was ist passiert? Wie sind Pryce und diese Montrose verschwunden?«

»Ich habe nicht gesagt, daß sie verschwunden sind. Ich habe gesagt, daß sie entkommen sind.«

»Wie?«

»Mit dem Flugzeug, ganz offensichtlich. Als mein Gewährsmann in der Tower Street mir sagte, daß sie sich in einem Landgasthof an einem

Ort befänden, der sich Loch Torridon nennt, nördlich von Edinburgh, habe ich mit dem Mann Verbindung aufgenommen, den du ›London Control‹ nennst, und habe die Information an ihn weitergegeben. Er hat sich bei mir bedankt und gesagt, das sei alles, was er brauche.«

»Er ist nicht befugt, mich anzurufen. Unsere Kontakte laufen über mindestens drei Zwischenstationen. Hat er es dir gesagt?«

»Natürlich ...«

»Dann sag es mir doch, um Himmels willen!«

»Du hast mir ja keine Gelegenheit dazu gegeben. Du hast einfach zu schreien angefangen – du warst sehr unhöflich.«

Der Holländer in Marseille hielt kurz den Atem an und versuchte, sich wieder in den Griff zu kriegen. »Also schön, was hat London Control gesagt?«

»Er ist wirklich ein bemerkenswerter Mann, sehr einfallsreich.«

»Was hat er dir *gesagt*?«

»Er hat gesagt, als er in dem Gasthof in Loch Torridon eingetroffen sei, habe ihm der Besitzer gesagt, die vier Leute, die er suche, seien abgereist.«

»*Vier* Leute?«

»Vier Amerikaner. Bruder und Schwester unter dem Namen Brooks eingetragen, ein schwarzer amerikanischer Offizier der Navy und ein Teenager, beide überhaupt nicht eingetragen, gemäß Anweisung von Mr. Brooks.«

»Allmächtiger Himmel, das ist der Montrose-Junge! Die haben ihn nach Schottland geflogen!«

»Was redest du da?«

»Das ist jetzt unwichtig. Was sonst noch?«

»Dein ›London Control‹ hat erfahren, daß man sie alle zum Flughafen gebracht hat. Also ist er auch hingefahren und hat festgestellt, daß die von ihm beschriebenen Leute weniger als eine Stunde vor seinem Eintreffen an Bord einer zweimotorigen Propellermaschine gegangen waren.«

»Und weiter?«

»Jetzt kommt das, weshalb ich der Meinung bin, daß dein zurückhaltender Londoner Mann äußerst einfallsreich ist. Er hat gesagt, ich solle dir ausrichten, falls ihr beide bis dahin nicht bereits selbst miteinander gesprochen hättet, daß er den Flugplan für die Maschine gefunden hat, mit der die vier Amerikaner abgeflogen sind.«

»Und der Zielort?« fragte Matareisen schnell. Schweißtropfen standen ihm jetzt auf der Stirn.

»Mannheim in Deutschland.«

»Unglaublich!« rief der Holländer sichtlich der Panik nahe. »Jetzt haben sie sich die Verachtin-Werke vorgenommen, Nachkommen der Voroschin! Das liegt Jahre zurück, Generationen! Die tun es. Die haben den Stammbaum!«

»Jan ...?«

Aber die Engländerin sprach ins Leere. Matareisen hatte den Hörer auf die Gabel geknallt.

22

Der doppelmotorige Bristol Freighter aus den vierziger Jahren war gestartet und flog auf Südostkurs über die Nordsee. Der Pilot Luther Considine sah auf seine Armbanduhr. Er drehte sich zu Pryce herum, der neben ihm auf dem Sessel des Ersten Offiziers Platz genommen hatte. »Ich fühle mich mit Ihnen auf diesem Sessel nicht sonderlich wohl, Cam, aber die Zeit ist gekommen.« Er reichte Pryce einen versiegelten braunen Umschlag, dessen rote Plastikstreifen noch intakt waren und Zeugnis dafür ablegten, daß niemand sich an dem Umschlag zu schaffen gemacht hatte.

»Warum fühlen Sie sich nicht wohl?« fragte Pryce, riß den Umschlag auf und entnahm ihm zwei kleinere. »Ich habe heute morgen geduscht.«

»Was wäre denn, wenn ich plötzlich Magenschmerzen bekomme oder noch etwas Schlimmeres – fliegen Sie dann diese alte Kiste?«

»Ich halte Ihnen, während Sie sich übergeben, die Hand, und Sie können Jamie sagen, wie man es macht. Hier ...«

Er reichte dem Pilot einen Umschlag. »Der ist für Sie.«

Beide Männer rissen ihre Instruktionen auf. Considine äußerte sich als erster dazu, weil seine Befehle kürzer waren. »Oh, oh«, murmelte er und warf dann einen Blick auf seine Armaturen, insbesondere die, die ihm die Fluggeschwindigkeit, die Flughöhe und die Greenwichzeit anzeigten. Dann sah er auf die Karte in ihrem Halter über dem komplizierten Armaturenbrett. »Wir werden jetzt schnell unsere Flughöhe verlassen, Ladies und Gentlemen, und zwar in etwa zwei Minuten und dreißig Sekunden!« sagte er mit lauter Stimme und drehte dabei den Kopf nach hinten, damit Leslie und ihr Sohn ihn trotz des Motorenlärms verstehen konnten. »Kein Grund zur Beunruhigung. Aber es wäre vielleicht eine gute Idee, wenn Sie sich die Nase zudrücken und kräftig reinblasen würden, um die Luft aus Ihren Ohren zu drücken. Ich wiederhole, kein Grund zur Beunruhigung. Das reine Kinderspiel.«

»Warum?« wollte Leslie wissen. »Ich habe schon eine Menge Einsätze mitgemacht, aber so etwas habe ich noch nie gehört, es sei denn, man will feindlichem Beschuß ausweichen. Warum das Ausweichmanöver?«

»Mum, hör auf! Luther weiß schon, was er tut.«

»Befehle, Colonel. Ich habe sie gerade gelesen. Sitzgurte straffziehen, bitte.«

»Ich erkläre das später«, rief Pryce, als Considine zu seinem Manöver ansetzte. Pryce las seine Anweisungen; ohne Frage waren das die Worte von Brandon Alan Scofield alias Beowulf Agate.

Junger Gorilla, hier spricht Ihr Kommandeur. Wir beginnen jetzt mit Operation Wolfsrudel. Verzeihen Sie das Wortspiel mit meinem Namen.

Ihr Pilot wird auf eine Flughöhe gehen, die unmittelbare Radarpeilungen unmöglich macht, die auf seinen Skalen als Vektor 22 eingetragen ist. Auf Ihrem Flugplan ist Mannheim in Deutschland als Zielort angegeben, aber er wird den Kurs ändern und nach Mailand fliegen. Nach der Landung werden Sie von einigen meiner Freunde aus früheren Tagen abgeholt werden. Es sind prima Jungs, wenn auch ihre Kleidung vielleicht nicht der neuesten Moderichtung entspricht. Aber sie sind gerissen und mit den Machenschaften der Matarese in der Umgebung von Bellagio und überall am Comer See vertraut. Der Schlüssel zu allem ist der Name Paravacini, der auf die inzwischen in Vergessenheit geratenen Scozzi-Paravacini-Gesellschaften zurückgeht.

Mit Hilfe meiner alten Freunde und der Informationen, die Sie Ihnen geben werden, sollten Sie versuchen, sich Zugang zu den Paravacinis zu verschaffen. Diese Dreckskerle gibt es noch – es muß sie einfach geben, solche Gaunerfamilien sind zäh –, und auf diese Weise sollten Sie Zugang zu den Matarese bekommen. Ich schlage vor, Sie machen es so wie ich und Waters Jungs im MI5, sagen also, daß Sie für Amsterdam sprechen und daß Amsterdam bald in Ungnade geraten wird.

Die Maschine hatte jetzt ihren Sinkflug beendet, und Pilot und Passagiere atmeten tief durch, als sie buchstäblich über die Wasserfläche dahinfegten.

»Und was jetzt?« fragte Pryce.

»Ich bleibe auf drei- bis vierhundert Fuß über Meereshöhe, bis ich die Alpen erreicht habe, und halte mich dann dicht an die Bodenkonturen, bis ich Spaghettiland erreicht habe. Wer auch immer die Vektoren für diesen Flug errechnet hat, hat sich auf sein Handwerk verstanden. Der könnte bei den Drogenbaronen ein Vermögen verdienen.«

»Und was tun Sie dann?«

Considine sah Pryce an. »Das wissen Sie nicht? Stand das nicht in Ihren Befehlen?«

»Nein, und noch mal nein.«

»Ich bin für den Augenblick von der Flotte beurlaubt und Ihnen zugeteilt.«

»Wofür?«

»Nun, wozu Sie mich eben brauchen, denke ich. Ich kann Flugzeuge fliegen, vielleicht war es das, was meine Vorgesetzten im Sinn hatten.«

»Willkommen an Bord, Pilot«, sagte Pryce. »Die Jugend empfiehlt Sie wärmstens.«

»Das macht mir Sorgen«, sagte Considine leise und studierte dabei seine Anzeigen. »Da veranstalten wir ein Riesentheater, um den Jungen aus Bahrain herauszuholen, ihn in Sicherheit zu bringen, und jetzt fliegen wir ihn wieder in eine Gefahrenzone. Ich fühle mich irgendwie verantwortlich. Er ist ein guter Junge.«

»Darauf weiß ich keine Antwort, Lieutenant. Ich hatte wirklich nicht darüber nachgedacht, und das ist dämlich, weil Sie natürlich recht haben, es ist dumm. Ich werde gleich nach der Landung mit Shields und Waters reden.«

Aber Pryce brauchte nicht in London oder New York anzurufen. In Mailand erwarteten sie weitere Instruktionen. Diesmal waren sie an Lieutenant Colonel Leslie Montrose adressiert. Sie bedankte sich verblüfft bei dem Marine in Uniform, der sie ihr übergab, und öffnete den versiegelten Umschlag, der in der linken oberen Ecke das Dienstsiegel der Botschaft der Vereinigten Staaten in Rom trug.

»Ich bin damit vor einer Stunde aus Rom hergeflogen, Colonel«, erklärte der Marine. »Mein Name ist Olsen, ich bin Captain der Botschaftswache, und ich habe den Umschlag die ganze Zeit nicht aus der Hand gegeben.«

»Geht klar, Captain, und nochmals vielen Dank.«

»Gern geschehen.« Der Offizier salutierte und entfernte sich.

»Von Tom Cranston«, sagte Leslie, als sie mit Pryce und ihrem Sohn über die Landepiste ging, während Considine sich um das Flugzeug kümmerte.

»Das erklärt die Botschaft in Rom«, sagte Pryce. »Maximale Sicherheit, Seitenkanäle des Weißen Hauses und des Außenministeriums. Sie sind denen ganz schön wichtig, Lady.«

»Ich bin beeindruckt, Mum.«

»Das wird sich vielleicht gleich ändern, Jamie. Du wirst in das Flugzeug zurückkehren. Es ist vorgesehen, daß du zu den Brewster-Kindern in Frankreich stößt. Tom sagt, daß ihr an diesem Ort völlig sicher seid, daß euer Aufenthaltsort streng geheim gehalten wird.«

»Ach, Mutter, tu mir das nicht an!« rief Jamie und blieb stehen. »Ich will nicht in Frankreich abgeladen werden.«

»Hey, ruhig Blut, Jamie«, sagte Pryce leise, aber mit nicht zu überhörendem Nachdruck. »Das ist zu deinem eigenen Vorteil, das wirst du doch sicherlich begreifen. Ich glaube nicht, daß du besonders entzückt davon wärst, wenn man dich plötzlich wieder schnappen und nach Bahrain oder einen ähnlichen Ort verfrachten würde.«

»Nein, verdammt, aber schließlich haben wir fünfzig Staaten auf der anderen Seite des Großen Teichs. Warum nicht irgendwo zu Hause? Warum bei zwei Typen, die ich nicht einmal *kenne*?«

»Du wirst es mir nicht glauben«, antwortete Pryce, »aber auf einer solchen Reise, ob du sie nun allein oder mit deiner Mutter machst, bist du mehr gefährdet als in sicherem Gewahrsam irgendwo in Europa.«

»So haben die sich das wegen der Brewster-Kinder überlegt«, schaltete Leslie sich ein. »Schnelle Privatmaschinen, kurze Distanzen, totale Kontrolle. Keine Flughäfen, die man beobachten kann. Keine Informanten im Pentagon oder der CIA oder dem britischen Nachrichtendienst, die verdeckte Flüge oder Geheimbefehle auf oberster Ebene verraten könnten.«

»Wer sind diese Leute, vor denen ihr solche Angst habt?« wollte der junge Montrose wissen. »Das klingt ja gerade so, als wären diese Leute allmächtig!«

»Damit kommst du der Wahrheit ziemlich nahe«, sagte Pryce, »nur daß sie auch noch verdammt schlau sind und sehr, sehr mächtig, aber nicht allmächtig. Noch nicht.«

»Okay, okay«, brummelte Jamie immer noch unzufrieden, »und wer sind diese Brewster-Typen?«

»Das sind keine Typen, mein Junge. Ein Bruder und eine Schwester, die möglicherweise Zielobjekte sind. Der britische Geheimdienst möchte sicherstellen, daß es zu keinen weiteren Geiselnahmen kommt. Du wirst sie mögen, Jamie. Ich mag sie auch.«

»Na ja, also manchmal geben sich junge Engländer ziemlich hochnäsig, wenn Sie wissen, was ich meine.«

»Aber nicht ein englischer Junge, der offenbar der Primus in seinem Schweißerkurs war«, erwiderte Pryce.

»Was für einem Kurs?«

»Schweißen. Soll das heißen, daß es auf deiner teuren Privatschule in Connecticut so etwas nicht gibt?«

»Nein, warum sollte es das?«

»Roger Brewster hat gesagt, er wolle ein Handwerk lernen wie die, die nicht seine Privilegien haben.«

»*Wow*, ehrlich?«

»Ehrlich, Jamie«, bestätigte seine Mutter. »Außerdem ist er Ringer wie du.«

»Das hat mir gerade noch gefehlt, daß mich ein Tommy auf die Matte legt.«

Luther Considine kam mit schnellen Schritten über die Piste auf sie zu. »Wir sind in fünf Minuten startbereit, Junior«, sagte er, als er die drei erreicht hatte. »Ich nehme an, du weißt inzwischen Bescheid.«

»Du hast das gewußt, Luther?« fragte Jamie.

»Das mußte ich doch, Junge. Ich bin schließlich der Fahrer, oder? Wir haben aufgetankt, und unser Flugplan ist der reinste Wahnsinn, aber es wird interessant werden. Ich hab' dir eine Wegwerfkamera gekauft, damit du Bilder machen kannst. Diese Art von Reise erlebst du bestimmt nie wieder!«

»Es ist aber doch ungefährlich, oder, Lieutenant?« Leslies Augen waren vor Angst geweitet.

»Der reinste Spaziergang, Colonel. Selbst wenn beide Propeller aussetzen sollten, würden wir tief genug fliegen, um diese Großmutter im Gleitflug auf einem Acker oder einer Straße aufzusetzen.«

»Wo fliegen Sie hin?« sagte Pryce.

»Ob Sie mir jetzt glauben oder nicht, Cam, ich darf Ihnen das nicht sagen.«

»Sagt wer?«

»Das Weiße Haus. Wollen Sie sich mit denen anlegen?«

»Ich glaube nicht, daß ich gewinnen würde.«

»Würden Sie auch nicht, Cam. Übrigens, Ihre Koffer sind in der Gepäckausgabe. Komm, Junior, wir müssen auf Piste sieben und dürfen nicht einmal ein Fahrzeug anfordern. Wir existieren nicht, könnte man sagen.«

Mutter und Sohn umarmten einander kurz, und dann rannte James

Montrose junior hinter dem Navypiloten her, quer über die Piste zu ihrem Flugzeug.

Brandon Scofields »Freunde aus früheren Tagen« entpuppten sich als ein älterer Mann Mitte siebzig. Der Weg zu ihm erwies sich als verschlungen. Er begann, als Pryce und Montrose sich dem Mailänder Terminal näherten. Plötzlich rief eine heisere Stimme nach ihnen.

»*Signore, signora*!« Aus dem Schatten einer Lagerhalle kam ihnen ein ziemlich abgerissen gekleideter junger Mann, achtzehn oder allerhöchstens neunzehn Jahre alt, entgegen. Man sah ihm an, daß er Angst hatte.

»*Che cosa*?« fragte Pryce.

»*Capisce italiano, signore*?«

»Nicht sehr gut. Ich habe es seit Jahren nicht mehr gesprochen.«

»Ich spreche ein wenig Englisch – *abbastanza*.«

»›Genug?‹ Das ist gut. Was gibt es?«

»Ich bringe Sie zu Don Silvio. Schnell!«

»Zu wem?«

»Signore Togazzi. *Rapido*! Folgen Sie mir!«

»Unser Gepäck, Cam.«

»Das kann warten. Und du auch, *ragazzo. Aspetta*!«

»*Che*?«

»Wer ist dieser Togazzi, dieser Don Silvio? Und warum sollen wir dir folgen? *Perché*?«

»Sie ihn sprechen.«

»*Perché di nuovo*?«

»Ich soll sagen – Be – o – lupo ...?«

»›*Lupo*‹, Wolf. Be...o...wolf? Sie sollen sagen *Beowulf*?«

»*Sì. Vero*!«

»Gehen wir, Colonel.«

Am äußersten Ende des Flughafenparkplatzes hielt der Junge Pryce und Leslie die Tür eines kleinen Fiat auf, bedeutete ihnen, daß sie sich auf den Rücksitz setzen sollten, wo äußerst wenig Platz war.

»Alles in Ordnung mit Ihnen?« fragte Pryce, der bei dem schnellen Marsch über den überfüllten Parkplatz ein wenig außer Atem geraten war. Ihr Fahrer mußte einige Male ausweichen, als mehrere Fahrzeuge ohne jede vorherige Warnung aus ihren Parkplätzen geschossen kamen.

»Wie können die Italiener nur so winzige Autos bauen? Haben die nicht all die Filme mit übergewichtigen Mamma Mias gesehen, die die Tarantella tanzen? Und um Ihre Frage zu beantworten, Sie erdrücken mich.«

»Ich finde das recht angenehm. Ich denke, ich werde mir so ein Auto kaufen, solange wir hier sind, und dann einen Chauffeur engagieren, der uns herumfährt.«

»Das ist das einzige, was wir tun. Herumfahren.« Plötzlich bog der junge Fahrer scharf nach rechts ab, jagte sein winziges Fahrzeug mitten in den dichten Verkehrsstrom hinein, bog erneut ab und reihte sich dann in den Strom ein. »Ich glaube, ich habe mir gerade zwei Rippen gebrochen.«

»Soll ich nachsehen?«

»Nein. Sie sollen diesem Schwachkopf sagen, daß er langsam fahren soll.«

»*Lento, ragazzo, lento per favore!*«

»*Impossìbile, signore. Don Silvio impaziente.* Sie wechseln ganz bald *macchina*.«

»Was hat er gesagt?«

»Er hat gesagt, er kann nicht langsamer fahren, weil dieser Don Silvio ungeduldig ist, und außerdem wechseln wir bald den Wagen.«

»Das sollte ein Segen sein«, sagte Leslie.

Das war es und war es wieder nicht. Der Wagen war größer und bot wesentlich mehr Platz auf den Rücksitzen, aber der nächste Fahrer, ein Mann in mittleren Jahren mit einer dunklen Brille und langem schwarzen Haar, das ihm bis auf die Schultern reichte, fuhr wesentlich risikoreicher als der Teenager. Der Fahrzeugwechsel fand ohne jeden Gruß statt, und ohne daß der Fahrer sich vorstellte. Er schoß einfach durch die Straßen zur Autostrada. Dann ging die rasende Fahrt weiter nach Norden. Die Tafeln am Straßenrand zeigten die Namen: Seregno, Lecco und Mandello. Pryce kannte die Strecke. Sie führte nach Bellagio, der ersten Stadt am Ufer des Lacus Larius, der international unter dem Namen Comer See bekannt war.

Achtunddreißig Minuten später erreichten sie das alte Dorf, das im Laufe der Jahrhunderte zu einer Stadt herangewachsen war, sich aber immer noch sein mittelalterliches Flair erhalten hatte. Die Straßen waren schmal und gewunden und erinnerten daran, daß dort in ferner Vergangenheit Händler und Bauern mit Maultierkarren und zu Fuß durch die Felder und Hügel gezogen waren, die auf den majestätischen

See herabblickten. Und diese schmalen Straßen säumten Reihen von Gebäuden halb aus Stein und halb aus Holz, die alle drei oder vier Stockwerke hochragten. Sie sahen aus wie winzige Festungen, eine über der anderen, vergleichbar den Höhlenbauten der Puebloindianer. Aber sie wirkten völlig anders, denn da war kein Platz für Licht, nur weite Gassen, die mit Schatten gefüllt waren, weil Holz und Stein der Sonne den Weg versperrten.

»Das ist wenigstens eine Spur komfortabler, wenn auch genauso beängstigend«, sagte Leslie und beugte sich zu Pryce hinüber, als der Wagen wieder die Autostrada erreicht hatte. »Ein seltsames Fahrzeug, nicht wahr?«

»Ja, allerdings«, antwortete Pryce und sah sich um. »Es ist gerade so, als wolle es nach außen sein Innenleben verleugnen.«

Pryce' Bemerkung traf den Nagel auf den Kopf. Auf den ersten Blick war der große Wagen eine alte, unauffällige Limousine mit zahlreichen Beulen und Kratzern überall. Auf den ersten Blick wirkte er heruntergekommen – aber nur solange man nicht eingestiegen war. Drinnen hingegen waren die Sitze mit dem weichsten und teuersten Leder von der Farbe alten Rotweins bezogen, und vor den Rücksitzen gab es eine gutausgestattete Mahagonibar. Seitlich war auf einem kleinen Tischchen, ebenfalls aus Mahagoni, ein Telefon zu sehen. Wenn man schließlich noch die dunkelgetönten Fenster in Betracht zog, so war offenkundig, daß der Besitzer des Fahrzeugs auf großen Komfort Wert legte, aber nicht auf sich aufmerksam machen wollte.

Der ebenso seltsame Fahrer, der bis jetzt noch kein Wort gesagt hatte, fuhr jetzt aus einem dunklen Tunnel in die helle Nachmittagssonne heraus. Auf der einen Seite dehnten sich Wiesen, auf denen Kühe und Schafe grasten; auf der anderen standen verstreut Häuser und Scheunen. Sie bogen nach rechts und schossen jetzt über eine Straße, die parallel zum Comer See verlief, dessen erneuter Anblick Leslie einen bewundernden Ausruf entlockte.

»Das ist wirklich atemberaubend!« sagte sie und bestaunte das Panorama, das sich ihr darbot. »Das ist einer der wenigen Orte, dem die Ansichtskarten gerecht werden.«

»Gut beobachtet«, sagte Pryce. »Das stimmt.«

Und dann geschah es. Wieder wurde die blendende südliche Sonne in einzelne Fetzen aus Licht und Schatten zerrissen. Sie waren von der Hauptstraße in einen ziemlich breiten Feldweg eingebogen, der durch einen Wald führte. Mächtige Stämme flankierten den Weg und tauchten sie plötzlich in grünes Dunkel, in dem nur dicke Stämme, dichtes Blattwerk und ein schier undurchdringliches Unterholz zu erkennen war. Der Wagen verlangsamte die Fahrt, tat dies aus einem naheliegenden Grund: Vor ihnen war ein kleiner Betonbau zu sehen, und eine schwere Stahlschranke verwehrte den Zugang. Ein kräftig gebauter Mann kam aus dem Häuschen heraus, er trug eine Schrotflinte über der Schulter. Sizilianischer Stil, dachte Pryce.

Der Wachposten nickte dem Fahrer zu, die Schranke hob sich, und die unauffällige graue Limousine rollte weiter. Plötzlich wurden die Umrisse eines großen einstöckigen Hauses sichtbar, das mit dem umgebenden Wald fast eins war. Der Bau schien sich so weit in den Wald hinein zu erstrecken, daß man sein Ende nicht einmal ahnen, geschweige denn erkennen konnte. Wieder dominierten schweres Holz und dunkler Stein, die traditionellen Materialien von Bellagio, die den Schatten der grellen Sonne vorzogen.

Leslie und Pryce stiegen aus und wurden von einem weiteren Posten empfangen, der seine Schrotflinte am Riemen über der Schulter trug. »*Coma wis me*«, sagte er in kaum verständlichem Englisch, ein Satz, den man ihm offensichtlich eingetrichtert hatte. Sie folgten dem bewaffneten Mann über einen Kiesweg und warfen dabei Blicke nach oben und staunten über das dunkelgrüne Dach, das nicht nur Don Silvio Togazzis Haus schützte, sondern es neugierigen Blicken entzog.

Der zweite Wachposten bedeutete den beiden Amerikanern mit einer Kopfbewegung, sie sollten eine kurze Treppe hinaufgehen, die zu einer mächtigen Doppeltür führte, und zog dann ein kleines Instrument aus der Hosentasche. Er hantierte daran herum, worauf der rechte Türflügel nach außen schwang und den Blick auf einen dritten Mann freigab. Dieser trug keine Schrotflinte über der Schulter, dafür an der rechten Hüfte ein ungewöhnlich voluminöses Holster an einem breiten Ledergurt, den er über seine Bergkleidung geschnallt hatte. Der Mann war groß, größer als Pryce, mit einem mächtigen Brustkasten, einem dicken Hals und einem dunklen, ausdruckslosen Gesicht. Pryce musterte den Mann und kam zu dem Schluß, daß es sich um den eigentlichen Beschützer des Don handeln mußte. Aber wovor beschützte er ihn?

Und weshalb die komplizierten Manöver, die offenbar dazu dienen sollten, jede Verbindung zwischen Togazzi und seinen Gästen zu verbergen? Vorsicht, ja; ein gewisses Maß an Geheimhaltung, natürlich, aber ein derartiges Maß – wer *war* Togazzi? Scofield hatte von »einigen Freunden aus früheren Tagen« gesprochen, die die schweren Zeiten überlebt hatten und die Matarese kannten. Aber jetzt hatten sie es allem Anschein nach nur mit einem einzigen Mann zu tun, dessen Verhalten eher das eines Mitglieds der Matarese zu sein schien als das eines Menschen, der sich ihre Vernichtung zum Ziel gesetzt hatte.

Pryce und Leslie wurden durch einen großen, finsteren fensterlosen Raum geführt, der mit einfachem Mobiliar, einem großen offenen Kamin und getäfelten Wänden ausgestattet war und aus dem zwei Bögen auf der rechten Seite in andere Bereiche des festungsähnlichen Baus führten. Der Eindruck, der sich ihnen bot, war der einer Art Blockhütte in den Bergen – kein Schnickschnack, nur das Notwendigste. Der dritte Wachmann zeigte auf eine Tür hinten im Raum. »*Entrate*«, sagte er.

Pryce hielt Leslie die Tür auf und trat hinter ihr ein. Der Anblick der offenen Veranda, der sich ihnen bot, war atemberaubend. Sie war nicht einmal zwei Meter breit, aber bestimmt zwanzig Mal so lang. Grüne Jalousien, von denen einige geschlossen waren und wieder Schattenspiele erzeugten, reichten vom hüfthohen Geländer bis zur Decke. Durch die geöffneten Jalousien konnte man das gewaltige Panorama des Comer Sees sehen, die Berge, die hinter dem blauen See in den Himmel ragten; um den Blick freizugeben, hatte man einige Bäume ihrer Wipfel beraubt. Und wie um einen Kontrapunkt zu der überwältigenden Naturschönheit zu bieten, gab es auf der Veranda eine Anzahl roter Teleskope in Abständen von etwa fünf Metern, Geräte, die die beiden Amerikaner mit geschultem Blick als Produkte modernster Technik erkannten.

All das nahmen sie in einigen wenigen atemlosen Augenblicken in sich auf. Und dann kam der zweite Schock: der alte Mann im Halbdunkel vor zwei hochgezogenen Jalousien. Er saß in einem weißen Korbsessel mit üppigen Kissen – das gesamte Mobiliar der Veranda bestand aus weißem Korbgeflecht –, und seine Kleidung nahm Pryce mit einem Schlag alle Vorurteile hinsichtlich Scofields ungepflegter Freunde.

Don Silvio Togazzi trug einen fahlgelben Leinenanzug, weiße Lackschuhe und ein blaues Paisleyhalstuch, alles ganz offenkundig maßgefertigte Produkte eines teuren Ateliers in der Via Condotti. Der Don mochte nicht dem derzeitigen modischen Ideal von *Gentlemen's Quarterly* entsprechen, aber das wäre zweifellos der Fall gewesen, wenn es sich um ein Magazin vom Ende der zwanziger oder Anfang der dreißiger Jahre gehandelt hätte.

»Verzeiht mir, junge Leute«, sagte der auf eine knorrige Art immer noch gutaussehende alte Mann, und sein gebräuntes, ledernes Gesicht unter seiner weißen Mähne verzog sich zu einem strahlenden Lächeln. »Aber eine lange zurückliegende Rückgratverletzung hat meinen alten Körper eingeholt. Eine Verletzung übrigens, die *Baiolupo* zuzuschreiben ist – so nannten wir ihn, *Baiolupo* –, weil er mich nicht richtig auffing, als ich über einen Balkon entkam.«

»*Baiolupo*... Beowulf, habe ich recht, Sir?« fragte Pryce.

»Genau. Das englische Beowulf hat für uns überhaupt keinen Sinn ergeben. Ich bin ein gebildeter Mann, aber das war ja nicht mal Englisch.«

Leslie trat vor, um dem Italiener die Hand zu schütteln; statt dessen ergriff er ihre und küßte sie. »Es ist sehr liebenswürdig von Ihnen, uns zu empfangen, Mr. Togazzi«, sagte sie.

»Und ich bin froh, daß Sie nicht ›Don Silvio‹ sagen. Das habe ich satt. Ihre amerikanischen Filme und das Fernsehen haben den Begriff ›Don‹ dermaßen diffamiert, daß jeder, der diesen Titel verdient hat, entweder ein Mafioso sein muß oder sich mit Pasta vollstopft, daß ihm die Spucke aus dem Mund läuft. *Pazzo*!«

»Ich denke, wir werden miteinander auskommen.« Pryce beugte sich vor und schüttelte dem alten Mann die Hand. »Dürfen wir uns setzen?«

»Sie brauchen doch nicht zu fragen. Setzen Sie sich.«

Sie zogen sich weiße Korbstühle heran und setzten sich Togazzi gegenüber auf die schmale Veranda, die von Schatten und schmalen Lichtstreifen erfüllt war. Bellagio. »Was hat Brandon Scofield Ihnen gesagt, Sir? Um es gleich vorwegzunehmen, er hat uns eine Botschaft mit dem Inhalt zukommen lassen, daß Sie uns helfen können.«

»Ich kann helfen, Signore Pryce. Ich bin nach Rom geflogen in Ihre Botschaft. Brandon hat lang und ausführlich mit mir über einen dieser nicht abhörbaren Kanäle gesprochen ...«

»Das hoffen wir«, sagte Pryce.

»Weder Signore Scofield noch ich sind Narren, junger Mann. Wie ihr Amerikaner sagt, ›wir sind ein wenig herumgekommen‹. Wir haben verschlüsselt miteinander gesprochen, mit Redewendungen, wie wir sie vor langer Zeit benutzt haben, einer Art Code. Aber wir haben einander verstanden, einwandfrei verstanden.«

»Officer Pryce hat mir gesagt, daß noch ein paar andere mit von der Partie sein würden, Sir«, sagte Leslie. »Warten wir auf sie?«

»Das hätte wenig Sinn, Signora Colonel. Sie werden nicht kommen. Es handelt sich um zwei Männer, sehr alte Männer, die mir alles gegeben haben, was sie wissen, aber Ihnen werden sie sich nicht zeigen.«

»Warum nicht?« fragte Leslie.

»Wie ich schon sagte, sie sind sehr alt, *signora*, älter als ich, und sie wollen sich nicht wieder in Kriege der Vergangenheit hineinziehen lassen, die ihnen soviel Schmerz bereitet haben. Aber es ist alles für Sie niedergeschrieben worden.«

»Und doch sind sie bereit, uns zu helfen«, sagte Pryce.

»Ich habe ihre Erinnerungen, und ich habe auch noch andere Gründe.«

»Dürfen wir diese Gründe erfahren?« fragte Leslie.

»Das ist nicht notwendig. *Baiolupo* kennt sie.«

»Aber er ist nicht hier«, sagte Pryce. »Nur wir.«

»Ich verstehe. Ich habe Sie auf höchst ungewöhnliche Weise behandelt und Ihnen auch Unbequemlichkeiten zugemutet. Ohne Zweifel denken Sie, wir hätten uns woanders treffen können, vielleicht in einem Park oder in einem Hotelzimmer in Mailand.«

»Ja, das stimmt.«

»Sie kennen mich nicht, also kann ich sagen, was ich will, und weil ich Scofields Namen benutze, glaube ich Ihrer Ansicht nach, daß Sie meine Worte akzeptieren.«

»So ähnlich«, sagte Pryce.

»Aber jetzt fragen Sie sich: ›Wer ist dieser Mann?‹«

»Ja, das habe ich mich bereits gefragt.«

»Und das mit Recht. Sie überlegen jetzt, daß ich vielleicht nicht der bin, der ich zu sein scheine, sondern vielmehr ein falscher Kurier mit Zugang zu bestimmten Informationen, bestimmten Namen.«

»Ich kann es nicht verhindern, so etwas zu denken, auch wenn meine Besorgnis vielleicht übertrieben ist.«

»Natürlich nicht. Sie können schließlich Ihre Ausbildung nicht verleugnen. Brandon hat gesagt, daß Sie sehr gut sind, vielleicht der beste Mann, den die Agency hat.«

»Sind Sie sicher, daß das der Scofield war, den ich kenne?« fragte Pryce und unterdrückte ein Lächeln. »Sie wissen, wo ich herkomme. Sagen Sie uns, welche Gründe Sie haben, uns zu helfen. Sagen Sie uns irgend etwas, was uns einen Grund gibt, Ihnen zu glauben.«

»Ich kann Ihnen nur die Wahrheit sagen«, antwortete der alte Italiener, stemmte sich mühsam aus seinem Sessel und ging langsam aus dem Schatten heraus auf eines der roten Teleskope zu. Es unterschied sich dadurch von den anderen, daß über dem dicken roten Rohr ein schwarzer kreisförmiger Gegenstand angebracht worden war. Er strich geistesabwesend mit der Hand darüber und drehte sich dann zu Pryce und Leslie herum. »Sie haben von den beiden Familien gehört, den Scozzis und den Paravacinis?«

»Ja«, antwortete Pryce, »sie waren die Eigentümer der Scozzi-Paravacini-Werke, bis es böses Blut zwischen ihnen gab und sie sich getrennt haben.«

»Nicht nur ›böses‹ Blut, Signore Pryce, sondern echtes Blut, Blut, das die Paravacinis vergossen haben, um die Scozzis hinauszudrängen. Sie haben ihnen ihren Anteil weggenommen, um sich den *Matarese* anzuschließen. Brüder und Söhne wurden ermordet, Direktoren gekauft und erpreßt. Scozzi-Paravacini war krank, von innen vergiftet, und die Krankheit behielt die Oberhand.«

»Ich glaube, ich kann sehen, worauf Sie hinauswollen«, sagte Leslie leise. »Sie haben den Scozzis nahegestanden, der Scozzi-Familie.«

Der alte Mann lachte, es war ein leises, trauriges Lachen. »Sie haben ein gutes Einfühlungsvermögen, Colonel, obwohl ›nahestehen‹ nicht das Wort ist, das ich wählen würde. Ich *bin* ein Scozzi, der letzte lebende Angehörige der Familie Scozzi.«

»Aber Ihr Name ist Togazzi«, wandte Pryce ein.

»›Was ist ein Name?‹ wie die junge Dame sagte. Man kann eine Rose Tulpe nennen, und doch bleibt sie eine Rose. Wir müssen viele Jahrzehnte in die Vergangenheit blicken – ich war damals zehn oder elf ... als die Morde anfingen. Man hat die Mörder natürlich nie gefunden, denn die Paravacinis hatten in Mailand und Rom großen Einfluß und auch im Vatikan. Man schickte mich nach Sizilien in das Haus eines *cugino* meiner Mutter, man tat das zu meinem Schutz. Dort wurde ich von Hauslehrern ausgebildet, und dann hat man mich nach Rom geschickt, um meine Ausbildung fortzusetzen, unter dem Namen des *cugino,* Togazzi, wiederum zu meinem Schutz.«

»Und dort haben Sie Mr. Scofield kennengelernt?« sagte Leslie.

»Mein lieber Colonel, jetzt verraten Sie, wie jung Sie sind!« Don Silvio schmunzelte und schlug mit der flachen Hand auf das Teleskop. »Das war viele Jahre später, nach meinem Universitätsstudium.«

»Sie waren damals beim italienischen Nachrichtendienst?« fragte Pryce.

»Ja, dem Servizio Segreto. Man hat mich dort aufgenommen, sobald ich mein Studium abgeschlossen hatte – das hatte ich Freunden in Palermo zu verdanken, die gute Beziehungen hatten. Abgesehen von meinen normalen Pflichten hatte ich, als ich in den Servizio eintrat, nur einen Gedanken; ich war von ihm besessen. Ich wollte das Komplott der Paravacini aufdecken, das ganze üble Geschehen, und das führte natürlich zu den *Matarese*. Damals stieß ich auf Scofield und Taleniekov. Wir hatten dieselben Ziele und Sorgen, aber um ihr Vertrauen zu gewinnen, habe ich ihnen meine Geschichte erzählt, so wie ich sie jetzt Ihnen erzähle. Sie können sich natürlich alles von Brandon bestätigen lassen, aber Sie werden das woanders tun müssen. Hier gibt es keine Anlagen, die es erlauben, ein Gespräch zu führen, das garantiert nicht abgehört werden kann.«

»Das wird nicht notwendig sein«, sagte Pryce.

»Das finde ich auch«, fügte Leslie hinzu. »Und niemand hier in Bellagio weiß, wer Sie sind?«

»*Mio Dio*, nein. Ich bin ein immens wohlhabender Siciliano, dessen früher einmal blondes Haar und Reichtum ihm in den nördlichen Provinzen Ansehen sichert.« Wieder strich der alte Mann beinahe liebkosend über das rote Teleskop. »Hier, ich möchte Ihnen etwas zeigen. Kommen Sie, kommen Sie. Sehen Sie beide durch.«

Das taten Leslie und Pryce und staunten über die Vergrößerung. Was sie sahen, war eine Villa am Ufer des Comer Sees mit gepflegtem Rasen, Dutzenden von Springbrunnen, einem Bootssteg und einer gewaltigen Jacht, die im See vor Anker lag. Männer und Frauen schlenderten im Park herum, von den Linsen so stark vergrößert, als wären sie dreißig Meter entfernt, nicht mehrere Meilen.

»Hübsches Anwesen«, sagte Pryce, trat zurück und sah Togazzi an. »Wem gehört es?«

»Den Paravacinis, und selbst die kräftigsten Bergwinde werden dieses Teleskop nicht bewegen. Es ist fest verschraubt. Ich kann jeden sehen und, falls nötig, auch fotografieren, der dort ein und aus geht.«

»Sie sind schon ein ganz besonderer Typ, Don Silvio.« Pryce grinste. »Übrigens, kann man Ihren neuen Namen zurückverfolgen?«

»Silvio Togazzi ist ordnungsgemäß in den standesamtlichen Unterlagen in Palermo registriert – ich sollte vielleicht sagen: eingefügt –, ebenso wie seine Taufe in der Kirche des Geheiligten Heilands, einer Dorfkirche südlich von Cafala. Diese Dokumente sind perfekt gemacht, genauso ›authentisch‹ wie jedes andere in den Registern dort.«

»Und wer hat Ihnen den Titel Don verliehen?« fragte Pryce.

»Wenn man Dutzende von Männern dafür bezahlt, das Land zu roden und dort ein Haus zu bauen, den ortsansässigen Familien gegenüber äußerst großzügig ist, ein paar Feste finanziert und eine neue Kirche stiftet oder zwei oder drei, dann bekommt man diesen Titel von selbst. Aber jetzt haben wir genug über mich geredet. Kommen Sie herein, dann gebe ich Ihnen alles, was wir für Sie vorbereitet haben. Ich denke, Sie werden erfreut sein.«

»Vergeben Sie mir meine Neugier«, sagte Colonel Montrose, »aber Sie erwähnten, daß Ihre Rückgratverletzung mit Agent Scofield zu tun hat – damit, daß er sie nicht richtig aufgefangen hat. Ist das während Ihrer gemeinsamen Jagd auf die Matarese passiert?«

»Wohl kaum, meine Liebe, obwohl meine Flucht dringend geboten war. Die in Frage stehende Frau war mit einem fanatischen *comunista* verheiratet, einem, der ein solcher Sklave seiner Arbeit war, daß er sich kaum um seine Frau kümmerte. Ich habe mich nur bemüht, ein Vakuum auszufüllen. Kommen Sie jetzt, sehen wir uns die Informationen an, die ich für Sie zusammengetragen habe.«

23

In New York City fiel strömender Regen, eine Beeinträchtigung des mittäglichen Verkehrs, aber zugleich willkommene Straßenreinigung. Drei Polizeibeamte entfernten provisorische Parkverbotsschilder in einer stark befahrenen Seitenstraße der Madison Avenue. Unmittelbar darauf rollten drei Fahrzeuge auf die freigewordenen Plätze, eine Limousine nur wenige Meter von der hellgrünen Tür des Hotel Marblethorpe entfernt, die beiden anderen auf der anderen Straßenseite unmittelbar gegenüber. In den drei Fahrzeugen saßen bewaffnete Männer, die sich jetzt ganz auf den Mann konzentrierten, der gerade in Begleitung eines offenbar als Leibwächter fungierenden Mannes, der die rechte Hand unter dem Regenmantel hielt, vor der grünen Tür aus dem Wagen stieg. Als wäre alles sekundengenau abgestimmt, wurde die Hoteltür von einem weiteren Polizeibeamten geöffnet, der die beiden Gäste mit einem Nicken einließ. Die New Yorker Polizei hatte Anweisung von höchster Stelle und wußte, wer die VIPs waren.

Der so beschützte Mann war mittelgroß, Ende vierzig; als er seinen Segeltuchhut und den Regenmantel in der Eingangshalle ablegte, konnte man einen teuren Straßenanzug erkennen, wie ihn Geschäftsleute zu tragen pflegen. Sein Gesicht war bleich, seine Augen huschten verängstigt herum.

»Wo zum Teufel gehen wir jetzt hin?« fragte er mürrisch.

»Der Aufzug ist dort vorne links«, sagte der Polizist.

»Vielen Dank, junger Mann. Und meine Empfehlung an den Polizeipräsidenten.«

»Ich werde es ihm selbst ausrichten, Sir. Wir befinden uns im Sondereinsatz und berichten ihm persönlich.«

»Ihnen steht eine erfolgreiche Karriere bevor, junger Freund. Wie heißen Sie?«

»O'Shaughnessy, Sir.«

»Ein Sohn der Grünen Insel, stimmt's?« Die drei Männer lachten, als der VIP und sein Leibwächter ihren Weg zu den Aufzügen fortsetzten. »Ich kann es einfach noch nicht glauben, daß ich das hier tue!« fuhr der Geschäftsmann kurzatmig fort. »Da kommt irgendein unbeschriebenes Blatt angeflogen, angeblich aus Amsterdam, und ich werde zu ihm bestellt, denn genau das ist es doch – bestellt hat man mich! Für wen hält der sich eigentlich?«

»Die anderen sagen, daß er die Worte kennt, Albert«, antwortete der Mann, der die Rolle des Leibwächters spielte, und zog die Hand unter seinem Regenmantel hervor. »Sämtliche Worte.«

»Er könnte genausogut auf den Busch klopfen«, sagte der kleinere der beiden, der Albert hieß.

»Wenn das so ist, weiß er jedenfalls, bei welchen Büschen sich das lohnt. Die Jungs von den Banken und den Versorgungsunternehmen wollen sich mit Ihnen treffen, nachdem Sie mit diesem William Clayton gesprochen haben ...«

»Ohne Zweifel ein falscher Name«, fiel ihm der Mann im Straßenanzug ins Wort. »Auf meiner Liste steht niemand, der so heißt.«

»Ihre Liste ist wohl kaum vollständig, Al, keiner von uns hat eine, die wirklich lückenlos ist. Hören Sie sich einfach an, was er zu sagen hat, und sagen Sie selbst gar nichts. Tun Sie das, was die anderen auch getan haben, geben Sie sich unwissend und verblüfft.«

»Wissen Sie, bloß weil Sie Rechtsanwalt sind, brauchen Sie nicht so zu tun, als hätte ich noch nie eine Verhandlung geführt.« Die Lifttür öffnete sich, beide Männer stiegen ein, und der bewaffnete Anwalt tippte den vierstelligen Code für das Stockwerk ein, den man ihm gegeben hatte. »Ziehen Sie Hut und Mantel aus, Stuart«, fügte Albert Whitehead, der Vorstandsvorsitzende der großen Maklerfirma Swanson und Schwartz hinzu.

»Das werde ich jetzt tun«, sagte der Anwalt, der Stuart Nichols hieß, nahm sein irisches Tweedhütchen ab und schlüpfte aus seinem Burberry. »Vorher wollte ich das nicht. Ich wollte sichergehen, daß diese Cops wirklich auf unserer Seite stehen.«

»Das ist doch paranoid.«

»Nein, nur ein gutes Erinnerungsvermögen. Ich war Militärstaatsanwalt in Saigon, und da gab es eine Menge Uniformen, die mich gern lieber heute als morgen tot gesehen hätten. Zwei von ihnen hätten das beinahe geschafft, und die trugen MP-Uniform. Haben Sie immer noch vor, mich als Ihren Anwalt vorzustellen?«

»Allerdings. Und dann werde ich hinzufügen, daß Sie alles – wirklich alles – über mich wissen. Ich bin ein offenes Buch für Sie – ausschließlich für Sie.«

»Er könnte trotzdem verlangen, daß ich mich entferne.«

»Dann nennen Sie ihm Gründe, warum er es nicht tun sollte. Darin sind Sie doch gut.«

»Ich werde es versuchen, aber wenn er darauf besteht, werde ich mich nicht mit ihm streiten.«

»Sehr erfreut, Ihre Bekanntschaft zu machen, Mr. Nichols, wirklich schön, daß Sie gekommen sind«, sagte William Clayton, alias Brandon Scofield, alias Beowulf Agate, mit einem strahlenden Lächeln zu dem Anwalt und schüttelte ihm die Hand. Scofield trug einen konservativ geschnittenen dunkelblauen Anzug, der von einem sehr teuren Herrenausstatter stammte. Er führte seine Gäste zu ihren Sesseln, neben denen kleine Beistelltische standen und läutete dann mit einer silbernen Glocke. Antonia, in schwarzer Dienstmädchenuniform mit gestärktem weißem Kragen, das graublonde Haar zu einem strengen Knoten geschlungen, kam aus einer Seitentür. Sie sah beeindruckend aus.

»Kaffee, Tee, einen Drink?« fragte Scofield. »Übrigens, das ist Constantina, eine Hotelangestellte, sie spricht kein Wort Englisch. Darum habe ich ausdrücklich gebeten; ich verständige mich mit ihr auf Italienisch.«

»Schade, daß es nicht Französisch ist«, sagte Stuart Nichols, der Anwalt. »Ich hatte auf der Schule ein paar Jahre Französisch, und das hat mir in Saigon gute Dienste geleistet.«

»Mal sehen. Constantina, *parlez-vous français*?«

»*Che cosa, signore?*«

»*Capisce francese*?«

»*No, signore. Lìngua furbesca!*«

»Ich fürchte, Sie werden Ihre Sprachkenntnisse nicht nutzen können. Sie sagt, es sei eine vulgäre Sprache. Wann werden die endlich miteinander Frieden schließen?« Niemand wollte etwas haben, so daß Antonia entlassen wurde. »Ich weiß, daß Ihre Zeit beschränkt ist, ebenso wie meine«, sagte Scofield, »wollen wir also gleich zum Geschäft kommen?«

»Ich würde gerne wissen, was das für Geschäfte sind, Mr. Clayton«, sagte Whitehead.

»Unser gemeinsames Geschäft, Sir«, sagte Beowulf Agate. »Aktien, Obligationen, Schuldverschreibungen – vorwiegend internationale Firmenkredite –, Aktienemissionen natürlich, aber in allererster Linie

Ihre Dienstleistung im Bereich von Fusionen und Firmenübernahmen.«

»Das ist ein weites Spektrum von Aktivitäten«, sagte der Chef von Swanson und Schwartz, »und größtenteils höchst vertraulicher Natur.«

»Ebenso wie auf den Börsen von London, Paris, Mailand und Frankfurt – alle höchst vertraulich, aber doch ganz sicherlich nicht, wenn es um Amsterdam geht.«

»Würden Sie das bitte näher erklären«, sagte Nichols.

»Wenn das erforderlich ist, kennen Sie Ihren Mandanten oder seine Firma vielleicht gar nicht so gut, wie Sie glauben«, antwortete Scofield.

»Ich bin Syndikus der Firma, Mr. Clayton. Sie ist mein einziger Mandant. Es gibt nichts, was mir nicht bekannt ist.«

»Schließt das Mr. Whitehead hier ein? Wenn das nämlich nicht der Fall ist, würde ich vorschlagen, daß Sie uns verlassen.«

»Das hat er Ihnen doch bereits gesagt.«

»Dann kann ich mir nicht vorstellen, daß Sie über Amsterdam nicht informiert sind. Vor zwölf Jahren haben Randall Swanson, der inzwischen verstorben ist, und Seymour Schwartz, der im Ruhestand in der Schweiz lebt, in der heißesten Meile der kapitalistischen Welt eine neue Maklerfirma gegründet. Und, Wunder über Wunder, die neue Firma blühte innerhalb weniger Jahre zu einem wichtigen Faktor auf, wuchs so schnell, daß sie kurz davor stand, ernsthafter Konkurrent für Kravis und den früheren Milken zu werden. Und dann, das ist ein noch größeres Wunder, haben Swanson und Schwartz im letzten Jahr die eindrucksvollsten Fusionen seit Menschengedenken herbeigeführt – Nummer eins auf den Tabellen, meine Freunde. Einfach bemerkenswert. Aber wie haben Sie das angestellt?«

»Talent wird belohnt, Mr. Clayton«, sagte der Anwalt völlig gelassen. »Mr. Whitehead gilt derzeit in Finanzkreisen als ein brillanter, wenn nicht gar der brillanteste Vertreter seines Berufsstandes.«

»Oh, er ist gut, sehr, sehr gut, aber kann jemand wirklich *so* gut sein? Talent ohne die Mittel, um dieses Talent auszuüben, ist eine schreckliche Vergeudung, nicht wahr? Aber vielleicht habe ich schon genug gesagt, denn wenn ich mich täusche, dann habe ich Ihre Zeit ebenso vergeudet wie die meine, und das wäre unverzeihlich. Zeit ist Geld, nicht wahr, Gentlemen?«

»Was meinen Sie mit ›Mittel‹?« fragte Whitehead nervös, obwohl sein Anwalt mit einem leichten Kopfschütteln versuchte, ihn daran zu hindern.

»Genau, was ich gesagt habe«, antwortete Scofield. »Investitionen in Ihre Talente, um es genau zu sagen, Auslandsinvesitionen, wenn Sie so wollen.«

»Daran ist nichts auch im entferntesten Sinne Ungesetzliches, Mr. Clayton«, sagte Stuart Nichols. »Das ist Ihnen doch sicherlich klar.«

»Das habe ich auch mit keinem Wort angedeutet. Hören Sie, meine Zeit ist knapp und Ihre auch. Ich möchte lediglich sagen – und falls es Sie nicht betrifft, dann vergessen Sie, daß ich es je gesagt habe: Machen Sie *keine* Geschäfte mit Amsterdam. Amsterdam ist erledigt, kaputt, aus der Liga ausgestoßen, weil es alles kontrollieren möchte, und das kann man nicht zulassen. Amsterdam kann man nicht länger vertrauen; es hat sich um des eigenen kurzfristigen Vorteils willen praktisch selbst vernichtet. Aus diesem Grund bin ich weggegangen, bin, um es präzise auszudrücken, geflohen.«

»Könnten Sie sich bitte klarer ausdrücken?« fragte der Anwalt.

»Nein, das kann ich nicht«, antwortete Beowulf Agate, »weil die Akten in einem komplizierten Labyrinth versteckt sind. Ich bin nicht befugt, darüber zu sprechen. Aber wenn Sie den Wunsch haben sollten, mit mir Verbindung aufzunehmen, dann rufen Sie dieses Hotel an und lassen Sie sich den Geschäftsführer geben, er wird Ihnen dann die Nummer und den Code sagen. Aber ich wiederhole noch einmal, wenn irgend etwas von dem, was ich gesagt habe, Ihnen einen Hinweis gibt, dann sollten Sie meinen Rat befolgen und Amsterdam *nicht* anrufen. Falls Sie das tun sollten, könnte es sein, daß Sie auf deren Todesliste kommen.... Ich denke, das wäre es, Gentlemen. Ich wünsche einen guten Tag.«

Scofield brachte seine verwirrten Gäste zur Tür und schloß diese hinter ihnen fest und laut. Dann drehte er sich um und ging ins Wohnzimmer, während Antonia aus der Küche kam; sie trug immer noch ihre Hoteluniform, hatte aber ihr Haar wieder gelöst.

»So wie die lügen, müßten sie blau im Gesicht sein«, sagte Scofield und zündete sich einen Zigarillo an. »Übrigens, Liebes, du warst verdammt überzeugend.«

»Das war nicht schwierig, Liebling, die Rolle verlangt keine schauspielerischen Talente. Aber du hast wirklich eine überzeugende Vorstellung hingelegt, äußerst phantasievoll.«

»Vielen Dank, meine Süße. Aber warum sagst du das?«

»Ich habe mir deine Aufzeichnungen über die Leute durchgelesen, mit denen du dich bereits getroffen hast. Bei den anderen konnte ich dir folgen, weil es da einfach zu viele Zufälle gegeben hatte, zu viele gemeinsame Interessen. Einigen von ihnen hast du echte Angst eingejagt, und sie haben sie einfach hinter Stillschweigen und nichtssagenden Floskeln versteckt; die übrigen waren völlig durcheinander. Aber als du vor diesen beiden die Auslandsinvestitionen erwähnt hast, war ihr Schweigen sehr laut. Und als du dann Amsterdam ins Spiel gebracht hast, konnte man ihnen die Angst am Gesicht ablesen.«

»Yeah, das war ein schöner Schuß ins Blaue. Hat sich aber gelohnt, nicht wahr? Jedenfalls haben sie nichts dagegen vorgebracht.«

»Wie bist du darauf gekommen, Bray? Da bin ich jetzt neugierig.«

»Ein Teil der Wahrheit, Toni. Ein Teil der wesentlichen Wahrheit. Wir nannten es früher ›Löcher‹, Ungereimtheiten. Wie kommt ein erfolgreiches Maklerunternehmen namens Swanson und Schwartz dazu zu verkaufen, wo doch ihre besten Jahre noch vor ihnen liegen? Swanson ist an einem Herzinfarkt gestorben, dabei hatte er nie irgendwelche Herzprobleme, und Schwartz hat die Vereinigten Staaten verlassen und die Schweizer Staatsangehörigkeit angenommen, dabei waren beide erst Mitte vierzig. Für mich war das das klassische Matarese-Schema. Die beiden Jungs sind Matarese bis hinunter zu ihren Gucci-Schuhen.«

»Manchmal kommst du mir wieder vor wie der alte Beowulf Agate, weißt du das?«

»Wenn die ›Schlange‹ noch bei uns wäre, kann ich nur hoffen, daß er dem beipflichten würde. Wir schulden Taleniekov eine ganze Menge.«

»Unser Leben, Bray, nur unser Leben.«

»Also, dann wollen wir weitermachen, Liebes«, sagte Scofield und ging zu der Telefonkonsole auf dem Schreibtisch. Er drückte eine Ziffernfolge und erreichte Frank Shields, der in einem neutralen Wagen auf der Madison Avenue stand. »Alles unter Kontrolle, Squinty?« fragte er.

»Würde es Ihnen etwas ausmachen, diesen beleidigenden Namen in offiziellen Gesprächen nicht zu verwenden?«

»Tut mir leid, Frank, ich hatte das als großes Kompliment gedacht.

Sie sehen Dinge, die andere nicht sehen können, weil Ihr Blick so scharf ist.«

»Sie brauchen mir keinen Honig ums Maul zu schmieren. Wir beschatten die beiden Subjekte; sie biegen jetzt am Central Park South nach links.«

»Und was meinen Sie?«

»Also, jedenfalls fährt er nicht zu seinem Büro zurück, und das will auch schon etwas besagen. Das war der letzte, nicht wahr?«

»Die letzten beiden, genauer gesagt. Ja, das stimmt. Lassen Sie sie nicht aus den Augen, und rufen Sie mich an, wenn es etwas Neues gibt. Toni und ich werden uns jetzt ein Stündchen ausruhen und uns ein wenig mit der Speisekarte des Zimmerservice befassen, aber das geht auf unsere Kasse, Sie brauchen keine Angst um Steuergelder zu haben.«

»*Bitte*, Brandon!«

»Er weiß Bescheid!« rief Albert Whitehead erschrocken, als die Türen der Limousine sich hinter ihnen geschlossen hatten. »Er weiß alles!«

»Kann sein«, sagte der Anwalt kühl, »kann aber ebensogut auch nicht sein.«

»Wie können Sie das sagen?« protestierte der Chef von Swanson und Schwartz. »Sie haben doch gehört, was er gesagt hat, die Aktienemissionen, die Schuldverschreibungen, die Fusionen und Übernahmen, Herrgott! Unser ganzer Plan!«

»Das läßt sich alles ohne Mühe mit einigen normalen Recherchen herausfinden und bestätigen. Ein Jurastudent im ersten Semester könnte das.«

»Dann beantworten Sie mir doch folgende Frage, Clarence Darrow! Was ist mit den Auslandsinvestitionen? Wie erklären Sie das?«

»Das könnte der Punkt sein, wo er einen Fehler gemacht hat. Die Gelder sind über ein Konsortium in Texas eingeschleust worden. Das Ganze ist mündlich von Amsterdam veranlaßt worden und hat auf Papier überhaupt keine Spuren hinterlassen.«

»Das können Sie doch nicht mit Sicherheit ausschließen, Stuart.«

»Nein, das kann ich nicht«, räumte Nichols ein, drehte sich halb herum und sah Whitehead mit ausdrucksloser Miene an, als wären seine Gedanken ganz woanders. »Und genau das stört mich auch, um ganz ehrlich zu sein. Dieser Clayton hat ganz offensichtlich mit

Amsterdam Kontakt. Und das sagt eine ganze Menge... und er behauptet, Amsterdam sei jetzt *off limits*, wirklich *off limits*.«

»Ja, und er hat sogar eine Todesliste erwähnt – etwas, was durchaus zum Repertoire unserer stillen Teilhaber gehört. Die schrecken doch vor nichts zurück. Wir dürfen das Risiko nicht eingehen, Amsterdam anzurufen.«

»Also können wir auch nicht die Wahrheit herausfinden, falls es noch eine Wahrheit gibt, und wir sollen uns erst in acht Tagen wieder melden. Wenn wir gegen diesen Zeitplan verstoßen, der auf abhörsichere Satellitensendungen abgestimmt ist, dann weiß Amsterdam, daß unserer Ansicht nach etwas nicht stimmt.«

»Wir könnten etwas erfinden, darin sind Sie doch gut!«

»Da fällt mir nichts ein. Alles läuft genau nach Zeitplan ohne die geringste Panne. Vielleicht haben die andern eine Idee, einen Grund, um Keizersgracht anzurufen.«

»Einer von ihnen *muß* einfach«, beharrte Whitehead in wachsender Panik. »Wir stecken da alle zusammen drin, und wir haben Millionen verdient!«

»Ihnen ist doch sicher klar, Albert, daß dieser Clayton uns vielleicht einen gigantischen Bluff aufgetischt hat?«

»Ja, allerdings, Stuart. Aber wer wird ihn dazu bringen, die Karten auf den Tisch zu legen?«

Auf dem Tisch, den der Zimmerservice hereingerollt hatte, lagen die Überreste eines Porterhouse Steak, einer Piccata Milanese, verschiedene Gemüse, eine geeiste Schale mit iranischem Kaviar (für Antonia) und drei Schokolade-Eclairs (für Scofield). Im Augenblick tranken sie Espresso und dazu einen Courvoisier. »Daran könnte ich mich gewöhnen, Liebste«, sagte Scofield und wischte sich mit einer riesigen rosa Serviette den Mund.

»Und daran sterben könntest du auch, mein Alter«, nickte Antonia. »Wenn wir hier je herauskommen, wirst du wieder selbstgefangenen Fisch essen und frisches Gemüse aus eigener Zucht.«

»Aber das schmeckt alles so langweilig.«

»Aber es hält dich am Leben, du alter Ziegenbock.«

Das Telefon klingelte, und Scofield sprang erleichtert auf und ging an die Konsole. »Ja?«

»Ich bin es, Frank. Ihr Schuß scheint ins Schwarze getroffen zu haben, Brandon. Die beiden großen Tiere von Swanson und Schwartz sind in eines dieser kleinen Gartenrestaurants im Village gefahren, Sie wissen schon, eines von den Häusern, wo man einen Vermögensnachweis braucht, um einen Tisch zu bekommen.«

»In solchen Kreisen bewege ich mich nicht, Mr. Director. Kommen Sie zur Sache.«

»Ihre beiden Gäste haben Ihr Hotel verlassen und sich mit dem Banker Benjamin Wahlburg von diesem neuen Bankenkonglomerat getroffen, sowie mit Jamieson Fowler, dem Chef der L und P von Boston, und Bruce Ebersole, dem Präsidenten von Southern Utilities. Zusammen repräsentieren sie den Zusammenschluß der wichtigsten Bankinstitute Amerikas und der größten Elektrizitätsgesellschaften mit starken Verbindungen in den Mittelmeerraum. Wir haben Fotos. Sie hatten zehn Kandidaten und bei vier davon haben Sie ins Schwarze getroffen. Gratuliere, Beowulf Agate, wirklich eine beeindruckende Trefferquote.«

»Danke, Squinty. Was gibt es Neues aus London?«

»Finden Sie sie, finden Sie *ihn*!« schrie Julian Guiderone an Bord seines Privatjets, der von London nach Marseille unterwegs war, in sein Satellitentelefon. »Wir zahlen Millionen an Gnome, die ein Leben führen, das ihre finanziellen Verhältnisse erheblich übersteigt, und die nur existieren, um uns zu dienen! Warum versagen die alle, warum versagen Sie?«

»Wir arbeiten alle rund um die Uhr, das kann ich Ihnen versichern«, erwiderte Jan Van der Meer Matareisen aus seinem Allerheiligsten über der Keizersgracht in Amsterdam. »Es ist gerade, als hätte sich eine unsichtbare Decke über unsere Gewährsleute gelegt.«

»Dann entfernen Sie sie, zerreißen Sie sie! Töten Sie ein paar Dutzend Leute auf Ihrer Gehaltsliste – verbreiten Sie, daß sie des Verrats verdächtig waren. Verbreiten Sie Angst und Schrecken, bauen Sie sich Ihre eigene Inquisition auf, und sobald genügend Köpfe gerollt sind, werden Sie wissen, wer die Verräter sind; Angst ist ein wirksamer Katalysator. Haben Sie denn gar nichts gelernt, Enkel?«

»Ich habe gelernt, geduldig zu sein, Sir, und schreien Sie mich bitte nicht an! Während Sie rings um die Welt fliegen und Krisen anstacheln, muß ich die ganze Operation zusammenhalten. Und ich darf Sie vielleicht daran erinnern, Sir, daß Sie zwar der Sohn des Hirtenjungen sind, ich aber der legitime Enkel des *Barone de Matarese* bin, der den Hirtenjungen geschaffen hat. Sie haben viele Millionen, aber ich besitze Milliarden. Ich habe großen Respekt vor Ihnen, Sir, vor dem, was Sie beinahe erreicht hätten – mein Gott, daß Weiße Haus –, aber ich darf Sie doch sehr bitten, sich nicht mit mir anzulegen.«

»Herrgott, ich lege mich nicht mit Ihnen an, ich versuche, Ihnen etwas beizubringen. Ihr Herz und Ihr Verstand überzeugen Sie davon, daß Sie recht haben, aber Sie müssen auch den Mumm haben, Ihrer Überzeugung gemäß zu handeln! Wo Sie Schwächen feststellen, müssen Sie sie austilgen, das Unkraut ebenso wie seine Ableger. Zerstören Sie alles, was sich Ihnen in den Weg stellt, ganz gleich wie hübsch die wilden Blüten auch aussehen mögen!«

»Das habe ich seit Jahren begriffen«, sagte Matareisen, »und versuchen Sie bloß nicht anzudeuten, daß das nicht der Fall sei. Ich habe keine Gefühle, wo es um das Werk der Matarese geht; unsere Jünger leben und sterben mit ihren Taten.«

»Dann tun Sie, was ich sage. Fangen Sie an zu töten. Erzeugen Sie Panik. Irgend jemand dort draußen weiß – oder wird sich so unter Druck fühlen, daß er in Erfahrung bringt –, wo Scofield ist! Ganz besonders, wenn ein Scheitern ihn das Leben kosten kann. Beowulf Agate! Er ist es, der hinter diesen Störungen steckt. Das habe ich Ihnen gesagt!«

»Was sie nicht wissen, können uns unsere Gewährsleute auch nicht sagen, Mr. Guiderone.«

»Woher wissen Sie das, Enkel?« fragte der Sohn des Hirtenjunge mit beißender Schärfe. »Sie mögen noch so brillant sein, Jan Van der Meer, aber einen Makel haben Sie, den man bei Genies häufig antrifft. Sie glauben, das, was Sie geschaffen haben, sei allein deshalb unfehlbar, weil der, der es erschaffen hat, keine Fehler macht. Das ist Blödsinn! Sie haben nicht die leiseste Vorstellung davon, was Scofield tut, worin seine Angriffsstrategie besteht und mit wem er zusammenarbeitet. Er hat Atlantic Crown neutralisiert … Und wie viele andere gehen – nein, verdammt noch mal –, *rennen* jetzt wahrscheinlich in seine Netze? Und sobald sie enttarnt sind, wie viele von ihnen brechen dann zusammen?«

»Keiner«, antwortete der Holländer ruhig. »Nicht nur, weil sie die Folgen begreifen, sondern weil es eine ganze Anzahl Rückzugspositionen gibt, die unsere Anwälte aufgebaut haben und die alles, was wir getan haben, als völlig legal bestätigen. Wir sind in juristischer Hinsicht makellos, können unsere Arbeit fortsetzen, bis alles so ist, wie wir es geplant haben. Auch das ist mein Werk.«

»Das glauben Sie ...«

»Das *weiß* ich, alter Mann!« schrie Matareisen plötzlich. »Das einzige Mal, daß es fast zur Katastrophe gekommen wäre, ist auf Sie und Ihre Unvernunft im Westminster House zurückzuführen«, fuhr Matareisen mit leiser Stimme fort. »Aber dafür haben Sie sich entschuldigt, also will ich nicht mehr davon reden.«

»Oh, oh«, machte Guiderone, »der junge Löwe will sein Rudel wirklich beherrschen.«

»Ich beherrsche es, weil Sie mich ernannt haben, wenn Sie sich erinnern. Bedauern Sie das?«

»Du meine Güte, nein. Ich könnte das, was Sie getan haben, nie tun. Aber ich bezweifle, daß ich die einzige Katastrophe verursacht habe. Etwas ist in Wichita passiert. Ich glaube nicht, daß ich je dort gewesen bin, und ich habe auch die betroffenen Herren nicht gekannt.«

»Und die kannten niemanden außer einem Code und einem Anrufbeantworter in Amsterdam, der dort in der Kanalverwaltung untergebracht ist.«

»Eine undurchschaubare Bürokratie«, räumte der Sohn des Hirtenjungen ein. »Sie sind wirklich ein Genie, Jan Van der Meer. Aber da ist etwas, was Sie übersehen, und dieses Etwas ist Beowulf Agate. Wenn Sie ihn nicht finden, ihn nicht töten, wird er weitere Schwachpunkte entdecken – und dafür sorgen, daß Ihr ganzes Kartenhaus zusammenstürzt. Er hat das schon einmal getan, und wir dachten – nein, wir wußten, daß wir unbesiegbar waren. Lassen Sie nicht zu, daß das wieder geschieht ... Sie hatten natürlich recht, ich bin ein alter Mann, und Scofield ist das auch. Der Unterschied zwischen ihm und mir ist, daß er sich mit den Lebenden und den Toten bewegen kann, während ich mich nur mit den Toten und beinahe Toten bewege. Sie andererseits können sich mit den Lebenden und den Toten bewegen, und, und das ist das wichtigste, den Habgierigen. Sie sind die mächtigste Armee, die es auf Erden gibt, eine Armee, die nichts aufhalten kann. Benutzen Sie sie, benutzen Sie diese Menschen! Enttäuschen Sie mich nicht.«

Guiderone knallte den Hörer auf die Gabel und ärgerte sich darüber, daß eine plötzliche Turbulenz sein Weinglas umgekippt hatte, so daß der Château Beychevelle jetzt über das Tischtuch rann.

Sir Geoffrey Waters quittierte den Erhalt des mit Top-secret gekennzeichneten Umschlags, den ein MI5-Beamter in sein Haus in Kensington brachte. Als er durch den schmalen Flur zu seinem Frühstück im Eßzimmer zurückkehrte, begann er ihn zu öffnen. Seine Frau, Gwyneth, deren feingeschnittenes Gesicht unter den grauen Haaren intelligente braune Augen dominierten, sah von ihrer Lektüre der *Times* auf.

»Um diese Stunde ein Kommuniqué, Geoffrey? Hätte das nicht Zeit gehabt, bis du ins Büro kommst?«

»Ich weiß nicht, Gwyn, ich bin genauso überrascht wie du.«

»Mach es auf, Liebster.«

»Das versuche ich ja, aber für diese verdammten schwarzen Klebebänder braucht man, glaube ich, eine Schere.«

»Nimm das Steakmesser.«

»Ja, das geht auch. Schön, daß du mir von der Köchin ein kleines Filet zu meinen Eiern hast machen lassen.«

»Na ja, du hast doch in den letzten Wochen ziemlich unter Druck gestanden. Da ist es doch besser, wenn ich dich mit zufriedengestelltem Magen ins Büro schicke.«

»Wirklich sehr aufmerksam«, sagte Geoffrey, während er die Klebestreifen aufschlitzte und schließlich den großen Umschlag öffnete. Er überflog den Inhalt und ließ sich in seinen Sessel sacken. »Großer Gott«, rief er aus.

»Ist es etwas, was ich wissen darf?« fragte Gwyneth Waters. »Oder darfst du es mir nicht sagen?«

»Und ob ich das darf! Es geht um deinen Bruder Clive ...«

»Oh, der liebe Clivey. Dem geht es ja jetzt sehr gut, nicht wahr?«

»Vielleicht zu gut, meine Liebe. Er ist im Aufsichtsrat von diesem neuen Sky-Waverly-Konsortium.«

»Ja, ich weiß. Er hat mich letzte Woche angerufen. Das wird auch ganz gut bezahlt, wie ich höre.«

»Und ein ziemliches Schlamassel ist es auch, Gwyn. Gegen Sky Waverly wird gründlich ermittelt, in einer Angelegenheit, über die ich mit dir nicht sprechen darf – wieder einmal zu deinem eigenen Nutzen.«

»Ja, das wäre nicht das erste Mal, Geof. Aber schließlich sprichst du hier von meinem Bruder.«

»Laß uns ehrlich zueinander sein, Liebste. Ich mag Clive, ich mag ihn wirklich; er kann sehr charmant sein, witzig, aber für ein großes Licht als Anwalt halten wir ihn ja wohl beide nicht.«

»Also, er hat seine Schwächen, das gebe ich zu.«

»Er ist von einer Anwaltsfirma zur nächsten gewandert, hat es aber nie zum Partner gebracht«, fuhr Waters fort, »meistens hatte er es deinem Namen zuzuschreiben, daß die ihn eingestellt haben. Bentley-Smythe hat in Juristenkreisen einen guten Klang.«

»Er ist ein anständiger Mann. Und die Erwartungen, denen er mit diesem Namen entsprechen mußte, waren eben sehr hoch. Das hat er nicht geschafft. Ist das ein Verbrechen?«

»Natürlich nicht. Aber warum hat man ihn aus einer zweitrangigen Sozietät, in der er keine große Rolle spielte, in den Aufsichtsrat von Sky Waverly geholt?«

»Keine Ahnung, aber ich werde ihn heute morgen anrufen und ihn fragen.«

»Genau das darfst du nicht tun«, sagte Waters leise, aber bestimmt. »Überlaß das mir, Gwyn. Meiner Ansicht nach wird dein Bruder ausgenützt. Ich werde das in die Hand nehmen.«

»Du wirst doch Clive nicht weh tun, oder?«

»Nicht, wenn er sich nicht selbst weh tut, meine Liebe, das verspreche ich dir. Sag der Köchin, ich danke ihr, aber ich habe keine Zeit mehr fürs Frühstück.« Geoffrey Waters stand auf und ging mit schnellen Schritten aus dem Haus.

Die zwanzig Minuten dauernde Fahrt in sein Büro ließ ihm Zeit für schmerzliche Reflexionen. Der Grund dafür war Clive Bentley-Smythe und Gwyneth' Bild von ihrem Bruder, das in krassem Gegensatz zu der Wirklichkeit stand. Waters mochte seinen Schwager; er war wirklich ein charmanter Bursche mit schnellem, wenn auch ein wenig seichtem Witz, und er war auf eine Weise großzügig, daß man es schon als einen Fehler bezeichnen mußte, falls er überhaupt Fehler hatte. Und das war sein größter Fehler: Clive Bentley-Smythe war eine Null, er zeichnete sich durch nichts besonders aus.

Er war der Sproß einer wohlhabenden Familie von Anwälten, die mehrere Generationen zurückreichte – so weit, daß manche behaupteten, seine Familie sei vermutlich an der Formulierung der Magna Charta beteiligt gewesen, und andere, die behaupteten, Shakespeares berühmter Satz »Als erstes müssen wir alle Rechtsgelahrte umbringen« in seinem Stück *König Heinrich VI.* sei von den Vorfahren Bentley-Smythes inspiriert worden. Clive ließ sich durch das Leben treiben, eine attraktive Erscheinung bei gesellschaftlichen Veranstaltungen, zu denen er außer seiner Präsenz wenig beitrug und, was scheinbar ein Widerspruch war, der ergebene Ehemann einer Frau, die ihr Ehegelöbnis ausgesprochen leicht nahm. Es war ein gut gehütetes, wenn auch weitverbreitetes Geheimnis, daß sie in einigen der wohlhabendsten Betten in England, Schottland, den Niederlanden und Paris zu schlafen pflegte. In gewissen Kreisen machte der Witz die Runde, daß Clive, wenn er es je erfahren sollte, ihr wahrscheinlich verzeihen und sie fragen würde, ob sie sich amüsiert habe.

Geoffrey Waters kannte das Material, das in den Dossiers seiner Behörde über seinen Schwager existierte, und hielt es vor seiner Frau geheim, weil sie die ewige große Schwester war und für ihren jüngeren Bruder jederzeit auf die Barrikaden gestiegen wäre. Es hatte keinen Sinn, sie zu beunruhigen. Aber jetzt ging es um eine andere Gleichung, und Waters wußte, daß er sich damit auseinandersetzen, sie analysieren und schließlich nach seinen Erkenntnissen handeln mußte. Dabei ging ihm die ganze Zeit der Satz *Cherchez la femme* durch den Kopf und beschäftigte seine Phantasie.

»Tut mir leid, daß ich es für nötig gehalten habe, Ihnen die Information nach Hause zu schicken, Geoffrey«, sagte der Einsatzdirektor des MI5, »aber ich hatte mir gedacht, Sie wollten vielleicht mit Ihrer Frau darüber sprechen.«

»Das habe ich in minimalem Maße getan, und ich meine wirklich minimal. Es gibt vieles, was sie über ihren Bruder nicht weiß, und ich will sie nicht beunruhigen. Ich werde das selbst in die Hand nehmen. Gibt es sonst noch irgendwelche neuen Erkenntnisse?«

»Einige, alter Junge, aber bis jetzt ist noch nichts bestätigt«, antwortete Waters Vorgesetzter, ein grauhaariger, korpulenter Mann Mitte sechzig. »Zunächst gibt es Gerüchte aus der Fleet Street, daß da wieder eine Art Amalgamierung im Gange ist, wie man es nennen könnte.«

»Ein Murdoch-Unternehmen?«

»Nein, das ist nicht sein Stil. Er pflegt ja mit seinen Absichten selten hinter dem Berg zu halten. Er kauft und verkauft, wobei es ihm in erster Linie auf den Gewinn ankommt. Und erst in zweiter um die redaktionelle Richtung, obwohl er die sicher berücksichtigt.«

»Sonst noch etwas?«

»Ich sagte einige, nicht eine«, korrigierte ihn der Direktor. »In manchen Bankinstituten bewegt sich etwas – sie nennen es Zentralisierung, aber ich bin nicht überzeugt, daß die Fusionen auf finanzielle Motive zurückgehen.«

»Damit schwimmen sie gegen den Strom. Warum nicht?«

»Weil die betreffenden Institute alle ohnehin schon sehr profitabel sind und alle sehr unabhängig. Warum sollten sie sich also in ein größeres Ganzes einordnen wollen?«

»Weil jemand sie dazu zwingt«, erwiderte Waters leise.

»Das ist genau meine Ansicht. Ich habe eine Liste ihrer sämtlichen Aufsichtsräte zusammengestellt und auch eine Liste der wichtigeren Journalisten, die allem Anschein nach mit dieser Zeitungsfusion in Verbindung stehen, über die so viele Gerüchte in Umlauf sind.«

»Die werden wir uns gründlich vornehmen, darauf können Sie sich verlassen.«

»Dann ist da noch eine letzte Eintragung, und die schießt den Vogel ab. Uns ist eine Anweisung von einer Zeitung in Toronto zugetragen worden, und eine Kopie davon ist dem Servizio Segreto in Rom übermittelt worden. Anscheinend hat ein Reporter, der nach Italien geflogen ist, seine Zeitung aus Rom angerufen und seinem Chefredakteur gesagt, er würde ihm den Knüller des Jahrhunderts liefern. Und seitdem ist er verschwunden, spurlos verschwunden.«

»Dem werden wir nachgehen«, sagte Geoffrey Waters und machte sich eine Notiz. »Ist das dann alles?«

»Eines noch und das betrifft leider die Frau Ihres Schwagers, Amanda.«

»Ich hatte schon befürchtet, daß es dazu kommen könnte.«

24

Während seine Mitarbeiter sich darum bemühten, Einzelheiten über das Sky-Waverly-Konglomerat und seine französischen Partner ans Tageslicht zu fördern, und sich zugleich mit den Gerüchten über das Geschehen in der Zeitungswelt und den Bankfusionen befaßten, fing Geoffrey Waters an, ein Dossier über Amanda Bentley-Smythe aufzubauen. Dabei handelte es sich keineswegs um eine Ansammlung von Klatschgeschichten; der außereheliche Lebenswandel seiner Schwägerin war ihm gleichgültig, soweit dabei kein besonderes Schema zu erkennen war, aber als sich dann eines zeigte, beunruhigte ihn dies in hohem Maße.

Amanda Reilly war die Tochter eines wohlangesehenen irischen Ehepaars, denen ein gutgehendes Pub in Dublin gehörte, das für seine freundliche Atmosphäre, seine Stammkundschaft und eigenartigerweise seine begrenzte Speisekarte bekannt war. Das hübsche Kind wuchs zu einem reizenden, rothaarigen Teenager und schließlich zu einer entzückenden jungen Frau heran, deren Anwesenheit, wenn sie an ihren Tischen bediente, die Gäste manchmal dazu veranlaßte, das Glas auf halbem Weg zum Mund in der Luft hängen zu lassen. Nach den zur Verfügung stehenden Informationen war ein Zeitschriftenfotograf, der in Dublin zu tun hatte, in das Pub gekommen, hatte sie gesehen und ihre streng katholischen Eltern gefragt, ob er ihre Tochter fotografieren dürfe.

»Aber bloß keinen Schmierkram, sonst haue ich Ihnen die Nase kaputt«, lautete die häufig wiederholte Antwort ihres Vaters. Der Rest war ein Märchen, wie die Boulevardblätter es später darstellten. Amanda wurde nach London gebracht und erhielt dort gesellschaftlichen Schliff, während sie auf der Stufenleiter der erfolgreichen Fotomodelle nach oben kletterte. Dabei blieb ihr irischer Dialekt, abgesehen von einem attraktiven Akzent, auf der Strecke und – ob das nun ihrer Erziehung oder dem strengen Regiment ihrer Eltern zuzuschreiben war – jedenfalls war sie immer nur in klassischer Kleidung meist mit schrecklich teurem Schmuck auf Fotos zu sehen. Sie wurde zu einem Starmannequin.

Und dann geschah etwas mit dem bezaubernden irischen Mädchen, dachte Geoffrey Waters, während er seine Informationen zusammentrug. Amanda Reilly trat in die gesellschaftlichen Kreise der schon und der noch nicht Berühmten, der alten und der neuen Reichen ein. Sie wurde am Arm der Prominenten fotografiert – Adlige, Filmstars, geschiedene Finanziers – und schließlich an dem eines gewissen Clive Bentley-Smythe, den sie zu ehelichen beschloß. Für Waters ergab das einfach keinen Sinn. Sie hatte die Wahl unter den Riesen der Meere gehabt und sich schließlich für eine unschuldige Kaulquappe als ihren Kronprinzen entschieden.

Das Unvermeidliche folgte: die Auswertung der Klatschnachrichten und darauf basierend eine detaillierte Überprüfung von Flugtickets und Privatflugzeugen mit Zielorten und Flugplänen. Die Computer lieferten eine auf schon vorhandenen, bestätigten Informationen und Fotografien beruhende Liste derer, die ihre Gunst genossen hatten. Aus den besten Kreisen Englands und Schottlands waren das junge und auch ältere Industriebarone, Erben bekannter Landsitze und Schlösser mit Jagdgründen und Beziehungen zur Krone und schneidige Jachtbesitzer, die reich genug waren, um an internationalen Regatten teilzunehmen. Die Pariser Szene steuerte zahlreiche heterosexuelle Haute-Couture-Designer bei, während die homosexuellen Modemacher sie vergötterten. In dem Land freilich, das sie in den zurückliegenden zwölf Monaten am häufigsten besucht hatte – die Niederlande und dort vorzugsweise Amsterdam –, konnte man überhaupt keine Kontakte feststellen. Wie es schien, hatte niemand sie abgeholt, wenn sie, wie es meist der Fall gewesen war, mit einer Privatmaschine gelandet war, und anscheinend hatte sie auch niemand zu einem Wagen oder einer Limousine begleitet. Niemand. Das international berühmte Model war jedesmal mit einem Taxi ins Stadtzentrum gefahren und dort praktisch verschwunden.

Amsterdam.

Und dann begann Sir Geoffrey Waters zu begreifen, und es war, als hätte man ihm einen Hieb in die Magengrube versetzt. War *er* der Grund dafür, daß sie sich mit einer Kaulquappe liiert hatte? Obwohl sein Bild nie in den Zeitungen erschien, war er in Regierungskreisen als Chef der Inneren Sicherheit des MI5 bekannt. Gab es eine bessere Verbindung für die Matarese? Und plötzlich lieferte ihm diese Hypothese auch Antworten auf einige Fragen, die immer in den Tiefen seines

Bewußtseins geschlummert hatten. Clive und Amanda hatten sich in den letzten Monaten Gwyneth und ihm gegenüber geradezu auffallend freundlich gezeigt, hatten sie immer wieder zu Dinnerpartys eingeladen, die Waters als lästig und belanglos empfand, was er aber für sich behalten hatte, weil er wußte, daß seine Frau ihren Bruder vergötterte.

Einmal freilich hatte er sie in einem Anflug von Gereiztheit gefragt: »Meine liebe Gwyn, woher kommt diese plötzliche Zuneigung? Gibt es Gerüchte von unserem bevorstehenden Hinscheiden? Du großer Gott, die werden dein Vermögen erben – was du ihnen nicht ohnehin schon gegeben hast –, denn ich bin ja in der Hinsicht ohne Bedeutung. Ich habe das Gefühl, als würden sie uns ein paarmal die Woche anrufen oder hier erscheinen. Bitte, altes Mädchen, ich muß immer noch für unseren Lebensunterhalt arbeiten.«

»Nicht, wenn du zulassen würdest, daß ich die Rechnungen bezahle, mein Lieber.«

»Daran würde ich nicht einmal im Traum denken. Außerdem bin ich in meinem Beruf ganz gut.«

»Bitte, Geof, Clive verehrt dich, das weißt du, und Amanda ist regelrecht in dich vernarrt. Sie will immer neben dir sitzen. Jetzt sag mir bloß nicht, daß irgendein Mann, selbst wenn er auf die Sechzig zugeht, nicht entzückt davon wäre, neben einer der schönsten Frauen der Welt zu sitzen. Ich würde dir nicht glauben, wenn du es tätest.«

»Sie stellt zu viele dumme Fragen. Sie hält mich für eine Art alt gewordenen James Bond, was ich ganz entschieden nicht bin – und das Original war das auch nicht. Den hat sein verdammter Garten mehr interessiert als seine Arbeit für uns.«

Und trotzdem, verdammt noch mal, hatte Amanda Bentley-Smythe zu viele Fragen gestellt. Nichts, was Waters nicht mit einer Handbewegung hatte abtun können, aber trotzdem – er fing an, argwöhnisch zu werden. Hatte er bei diesen schrecklichen Dinnerpartys, wo die wunderschöne, verführerische Amanda stets dafür gesorgt hatte, daß sein Glas nie lang leer blieb, vielleicht unbewußt doch etwas preisgegeben, was er hätte für sich behalten sollen? Er konnte sich das nicht vorstellen; schließlich war er dafür viel zu erfahren, aber möglich war alles, zumal er immer der Ansicht gewesen war, daß seine Sitznachbarin höchstens über einen zweistelligen Intelligenzquotienten verfügte. Hatte sie etwas erfahren, was sie nicht hätte erfahren dürfen, etwas, was er beiläufig und ohne zu überlegen erwähnt hatte, etwas, was allgemein bekannt war, für sie aber besondere Bedeutung gehabt hatte? War ihre unbekannte Kontaktperson in Amsterdam in Wirklichkeit jemand aus den Kreisen der Matarese? Geoffrey Waters mußte seinen Zweifeln nachgehen.

Seine rote Sprechanlage summte diskret, sie klingelte nie. Das rote Gerät verband ihn mit dem Einsatzleiter. »Hier Waters«, meldete er sich.

»Ich fürchte, es ist eine schlimme Nachricht, Geof. Richten Sie sich darauf ein.«

»Meine Frau?«

»Nein, das Objekt Ihrer Recherchen, Ihre Schwägerin, Amanda Bentley-Smythe.«

»Sie ist verschwunden, stimmt's?«

»Das wohl kaum, sie ist tot. Man hat sie erwürgt und ihre Leiche in die Themse geworfen. Die Flußstreife hat sie vor einer Stunde geborgen.«

»Du lieber Gott!«

»Das ist noch nicht alles, alter Junge. Drei Direktoren von Banken in Schottland, Liverpool und West London sind erschossen worden, alles Kopfschüsse. Alle drei tot. Hinrichtungen im Stil der Unterwelt.«

»Eine Säuberungsaktion!« rief Waters. »Wir müssen sofort sämtliche Büros abriegeln lassen!«

»Da gibt es nichts abzuriegeln. Alles ist bereits weggeschafft worden.«

»Du mußt *nachdenken*, Clive«, bohrte Geoffrey Waters und starrte dabei seinen zutiefst bedrückten Schwager an. »Ich kann dir weiß Gott nachfühlen, wie dir jetzt zumute sein muß, aber diese schreckliche Sache, die da passiert ist, hat Weiterungen, die deine Vorstellung mit Sicherheit übersteigen. Also, wie war das in den letzten Tagen...«

»Ich kann nicht denken, Geof! Jedes Mal, wenn ich es versuche, höre ich ihre Stimme, und dann wird mir wieder klar, daß sie nicht mehr da ist. Das ist alles, woran ich im Augenblick denken kann!«

»Wo bewahrst du deinen Brandy auf, alter Junge?« fragte Waters und sah sich in der Bibliothek der Bentley-Smythes um, die durch deckenhohe Glastüren mit einem sonnigen Garten in Surrey verbunden war. »O ja, das Schränkchen dort drüben. Ich glaube, ein Drink wird dir jetzt gut tun.«

»Da bin ich nicht so sicher«, sagte Clive und wischte sich die Tränen aus den Augen. »Ich vertrage das Zeug nicht, und das Telefon klingelt die ganze Zeit ...«

»Aber jetzt ist es schon eine ganze Weile stumm«, sagte Waters, »weil es nämlich gar nicht mehr klingeln kann.«

»Was?«

»Ich habe veranlaßt, daß deine sämtlichen Gespräche zu einem Anrufbeantworter in meinem Büro umgeleitet werden. Wenn du willst – falls du willst –, kannst du dir die Nachrichten selbst anhören.«

»Das kannst du?«

»Ja, mein Lieber, das kann ich und das habe ich getan.« Waters nahm eine Flasche aus dem Schränkchen, schenkte ein und brachte seinem niedergeschmetterten Schwager das Glas. »Da, trink das.«

»Was ist mit den Reportern draußen auf der Straße? Die haben das ganze Haus umringt, und über kurz oder lang muß ich mich denen stellen.«

»Die haben gar nichts umringt. Die Polizei hat sie weggeschickt.«

»Du kannst ...? Natürlich kannst du. Du hast es ja getan.« Bentley-Smythe trank und zuckte dabei zusammen, er war sichtlich alles andere als ein Trinker. »Hast du all die schrecklichen Sachen gehört, die sie im Fernsehen und im Radio gesagt haben? Daß Amanda Liebhaber gehabt haben soll, Affären – unzählige? Die stellen sie als eine richtige Edelnutte dar ... das war sie nicht, Geof! Sie hat mich geliebt, und ich habe sie geliebt!«

»Das tut mir leid, Clive, aber Amanda hat nicht gerade wie eine Nonne gelebt.«

»Du lieber Gott, meinst du, ich habe das nicht gewußt? Ich bin doch nicht blind! Meine Frau war eine aufregende, schöne Frau, die das Leben geliebt hat. Unglücklicherweise war sie mit einem einigermaßen gutaussehenden Schwachkopf aus einer berühmten Familie verheiratet, der nur sehr wenig Talent besaß. Das weiß ich auch, weil ich mich kenne, und sie hat mehr gebraucht als nur mich.«

»Dann hast du, sagen wir, gute Miene zum bösen Spiel gemacht, ihr ihre Extravaganzen nachgesehen?«

»Natürlich habe ich das! Ich war ihr ruhender Pol und habe ihr zwischen all dieser hektischen Betriebsamkeit einen Halt gegeben, ich war eine Zuflucht für sie, wenn sie verletzt oder erschöpft war.«

»Du bist wirklich ein äußerst bemerkenswerter Ehemann«, stellte Waters fest.

»Was hätte ich denn sonst tun sollen?« fragte der bemerkenswerte Ehemann. »Ich habe sie mehr als alles andere geliebt. Ich konnte doch nicht zulassen, daß sie mich wegen belangloser gesellschaftlicher Moralbegriffe verläßt. Für mich stand sie über all diesen Dingen!«

»Schon gut, Clive, schon gut«, beschwichtigte ihn Waters. »Aber du mußt mich meine Arbeit tun lassen, alter Junge.«

»Man hat sie *ermordet*, Herrgott! Warum werde ich nicht von der Polizei oder von Scotland Yard verhört? Warum von *dir*?«

»Das will ich dir gern erklären. Die Tatsache, daß ich dich befrage, sollte dir schon die Antwort liefern. MI5 hat Vorrang vor allen Ermittlungen, wie sie die Polizei oder Scotland Yard anstellen. Wir arbeiten natürlich alle zusammen, aber wenn die Umstände so liegen wie hier, haben wir Vorrang.«

»Was willst du damit sagen?« Bentley-Smythe starrte seinen Schwager mit aufgerissenem Mund an. »Ihr seid wie der Secret Service; ihr fangt Spione und Verräter und dergleichen. Was hat Amanda mit euch zu tun? Man hat sie *umgebracht*, verdammt! Den Mörder dingfest zu machen ist doch Sache der Polizei.«

»Darf ich dir ein paar Fragen stellen?« sagte Waters, ohne auf Clives Proteste einzugehen.

»Warum nicht?« erwiderte der immer noch verwirrt. »Du hast mein Telefon abgestellt, hast die Reporter verjagt; all das könntest du nicht, wenn dir das nicht sehr wichtig wäre. Also, frag mich.«

»Hat Amanda in den letzten Tagen oder Wochen irgendwelche Anzeichen von Anspannung oder Erregung gezeigt? Ich meine, war ihr Verhalten irgendwie verändert? War sie ungewöhnlich aufgebracht oder reizbar?«

»Auch nicht mehr als sonst. Sie war wütend über den Fotografen, über ihre letzten Aufnahmen und hat behauptet, er hätte sie in ›matronenhafte‹ Kleidung gesteckt. Sie hat durchaus eingeräumt, daß sie nicht mehr zwanzig ist, aber sie wollte noch nicht in ›alberner Omakleidung‹ fotografiert werden, so hat sie es formuliert. Sie hatte ein recht ausgeprägtes Ego, das weißt du ja.«

»Ich meine in anderen Dingen, Clive, solche, die nichts mit ihrem Ego zu tun hatten. Hat sie irgendwelche Anrufe bekommen, die sie offensichtlich beunruhigt haben, oder vielleicht Besucher, die sie nicht sehen wollte?«

»Das weiß ich nicht. Ich bin tagsüber im Büro, und sie war gewöhnlich nicht zu Hause. Sie hatte ein Apartment in der Stadt, das sie immer dann benutzte, wenn ihr Terminkalender zu voll war, um hier herauszukommen.«

»Das wußte ich nicht«, sagte Waters. »Würdest du mir die Adresse sagen?«

»Irgendwo auf der Bayswater, eine Zweihunderter-Nummer, denke ich.«

»Denkst du? Warst du nie dort?«

»Ehrlich gesagt, nein. Aber die Telefonnummer habe ich. Sie steht natürlich nicht im Telefonbuch.«

»Gib sie mir bitte.« Das tat Clive, und Waters ging schnell zu dem Schreibtisch, wo das Telefon stand. Er wählte, lauschte mit gerunzelter Stirn, legte dann auf und sah zu Clive hinüber. »Die Nummer ist nicht mehr in Betrieb«, sagte er.

»Wie ist das möglich?« rief Clive. »Sie war doch nicht verreist, und auch wenn sie verreist war, hatte sie immer ihren Anrufbeantworter eingeschaltet. Du lieber Gott, das war so etwas wie ihre geheime Rettungsleine!« Clive verstummte plötzlich, als ihm bewußt wurde, daß man seine Bemerkung möglicherweise falsch interpretieren konnte.

»Wieso geheim, alter Junge?«

»Das ist wahrscheinlich nicht das richtige Wort«, antwortete der Anwalt in Clive. »Es ist nur so – wenn sie zu Aufnahmen auf den Kontinent geflogen ist, habe ich sie mehrmals gefragt, ob ich vielleicht ihre Anrufe an sie weitergeben sollte – du mußt wissen, sie hat mich fast jeden Tag angerufen.«

»Ich dachte, du hättest gesagt, du seist nie in ihrer Londoner Wohnung gewesen.«

»Das war ich auch nicht. Sie hatte einen Anrufbeantworter, den man telefonisch abfragen konnte. Ich hatte ihr vorgeschlagen, mir die Geheimnummer zu geben, um ihre Anrufe abzuhören, aber das hat sie abgelehnt – ziemlich bestimmt sogar … und dafür hatte ich Verständnis.«

»*Höchst* bemerkenswert«, murmelte Waters und griff wieder nach dem Telefon. Er rief sein Büro an und nannte einem Mitarbeiter die Telefonnummer an der Bayswater Road. »Besorgen Sie sich die Adresse und schicken Sie ein Suchteam hinüber. Nehmen Sie sämtliche Fingerabdrücke, die Sie bekommen können, und rufen Sie mich hier wieder an.« Er legte auf.

»Herrgott, Geof, was geht hier vor? Du tust ja gerade, als ginge es hier nicht um den schrecklichen Mord an meiner Frau, sondern um irgendeinen internationalen Zwischenfall.«

»Ich hätte das nicht besser formulieren können, Clive, denn genau das könnte es durchaus sein. Etwa zur gleichen Zeit, in der Amanda ermordet worden ist, sind drei weitere Leute hier in England getötet worden, und jeder von ihnen stand im Verdacht, an einer Finanzverschwörung beteiligt zu sein, die mehrere Länder und Millionen von Menschen betrifft.«

»Du lieber Gott, was willst du damit sagen? Meine Frau hatte ihre Schwächen, das räume ich ja ein, aber was du da andeutest, übersteigt ihr Begriffsvermögen in einem Maße, daß es geradezu lächerlich ist! Ich habe sie sogar dazu überredet, für ihre Einkünfte einen Finanzberater zu engagieren. Sie war ja nicht einmal imstande, ihr Scheckbuch vernünftig zu führen! Wie hätte eine in Finanzdingen so naive Frau Teil einer Finanzverschwörung sein können?«

»Das eine hat mit dem anderen nichts zu tun, mein Lieber. Amanda lebte auf der Überholspur, gehörte dem internationalen Jet-set an mit allem, was dazugehört. Geld spielte da nie eine Rolle, es war höchstens lästig.«

»Sie hat mich geliebt!« schrie Clive, der zusehends hysterisch wurde. »Sie hat mich gebraucht – ich war ihr ruhender Pol! Das hat sie mir immer wieder gesagt!«

»Das glaube ich dir auch, und das hat sie auch sicher so gemeint, aber wenn man prominent ist, kann das manchmal seltsame Dinge an Menschen bewirken. Sie werden häufig zu zwei ganz unterschiedlichen Leuten, der öffentlichen und der privaten Person, und die reagieren völlig unterschiedlich.«

»Was willst du denn sonst noch von mir haben, Geof? Ich weiß jetzt nicht mehr, was ich sagen soll.«

»Nur, woran du dich aus den letzten paar Wochen erinnerst. Fang vor vielleicht einem Monat an, wobei mich besonders der Zeitraum interessiert, wo man dir gesagt hat, daß du für einen Aufsichtsratssitz von Sky Waverly in Betracht kämest.«

»Oh, das ist einfach, Amanda war die erste, die das mir gegenüber erwähnt hat. Sie kam von einer Fotositzung in Amsterdam zurück – du weißt schon, große Damen in herrlichen Kleidern, die auf den Kanälen rumgondeln – und hat gesagt, sie hätte einen Mann kennengelernt, der mit Sky Waverly zu tun hatte und ihr gegenüber erwähnte, daß sie einen klangvollen Namen für den Aufsichtsrat suchen. Sie hat mich vorgeschlagen, und die sind sofort darauf angesprungen. Übrigens ein nicht unbeträchtliches Zusatzeinkommen.«

Amsterdam.

»Hat sie dir gesagt, wer dieser Mann war?« fragte Waters beiläufig.

»Sie konnte sich nicht an seinen Namen erinnern, und ich bin dem nicht weiter nachgegangen. Als dann der Anruf aus Paris kam, war ich begeistert und habe natürlich akzeptiert.«

»Wer hat dich denn angerufen?«

»Ein Mann, der sich Monsieur Lacoste nannte, glaube ich. Wie die Sportkleidung.«

»Kehren wir noch mal zu den letzten Wochen zurück, Clive, den Tagen, die du mit Amanda verbracht hast. Ich werde Fragen stellen, und du sagst einfach, was dir in den Sinn kommt.«

»Das bin ich gewöhnt«, sagte Clive. »Ich habe gerade eine Therapie hinter mir.«

Sie redeten fast zwei Stunden lang, und Waters machte sich immer wieder Notizen, während er seinen Schwager drängte, ausführlicher über gewisse Erinnerungen und Gespräche zu berichten. Das Szenario, das dabei zutage trat, beschrieb eine wirklich höchst ungewöhnliche Ehe, eine, in der sich völliges Vertrauen seitens des Ehemannes mit völliger Untreue seitens der Frau verband. Allem Anschein nach handelte es sich um eine Beziehung, in der das Gewicht in ungewöhnlichem Maße auf seiten der Frau lag. Amanda Reilly hatte Clive Bentley-Smythe um des Gewinns willen geheiratet, den sie und andere aus dem Namen schlagen konnten, nicht um des Mannes willen. Außerdem hatte man ihr, wenn man ihre Schönheit und ihren Ruhm in Betracht zog, offenbar befohlen, diese Ehe einzugehen. Aber wer?

Amsterdam?

Das Telefon klingelte, und Waters nahm den Hörer ab. »Was haben Sie herausgefunden?« fragte er.

»Etwas, was Sie ganz bestimmt nicht hören wollen, Sir«, sagte ein MI5-Beamter. »Die ganze Wohnung ist ausgeräumt worden, alle Wände dick übermalt, mehrere Schichten Farbe, sämtliche Möbeloberflächen mit Säure zerstört. Nichts, Sir Geof.«

»Die Telefonaufzeichnungen?«

»Alle gelöscht.«

»Wer zum Teufel könnte das gewesen sein?«

»Grob gerechnet etwa fünfhundert Spezialisten im Untergrund, die das gelernt haben.«

»Also stehen wir wieder ganz am Anfang ...«

»Nicht unbedingt, Sir. Während wir dort waren, hat unser Mann auf der Straße einen Burschen entdeckt, der auf das Gebäude zuging, offenbar unser Suchteam im Fenster sah und schnell kehrtmachte und verschwand.«

»Ist unser Mann ihm gefolgt?«

»Dafür war keine Zeit, Sir. Der Verdächtige ist um eine Ecke gerannt und verschwunden, und auf der Straße war dichter Verkehr. Aber wir haben das Nächstbeste getan, Sir. Er hat sich seine Hochgeschwindigkeitskamera geschnappt und ein paar Aufnahmen gemacht. Wie er mir sagte, zeigen die meisten nur den Rücken des Mannes, aber nicht alle, weil der Mann sich nämlich mehrere Male umgedreht hat, wahrscheinlich um zu sehen, ob ihm jemand folgte.«

»Gut gemacht. Lassen Sie den Film sofort in unserem Labor entwickeln, und bringen Sie die Fotos versiegelt in mein Büro. Niemand darf sie vor mir sehen. Ich werde etwa vierzig Minuten brauchen, um nach London zurückzukommen. Dann sollten die Fotos auf meinem Schreibtisch liegen.«

John und Joan Brooks, Bruder und Schwester, waren in dem berühmten Hotel Villa d'Este am Comer See abgestiegen und bewohnten dort nebeneinanderliegende Suiten. Die übliche Kreditüberprüfung hatte ergeben, daß es sich bei den Geschwistern um wohlhabende Amerikaner aus dem Mittleren Westen handelte, die vor kurzem als Alleinerben eines kinderlosen Onkels in Großbritannien zusätzliche Millionen geerbt hatten. Keiner von beiden war augenblicklich verheiratet, er war bereits das zweite Mal, sie das erste Mal geschieden. Das amerikanische State Department, die britischen Behörden und die Anwaltssozietät Braintree und Ridge aus der Londoner Oxford Street bestätigten sämtliche Informationen.

Frank Shields und Sir Geoffrey Waters hatten ganze Arbeit geleistet. Cameron Pryce und Leslie Montrose hätten selbst Verhandlungen über den Kauf von Crédit Suisse beginnen können und wären ernstgenommen worden.

In den Villen am Ufer des Comer Sees kamen Gerüchte in Umlauf, daß Bruder und Schwester internationalen Berühmtheiten beim Aufbau ihrer Karriere behilflich gewesen seien – Film- und Fernsehstars, Sänger, in Mode gekommene Künstler und aufstrebende Opernensembles. Das war schlicht und einfach ihre Gewohnheit. Wieviel Geld mußte man schon haben? Ein bißchen konnte man ruhig unter die Leute bringen.

Don Silvio Togazzi nährte das Geflecht von Fehlinformationen von Bellagio aus und wußte, daß es schließlich jene erreichen würde, auf die es ankam. Und das tat es auch. Er schmunzelte, als man ihm berichtete, daß in der Villa d'Este eine solche Flut von Einladungen für die beiden Amerikaner eintraf, daß der Concierge ausrief: »*Pazzo*! Diese Leute sind schlimmer als die Saudis mit ihren grauenhaften Teppichen!« Schließlich wurde die eine Einladung, die sie erwartet hatten, zugestellt. Sie bezog sich auf ein nachmittägliches »*Buffet und Krocket*« und anschließend Drinks auf der Jacht, damit man sich von dem anstrengenden Rasensport erholen konnte. Der Concierge persönlich brachte die Einladung nach oben und war entzückt, daß er, da Miss Brooks gerade ihren Bruder besuchte, beiden gegenüber seine Zustimmung zum Ausdruck bringen konnte.

»Ich empfehle Ihnen dringend, die Einladung anzunehmen, *signore* und *signora*. Das Anwesen der Paravacini ist das schönste am ganzen See, und die Familie ist so einfallsreich.«

»In welcher Hinsicht?« erkundigte sich Pryce.

»Buffet und Krocket, *signore*! Die Paravacinis veranstalten keine langweiligen Dinners mit Tanz oder Cocktailpartys. Nein, ganz sicher nicht. Erlesene Speisen, Geselligkeit auf dem Krocketplatz und bei Sonnenuntergang Drinks auf der schönsten Jacht des Sees, wirklich äußerst phantasievoll.«

»Klingt entzückend!« rief Lieutenant Colonel Montrose aus.

»Das wird es auch sein, aber lassen Sie sich warnen, die Paravacinis sind Meister mit Ball und Hammer, besonders der Kardinal. Wetten Sie nicht zu hoch, denn ich versichere Ihnen, Sie werden verlieren.«

»Sie wetten auf Krocket?«

»*Sì, signore*, natürlich für wohltätige Zwecke. Kardinal Rudolfo, ein äußerst charmanter und gebildeter Priester, sagt oft, er würde dem Vatikan mit dem Krocketschläger wesentlich mehr einbringen als mit seinen Predigten. Er ist wirklich ein reizender Mann, äußerst witzig, Sie werden ihn mögen.«

»Wie formell muß man sich anziehen, *Monsieur le Concierge*? Der größte Teil unseres Gepäcks befindet sich noch in London.«

»Oh, äußerst informell, *signora*. Der *Padrone*, Don Carlo Paravacini, behauptet, mit enger Kleidung und gestärkten Hemden amüsiere man sich nicht so gut.«

»Eine höchst ungewöhnliche Ansicht für einen alten Mann«, sagte Pryce.

»Als alt kann man Don Carlo wirklich nicht bezeichnen. Er ist, glaube ich, achtunddreißig.«

»Ziemlich jung für einen ›Don‹, nicht wahr?«

»Dabei kommt es auf die Stellung, nicht das Alter an, *signore*. Carlo Paravacini ist ein wichtiger Finanzier und hat Beteiligungen und Liegenschaften in ganz Europa. Er ist sehr ... wie soll ich sagen? ... *astuto*«

»Ich nehme an, in internationalen Finanzdingen.«

»*Sì*, aber von solchen Dingen verstehe ich nichts. Sie werden sich ganz bestimmt amüsieren und, bitte, wenn es Ihnen nichts ausmacht, bestellen Sie Don Carlo meine Empfehlung.«

»Das werden wir ganz bestimmt«, sagte Leslie und stupste Pryce an. »Sind Ihre Geschäfte noch offen?«

»Für Gäste der Paravacinis werde ich persönlich alles auf Ihr Zimmer bringen lassen, was Sie sehen möchten.«

»Das wird nicht erforderlich sein. Ich sehe mich selbst ein wenig um.«

»Ganz wie Sie wünschen. *Arrivederci*, dann.«

Der Concierge ging, und Leslie sah Pryce an. »Wieviel Geld haben Sie?«

»Unbegrenzt«, sagte Pryce. »Geof Waters hat mir sechs Kreditkarten gegeben, drei für Sie und drei für mich. Ohne Kreditbeschränkung.«

»Das ist schön, aber wie sieht es mit Bargeld aus?«

»Das weiß ich nicht genau. Etwa drei- oder viertausend Pfund ...«

»Also weniger als sechstausend Dollar. Was ist, wenn die Paravacinis mit richtigem Geld spielen, im italienischen Stil?«

»Daran hatte ich nicht gedacht.«

»Dann denken Sie jetzt darüber nach, Cam. Mr. und Miss Brooks können nicht mit Kreditkarten aufkreuzen.«

»Wir wissen nicht, wie hoch sie wetten ...«

»Ich war einmal in Abu Dhabi stationiert und habe dort achttausend Dollar auflaufen lassen«, sagte Leslie. »Ich mußte die Botschaft aus den Federn klingeln, um lebend dort rauszukommen.«

»*Wow*, Sie haben ein wesentlich aufregenderes Leben geführt als ich, Colonel.«

»Das bezweifle ich, Officer Pryce, aber rufen Sie jedenfalls in London an, und veranlassen Sie, daß Geof mindestens zwanzigtausend telegrafisch an das Hotel für Mr. Brooks überweist.«

»Sie sind mächtig auf Draht, Colonel. Eigentlich ist das meine Aufgabe, aber Sie denken schneller als ich.«

»Nein, das tue ich nicht, mein Lieber. Ich bin bloß eine Frau, und Frauen versuchen vorherzusagen, wann man Geld zum Spielen brauchen könnte. Dazu gehört bloß ein wenig Phantasie.«

Pryce hielt sie an beiden Schultern, ihre Gesichter waren ganz nahe beieinander, ihre Lippen nur wenige Zentimeter voneinander entfernt. »Sie wissen doch, was mich beschäftigt, oder?«

»Ich warte schon die ganze Zeit darauf, daß Sie aufwachen, Sie Esel.«

»Ich hatte Angst – Ihr Sohn, Ihr Mann, Ev Bracket ... die waren alle irgendwie ein Stück von Ihnen, und ich wußte einfach nicht, ob ich durch diese Mauer durchkomme.«

»Das sind Sie, Cameron. Das sind Sie. Obwohl ich das nie für möglich gehalten hätte. Wissen Sie, warum?«

»Nein, das weiß ich nicht.«

»Sie haben meine Akte gelesen und wissen sicherlich auch, daß ich Ihre gelesen habe.«

»Worauf wollen Sie hinaus?«

»Im Grunde genommen haben Sie Ihre Karriere sich selbst zu verdanken. Da gibt es keine Generäle in der Familie oder eine Menge Geld wie bei mir.«

»Hey, wir waren keine Sozialhilfeempfänger, Lady«, sagte Pryce grinsend und ließ ihre Schultern los, blieb aber stehen, wo er war. »Mein Vater und meine Mutter waren Lehrer, und sie waren beide verdammt gut. Sie haben dafür gesorgt, daß ich nicht beim Magister stehenblieb, und das war etwas, was sie selbst sich nie leisten konnten.«

»Als die CIA Sie aus Princeton weggeholt hat«, fragte Leslie, »warum haben Sie da das Angebot akzeptiert?«

»Offengestanden, weil es mich fasziniert hat, und außerdem hatte ich schon so viele Studiendarlehen auf dem Buckel, daß ich wahrscheinlich die Hälfte meiner Professorenlaufbahn gebraucht hätte, um sie zurückzuzahlen.«

»Aber Sie waren doch auch Sportler«, warf Leslie ein, das Gesicht immer noch ganz nahe bei dem seinen.

»Ja klar, das gehörte mit zu dem Stipendium in Syracuse. Ich habe auf der High-School in der Auswahl gespielt ...«

»Du warst ein Spitzenmann, mein Liebling ...«

»Würdest du das bitte noch mal sagen?«

»Ja, gern. Mein Liebling, mein völlig unerwarteter Liebling.«

Sie küßten sich lang und zunehmend intensiv, bis Leslie schließlich einen Schritt zurücktrat und Pryce in die Augen sah. »Ich habe dir noch nicht gesagt, womit du mich rumgekriegt hast.«

»Ist das wichtig?«

»Für mich schon, Liebster. Ich bin keine Frau für eine Nacht, und das weißt du sicherlich auch. Ich bin keine Hure.«

»Verdammt, so etwas würde ich doch nie denken!«

»Ganz ruhig, Officer Pryce. Einige meiner besten Freundinnen sind zu Unrecht in diese Kategorie eingereiht worden. Du hast ja keine Ahnung, wie es ist, wenn man beim Militär verheiratet ist. Die monatelangen Trennungen, die Sehnsucht, die attraktiven Männer, die einen in den Offiziersclubs anmachen, die Vorgesetzten des eigenen Ehemanns eingeschlossen.«

»Das ist übel«, sagte Pryce.

»Das ist es allerdings«, sagte Leslie, »aber es kommt vor.«

»Ist es dir auch passiert?«

»Nein. Zum Glück hatte ich Jamie und einen General zum Vater. Ich weiß nicht, was ohne sie gewesen wäre.«

»Ich schon«, sagte Pryce, nahm sie in die Arme und küßte sie wieder, diesmal länger als das letzte Mal.

Das Hoteltelefon klingelte, und Leslie löste sich von ihm. »Du solltest besser drangehen«, schlug sie vor.

»Wir sind nicht da«, sagte Pryce leise, sie immer noch in den Armen haltend.

»Bitte. Ich habe noch nichts von Jamie gehört ...«

»Sicher«, sagte Pryce und ließ sie los, »aber das wirst du auch nicht, wie du weißt. Waters hat es dir gesagt.«

»Aber ich könnte von ihm hören, oder nicht?«

»Ja, natürlich.« Pryce ging zu dem Tisch hinüber und nahm den Hörer ab, ehe der Apparat ein viertes Mal klingeln konnte. »Hallo?«

»Wir sind hier auf Zerhacker, aber nur auf Ihrer Seite«, sagte

Geoffrey Waters Stimme aus London. »Formulieren Sie entsprechend, bitte.«

»Ich verstehe.«

»Kommen Sie voran?«

»Ja, bis Ihr Anruf kam.«

»Wie bitte?«

»Nichts, vergessen Sie's. Ja, wir kommen voran. Ein wenig hiesiger Schmuck und ein besonders erlesener Teppich werden unsere Sammlung wunderbar ergänzen.«

»Ausgezeichnet. Also eine solide Verbindung?«

»Das nehmen wir an, genauer werden wir es heute abend wissen. Übrigens, meine Schwester braucht Geld.«

»Sie haben unbeschränkten Kredit.«

»Die Leute hier nehmen keine Kreditkarten.«

»Ich verstehe. Mehr als das, was ich schon geschickt habe?«

»Wohin geschickt?«

»An die Kasse der Villa d'Este.«

»Die wollten mich vorhin sprechen, aber ich habe noch nicht zurückgerufen.«

»Ich habe telegrafisch zehntausend Pfund überwiesen«, sagte Waters.

»Wieviel ist das in Dollars?«

»Das weiß ich nicht genau. Etwa siebzehn- oder achtzehntausend.«

»Ich denke, das sollte reichen. Sie hat etwas von zwanzig gesagt.«

»Du lieber Gott, wofür denn?«

»Vielleicht für den Teppich.«

»Ich verstehe. Ich werde noch einmal zehn schicken.«

»Gibt es auf Ihrer Seite etwas für unsere Sammlung?«

»Ganz entschieden. Ein größerer Kauf hier in London. Ein Gemälde, von dem ich überzeugt bin, daß es ein früher unsignierter Goya ist, aus den ›Tagen des Verrats‹, wie er sie nannte. Ich würde Ihnen ja ein Foto faxen, aber das wird dem Werk nicht gerecht. Sie werden es sehen, wenn Sie auf dem Rückweg in die Staaten hier vorbeikommen.«

»Das sind gute Nachrichten. Wir melden uns wieder.«

»Rufen Sie an, wenn bei der Verbindung etwas herauskommt.«

»Natürlich.« Pryce legte den Hörer auf und wandte sich wieder Leslie zu. »Wir können unten eine Menge Geld abholen, und Geof schickt noch mehr.«

»Das war herrlich, wie du gesagt hast: ›Meine Schwester braucht Geld.‹«

»Besser du bist habgierig als ich. Bei reichen Frauen ist das logischer.«

»Du bist ein Macho.«

»Stimmt genau.« Pryce trat wieder vor sie. »So, wo waren wir stehengeblieben?«

»Ich möchte, daß du mit mir in den Hotelladen gehst und mir dabei hilfst, etwas legere Sachen zum Anziehen auszusuchen. Aber zuerst mußt du mir sagen, was das für ›gute Nachrichten‹ waren.«

»So, wie ich es verstehe, haben sie ein Foto von einem Maulwurf in London, er hat von Goyas Tagen des Verrats gesprochen.«

»Was soll das denn heißen?«

»Ich glaube, sie haben den Matarese-Spion in London gefunden, und er muß ziemlich weit oben in der Hierarchie der Matarese stehen.«

»Das wäre tatsächlich ein Fortschritt. Dann sollten wir jetzt auch Fortschritte machen.«

»Das würde ich auch gern tun – Fortschritte zwischen uns beiden, was meinst du?«

»Nicht jetzt, mein Lieber. Ich wünsche mir das genauso wie du, aber wir haben nur drei Stunden bis zur Einladung der Paravacinis.«

»Was ist schon eine Stunde?«

»Zunächst einmal sind es wenigstens fünfundvierzig Minuten, bis wir um den See herum sind, und wir müssen beide entsprechend gekleidet sein.«

»Warum muß ich mit in den Laden kommen?«

»Weil Männer wissen, was sie an einer Frau attraktiv finden. Ich habe so lange Uniform getragen, daß ich gar nicht mehr auf dem laufenden bin. Ich brauche wirklich deine Hilfe.«

»Und was ist mit mir?«

»Das werde ich wissen, wenn ich dich anziehe.«

»Wenn das nicht Sexismus ist!«

»Das akzeptiere ich bis zu einem gewissen Grad. Und weil wir jetzt ein wenig abgekühlt sind, werde ich dir sagen, wie du mich rumgekriegt hast. Willst du es hören?«

»Das weiß ich nicht genau. Aber ich denke schon.«

»Du bist ein ungewöhnlich anständiger Mann, Cameron Pryce. Du hast die Schwingungen zwischen uns gespürt, aber du hast die Distanz gewahrt – du hast Respekt für mich gezeigt, wo andere das vielleicht nicht getan hätten. Das mag ich.«

»Eine andere Möglichkeit gab es für mich nicht. Freilich, die Schwingungen habe ich auch gespürt. Aber du hattest deine eigenen Probleme – dein Mann, dein Sohn, all das Schreckliche, was du durchgemacht hast. Wie konnte ein Fremder da eindringen?«

»Du konntest das, sanft und liebenswürdig, und doch bist du in deiner Arbeit alles andere als sanft und liebenswürdig. Ja, Cam, ich habe alles über dich gelesen. Im wesentlichen bist du ein Mann für schwarze Operationen, einer der keinen Pardon gibt und auch keinen erwartet. Du hast zwölf Terroristenführer getötet, wie in den Akten vermerkt ist, und wahrscheinlich ein weiteres Dutzend, über die es keine Unterlagen gibt. Du hast dich in die jeweiligen Organisationen eingeschlichen und sie getötet.«

»Das war mein Job, Leslie. Wenn ich das nicht getan hätte, hätten sie Hunderte getötet – wahrscheinlich sogar Tausende, wenn es zu Aufständen gekommen wäre.«

»Ich glaube dir, mein Lieber. Ich will nur sagen, daß Officer Pryce auch eine andere Seite hat, die er mir gezeigt hat. Darf ich das?«

»Sicher darfst du. Aber wir wollen es nicht zu viele wissen lassen, ja?«

»Oh, ganz bestimmt nicht. Weißt du warum? Aber laß nur, ich beantworte das selbst. Ich weiß nicht, was nächste Woche oder nächsten Monat geschieht oder, weiß der Himmel, nächstes Jahr. Aber im Augenblick will ich dich nicht verlieren, Cameron Pryce. Ich habe einen Mann verloren, der gut zu mir war. Noch einen zu verlieren, könnte ich nicht ertragen.«

Sie fielen eng umschlungen aufs Bett.

Ein Streichquartett spielte in einem offenen Pavillon rechts von der Krocketbahn. Als John und Joan Brooks eintrafen, die philanthropischen Geschwister aus Amerika, waren die meisten Gäste bereits dort. Auf einem Podest hinter dem Wendepflock war eine große grüne Tafel aufgebaut, auf der in bunter Kreide Spielerpaarungen eingetragen waren. Einige mit feinstem Leinen und erlesenem Silber gedeckten Büfettische verteilten sich über die riesige gepflegte Rasenfläche am See.

Am Ende des langen Stegs war eine riesige, eindrucksvolle Jacht vertäut, ein massives Fallreep mit Chromgeländer führte aufs untere Deck, wo ein Baldachin für bestimmt sechzig Leute aufgebaut war.

In Togazzis Teleskop war die Villa in ihrem ganzen Prunk nur andeutungsweise zu erkennen gewesen. Es handelte sich um ein zeitgenössisches ›Schloß‹ aus massivem Felsgestein und Teakholz, das vier Stockwerke hoch ragte und mit kleinen Türmchen versehen war – nur der Burggraben fehlte. Der Concierge der Villa d'Este hatte recht gehabt, als er den Besitz der Paravacinis als den großartigsten am ganzen See bezeichnet hatte.

»Wir haben jeder für unsere Klamotten bestimmt ein Monatsgehalt springen lassen«, sagte Leslie, als sie über einen mit Ziegelplatten belegten Weg um das große Haus herum zu dem Zelt gingen, »aber ich habe das Gefühl, daß wir damit hier ziemlich armselig aussehen.«

»Du bist verrückt«, protestierte Pryce. »Ich finde, wir sehen beide umwerfend aus, ganz besonders du.«

»Das ist etwas anderes. Hör auf, mich so anzustarren. Wir sollen Bruder und Schwester sein, aber nicht inzestuös.«

»Entschuldige, das stellt sich quasi automatisch ein.«

»Schau nicht hinüber, lach einfach und dreh dabei den Kopf etwas nach rechts. Dort drüben ist ein Mann, der uns anstarrt. Er trägt blaue Hosen und ein leuchtend gelbes Hemd.«

»Ich habe ihn vorhin schon kurz gesehen. Unbekannte Größe.«

»Er kommt jetzt rüber – *John.*«

»Verstanden – *Joan.*«

»Sie müssen die Geschwister Brooks sein!« sagte der dunkelhaarige, äußerst gutaussehende Mann erfreut. Sein italienischer Akzent war nicht zu überhören. »Man kann die Ähnlichkeit deutlich erkennen.«

»Das hören wir oft«, sagte Leslie und reichte ihm die Hand. »Und wer sind Sie?«

»Ihr glücklicher Gastgeber, Carlo Paravacini. Ich bin Ihnen sehr dankbar, daß Sie meine Einladung angenommen haben«, sagte der Don und küßte Leslie die Hand. »Oder wie meine amerikanischen Freunde zu mir sagen, ›Charlie‹«, fuhr er fort.

»Dann werde ich anmaßend sein«, sagte Pryce, »und sagen, es freut mich, Sie kennenzulernen, Charlie.«

»Das gefällt mir, das gefällt mir wirklich. Eine kleine Erfrischung vielleicht, ein guter Chablis oder ein seltener Scotch?«

»Jemand muß über uns aus der Schule geplaudert haben«, fiel Leslie ihm lachend ins Wort. »Das trinken wir am liebsten.«

»Aber immer in Maßen, das habe ich auch erfahren. Und das gefällt mir, das gefällt mir wirklich.«

»Dann ist das vermutlich der richtige Augenblick, um Ihnen zu sagen, daß der Concierge der Villa d'Este Ihnen seine Empfehlung schickt«, fügte Pryce hinzu.

»Vielen Dank«, sagte ihr Gastgeber, »aber sagen Sie ihm um Himmels willen nicht, daß ich ihm seinen ersten *sous-chef* gestohlen habe, um diese kleine Party auszurichten. Der Schurke stiehlt dem Chefkoch die besten Rezepte, und außerdem hat er heute seinen freien Tag.«

»Wir schweigen wie ein Grab, Carlo – *Charlie*«, sagte Leslie mit einem strahlenden Lächeln, während Pryce ihr einen nicht sonderlich erfreuten Blick zuwarf.

Paravacini nahm Leslie am Ellbogen und führte sie durch die herumschlendernden Gäste zu einer Bar und bestellte Drinks. Jetzt kam eine ziemlich hochgewachsene, elegante grauhaarige Gestalt in einer beigefarbenen Hose und einem schwarzen kurzärmligen Hemd mit einem Priesterkragen auf sie zu. Carlo drehte sich halb herum, als er den Priester sah und stellte ihn vor.

»Seine Eminenz, mein Onkel, Kardinal Rudolfo Paravacini. Aber hier in Como nennen wir ihn ›Papa Rudi‹, stimmt's, heiliger Kardinal?«

»Ich bin hier aufgewachsen, warum also nicht?« sagte der katholische Priester. »Ich habe auf diesen Feldern Ziegen und Kaninchen gejagt wie jeder andere auch. Man hat mich gewählt, ich habe nicht darum ersucht. Die Großzügigkeit meines Neffen erlaubt mir Augenblicke des Luxus, die meine Verpflichtungen mir nicht gestatten.«

»Erfreut, Ihre Bekanntschaft zu machen«, sagte Pryce und schüttelte ihm die Hand.

»Ein Vergnügen«, sagte Leslie.

»Dem Himmel sei Dank für amerikanische Protestanten«, sagte der Kardinal. »Meine italienische, französische und spanische Herde küßt meinen Ring und denkt, ich könne ihnen einen Platz im Himmel garantieren, wo ich den doch nicht einmal für mich selbst garantieren kann. Willkommen am Lacus Larius.«

»Ich höre, Sie sind ein ... verflixt ... guter Krocketspieler, Kardinal«, sagte Pryce.

»Ich bin ein *verdammt* guter Spieler. Wollen Sie gegen mich antreten?«

»Ich wäre lieber auf Ihrer Seite. Meine Schwester ist eine bessere Spielerin als ich.«

»Veranlasse das, Carlo«, befahl der Priester. »Mein Partner wird Signore – *Brooks* sein.«

»Ganz wie du wünschst, *cugino*«, sagte Don Carlo Paravacini und warf dem Kardinal einen eigenartigen Blick zu.

Die Zeit auf dem Krocketrasen verstrich schnell, immer wieder unterbrochen von begeisterten Rufen bei einem guten Schlag oder einem verzweifelten Stöhnen, wenn das Ziel verfehlt wurde. Während der folgenden Spiele eilten Bedienstete mit Eistee und Limonade herum, um die Spieler zu erfrischen. Alkohol wurde keiner gereicht. Nach drei Stunden ehrte man die Sieger mit silbernen Krockethämmern, die sofort mit ihren Initialen versehen wurden, und dann zogen sich alle auf das von einem Baldachin gekrönte Achterdeck der Jacht zurück.

»Es tut mir wirklich leid«, sagte Pryce zu seinem Partner, dem Kardinal Paravacini. »Ich habe uns das Spiel versaut.«

»Obwohl der Herr Nachsicht übt, fällt mir das schwer, John Brooks«, sagte der Priester und lächelte. »Sie waren eine Katastrophe. Aber Ihre Schwester, Miss Joan, hat mit meinem Neffen Carlo eine glänzende Partie geliefert! Die beiden geben ein hübsches Paar ab, finden Sie nicht? So gutaussehend und intelligent. Daraus ließe sich etwas machen, finden Sie nicht?«

»Nun, meine Schwester ist nicht katholisch ...«

»Man kann immer konvertieren«, fiel ihm der Kirchenfürst ins Wort. »Wir haben zwei seiner Ehen annulliert, er steht zur Verfügung.«

»Ich weiß nicht, was ich sagen soll«, sagte Cameron Pryce verwirrt und starrte Lieutenant Colonel Montrose an, die an Carlo Paravacinis Arm soeben den Rasen verließ.

Eine halbe Stunde später hatte Pryce, dem der Kardinal nicht von der Seite wich, Dutzende der anderen Gäste kennengelernt, die sie umringten, als wären sie zwei Prominente. Schließlich heuchelte Kardinal Paravacini Erschöpfung und bestand darauf, daß sie in der Nähe des Steuerrads an einem relativ isolierten Tisch Platz nahmen, wo man sie leicht sehen, aber nicht ohne weiteres erreichen konnte. Pryce' Augen schweiften über die Menge, suchten Leslie.

Sie war nicht da. Sie war verschwunden.

25

Entschuldigen Sie, Kardinal, aber meine Schwester ist nicht da. Ich kann sie nirgends sehen.«

»Mein Neffe zeigt ihr ohne Zweifel das Anwesen«, sagte der Priester. »Es ist wirklich wunderschön, und seine Kunstsammlung gehört zu den eindrucksvollsten, die es in ganz Italien gibt.«

»Kunstsammlung? Wo ist die?«

»Im Hauptgebäude natürlich.« Offenbar sah Kardinal Paravacini die plötzliche Unruhe im Blick von Pryce, als er die Villa erwähnte. »Oh, ich kann Ihnen versichern, Mr. Brooks, Sie haben keinen Grund zur Besorgnis. Carlo ist ein höchst ehrenwerter Mann. Er würde sich nie einem Gast gegenüber etwas herausnehmen. Das braucht er auch gar nicht. Mir scheint, die Damen stehen Schlange um seine Gunst.«

»Sie mißverstehen mich«, sagte Pryce. »Meine Schwester und ich haben eine besondere Verabredung, besonders wenn wir von vielen Menschen umgeben sind. Jeder sagt dem anderen immer, wenn er weggeht, ganz gleich aus welchem Grund.«

»Das klingt ja geradezu erstickend, Mr. Brooks«, sagte der Priester.

»Nein, es ist nur ein Gebot der Vernunft«, erwiderte Pryce und überlegte fieberhaft, zugleich bemüht, sich das nicht anmerken zu lassen. »Wenn wir einzeln unterwegs sind, wie es meistens der Fall ist, haben wir immer einen bewaffneten Leibwächter bei uns.«

»Ich muß sagen, jetzt klingen Sie beleidigend, Sir.«

»Das finde ich gar nicht, Euer Eminenz, wenn Sie wüßten, wie oft wir schon in Gefahr waren, entführt zu werden. Allein im letzten Jahr hat das Sicherheitsunternehmen, das uns in Amerika betreut, vier Anschläge auf mich und fünf auf meine Schwester vereitelt.«

»Ich hatte ja keine Ahnung ...«

»So etwas macht man auch nicht publik«, sagte Pryce mit einem finsteren Lächeln. »Das könnte viele Leute auf dumme Gedanken bringen.«

»Natürlich, solche Verbrechen sind auch hier in Europa begangen worden, aber trotzdem ist der bloße Gedanke daran für jemanden wie mich erschütternd.«

»Sie sehen also«, fuhr Pryce fort, »Ihr Neffe Carlo beunruhigt mich überhaupt nicht. Ich wäre erleichtert, wenn sie mit ihm zusammen wäre. Wenn Sie mich also entschuldigen wollen, will ich nachsehen, ob ich die beiden finden kann. Die Kunstsammlung, sagten Sie?«

»Ja. Die Galerie ist im Westflügel des Erdgeschosses. Wie ich gehört habe, besitzen Sie ja auch eine Familiensammlung mit Teppichen von unschätzbarem Wert.«

Da haben wir es! dachte Pryce und erhob sich von seinem Stuhl. In all den falschen Informationen, die man über sie verbreitet hatte, war nie von einer Kunstsammlung oder von wertvollen Teppichen die Rede gewesen. John und Joan Brooks waren einfach als wohlhabende Müßiggänger dargestellt worden, als reiche Erben, die es liebten, sich im Rampenlicht des öffentlichen Interesses zu sonnen, ganz besonders das Showbusineß liebten, aber nicht als ernsthafte Sammler von Gemälden und Teppichen. Pryce' Telefongespräch mit Geoffrey Waters in London war abgehört worden, und dieser gutaussehende Kirchenfürst war bedauerlicherweise Teil der Verschwörung.

»Erdgeschoß, Westflügel«, sagte Pryce und blickte auf den Kardinal herunter, der sitzen geblieben war. »Vielen Dank. Bis später.« Als er auf dem mit Ziegelplatten belegten Weg zur Villa ging, war Pryce froh, daß ihm seine gespielte Besorgnis um seine »Schwester« einen akzeptablen Vorwand lieferte, das Paravacini-Haus zu betreten. In Wirklichkeit machte er sich, abgesehen von etwas jungenhafter Eifersucht, keine Sorgen um Leslie. Lieutenant Colonel Montrose war durchaus imstande, auf sich selbst aufzupassen, notfalls, indem sie einem aufdringlichen Verehrer das Knie zwischen die Beine stieß. Außerdem war durchaus vorstellbar, daß Don Carlo sie durch die ungewöhnliche Schönheit des Anwesens mit seinen zahlreichen Springbrunnen, seinen antiken und modernen Statuen und den Gartenanlagen in ihrer Farbenpracht einfach beeindrucken wollte. Pryce hatte keine Ahnung, was er in dem schloßartigen Bau in Erfahrung bringen würde, aber es gehörte zu den Regeln seines Berufes, daß man nur dann echte Fortschritte erzielte, wenn man in feindliches Territorium eindrang.

Er hatte in jeder Hinsicht unrecht, wirklich in jeder.

Pryce trat durch das mächtige Eingangsportal der Villa in die weitläufige Marmorhalle. Sie war leer, und die hier herrschende Stille, die in scharfem Kontrast zu dem gedämpften Gelächter und Stimmengewirr stand, das von draußen hereindrang, wirkte beunruhigend. Die Tür schloß sich automatisch hinter ihm, jetzt herrschte völlige Stille. Er schlenderte gemächlich auf einen Raum mit hoher Decke zu, der das ganze Gebäude zu dominieren schien und von dem ein mit Marmor ausgelegter Korridor nach Osten und Westen führte. Er bog nach rechts in den Westflügel, dessen Wände Dutzende erlesener Gemälde bedeckten, von denen er viele aus Kunstbänden und einschlägigen Zeitschriften kannte.

Plötzlich mischte sich das Geräusch fremder Schritte hinter ihm in den Hall seiner eigenen. Er blieb stehen und drehte sich um. Ein etwas korpulenter Mann in unauffälliger dunkler Kleidung stand da und musterte ihn mit einem leichten Lächeln. »*Buona sera, signore*, bitte gehen Sie weiter«, sagte der Mann, die letzten vier Worte in relativ gepflegtem Englisch.

»Wer sind Sie?« fragte Pryce scharf.

»Ich bin ein Helfer von Don Carlo.«

»Wie schön. Wobei helfen Sie ihm?«

»Ich muß keine Fragen beantworten. Jetzt, *per piacere*, gehen Sie bitte bis zum Ende der Galerie. Dort ist links eine Tür.«

»Warum sollte ich? Ich bin es nicht gewöhnt, daß man mir Anweisungen erteilt.«

»Dann versuchen Sie es doch bitte, *signore*.« Der Mann griff mit der rechten Hand hinter sich und zog eine Automatik aus dem Gürtel. »Befolgen Sie die Anweisung, *per piacere*, zur Tür bitte, *signore*.«

Der Mann öffnete die schwere geschnitzte Tür. Sie führte in einen Raum, den man am besten als ein Aviarium mit einer besonders hohen Decke bezeichnen konnte: Vögel in Dutzenden von Käfigen hingen von den Deckenbalken, Vögel aller Größen von kleineren Papageien über ausgewachsene Aras und große Falken bis hin zu riesigen Geiern, alle in Drahtgefängnissen, die ihrer Größe entsprachen. Es handelte sich eindeutig um die Sammlung eines Exzentrikers. Und hinter einem langen polierten Tisch vor dem großen Fenster, das den Blick auf den gepflegten Rasen im Licht der untergehenden Sonne freigab, saß Carlo Paravacini. Links von ihm saß Leslie Montrose starr mit ausdruckslosem Gesicht auf einem Stuhl.

»Willkommen, Officer Cameron Pryce«, sagte der Don des Comer Sees höflich. »Ich hatte mich schon gefragt, wie lange Sie brauchen würden, um hierherzukommen.«

»Papa Rudi hat mir das vorgeschlagen, wie Sie ja vermutlich wissen.«

»Ja, er ist so ein reizender Mann, seinem Glauben treu ergeben.«

»Wann haben Sie es herausgefunden?«

»Die Glaubensstärke des Kardinals?«

»Sie wissen genau, was ich meine ...«

»Oh, Sie beziehen sich auf Agent Pryce von der amerikanischen CIA und Colonel Montrose, United States Army Intelligence.« Paravacini beugte sich vor, und seine Augen musterten Pryce jetzt starr. »Ob Sie es glauben oder nicht, vor nicht einmal einer Stunde.«

»Und wie?«

»Bitte, Sie verstehen sicher, wann Vertraulichkeit nötig ist; schließlich leben Sie täglich damit. So wie jetzt.«

»Weil wir schon davon sprechen – was jetzt?«

»Nun, sehr attraktiv kann das aus naheliegenden Gründen für Sie nicht sein.« Don Carlo erhob sich von seinem Stuhl und ging um den auf Hochglanz polierten Tisch herum auf die in verschiedener Höhe von der Decke hängenden Käfige zu, von denen keiner näher als zwei Meter am Boden war. »Wie gefallen Ihnen meine geflügelten Freunde, Colonel Montrose und Officer Pryce? Sind sie nicht herrlich?«

»Vögel gehören nicht zu meinen Lieblingstieren«, antwortete Leslie kühl von ihrem Platz am Tisch aus. »Das habe ich Ihnen schon gesagt, als Sie mich hier hereingebracht haben.«

»Weshalb sind sie so still?« fragte Pryce.

»Weil hier drinnen Ruhe und Frieden herrscht und sie nichts beunruhigt oder irgendwie reizt«, antwortete Don Carlo und nahm einen kleinen hölzernen Gegenstand von einem Mahagonitischchen. Er führte den Gegenstand an die Lippen und blies hinein. Eine halbe Sekunde lang hielt die Stille an, dann war der Raum plötzlich von einem wilden Schreien und Kreischen erfüllt, als sei die Hölle losgebrochen. Flügel schlugen, Federn flogen, und in den Augen von einigen der eingesperrten Vögel war Panik zu erkennen. Carlo drehte die kleine Pfeife um und blies wieder hinein, und binnen drei oder vier Sekunden war der Lärm verstummt. »Recht erstaunlich, nicht wahr?« sagte er.

»Etwas so Schreckliches habe ich in meinem ganzen Leben noch nicht gehört!« schrie Leslie und nahm die Hände von ihren Ohren. »Das war bestialisch!«

»Ja, das war es tatsächlich«, sagte Don Carlo, »weil es nämlich wirklich Bestien sind. Auf die eine oder andere Weise sind es alles Raubvögel, manche sind Fleischfresser und andere so auf ihre Brut bedacht, daß sie auch den Tod nicht scheuen, um ihre Nester zu schützen.«

»Worauf wollen Sie hinaus, *Charlie*?« fragte Pryce und sah sich nach dem korpulenten Mann um, der immer noch seine Waffe auf die beiden Gefangenen gerichtet hatte.

»Das geht Jahre zurück«, antwortete der junge Don, »damals habe ich mich für den mittelalterlichen Sport der Falkenjagd begeistert. Es ist faszinierend, wie der Mensch einen Raubvogel kontrollieren kann. Vermutlich hat es im alten Ägypten zur Zeit der Pharaonen angefangen, daß man Tauben darauf abrichtete, in ihre Nester zurückzukehren – mit geheimen Botschaften von fernen Orten. Das waren die ersten Spione, bevor es Funk und Radio gab. Aber in meinen Studien habe ich etwas gelernt: Man kann alle Vögel abrichten, angefangen bei den hübschen Papageien bis hin zu den größeren raubgierigen Falken und den riesigen Geiern. Es läuft auf eine anatomische und chemische Kombination von angeborenem Gesichts- und scharfem Geruchssinn hinaus.«

»Sie beeindrucken mich nicht, Charlie«, sagte Pryce. »Wir haben alle unsere esoterischen Methoden, manche anatomisch, manche chemisch, und eine Menge sind äußerst brutal. Warum sind Sie anders?«

»Weil ich schlauer bin als Sie.«

»Warum? Weil Ihre Matarese-Maulwürfe in Washington und London Ihnen verraten haben, wer wir sind?«

»Washington hat uns nichts geliefert, weil sie nichts wußten. Beowulf Agate ist ein Genie, das will ich Ihnen zugestehen. Aber unser Mann in London hat sich alles zusammengereimt, und sein unmittelbares Ziel ist Ihr britischer Verbündeter, Sir Geoffrey Waters. Er wird binnen vierundzwanzig Stunden tot sein.«

»Sie sind der italienische Zweig der Matarese, nicht wahr?«

»Natürlich bin ich das! Wir sind die Antwort auf die moderne weltweite Wirtschaft, so wie das unsere Vorfahren waren. Wir werden der Welt eine stabile Basis geben, das kann sonst niemand!«

»Solange jeder mitmacht und das kauft, was *Sie* verkaufen, und nur das, *was* Sie verkaufen. Ein gigantisches Monopol – Fusionen und Firmenaufkäufe, die jeden Wettbewerb ausschalten, bis Sie alles in der Hand haben.«

»Das ist wesentlich besser als die Konjunkturzyklen eines pervertierten kapitalistischen Systems. Wir werden diesen ewigen Rezessionen und Depressionen ein Ende machen.«

»Und zugleich werden Sie mit der Möglichkeit der freien Entscheidung ein Ende machen.«

»Ich habe jetzt genug von Ihren akademischen Floskeln, Mr. Pryce. Weder Sie noch Colonel Montrose werden den heutigen Tag überleben.«

»Und wenn ich Ihnen jetzt sagen würde, daß MI5 und unser italienischer Zweig der CIA wissen, daß wir im Augenblick hier sind?«

»Dann müßte ich sagen, daß Sie lügen. Sämtliche Telefonate, die Sie von der Villa d'Este aus geführt haben, sind auf bloßen Verdacht hin abgehört worden.«

»Verdammt, das wußte ich schon, als Ihr lausiger Kirchenfürst mir von unseren Teppichen erzählt hat! Glauben Sie, daß Sie ungeschoren davonkommen, *Charlie*, wenn man uns mit Kugeln im Kopf findet?«

»Dazu wird es auch nicht kommen. Ich möchte Ihnen etwas zeigen.« Don Carlo ging zu seinem Tisch zurück und drückte einen Knopf. Das riesige Fenster hinter ihm schob sich zurück und gab eine vier mal sieben Meter große Öffnung frei. Dann drückte er einen zweiten Knopf und blies wieder in seine kleine Holzpfeife; die Käfige öffneten sich, und mindestens vierzig kreischende Vögel jeder Form und Größe flogen in den Sonnenuntergang hinaus und kreisten am orangefarbenen Himmel. Der Don blies erneut in seine Flöte, das Signal für die Vögel, zurückzukehren. »Bis sie das nächste Mal zurückkehren, werden Sie tot sein«, sagte Don Carlo, als sein Helfer anfing, Pryce und Leslie mit einer Aerosoldose zu besprühen.

»Warum?« fragte Pryce.

»Weil Sie ›totes Fleisch‹ sind, so heißt das, glaube ich. Der Geruch, der Ihnen jetzt anhaftet, garantiert das. Hunde kann man mit Kugeln aufhalten, aber meine Vögel verschlingen Leichen, bis nichts mehr übrig ist.«

»Jetzt ist Zeit für einen *McAuliff*, Colonel!« schrie Pryce, als die Vögel kreischend und schreiend wieder durchs Fenster hereinflattern. Leslie warf sich auf Carlo Paravacini, hüllte ihn in ihr Kleid ein, während Pryce den verblüfften Leibwächter mit einem tödlichen *Chi-sai*-Hieb außer Gefecht setzte, ihm die Sprühdose wegriß und zuerst ihn damit besprühte und dann die Dose auf Paravacini richtete.

»Leslie, verschwinden wir!« rief Pryce.

»Ich will seine Waffe!« schrie Leslie, während die Vögel um sie kreisten.

Pryce feuerte zwei Schüsse aus der Pistole des Wachmanns ab. Die aufgescheuchten Vögel flogen wild durcheinander, als er Leslies Hand packte. Sie rannten zur Tür hinaus und durch den Marmorgang.

»Bei dir alles in Ordnung?« fragte Pryce, als sie den Parkplatz erreichten.

»Die Biester haben mich überall am Hals erwischt...«

»Wir rufen Togazzi an und besorgen dir einen Arzt.«

Sie erreichten ihren Mietwagen, der aber nicht anspringen wollte. »Die müssen den Verteiler rausgenommen haben«, stieß Leslie erschöpft hervor.

»Da drüben ist ein Rolls-Royce«, sagte Pryce. »Macht es dir was aus, erster Klasse zu fahren? Ich weiß, wie man einen Rolls kurzschließt. Komm!«

»Als Mutter eines Teenagers«, rief Leslie, während sie hinter Pryce auf den eleganten cremefarben abgesetzten braunen Wagen zurannte, »werde ich keine Einwände vorbringen, wenn mir ein Verrückter sagt, er könnte einen Wagen ›kurzschließen‹, während ich vor fleischfressenden Vögeln um mein Leben renne! Großer Gott!«

Sie rissen die Türen auf und sprangen hinein, Pryce auf der Fahrerseite. »Ich liebe die Reichen!« rief er. »Die lassen immer die Schlüssel in ihren Luxuskarossen stecken. Was ist schon ein Rolls mehr oder weniger?« Der starke Motor heulte auf, als Pryce den Gang einlegte und mit quietschenden Reifen und in einem Regen von Rasenfetzen auf die Seestraße raste.

»Wohin?« fragte Leslie. »Ich glaube, das Hotel ist keine besonders gute Idee.«

»Allerdings. Wir fahren zu Togazzi, wenn ich den Weg finde.«

»Da ist ein Telefon«, sagte Leslie und deutete auf den Hörer unter dem Armaturenbrett.

»Nur wenn wir uns wirklich verirren. Diese Dinger kann jeder abhören.«

Nachdem sie ein paarmal in den engen Straßen von Bellagio falsch abgebogen waren, fand Pryce schließlich die schmale Bergstraße, auf der sie vor ein paar Tagen gefahren waren. Zweimal verfehlten sie die gut getarnte Einfahrt zu Silvio Togazzis Haus. Aber dann hatten sie es schließlich geschafft und konnten sich, immer noch außer Atem, zu dem Don auf dessen umfriedete Veranda über dem See setzen und dankbar an ihren Gläsern nippen, die wie aus dem Nichts erschienen.

»Das war alles so grauenhaft!« sagte Leslie und schauderte. »Diese widerwärtigen kreischenden Vögel, puh!«

»Viele waren der Ansicht, daß Carlo Paravacinis Hobby ihn eines Tages das Leben kosten wird«, sagte der alte Mann. »Und heute war es schließlich so weit.«

»Was?« fuhr Pryce auf.

»Dann haben Sie es nicht gehört?« fragte Togazzi. »Sie haben das Radio dieses wunderschönen Wagens nicht eingeschaltet?«

»Nein, zum Teufel. Ich wollte nicht mehr anfassen, als unbedingt nötig war.«

»Ganz Bellagio weiß es und morgen ganz Italien.«

»Weiß was?« bohrte Leslie.

»Ich werde es so feinfühlig wie möglich ausdrücken«, fuhr Togazzi fort. »Das Fenster zu Carlos Vogelzimmer war offengeblieben, und bald bemerkten die Gäste, daß da eine Unzahl unterschiedlicher Vögel in der Luft kreisten. Zuerst hat sie das amüsiert, bis dann einzelne menschliche Fleischfetzen auf den Rasen und die Jacht herunterfielen. Dann kam es allem Anschein nach zur Panik, und die Bediensteten rannten in die Villa. Was sie fanden, ließ einige ohnmächtig werden, andere mußten sich erbrechen, und dann erhob sich ein wildes Geschrei.«

»Die Leichen«, sagte Pryce leise.

»Was von ihnen übrig war«, sagte Togazzi. »Man hat sie schließlich an den zerrissenen Überresten ihrer Kleider identifiziert. Wenn Möwen sich auf an den Strand gespülte Fische stürzen, sind die Augen auch das erste.«

»Ich glaube, mir wird schlecht«, murmelte Leslie und wandte sich ab.

»Was tun wir jetzt?« fragte Pryce.

»Sie bleiben natürlich hier.«

»Unsere Kleidung und eine Menge Geld sind noch im Hotel.«

»Um die Villa d'Este kümmere ich mich, der Concierge steht in meinen Diensten.«

»Tatsächlich?«

»Er und der ehrgeizige *sous-chef*, ein durch und durch unsympathischer Bursche, aber für mich in vieler Hinsicht von unschätzbarem Wert.«

»Inwiefern?«

»Ein kleines Pülverchen in einem Glas Wein, wenn es mir wichtig erscheint, daß meine Leute jemanden befragen – oder Gift für einen Paravacini-Sklaven, der einen Mord zuviel begangen hat. Vergessen Sie nicht, ich bin ein Scozzi.«

»Sie sind wirklich ein ausgefuchster ...«

»Ich war ein Bruder des besten überhaupt. Man nennt ihn Beowulf Agate, und ich habe sehr viel von ihm gelernt.«

»Das habe ich auch gehört«, sagte Pryce. »Aber, um wieder auf meine Frage zurückzukommen: Was tun wir jetzt?«

»Ich habe eine chiffrierte Nachricht an Scofield abgesetzt und sollte in Kürze von ihm hören, sofern er nicht zu tief ins Glas geschaut hat. In dem Fall wird die reizende Antonia ihn wachrütteln.«

»Wenn er betrunken ist?« erregte sich Pryce. »Wovon reden Sie eigentlich?«

»Beowulf Agate kann – betrunken oder nüchtern – klarer denken als jeder Abwehrbeamte, der seit zwanzig Jahren keinen Alkohol mehr angerührt hat.«

»Ich glaube es einfach nicht!«

Togazzis Telefon auf dem weißen Korbtischchen klingelte. Er nahm den Hörer ab. »Du alter Schurke!« rief er. »Wir haben gerade von dir geredet.«

»Was zum Teufel hat der Junge angestellt?« rief die Stimme aus New York.

»Entschuldige, Brandon, aber ich schalte jetzt auf Lautsprecher um, damit wir dich alle hören können.« Togazzi drückte einen Knopf an seinem weißen Telefon.

»Pryce, sind Sie da?« hallte Scofields Stimme aus dem Lautsprecher.

»Ich bin hier, Bray. Was wissen Sie?«

»Das State Department versucht, mit seinen schmutzigen Ohren alles mitzukriegen, was wir unternehmen.«

»Na und?«

»Ihr Mann in Rom hat Washington angerufen, und State hat Shields angerufen und ihn gefragt, ob wir in Norditalien eine schwarze Operation laufen hätten. Natürlich hat Squinty jegliche Beteiligung strikt in Abrede gestellt. Stimmt das?«

»Nein, das stimmt nicht. Wir waren mitten in der Kampfzone.«

»Oh, Scheiße! Wieso?«

»Weil jemand uns umbringen wollte.«

»Das ist eine gute Antwort. Wie geht es Leslie?«

»Sie zittert immer noch, Brandon«, sagte Leslie. »Wußten Sie, daß unser Kollege, Officer Pryce, einen Rolls-Royce kurzschließen kann?«

»Dieser Dieb könnte wahrscheinlich sogar einen Panzer kurzschließen.«

»Was tun wir jetzt?« fragte Pryce.

»Sie verschwinden aus Italien und zwar schleunigst! ... Silvio, kriegst du das mit Rom hin?«

»Natürlich, Brandon. Und was bekomme ich als Belohnung?«

»Falls diese Geschichte ein gutes Ende nimmt, schnappen Toni und ich uns ein Flugzeug und laden dich zu einem fulminanten Dinner an der Via Veneto ein.«

»Wahrscheinlich gehört mir das Restaurant, du *bastardo.*«

»Mich freut, daß keiner von uns beiden sich geändert hat, du Hurensohn!«

»Grazie!« brüllte Togazzi und lachte.

»Prego!« schrie Beowulf Agate ebenfalls lachend.

»Wo wollen Sie hin?« fragte Silvia Togazzi und legte den Hörer auf.

»Zurück in die Staaten«, sagte Pryce. »Möglicherweise haben wir jetzt genug in der Hand, um zuzuschlagen.«

»Bitte, Cam, eine Stunde mit meinem Sohn? Er ist so jung und hat soviel durchgemacht«, bat Leslie.

»Ich werde mit London sprechen«, sagte Pryce und griff nach ihrer Hand. »Und ich muß Geoffrey warnen!«

Im Landeanflug auf den Privatflugplatz von Maggiore, vierzig Kilometer von Bellagio entfernt, kippte Luther Considine die zweimotorige Bristol etwas nach links. Am Ende der Landebahn warteten Pryce und Leslie auf ihn; sie saßen noch in Togazzis schäbig wirkender Limousine. Es war vier Uhr morgens; die Wolkendecke ließ den Nachthimmel noch dunkler erscheinen, und die einzige Beleuchtung weit und breit waren die Lichter auf der schmalen Landebahn. Als die Maschine gelandet und bis auf dreißig Meter an den Wagen herangefahren war, stiegen Leslie und Pryce aus, nickten dem Fahrer zu und rannten zum Flugzeug. Pryce trug ihre beiden Koffer, die einer von Don Silvios Leuten aus der Villa d'Este geholt hatte. Considine legte einen Schalter um, und die Ladetür an der Seite klappte hoch. Pryce warf das Gepäck hinein, war Leslie beim Einsteigen behilflich und sprang ihr dann nach.

»Lieutenant«, schrie Leslie, um das Dröhnen der Motoren zu übertönen, »Sie ahnen gar nicht, wie froh ich bin, Sie wiederzusehen!«

»Freut mich auch, Sie zu sehen, Colonel«, erwiderte Considine, schloß die Tür und wendete, um zum Start anzurollen. »Was macht das Geheimdienstgeschäft, Cam?«

»Ein wenig haarig – oder vielleicht sollte ich sagen fedrig.«

»Was soll das heißen?«

»Also, sagen wir eine Menge Vogelscheiße.«

»Muß ja eine ganze Tonne gewesen sein, sonst wären die Tommys nicht so scharf darauf, Sie zurückzukriegen. Ich bin ja schon alle möglichen Routen geflogen, aber deren Flugpläne sind was für Hochseilartisten, denen nichts an Netzen liegt.«

»Um nicht angepeilt zu werden?« fragte Pryce.

»Das muß es wohl sein, aber nicht die normalen nationalen Sicherheitskorridore.«

»Diese Leute sind nicht normal, Luther«, warf Leslie ein, »überhaupt nicht normal.«

»Dann müssen sie verdammt gute Geräte haben.«

»Die können alles haben, was sie wollen«, sagte Pryce. »Entweder kaufen sie es sich, oder sie verschaffen es sich mit Bestechung.«

»Wissen Sie, was der Typ von der Radarstation in Chamonix gesagt hat? ›Wozu brauchen wir eigentlich Tarnkappenbomber, wenn wir Black Beauty dort oben haben?‹ Nett, nicht?«

»Black Beauty?«

»Verdammt, Cam, ich kann mir auch einen Sonnenbrand holen, aber man sieht es nicht richtig. Festhalten, Leute, wir starten!«

Als sie den kurzen Steigflug beendet hatten, sagte Leslie: »Luther, Sie haben erwähnt, daß die Tommys auf uns scharf sind, und ich nehme an, das soll heißen, London.«

»Richtig.«

»Ich dachte, wir hätten Freigabe für einen kurzen Zwischenstopp in Frankreich!« sagte sie ärgerlich.

»Haben wir auch, Colonel. Normalerweise würde ich etwa eine Stunde brauchen, um dorthin zu kommen, aber so, wie die mir den Flugplan gemacht haben, werden es eher zwei. Bis dahin haben wir Tageslicht, es fängt schon an zu dämmern. Übrigens, dort hinten in der sogenannten Bordküche gibt es Kaffee.«

»Wo landen wir denn in Frankreich?« fragte Leslie.

»Ich fliege Sie hin, Colonel. Ich darf Ihnen aber nicht sagen, wo es ist. Ich hoffe, Sie verstehen das.«

»Ja, das tue ich.«

Als der Horizont im Osten sich rosa färbte, wunderten sich Pryce und Leslie, wie tief sie flogen. »Herrgott«, rief Pryce, »da könnte ich ja aus dem Fenster springen und ein wenig schwimmen!«

»Davon würde ich abraten«, sagte der Pilot, »insbesondere, wo wir in Kürze den Mont Blanc überfliegen werden. Dort gibt es eine Menge Tiefschnee und Eis.«

Considine landete die Bristol auf dem Ausweichflughafen in Le Mayet de Montagne, der Privatmaschinen vorbehalten war. Das Endziel kannten seine Passagiere immer noch nicht. Die Morgensonne beleuchtete jetzt das Loire-Tal, von dem ein leichter Dunst aufstieg.

»Da drüben steht Ihr Wagen!« erklärte Considine und fuhr auf einen unauffälligen grauen Renault zu, der neben der Landepiste stand. »Ich werde hier auftanken und je nachdem, wie die Anweisungen aus London lauten, vielleicht auch eine Weile wieder in der Luft sein, aber ich bin jedenfalls in neunzig Minuten wieder zurück, und zwar exakt. Bis dahin haben wir bereits wieder in der Luft zu sein.«

»Ein Wagen, ja«, sagte Leslie, »aber wie lange brauchen wir, um zu den Kindern zu kommen?«

»Vielleicht zehn oder zwölf Minuten.«

»Das läßt uns aber nicht viel Zeit.«

»Mehr ist nicht erlaubt, Colonel. Sie sind von der Army, Sie kennen die Regeln.«

»Ja, allerdings, Lieutenant. Leider.«

Die Seitenfenster des Renault waren so dunkel getönt, daß weder

Pryce noch Leslie draußen viel erkennen konnten. Auch die Windschutzscheibe war rechts und links außen in breiten Streifen getönt, so daß sie lediglich die Straße klar erkennen konnten.

»Was zum Teufel soll das?« erregte sich Leslie. »Wir haben keine Ahnung, wo wir hinfahren.«

»Das dient dem Schutz der Kinder«, sagte Pryce. »Was du nicht siehst, kannst du auch niemandem sagen.«

»Herrgott, das ist mein Sohn! Wem sollte ich das sagen?«

»Das liegt daran, daß wir ein wenig mehr Erfahrung haben als du. Unter dem Einfluß von Drogen könntest du beschreiben, was du auf der Fahrt zu ihm gesehen hast.«

»Vorausgesetzt, man nimmt mich gefangen.«

»Davon müssen wir immer ausgehen, Colonel. Das wissen Sie.«

Sie kamen an ein Wachhäuschen, das mit Leuten aus dem Deuxième Bureau besetzt war. Der französische Chauffeur, ebenfalls ein Mitarbeiter des Deuxième, wechselte mit der Wache ein paar Worte, und sie durften passieren, nicht nur das Wachhäuschen, sondern auch eine erst jetzt erkennbare Steinmauer. Vor ihnen lag ein einstöckiges Bauernhaus, umgeben von Weiden, auf denen Vieh graste, und einem Pferch mit einem halben Dutzend Pferde dahinter.

Jetzt war plötzlich zu erkennen, daß in der ganzen Anlage Verwirrung herrschte. Rings um sie waren französische Militärfahrzeuge und ein paar Polizeiautos zu sehen, Sirenen schrillten, Männer rannten hin und her.

»Was zum Teufel geht hier vor?« schrie Pryce.

»Ich weiß es nicht, Monsieur!« sagte der Fahrer erregt. »Die haben mir am Tor nur gesagt, ich soll langsam fahren, weil irgendwas nicht stimmt!«

Jetzt schossen ein paar Militärfahrzeuge zum Tor hinaus, begleitet von Polizeiwagen und Dutzenden von Männern zu Fuß, die in alle Richtungen ausschwärmten.

»Was ist passiert?« schrie Pryce, sprang aus dem Wagen und packte den nächsten Mann, der ihm über den Weg lief.

»Der junge Engländer!« antwortete der Mann. »Er ist entkommen!«

»Was?« schrie Leslie Montrose. »Ich bin Colonel Montrose, wo ist mein Sohn?«

»Drinnen, Madame, und er ist genauso überascht wie wir alle!«

Pryce und Leslie rannten ins Haus, wo sie Angela Brewster, die

Arme um James Montrose gelegt, neben einer Couch knien sahen. »Es ist nicht deine Schuld, Jamie! Es liegt nicht an dir, es liegt nicht an dir!« wiederholte sie immer wieder.

»Doch, das tut es!« stieß der junge Montrose unter Tränen hervor.

»Hör auf, Jamie!« herrschte seine Mutter ihn an, rannte zu ihm, schob Angela beiseite und packte ihn an den Schultern. »Was ist passiert?«

»Mum, Herrgott!« sagte Jamie, griff nach seiner Mutter und hielt sie fest, als wäre sie sein letzter Halt vor einem gähnenden Abgrund. »Ich habe es ihm gesagt!«

»Was hast du ihm gesagt, Jamie?« fragte Pryce leise und kniete sich neben Mutter und Sohn vor die Couch. »Was genau hast du ihm gesagt?«

»Er hat mich immer wieder gefragt, wie ich es ihn Bahrain geschafft habe, aus meinem Gefängnis zu fliehen, wie ich über die Mauer in die Stadt gekommen bin – und wie ich Luther gefunden habe.«

»Die Umstände hier sind völlig anders«, sagte Pryce und legte Jamie die Hand auf die Schulter. »Er muß dir gesagt haben, wie er es hier anstellen würde.«

»Er hat mir *gar nichts* gesagt! Er hat es einfach getan. Über die Mauer und fort!«

»Aber er hatte doch weder Geld noch sonst was«, sagte Leslie.

»Oh, Roger hat Geld«, schaltete Angela Brewster sich ein. »Sie wissen ja wahrscheinlich, daß man uns zweimal wöchentlich unsere Post einfliegt, damit wir denen antworten können, bei denen wir es für nötig halten. Unsere Antworten werden nach London zurückgeflogen und dort zur Post gebracht. Roger hat einen Bankscheck über tausend Pfund angefordert und ihn vor zwei Tagen bekommen. Er hat gelacht, als er den Umschlag aufgemacht hat.«

»Einfach so?« fragte Leslie.

»Seine Unterschrift reichte aus, Leslie. Ich glaube, Mutter war Mehrheitsaktionärin der Bank.«

»Die Reichen sind wirklich anders«, sagte Pryce. »Aber warum, Angela, warum wollte er hier weg?«

»Dazu müßten Sie meinen Bruder kennen, Sir, ihn wirklich kennen. Er ist ein großartiger Bursche, wirklich großartig. Aber in mancher Hinsicht ist er wie unser Vater. Wenn ihm etwas gegen den Strich geht, ich meine, wirklich gegen den Strich geht, kann er richtig wütend werden. Ich nehme an, er möchte Gerald Henshaw suchen und ihn in die Hölle schicken. Er hat das Gefühl, daß er Gerry töten muß, weil er unsere Mutter ermordet hat.«

»Ich will Geof Waters sprechen!« befahl Leslie.

»Sofort«, sagte Pryce, stand auf und eilte zum nächsten Telefon.

26

Sir Geoffrey Waters sprang auf und riß dabei das Telefon an der Schnur halb über seinen Schreibtisch. »Wir bekommen bruchstückhafte Informationen aus Rom und Mailand, aber wir sehen noch nicht ganz klar. Sie haben ihn getötet?«

»Nein, das waren nicht wir, das war er, Paravacini selbst! Seine Vögel haben ihn bei lebendigem Leib aufgefressen. Man hat uns erwischt, und das hätte uns beinahe Kopf und Kragen gekostet, aber dann konnten wir uns befreien und sind ihnen durch die Lappen gegangen. Hören Sie, Geof, Leslie und ich werden Ihnen das alles berichten, wenn wir in ein paar Stunden in London eingetroffen sind, aber im Augenblick haben wir hier zwei Riesenprobleme, und eines davon sind Sie.«

»Daß ich aus dem Weg geschafft werden soll? Ich habe Ihre Warnung erhalten, aber ...«

»Sie müssen das ernst nehmen. Paravacini hat gesagt, Sie würden innerhalb der nächsten vierundzwanzig Stunden ermordet werden. Das war seine exakte Formulierung ›vierundzwanzig Stunden‹. Sie sollten gut auf sich aufpassen, Geof. Der Kerl hat keine Witze gemacht, der hat das todernst gemeint!«

»Ich werde es mir merken. Und das zweite Problem?«

»Der junge Brewster. Er hat die Kurve gekratzt.«

»Du lieber Gott! Wie denn ... und warum?«

»Über die Mauer, als es dunkel war. Seine Schwester sagt, er sei hinter Gerald Henshaw her, seinem Stiefvater, der ihre Mutter umgebracht hat.«

»Wie kommt dieser Knirps auf die Idee, daß er schafft, was uns bis jetzt nicht gelungen ist? Henshaw ist praktisch vom Erdboden verschwunden. Er ist entweder irgendwo in Afrika oder Asien untergetaucht und lebt dort herrlich und in Freuden, aber streng isoliert, oder – und das halte ich, so wie ich die Matarese kenne, für wahrscheinlicher – er liegt in einem mit Steinen beschwerten Sack auf dem Grund des Ärmelkanals.«

»Da bin ich ganz Ihrer Ansicht, aber er sieht das offenbar anders.«

»Wo meinen Sie denn, daß er hingeht? Wo würde er anfangen? Ein wütender Teenager, der in irgendwelchen schäbigen Stadtvierteln dumme Fragen stellt, ist mit oder ohne Matarese in Gefahr.«

»Er ist wütend, sicher, aber dumm ist er nicht, Geof. Er ist intelligent genug, um zu wissen, daß er Hilfe braucht. Zu Ihnen wird er nicht gehen, weil er sich an den zehn Fingern abzählen kann, daß Sie ihn sofort festsetzen und ihn irgendwo einsperren ...«

»Das hätten wir von Anfang an mit allen drei tun sollen«, unterbrach Waters ihn.

»Sie haben ja geglaubt, das hätten Sie getan, nur hat keiner von uns sich eine richtige Vorstellung davon gemacht, wie wütend ein junger Mann werden kann, der einen von ihm vergötterten Vater verloren und den Mord an seiner innig geliebten Mutter miterlebt hat.«

»Also?« fragte Waters.

»Ich denke, er wird, so schnell es geht, mit einem Mann Verbindung aufnehmen, dem er vertraut, einem Sergeant Major, der seinem Brigadier so ergeben war, daß er ihm durch die Hölle folgen würde, wie man bei Ihnen sagt.«

»Coleman«, rief Waters aus. »Sergeant Major Coleman!«

»An Ihrer Stelle würde ich ihn nicht aus den Augen lassen. Übrigens, der Junge hat Geld bei sich. Tausend Pfund.«

»Das reicht jedenfalls aus, um unbemerkt hierherzukommen, wenn er so schlau ist, wie Sie glauben.«

»Das ist er.«

»Ich fahre sofort zu unserem Sergeant Major. Ich rufe gar nicht erst an.«

Roger Brewster stieg in Valence in den Zug. Er hatte alles bis ins Detail geplant. Er hatte Landkarten studiert und sich dabei ein genaues Bild des Terrains nördlich ihres mutmaßlichen Aufenthaltsorts gemacht, und da er fließend Französisch sprach, hatte er sich von den Wachen eine recht klare Vorstellung ihrer Umgebung verschafft. Er war auf dieselbe Weise über die Mauer geklettert, wie sein neuer Freund Jamie Montrose, der ihm seine Flucht aus Bahrain geschildert hatte. Es waren die ganze Zeit Scheinwerfer im Einsatz; man mußte nur warten, bis die Beleuchtung einmal ausgeschaltet wurde. Außerdem mußte man die Wachen überlisten, die ihre »Gäste« vor Angriffen von draußen schützen sollten. Es war nicht schwer, eine Streife vom Deuxième zu überzeugen, daß seine Schwester, die das Zimmer neben ihm hatte, sich ständig beklagte, wenn er eine Zigarette rauchte. Ihre Nase war feiner als die eines Wolfs.

Der Wachmann war selbst Raucher und hatte verständnisvoll gelacht. Sobald Roger in der Dunkelheit die Mauer hinter sich gebracht hatte, rannte er quer durch die Felder auf die nächste größere Straße zu. Er wartete am Straßenrand und hob jedesmal den Daumen, wenn ein Fahrzeug vorbeikam. Schließlich hielt ein mit Gemüse beladener LKW; Roger erklärte dem Fahrer, daß er Schüler sei und vor Anbruch des Tages in sein Internat zurückkehren müsse, wenn er nicht der Schule verwiesen werde wolle. Er habe die Nacht mit seiner Freundin verbracht.

Toujours l'amour. Der Fahrer hatte Verständnis, ließ sich seinen Neid anmerken und brachte den Studenten zum nächsten Bahnhof.

Roger hatte aus dem Studium der Landkarten und einiger Broschüren gelernt, daß es in Villeurbanne eine Flugschule gab. Er mußte ebenso wie Jamie Montrose einen Piloten finden, aber im Gegensatz zu Jamie würde er nicht einfach auf der Straße auf einen stoßen. Da es eine solche Schule gab, gab es Piloten, und wenn es Piloten gab, konnte man einen kaufen. Und wenn er den einen finden konnte, dann hatte er tausend Pfund. England, London und Belgravia. Und ein Detail, das er sich für den Schluß aufgehoben hatte. Der alte Coley. Er würde ihn vom Flugplatz aus anrufen.

Sergeant Major Oliver Coleman schaltete die Alarmanlage ab und öffnete die schwere Tür des Hauses in Belgravia. »Guten Morgen, Sir Geoffrey«, sagte er und ließ Waters ein.

»Sie wußten, daß ich es bin?«

»Ich habe in beide Säulen Mikrokameras eingebaut, Sir. Ich hielt das für richtig – ich meine, für die Kinder, wenn sie zurückkommen. Da, sehen Sie, dort über der Tür ist die Kamera.«

»Ziemlich teuer, würde ich sagen«, murmelte Waters.

»Keineswegs, Sir. Ich habe es der Bewachungsfirma klargemacht, was für eine unerhörte Leichtfertigkeit es war zuzulassen, daß ihre eigenen Leute Wanzen im Haus angebracht haben. Ich habe ihnen gesagt, das könnte leicht dazu führen, daß es zu einer Anzeige kommt – und das würde dann sicherlich auch an die Öffentlichkeit gelangen. Sie waren mit Freuden bereit, meine Wünsche kostenlos zu erfüllen.«

»Wir müssen miteinander reden, Mr. Coleman, geht das?«

»Natürlich, Sir Geoffrey. Ich hatte mir gerade eine Tasse Tee gemacht. Trinken Sie eine mit?«

»Nein, vielen Dank. Ich muß ins Büro zurück, und wir können uns gleich hier unterhalten.«

»Sehr wohl. Worüber wollen Sie mit mir sprechen?«

»Roger Brewster ist aus dem Versteck ausgebrochen, wo wir ihn, seine Schwester und den jungen Montrose untergebracht haben …«

»Wirklich ein Teufelskerl«, sagte Coleman. »Den kann man nicht einfach einsperren.«

»Herrgott, Sergeant Major! Das geschieht doch zu seinem Schutz, verstehen Sie das denn nicht?«

»Sicher verstehe ich das, Sir. Aber der Junge hat andere Dinge im Kopf. Genau wie ich. Wo ist dieser Dreckskerl Gerald Henshaw? Wir haben von Ihnen und Ihren Leuten kein Wort über ihn gehört.«

»Ist Ihnen nicht in den Sinn gekommen, daß seine Hintermänner ihn ohne Zweifel umgebracht haben?«

»Wenn das so ist, hätten wir gern Beweise dafür.«

»Das kann lange dauern, Coleman, vielleicht Monate, ja sogar Jahre.«

»Aber jetzt wissen Sie nichts Genaues, oder? Roger ist genauso wie ich von dem Gedanken besessen, diesen Mistkerl zu finden. Wenn ich ihn zuerst erwische, dann werde ich seinem jämmerlichen Leben auf eine Art und Weise ein Ende machen, wie es sich der schlimmste Barbar nicht vorstellen kann.«

»Hören Sie mir zu, Coleman. Wenn der Junge ganz allein nach ihm sucht, ist er erledigt. Wenn er mit Ihnen Kontakt aufnimmt, dann rufen Sie mich um Himmels willen an!«

»Solange ich dabei bin, ist er nicht erledigt«, sagte der ehemalige Sergeant Major. »Sein Vater hat sein Leben für mich riskiert, und ich würde jederzeit und mit Freuden mein Leben für seinen Sohn geben.«

»Verdammt noch mal, Sie haben doch nicht unsere Mittel zur Verfügung! Wenn er bei Ihnen auftaucht, dann rufen Sie mich an. Wenn Sie das nicht tun, fällt sein Tod auf Sie zurück.«

Roger Brewster stieg in Villeurbanne aus dem Zug. Der Horizont begann sich aufzuhellen, es war noch zu früh, um zum Flugplatz zu gehen. Er marschierte vom Bahnhof in den Ort und merkte, daß er schrecklich müde war; als Ringer wußte er, daß sein Körper Treibstoff brauchte. Er fand eine Bäckerei, ging hinein und sprach den Inhaber auf Französisch an.

»*Bonjour*. Ich soll mich mit meinem Vater am Flughafen treffen, aber der einzige Zug aus Valence kam jetzt hier an. Ihr Brot riecht herrlich.«

»Das sollte es auch. Es ist das beste, das es in der ganzen Provinz gibt. Was hätten Sie gerne?«

»Da richte ich mich ganz nach Ihren Vorschlägen, wenn es aus Ihrem Ofen kommt. Und Milch, wenn Sie welche haben. Und vielleicht einen Becher Kaffee.«

»Das können Sie alles haben. Haben Sie Geld?«

»Natürlich. Sonst würde ich nicht fragen.« Von dem starken Kaffee belebt und neu gestärkt, zahlte Roger seine Rechnung, legte ein beachtliches Trinkgeld dazu und fragte: »Wo genau ist der Flughafen?«

»Vielleicht anderthalb Kilometer im Norden, aber um die Zeit gibt es keine Taxis.«

»Das macht nichts. Im Norden haben Sie gesagt? Welche Straße nimmt man da?«

»Vier Straßen von hier«, erwiderte der Bäcker und deutete nach rechts. »Biegen Sie nach links auf die *route nationale*. Sie führt direkt zum Flughafen und dieser schrecklichen Fliegerakademie.«

»Sie mögen sie nicht, die Flugschule?«

»Das würden Sie auch nicht, wenn Sie hier leben würden. Diese verrückten Schüler schwirren dauernd herum. Ich sage Ihnen, eines Tages gibt es einen schrecklichen Absturz und Tote! Und dann ist Schluß mit dieser blöden Akademie. Ich werde ihr nicht nachweinen!«

»Ich hoffe, dazu kommt es nicht, dem Absturz, meine ich. Also, ich mache mich auf den Weg. Vielen Dank, Monsieur.«

»Sie sind ein netter junger Bursche. Viel Glück. Und Sie sprechen ausgezeichnet Französisch, wenn auch vielleicht zu pariserisch.« Beide lachten, und Roger ging zur Tür.

Auf dem Weg zum Flughafen hörte Roger einige Male Motorengeräusche und sah dann auch kleine Flugzeuge, die in den Morgenhimmel stiegen. Er erinnerte sich daran, daß er seinen Vater, der fest entschlossen gewesen war, sich eine Fluglizenz zu verschaffen, als kleiner Junge häufig zu dem Übungsplatz in Cheltenham begleitet hatte. Daniel Brewster hatte immer behauptet, nichts könne einen so aufmuntern wie ein Flug im frühen Morgengrauen. Er hatte Roger häufig aufgeweckt, um ihn mitzunehmen, und erst nach den fünfundvierzig

Minuten in der Luft mit ihm gefrühstückt. Das waren schöne Tage gewesen; sie würden nie wiederkehren.

Das Telefon klingelte, und Oliver Coleman, der auf einem Sessel in der Bibliothek der Brewster-Villa saß, nahm den Hörer ab. Er verstellte seine Stimme, wie er das Dutzende Male in den Emiraten getan hatte, sprach gepreßt und mit hoher Stimme, ganz anders als man es von einem Sergeant Major erwartete. (Befehle für die britischen Streitkräfte von den verschiedenen Emiren und anderen Scheichs gingen oft an besten irgendwo auf dem Übermittlungsweg verloren.)

»Guten Morgen, hier spricht die Haushälterin. Wen möchten Sie sprechen?«

»Oh, vielleicht habe ich mich verwählt.«

»Ähäm!« Coleman hustete laut und räusperte sich dann. »Tut mir leid, Sir, ein Frosch im Hals, wenn Sie wissen, was ich meine. Aber ich habe deine Stimme erkannt, junger Mann. Du bist der junge Aldrich, Nicholas Aldrich, ein Schulkollege von Master Roger.«

»Das stimmt«, sagte Roger Brewster, der von einer Telefonzelle in Villeurbanne aus sprach und sofort begriffen hatte. »Und Sie müssen Coleman sein, *Mister* Coleman, Entschuldigung.«

»Ganz richtig, Junge. Roger ist leider nicht hier. Er und Angela sind zu Besuch bei Verwandten irgendwo in Schottland – oder Dublin, ich bin da nicht ganz sicher.«

»Wissen Sie, wann Rog zurückkommen wird, Mr. Coleman?« fragte der junge Brewster und lauschte gespannt.

»Ziemlich bald, denke ich mir. Er hat neulich abends aus dem Haus eines überschwenglichen Vetters angerufen, wo alle immer nur über Moorhuhnjagd gesprochen haben, und gesagt, er würde liebend gerne den Vollmond vor seinem Fenster gegen ein Glas Bier in Windsor eintauschen. Er hat gesagt, er hoffe, heute nachmittag gegen drei Uhr nach Hause zu kommen, aber er könne es nicht versprechen. Wie wäre es, wenn du dann noch mal anrufst?«

»Geht in Ordnung, Sir, das werde ich. Und vielen Dank.«

Roger hängte den Hörer ein und wußte, daß das, was er wissen mußte, in den Formulierungen des alten Coley versteckt war. Da war zuerst der »Vollmond«; das klang vertraut, aber er wußte nicht, was er damit anfangen sollte. Dann war da »ein Glas Bier«, und das ergab keinen

Sinn. Deshalb mußte es etwas bedeuten. Roger trank nicht; er war kein Antialkoholiker, er mochte einfach den Geschmack nicht. Und dann »Windsor« und ein »überschwenglicher Vetter« – was bedeutete das? Und schließlich noch »Moorhuhnschießen«, was sollte er damit anfangen?

Er ging in den Warteraum des Flughafens, wo eine Kaffeemaschine stand. Er schenkte sich eine Tasse ein, setzte sich an einen Tisch, riß ein Blatt Papier von einem Notizblock ab, das oben das Emblem der Flugschule trug, und schrieb auf, was Coleman gesagt hatte. Er brauchte eine Weile, aber schließlich hatte er alles zusammen.

Der »Vollmond« und der »überschwengliche Vetter« hingen mit »Windsor« zusammen. Und es hatte nicht »Moorhuhnschießen« geheißen, Coleman hatte »Moorhuhnjagd« gesagt. Und mit »ein Glas Bier« meinte er einen Ort, wo man ein Glas Bier kaufen konnte. Das Jolly Hunter's Moon in Windsor! Das war ein Pub, das vielleicht eine halbe Stunde von Belgravia entfernt war und wo vor allem ehemalige Soldaten verkehrten, hauptsächlich Einzelkämpfer und Angehörige der Air Force, daher »Hunter's Moon«. Coley und Rogers Vater waren etwa einmal im Monat hingegangen, um sich mit alten Kameraden zu treffen. Manchmal, wenn ihre Mutter in Sachen Wildlife unterwegs war, hatten sie den jungen Roger und seine Schwester mitgenommen und sie dort in ein Nebenzimmer gesetzt, wo sie spielen konnten. Natürlich unter der strengen Auflage, daß sie nie ihrer Mutter etwas sagten. Das war es. Der Jolly Hunter's Moon um fünfzehn Uhr!

Einen Piloten und ein Flugzeug für einen Flug nach England zu rekrutieren, eine Verhandlung, auf die Roger in keiner Weise vorbereitet war, stellte sich als einfacher heraus als das Dechiffrieren von Coleys Codenachricht. Der Pilot, ein Major in der französischen Luftwaffe, der sich ein zusätzliches Einkommen verdiente, indem er an der Fliegerschule unterrichtete, war mit Vergnügen bereit, Roger behilflich zu sein. Als der junge Brewster die Verhandlungen mit einem Angebot von fünfhundert Pfund eröffnete, weiteten sich die Augen des Mannes über seinem Schnurrbart und der etwas geröteten Nase, und als Roger sich auch noch einverstanden erklärte, sich vor dem Besteigen der Maschine nach Rauschgift durchsuchen zu lassen und zusätzlich zu dem Honorar für den Treibstoff und Landegebühren aufzukommen, sagte der Major: »Monsieur, Sie werden einen höchst angenehmen Flug haben! Und die Landeplätze in der Umgebung von Windsor sind mir vertraut.«

In der Fernmeldezentrale des Hauptquartiers von MI5 nahm die Frau, die das Telefon der Brewsters überwachte, die Kopfhörer ab und wandte sich ihrem Kollegen am Nachbarplatz zu. »Dieser Sergeant Major in der Brewster-Villa hätte von uns ausgebildet sein können.«

»Inwiefern?« fragte der Mann.

»Ich meine, wie er mit Anfragen umgeht. Er erfindet zweideutige Orte, fiktive Umstände und rechnet mit einer schnellen Rückkehr ohne Garantie.«

»Sehr professionell«, stimmte der Kollege zu. »Er lenkt jeden Verdacht mit der Erwartung eines relativ kurzfristigen Kontakts ab. Ausgezeichnet. Also nichts?«

»Überhaupt nichts. Ich werde das Band hinaufschicken, aber mit niedriger Priorität.«

Oliver Coleman brauchte die Zeit bis fünfzehn Uhr, um sicherzugehen, daß Sir Geoffrey ihn nicht überwachen ließ, was er natürlich tat. Der ehemalige Sergeant Major entdeckte das MI5-Fahrzeug kaum eine Meile vom Belgravia Square entfernt, einen schäbigen Austin, der die Kurven viel zu schnell nahm. Er fuhr in die Innenstadt, durchquerte sie von Knightsbridge nach Kensington Gardens, von Soho zum Regents Park und nach Hampstead und hängte seinen Überwacher schließlich im dichten Verkehr am Picadilly Circus ab.

Dann raste er in Richtung Norden nach Windsor und hoffte, daß seine Manöver Sinn machten. Hatte Roger seine Botschaft verstanden? Würde er gegen drei Uhr im Jolly Hunter's Moon auftauchen? Oder war alles umsonst gewesen? Aber Coleman gab sich vorsichtigem Optimismus hin, da der junge Brewster am Telefon sofort reagiert und unverzüglich die Rolle von Nicholas Aldrich angenommen hatte, bei dem es sich tatsächlich um einen Schulfreund handelte, den er mehrmals mit nach Hause gebracht hatte. Roger war ein intelligenter Junge mit schneller Auffassungsgabe und klarem, zielorientiertem Denkvermögen, ganz ähnlich seinem Vater. Eine Zielstrebigkeit, die von starker Ungeduld geprägt war. Aber worin bestand sein Ziel? Wollte er wirklich Jagd auf Gerald Henshaw machen? Coleman wußte, daß Roger Sir Geoffrey beständig bedrängt hatte, um von ihm zu erfahren, welche Fortschritte die Suche nach Henshaw machte; aber solche Fortschritte hatte es nicht gegeben. Hatte die legendäre Ungeduld der Brewsters schließlich die Oberhand über die Vernunft gewonnen?

Coleman war klar, daß seine ursprünglich feindselige Einstellung Sir Geoffrey gegenüber unvernünftig gewesen war; selbst jetzt war sein Handeln nicht gerade logisch. MI5 war im Verein mit den anderen Nachrichtendiensten wesentlich besser ausgerüstet, Lady Alicias Mörder aufzuspüren, als ein pensionierter alter Soldat und ein zorniger Teenager. Trotzdem gab es für den ehemaligen Sergeant Major nicht den leisesten Zweifel daran, wem seine Loyalität gebührte: Der Sohn von Brigadier Daniel Brewster – Offizier, Gelehrter, Sportler und Unternehmer – hatte Vorrang vor allem anderen, auch den Behörden. Wenn Roger mit dem alten Waffengefährten seines Vaters Kontakt aufnehmen wollte, würde dieser Kontakt hergestellt werden.

Aber was würde das bezwecken? Wie konnte er ihm helfen? Es sei denn, Roger Brewster wußte etwas oder erinnerte sich an etwas, was andere übersehen hatten. Coleman würde bald Antwort auf seine Fragen bekommen – falls der Junge auftauchte.

Und das tat er, um sechs Minuten nach drei Uhr nachmittags.

»Danke, Coley, danke, daß Sie sich mit mir treffen«, sagte Roger Brewster, als er Coleman in einer Nische hinten im Pub entdeckt hatte, und nahm ihm gegenüber Platz.

»Das ist für mich selbstverständlich. Freut mich, daß du meine Botschaft verstanden hast.«

»Zuerst war sie ziemlich verwirrend, aber dann nicht mehr, als ich richtig darüber nachdachte.«

»Damit hatte ich gerechnet, du kannst klar denken. Ich bin überzeugt, daß unsere Telefone angezapft sind, und Sir Geoffrey war bereits bei mir und hat mir unter Drohungen klargemacht, was ich tun soll, falls du Verbindung mit mir aufnimmst.«

»O du meine Güte, ich will wirklich nicht, daß Sie Ärger bekommen!«

»Keine Sorge, ich habe seinen verdammten Aufpasser am Picadilly abgeschüttelt. Aber die Frage muß ich dir stellen, junger Mann: Warum? Sir Geoffrey und seine Truppen haben dich beschützt, da bin ich ganz sicher. Warum hast du ihm das angetan? Ist es wegen Henshaw?«

»Ja, Coley.«

»Ist dir denn nicht klar, daß MI5 mit seinen Spezialisten alles tut, was in ihrer Macht steht, um ihn zu finden, falls er wirklich noch am Leben ist?«

»Ja, das weiß ich, aber ich weiß auch, daß es dort Maulwürfe gibt. Sir

Geoffrey hat sich in diesem Sinne gegenüber Mr. Pryce und Colonel Montrose geäußert, ich habe es selbst gehört! Ich wollte nicht das Risiko eingehen, daß die Information, über die ich verfüge, von jemandem abgefangen wird.«

»Was für eine Information, Junge?«

»Ich glaube, ich weiß, wo Henshaw sich versteckt, oder kenne zumindest jemanden, der uns sagen kann, wo er ist.«

»Was?«

»Abgesehen von all den Huren und Callgirls hatte Gerry eine spezielle Freundin in High Holborn. Mutter hat das gewußt, aber sie hat vor Fremden nie etwas darüber gesagt und uns gegenüber herzlich wenig. Aber eines Nachts, es war gegen elf, bin ich an ihrem Schlafzimmer vorbeigekommen; Henshaw war betrunken, und sie haben gestritten – das war nichts Neues. Und da hat er gesagt, er würde jetzt weggehen und sich ›Entspannung und Zuspruch‹ holen. Mich hat das richtig wütend gemacht, also habe ich mich in den Bentley gesetzt und bin ihm nachgefahren und habe gesehen, wo er hinfuhr.«

»Du lieber Himmel, warum hast du das nicht schon früher gesagt?«

»Das weiß ich selbst nicht genau. Mum haßte jede Art von Skandal, daß wissen Sie auch, und deshalb habe ich es wahrscheinlich einfach verdrängt. Und dann ist mir vor ein paar Tagen plötzlich eingefallen, was Mutter zu Angie und mir gesagt hat, als sie die Treppe hinaufging, um Gerry zur Rede zu stellen – an dem Abend, an dem er sie umgebracht hat: ›Ruf Coley an, und laß nicht zu, daß er den Jaguar nimmt. Er wird wahrscheinlich zu seiner Freundin in High Holborn fahren‹, oder so ähnlich.«

»Dann müssen wir diese Information Sir Geoffrey zukommen lassen …«

»Nein«, fiel Roger ihm ins Wort. »Ich gehe zuerst hin! Wenn er dort ist, will ich ihn für mich selbst haben.«

»Wozu? Um ihn zu töten? Du würdest tatsächlich dein Leben wegwerfen, um einen wertlosen Schurken wie Gerald Henshaw zu töten?«

»Würden Sie das an meiner Stelle nicht tun, Coley? Er hat meine Mutter ermordet.«

»Ich bin nicht du, Junge!«

»Das ist keine Antwort auf meine Frage.«

»Eigentlich schon, mein Junge«, widersprach Oliver Coleman leise. »Aber um dir eine direkte Antwort zu geben, ja, ich würde Gerald

Henshaw mit bloßen Händen töten, wie ich das auch Sir Geoffrey ganz offen erklärt habe. Ich würde dafür sorgen, daß er langsam stirbt und unter Qualen, aber ich würde das tun, nicht du. Ich bin ein alter Soldat, dem auf dieser Erde nicht mehr viel Zeit bleibt. Du andererseits hast noch dein ganzes Leben vor dir. Du bist der Sohn des besten Mannes, den ich je gekannt habe, und ich könnte einfach nicht zulassen, daß du dein Leben auf diese Weise wegwirfst.«

»Dann nehmen Sie einmal an, mein lieber Freund«, sagte Roger und sah dem Sergeant Major mit einem entwaffnenden Blick in die Augen, »ich würde diesen Dreckskerl grün und blau schlagen und ihn anschließend Sir Geof übergeben.«

»Dann sieht die Sache schon anders aus«, sagte Coleman, »in dem Fall kann ich nur sagen: Los geht's, junger Mann.«

Der Bentley verlangsamte seine Fahrt an einer Straße in High Holborn und hielt schließlich an einem Parkplatz in der Nähe des Apartmentgebäudes, das Roger Coleman gezeigt hatte. »Ich erinnere mich, daß er den obersten Klingelknopf links gedrückt hat«, sagte er, als die beiden ausstiegen.

Sie gingen die Treppe hinauf, traten in ein Foyer unter einem Glasdach und standen dann vor der Tafel mit den Klingelknöpfen. Roger drückte den obersten Knopf in der linken Reihe. Keine Reaktion. Er drückte ihn noch zweimal, aber es geschah nichts.

»Hier«, sagte Coleman, der inzwischen die Namen auf den einzelnen Schildern studiert hatte, »jetzt probieren wir etwas anderes«, und drückte den Knopf, neben dem »Verwaltung« stand.

»Ja?« meldete sich eine mürrische Stimme an der Sprechanlage.

»Sir Geoffrey Waters, Sir, militärischer Nachrichtendienst der Krone. Wir haben es schrecklich eilig, aber wenn Sie im MI5 nachfragen, werden Sie feststellen, daß ich derjenige bin, der ich zu sein behaupte.« Coleman strahlte absolute Autorität aus. »Wir müssen sofort mit Ihnen sprechen.«

»Du großer Gott, natürlich!« rief der sichtlich verängstigte Hausverwalter. »Kommen Sie herein«, fuhr er dann fort und betätigte den Summer, »ich erwarte Sie im Flur. Meine Wohnung ist im Erdgeschoß.«

Der ehemalige Sergeant Major ließ vor den Augen des verblüfften Hausverwalters kurz einen alten Ausweis der Royal Fusiliers aufblitzen und sagte – wieder mit großer Autorität: »Wohnung acht a, es meldet sich niemand. Ist die Mieterin, Symond, nicht da?«

»Schon seit Tagen, Euer ... Sir.«

»Wir müssen die Wohnung überprüfen, das ist äußerst dringend.«

»Ja, sicher – natürlich!« Der recht schäbig gekleidete Hausverwalter führte sie zu einem Fahrstuhl am Ende des Flurs. »Hier ist ein Hauptschlüssel«, sagte er. »Sie können selbst aufschließen.«

»Ich danke im Namen der Krone.« Coleman nahm den Schlüssel mit einem knappen Nicken entgegen.

Die Symond-Wohnung war ein hübsches, gut eingerichtetes Apartment mit teuren Möbeln und wertvoller Dekoration. Roger und Coleman begannen mit ihrer Suche. Es gab drei Zimmer, zwei Bäder und eine Küche. Ein Schlafzimmer, das Wohnzimmer und eine Art Bibliothek oder Arbeitszimmer, dessen Regale nur wenig Bücher enthielten, während der Schreibtisch mit Papieren übersät war. Coleman fing mit den Papieren an, einem Sammelsurium von Rechnungen, Zeitschriften, kurzen Hinweisen auf getroffene Verabredungen – immer nur mit Initialen anstatt Namen – und zahlreichen persönlichen Briefen, von denen viele vom Kontinent stammten. Die Poststempel lasen sich wie eine Liste der attraktivsten Orte Europas: Paris, Nizza, Rom, Baden-Baden, Comer See – die gepflegtesten Einkaufszentren Europas.

Die Briefe enthielten belanglosen Klatsch, Grüße und häufig den Wunsch, sich einmal wieder zu treffen, waren, mit einem Wort, banal. Coleman würde natürlich alles Sir Geoffrey übergeben; das war seine Pflicht. Aber die Frau mit dem Namen Symond würde ein Rätsel bleiben, wenn man sie nicht finden konnte.

»Coley!« rief Roger Brewster aus einem anderen Zimmer. »Kommen Sie, sehen Sie sich das an!«

»Wo bist du denn, Junge?«

»In der Küche.«

Coleman lief aus dem Arbeitszimmer, sah sich im Wohnzimmer um und eilte dann in die weißgekachelte Küche. »Was ist denn, Roger?«

»Da«, sagte der junge Brewster, der vor einem an der Wand befestigten Telefon stand, neben dem ein Notizblock mit einem Kugelschreiber an einer Messingkette hing. »Da, sehen Sie das? In dem Block sind ein paar Eindrücke, die hat jemand gemacht, der wütend war, ich meine, wirklich sauer. So wütend, daß er – es kann natürlich auch eine sie gewesen sein – auf den Block eingestochen hat.«

»Was? Ich sehe nur Teile von zwei Buchstaben und drei Nummern. Der Rest sind nur Eindrücke.«

»Weil diese Art Kugelschreiber seitlich nicht gut schreibt, Sie wissen schon, in der Vertikalen. Wir haben auch so einen in unserem Wohnheim – die meiste Zeit nehmen wir statt dessen Bleistifte, aber die halten nicht so lange ...«

»Worauf willst du hinaus, Junge?«

»Also, wenn wir es eilig haben, sagen wir, ein Mädchen gibt uns ihre Telefonnummer an, dann drücken wir einfach nur kräftig auf und schreiben es dann später ab.«

»Ja, das mache ich auch so«, sagte Coleman und riß das Blatt ab, »und was du da sagst, leuchtet auch ein. Diese Symond muß es schrecklich eilig gehabt haben. Sonst hätte sie den Anrufer einfach warten lassen und sich einen ordentlichen Stift geholt.« Der pensionierte alte Soldat ging mit dem Blatt zu einer Arbeitstheke, holte einen Drehbleistift aus der Tasche und strich mit der Mine leicht über die Vertiefungen. »Was liest du, Roger?«

»NU drei fünf null.« Der junge Brewster las die jetzt zum Vorschein kommenden weißen Buchstaben laut vor. *»Amst. K-Gr. Konf. Di. Surrey FH.* Den Anfang und das Ende verstehe ich. Das ›NU drei fünf null‹ ist die Nummer am Leitwerk eines Privatflugzeugs. Das weiß ich, weil Mutter oft welche für Wildlife-Reisen chartern mußte. Und das ›Surrey FH‹ ist offensichtlich ein Airport in Surrey.«

»Vielleicht kann ich auch ein wenig beitragen. Das ›Amst.‹ ist Amsterdam. ›Konf.‹ und ›Di‹ offensichtlich eine Konferenz am Dienstag. Das ›K-Gr.‹ – dabei handelt es sich offensichtlich um eine Adresse in Amsterdam. Und da wir annehmen können, daß ›Gr.‹ ›Gracht‹ bedeutet, was auf Holländisch soviel wie ›Kanal‹ ist, handelt es sich vermutlich um eine Adresse an einem Kanal mit dem Buchstaben ›K‹. Vermutlich gibt es Dutzende von Kanälen mit K und Hunderte, wenn nicht Tausende solcher Büros und Wohnungen.«

»Und was denken Sie, daß es bedeutet?« fragte Roger.

»Ich denke, wir sollten das schleunigst zu Sir Geoffrey Waters bringen.«

»Jetzt kommen Sie schon, Coley. Der sperrt mich sofort wieder in Frankreich ein.«

»Darüber wäre ich gar nicht so unglücklich, junger Mann. Also, jetzt nehmen wir diese Wohnung auseinander und suchen nach Hinweisen darauf, wo Henshaw sich aufhält. Aber wenn wir nichts finden, dann hast du doch deine Mission erfüllt, ist das richtig?«

»Und wenn sie zurückkommt?«

»Wir werden ein Abkommen mit Waters und MI5 treffen. Schriftlich, wenn du willst. Er wird diese Wohnung rund um die Uhr beobachten lassen. Falls Symond oder Henshaw zurückkommen, wirst du sofort verständigt und nach London zurückgeflogen.«

»Fangen wir an zu suchen!« rief Roger Brewster.

Sir Geoffrey Waters gab sich alle Mühe, einen Wutausbruch zu unterdrücken. Coleman hatte ihn gebeten, in die Brewster-Villa zu kommen, und als er dort Roger Brewster sah, bekam er einen roten Kopf.

»Dir ist hoffentlich klar, Roger, daß du unserer Organisation und anderen großen Ärger bereitet hast, um es gelinde auszudrücken, und zugleich auch das Leben von Angela und James Montrose in große Gefahr gebracht hast?«

»Der Junge hat Ihnen aber auch eine außerordentlich wichtige Information geliefert, finde ich zumindest«, verteidigte Oliver Coleman den jungen Brewster. »Niemand von uns hat etwas von dieser Symond gewußt, bis Roger sich an sie erinnert hat. Das war er, nicht ich, und das sollte man ihm hoch anrechnen. Wie Sie ja selbst zugeben, konnte er sich nicht darauf verlassen, daß Ihre ...«

»*Myra* Symond?« unterbrach Waters ihn. »Mein Gott, das ist ja unglaublich!«

»Ja, ich glaube, das war der Vorname, der auf den Briefumschlägen stand«, sagte Coleman. »Warum ist das unglaublich?«

»Weil sie eine von uns war! Eine Mitarbeiterin unserer Schwesterorganisation, MI6! Eine Spezialistin für Auslandseinsätze.«

»Und doch war sie ganz offensichtlich eine Verräterin, ein Maulwurf«, fuhr Coleman fort. »Unser junger Freund hat Ihnen also etwas geliefert, was Ihnen unbekannt war.«

»Wie konnten wir das wissen?« protestierte Waters. »Sie hat vor einem Jahr den Dienst quittiert – sie sei ausgebrannt, hat sie uns erklärt, was in unserer Branche gar nicht so ungewöhnlich ist.«

»Aber so stark war sie nicht ausgebrannt, daß sie nicht für jemand anderen arbeiten konnte«, sagte Roger. »Gerald Henshaw hat meine Mutter umgebracht, weil sie sich gegen diese Matarese gestellt hat, das beweist ihre E-Mail-Korrespondenz mit Madrid doch ziemlich eindeutig. Und plötzlich steckt diese Myra Symond mit Gerry zusammen, und Mum wird ermordet. Herrgott, Geof, man braucht doch wirklich kein Genie zu sein, um da den Zusammenhang zu erkennen!«

»Ja, ja, das ist ganz offensichtlich«, sagte Waters leise und nickte bedächtig, »und daß du darüber Bescheid weißt – sollte der Verdacht je aufkommen –, würde dir eine Kugel oder ein Messer der Matarese eintragen. Und wie jemand erst vor kurzem gesagt hat: ›Sie sind überall. Wir können sie bloß nicht sehen.‹«

»Ich habe schon verstanden, Geof, ich gehe zurück nach Frankreich, ohne Widerspruch.«

»Nein, nicht Frankreich, Roger«, sagte Waters. »Dort drüben haben wir Minuten nach deinem Verschwinden dichtgemacht. Was ich da gesagt habe, junger Mann, war mein voller Ernst. Du hast das Leben der anderen durch das Chaos, das du erzeugt hast, wirklich in Gefahr gebracht. Leute reden, und andere Leute hören zu; und wenn irgendwo im Ausland eine geheime Regierungsoperation aufgedeckt wird, spricht sich das schnell herum.«

»Es tut mir wirklich leid, Sir.«

»Also, nimm es dir nicht zu sehr zu Herzen. Der Sergeant Major hat recht. Du hast uns außergewöhnlich nützliche Informationen gebracht. Mehr als dir vielleicht bewußt ist ... Soviel will ich dir immerhin sagen: Wir glauben, hier in London einen Matarese-Agenten identifiziert zu haben. In Verbindung mit dem, was du herausgefunden hast, könnte es sein, daß wir einen Schritt nähergekommen sind.«

»Wem nähergekommen, Geof?«

»Der Seele der Schlange, das hoffe ich zumindest aufrichtig. Wir sind noch nicht am Ziel, aber ein Schritt ist ein Schritt.«

»Und wo komme ich hin?« fragte Roger.

»Nach Süden, mehr brauchst du nicht zu wissen.«

»Und wie komme ich dorthin?«

»Wir benutzen nur einen Piloten und ein Flugzeug. Wenn ich es mir richtig überlege, war das für den armen Teufel ein ziemlich anstrengender Tag. Na schön, er ist jung und kräftig.«

27

Lieutenant Luther Considine, US Navy, setzte wieder einmal zum Landeanflug an, diesmal auf eine Diplomaten vorbehaltene Landepiste auf dem Flughafen von Heathrow. »Das soll wohl ein Witz sein«, rief er in das Mikrophon seines Funkgeräts. »Ich fliege seit fünf Uhr morgens mit diesem Oldtimer herum, und jetzt ist es beinahe fünf Uhr nachmittag! Ich würde wirklich gern mal Pause machen, zu Mittag essen beispielsweise!«

»Tut mir leid, Lieutenant, das sind meine Befehle, und ich gebe sie nur weiter, ich mache sie nicht. Sie erhalten den Flugplan von einem Beamten des MI5.«

»Okay, okay, Tommy. Sagen Sie dem Fahrer des Tankwagens, er soll sich beeilen und den Passagier gleich mitbringen. Ich möchte bis Mitternacht wieder in London sein. Ich habe eine Verabredung mit einem Einzelbett und einem ordentlichen Abendessen.«

»Was ist denn los?« wollte Cameron Pryce wissen, der neben Leslie dicht hinter dem Cockpit saß.

»Ich setze Sie beide hier in Heathrow ab und nehme einen Unbekannten auf, der Wert auf volle Treibstofftanks legt. Und dann habe ich zwanzig Minuten Zeit, mir zusammenzureimen, wo es hingehen soll.«

»Sie sind Spitze, Luther«, sagte Leslie und erhob dazu ihre Stimme, um den Motorenlärm zu übertönen. »Deshalb hat man Sie ausgewählt.«

»Yeah, das habe ich schon mal gehört. ›Viele sind berufen, aber wenige auserwählt.‹ Ich möchte bloß wissen, warum es ausgerechnet ich sein mußte?«

»Das hat der Colonel Ihnen ja gerade gesagt«, schrie Pryce, als der Pilot bei der Landung auf Schubumkehr ging. »Weil Sie Spitze sind!«

»Mittagessen wäre mir lieber«, sagte Considine und rollte die Piste hinunter.

Dann lief alles wie nach einer exakten Choreographie ab. Considine rollte zu einem vorherbestimmten abgelegenen Standplatz. Ein

Tankwagen raste aus einem Hangar, und während zwei uniformierte Mechaniker Schläuche für die beiden Tragflächentanks ausrollten, kam ein dritter Mann in Zivilkleidung auf das Flugzeug zu. Considine öffnete die Klappe im Leitwerk des Bristol Freighter, und der Mann sagte: »Hier ist Ihr Flugplan, Lieutenant. Studieren Sie ihn, und falls Sie irgendwelche Fragen haben, wissen Sie, wen Sie anrufen müssen.«

»Vielen herzlichen Dank«, sagte Considine und nahm den Umschlag entgegen. »Hier ist Ihre Fracht«, fügte er dann hinzu und deutete auf Pryce und Leslie.

»Ja, das habe ich schon vermutet. Wenn Sie beide mich bitte begleiten wollen, unser Wagen steht unmittelbar hinter dem Tankwagen.«

»Wir haben Gepäck«, erklärte Pryce, »ich brauche einen Augenblick, um es zu holen.«

»Lieutenant«, sagte der MI5-Beamte, »wenn Sie uns vielleicht behilflich sein könnten.«

Luther Considine blickte auf den Fremden hinab. »Ich putze keine Fenster«, erklärte er ruhig und selbstbewußt, »und ich wasche keine Wäsche, und damit Sie es wissen, Sie Chiffrierknecht, ich bin auch kein Dienstmann aus diesen alten Filmen.«

»Wie bitte?«

»Schon gut, Kumpel«, sagte Pryce, »unser Freund steht ein wenig unter Streß. Ich habe die Koffer schon.«

»Vielen Dank, Chicken Little.«

»Aber gern, Mr. Legree.«

»Wovon reden Sie eigentlich?«

»Das ist Kolonialcode«, sagte Pryce. »Unser Pilot kocht Tee, den er in den Hafen von Southampton werfen möchte.«

»Ich verstehe kein Wort.«

»Die stehen beide unter Streß«, schaltete sich jetzt Leslie ein. »Gehen wir, Kinder.«

Als Pryce, Leslie und der Mann des MI5 mit schnellen Schritten auf dessen Fahrzeug zugingen, jagte ein zweiter Wagen mit vorgezogenen Vorhängen auf den Bristol Freighter zu.

»Das muß der oder die geheimnisvolle Unbekannte sein«, sagte Leslie.

»Falls mein Blick nicht trügt«, stellte Pryce fest, »ist es ein junger Mann.«

»Roger Brewster?« flüsterte Leslie, als sie beide auf dem Rücksitz Platz genommen hatten. »Aber was soll das, und wo bringen sie ihn hin?«

»In Südspanien auf eine Ranch, auf der Stiere gezüchtet werden. Sie gehört einem unserer Kollegen aus der Zeit der Baskenaufstände. Und Sie haben recht gehabt, Cameron«, sagte Geoffrey Waters in seinem Büro im MI5-Gebäude zu Pryce und Leslie gewandt. »Er hat mit dem alten Coleman Verbindung aufgenommen, weil er, wie Sie ganz richtig angenommen hatten, sonst niemanden kennt, an den er sich hätte wenden können.«

»Du lieber Gott, du bist wirklich gut«, sagte Leslie und warf Pryce einen bewundernden Blick zu.

»Eigentlich nicht, ich habe nur versucht, mich in seine Lage zu versetzen. Was konnte er denn tun, allein und ohne Hilfe? Aber er muß einen dringenden Grund gehabt haben, dort auszubrechen und hierher zurückzukehren.«

»Den hatte er tatsächlich«, sagte Waters. »Eine Frau in High Holborn, von der wir nichts wußten.«

Sir Geoffrey Waters berichtete, was er von dem jungen Roger Brewster und Oliver Coleman erfahren hatte. Dann zeigte er die Briefe und das Wichtigste, den Block aus Myra Symonds Wohnung. »Amsterdam, Pryce! Der Kopf der Schlange muß in Amsterdam sein!«

»Sieht so aus, nicht wahr? Aber der Drahtzieher in Amsterdam, der diese ganze Geschichte in Gang hält, ist ein Manager, ein Bürokrat, nicht die eigentliche Macht. Es muß jemand geben, der hinter dem oder der Betreffenden steht.«

»Weshalb sagst du das, Cam?« fragte Leslie.

»Ich weiß, du wirst mich jetzt für blöd halten oder so etwas, aber auf dem College habe ich immer gern Shakespeare gelesen oder mir Aufnahmen seiner Theaterstücke angehört. Albern, nicht wahr? Aber eine Stelle habe ich mir immer gemerkt – ich kann mich bloß nicht erinnern, aus welchem Stück die stammt.«

»Und wie hieß diese Stelle, mein Lieber?«

»›Bis zur Vollführung einer furchtbar'n Tat vom ersten Antrieb ist die Zwischenzeit wie ein Phantom, ein grauenvoller Traum.‹«

»Ich glaube, das ist aus *Macbeth*«, sagte Waters. »Und wo sehen Sie die Verbindung?«

»Das ›Phantom‹, denke ich. Hinter Amsterdam steht jemand oder etwas.«

»Aber Amsterdam ist doch ganz eindeutig unsere oberste Priorität, oder?«

»Natürlich, Geof. Ganz eindeutig. Aber würden Sie mir einen Gefallen tun? Holen Sie Scofield herüber. Ich glaube, wir brauchen Beowulf Agate.«

THE NEW YORK TIMES
(Titelseite)

VERBLÜFFENDE ENTWICKLUNG
IM GESUNDHEITSWESEN

Über neunhundert bislang gemeinnützige Krankenhäuser
an Konsortium verkauft

NEW YORK, 16. Oktober – Neunhundertzweiundvierzig ehemals gemeinnützige Krankenhäuser in den Vereinigten Staaten, Kanada, Mexiko, Frankreich, den Niederlanden und Großbritannien sind soeben an Carnation Cross International verkauft worden, eine Krankenhausbetreibergesellschaft, deren Zentrale sich in Paris befindet. Die Transaktion erfolgte völlig überraschend und hat in einschlägigen Kreisen Verblüffung hervorgerufen. Der Sprecher des Konsortiums, Dr. Pierre Froisard, hat folgende Erklärung abgegeben:

»Endlich ist der Traum der medizinischen Welt Realität geworden, *Project Universal,* wie wir es nennen, ist Wirklichkeit geworden. Jetzt, da diese Häuser sich in privater Hand befinden, werden wir in Anbetracht der kostengünstig angebotenen globalen Kommunikationsmöglichkeiten die Qualität der Krankenhauspflege überall, wo wir dazu in der Lage sind, deutlich verbessern. Indem wir unsere Ressourcen, unsere Erkenntnisse und unsere Erfahrungen zusammenlegen, können und werden wir die beste Pflege zur Verfügung stellen, die uns der Stand der medizinischen Wissenschaft ermöglicht. Ich wiederhole, *Project Universal,* woran wir in aller Stille jahrelang gearbeitet und wofür wir erhebliche finanzielle Mittel aufgewendet haben, ist jetzt Wirklichkeit geworden und wird der zivilisierten Welt ihren Nutzen beweisen.«

Dr. Kenneth Burns, ein bekannter Chirurg aus Neuengland, äußerte sich folgendermaßen zu Dr. Froisards Verlautbarung: »Es hängt ganz davon ab, welche Richtung sie jetzt einschlagen werden. Wenn Worte Taten wären, würden wir alle im Paradies leben. Was mich stört, ist die Konzentration in einer Hand. Man braucht sich bloß vorzustellen, was geschieht, wenn sie einen anderen Kurs einschlagen und sagen: ›Sie machen das jetzt entweder *so*, oder wir machen *nicht* mit.‹ Ich glaube, wir haben davon schon genug bei den Versicherungsgesellschaften erlebt. Es werden einem einfach die Wahlmöglichkeiten genommen.«

Eine weitere Gegenstimme kam von Senator Blair aus Wyoming, der für seine Offenheit bekannt ist: »Wie zum Teufel konnte es dazu kommen? Wir haben doch schließlich Kartellgesetze, Gesetze gegen Einflußnahme von außen, alle möglichen Gesetze, die so etwas verhindern sollen. Haben denn diese … Idioten, die darauf aufpassen sollen, geschlafen?«

Senator Blairs Frage läßt sich sehr leicht beantworten. Internationale Konglomerate brauchen nur die gesetzlichen Vorschriften der Länder zu erfüllen, in denen sie tätig sind. Diese Gesetze sind unterschiedlich und lassen ausnahmslos Tochterunternehmen zu. Deshalb ist Ford in England unter der Firma Ford UK tätig, die holländische Firma Philips operiert in den USA unter Philips USA und Standard Oil ist auf der ganzen Welt Standard Oil – wo auch immer sie tätig sind. Im großen und ganzen nützen diese internationalen Firmen der Wirtschaft ihrer Gastländer. Man kann deshalb davon ausgehen, daß Carnation …

(Fortsetzung siehe Wirtschaftsteil, S. 1)

Brandon Scofield und Antonia hatten es sich in ihrer Suite im Savoy bequem gemacht. Scofield war von dem Flug in der Air-Force-Maschine müde, während Antonia entzückt war, wieder einmal in London zu sein. »Ich werde jetzt einen kleinen Spaziergang machen«, sagte Antonia, die gerade das letzte Kleidungsstück in den Schrank gehängt hatte.

»Grüße die Pubs von mir«, sagte Scofield, der die Schuhe ausgezogen hatte und auf dem Bett lag. »Ich werde versuchen, ihnen später meine Reverenz zu erweisen.«

»Die stehen aber nicht auf meinem Plan.«

»Ich habe ja ganz vergessen, daß du die Wiedergeburt dieses Miststücks Carry Nation bist, die unseren Vorfahren das Trinken abgewöhnen wollte.«

»Ein wenig von ihren Idealen würde dir nichts schaden.« Das Telefon klingelte. »Ich gehe schon.« Antonia hob ab. »Hallo?«

»Antonia, ich bin es, Geoffrey! Das muß ja tausend Jahre her sein, altes Mädchen.«

»Mindestens zwanzig, Geof. Wie ich höre, heißt du jetzt Sir Geoffrey Waters.«

»Unfälle kommen vor, meine Liebe, selbst in dieser Branche. Ist das alte Ekel auch da?«

»Ja und nein. Er haßt die Zeitverschiebungen, aber ich gebe ihn dir.« Sie reichte Scofield den Hörer.

»Hallo, Sir Arschloch, hast du was dagegen, wenn ich ein paar Stunden schlafe?«

»Normalerweise würde ich mich hüten, dich um den dringend benötigten Schlaf zu bringen, alter Junge, aber was wir zu besprechen haben, ist äußerst wichtig. Cameron und Leslie sind bei mir.«

»Ist es so wichtig, daß wir nicht am Telefon darüber reden können. Dann könnte ich nämlich liegenbleiben?«

»Die Antwort darauf kennst du, Bray.«

»Ja, jetzt schon«, sagte Scofield und richtete sich müde auf. »Residierst du immer noch an derselben Adresse?«

»Von drinnen wirst du es nicht wiedererkennen, da ist nämlich das ganze Geld hingeflossen. Aber die Fassade hat sich in den letzten paar hundert Jahren nicht verändert.«

»Die hatten damals bessere Architekten.«

»Ja, daran erinnert uns Prinz Charles immer wieder, und meinen Beifall hat er.«

»Er braucht allen Beifall, den er kriegen kann. Wir sind in zwanzig Minuten dort. Übrigens, muß ich dich jetzt mit ›Sir‹ anreden?«

»Nur, wenn andere dabei sind. Wenn du das nicht tust, köpfen sie dich.«

Das Gefühl der Dringlichkeit, das alle erfaßt hatte, ließ nur kurz Wiedersehensfreude aufkommen. Minuten, nachdem Scofield und Antonia eingetroffen waren, nahmen alle fünf in einem sicheren Konferenzzimmer Platz. Waters machte sie mit den jüngsten Entwicklungen vertraut, schilderte ihnen auch, was der junge Brewster getan hatte, sparte sich aber Details über die Londoner Erkenntnisse für später auf. Dann übergab er Pryce und Leslie das Wort, die von ihren Erlebnissen am

Comer See und der tatkräftigen Unterstützung durch Don Silvio Togazzi berichteten.

»Mein Gott«, schaltete Scofield sich ein, »jetzt ist Togazzi ein ›Don‹ und Geof ein gottverdammter ›Sir‹! Vermutlich wird Silvio bald König von Italien und unser Dickerchen hier Premierminister. Die Welt ist wirklich verrückt geworden!«

»Du bist zu liebenswürdig«, schmunzelte Waters. »Also, die Ereignisse in Como lassen vermuten, daß die Macht der Matarese in Italien jetzt zusammengebrochen ist – und darüber hinaus wissen wir, daß ein Paravacini Kardinal ist und im Vatikan Einfluß hat.«

»Zusammenbruch ist vielleicht etwas stark«, sagte Leslie. »›Charlie‹ Paravacini hat zweifellos eine schlagkräftige und effiziente Organisation aufgebaut.«

»Das wissen wir nicht«, sagte Scofield, »und selbst, wenn wir das annehmen, dann war er der eigentliche Machtfaktor. Nach allem, was wir von Togazzi gehört haben, hat er ja nicht viel delegiert.«

»Wenn das der Fall ist«, bemerkte Waters, »dann ist die Organisation vielleicht nicht zusammengebrochen, aber sie ist jedenfalls jetzt instabil und damit verletzbar.«

»Einverstanden«, sagte Pryce, »und genau das ist es, was wir suchen – Angriffspunkte und verletzbare Stellen. Wenn wir über genügend Fakten verfügen, Beweise, die auf eine Verschwörung von globalen Ausmaßen innerhalb der Industrieländer deuten, können wir zuschlagen.«

»Indem wir die Verschwörung aufdecken?« fragte Scofield und zog die Augenbrauen skeptisch nach oben.

»Das ist eine Möglichkeit«, sagte Waters, »aber vielleicht nicht die zweckmäßigste.«

»Wie meinst du das?« sagte Antonia.

»Wir wollen die Matarese aus der internationalen Finanzwelt eliminieren und nicht die Wirtschaft der ganzen Welt ins Chaos stürzen.«

»Und wie willst du das anstellen, ohne die Machenschaften der Matarese aufzudecken?«

»Auf die schmutzige Tour, Toni«, antwortete Pryce für ihn. »Wir schlagen die Köpfe dieser vielen Schlangen ab und sehen dann zu, wie sie sich herumwinden und gegenseitig erwürgen.«

»Aber Cam, das ist ja richtig poetisch formuliert, Junge«, sagte Scofield. »Sie hätten in Harvard Literatur belegen sollen.«

»Ich wußte nicht, daß es so etwas dort gibt.«

»Wir sollten vielleicht die Kinder bitten, ihre Sandkastenspiele zu beenden«, erklärte Leslie Montrose entschieden und wandte sich dem MI5-Mann zu. »Geof, ich glaube, Toni hat da etwas Wichtiges gesagt. Wie stellen wir es an, die Matarese zu vernichten, ohne alles publik zu machen?«

»Die Frage werde ich beantworten, nachdem wir von Brandon alles gehört haben. Jetzt bist du dran, du altes Relikt. Gibt es, abgesehen von Atlantic Crown, worüber wir informiert sind und wofür wir dir widerstrebend Lob zollen, sonst noch Fortschritte?«

»Sag du es ihnen, Liebes«, sagte Scofield und wandte sich Antonia zu. »Sie führt Buch, und wenn man mir so kommt, habe ich keine Lust.«

»Selbst ich war beeindruckt«, räumte Antonia ein. »Er hat aus dem Material, das er in den Akten von Atlantic Crown gefunden und fotografiert hat, und mit Hilfe einer Computeranalyse noch bevorstehender Fusionen und Aufkäufe gemeinsam mit Frank Shields in dem Hotel in New York einen echten Coup gelandet.« Antonia Scofield berichtete, wie ihr Mann sich mit insgesamt vierzehn möglichen Matarese-Größen aus den einflußreichsten Bereichen der amerikanischen Wirtschaft getroffen hatte. »Vier der Hauptakteure, die sich angeblich überhaupt nicht kannten, haben sich in einem abgelegenen Restaurant in New York getroffen, nachdem sie mit Bray gesprochen hatten. Frank Shields Leute haben sie aus der Ferne fotografiert. Das ist jetzt aktenkundig.«

»Gut gemacht, Brandon!« lobte Waters. »Und jetzt werde ich Sie darüber unterrichten, was hier in London passiert ist.« Waters ging ans Fenster und zog die Jalousien zu. Er trat an einen Diaprojektor am Kopfende des Tisches und schaltete ihn ein; auf einer Leinwand an der Schmalseite des Raums erschien ein weißes Quadrat. Waters drückte einen Knopf, und das erste Dia wurde sichtbar. Es zeigte einen Mann, der auf einer Londoner Straße weglief und sich dabei umdrehte. Es war ein ziemlich großer, schlanker Mann mit auffällig langen Beinen, der einen konservativ geschnittenen Anzug trug. Sein schmales Gesicht zeigte einen Ausdruck, in dem sich Überraschung und Angst mischten. Auf weiteren Dias konnte man sehen, wie er weiterrannte, wobei er sich noch zweimal umsah und sein Gesichtsausdruck jetzt geradezu Panik verriet. Das letzte Dia zeigte, wie der Mann um eine Ecke bog. Dann wurde die Leinwand hell und gleich darauf wieder dunkel, als

Waters die Neonbeleuchtung an der Decke einschaltete. Er ging zu seinem Stuhl und blieb daneben stehen.

»Das war der Mann, den wir vor der Wohnung von Amanda Bentley-Smythe gesehen haben und von dem jetzt feststeht, daß es sich um einen Agenten der Matarese handelt. Das Ganze geschah, ehe ihr Tod öffentlich bekannt war. Wir haben ihn inzwischen als Leonard Fredericks identifiziert. Er ist leitender Attaché im Foreign Office. Sein Telefon wird abgehört, und er wird augenblicklich rund um die Uhr durch den SIS überwacht, der eng mit uns zusammenarbeitet. Bis zur Stunde hat er seit jenem Tag an der Bayswater Road mit niemandem von Bedeutung Kontakt gehabt. Er ist im Foreign Office eher eine Randfigur. Dennoch sind wir überzeugt, daß er die Hauptkontaktperson der Matarese ist.«

»Warum wird er dann nicht verhaftet und in die Zange genommen?« fragte Pryce ärgerlich.

»Weil das eine Botschaft aussenden würde, die wir nicht senden wollen!« rief Scofield aus.

»Inwiefern?«

»Wir sind noch nicht nahe genug am Ziel!« stellte Scofield fest. »Wenn es in Amsterdam eine große Schlange gibt, müssen wir die zuerst aufspüren. Indem Sie die Kontaktperson ausschalten, versperren Sie sich den praktischsten Zugang.«

»Ich mag ja verrückt sein«, sagte Leslie, »aber ich glaube, ich weiß, was er meint.«

»Ich auch, aber ich gebe das wirklich nur ungern zu«, sagte Pryce. »Es ist so, als würde man den Kompaß eines Piloten umstellen, der sich in den Bergen verflogen hat.«

»Sie könnten sich ein besseres Bild ausdenken, junger Freund, aber im wesentlichen haben Sie recht. Soll doch der unsichtbare Planer, der vielleicht gar nicht so viel Fäden in der Hand hat, wie er sich das einbildet, weiterhin glauben, er habe die totale Kontrolle. Sobald seine Verbindung mit der Realität zerrissen ist, ist er – oder sie – isoliert. Und dann zerschlägt man den Mataresekreis. Ein Schlüssel mag in der ›K-Gracht‹ liegen, die auf dem Zettel in der Symond-Wohnung erwähnt ist.«

»Ich glaube, da höre ich Beowulf Agate reden«, sagte Geoffrey Waters mit leiser Stimme.

»Jetzt komm schon, Geof, daran ist nichts Geheimnisvolles. Man fängt bei den großen Felsbrocken an, nimmt sich anschließend die kleineren und dann die Steine, und wenn nötig sogar die Kiesel vor. Das menschliche Verhalten ist überall auf der Welt ziemlich dasselbe, darüber haben Taleniekov und ich uns schnell einigen können.«

»Beowulf Agate hat wirklich eine Vision«, sagte Cameron Pryce leise, fast im Selbstgespräch und starrte Scofield dabei an. »Lassen Sie uns über die Steine und die Kiesel reden. Was tun wir jetzt, Bray?«

»Oh, das ist einfach«, sagte Scofield. »Ich werde ein loyales Mitglied der Matarese werden.«

»Was?« Die vier anderen sahen einander verblüfft an.

»Ruhig Blut. Es ist wirklich ganz einfach. Unser Matarese-Maulwurf, Leonard Fredericks, wird einem Abgesandten aus Amsterdam begegnen – ich verfüge weiß Gott über genügend Informationen, um glaubwürdig auftreten zu können.«

»So wie ich das von Paravacini verstanden habe«, sagte Pryce, »ist der Typ ein kleines Rädchen, ein verdammt gutes zwar, aber trotzdem ein kleines Rädchen. Was meinen Sie denn, wird er Ihnen sagen können?«

»Ich habe keine Ahnung. Das hängt wirklich ganz davon ab, was für Karten auf den Tisch kommen. Ich sage etwas, er reagiert; ich stelle Fragen, er antwortet. Eines führt gewöhnlich zum anderen, und das andere zum nächsten. Das Ganze ist so was Ähnliches wie mentales Tennis.«

»Und was bringt dich auf die Idee, daß du damit durchkommst?« fragte Waters erstaunt.

»Er kennt mich nicht, und die einzigen Fotos, die es von meinem hübschen Gesicht gibt, sind neunundzwanzig Jahre alt und lagen einmal in den Akten der Agency. Ich bin jetzt seit – warte einmal – wenigstens sechsundzwanzig Jahren nicht mehr hier gewesen. Er hat also wirklich nicht den leisesten Hinweis auf mich.«

»Denk aber dran, Bray«, sagte Antonia, »Frank Shields hat unumwunden zugegeben, daß es einen Matarese-Maulwurf in den Reihen der CIA gibt.«

»In dem Moment, als Squinty hörte, daß Cam mich auf Brass 26 aufgespürt hat, hat er sämtliches Material über mich, inklusive Fotos und Dossiers, aus den Akten entfernt und aus den Computern gelöscht, meine Liebe.«

»Das ist nicht ganz korrekt«, schaltete Leslie sich ein. »Ich habe begrenztes Hintergrundmaterial über Sie erhalten, und Ev Bracket desgleichen.«

»Mit der Betonung auf ›begrenzt‹, richtig?«

»Es war genug. Ich hätte Sie aus einer Menschenmenge herauspicken können. Toni übrigens auch.«

»Und was haben Sie mit diesem begrenzten Material gemacht, Colonel?«

»Everett und ich haben unsere Kopien in Gegenwart des anderen verbrannt; so lauteten unsere Anweisungen.«

»Und niemand sonst hat sie gesehen?«

»Natürlich nicht. Alle Sie betreffenden Unterlagen waren als streng geheim qualifiziert.«

»Und ich gehe doch wohl zu Recht davon aus, daß Sie keinen Kontakt mit irgendwelchen Matarese gehabt haben.«

»Bitte, Brandon, ich bin nicht dumm, also behandeln Sie mich bitte auch nicht so.«

»Also, wirklich, Brandon«, tadelte Antonia.

»Das tue ich auch nicht«, sagte Scofield, »weil Sie nämlich nicht dumm, sondern eine hervorragende Geheimdienstlerin sind. Ich will darauf hinaus, daß die Informationen, die die Matarese über mich besitzen, ebenfalls begrenzt sind und vermutlich stark übertrieben. Trotz meines Charmes, meines guten Aussehens und gewisser Fähigkeiten im Umgang mit Waffen aller Art sehe ich wie ein ganz durchschnittlicher Sechzigjähriger aus. Ein durch und durch normaler Typ.«

»Wenn die Schweine über den Mond fliegen und die Kühe Bourbon geben«, sagte Pryce leise und schüttelte langsam den Kopf.

Das Treffen mit Leonard Fredericks, stellvertretender Direktor des Foreign Office für Wirtschaftsverhandlungen, Sektion Europa, wurde mit all dem Geschick arrangiert, für das Sir Geoffrey Waters unter seinen Kollegen bekannt war. Das begann damit, daß das Foreign Office routinemäßig aufgefordert wurde, einen hochrangigen Mitarbeiter aus der Europa-Sektion für ein Treffen mit einem prominenten amerikanischen Bankier zu benennen, der sich heftig über eine Entscheidung des Foreign Office hinsichtlich der Festsetzung von Wechselkursen beklagt hatte. Angeblich würden dadurch amerikanische Investitionen in Europa benachteiligt.

Das war ein ziemlich alberner Vorwurf, aber auf eine Weise in pseudoakademische Sprache gehüllt, daß die Bürokratie bereit war, sich damit zu befassen.

»Tun Sie mir den Gefallen, alter Junge.«

»Wie soll ich das anstellen, Geoffrey?«

»Versenden Sie einfach ein paar Aktennotizen. Der Bankier heißt Andrew Jordan, und unsere Zielperson ist ein gewisser Leonard Fredericks. Bringen Sie ihn mit Jordan an einen Tisch.«

»Darf ich ein paar Fragen stellen?«

»Tut mir leid, es handelt sich um eine größere Operation.«

»Also ein Lockmanöver?«

»Ich habe Ihnen doch gesagt, keine Fragen.«

»Ich muß das in den Akten festhalten, das werden Sie verstehen. Wir müssen vermeiden, daß wir irgendwie in Mißkredit geraten.«

»Halten Sie fest, was Sie wollen, aber tun Sie es, alter Freund.«

»Sie würden mich nicht darum bitten, wenn es nicht wichtig wäre. Wird gemacht, Geof.«

»Andrew Jordan«, alias Beowulf Agate, wurde von einer Sekretärin in Leonard Fredericks Büro geführt. Der schlanke, hochgewachsene Mann erhob sich hinter seinem Schreibtisch, ging dem amerikanischen Bankier entgegen und begrüßte ihn überschwenglich.

»Eigentlich paßt es mir nicht, das Gespräch hier mit Ihnen zu führen«, sagte der Mann, der sich den Namen Jordan zugelegt hatte. »Ich weiß über Büros Bescheid. Schließlich habe ich in verschiedenen Staaten der USA sechsundzwanzig davon. Zwei Blocks von hier gibt es eine Bar – Sie sagen wohl Pub dazu –, irgend was mit ›Lion‹.«

»The Lion of St. George«, sagte Leonard Fredericks. »Möchten Sie sich lieber dort mit mir unterhalten?«

»Ja, das möchte ich, falls es Ihnen nichts ausmacht.«

»Dann machen wir es so«, sagte der Beamte. »Was immer Sie vorziehen. Gehen Sie doch bitte voraus, ich räume hier noch ein paar Dinge auf und treffe mich dann in einer halben Stunde dort mit Ihnen.«

Der *Lion of St. George* war ein typisches Londoner Pub: dickes Holz, schwere Hocker und Stühle und Tische, mit einem Minimum an Licht und einem Maximum an Rauch, kurz gesagt, der ideale Platz für jemanden wie Brandon Alan Scofield. Er setzte sich an einen Tisch ganz vorn neben dem Eingang, bestellte sich ein Bier vom Faß und wartete auf Fredericks. Der Mann aus dem Foreign Office kam mit einem Aktenkoffer in der Hand herein und sah sich ungeduldig in dem düsteren Raum um, bis er den seltsamen Amerikaner entdeckt hatte, der nicht in seinem Büro mit ihm hatte reden wollen. Er ging zwischen den Tischen durch und nahm »Andrew Jordan« gegenüber Platz. Während er seinen Aktenkoffer aufklappte, fing er zu reden an.

»Ich habe mir Ihre Beschwerde angesehen, Mr. Jordan, und obwohl ich Ihrer Argumentation in einigen Punkten zustimmen muß, weiß ich doch nicht recht, was wir tun können.«

»Wie wäre es, wenn ich Ihnen einen Drink bestelle? Sie werden ihn brauchen.«

»Wie bitte?«

»Sie wissen doch, wie wir arbeiten«, sagte Beowulf Agate und winkte einem Kellner zu. »Was trinken Sie?«

»Ein kleiner Gin mit Angostura, vielen Dank.« Scofield gab die Bestellung weiter, und Fredericks fuhr fort: »Wie meinen Sie das, ›wie wir arbeiten‹?«

»Die beste Antwort darauf wäre: ›auf verschlungenen Pfaden‹. Die Beschwerde ist reiner Bockmist. Ich bin hier um Ihnen Anweisungen aus Amsterdam zu bringen.«

»Was?«

»Jetzt stellen Sie sich nicht so an, Leonard, wir stehen auf derselben Seite. Wie glauben Sie denn, daß ich an Sie herangekommen wäre, wenn Amsterdam das nicht arrangiert hätte?« Der Kellner kam mit Fredericks Gin zurück. Das Timing war perfekt. Die Augen des Matarese waren vor Angst geweitet. Der Kellner ging wieder, und ehe der Maulwurf etwas sagen konnte, fuhr Scofield fort: »Verdammt raffiniert, würde ich das nennen. Diese Beschwerde mag Bockmist sein, aber eine ganze Menge Banker auf der anderen Seite des großen Teiches glauben daran, und ich *bin* Banker, Sie können ja in Ihren Computern nachsehen, aber ich bin auch noch etwas anderes. Ich bekomme meine Anweisungen aus der K-Gracht in Amsterdam.«

»Der *K*-Gracht...?« Frederick fiel der Unterkiefer herunter.

»Woher denn sonst?« sagte Beowulf Agate. »Ich bin derjenige, der in den Büros von Atlantic Crown das Unterste nach oben gekehrt hat – unseren Büros – und der dafür gesorgt hat, daß das Ganze in die Niederlande geflogen wurde...«

Fredericks war jetzt in heller Panik. Man konnte seine Angst förmlich riechen. »Was für Anweisungen bringen Sie aus Amsterdam – aus der K-Gracht?«

»Zunächst einmal sollen Sie keinerlei Kontakte aufnehmen. Ich bin der einzige Kurier, vertrauen Sie sonst niemandem. Wir haben es so eingerichtet, daß dieses Problem im Foreign Office ein paar Tage dauert, und jeder Tag bringt uns unserem Ziel näher ...«

»Das ja gar nicht so weit entfernt ist«, unterbrach Fredericks ihn, wie um damit seine eigene Bedeutung zu unterstreichen.

»Jetzt bin ich an der Reihe, Ihnen Fragen zu stellen, Leonard«, sagte Jordan/Scofield leise mit einem unheilverheißenden Unterton. »Woher kennen Sie das genaue Datum? Das ist streng geheim, nur wenige von uns kennen es.«

»Ich habe ... Gerüchte gehört, aus Amsterdam ...«

»Was für Gerüchte?«

»Die Feuer, die Feuer im *Mittelmeer*.«

»Wer hat Ihnen das gesagt?«

»Guiderone natürlich! Ich habe ihn in den Londoner Labyrinthen herumgeführt, ihm alles gezeigt!«

»*Julian* Guiderone?« Jetzt war Scofield derjenige, der verblüfft war. »Er lebt also wirklich«, flüsterte er kaum hörbar.

»Was haben Sie gesagt?«

»Nichts ... Wer hat Ihnen erlaubt, Guiderone aufzusuchen?«

»Ich war nicht derjenige, der *ihn* aufgesucht hat, er hat mich gefunden, über Amsterdam! Wie konnte ich ihn in Frage stellen? Er ist der Sohn des Hirtenjungen, der Führer unserer Bewegung!«

»Und Sie glauben ehrlich, daß er sich über Amsterdam hinwegsetzen könnte, über all die Ressourcen, die Amsterdam zur Verfügung stehen?«

»*Ressourcen*? Geld ist ein notwendiges Schmiermittel, ein sehr wichtiges sogar, aber zuerst kommt Überzeugung und Hingabe. Guiderone könnte Amsterdam mit ein paar Worten jegliche Autorität nehmen, das hat er klar und deutlich zum Ausdruck gebracht. Mein Gott, und genau das passiert jetzt gerade, nicht wahr? Wenn ich mit niemandem Kontakt aufnehmen darf, dann kann ich daraus meine Schlüsse ziehen.«

»Julian wird sehr erfreut sein, daß Sie das so schnell erkennen«, sagte Scofield leise und sah dabei Fredericks in die Augen. »Er hat mir gesagt, Sie seien gut, sehr gut sogar, und absolut vertrauenswürdig.«

»Auf mein Wort!« stieß der Matarese erregt hervor, kippte seinen Gin hinunter und beugte sich vor. Als er sprach, klang seine Stimme leise und vertraulich. »Ich glaube, ich verstehe«, begann er, »Mr. Guiderone hat häufig erwähnt, daß Amsterdam anfängt, sich zu wichtig zu nehmen. Er räumte ein, daß dort gewaltige Reichtümer liegen, die auf dem Vermögen des Baron von Matarese beruhen, aber dann sagte er, das sei ohne eine kohärente Weltstrategie, ohne umsetzbare Taktiken und – das bezeichnete er als das Allerwichtigste – globale Kontakte völlig irrelevant.«

»Julian hatte, wie üblich, recht.«

»Dann sind Sie, Andrew Jordan, also kein Kurier aus Amsterdam, sondern der Bote von Mr. Guiderone.«

»Ich sage es noch einmal, Leonard, ich bewundere Ihre Auffassungsgabe.« Jetzt beugte Scofield sich vor. »Kennen Sie Swanson und Schwartz?«

»In New York? Aber natürlich, das ist Albert Whiteheads Maklerfirma. Ich war häufig dort – im Auftrag von Amsterdam.«

»Dann kennen Sie den Anwalt Stuart Nichols?«

»Ja, er ist derjenige, der meistens das Wort führt.«

»Und was ist mit Ben Wahlburg und Jamieson Fowler?«

»Banken und Versorgungsunternehmen ...«

»Gut«, fiel Scofield ihm ins Wort. »Sie haben also das Ausmaß der Ereignisse durchschaut. Nehmen Sie mit diesen Leuten Verbindung auf, und sagen Sie Ihnen das, was ich Ihnen gesagt habe. Aber erwähnen Sie mich unter keinen Umständen. Julian würde einen Anfall bekommen, wenn Sie das täten. Erklären Sie denen, man habe Ihnen über eine anonyme Quelle die Anweisung erteilt, sich von Amsterdam zu distanzieren. Fragen Sie sie, ob sie etwas darüber wissen.«

Albert Whitehead, Vorstandsvorsitzender von Swanson und Schwartz, legte den Hörer zurück und drehte sich zu Stuart Nichols um, der gleichzeitig den Hörer des Zweitapparates auflegte.

»Was geht hier vor, Stu? Was zum Teufel läuft da?«

»Sie haben, weiß Gott, versucht, etwas aus ihm herauszubekommen, Al. Ich hätte es selbst nicht besser machen können. Aber Leonard hat sich keinen Millimeter bewegt, bloß einfache Fakten, sonst gar nichts.«

»Eines noch, Stuart. Er hat nicht gelogen.« Der Summer an

Whiteheads Konsole ertönte. Er drückte einen Knopf und sagte: »Ja, Janet?«

»Es ist Zeit für Ihr Konferenzgespräch, Sir.«

»O ja, jetzt erinnere ich mich wieder. Es war schon für früher angesetzt. Wer sind die Teilnehmer? Ich glaube, das haben Sie mir noch gar nicht gesagt.«

»Sie hatten sich beim Mittagessen verspätet, ich hatte noch keine Gelegenheit.«

»Also, wer ist es, Janet?«

»Mr. Benjamin Wahlburg und Mr. Jamieson Fowler.«

»Tatsächlich?« Whitehead sah zu dem Anwalt hinüber. Sein Gesicht war maskenhaft erstarrt.

28

Deputy Director Frank Shields riß den versiegelten »Vertraulich«-Umschlag auf, auf dem sein Name stand, überflog den Inhalt, unterzeichnete die Quittung für den Wachmann und bestätigte diesem damit, daß das Metallsiegel unversehrt gewesen war. Dann ging er zu seinem Schreibtisch zurück und las das Schriftstück ein zweites Mal, diesmal gründlich und mit voller Konzentration.

Bei dem sechsseitigen Text handelte es sich um vollständige Niederschriften von Gesprächen, die über die Telefonanschlüsse von Albert Whitehead, Stuart Nichols, Benjamin Wahlburg und Jamieson Fowler geführt worden waren, Anschlüsse, die deren Inhaber für völlig abhörsicher gehalten hatten. Bei diesen Männern handelte es sich um die vier Matarese, die sich in dem kleinen Restaurant in New York getroffen hatten, nachdem sie eine Begegnung mit William Clayton gehabt hatten, der auch unter den Namen Beowulf Agate, Andrew Jordan und Brandon Alan Scofield bekannt war. Handelsübliche abhörsichere Telefone zu knacken war für die Spezialisten der CIA kein Problem.

Die Formulierungen, die die vier Männern in ihren Telefonaten gebraucht hatten, waren relativ klar, wenn auch nicht hundertprozentig. Es war, als ob alle vier das Undenkbare in Betracht gezogen hätten: Waren ihre Anschlüsse, für die sie Tausende bezahlt hatten, tatsächlich sicher?

Doch wie auch immer, alle waren von der Anweisung verblüfft, Amsterdam zu meiden, was sie amateurhaft als A.M. bezeichneten. Alle vier waren beunruhigt, erschrocken und ziemlich verängstigt über die Richtung, die ›die Unternehmung‹ offenbar nahm, und deshalb kamen sie überein, sich in zwei Tagen in einem kleinen exklusiven Hotel in Bernardsville, einer recht wohlhabenden Ortschaft in New Jersey, zu treffen. Die Reservierung wurden auf den Namen der Genesis Company vorgenommen, und ihre Privatflugzeuge sollten auf dem Flughafen von Morristown, etwa zwanzig Minuten von Bernardsville entfernt, landen.

Das Directorate of Operations, die Abteilung der CIA, die sich mit Infiltrationsmanövern befaßte, ging ans Werk, ohne zu wissen, was das

Einsatzziel war – eine keineswegs ungewöhnliche Situation. Die Genesis Company hatte vier Minisuiten und ein Konferenzzimmer gebucht. Ein Team der CIA flog nach Morristown, suchte das Hotel auf und brachte ohne großes Aufhebens überall Wanzen an.

Frank Shields griff zum Telefon und wählte die Nummer von Geoffrey Waters' sicherem Anschluß in der MI5-Zentrale in London.

»Internal Security«, sagte die Stimme in England.

»Hallo, Geof, ich bin es, Frank.«

»Haben Sie etwas, alter Junge?«

»Scofield kann sich eine weitere Feder an den Hut stecken. Wir sind bei seinen vier – jetzt sind es fünf – Kandidaten fündig geworden. Die vier hier drüben sind jetzt eindeutig. Sie haben ein Treffen verabredet, um das sich unser D. O. kümmern wird. Glauben Sie mir, die stehen am Rand der Panik.«

»Wie zum Teufel hat er das gemacht?« rief Waters aus.

»Zweifellos ziemlich simpel«, sagte Shields. »Wir alle sind viel zu sehr in die komplizierten Abläufe der Geheimhaltung und unserer Manipulationen verstrickt, um noch ein direktes Vorgehen in Betracht zu ziehen. Brandon ist da ganz anders: Er geht seinem Opfer an die Gurgel, ehe der Betreffende überhaupt zum Nachdenken kommt und sich der neuen Lage anpassen kann.«

»Das ist aber nicht ungefährlich – da kann leicht eine Tarnung auffliegen«, sagte Waters.

»Das glaube ich auch, aber wir sind auch nicht Beowulf Agate. Ich melde mich wieder.«

»Geht in Ordnung, Frank.«

Waters sah auf die Uhr; er würde sich wieder zum Abendessen verspäten, und deshalb rief er seine Frau Gwyneth an. »Tut mir leid, altes Mädchen, ich werde hier noch festgehalten.«

»Dasselbe Problem, Geof? Das, über das du nicht reden darfst.«

»Um es kurz zu machen – ja.«

»Dann bleib, solange es notwendig ist, mein Lieber. Die Köchin hat dein Essen in den Ofen gestellt. Nimm die Topflappen, wenn du es herausnimmst.«

»Vielen Dank, Gwyn, tut mir wirklich leid.«

»Schon gut, Geof. Sieh nur zu, daß du die Mistkerle erwischst. Clive ist total deprimiert. Ein richtiges Wrack. Er ist jetzt bei mir.«

»Es dauert vielleicht noch eine Weile …«

»Schon gut, ich muß mich um Clive kümmern. Ich werde ihm eins unserer Gästezimmer geben.«

Waters legte auf und überlegte, irgendwo unterwegs zu Abend zu essen, um auf die Weise seinem Schwager wenigstens bis zum Frühstück aus dem Wege zu gehen. Er griff erneut nach dem Telefon und bestellte seine SIS-Wachen, die erfahrensten Bodyguards, die seine Behörde stellen konnte. Das Todesurteil, das Don Carlo Paravacini über ihn verhängt hatte, würde nicht vollstreckt werden.

Die drei paramilitärischen Wachen trafen ein. Sie trugen Tarnanzüge und hatten Maschinenpistolen über die Schulter gehängt.

»Wir sind jederzeit bereit, Sir«, sagte der Anführer der Einheit, ein hünenhaft gebauter Mann, dessen mächtige Schultern seine Uniform zu sprengen drohten. »Sämtliche Dächer im Umkreis sind gesichert. Wir stehen gewissermaßen Gewehr bei Fuß.«

»Vielen Dank. Ich bin offen gestanden der Meinung, daß das weitgehend überflüssig ist, aber andere denken darüber anders.«

»Die anderen sind wir, Sir«, sagte der Anführer. »Wenn das Leben eines Menschen bedroht wird, ganz gleich von wem, dann ist es unsere Aufgabe, dafür zu sorgen, daß diese Drohung nicht verwirklicht wird.«

»Noch einmal, vielen Dank. Aber wäre es gegen die Vorschriften, irgendwo unterwegs anzuhalten, sagen wir bei Simpsons, um dort zu Abend zu essen? Sie sind natürlich eingeladen.«

»Tut mir leid, Sir. Wir haben Anweisung, Sie unmittelbar nach Hause zu bringen und dort zu warten, bis man uns ablöst.«

»Da könnte durchaus sein, daß ich es vorziehe, erschossen zu werden«, murmelte Waters.

»Wie bitte, Sir?«

»Nichts, gar nichts.« Waters schlüpfte in sein Jackett. »Also gut, gehen wir.«

Die Einheit öffnete die rechte Tür des MI5-Eingangs im Erdgeschoß. Zwei SIS-Agenten liefen ins Freie und bezogen mit schußbereiten Waffen links und rechts Stellung. Der Anführer nickte Waters zu: Das war sein Stichwort, zu dem gepanzerten Fahrzeug zu hasten, das am Bürgersteig bereitstand.

Plötzlich schoß eine schwarze Limousine, deren linkes hinteres Fenster offenstand, aus der Dunkelheit um die Ecke. Die Läufe von zwei

Sturmgewehren wurden sichtbar. Das Stakkato von Schüssen erfüllte die Nacht. Die beiden SIS-Männer stürzten blutüberströmt zu Boden. Der Anführer der Einheit warf sich über Geoffrey Waters, riß ihn die kurze Treppe hinunter, bis er hinter dem gepanzerten Wagen auf dem Bürgersteig lag. Das brachte dem SIS-Offizier eine zerschmetterte linke Schulter ein. Er hob den rechten Arm und gab mehrere Schüsse aus seiner Waffe auf die Limousine ab, die bereits an der nächsten Ecke angelangt war. Doch es nützte nichts; er hatte versucht, sich auf den linken Arm zu stützen, aber die verletzte Schulter trug sein Gewicht nicht. Er brach zusammen und begrub Geoffrey Waters teilweise unter sich.

Auf den Lärm hin kamen einige bewaffnete Leute aus der Tür gerannt. Ein Beamter in mittleren Jahren warf einen Blick auf den Schauplatz des Blutbads und erteilte dann ruhig seine Anweisungen: »Die Polizei rufen, eine Ambulanz bestellen – höchste Priorität – und Scotland Yard verständigen.«

Geoffrey Waters erhob sich langsam mit Hilfe eines anderen Beamten. Er zitterte am ganzen Körper und war außer Atem. »Tote?« fragte er, ohne jemanden anzusehen.

»Zwei SIS-Männer tot, Leiter der Einheit schwer verletzt; wir legen ihm eine Adernpresse an«, sagte der Offizier, der die Befehle erteilt hatte.

»Diese Schweine!« sagte Waters leise mit wutverzerrter Miene, zog sein Handy heraus und wählte die Nummer des Hotels, in dem Pryce und Leslie untergebracht waren. »Zimmer 600.«

»Hallo«, meldete sich die Stimme von Cameron Pryce.

»Man hat vor wenigen Minuten versucht, Paravacinis Todesurteil zu vollstrecken. Der Preis waren zwei Tote und ein Schwerverwundeter.«

»Großer Gott!« rief Pryce. »Und Sie, sind Sie wohlauf?«

»Ein paar blaue Flecken und einige Kratzer im Gesicht vom Bürgersteig. Ansonsten beweglich und ungeheuer wütend.«

»Das kann ich verstehen. Können wir etwas tun? Sollen wir rüberkommen?«

»Unter keinen Umständen!« widersprach Waters. »Die Matarese haben bestimmt Späher in der Umgebung, um zu melden, welchen Schaden sie angerichtet haben, und niemand weiß, daß Sie hier in London sind. Bleiben Sie, wo Sie sind!«

»Verstanden. Was werden Sie jetzt machen?«

»Zuerst einmal wieder einen klaren Kopf bekommen. Und dann werde ich mir – weil die Killer in einer schwarzen Limousine hier aufgetaucht sind, einer Limousine ohne hinteres Nummernschild – jeden Limousinenverleih in London und Umgebung vorknöpfen.«

»Das wäre ein Anfang, Geof. Aber wahrscheinlich war der Wagen gestohlen.«

»Wir werden natürlich die entsprechenden Unterlagen hinzuziehen. Aber Sie bleiben, wo Sie sind – inkognito und nur für mich und Brandon erreichbar.«

»Wie läuft es bei Scofield?«

»Gut, wir informieren Sie später. Augenblicklich ist er bemüht, im Savoy den Rekord für Rechnungen des Zimmerservice aufzustellen, den bis jetzt ein Araberscheich mit seinem Harem gehalten hat.«

»Auf Bray kann man sich immer verlassen. Der Mann ist vielseitig.«

Das kleine Hotel im »Jagdparadies« von New Jersey lag ideal zwischen einem Golfplatz eine halbe Meile weiter vorn an der Straße und Reitställen eine halbe Meile dahinter auf der linken Straßenseite. Die Mitgliedschaft in beiden Clubs reichte meist über ein paar Generationen zurück, und neue Bewerber mußten sich gefallen lassen, daß man ihren Stammbaum gründlich unter die Lupe nahm. Nur wenige hielten dieser strengen Prüfung stand, und natürliche Abgänge unter den Clubmitgliedern wurden in der Regel aus den Reihen der Söhne und Töchter von Mitgliedern aufgefüllt, wie es für angemessen gehalten wurde. Das Hotel selbst mit seiner weißen Schindelfassade war von rustikaler Eleganz und hätte eher nach New England als nach New Jersey gepaßt. Zwei mächtige Säulen flankierten das Eingangsportal mit seiner breiten Veranda unter dem vorgezogenen Dach, und über der Tür prangte der übliche Messingadler mit gespreizten Schwingen. Drinnen standen reichlich dunkel gebeiztes Holzmobiliar und auf Hochglanz polierte Messinglampen herum, und das ganze Hotel mit seiner dick mit Teppichen belegten Halle und dem eher bescheiden wirkenden Empfangspult strahlte eine Aura geordneter Behaglichkeit aus. Seine Gäste paßten sich im wesentlichen der Umgebung an: Sie waren ausschließlich von weißer Hautfarbe, teuer gekleidet, in mittleren Jahren oder älter und strahlten Autorität aus.

Im Mitarbeiterstab des Hotels gab es einen Neuzugang, den die Direktion überhaupt nicht schätzte. Aber da das Ersuchen vom

Federal Bureau of Investigation gekommen war, kam es einem Befehl gleich und bewirkte, daß am Tag vor dem Eintreffen der vier Matarese in der Telefonzentrale eine Frau ihren Dienst aufnahm und kurzzeitig die sonst dort tätige Angestellte ersetzte. Sämtliche Gespräche aus den Zimmern der vier Gäste liefen über ihre Station, wo drei Tonbandgeräte im Einsatz waren. Die Frau war Anfang vierzig, höflich und ihrer Umgebung entsprechend gekleidet; sie hieß Mrs. Cordell.

Sie überprüfte ihre Geräte, vergewisserte sich, daß jedes Abhörgerät an Ort und Stelle war, veränderte ihre Anbringung, wo sie es für notwendig hielt, und ging früh zu Bett. Sie würde die nächsten Tage nur wenig Schlaf bekommen, und da es sich um einen Einsatz auf oberster Geheimhaltungsstufe handelte, würde Mrs. Cordell auch nicht abgelöst werden. Sie war die einzige CIA-Technikerin, die unmittelbaren Zugang zu Deputy Director Frank Shields hatte.

Als es Morgen wurde und die ersten Sonnenstrahlen sich glitzernd in den Tautröpfchen auf den Fairways brachen, traf der erste der vier Gäste ein. Die anderen folgten in Abständen von etwa einer halben Stunde. Cordell hatte keine Ahnung, wie die vier Männer aussahen, weil es keine Fernsehkameras über dem Eingang gab. Aber ihr Aussehen interessierte sie auch nicht. Sie wollte lediglich ihre Stimmen hören, die auf isometrischen Bändern festgehalten und nach Ursprung registriert würden. Die Anrufe begannen, der erste kam von Jamieson Fowler, der den Anwalt Stuart Nichols in dessen Zimmer anrief.

»Stu, ich bin es, Fowler. Treffen wir uns bei mir, sagen wir in zwanzig Minuten, einverstanden?«

Kawisch. Stimme aufgezeichnet und identifiziert.

»Geht in Ordnung, Jim. Ich rufe die anderen an.«

Kawisch. Stimme aufgezeichnet und identifiziert.

»Ja?«

»Hier Stuart, Ben. Jamiesons Zimmer in zwanzig Minuten, okay?«

»Könnte sein, daß ich mich ein wenig verspäte«, sagte der Banker, Benjamin Wahlburg. *»Zwischen L. A., London und Brüssel gibt es irgendwelche Verbindungsprobleme. Irgendein Idiot hat den falschen Zugangscode eingegeben. Aber es sollte nicht mehr lange dauern.«*

»Hallo?« sagte Albert Whitehead, Seniorpartner von Swanson und Schwartz.

»Ich bin es, Stu. Fowler möchte, daß wir uns in zwanzig Minuten bei ihm treffen. Ich habe zugesagt.«

»Das geht mir ein bißchen zu rasch«, sagte der Wall-Street-Makler schroff. *»Sagen Sie ihm, ich brauche eine Stunde!«*

»Warum, Al?«

»Nun, sagen wir, weil ich keinem von diesen Mistkerlen vertraue.«

»Das ist ziemlich hart, Al.«

»Alles ist hart, Anwalt! Sie sollten vielleicht einmal die Nase aus Ihren juristischen Texten nehmen und sich im wirklichen Leben umsehen. Mir gefällt das gar nicht, wie einige unserer Stützpfeiler einknicken. Como antwortet nicht, und jetzt sollen wir die Verbindung mit Amsterdam abbrechen. Was zum Teufel geht hier vor?«

»Das wissen wir nicht, Al. Aber das ist kein Grund, Fowler und Wahlburg zu verärgern.«

»Woher wollen Sie das wissen, Stuart? Wir haben schließlich Millionen – nein, Milliarden – aufs Spiel gesetzt. Wenn das Vorhaben jetzt scheitert, könnte uns das jeden Cent kosten, den wir haben!«

»Fowler und Wahlburg stehen auf unserer Seite, Al. Die stecken genauso tief drin wie wir. Sie sollten sie sich wirklich nicht zum Feind machen.«

»Schön, aber trotzdem sollten Sie ihnen nicht die Entscheidung über den Zeitpunkt überlassen. Wer die Zeit festsetzt, hat das Sagen, und ich lasse mir von denen nichts vorschreiben. Sagen Sie denen, ich komme in etwa einer Dreiviertelstunde.«

Kawisch.

Jede der vier Stimmen war auf Mrs. Cordells Geräten aufgezeichnet. Bei künftigen Aufzeichnungen würde jeder sofort identifiziert werden. Jetzt war Mrs. Cordell zur elektronischen Überwachung des Matarese-Quartetts bereit.

Das Vorspiel begann um exakt 11.02 Uhr in Jamieson Fowlers Suite. Es war ein Vorspiel, weil es ein schroffer, unfreundlicher Dialog zwischen drei und nicht etwa vier Männern war. »Wo zum Teufel steckt Whitehead, Stuart?« wollte Wahlburg wissen.

»Er kommt, sobald er kann.«

»Was hält ihn denn auf?«

»Auch eine kleine Panne, ganz ähnlich wie bei Ihnen, Ben. Kommunikationsprobleme in einer Fusionsverhandlung in der Abschlußphase. Er wird das in Kürze geradegebogen haben.«

»Was wir hier zu besprechen haben, ist wesentlich wichtiger als irgendeine gottverdammte Fusion!«

»Das weiß er genauso gut wie Sie, Jamieson. Aber wenn wir uns eine halbe Stunde lang streiten, bringt uns das gar nichts. Das löst das Problem nicht, das beeinträchtigt nur unsere Konzentration, und auf die kommt es jetzt an.«

»Leeres Geschwätz! Scheißanwalt.«

»Hey, Wahlburg, verlieren Sie nicht die Nerven.«

»Tut mir leid, Stu, aber Sie kennen Whitehead besser als wir. Al treibt seine Spielchen. Er muß unbedingt alles unter Kontrolle haben.«

»Das schließen Sie aus ein paar Minuten Verspätung?«

»Ach, hört auf, ihr beiden! Whitehead ist ein Ekel – das war er immer, und das wird er immer bleiben.«

»Jetzt mal langsam, Fowler«, wies Stuart Nichols ihn zurecht. »Al ist nicht nur mein Klient, er ist auch mein Freund.«

Und so ging das beinahe zwanzig Minuten weiter, bis Albert Whitehead schließlich eintrat. Er gab sich äußerst zerknirscht. »Tut mir schrecklich leid, Leute. Wirklich. Ich brauchte einen neutralen Dolmetscher auf meiner Seite des Gesprächs. Haben Sie schon einmal mit jemand verhandelt, der Schweizerdeutsch spricht.«

»Schweizerdeutsch«, murmelte Fowler angewidert und ließ sich in einen Sessel fallen.

»Sie sollten einmal versuchen, auf Schweizerdeutsch zu verhandeln«, sagte Whitehead, der sich nicht aus der Ruhe bringen ließ und auf Fowler herabblickte. »Das ist eine ausgezeichnete Übung für den Verstand.«

»Ich übe meinen Verstand nicht an Dingen, die ich nicht verstehe, Al. Das bringt geschäftlich gar nichts.«

»Nein, wahrscheinlich nicht. Deshalb brauchen Sie Leute wie uns. Männer, die ihren Verstand in Schwung halten, damit Sie für Ihre Fusionen und Aufkäufe die passende Finanzierung bekommen.«

»Die würde ich mit und ohne Sie bekommen...«

»Das stimmt nicht, Fowler«, unterbrach Whitehead ihn scharf. »Unsere Organisation, unser Unternehmen, wenn Sie so wollen...«

»Nennen Sie uns doch beim richtigen Namen, Al«, forderte ihn Jamieson Fowler auf, »oder macht Ihnen der Name angst?«

»Überhaupt nicht. Ich benutze ihn voll Stolz. Die Matarese haben klare Regeln für die Bereitstellung von Kapital. Wo man Spuren feststellen kann, dürfen nur bestimmte Kanäle eingesetzt werden, Kanäle, die den Gesetzen des Empfängerlandes entsprechen. Falls es um sehr große Beträge geht, kommt da nur eine Firma wie die meine in Frage – gewöhnlich sogar *nur* meine Firma, wie Sie sehr wohl wissen.«

»Würden Sie beide wohl aufhören, sich darüber zu zanken, wer die größere Nummer ist?« Benjamin Wahlburg hatte sich zwischen Whitehead und Fowler aufgebaut. »Vielleicht könnten Sie sich dazu durchringen, Ihr Ego im Zaum zu halten. Wir haben hier größere Probleme zu besprechen!«

Jetzt wurde das Gespräch konkret, ohne dabei an Schärfe zu verlieren. Zunächst wiederholte Albert Whitehead die Frage, die er vor einer knappen Stunde seinem Anwalt Stuart Nichols gestellt hatte. »Was zum Teufel geht hier vor?«

Die Antworten darauf kamen schnell hintereinander und widersprachen sich häufig. Der eine warf Amsterdam vor, die Kontrolle nicht mit genügender Härte auszuüben. Ein anderer meinte, es sei zum Abfall einzelner Zellen gekommen, die in ihrer Habgier nicht bereit gewesen seien, sich dem großen Ganzen unterzuordnen. Dann diskutierten sie die Rolle Julian Guiderones vor dem Hintergrund der von Leonard Fredericks aus London gelieferten Informationen.

»Wo ist Guiderone jetzt?« fragte Albert Whitehead.

»Er hat da einen Sitz irgendwo im östlichen Mittelmeerraum, habe ich gehört«, sagte Wahlburg. »Das könnte natürlich auch nur ein Gerücht sein. Genau weiß es anscheinend niemand.«

»Ich habe ein paar Verbindungen im Nachrichtendienst«, fügte Nichols hinzu. »Ich will mal sehen, ob uns dort jemand behilflich sein kann.«

»Ihnen dabei helfen, einen Mann zu finden, der angeblich vor zwanzig oder dreißig Jahren gestorben ist?« lachte Fowler spöttisch.

»Jamieson«, sagte Whitehead, »Sie würden sich wundern, wie viele Leute angeblich sterben, um dann Jahre später wieder auf der Bildfläche zu erscheinen. An der Wall Street hat man neulich sogar gemunkelt, daß Sie Jimmy Hoffa sind.«

»Sehr komisch.« Fowler wandte sich zu Wahlburg. »Angenommen, Stu bringt – was nicht sehr wahrscheinlich ist – etwas in Erfahrung. Was kann Guiderone tun?«

»Alles, wozu er Lust hat. Und ich hätte überhaupt kein Problem, hinüberzufliegen und mit Julian zu sprechen. Einmal ganz abgesehen von den Legenden, die sich um ihn ranken. Er ist ein zivilisierter Mann, solange man offen zu ihm ist. Der Holländer andererseits redet vielleicht vernünftig, aber hinter seiner Fassade ist er ein Irrer.«

»Aber was kann er tun?« fragte Whitehead. »Was Jamieson da sagt, hat eine Menge für sich ...«

»Oh, vielen Dank, Al.«

»Ich habe nie gesagt, daß Sie dumm wären, Jamieson, nur manchmal etwas beschränkt. Diesmal trifft das nicht zu.« Whitehead sah den Banker an. »Ich wiederhole, Ben, was kann Guiderone tun, falls man ihn überhaupt finden kann? Er kontrolliert Amsterdam nicht.«

»Und Amsterdam ist die Stelle, wo das Geld herkommt«, sagte Nichols.

»Ja, natürlich, das Geld«, sagte Wahlburg. »Und woher kommt dieses Geld ursprünglich? Schon gut, ich beantworte die Frage selbst. Von seinem Großvater, den riesigen Vermögenswerten des Barons von Matarese. Und wer ist Julian Guiderone? Wo kommt er her? Auch diese Frage beantworte ich selbst. Er ist der Sohn des Hirtenjungen, Nicolas Guiderone, gesalbt vom Baron um sein Lebenswerk, seine Träume, seine Ideale zu verwirklichen.«

»Worauf zum Teufel wollen Sie hinaus, Ben?« fragte Fowler. »Kommen Sie zur Sache!«

»Die Sache ist die, Jim, daß die Bewegung so gewaltig und mächtig ist wie alles Geld, das der Enkel in die Finger bekommen kann.«

»Ich denke, das sollten Sie uns etwas näher erklären«, sagte Stuart Nichols.

»Sie ist so bedeutend wie die Propheten des Alten Testaments und ihre Gefolgsleute, die die Worte der Propheten als geheiligt betrachteten.«

»Also, talmudische Übungen brauchen wir wirklich nicht, Ben«, protestierte Whitehead. »Wir haben es mit der Realität zu tun, mit dem Hier und Heute. Bitte drücken Sie sich ein wenig klarer aus.«

»Deshalb ist es ja so real«, erwiderte Wahlburg rätselhaft. »Es reicht unendlich weit in die Vergangenheit. Der Himmel weiß, daß euer Jesus kein Geld hatte, keine Reichtümer, die er verteilen konnte, um die Menschen zu überzeugen, und doch hat wenige Jahrzehnte nach seinem Tod am Kreuz, ehe noch ein halbes Jahrhundert vergangen war, die christliche Bewegung angefangen, sich über die ganze zivilisierte Welt zu verbreiten, soweit sie damals reichte. Und diejenigen, die damals zum christlichen Glauben übergetreten sind, hielten den ganzen Reichtum jener Welt in ihren Händen.«

»Und?« drängte Nichols.

»Seine Ideen, seine Prophezeiungen – seine Träume wurden von denen aufgenommen, die an ihn glaubten. Da wechselte kein Geld die Besitzer.«

»Und?« rief Fowler sichtlich ungeduldig.

»Angenommen, einer der Jünger oder Jesus selbst hätte behauptet, alles sei Schwindel? Das Ganze sei bloß veranstaltet worden, um Streit unter den Juden zu säen. Was wäre dann passiert?«

»Keine Ahnung!« sagte Whitehead, dessen Miene immer finsterer wurde.

»Die ganze christliche Bewegung wäre ratlos gewesen, hätte ihre vielen neuen Anhänger verloren, die ganze Begeisterung wäre umsonst …«

»Herrgott noch mal, Ben!« fuhr Fowler dazwischen und richtete sich wütend in seinem Sessel auf. »Was hat dieses ganze Geschwätz mit uns zu tun?«

»Al hat wirklich recht, Jim, irgendwo hat das seine Grenzen.«

»Sagen Sie einfach, was Sie meinen und hören Sie auf zu predigen, Sie Hurensohn!«

»Jetzt lassen Sie doch einmal Ihre Phantasie spielen, meine Herren«, sagte Wahlburg, erhob sich aus seinem Sessel und fing an zu dozieren, als stünde er vor einer Gruppe frisch von der Universität gekommener Berufsanfänger. Er sprach langsam und deutlich. »Es handelt sich zugleich um einen Zustrom und einen Konflikt unmittelbarer finanzieller Ressourcen und der Einflußkanäle, durch die jene Ressourcen fließen müssen. Während der Holländer, der Enkel, in einem Vakuum der Dunkelheit operiert, fern und unerreichbar, reist Julian Guiderone, der Sohn des gesalbten Hirtenjungen, in der Welt herum und überprüft und unterstützt die Truppen der Matarese. Logischerweise kann der eine nicht ohne den anderen tätig werden, aber die Fußtruppen, die zum Glauben Übergetretenen, vertrauen ganz realistisch dem, den sie sehen und kennen. Am Ende trägt der Einfluß den Sieg über die unmittelbaren Finanzquellen davon, und dies aus keinem anderen Grund als dem, daß die Vision allmählich vertraute Züge annimmt. Die Aktienmärkte auf der ganzen Welt beweisen das, was ich sage, sowohl im positiven wie im negativen Sinn.«

»Sie wollen also sagen«, sagte Albert Whitehead nachdenklich, »daß Guiderone entweder alles zusammenhalten und damit unseren Arsch retten oder alles hochgehen lassen kann, und dann ist für uns die ganze Chose im Eimer.«

»Genau das will ich sagen. Und glauben Sie bloß nicht, daß er das nicht weiß.«

»Dann müssen wir ihn finden!« schrie Jamieson Fowler. »Finden Sie diesen verdammten Sohn des Hirtenjungen!«

Aus Sorge, Bahrain könne gefährlich sein, flog Julian Guiderone nach Paris und informierte Amsterdam darüber, wo er sich befand und wie lange er bleiben wollte. Wie erwartet, war Matareisens Reaktion darauf kühl und distanziert und ließ keinen Zweifel an seiner Einstellung: Das Fossil, das alle als den Sohn des Hirtenjungen kannten, war jemand, dem nicht länger Verehrung gebührte. Nun denn, diese Verehrung würde sich später wieder einstellen, sobald der Jungtürke begriffen hatte, daß Amsterdam nicht allein handeln konnte.

Es war später Nachmittag. Dichter Verkehr drängte sich in der eleganten Avenue Montaigne, vorzugsweise Taxis und Limousinen, die ihre Fahrgäste vor den eleganten Stadtvillen absetzten. Guiderone stand an einem Fenster und sah auf die Straße hinunter. Die nächsten paar Wochen würden ein Vorspiel zum Chaos sein, ein Vorspiel aber auch zur fast unumschränkten Kontrolle über die ganze Welt. Viele, die dort unten jetzt aus ihren Limousinen stiegen, würden bald vor dem Nichts stehen, wenn die Firmen, in denen sie jetzt noch Macht und Einfluß ausübten, plötzlich zusammenbrachen.

Jan van der Meer Matareisen zum Trotz lief alles planmäßig. Van der Meer hatte nicht begriffen, wie profund Shakespeares Zeilen waren: »Bis zur Vollführung einer furchtbar'n Tat vom ersten Antrieb ist die Zwischenzeit wie ein Phantom, ein grauenvoller Traum«. Dieses Phantom, dieser grauenvolle Traum mußte einkalkuliert werden, berücksichtigt und am Ende abgewendet. Denn das »Furchtbare« mußte konstant bleiben, und weder voreiliges Handeln noch ewiges Verzögern konnten akzeptiert werden. Sofortige und totale Koordinierung war von entscheidender Wichtigkeit; das war die Schockwelle, die die Industrienationen lähmen würde. Jene Lähmung, so kurzzeitig sie auch sein mochte – ein paar Wochen oder vielleicht ein Monat –, war das Entscheidende. Sie würde den Legionen der Matarese Zeit genug geben, um aus ihren Verstecken hervorzukommen und das Vakuum zu füllen.

Matareisen mußte lernen, daß gefühlsmäßige Zweifel, so sehr sie einen auch plagen mochten, einfach nicht akzeptabel waren. Sie waren lediglich Schlaglöcher auf dem großen Boulevard, der zum Endsieg der Matarese führte. Warum konnte dieser unverschämte Mistkerl das nicht begreifen?

Das Telefon klingelte und riß Guiderone aus seinen Gedanken. Niemand außer Amsterdam kannte seine Nummer in Paris, niemand außer einigen schönen Frauen, die ihm ihre Gunst für Geld oder Schmuck zu erweisen pflegten, und von denen wußte keine, daß er hier war. Er trat an den Tisch und nahm den Hörer ab.

»Ja?«

»Adler, Mr. Guiderone.«

»Wie haben Sie diese Nummer bekommen? Sie sollen nur mit Amsterdam in Kontakt treten!«

»Ich habe sie über Amsterdam bekommen, Sir.«

»Und was ist so außergewöhnlich, daß Amsterdam Ihnen diese Nummer gegeben hat?«

»Das habe ich, wie ich glaube zu Ihrem Nutzen, nur teilweise erklärt.«

»Was? Sie haben es Keizersgracht nicht erklärt?«

»Hören Sie mich an, Sir. Ich habe denen – ihm – gesagt, daß ich in einer Angelegenheit mit Ihnen sprechen müsse, die mit der Unternehmung nichts zu tun hat. Ich bin ein loyaler Teilnehmer, und er hat mir geglaubt.«

»Sehr bereitwillig, nehme ich an. Anscheinend stehe ich bei ihm nicht mehr ganz oben auf der Prioritätenliste.«

»Das wäre höchst unklug von Amsterdam, Mr. Guiderone«, sagte Adler aus Washington. »Sie sind der Sohn des Hirten...«

»Ja, ja!« unterbrach ihn Julian. »Warum rufen Sie an? Was ist so ungemein wichtig?«

»In sämtlichen Bereichen der Abwehr läuft eine Anfrage nach Ihrem Aufenthaltsort.«

»Das ist doch absurd! Das offizielle Washington hat mich vor sechsundzwanzig Jahren für tot erklärt!«

»Jemand ist der Ansicht, daß Sie noch am Leben sind.«

»Das Schwein der Welt!« rief Guiderone. *»Beowulf Agate!«*

»Das ist doch Brandon Scofield, oder?«

»Und ob er das ist. Wo ist er?«

»In London, Sir.«

»Was ist mit unserem Mann in London passiert? Er hatte doch Anweisung! Er sollte diesen Hurensohn umbringen!«

»Wir verstehen das nicht. Und Amsterdam auch nicht. Er ist nicht aufzufinden.«

»Was reden Sie da?«

»Es ist, als ob er vom Erdboden verschwunden wäre.«

»Was?«

»Jeder Zugang zu ihm ist abgeblockt worden. Ich habe sämtliche Wege versucht, die uns hier in Langley zur Verfügung stehen, aber ohne Erfolg.«

»Was zum Teufel geht da vor?«

»Ich wünschte, ich könnte Ihnen das sagen, Mr. Guiderone.«

»Es ist das Schwein der Welt, Adler«, sagte der Sohn des Hirtenjungen mit kehliger Stimme. »Er ist in London, und ich bin in Paris, eine halbe Stunde Flugzeit voneinander entfernt. Wer von uns beiden wird den ersten Schritt tun?«

»Wenn Sie es sind, Sir, dann wäre ich an Ihrer Stelle äußerst vorsichtig. Er wird rund um die Uhr bewacht.«

»Und genau das macht ihn verwundbar, Adler, denn ich werde das nicht sein.«

29

Brandon Scofield ging, in seinen Hotelbademantel gehüllt, wütend vor den der Themse zugewandten Fenstern auf und ab. Antonia saß an einem Tisch, den der Zimmerservice in ihre Suite gerollt hatte, und stocherte in einem Frühstück herum, von dem sie behauptete, daß es ihr für den Rest der Woche ausreichen würde. Vor dem in der Mitte gelegenen Wohnraum der Minisuite patrouillierte auf dem Flur eine bewaffnete, aus drei Mann bestehende Einheit des MI5 in den weißen Jacketts des Etagendienstes, unter denen sie ihre Waffen verborgen hatten. Sie wurden im gleichen Rhythmus wie die Angestellten des Savoy abgelöst und waren daher für den Nichteingeweihten nicht von ihnen zu unterscheiden.

»Sir Schweinebacke hat uns hier wie Tiere in einen Käfig gesperrt oder wie die Leprakranken von Molokai!« erregte sich Beowulf Agate. »Und nicht einmal in einer richtigen Suite.«

»Die größeren Suiten haben mehr Eingänge; das hat Geof doch erklärt. Warum sollen wir das Risiko eingehen?«

»Und ich habe ihm erklärt, daß mehr Eingänge auch mehr Ausgänge bedeuten«, konterte Scofield. »Warum darauf verzichten?«

»Geoffrey muß das entscheiden. Er ist für uns verantwortlich.«

»Und dieser Bockmist, daß bloß er uns anrufen darf, aber wir ihn nicht?«

»Jede Hotelzentrale führt Aufzeichnungen über sämtliche ausgehenden Telefonate, um später korrekt abrechnen zu können. Und das Risiko, uns über Handy telefonieren lassen, will er nicht mehr eingehen, wegen der Scanner. Wenigstens nicht in deinem Fall.«

»Ich sage es noch einmal, wir stecken hier in einem Käfig. Wir könnten genausogut im Gefängnis sein!«

»Ich bezweifle, daß der Zimmerservice dort so gut ist, ganz zu schweigen von der Unterbringung, Bray.«

»Mir gefällt das nicht. Ich war vor einundzwanzig Jahren besser als Schweinebacke und bin das heute immer noch.«

»Du wirst aber hoffentlich zugeben, daß er seine Sache gut macht...«

»Ich verstehe mich besser darauf, meinen Arsch zu schützen als er«, schmollte Scofield wie ein in die Jahre gekommener Teenager. »Man kann Sicherheitsvorkehrungen auch übertreiben. Bildet er sich denn ein, daß die richtigen Etagenkellner blind, stumm und hirnlos sind?«

»Das ist ein Aspekt, den er sicherlich in Betracht gezogen hat.«

Ein Klopfen an der Tür ließ Scofield sein Auf- und Abgehen am Fenster unterbrechen. »Ja, wer ist da?«

»Mrs. Downey ... Sir«, kam die zaghafte Antwort. »Zimmermädchen.«

»Oh, natürlich.« Scofield öffnete die Tür und war einigermaßen erstaunt, eine ältere Frau vor sich zu sehen, deren hochgewachsene schlanke Gestalt, aufrechte Haltung und feingeschnittenen aristokratischen Züge überhaupt nicht zu der hellblauen Uniform eines Zimmermädchens des Savoy passen wollten oder zu dem obligatorischen Staubsauger und dem Putzeimer. »Kommen Sie herein.«

»Bitte, bleiben Sie sitzen«, sagte Mrs. Downey, als sie das Zimmer betrat, zu Antonia, die im Begriff war, sich vom Frühstückstisch zu erheben.

»Nein, wirklich«, sagte Antonia, »ich bekomme keinen Bissen mehr hinunter. Sie können alles wegschaffen.«

»Ich könnte, aber ich werde es nicht tun. Das wird einer der Zimmerkellner besorgen. Aber ich darf mich vielleicht vorstellen. Für den Augenblick heiße ich tatsächlich Downey, Mrs. Dorothy Downey – ein solider, ordentlicher Name, den ich mir selbst ausgesucht habe –, und ich bin auch korrekt im Personalbüro des Savoy registriert, mitsamt ausgezeichneten Zeugnissen. Das ist allerdings ziemlich absurd; ich könnte kein Bett so machen, wie es die Vorschriften des Hotels vorsehen, und wenn mein Leben davon abhinge. Ich bin Kryptographin und im Augenblick Ihre einzige Kontaktperson zu Sir Geoffrey Waters.«

»Da soll mich doch der Teufel ...«

»Bitte, Bray. Und wie können wir Sie erreichen, Mrs. Downey?«

»Hier«, sagte die MI5-Kryptographin und reichte Antonia einen Zettel. »Bitte, prägen Sie sich die Nummer ein, und verbrennen Sie den Zettel.«

»Das werden wir tun, sobald Sie uns erklärt haben, wie sicher diese Nummer ist«, sagte Scofield gereizt.

»Hundertprozentig – es handelt sich um eine direkte sichere Leitung, die nicht mit der Hotelzentrale verbunden ist und unmittelbar in das kleine Büro führt, das das Savoy mir zur Verfügung gestellt hat. Und ich verfüge dann über direkten Zugang zu Sir Geoffrey Waters. Beantwortet das Ihre Frage, Sir?«

»Ich kann nur hoffen, daß mein Name ebenso sicher wie Ihr Zugang ist.«

»Bray...!«

Die außergewöhnlich tüchtige »Mrs. Dorothy Downey« erwies sich als beständiges Ärgernis für Scofield und als ungemein effizient. Informationen flossen zwischen Waters, Scofield und Antonia sowie Pryce und Leslie hin und her, die inkognito im Hotel Blakes in Roland Gardens untergebracht waren. Allmählich begannen sich die Konturen der nächsten Phase ihrer Strategie wie von unsichtbaren Händen ausgelegte Teile eines Puzzle herauszukristallisieren.

Sie würden sich auf Amsterdam konzentrieren und sich dabei auf die spärlichen Informationen stützen, die man in Amanda Bentley-Smythes Apartment gefunden hatte und an denen ein Expertenteam noch arbeitete. Dann gab es noch das aus McDowells Büro in Wichita gestohlene Chiffriergerät, das man als Luftfracht nach Amsterdam befördert hatte. Einem unbekannten Mitarbeiter bei Atlantic Crown, der Angst hatte, zur Verantwortung gezogen zu werden, wenn er das teure Gerät ohne Quittung aus dem Hause entfernen ließ, hatten sie es zu verdanken, daß sie die KLM-Flugnummer kannten. Man mußte also Mitarbeiter der Fluggesellschaft befragen, da ja irgend jemand etwas wissen, etwas gesehen haben mußte – die Leute, die das Gerät abgeholt hatten, das Fahrzeug, mit dem man es aus dem Frachtbereich des Flughafens entfernt hatte.

Das war detektivische Kleinarbeit, aber Amsterdam war der Schlüssel zur ersten Tür in Scofields symbolischem Labyrinth. Es war Zeit, jene Tür zu öffnen und nachzusehen, was sich hinter ihr verbarg. Alles vorhandene Material wurde in einen Computer bei MI5 eingegeben. Die Resultate waren alles andere als spektakulär, aber auch nicht unbrauchbar. Korrelationen führten zu Verbindungen und Assoziationen; die Transportmethode engte die Suche auf einige wenige ein: Eine internationale Frachtmaschine zu chartern, war in Anbetracht all der dazu erforderlichen Formalitäten schließlich nicht etwas, was der durchschnittliche Multimillionär ohne weiteres bewerkstelligen konnte. Die

Suche erstreckte sich auf jeden einzelnen Kanal, dessen Name mit dem Buchstaben K begann, ganz gleich, wo er sich befand; und solche Kanäle gab es zu Dutzenden.

»Ich brauche eine Liste eines jeden einzelnen Bewohners an jedem dieser Kanäle«, sagte Waters zu einem Mitarbeiter.

»Das sind Tausende, Sir.«

»Ja, das dachte ich mir. Übrigens brauche ich außer den Namen auch weitere Details, wo immer das möglich ist. Einkommen, Arbeitgeber, Familienstand – das sollte für den Anfang genügen.«

»Großer Gott, Sir Geoffrey, es könnte Wochen dauern, eine solche Liste aufzustellen.«

»Das sollte es nicht, und ich glaube ehrlich gesagt auch nicht, daß wir soviel Zeit haben. Wer ist unser Verbindungsmann zur holländischen Abwehr?«

»Alan Poole, Sektion Niederlande.«

»Sagen Sie ihm, wir haben Situation Schwarz, und er soll Verbindung mit seinem Mann in Holland aufnehmen. Erklären Sie ihm, daß wir als Tarnung Rauschgift oder Diamantenschmuggel vorschieben werden – was ihm lieber ist. Die Telefongesellschaften registrieren sämtliche Gespräche und teilen die Städte in Segmente auf. Unsere Kollegen in Holland sollten da ohne Schwierigkeiten Zugang bekommen können, und wir schicken dann einen Kurier hinüber, der das Material abholen soll. Wie gesagt, es ist ein Anfang.«

»Sehr wohl, Sir«, sagte der Mitarbeiter und ging zur Tür. »Ich spreche sofort mit Poole.«

Die Unterlagen, die die holländische Abwehr lieferte, waren umfangreich. Ein Team von sechs MI5-Analytikern brütete achtunddreißig Stunden über dem Material, ohne auch nur eine einzige Pause einzulegen, eliminierte alle Namen, die ganz offensichtlich nicht in Frage kamen, hielt aber an jedem nur entfernt möglichen Kandidaten fest. Die Tausende wurden auf einige hundert reduziert, und dann fing der Prozeß wieder von vorn an. Akten und Polizeiunterlagen wurden, wo immer solche existierten, durchsucht, Bankverbindungen unter die Lupe genommen; Firmen und sonstige Arbeitsstellen auf zweifelhafte Transaktionen untersucht und Mitarbeiter des Schiphol-Flughafens von Amsterdam von holländisch sprechenden MI5-Beamten hinsichtlich der Frachtmaschine aus Wichita, Kansas, USA, verhört. Dabei stellte sich etwas recht Eigenartiges heraus: Nach den Aufzeichnungen des Agenten fand folgendes Gespräch zwischen dem MI5-Beamten und dem Vorarbeiter der Frachtabteilung statt:

MI5: »Sie erinnern sich an diesen Flug?«

Vorarbeiter: »Na klar. Wir haben Kartons mit nicht näher bezeichnetem technischen Gerät ausgeladen ohne jeglichen Frachtbrief, ohne Auflistung, und niemand vom Zoll ist aufgetaucht. Herrgott, da hätte alles mögliche Schmuggelgut drinnen sein können, sogar nukleares Material, aber niemand hat sich die Mühe gemacht, die Sendung anzusehen.«

»Erinnern Sie sich daran, wer die Sendung übernommen hat, wer die Unterschrift dafür geleistet hat?«

»Das geschieht im Frachthangar an der Abfertigung.«

In den Computern im Frachtbüro war der Flug aus Wichita, USA, nicht registriert. Es war, als hätte das Flugzeug nie existiert und wäre demzufolge auch nie in Amsterdam eingetroffen. In dem Protokoll, das der MI5-Beamte mit dem Zollpersonal führte, stand zu lesen:

»Wer hatte in jener Nacht Dienst?«

»Lassen Sie mich nachsehen.« (Frau am Computer) »Da war wenig Betrieb, also waren die meisten früher nach Hause gegangen.«

»Wer war dageblieben?«

»Soweit ich hier feststellen kann, eine Aushilfe namens Arnold Zelft.«

»Eine Aushilfe?«

»Wir haben eine ganze Liste von Ersatzleuten, gewöhnlich Rentner, die aushelfen, wenn viel Betrieb ist.«

»Wie finde ich diesen Zelft?«

»Ich rufe mal die Liste mit den Aushilfen auf.... Seltsam. Der steht hier nicht.«

Die holländische Telefongesellschaft verzeichnete in ganz Holland keinen Arnold Zelft, weder mit noch ohne Eintrag in einem Telefonbuch. Auch er existierte nicht.

Der nächste Ausleseprozeß, basierend auf Akten, Polizeiunterlagen, Erkundigungen bei Firmen, Banken und von Nachbarn eingeholten

Informationen, hatte die Liste mit den paar hundert Namen inzwischen auf dreiundsechzig zusammenschrumpfen lassen. Die MI5-Analytiker sondierten weiter, eliminierten weitere Namen, bis die Liste nur noch siebzehn Personen umfaßte, bei denen die Verdachtsmomente immerhin so stark waren, daß man beschloß, sie rund um die Uhr zu überwachen.

Binnen achtundvierzig Stunden wurden von den Beamten der Überwachungsteams mehrere seltsame Vorfälle gemeldet. Sechs Ehepaare, die an den K-Kanälen wohnten, flogen nach Paris und stiegen in unterschiedlichen Hotels ab, hielten aber, wie die Überwachung der jeweiligen Telefonzentralen ergab, miteinander Verbindung. Drei Ehemänner unternahmen Geschäftsreisen, wobei zwei am Abend Damenbesuch in ihren Hotels empfingen, während der dritte nach seinen geschäftlichen Besprechungen eine derartige Menge Alkohol verdrückte, daß er seiner Sinne nicht mehr mächtig war und schließlich von offenbar Fremden abgeholt und aufs Land gebracht wurde, wo er verschwand. War er betrunken oder hatte er das Ganze den Beobachtern nur vorgespielt?

Die restlichen Kandidaten waren vier Ehepaare, eine ältere Witwe und zwei unverheiratete Männer. Ebenso wie die anderen waren sie wohlhabend, einflußreich und hatten Zugang zu Persönlichkeiten auf allen Ebenen der Regierung; die Herkunft ihres erheblichen Vermögens ließ sich nicht ohne weiteres ergründen. Das galt besonders für einen der beiden unverheirateten Männer, einen Mijnheer Jan Van der Meer, der in einem alten eleganten Stadthaus an der Keizersgracht wohnte. In den Unterlagen wurde er als internationaler Finanzier mit Beteiligungen in aller Welt geschildert.

Ein Durchbruch! Und dann ein weiterer!

Den ersten Durchbruch erzielte eine der holländisch sprechenden MI5-Agentinnen, deren Tarnung darin bestand, daß sie eine Befragung für eine Kosmetikfirma durchführte. Sie erfuhr im beiläufigen Gespräch mit Van der Meers Nachbarn, daß häufig Limousinen einer bestimmten Firma vor Van der Meers Haus vorfuhren. Auf Befragen stellte der Limousinendienst in Abrede, Van der Meer zu kennen, und hatte auch keinerlei Unterlagen, aus denen hervorging, daß jemand dieses Namens je Fahrzeuge gemietet hatte. Weitere Ermittlungen ergaben, daß der Limousinenverleih einer Holdingfirma gehörte, die sich Argus Properties nannte – ein Unternehmen aus Van der Meers umfangreichem Firmenimperium! Weitere Ermittlungen wurden angesetzt.

Der zweite Durchbruch war eher zufälliger Natur, machte aber weitere Ermittlungen überflüssig. Sie hatten das Haus am K-Kanal gefunden. Keizersgracht 310, der Kanal der Kaiser.

Ein Computer des holländischen Geheimdienstes stieß auf eine Datenlöschung, die Jahrzehnte zurücklag. Eine Computersuche wurde in Gang gesetzt, die sämtliche Gerichtsakten umfaßte, bis die Löschung entdeckt wurde. Vor vierundzwanzig Jahren. Es stellte sich heraus, daß die Löschung im Standesamt der Stadt Amsterdam stattgefunden hatte. Daraufhin setzte man eine zweite Suche in den schriftlichen Archiven des Standesamtes an, förderte das betreffende Dokument zutage und unterzog es einer spektrographischen Analyse. Die Löschung wurde entdeckt, und die gelöschten Eintragungen wiederhergestellt.

Ein neunzehnjähriger Student an der juristischen Fakultät der Universität Utrecht hatte eine Namensänderung beantragt, die auch bewilligt worden war, genauer gesagt, er hatte seinen Familiennamen tilgen lassen und von jenem Tage an den Namen Jan van der Meer geführt, nicht mehr Jan van der Meer Matareisen.

Matareisen.

Die holländische Version von *Matarese.*

Das letzte Stück in dem Puzzle lag an Ort und Stelle.

Julian Guiderone trug sich unter dem Namen Paravacini im *Inn on the Park* in London ein. Bessere Etablissements wußten, daß das Haus Paravacini zu den reichsten Wirtschaftsdynastien Italiens gehörte und die Träger dieses Namens zuvorkommende Behandlung verdienten. Um das Ziel seiner Mission in England zu erfüllen – schlicht gesagt, den Tod von Brandon Alan Scofield alias Beowulf Agate –, mußte Guiderone zunächst den Aufenthaltsort des Verbindungsmanns der Matarese, eines gewissen Leonard Fredericks, ausfindig machen. Offenbar war es so, wie ihr Maulwurf in Langley es formuliert hatte: »Es ist, als ob er vom Erdboden verschwunden wäre.«

Aber jemand wie Fredericks verschwand nicht einfach so. Er konnte sich vernünftige Erklärungen für eine zeitweilige Abwesenheit ausdenken, aber niemals einfach verschwinden. Zwar schwebte dauernd das Damoklesschwert seiner Exekution über ihm, aber er wurde für seine

Dienste außergewöhnlich gut bezahlt und pflegte wie viele seiner im Untergrund angesiedelten Kollegen insgeheim einen Lebensstil, um den ihn vielleicht mancher saudische Prinz beneidet hätte. Guiderone beschränkte sich bei seiner Suche keineswegs ausschließlich auf Matarese-Quellen, sondern verfügte durchaus auch über eigene Hilfsmittel, wozu auch Leonard Fredericks' Frau zählte, die in einer Ehe gefangen war, aus der es kein Entrinnen gab. Für den Fall, daß sie überwacht wurde, einigten sie sich darauf, sich in der Islamabteilung des Victoria-and-Albert-Museums zu treffen, was unverfänglich war, da ihr Interesse an diesem Thema in ihrer Umgebung bekannt war.

»Sie wissen genau, daß Leonard mir äußerst selten etwas über seine Reisen erzählt«, erklärte die matronenhaft wirkende Marcia Fredericks, während sie neben Guiderone auf einer Marmorbank im Museum saß. Der Saal war zur Hälfte mit Studenten und Touristen gefüllt, und Guiderone ließ den Eingangsbogen keine Sekunde aus den Augen; bei dem ersten Anzeichen einer möglichen Beobachtung würde er den Saal sofort verlassen. »Ich nehme an, er ist zu einer seiner Nutten in Paris geflogen, natürlich unter dem Vorwand irgendwelcher Wirtschaftsverhandlungen.«

»Hat er gesagt, wann er zurückkommen würde?«

»Oh, da hat er sich eindeutig geäußert – morgen. Ich muß für ihn bereitstehen, deshalb hat er sich so unmißverständlich ausgedrückt. Ich mache einen Braten für ein Ehepaar aus seinem Büro.«

»Wenn man die äußeren Umstände Ihrer sogenannten Ehe bedenkt, ist das ja sehr liebenswürdig von Ihnen.«

»Ich bin eben neugierig. Er schläft seit zwei Jahren mit der Frau.«

»Nerven hat er ja offenbar, nicht wahr?«

»Die hat er, mein Lieber. Solange eine Frau atmet, nagelt er sie.«

»Hören Sie, Marcia«, sagte Guiderone. »Ich muß Leonard sehen, aber er darf nicht erfahren, daß wir miteinander gesprochen haben oder auch nur, daß ich hier in London bin.«

»Von mir wird er es nicht erfahren.«

»Gut. Ich wohne im Inn on the Park unter dem Namen Paravacini ...«

»Ja, den Namen haben Sie früher schon benutzt«, sagte Mrs. Fredericks.

»Das ist bequem. Die Familie ist prominent, und wir sind befreundet. Wenn Leonard zurückkehrt – ruft er Sie dann an, ehe er nach Hause kommt?«

»Natürlich. Um mir meine Anweisungen zu geben.«

»Dann rufen Sie mich bitte sofort an. Er hat dann noch die Fahrt vom Büro oder vom Flughafen vor sich, nicht wahr?«

»Natürlich. Vielleicht muß er auch noch einen Umweg machen, der geile Bock.«

»Ich werde ihn nach Ihrem Anruf unterwegs aufhalten. Könnte sein, daß er sich zum Abendessen verspätet.«

Marcia Fredericks drehte sich halb zur Seite und warf Guiderone einen flehenden Blick zu. »Wann darf ich da raus, Mr. G.? Ich habe kein eigenes Leben mehr. Es ist die Hölle!«

»Sie kennen die Regeln. Nie. Ich will es anders formulieren – jedenfalls nicht jetzt.«

»Aber ich kenne die Regeln nicht! Ich weiß nur, daß es welche gibt, weil Leonard immer sagt, daß es so ist. Aber wie diese Regeln lauten, weiß ich nicht.«

»Sie werden doch sicherlich verstehen, daß sie mit dem vielen Geld zusammenhängen, das Ihr Mann nach Hause bringt …«

»Als ob ich etwas davon hätte! Und ich habe keinen Schimmer, was er tut, um es sich zu verdienen.«

Guiderone erwiderte Marcias Blick, sah ihr starr in die Augen. »Nein, sicherlich nicht, meine Liebe«, sagte er leise. »Halten Sie noch eine Weile durch. Häufig regeln sich die Dinge irgendwie von selbst. Werden Sie tun, worum ich Sie gebeten habe?«

»Das Inn on the Park. Paravacini.«

Die Straßenlampen in den Vororten Londons waren vor kurzem eingeschaltet worden. Hinter den Fenstern der gepflegten Häuser flammte der Reihe nach das Licht auf. Sobald die Sonne untergegangen war, wurde es in diesen Vorortsvierteln schnell dunkel, weil die Häuser dort so dicht beieinander stehen, daß die letzten Strahlen der Sonne die Straße nicht mehr erreichen.

In dieser besonderen Straße parkte ein unauffälliger grauer Ford gegenüber von Leonard Fredericks' Haus am Randstein. Julian Guiderone saß hinter dem Steuer und rauchte eine Zigarette, den linken Arm über dem Beifahrersitz, den Blick auf den Rückspiegel gerichtet. Da waren sie. Die Scheinwerfer eines langsam dahinrollenden Wagens, der jetzt nach rechts abbog. Leonard Fredericks.

Von der oft bestätigten Annahme ausgehend, daß ein verblüffter

Mann nicht darauf achtet, was er sagt, schaltete Guiderone die Zündung ein, riß das Steuer herum und ließ den grauen Ford direkt vor das herannahende Fahrzeug rollen. Unmittelbar bevor es zu einem Zusammenstoß kam, trat er auf die Bremse, blieb reglos hinter dem Steuer sitzen und wartete auf die Reaktion. Sie bestand darin, daß Fredericks aus dem Wagen sprang und ihn anschrie: »Verdammt noch mal, was machen Sie da?«

»Ich glaube, die Frage kann man umdrehen, Leonard«, erwiderte Guiderone ruhig, stieg seinerseits aus und starrte den Londoner Matarese an. »Was zum Teufel haben Sie gemacht?«

»Mr. Guiderone ...? Julian? ... Um Himmels willen, was machen Sie hier?«

»Ich wiederhole, was haben Sie gemacht, wo immer Sie jetzt gerade waren, Leonard? Sie waren unauffindbar. Sie haben auf keinen Anruf und keine Codenachricht reagiert. Es war, wie Adler es formuliert hat, als ob Sie vom Erdboden verschwunden wären. Das ist alles sehr beunruhigend.«

»Lieber Gott, das brauche ich Ihnen doch sicher nicht zu erklären!«

»Was erklären?«

»Deshalb habe ich doch Kurzurlaub gemacht ... bis die Dinge geklärt waren.«

»Wie geklärt, Leonard?« fragte Guiderone scharf.

»Amsterdam ist *off limits*! Jordan hat es mich wissen lassen – und er hat es von Ihnen.«

»Von mir ...?«

»Sicher. Er hat gesagt, Sie würden meine Auffassungsgabe ganz besonders schätzen. Er hat ja praktisch zugegeben, daß er ein Bote von Ihnen ist.«

»Hat er das?«

»Aber sicher. Er wußte alles. Die K-Gracht, Atlantic Crown, Swanson und Schwartz, selbst über den redseligen Anwalt, diesen Stuart Nichols, wußte er Bescheid und auch über Wahlburg und Jamieson Fowler. Er hat *alles* gewußt!«

»Beruhigen Sie sich, Leonard. Nun zu diesem Jordan ...«

»Der amerikanische *Bankier*, Julian«, fiel ihm Fredericks hektisch ins Wort. »*Andrew* Jordan. Natürlich habe ich Erkundigungen über ihn eingezogen; der Mann ist authentisch, obwohl die Beschwerde, die er bei uns eingereicht hat, das wirklich nicht war. Und ich habe getan, was Sie durch Jordan von mir verlangt haben – ich habe den Amerikanern klargemacht, daß sie jeden Kontakt mit Amsterdam abbrechen sollen.«

»Ihre Gewährsleute?«

»Anonym, genau wie Sie das angeordnet haben.«

»Dieser Andrew Jordan, Leonard, würden Sie ihn mir beschreiben?«

»Ihnen beschreiben?« Fredericks war verblüfft.

»Keine Sorge«, beruhigte ihn Guiderone. »Ich möchte nur wissen, ob er meiner Anordnung gefolgt ist und sein Aussehen verändert hat. Schließlich habe ich ihn mitten ins feindliche Lager geschickt.«

»Also, er war älter als ich, etwa so alt wie Sie, und, ja, wenn ich es mir überlege, da war etwas Eigenartiges an ihm. Seine Kleidung war vielleicht für einen Bankier ein wenig zu leger, Sie wissen schon, was ich meine. Aber wie Sie schon sagen, er befand sich ja im feindlichen Lager ...«

»Das Schwein der Welt!« entfuhr es dem Sohn des Hirtenjungen halblaut, und eine Ader an seiner Stirn fing zu pochen an und ließ seine Wut erkennen.

»Wie bitte?«

»Schon gut. Jetzt zu dem Auftrag, den Amsterdam Ihnen erteilt hatte, ehe es *off limits* erklärt wurde, die Tötung des Amerikaners, Brandon Scofield. Haben Sie Fortschritte gemacht?«

»Kaum«, gab Leonard Fredericks zu. »Man kommt nicht an ihn ran. Es heißt, er und seine Frau befänden sich in einem der besseren Hotels und würden dort rund um die Uhr bewacht. Praktisch unerreichbar, muß ich leider sagen.«

»Unerreichbar?« sagte Guiderone mit eisiger Stimme. »Sie Idiot, sie waren fast eine Stunde mit ihm zusammen! Wer zum Teufel glauben Sie denn, war Andrew Jordan?«

»Das ist unmöglich, Mr. Guiderone! Er wußte über das Feuerwerk Bescheid, das Feuerwerk im Mittelmeer.«

»Wußte er es, oder haben Sie es ihm gesagt?«

»Na ja, wir haben beide davon gesprochen ...«

»Steigen Sie in meinen Wagen, Leonard. Wir haben andere Dinge zu besprechen.«

»Das geht jetzt wirklich nicht, Julian. Marcia und ich haben Besuch. Sie hat einen Braten ...«

»Das Abendessen kann warten. Was wir zu besprechen haben, nicht.«

Leonard Fredericks kam nicht zum Abendessen. Als Mrs. Fredericks zu dem Schluß kam, daß das Essen nicht länger warten konnte, nahmen sie und ihre Gäste Platz und verspeisten einen ausgezeichneten Braten. Was Marcia noch besser gefiel, war ein Anruf. Sie nahm ihn im Salon entgegen und hörte die folgenden Worte:

»Ich fürchte, die Rückkehr Ihres Mannes verzögert sich. Es war leider unvermeidlich, meine Liebe. Da es sich anscheinend um eine vertrauliche Mission handelt, kann man nicht sagen, wie lange er verreist sein wird. Unterdessen ist dafür Sorge getragen worden, daß Sie Zugang zu seinen Konten bekommen. Anweisungen folgen. Sie sind frei, Marcia.«

»Ich werde Sie nie vergessen.«

»Falsch, meine Liebe. Sie müssen mich vergessen. Völlig.«

Auf das schrille Klingeln des Telefons hin fuhr Cameron Pryce in seinem Hotelbett hoch. »Es ist zwei Uhr morgens«, murmelte Leslie Montrose und gähnte. »Wehe, der Anruf ist nicht wichtig.«

Er griff nach dem Hörer. »Das werden wir gleich wissen. Hallo?«

»Tut mir leid, Sie zu stören, Cam, aber ich will Sie auf dem laufenden halten«, sagte Geoffrey Waters.

»Laufen Sie ruhig vor. Was ist passiert?«

»Sie wissen, daß wir diesen Fredericks rund um die Uhr überwachen ...«

»Leonard Fredericks«, unterbrach ihn Pryce, »den Matarese-Kontakt.«

»Exakt. Unsere Jungs sind ihm nach Paris gefolgt, wo er hauptsächlich in Sachen Kama Sutra unterwegs, ansonsten aber unproduktiv war.«

»Und um mir das zu sagen, wecken Sie mich?«

»Wohl kaum. Die Pariser Einheit hat unseren Mann in Heathrow angerufen und ihm Fredericks' Rückflug heute abend durchgegeben. Wir haben am Flughafen seine Spur aufgenommen und sind ihm zu seinem Wagen gefolgt, haben ihn dann aber im Flughafenverkehr verloren. Nachdem unser Mann eine Weile herumgeirrt ist, ist er schließlich zu Fredericks' Haus gefahren. Sein Wagen war dort, aber er nicht.«

»Und das weiß er genau?«

»Ganz eindeutig. Zunächst war Mrs. Fredericks echt verblüfft, den Wagen ihres Mannes zu sehen, dann hat sie unseren Mann ins Haus gebeten. Er fand dort ein Ehepaar aus dem Foreign Office vor, die ihm sagten, daß Fredericks nicht erschienen sei, und auf dem Tisch stand auch ein unbenutztes Gedeck, das das bestätigte.«

»Könnte es sein, daß die Leute aus dem F.O. ein Ablenkungsmanöver sind?«

»Höchst unwahrscheinlich. Wir haben Nachforschungen über sie angestellt. Sie sind jung und ehrgeizig, ganz bestimmt nicht die Leute, die sich mit uns anlegen würden. Soweit wir erfahren haben, nimmt die Frau es mit der ehelichen Treue nicht zu genau, aber das ist ja heutzutage kein Verbrechen.«

»Das war es noch nie. Sie können unseren Kontaktmann abschreiben, Geof, das ist ein weiterer Gerald Henshaw. Er hat gefährliche Hobbys, und die Matarese mögen das nicht. Die reagieren auf so etwas allergisch.«

»Zu dem Schluß bin ich auch gelangt. Ich lasse sein Büro versiegeln. Wir werden es unter die Lupe nehmen.«

»Viel Spaß und halten Sie mich weiterhin auf dem laufenden.«

»Wie geht es Leslie?«

»Diese Frau ist unersättlich, Sie machen sich keinen Begriff!«

»Oh, halt den Mund«, sagte Leslie und ließ sich ins Kissen fallen.

Als Julian Guiderone vom Strand in den Savoy Court einbog und auf den Hoteleingang zuging, war es zwanzig Minuten nach acht Uhr abends. Auf dem Strand strömte in beide Richtungen dichter Verkehr, der Court selbst war mit Taxis, Limousinen, einem Jaguar und zwei Rolls-Royce vollgeparkt. Die Lichter am Baldachin des Savoy Theatre, der eigentlichen Heimat von Gilbert und Sullivan, blitzten und ließen damit erkennen, daß sich dort in Kürze der Vorhang heben würde. Theatergäste klopften ihre Pfeifen am Absatz aus, drückten Zigaretten aus und strömten durch die Tore mit den auf Hochglanz polierten Messingrahmen. Ein typischer Abend in London.

Guiderone hatte mit seinen Gewährsleuten konferiert, im wesentlichen einer Gruppe älterer Männer und Frauen, die schwere Zeiten hinter sich hatten und mit denen er sich in den Jahren, die er in England verbracht hatte, angefreundet hatte. Er bezeichnete sie als seine kleine Beobachterarmee; keiner von ihnen wußte so richtig, weshalb sie nach den Dingen oder Personen Ausschau hielten, die er ihnen auftrug, aber sie taten es voll Dankbarkeit, weil er großzügige Prämien an sie verteilte und häufig auch neue Kleidung als Ersatz für fadenscheinig gewordene alte ausgab. Kleidung war diesen Leuten wichtig; sie erinnerte an ihre Vergangenheit, in der es so etwas wie regelmäßige Anstellung und Selbstwert – mit einem Wort: Würde – für sie gegeben hatte.

Der Sohn des Hirtenjungen hatte die Liste der Luxushotels studiert, von denen bekannt war, daß sie regelmäßig mit den britischen Behörden zusammenarbeiteten; man konnte keines ausschließen. Also setzte Guiderone seine kleine Armee ein, sie alle zu beobachten und dort nach Individuen Ausschau zu halten, die regelmäßig zu bestimmten Zeiten dort erschienen und bei denen es sich mutmaßlich weder um Gäste noch Touristen, noch um Angestellte handelte. Stets darum bemüht, ihrem geheimnisvollen Wohltäter gefällig zu sein, erhielt Guiderone zahlreiche »Beobachtungen« mitgeteilt, wovon eine seine besondere Aufmerksamkeit auf sich zog.

Eine Frau in mittleren Jahren, die man im Savoy in der Uniform eines Zimmermädchens gesehen hatte, ging jeden Abend zwischen achtzehn Uhr fünfundundvierzig und zwanzig Uhr weg, was nicht gerade dem Zeitplan eines Zimmermädchens entsprach. Außerdem war sie jedesmal beim Weggehen ausnehmend gut gekleidet und stieg immer in ein wartendes Taxi am Strand. Nicht in einen Bus oder ein normales Auto eines Ehemannes oder Lebensgefährten. Das war nicht das Verhalten einer Hotelangestellten, sondern eher das einer MI5-Agentin.

Guiderones Plan war kompliziert und zeitraubend; aber das war ohne Belang. Er hatte sich auf die Spur seines Erzfeinds geheftet. Er würde von Stockwerk zu Stockwerk gehen und nach dem Ungewöhnlichen Ausschau halten; und er würde es in der einen oder anderen Ausprägung finden. Es mußte so sein. Das Schwein der Welt!

Er fand das Ungewöhnliche auf der Themseseite im zweiten Stock. Während sonst in den Stockwerken Zimmerkellner mit Tabletts und Rolltischen zu verschiedenen Türen eilten, gab es dort einige Zimmerkellner, die ohne Tabletts oder Tische unterwegs waren und sich allem Anschein nach auf eine einzige Tür konzentrierten. Guiderone begriff. Das Schwein der Welt und seine Frau!

Sein leichtes Hinken verstärkte sich, ohne daß ihm das bewußt wurde, während er sich ganz darauf konzentrierte, eine Strategie zu entwickeln. Er mußte diese Tür isolieren, die Insassen der Suite dahinter isolieren. Er war häufig im Savoy abgestiegen und kannte die

Arbeitsweise des Etagendienstes. Jedes Stockwerk verfügte zusätzlich zu den Aufzügen, die in die Küche im Erdgeschoß führten, über eine eigene gut ausgestattete Teeküche, in der Tee, Kaffee, Horsd'œuvres und Sandwiches für eilige Gäste zubereitet werden konnten. Guiderone folgte einem Kellner mit einem Tablett, ärgerte sich über sein auffälliges Hinken und fand so die Küche. Er blieb im Flur, schlenderte ziellos herum, als habe er sich verlaufen, und zählte die Zimmerkellner, die er für echt hielt, und die, hinter denen er Agenten des MI5 vermutete. Sie waren gleichmäßig verteilt: drei, die bedienten, und drei, die nur auf und ab gingen – also gewissermaßen patrouillierten. Eine Strategie begann sich herauszukristallisieren, eine Strategie, die ihren Anfang in der Teeküche nehmen würde. Er kehrte zu ihr zurück, wartete, bis ein Zimmerkellner mit einem Tablett herauskam, und schlüpfte dann hinein. Die Küche war leer; aber sie würde es nicht lange bleiben. Er öffnete einige Türen, hinter denen sich Vorräte verschiedener Art befanden, und zuletzt eine Toilette. Er schloß sich ein, knipste das Licht an, zog eine Pistole Kaliber .32 aus der Westentasche und einen Schalldämpfer aus der Hosentasche. Er schraubte den Schalldämpfer auf und wartete, bis sich die Tür zum Korridor öffnete und wieder schloß. Dann verließ er die Toilette und sah sich einem Zimmerkellner gegenüber, der vor Schreck sein silbernes Tablett auf die Theke fallen ließ. Guiderone tötete den Mann mit einem Schuß, der kaum zu hören war. Er zerrte die Leiche schnell in die Toilette und schloß die Tür.

Wenige Augenblicke später traf ein zweiter Kellner ein, diesmal ein kräftig gebauter junger Mann. Als er Julians Waffe sah, stürzte er sich auf den Matarese und warf ihm den Eiskübel an den Kopf. Zu spät. Zwei Kugeln bohrten sich in Brust und Kehle des Kellners, und der Sohn des Hirtenjungen zerrte sein zweites Opfer in das kleine WC.

Das dritte Opfer merkte überhaupt nicht, was geschah. Ein hagerer, älterer Kellner, der einen Rolltisch hinter sich herzog, trat rückwärts in die Küche. Guiderone feuerte; der alte Mann fiel tot über die Tischplatte. Kurz darauf stapelten sich drei Leichen auf dem Boden der Toilette; ihr Blut floß über die weißen Kacheln, und Guiderone bereitete sich auf die nächste Etappe vor, drei letzte Schritte, die ihn zu dem Mann führen würden, der seine Träume in einen lebenslangen Alptraum verwandelt hatte.

Er hinkte in den Korridor hinaus, bog um die Ecke und sah den ersten der drei MI5-Wachen an dem Aufzug stehen, von dem aus man die Tür des Schweins sehen konnte. Guiderone trat auf den Mann zu, drückte den Liftknopf und sagte: »Ich bin völlig durcheinander«, sagte er. »Ich kann die Suite acht-null-sieben nicht finden.«

»Die finden Sie auch nicht hier. Das hier ist der zweite Stock.«

»Tatsächlich? Das Alter scheint einem doch den Blick zu trüben. Ich hätte schwören können, daß ich auf die Acht gedrückt habe.«

»Aber das kann doch jedem passieren, Sir.« Die Lifttür öffnete sich.

»Junger Mann, würde es Ihnen etwas ausmachen, für mich die Acht zu drücken?«

»Aber keineswegs, Sir.« Der Mann trat in die Aufzugskabine und drückte den Knopf. In dem Augenblick hob Guiderone seine schallgedämpfte Pistole und drückte ab. Die Lifttür schloß sich, und der Aufzug trat die Reise in den achten Stock an.

In dem Augenblick kam eine zweite Wache um die Ecke. Es war klar zu erkennen, daß er jemanden suchte. Guiderone hinkte auf ihn zu. »Entschuldigen Sie, junger Freund. Aber ich weiß nicht, was ich tun soll. Hier hat gerade ein richtiges Handgemenge stattgefunden. Ich sprach mit einem Mann dort am Lift, er war etwa so alt wie Sie, als plötzlich die Türen aufgingen und zwei andere Männer ihn packten und in den Lift zerrten. Er hat geschrien und um sich geschlagen, aber es half nichts – sie waren brutal. Sie haben ihn hinunter ...«

»Ralph!« schrie der zweite MI5-Mann, als ein dritter hinter der Glastür im Korridor auftauchte. »Verbindung mit Downey aufnehmen, Code *Rot.* Abriegeln! Halt hier die Stellung, während ich mich um Joseph kümmere. Ich nehme die Treppe! Verstärkung schicken; das Hotel umstellen!«

Der dritte MI5-Beamte griff nach seinem Funksprechgerät, das er am Gürtel trug, aber es war zu spät. Guiderone zog seine Waffe aus dem Hosenbund, erschoß den zweiten Mann und stürzte sich auf den dritten. Er prallte mit ihm zusammen und drückte im selben Moment den Abzug. Der Agent stürzte, das nicht eingeschaltete Sprechgerät noch in der Hand; der Sohn des Hirtenjungen beugte sich über ihn und durchsuchte seine Taschen, wußte, was er finden würde – den Schlüssel für die Suite des Schweins!

Guiderones Bein schmerzte höllisch, während er sein fünftes und dann sein sechstes Opfer zum Treppenhaus zerrte – Treppen wurden nur selten benutzt – und sie dort ablegte. Dann kehrte er zu der Tür des Schweins zurück, sein Hirn in hellem Aufruhr. Fünfundzwanzig Jahre, ein Vierteljahrhundert, und jetzt endlich die Rache! Das Ende würde in Minuten kommen, das Ende des Alptraums. Er hätte Präsident der Vereinigten Staaten sein können! Und ein Mann hatte ihm im Wege gestanden. Dieses Schwein würde tot sein, ehe die Uhr zehn schlug. Es war drei Minuten vor zehn. Lautlos schob der Sohn des Hirtenjungen den Schlüssel ins Schloß.

Was folgte, war eine Schlacht der alten Titanen. Scofield saß auf einem Sessel und blickte auf die Themse hinunter, Antonia ihm gegenüber las in der *Times*. Scofield machte sich Notizen auf einem Block, wie er das immer tat, analysierte ihre Lage. Ein leichtes metallisches Kratzen an der Tür! Kaum zu hören, Antonia merkte es gar nicht. Aber Beowulf Agate hatte in seinem früheren Leben mit solchen undefinierbaren Lauten gelebt, gedämpften, winzigen, kaum hörbaren Geräuschen. Oft hatten sie den Unterschied zwischen Leben und Tod bedeutet. Er sah hinüber und merkte, wie der Türknopf sich langsam und lautlos drehte.

»*Toni!*« flüsterte er, »geh ins Schlafzimmer, und schließ die Tür ab!«

»Was ist, Bray ...?«

»Schnell!« Verwirrt tat Antonia, was er ihr befohlen hatte, während Scofield eine schwere Stehlampe packte. Er riß den Stecker aus der Wand, stand auf, packte die Lampe in der Mitte, ging schnell auf die Tür zu und bezog links von ihr Stellung, so daß sie ihn verdecken würde, wenn sie aufging.

Sie öffnete sich, und ein Mann, der eine Waffe in der Hand hielt, hinkte ins Zimmer. Scofield ließ die Lampe mit aller Kraft auf ihn heruntersausen. Zwei Kugeln aus der schallgedämpften Pistole bohrten sich in den Boden, als der Angreifer mit blutüberströmten Schädel herumfuhr und taumelnd versuchte, auf den Beinen zu bleiben. Scofield war vor lauter Verblüffung wie gelähmt. Julian Guiderone! Er lebte! Viel älter, das Gesicht fleckig, verzerrt, die Augen vor Wut geweitet. Der Sohn des Hirtenjungen.

Den Bruchteil einer Sekunde, bevor Guiderone wieder zu sich kam und seine Waffe hob, erholte sich Scofield von seiner Verblüffung. Er rammte dem Matarese den Sockel der Stehlampe in den Leib und trieb ihn damit gegen das Fenster. Der Schlag machte Guiderone nur noch wütender, und seine verzerrten, blutüberströmten Züge waren jetzt eine Maske schieren Wahnsinns. Guiderone warf sich nach vorne, und Scofield packte das Handgelenk, das die Pistole hielt, riß es herum, um ihm die Waffe zu entwinden. Aber er schaffte es nicht. Der Sohn des Hirtenjungen entwickelte in seiner blinden Wut die Kräfte eines jungen Mannes.

»Schwein!« stieß Guiderone kehlig hervor, Speichel trat ihm auf die Lippen. »Schwein der Welt!«

»Vielen Dank, Senator Appleton«, erwiderte Scofield außer Atem und wehrte sich, so gut er konnte, gegen den Angriff des Wahnsinnigen. »Du wolltest das Weiße Haus, du Mistkerl, und ich habe dich daran gehindert!«

»Oh!« schrie Guiderone und stürzte sich auf Scofield, krallte nach seinem Gesicht, während der seine Waffe festhielt. Sie wälzten sich auf dem Boden, warfen einen Tisch um, rappelten sich beide hoch, zwei alte Raubtiere in einer Auseinandersetzung auf Leben und Tod. Bilder krachten auf den Boden, Kristallvasen kippten um und zerschellten – es waren die letzten Momente eines epischen Kampfes. Scofield kämpfte gegen die wütenden Hiebe des anderen an, bis er schließlich Guiderone am Jackett zu fassen bekam, während er mit der anderen Hand immer noch die Waffe abwehrte. Er wirbelte seinen Widersacher herum und schleuderte ihn mit einer Kraft, von der er nicht gewußt hatte, daß er sie noch besaß, gegen das Fenster, so daß das schwere Glas zersprang und dem anderen die Kehle durchschnitt.

Beowulf Agate sackte auf die Knie, zitterte am ganzen Leib, keuchte, rang um Luft.

30

Wir müssen jetzt losschlagen!« sagte Scofield. »Und zwar sofort, Geof!«

»Das finde ich auch«, fügte Cameron Pryce hinzu, als alle fünf, Leslie und Antonia eingeschlossen, sich in der demolierten Suite des Savoy versammelt hatten. Guiderones blutige Leiche war mit den Glassplittern und dem zerstörten Mobiliar vom Personal der militärischen Abwehr entfernt worden.

»Ich habe ja nichts dagegen, Leute«, sagte Geoffrey Waters, »ich will nur sichergehen, daß wir uns alles gründlich überlegt haben.«

»Ich *habe* mir alles gründlich überlegt«, beharrte Beowulf Agate. »Ich kenne die Matarese und weiß, wie sie vorgehen. Jede einzelne Zelle ist zugleich unabhängig und abhängig. Sie verfügen über ein gewisses Maß an Autonomie, stehen aber alle unter einem globalen Schirm. Man schlägt dann zu, wenn der Schirm verwundbar ist, wenn der Stoff zerrissen ist, und, glaub mir, im Moment hängt er in Fetzen!«

»›Unabhängig und doch abhängig‹«, sagte Sir Geoffrey. »Das sollten wir ein wenig unter die Lupe nehmen.«

»Was gibt es da unter die Lupe zu nehmen?« fragte Pryce. »Sehen Sie sich doch General Mills und Corn Flakes, Toasties und Corn Bran, oder wie das Zeug auch heißt, an. Unterschiedliche Marken, aber eine Firma.«

»Was sollen wir hier mit Corn-flakes-Marken anfangen?« fragte Leslie, die an dem Schreibtisch der Suite saß, der bei dem Handgemenge unversehrt geblieben war.

»Denk nicht an Corn-flakes, denk an Schlangen – Schlangengruben, wenn du willst. Ich habe das schon mal gesagt – wir müssen den Schlangen die Köpfe abschlagen, den unabhängigen und den abhängigen. Guiderone war eine der beiden Schlüsselfiguren der Matarese ...«

»Scylla und Charybdis«, unterbrach Scofield.

»Genau«, pflichtete Pryce ihm bei. »Die verbliebene Schlüsselfigur ist also van der Meer in Amsterdam. Wir schnappen ihn uns, isolieren ihn, sehen zu, daß wir ihn geknackt kriegen. Wir nehmen sein Haus auseinander, tun das, was Brandon bei Atlantic Crown getan hat. Vielleicht erfahren wir etwas.«

»Und in der Zwischenzeit erhalten die Unabhängigen und die Abhängigen keine Instruktionen«, fügte Scofield hinzu. »Einige von ihnen geraten in Panik, lassen sich vielleicht sogar dazu hinreißen, Abgesandte zur Keizersgracht zu schicken. Wenn es dazu kommen sollte, erfahren wir sogar noch mehr.«

»Praktikabilität«, sagte Waters. »Wie sieht unser bestes Szenario aus?«

»Zunächst einmal«, sagte Pryce, »verzichten wir darauf, den holländischen Geheimdienst einzuschalten. Das ist eine großartige Organisation, aber wir dürfen das Risiko nicht eingehen, daß die Matarese dort Leute eingeschleust haben. Unser Schweigen darf nicht gebrochen werden.«

»Einzelkämpfer in Zivil«, sagte Waters abschließend. »Unsere Leute, MI6, Auslandssektion.«

»Ich werde sie führen«, erklärte Pryce. »Wo ist Luther Considine? Mit etwas Glück wird unser Top-Pilot eine Menge Flugstunden absolvieren. Und dann, Geof, sollten Sie Frank Shields in Washington informieren. Es könnte sein, daß er schnell etwas gegen sein Quartett von Schlangen unternehmen muß, vielleicht jeden einzelnen dieser Kerle in den Schwitzkasten nehmen.«

Das nächtliche Stoßtruppunternehmen auf das Haus an der Keizersgracht war ein Lehrstück für verdeckte Operationen. Zunächst wurde mit modernstem elektronischem Gerät festgestellt, daß Jan van der Meer Matareisen im Hause war und lediglich zwei Besucher hatte, einen Mann im Erdgeschoß und einen im zweiten Stock, vermutlich Sicherheitspersonal. Die Baupläne des Hauses hatte man unter dem Vorwand, ein Kaufinteressent wolle einen Blick darauf werfen, aus den städtischen Archiven der Jahrhundertwende besorgt, dazu hatte Waters einen holländisch sprechenden MI6-Agenten eingesetzt. Derselbe Mann ging jetzt auf die Eingangstür an der Straße zu, während zwei Kollegen mit Pryce sich dem Kanaleingang näherten, einer Stahltür in einem verwitterten Steinbogen.

Der Agent an der vorderen Tür klingelte; keine zehn Sekunden später erschien ein kräftig gebauter Mann an der Tür. »Ja, bitte?« fragte er in holländischer Sprache.

»Ich habe Anweisung, mit Jan van der Meer Kontakt aufzunehmen.«

»Anweisung von wem?«

»Von vier Männern in New York. Sie heißen Whitehead, Wahlburg, Fowler und Nichols. Es ist äußerst dringend. Bitte verständigen Sie Mr. van der Meer.«

»Es ist spät. Er hat sich bereits zurückgezogen.«

»Ich rate Ihnen dringend, ihn von meinem Eintreffen zu verständigen, sonst könnten Sie derjenige sein, den man zurückzieht.«

»Ich mag keine Drohungen …«

»Das ist keine Drohung, *mijnheer*. Lediglich eine Tatsache.«

»Warten Sie hier. Ich schließe die Tür.«

Auf der dunklen Kanalseite hatten die MI6-Ranger an den zwei dicken Fenstern links und rechts der Stahltür zwei mit Drähten versehene Plastikscheiben angebracht: elektronische Lauschgeräte. Pryce machte sich daran, rings um das Türschloß eine graue, an Ton erinnernde Masse aufzubringen, die, wenn sie gezündet wurde, bis zu drei Zentimeter dicken Stahl schmelzen konnte.

»Der Wachmann rennt die Treppe hinauf«, sagte der Ranger, der rechts von Pryce stand.

»Bestätigt«, sagte sein Kollege zur Linken. »Abbrennen, Kumpel.«

»Wer von Ihnen beiden hat das Kästchen für den Alarm?« fragte Pryce.

»Ich«, antwortete der erste. »Von den Leuten von der Reinigungsfirma wissen wir, daß es an jedem Ausgang einen Schaltkasten mit einer Zeitspanne von zwanzig Sekunden gibt. Ein Kinderspiel, alter Junge. Ich stecke einfach unser Kästchen drüber, und das erledigt den Rest.«

Pryce steckte einen elektronischen Brennstab in die Tonmasse, die sich sofort rötete und dann in blendendes Weiß überging, als sie sich durch den Stahl fraß. Als das Zischen verstummt war, zog Pryce eine Sprühdose aus der Jackentasche und richtete den v-förmigen Strahl auf das verbrannte Metall, das schwarz wurde und erkaltete. Mit einer schmalen Zange führte Pryce einen langen Haken ein, zog die gezackte Stahlplatte heraus und ließ sie auf den Boden fallen. »Los!« sagte er.

Die drei Männer stießen die schwere Tür auf; der erste Ranger drückte den Deaktivator über den Schaltkasten der Alarmanlage. Ein paar klickende Laute waren zu hören, dann leuchtete außen an dem kleinen Kästchen eine rote Diode auf. »Unser kleiner Zauberer hat sein Werk verrichtet«, flüsterte der Mann. »Das Haus ist neutralisiert. Ziemlich dunkel hier, wie? Keine einzige Lampe in dem Ballsaal – falls das ein Ballsaal ist.«

Schritte. Auf der Treppe. Der Wachmann, der die Stufen hinaufgerannt war, kam wieder herunter, er hielt jetzt eine Pistole in der rechten Hand. Pryce und seine Kollegen kauerten hinter einem Flügel und sahen zu, wie der kräftig gebaute Mann zur Tür rannte, sie öffnete und den dritten Ranger zum Eintreten aufforderte.

»Schnell!« rief er. »Und passen Sie auf, ich habe hier eine Waffe und schieße sofort, wenn Sie etwas tun, was mir nicht paßt.«

»Mit Ihnen habe ich nichts zu tun, *mijnheer*. Also gibt es nichts, was Ihnen an mir passen oder nicht passen könnte.«

»Ich glaube, Sie wissen, was ich meine. Kommen Sie. Der große Van der Meer ist äußerst ungehalten. Er möchte eine Legitimation sehen.«

»Das sollte er eigentlich besser wissen. Die habe ich im Kopf.«

»Sie sind unverschämt.«

»Das sollte er besser wissen«, wiederholte der MI6-Agent und ging vor dem Leibwächter her auf die Treppe zu.

Pryce tippte die beiden Ranger links und rechts von ihm an. Das war das stumme Signal. Alle drei richteten sich wie ein Mann auf und bewegten sich auf dicken Gummisohlen auf den Mann zu. Pryce legte ihm von hinten den Arm um den Hals, nahm ihm mit der anderen Hand die Waffe weg und drückte zu, bis der Mann das Bewußtsein verlor. Der zweite Ranger zerrte den Bewußtlosen in eine Ecke und holte Draht und Isolierband aus den Taschen.

»Im ersten Stock ist niemand«, sagte Pryce leise zu den zwei anderen. »Wir dürfen keine Sekunde verlieren. Matareisen wartet und hat ohne Zweifel bereits seinen zweiten Leibwächter alarmiert. Wir gehen Rücken an Rücken hinauf. Haben Sie Ihre Schalldämpfer angebracht?«

»Die ganze Zeit schon«, antwortete der Mann, der von der Straße hereingekommen war. Jetzt kehrte der dritte Ranger zurück.

»Schläft er gut?« fragte Pryce.

»Garantiert, und zwar eine ganze Weile. Ich habe ihm eine kleine Spritze verpaßt.«

Die vier Männer bildeten einen Kreis und arbeiteten sich lautlos, Rücken an Rücken, die Treppe hinauf. Plötzlich gab der Ranger, der den Alarm ausgeschaltet hatte, einen Schuß ab; eine Gestalt, die am Treppensims im zweiten Stock aufgetaucht war, sackte zusammen; die Kugel aus der schallgedämpften Waffe hatte ihr Ziel getroffen, ein Kopfschuß, der dem Leibwächter keine Zeit gelassen hatte, einen Laut von sich zu geben.

»Da ist eine Tür, und ich wette, dahinter wartet unser Gastgeber.«

»Warum?« fragte der Ranger, der den ersten Leibwächter betäubt hatte.

»Weil der Mann davorstand.«

»Leuchtet mir ein«, flüsterte Pryce. »Teameinsatz, Jungs?«

»Geht klar, Sir.«

»Kein ›Sir‹, bitte. Wir sind ein Team, und Sie verstehen von diesen Dingen deutlich mehr als ich.«

»Also, wie Sie diesen Knaben ausgeschaltet haben, war gar nicht übel, alter Junge. Wirklich ein sauberer Griff.«

Schulter an Schulter wie ein menschlicher Rammbock rannten die vier los. Die schwere Holztür explodierte förmlich nach innen, wurde aus den Angeln und dem Schloß gerissen, war dem Ansturm von soviel konzentrierter Kraft nicht gewachsen. Jan van der Meer Matareisen stand, mit einer blauen Samtjacke und einer weißen Seidenpyjamahose bekleidet, wie benommen mitten im Zimmer.

»Großer Gott!« rief er.

Und dann tat er etwas, was nach Lage der Dinge, nicht unwahrscheinlicher hätte sein können. Ehe die vier Eindringlinge ihre Waffen auf ihn richten konnten, griff er an. Seine nicht sehr beeindruckende schlanke Gestalt wurde zu einer Kampfmaschine, einem Wirbel aus Armen, Füßen und Beinen, die um sich schlugen und wie Propeller kreisten. Binnen Sekunden hatte er zwei der durch nichts darauf vorbereiteten Kommandomitglieder kampfunfähig gemacht und zu Boden gestreckt. Der dritte Ranger kauerte in einer Ecke und hielt sich den Hals.

Mit flammenden Augen konzentrierte Matareisen sich jetzt auf Pryce. »Sie haben Glück, Amerikaner. Ich brauche keine Kanone, sonst wären Sie schon tot!« stieß er hervor.

»Sie sind gut, das muß man Ihnen lassen.«

»Schrecklicher als Ihre schlimmsten Alpträume, Mr. Pryce.«

»Sie wissen, wer ich bin?«

»Wir sind seit – wie heißt das? – Brass 26 auf Ihrer Spur.«

»Das Kanonenboot. Die Harrier. Sie haben eine ganze Menge junger Männer umgebracht, die bloß ihren Job getan haben.«

»Wirklich schade, daß Sie die Harrier überlebt haben. Das werden Sie jetzt nicht!« Damit stieß er einen schrillen Schrei aus, der von den Wänden widerhallte, und wurde wieder zur Kampfmaschine, deren Propeller sich diesmal Pryce zum Ziel genommen hatten. Der griff nach der Waffe, die in seinem Gürtel steckte. Aber kaum hatt er sie in der Hand, traf sie ein präziser Tritt und ließ sie davonfliegen. Pryce trat einen Schritt zurück und konzentrierte sich auf Matareisens rechtes Bein. Der Tritt kam; er packte den Seidenstoff, krallte sich in das Fleisch darunter und drehte das Bein mit einem heftigen Ruck nach links. Matareisens Körper verlor einen Augenblick lang das Gleichgewicht und drehte sich in der Luft um die eigene Achse, während Pryce sich gleichzeitig nach vorne warf und den Holländer gegen die Wand schleuderte. Ein dumpfes Krachen ertönte bei seinem Aufprall, und da Matareisen mit dem Kopf voran gegen die Wand gestoßen war, verlor er das Bewußtsein. Er lag zusammengerollt in fötaler Haltung auf dem Boden.

Jetzt kamen die drei Ranger allmählich wieder zu sich. »Was zum Teufel war das?« rief der MI6-Mann, der das Haus durch die vordere Tür betreten hatte, und richtete sich schwankend auf.

»Eine Armee Ninjas, wenn du mich fragst«, sagte der Alarmspezialist.

»Ein Irrer im Seidenpyjama«, sagte der Agent mit der Spritze. »Ich denke, ich sollte ihm auch ein wenig Saft verpassen.«

»Das ist aber doch ungefährlich, oder?« fragte Pryce. »Zu viel von dem Zeug macht eine weiche Birne, und ich möchte seinen Kopf lieber intakt haben.«

»Was Sie gerade mit seinem Kopf angestellt haben, schaffe ich mit zehn Spritzen nicht.«

»Okay, meinetwegen.« Pryce griff in eine Tasche und holte einen Plan heraus. Er datierte von der Jahrhundertwende und zeigte sämtliche Details des Hauses. Während der Agent Matareisen die Spritze verpaßte, ging Pryce, gefolgt von den beiden anderen, in den Korridor hinaus. »Nach diesen Plänen gibt es noch ein Stockwerk darüber«, sagte er, »aber die Treppe endet hier.«

»Das kann man auch von außen erkennen«, bestätigte der Mann, der den Alarm ausgeschaltet hatte. »Da sind Fenster oben.«

»Und wie kommen wir hinauf?« wollte der zweite Ranger wissen.

»Wahrscheinlich mit dem Aufzug, und der ist ohne Zweifel programmiert«, sagte Pryce und ging auf das abgesperrte Messinggitter zu, das den Aufzugschacht abgrenzte. »Das Obergeschoß ist offensichtlich Sperrzone. Da, sehen Sie, eine falsche Decke. Man kann am Rand einen Spalt sehen. Die Decke muß beweglich sein.«

»Warum holen wir dann nicht den Aufzug herauf?«

»Ja, warum nicht?« sagte Pryce. »Wir können von der Kabine aus arbeiten und versuchen durchzubrechen.«

»Jedenfalls leichter als drei Stockwerke tief in den Schacht zu fallen. In dem Boot im Kanal ist Werkzeug. Soll ich welches holen?«

»Ja, bitte.«

Nach einer Stunde schweißtreibender Arbeit hatten Pryce und die drei Männer des MI6 die falsche Decke entfernt und sich in einer mühsamen Kletterpartie bis zu der Stahltür im obersten Stockwerk hinaufgearbeitet. Wieder verschafften sie sich mit Hilfe der tonähnlichen Substanz, die sie am Schließmechanismus der Stahltür anbrachten, Zugang zu der »Sperrzone« im dritten Stockwerk. Was sie zu sehen bekamen, verblüffte sie alle.

»Das ist ja ein richtiges Kommunikationszentrum!« rief der Alarmfachmann.

»Wie in einer Lagezentrale für einen Atomkrieg«, sagte der Mann mit der Spritze.

»Da kann man ja Angst kriegen!« fügte der dritte hinzu. »Seht euch das an, eine ganze Wand mit einer Weltkarte.«

»Willkommen im Allerheiligsten der Matarese«, sagte Cameron Pryce leise.

»Der was?«

»Schon gut. Das ist es, was wir gesucht haben.« Pryce holte sein Walkie-talkie heraus, das auf die Frequenz des Bristol Freighter im Flughafen von Schiphol geschaltet war, wo Luther Considine und Leslie warteten. »Luther?«

»Was gibt es, Cam?«

»Wir sind fündig geworden. Das gibt eine Prämie.«

»Das hört sich gut an. Darf ich jetzt nach Hause?«

»Sie haben gerade erst angefangen, mein Freund. Im Augenblick brauchen wir Leslie. Sagen Sie den englischen Kollegen, daß sie sie in die Zielzone bringen sollen. Keizersgracht 310, Straßeneingang, unmarkiertes Fahrzeug.«

»Sie schläft.«

»Wecken Sie sie.«

Lieutenant Colonel Leslie Montrose war, falls das überhaupt möglich war, noch verblüffter als Pryce und die Ranger, weil sie von dem, was sie vor sich sah, wirklich etwas verstand. Sie ging zwischen den nebeneinander angeordneten Computern auf die in der Mitte erhöht angeordnete Konsole zu. »Diese Geräte sind nicht nur Weltklasse, die sind absolute Spitzenklasse. Direkte Satellitensendungen, Zerhacker, Alternativschaltungen – großer Gott, die Jungs im Strategischen Luftkommando oder in Langley haben auch nichts Besseres. Das muß Millionen gekostet haben, und wenn man bedenkt, daß einiges davon exklusiv angefertigt worden ist, wahrscheinlich sogar Milliarden.«

»Das bedeutet einen Berg von Komplikationen, stimmt's?«

»Einige Berge, Cam.«

»Um etwas Brauchbares herauszukriegen, wirst du Hilfe brauchen, stimmt das auch?«

»Alle, die ich kriegen kann, und so schnell wie möglich.«

»Irgendwelche Vorschläge?«

»Ja, einen oder zwei vielleicht. Aaron Greenwald in Silicon Valley. Der ist der Kopf hinter einigen sehr erfolgreichen Firmen, er arbeitet für die auf Beraterbasis. Und dann Pierre Campion in Paris. Nicht so bekannt, aber ein richtiger Zauberkünstler, seiner Zeit weit voraus.«

»Und du kennst sie?«

»Die gehörten zu dem Schulungsteam, das G-zwo zusammengestellt hatte. Könnte sein, daß die sich an mich erinnern, aber das kann ich nicht garantieren.«

»Jetzt werden sie sich ganz bestimmt an dich erinnern. Sonst noch jemand?«

»Frag bei der Army nach, die haben die Teams zusammengestellt und sie etappenweise reingeholt.«

»Und das heißt, daß alle auf oberster Geheimhaltungsstufe überprüft waren.«

»Eindeutig.«

Frank Shields machte sich in Washington ans Werk, während Geoffrey Waters mit dem Deuxième Bureau in Paris Verbindung aufnahm.

Achtundvierzig Stunden verstrichen, in denen Leslie die diversen Computer in der Matarese-Zentrale erforschte. Am Morgen des dritten Tages waren sieben der besten Köpfe auf dem Gebiet der Computertechnik und Informatik in London versammelt und wurden von Luther Considine nach Amsterdam geflogen. Das Haus an der Keizersgracht war abgeriegelt worden und wurde unauffällig rund um die Uhr von einer neuen Einheit des britischen MI6 in Zivil bewacht. Die Ranger waren nach England zurückgekehrt; in Matareisens Haus hielten sich jetzt Pryce, Leslie, die sieben Computerspezialisten und vier Bedienstete für ihre Versorgung auf, die alle ebenso fließend Holländisch wie Englisch sprachen.

Als einer der ehemaligen Firmenangestellten, die die Matarese-Computer bedient hatten, anrief und *Mijnheer* Van der Meer sprechen wollte, sagte man ihm, dieser sei geschäftlich verreist, was den Mann argwöhnisch machte, da er mit der derzeitige Situation vertraut war. Er fuhr hinüber, sah die rege Aktivität, die dort herrschte, und rief seine Kollegen an.

Haltet euch der Keizersgracht fern. Da ist was faul!

Bereits bei der ersten Besprechung in dem Salon im Erdgeschoß wurde klar, daß der Kalifornier Aaron Greenwald die Führung der Computerspezialisten übernehmen würde. Er war ein schlanker, beinahe hagerer Mann Anfang vierzig mit einem freundlichen Gesicht und einer leisen, eindringlichen Stimme. Das einzig Auffällige an ihm waren seine sanftblickenden braunen Augen, deren Blick sich immer ganz auf den jeweiligen Gesprächspartner konzentrierte, gerade, als würde er Dinge an seinem Gegenüber erkennen, die anderen verborgen blieben. Die Gruppe bestand aus fünf Männern, zwei Frauen und natürlich Leslie Montrose. Zimmer wurden zugeteilt, Gepäck ausgepackt und vorläufige Zeitpläne aufgestellt. Dann versammelten sie sich im Erdgeschoß, und Greenwald ergriff das Wort.

»Wir werden uns die Maschinen der Reihe nach von Alpha bis Omega vornehmen, alle möglichen Variationen durchgehen und natürlich über jeden Schritt Aufzeichnungen anfertigen. Ich habe ein paar Seiten mit Vorschlägen vorbereitet, aber das sind nur Vorschläge. Bitte, fühlen Sie sich davon nicht eingeengt – es kommt auf Ihre Findigkeit an, nicht auf meine. Übrigens, wir haben den Code des Aufzugs geknackt und damit normalen Zugang zum dritten Stock. Aber bitte achten Sie darauf, nie mehr als drei Leute pro Fahrt. Und dann noch eines: Um wirklich effizient arbeiten zu können, habe ich Einsatzpläne für Tag und Nacht aufgestellt und sie im Speisesaal oben angeschlagen.«

Dann begann die Arbeit, eine Arbeit, die alle bis an den Rand der Erschöpfung trieb. Sie arbeiteten ausnahmslos rund um die Uhr, weil niemand den Kollegen mehr zumuten wollte als sich selbst. Die Zeitpläne erwiesen sich als Makulatur – der Schlaf stellte sich dann ein, wenn einem die Augen zufielen, und Mahlzeiten wurden nur dann eingenommen, wenn der quälende Hunger anfing, den Fluß der Gedanken zu lähmen. Gelegentlich verließen die Spezialisten ihre Computer, bauten sich hinter ihren Kollegen auf und munterten sie auf, wenn sie das Gefühl hatten, daß sie vor einem Durchbruch standen. Langsam wuchs das Gefühl der Dringlichkeit, als immer mehr Informationen offenkundig wurden – aber zuviel blieb verborgen, jedem Zugriff entzogen.

»Es muß doch einen gemeinsamen Nenner geben«, beharrte Greenwald, der an der erhöht angeordneten Konsole Platz genommen hatte. »Oder wenigstens annähernd, eine Art Vorauscode, der für alle gilt.«

»So etwas Ähnliches wie eine Vorwahlnummer, Aaron?« fragte Leslie, die ein Stück links von dem Kalifornier arbeitete.

»Ja, eine Folge von Symbolen, die sich dann verzweigen, sowohl aus Gründen der Effizienz, als auch eine Art gemeinsame Fahne.«

»Das würde ganz sicher zu dem großen Plan passen«, sagte Pryce, der hinter Greenwald stand und zusah, wie dessen Finger über die Tastatur huschten. »Hinter all dem steht ein gewaltiges Ego.«

»Er heißt natürlich Matareisen«, sagte Aaron mit angewiderter Stimme. »Macht Sir Geoffrey in London irgendwelche Fortschritte mit ihm?«

»Nein, und er ist schon auf hundertachtzig. An diesen Kerl kommt man einfach nicht heran. Die haben jedes Serum an ihm ausprobiert, das man sich vorstellen kann, angefangen mit Pentothal bis zu dem alten Skopolamin, aber ohne jeden Erfolg. Der Mann hat die Mentalität eines Roboters. Er ist geschlagen, aber Waters sagt, er verhält sich so, als ob er gewonnen hätte. Die halten ihn in einer hellerleuchteten Zelle fest und lassen ihn nicht schlafen, geben ihm nur Wasser und gerade genug zu essen, daß er nicht verhungert ... aber ihm ist nicht beizukommen. Er hat die Konstitution eines Bullen.«

»Er wird entweder dahinsiechen oder zerbrechen«, sagte Greenwald. »Wir wollen nur hoffen, daß es das letztere ist. Und noch rechtzeitig.«

»Warum sagen Sie das?«

»Weil ich aus allem, was ich bisher herausbekommen habe, sicher weiß, daß es einen festen Zeitrahmen gibt, und am Ende steht etwas Schreckliches – was auch immer es sein mag.«

»Und wir haben nicht die leiseste Ahnung, was es ist. Das einzige Fragment, das wir rausbekommen haben – Scofield hat es rausbekommen –, hat etwas mit ›Feuer im Mittelmeer‹ zu tun.«

»Also, zurück zu Alpha bis Omega und unseren Variationen«, sagte Aaron Greenwald, lehnte sich in seinem Drehstuhl zurück, streckte sich kurz und beugte sich dann wieder vor, und seine Finger flogen erneut über die Tastatur.

Durchbruch!

Er kam um 3.51 Uhr am Morgen des vierten Tages. Der Spezialist aus Paris, Pierre Campion, schoß in Greenwalds Zimmer, in das dieser sich vor weniger als einer halben Stunde zurückgezogen hatte.

»Aaron, Aaron, aufwachen, *mon ami*!« rief der Franzose. »Ich glaube, wir haben es geschafft!«

»Was … was?« Greenwald schoß in die Höhe und ließ seine langen Beine über die Bettkante baumeln. Er war vollständig angezogen, seine Kleidung zerknittert, seine sanft blickenden Augen waren rot vor Müdigkeit. »Wann? Wie?«

»Erst vor ein paar Minuten. Es war eine algebraische Kombination, wie Sie anfänglich vermutet haben – Gleichungen, Aaron! Kommen Sie, Cameron und Leslie sind bei den anderen. Wir wollen ohne Sie nicht weitermachen.«

»Ich will mir nur etwas kaltes Wasser ins Gesicht spritzen, dann kann ich vielleicht wieder klar denken. Wo ist meine Brille?«

»Auf Ihrer Nase.«

In der riesigen Kommunikationszentrale standen die fünf Experten und ein sich deklassiert fühlender Pryce rings um die Konsole, die Campion in Abwesenheit Greenwalds übernommen hatte. »Die *M*- und *B*-Symbole sind hier in einer aufsteigenden Folge kombiniert, die sie durch Division gleichstellt«, sagte Aaron nachdenklich.

»Der Baron von Matarese«, erklärte Pryce, »der Gigant und die

Quelle von allem, was sie haben. Matareisens Gedanken kreisen immer um ihn. Das ist wie eine fixe Idee, von der er nicht loskommt.«

»Dann wollen wir weitermachen – aber ganz vorsichtig«, sagte Greenwald. »Wir speichern, was wir haben, und variieren die Gleichung, am besten in geometrischer Folge.«

»Wirklich?« fragte Campion. »Warum?«

»Weil die dritte oder vierte Potenz nicht logisch wäre. Die Basis der Codes der Matarese könnte unlogische Logik sein.«

»Jetzt verstehe ich überhaupt nichts mehr, Aaron«, sagte Pryce.

»Ich auch nicht, Cam. Ich werfe nur die Angel aus.«

Sechsundzwanzig Minuten später, in denen Greenwalds Finger einen immer schnelleren Tanz auf der Tastatur vollführt hatten, erwachte plötzlich die vielfarbige Weltkarte an der Wand zum Leben. Dutzende von blitzenden roten Lichtern schienen überall förmlich zu explodieren. Es war, als ob die riesige Weltkarte plötzlich von Eigenleben erfüllt wäre und eine geradezu hypnotische Faszination ausstrahlte.

»Großer Gott!« flüsterte Leslie und starrte die Karte an. Campion und ein paar andere traten ungläubig einige Schritte vor.

»Was ist das, Aaron?« fragte Pryce.

»Ich vermute, daß das, was passieren wird, in diesen pulsierenden Zentren geschehen wird. Wir sind ganz nahe dran. Irgendwo in diesen Maschinen steckt die Antwort auf unsere Fragen.«

»Dann suchen Sie weiter, bitte.«

»Ausdruck!« schrie Campion, der an seinen Computer zurückgekehrt war. Das ließ sie alle erstarren. »*Mon Dieu*, der Ausdruck kommt von selbst. Ich habe überhaupt nichts getan.«

»Einfach eine automatische Schaltung, Pierre«, sagte Greenwald. »Sie haben eine Ladeschwelle erreicht und damit den Drucker ausgelöst. Herrgott, was steht da?«

»›Sektor sechsundzwanzig‹«, begann der Franzose stockend, über den Drucker gebeugt, und las dann, während das Papier sich aus dem Schlitz schob. »›Phase eins läuft an. Geschätzte Schließungen, Bankrotte und Zahlungseinstellungen: innerhalb der nächsten dreißig Arbeitstage einundvierzigtausend.‹«

»Irgendein Hinweis darauf, welcher Sektor die Nummer sechsundzwanzig ist?«

»Ich glaube, das ist auf der Karte zu sehen«, antwortete Leslie und deutete auf die Leuchtwand. »Von all den blitzenden Lichtern ist da eines mit einem blauen Schimmer an der Westküste der Vereinigten Staaten.«

»Sie hat völlig recht«, sagte Pryce. »Das ist der Bereich von Los Angeles.«

»Irgendein Hinweis auf das Datum, Pierre?«

»In neunzehn Tagen.«

»Wecken Sie den Rest der Gruppe!« forderte Greenwald die beiden anderen Spezialisten auf. »Leslie, gehen Sie und Pierre doch bitte zu den Computern, und geben Sie Ihre Codes ein und alles, was Sie bisher gespeichert haben. Wenn Sie fertig sind, gehe ich auf Zwangsfütterung.«

»Sie gehen auf *was*?« fragte Pryce.

»Das ist Jargon für selektive Verbindung der Geräte. Eigentlich ist es ganz einfach, man macht das nur selten. Ich schalte mit Hilfe eines Masterkabels sämtliche Modems auf eine zentrale Basis.« Dann erklärte Aaron, daß sie vielleicht Zeit sparen konnten, wenn sie durch diese Verbindungsschaltung weitere Computer hochfuhren.

Das Gefühl der Dringlichkeit, das alle erfaßt hatte, war fast körperlich zu spüren. Als dann zuerst zwei, dann drei weitere Drucker ansprangen, steigerte sich dieses Gefühl noch, bis dann schließlich fast alle Drucker wahre Papierberge ausspuckten. Die Stunden verstrichen, und ihre Müdigkeit schlug in Euphorie um. War es ihnen wirklich gelungen, die Geheimnisse der Matarese zu entschlüsseln?

Um zehn Minuten nach zwölf Uhr mittags richtete Aaron Greenwald sich auf und sagte: »Bitte alle mal herhören – Ruhe bitte, hören Sie mir zu. Wir verfügen in diesem Augenblick über mehr Material, als wir aufarbeiten können, aber wir müssen anfangen, den größten Teil davon in uns aufzunehmen. Ich schlage vor, wir sammeln, was wir haben, sortieren nach Herkunft, erheben uns kurz aus diesen grausamen Sesseln, strecken uns ein wenig und … fangen wieder an zu lesen!«

Um fünfzehn Uhr dreißig, beinahe zwölf Stunden nach dem ersten Durchbruch, war der Berg Ausdrucke gelesen, und die Spezialistengruppe sammelte sich in dem Salon im Erdgeschoß, um ihre Schlußfolgerungen zu diskutieren.

»Es kann einem angst machen und ist doch noch auf tragische Weise unvollständig«, begann Pierre Campion. »Eine Flutwelle von Finanzkatastrophen wird über den Industrienationen zusammenschlagen.

Buchstäblich Millionen und Abermillionen von Arbeitsplätzen werden verloren gehen, wenn Tausende von Firmen und Unternehmen zusammenbrechen.«

»Die Depression Ende der zwanziger, Anfang der dreißiger Jahre wird im Vergleich dazu wie ein kleines Frühlingslüftchen wirken«, sagte ein amerikanischer Spezialist.

»Das Problem ist nur, daß wir keine greifbaren Anhaltspunkte haben«, fügte ein anderer hinzu.

»Aber Hinweise, Ladies und Gentlemen«, beharrte Greenwald. »Darauf stößt man doch überall! Worte wie ›Medien‹ – Zeitungen, Fernsehen; ›Konsolidierung von Infrastruktur‹ – Versorgungsunternehmen, Energiegesellschaften; ›Vers. mat. tab.‹ – also versicherungsmathematische Tabellen: Versicherungsgesellschaften und ihre Ableger in der Gesundheitsversorgung. Und dann noch andere Begriffe, wie ›Transfers‹, ›Konsol.‹ ›*Transfers*‹, Leute ... *Banken.* Jede Operation dieser Größenordnung erfordert gewaltige Kapitalsummen, wie sie die Welt der Wirtschaft bisher nicht gekannt hat.«

»Wir kennen einige der Banken, die fusioniert haben«, sagte Pryce. »Auf internationaler Ebene.«

»Und wir haben alle von den Gesundheitsorganisationen gelesen, die sich gegenseitig verschlingen«, erinnerte Leslie. »Zuerst der Profit und dann erst die Patienten.«

»Sicherlich, wir wissen von vielen solcher Vorgänge«, fügte der Franzose Campion hinzu, »aber unser Problem ist, daß in dem umfangreichen Material, das wir hier gelesen haben, keinerlei Namen genannt werden.«

»Wir dürfen nicht vergessen«, gab ein anderer Amerikaner zu bedenken, »daß die Matarese nicht dumm sind – freilich, es sind habgierige Psychopathen in globalem Ausmaß, aber dumm sind sie nicht. Die treiben ihr Spiel seit langer Zeit, und wir müssen wohl davon ausgehen, daß sie, zumindest nach außen hin, die gesetzlichen Vorschriften befolgt haben.«

»Natürlich«, pflichtete Aaron ihm bei, »wobei ›nach außen hin‹ genau die richtige Formulierung ist. Wir können mit dem, was wir haben, also nichts Konkretes anfangen, weil wir keine Namen ...«

»Nein, das können wir nicht«, fiel Pryce ihm wütend ins Wort, »aber wir haben etwas anderes, und das gibt uns jetzt eine Handhabe! Wir wissen mit absoluter Sicherheit, daß die vier Caballeros, die Frank

Shields überwachen läßt, Matarese sind, und zwar von Kopf bis Fuß. Mit denen werden wir anfangen. *Ich* werde mit ihnen anfangen!«

»Ganz allein?« Leslie Montrose fuhr in ihrem Sessel nach vorn und funkelte Pryce an.

»Das wäre nicht das erste Mal. Einfach infiltrieren und einen gegen den anderen aufhetzen. Von all den albernen Spielen, die man in diesem blöden Zirkus treibt, hat das die größte Erfolgschance. Außerdem haben wir für etwas anderes gar keine Zeit. Herrgott, Sie haben doch alle gehört, was Campion gesagt hat. Neunzehn Tage!«

»Aber Sie allein?« protestierte Greenwald.

»Leichte Übertreibung«, sagte Pryce. »Ich werde Shields davon überzeugen, daß er mir mit sämtlichen technischen Hilfsmitteln, die wir haben, beisteht und mir dazu ein paar von seinen Typen zur Verfügung stellt.«

»Das heißt, Sie wollen in die Staaten ...«

»Und zwar so schnell ich kann, Aaron. Waters wird mich hinbringen, und ich möchte Luther dabeihaben für den Fall, daß ich ein schnelles, unauffälliges Flugzeug und einen Piloten brauche – nicht irgendwelches Personal, das nicht dichthält, oder irgendwelche offiziellen Anforderungen, bitte.«

»Ich komme mit, Officer Pryce«, erklärte Leslie.

»Damit hatte ich gerechnet.«

»Und wir werden hier weitermachen«, sagte Greenwald. »Bitte, sorgen Sie für die entsprechende Kommunikation, damit wir Sie sofort verständigen können, wenn wir irgendwelche wichtigen Informationen ausgraben.«

»Ist praktisch schon veranlaßt.« Pryce griff in die Tasche und zog sein Funkgerät heraus. »Luther, machen Sie den Vogel startklar. Wir sind in zwanzig Minuten da.«

Die Überschallmaschine der R. A. F. landete um 19.05 Uhr Eastern Standard Zeit auf dem Dulles International Airport. Ein Wagen der CIA brachte Pryce, Leslie und Considine nach Langley, wo Frank Shields sie in seinem Büro erwartete. Nach der Begrüßung, und nachdem Luther Shields vorgestellt worden war, legte Frank das geplante Szenario dar.

»Commander Considine ...«

»Jetzt haben Sie mich befördert, aber Luther reicht schon, Sir.«

»Vielen Dank. Luther, wir haben uns einen Rockwell-Jet beschafft; er wartet auf einem privaten Flugplatz in Virginia, etwa vierzig Minuten von Washington entfernt. Sind Sie damit einverstanden?«

»Aber sicher. Rockwell baut gute Flugzeuge. Es kommt nur darauf an, wie weit ich fliegen soll.«

»Das ist im Augenblick kein Problem. Jamieson Fowler ist gewöhnlich zwischen Boston, Maryland und Florida unterwegs; Stuart Nichols und Albert Whitehead halten sich in New York auf und Benjamin Wahlburg in Philadelphia. Kein Flug nimmt also mehr als dreieinhalb Stunden in Anspruch, Florida eingeschlossen.«

»Dann gibt es keine Probleme. Darf ich die Maschine morgen inspizieren und mir auch die Sicherheitsvorkehrungen ansehen?«

»Das werden wir alle gemeinsam machen, Luther. Ich möchte nach New York«, sagte Pryce.

»Dann hören Sie mir zu, ehe Sie übereilt handeln«, erklärte Shields entschieden. »Nach dem, was ich von Geoffrey Waters gehört habe, wollen Sie sich Whitehead und die anderen jeweils einzeln vornehmen, ist das richtig?«

»Ja, einzeln und einen nach dem anderen.«

»Wir haben in Erfahrung gebracht, daß Whitehead sein Büro jeden Abend zwischen Viertel vor sechs und sechs verläßt und sich ausschließlich von Limousinen einer ganz bestimmten Firma befördern läßt. Auf der Fahrt von seinem Büro zu seinem Apartment an der Fifth Avenue macht er gewöhnlich in einer Bar im Rockefeller Center Station, die sich Templars nennt. Dort ist für ihn ein Tisch reserviert, und er nimmt dort genau zwei Wodka Martini zu sich und kehrt dann zu dem wartenden Wagen zurück.«

»Das ist sehr präzise.«

»Das ist noch nicht alles. Wir haben unter strenger Geheimhaltung eine Übereinkunft mit der Limousinenvermietung getroffen, und der Fahrer an dem von Ihnen ausgewählten Tag wird einer von unseren Leuten sein. Stellen Sie in der Bar den Kontakt her, wie auch immer Sie das machen, und begleiten Sie ihn zum Wagen zurück. Geht das?«

»Ohne Frage.«

»Ich möchte mitkommen«, erklärte Leslie. »Diese Leute sind Killer, und wie Ihnen ja bekannt ist, kann ich mit Waffen umgehen.«

»Das ist nicht notwendig, Leslie ...«

»Doch, das ist es. Du hast es notwendig gemacht, mein Lieber.«

»Kein Kommentar«, erklärte der Deputy Director. »Wir werden Sie in einer Nische in der Nähe plazieren.«

»Und was ist mit mir?« wollte Considine wissen. »Jemand sollte ihre Flanken schützen, so machen wir das in der Luft.«

»Jetzt kommen Sie schon, Luther! Das würde so aussehen, als ob jemand mich beschattet, und schließlich ist ja der Fahrer einer von uns.«

»Das ist Ihr Bier, Cam, aber ich komme von der Straße, haben Sie das vergessen? Man kann schließlich Ersatzleute engagieren.«

»Jetzt übertreiben Sie, guter Freund.«

»Ich schließe mich Camerons Meinung an«, sagte Shields. »Aber wenn Sie sich dabei wohler fühlen, können Sie ja in der Bar sitzen und dort ein Bier trinken, einverstanden?«

»Ja, dann fühle ich mich wohler«, sagte der Pilot.

»Also, Cam, wenn Sie im Wagen sitzen, können Sie reden, solange Sie wollen, und den Fahrer hinfahren lassen, wo Sie wollen. Unseren Börsenmakler wird es ziemlich nervös machen, daß Sie alles unter Kontrolle haben.«

»Soviel zu Whitehead. Was ist mit Nichols?«

»Am Morgen darauf. Er geht vor dem Büro immer in seinen Fitneßclub und trainiert dort eine halbe Stunde. Der Club ist an der Twenty-second Street, Nichols kommt gegen 7.15 Uhr dort an. Wir haben arrangiert, daß Sie in der Sauna sind, wo Nichols nach seinem Training hingeht...«

»Hübsch«, unterbrach ihn Pryce. »Wie können wir sicherstellen, daß ich mit ihm allein bin?«

»Das wird ein Trainer erledigen. Um die Zeit sollte das nicht schwierig sein. Sie werden drinnen sein, und sobald er Nichols in die Sauna läßt, wird er an der Tür stehenbleiben, und jedem, der hineinmöchte, sagen, daß der Ofen gerade überholt wird.«

»Was haben Sie ihm als Erklärung geliefert?« fragte Leslie besorgt.

»Gar keine, Colonel. Er ist einer von unseren Leuten. Und jetzt würde ich in Anbetracht des Zeitunterschieds vorschlagen, daß Sie sich alle drei ein wenig ausruhen, am besten sich einmal richtig ausschlafen. Wir haben Sie in einem Motel nicht weit von hier untergebracht, es liegt nahe bei dem Privatflugplatz. Unser Wagen bringt Sie hin und wird Sie morgen – sagen wir um acht? – abholen.«

»Wie wäre es mit sieben?« sagte Pryce.

»Ganz wie Sie wollen.«

»Ich nehme an, wir werden in New York in Ihrem privaten Hotel wohnen. Bray hat gesagt, es hieße Marble oder so.«

»Immer wenn wir das Geld der Steuerzahler sparen können, tun wir unser Bestes.«

»Scofield hat gesagt, der Zimmerservice dort sei ganz vorzüglich.«

»Kein Wunder. Er hat ihn weidlich ausgenutzt.«

31

Der Flug nach New York war ohne besondere Ereignisse verlaufen, dafür war der Verkehr in Manhattan entsetzlich. Am Flughafen La Guardia hatte sie ein CIA-Beamter empfangen und zum Hotel Marblethorpe gebracht. Sie hatten das Hotel durch den Seiteneingang betreten und sich in derselben Suite niedergelassen, die zuvor Scofield und Antonia für die Gespräche mit möglichen Verbindungsleuten zu den Matarese benutzt hatten. Luther Considine übernahm das Gästeschlafzimmer, und als sie mit Auspacken fertig waren, kam der CIA-Agent nach oben. Er hieß Scott Walker und wirkte mit seiner aufrechten Haltung eher wie ein Offizier.

»Ich bin nur über das Nötigste informiert worden«, begann er, »und je weniger ich weiß, um so besser, hat mir Director Shields eingeschärft. Ich bin nur hier, um Ihnen zu assistieren, und darf allenfalls dann eingreifen, wenn es zu einem Notfall kommt.«

»Sehr vernünftig«, sagte Pryce. »Kennen Sie den Zeitplan?«

»Die Templars Bar im Rockefeller Center heute abend um achtzehn Uhr. Sie werden die Bar jeder für sich betreten und Plätze einnehmen, die man Ihnen genannt hat. Die jeweiligen Plätze werden besetzt sein, aber sobald Sie sagen: ›Oh, ich dachte, ich hätte diesen Tisch reserviert‹, werden unsere Leute sich entschuldigen und den Platz räumen.«

»Ich gehe als letzer hinein?« fragte Pryce.

»Nein, Sir, als erster. Wenn Sie alle drinnen sind, werde ich die Tür von außen vom nächsten Korridor aus bewachen.« Walker griff in seine Westentasche. »Übrigens, Shields hat mir diese beiden Fotos mitgegeben. Das erste zeigt den Mann, mit dem Sie sich heute abend treffen; das zweite den von morgen früh. Ich kann Ihnen leider die Fotos nicht überlassen; Sie dürfen sie nicht bei sich tragen. Also bitte genau ansehen und einprägen.«

»Wie oft ich das schon gehört habe …«

»Das kann ich mir vorstellen, Sir.«

»Werden Sie mir folgen, wenn ich unseren berühmten Mr. …«

»Keine Namen, bitte, Sir!«

»Entschuldigung. Wenn ich die Zielperson in die Limousine mitnehme?«

»Nicht unbedingt. Ihr Fahrer ist ein Kollege von uns und weiß, was zu tun ist, falls es zu irgendwelchen Problemen kommen sollte.«

»Das klingt beruhigend«, sagte Leslie.

Den Rest des Tages verbrachte Leslie damit, sich von dem langen Flug zu erholen, Pryce, indem er sich Notizen für sein Gespräch mit Albert Whitehead machte, und Luther, indem er das Telefon mit Beschlag belegte und mit seiner Freundin, einer Stabsärztin in Pensacola, telefonierte. Um vier Uhr bestellten sie sich ein frühes Abendessen, da sie nicht wissen konnten, wann sie die nächste Mahlzeit bekommen würden. Um 17.15 Uhr rief Scott Walker aus dem CIA-Fahrzeug am Seiteneingang an. Es war Zeit, zur Templars Bar zu fahren.

Als sie an den vorgesehenen Punkten Platz genommen hatten, Pryce an der überfüllten Bar, nickten sich Luther und Leslie unauffällig zu. Um zwölf Minuten nach sechs kam Albert Whitehead herein und strebte geradewegs auf das Tischchen mit dem ›Reserviert‹-Schild zu. Luther fing Pryce' Blick auf und nickte, als Pryce unauffällig zu Whitehead hinübersah. Darauf erhob Pryce sich von seinem Barhocker und ging zum Tisch des Börsenmaklers hinüber. Als er sich Whitehead gegenüber in die enge Nische schob, blickte der überrascht auf.

»Ich muß doch bitten«, sagte der Matarese. »Sehen Sie nicht, daß dieser Tisch reserviert ist?«

»Ich glaube nicht, daß Ihnen das etwas ausmachen wird«, erwiderte Pryce leise. »Ich komme aus Amsterdam, der Sohn des Hirtenjungen hat mir aufgetragen, mit Ihnen Verbindung aufzunehmen.«

»Was?«

»Jetzt kriegen Sie nicht gleich einen Herzanfall, wir haben schon genug Probleme. Sie haben sich mit Haien eingelassen«

»Wer sind Sie?«

»Ich habe Ihnen doch gerade gesagt, daß ich aus Amsterdam komme. Ich bin Kurier, wenn Sie so wollen. Trinken Sie unauffällig aus – das ist ein Wodka Martini, nicht wahr? Das hat Mr. G. wenigstens gesagt.«

»Ich habe nicht die leiseste Ahnung, wovon Sie reden«, murmelte Whitehead sichtlich verstört.

»Sie haben nicht die leiseste Ahnung, was vorgefallen ist. Oder mit wem Sie zu tun haben. Haben Sie draußen einen Wagen?«

»Natürlich.«

»Ist er sicher?«

»Absolut. Ich schließe die Trennscheibe zum Chauffeur, dann kann man kein Wort hören ... Was rede ich da? Wer zum Teufel sind Sie?«

»Jetzt wollen wir bitte nicht noch einmal damit anfangen«, sagte Pryce gelangweilt. »Ich bin hier, weil Sie mich brauchen, nicht weil mir danach ist.«

»Warum sollte ich Sie brauchen?« stieß Whitehead im Flüsterton hervor. »Und was sollte das heißen, ich hätte mich ›mit Haien eingelassen‹?«

»Einige haben sich für den Fall unvorhergesehener Schwierigkeiten Rückzugspositionen aufgebaut, das ist Ihnen doch sicherlich bekannt.«

»Nein, das ist es nicht. Es wird keine Schwierigkeiten geben. Unser Plan kann nicht scheitern.«

»Das erwarten wir auch nicht. Trotzdem ...«

»Trotzdem gar nichts. Raus mit der Sprache!«

»Ihr Anwalt, Nichols, hat sich für den Fall, daß irgend etwas schiefläuft, abgesichert. Es heißt, er habe eine Aussage hinterlegt, in der steht, daß er über Ihre Finanztransaktionen nicht informiert war.«

»Das glaube ich nicht!«

»Mr. Guiderone verfügt über Informationsquellen, von denen wir nichts ahnen. Es stimmt. Er möchte, daß Sie Distanz zu Nichols halten. Und wenn Sie Instruktionen bekommen, was bald der Fall sein wird, sollen Sie ihm nichts davon sagen.«

»Das klingt alles so unglaublich ...«

»Glauben Sie mir«, sagte Pryce. »Kommen Sie, ich fühle mich nicht wohl dabei, hier mit Ihnen zu sprechen. Gehen wir hinaus und steigen in Ihren Wagen. Soll ich zahlen?«

»Nein, nein. Die schreiben alles auf meine Rechnung.«

Als sie draußen auf der Straße angelangt waren, ging Pryce zu der Limousine und öffnete Whitehead die Tür. »Sie haben den Wagen gekannt«, sagte Whitehead und starrte ihn an.

»Ja, allerdings.« Pryce nahm neben dem Börsenmakler auf dem Rücksitz Platz, beugte sich vor und wies den CIA-Agenten am Steuer an: »Fahren Sie uns um den Central Park herum, ich sage Ihnen, wann Sie wieder zur Fifth Avenue zurückkehren sollen. Und schließen Sie bitte die Trennscheibe.«

»Dieser Fahrer«, sagte Albert Whitehead, dessen Augen sich geweitet hatten, »ich kenne ihn nicht. Das ist keiner von meinen Fahrern.«

»Der Sohn des Hirtenjungen ist nicht nur äußerst präzise, er plant auch voraus.«

Als Whitehead schließlich in seinem Apartment in der Fifth Avenue eintraf, war er ein völliges Wrack. Er hatte das Gefühl, alles würde sich um ihn drehen; ihm schwindelte, sein analytischer Verstand – der sich gewöhnlich mit Zahlen und Finanztransaktionen befaßte – war mit einem Wust von Informationen vollgestopft, die alle überhaupt nichts mit Zahlen und Transaktionen zu tun hatten. Was er gehört hatte, betraf Machtkämpfe in Amsterdam, Verrat an der obersten Spitze des Unternehmens, Zellen, die zur Gegenseite übergegangen waren, und mehr als alles andere, Angst. Schiere, nackte Angst. Das Ganze war wie ein Wirbelsturm negativer Emotionen und Abstraktionen, keine sauberen, mathematisch präzisen Linien. Nichols, seit Jahren sein Anwalt und seine rechte Hand, ein Verräter? An ihm?

Wie viele andere gab es noch? Wie viele Matarese-Zellen hatte er auf illegalem Weg mit Geld versorgt? Würden sich einige davon gegen ihn wenden? Und wenn ja, welche? Manche hatten angedeutet, er habe sich persönlich bereichert. Nun ja, es gab gewisse Ausgaben, die mit den Transaktionen verbunden waren. Würden diese Undankbaren ihn im Falle »unvorhergesehener Schwierigkeiten« auffliegen lassen?

Albert Whitehead empfand ein Gefühl der Übelkeit. Vor Jahren war er freudig und vergnügt in ein Meer schier endlosen Reichtums getaucht. Jetzt fragte er sich, ob er im Begriff war, darin zu ertrinken.

Pryce saß, in ein Handtuch gehüllt, in einer Ecke des von Schwaden erfüllten Dampfbades. Es klopfte an der Glastür: das Signal. Gleich würde Stuart Nichols, erster Vizepräsident der Maklerfirma Swanson und Schwartz und maßgebender Matarese-Anwalt, hereinkommen. Der Mann trat, ebenfalls in ein Handtuch gehüllt, ein und nahm auf der Bank gegenüber von Pryce Platz. Die Dampfschwaden verhinderten, daß sie einander klar erkennen konnten, und das war Pryce ganz recht. Auf die Weise würde das, was er sagte, noch mehr Eindruck machen. Pryce ließ eine Minute verstreichen, bevor er sprach.

»Hallo, Herr Anwalt.«

»Was? Wer sind Sie?«

»Mein Name ist ohne Belang. Wichtig ist, daß ich mit Ihnen spreche. Wir sind allein.«

»Ich pflege nicht im Dampfbad meines Clubs mit Fremden zu sprechen.«

»Für alles gibt es ein erstes Mal, oder?«

»Aber diesmal nicht.« Nichols erhob sich von seiner Bank.

»Ich komme aus Amsterdam«, sagte Pryce leise.

»Was?«

»Setzen Sie sich, Herr Anwalt. Glauben Sie mir, es ist zu Ihrem Vorteil, und falls Sie mir nicht glauben wollen, dann glauben Sie Julian Guiderone.«

»Guiderone...?« Der Anwalt ging durch die wallenden Schwaden zur Bank zurück.

»Das ist eine Art Losungswort, nicht wahr? Der Name eines Mannes, den man beinahe dreißig Jahre für tot hielt. Bemerkenswert. Ich meine, die Tatsache, daß jemand diesen Namen benutzt.«

»Ich habe verstanden, bis zu einem gewissen Punkt jedenfalls. Ich will mehr wissen. Was ist in Amsterdam geschehen? Warum ist die Verbindung abgerissen?«

»Das wissen Sie schon, aber haben Sie versucht, Verbindung mit der Keizersgracht aufzunehmen?«

»Die Keizersgracht...? Sie beeindrucken mich. Warum sollte ich das wissen?«

»Weil Leonard Fredericks, unser Maulwurf im Foreign Office, es Ihnen gesagt hat. Van der Meer ist zu weit gegangen. Er hat versucht, Julian aus dem Sattel zu heben.«

»Wie unsinnig. Er ist der Sohn...«

»Des Hirtenjungen«, sagte Pryce schnell. »Wenn Sie versucht haben, van der Meer zu erreichen, wird man Ihnen gesagt haben, daß er geschäftlich außer Landes ist.«

»Und was bedeutet das?«

»Daß er versucht, neue Verbindungen aufzubauen, neue Machtkonstellationen. Er könnte überall sein.«

»Großer Gott! Das ist schrecklich, das könnte katastrophale Folgen haben.«

»Allerdings. Aber ich setze auf Guiderone – mein Geld und damit wohl auch mein Leben. Die wahre Macht liegt bei ihm. Er ist es, den wir alle kennen. Vom Mittelmeer bis zur Nordsee, von Paris und London bis New York und Los Angeles. Mag ja sein, daß van der Meer in seinem Turm in der Keizersgracht plant und organisiert, aber Guiderone ist derjenige, der die Pläne in die Tat umsetzt. Ihm vertraut man; van der Meer ist ein Unbekannter, die unsichtbare Quelle, aus der das Geld fließt, aber keine Person. Ohne den Sohn des Hirtenjungen ist er außerstande, irgend etwas zu bewegen.«

»Wollen Sie damit sagen, wir stecken in einer Krise?«

»Noch nicht. Alles läuft planmäßig, und Guiderone gibt die Signale.«

»Wenn das der Fall ist«, sagte der Anwalt erleichtert, »verstehe ich nicht ganz, weshalb Sie mit mir Verbindung aufnehmen mußten.«

»Guiderone möchte sichergehen, daß Sie weiterhin loyal zu ihm stehen.«

»So wie die Dinge stehen, ist das doch klar. Warum sollte er daran zweifeln?«

»Weil Ihr Chef und enger Freund Albert Whitehead Fahnenflucht begangen hat. Er hat sich mit van der Meer zusammengetan, mit der Geldquelle.«

»Was?«

»Er weiß nicht, wie schnell eine solche Quelle versiegen kann.«

»Aber davon hat er mir gegenüber nie etwas erwähnt«, sagte Nichols verblüfft. »Das ist unglaublich!«

»Und Sie dürfen nichts von unserem Zusammentreffen sagen. Dieses Gespräch hat nie stattgefunden.«

»Sie verstehen nicht. Wir hatten beruflich nie Geheimnisse voreinander. Ganz sicherlich nicht in diesem Bereich. Das ist unvorstellbar ...«

»Jetzt nicht mehr. Mr. Guiderone wird Sie großzügig belohnen, wenn Sie Augen und Ohren offenhalten. Ich hinterlasse Ihnen eine Telefonnummer, und wenn Sie irgend etwas erfahren oder wenn Whitehead sich seltsam verhält, dann rufen Sie dort an und hinterlassen einfach, daß der ›Anwalt‹ angerufen habe, das reicht. Dann nehme ich mit Ihnen Verbindung auf, und wir können uns irgendwo treffen.«

»Ich habe das Wort unvorstellbar gebraucht, und genau das ist es. Es ist unvorstellbar, daß ich Albert bespitzle.«

»Sie werden mir später dankbar sein, und der Sohn des Hirtenjungen wird es nicht vergessen. Sie sind ein verdammt guter Anwalt, vielleicht werden Sie eines Tages einmal unser internationaler Syndikus sein, sobald wir die Kontrolle übernommen haben. Ich gehe jetzt. Halten Sie mir die Hand hin, dann gebe ich Ihnen die Telefonnummer. Ich habe sie notiert.«

Pryce verließ das Dampfbad, ein paar Schwaden zogen mit ihm durch die offene Tür. Drinnen saß Stuart Nichols, völlig perplex, verängstigt, er starrte die feuchten Wände an, zerrissen von Zweifeln und im Konflikt mit sich selbst.

Pryce zog sich schnell an, nachdem ihn der CIA-»Trainer« in einen leeren Raum geführt hatte, wo seine Kleidung auf ihn wartete. Als er dann im schrillen Hupkonzert des Morgenverkehrs wieder draußen auf der Straße stand, ließ er sich sein Gespräch mit dem Matarese-Anwalt noch einmal durch den Kopf gehen. Es war so gut gelaufen, wie sein Treffen mit Albert Whitehead. Die Saat der Zwietracht war gesät, und dazu hatte er noch die Forderung nach Stillschweigen gestellt, eine geradezu unerträgliche Kombination. Der Streß, unter dem die beiden Männer seit seinem Eingreifen standen, würde mit Sicherheit zu großen Fehlern führen, die schnell über die Matarese-Leiter eskalieren würden. Und das würden sie, die Guten, genau beobachten. Eigentlich seltsam, dachte er, denn nach den Niederschriften, die Frank Shields ihm von der Konferenz in dem Hotel in New Jersey gezeigt hatte, war alles Teil der Wahrheit. Ein Teil der Wahrheit; das war wesentlich.

»Ich werde Sie jetzt verlassen«, sagte Scott Walker, der CIA-Beamte, in der Suite im Marblethorpe, »aber wir werden uns wahrscheinlich in Philadelphia wiedersehen, wo die vierte Zielperson sich aufhält.«

»Das hoffe ich, Scott«, sagte Leslie, »Sie waren eine große Hilfe.«

»Ich habe überhaupt nichts getan, und wenn doch, dann weiß ich nicht, was es war. Ich bin nur ein Helfer. Aber ich habe Lieutenant Considine einen versiegelten Umschlag für den Flug nach Florida gegeben, wo Ihr drittes Subjekt sich aufhält. Ein Kollege, Dale Barclay, wird Sie erwarten. Er weiß ebensowenig wie ich, was gespielt wird, aber er wird da weitermachen, wo ich aufgehört habe, und hat entsprechende Instruktionen.«

»Werden Sie und Ihre Kollegen eigentlich nie neugierig?« fragte Leslie.

»Nicht, wenn man uns das verbietet, Colonel.«

»Gute Antwort«, sagte Pryce.

Jamieson Fowler, Manager des größten Verbunds von Versorgungsunternehmen in den USA, hatte seine Operationsbasis im Hotel Breakers in Palm Beach. Er telefonierte ständig mit Tallahassee, der Hauptstadt des Bundesstaates, benutzte seinen persönlichen Zerhacker – der der CIA keinerlei Schwierigkeiten bereitete –, verhandelte mit hohen Beamten, plädierte für ein gewaltiges Netz von Stromerzeugern und ließ dabei immer wieder Anspielungen auf riesige Prämien, sprich Bestechungsgelder, fallen, wenn es dazu kommen sollte. Und es würde dazu kommen. Finanziell ist in der Politik eines Bundesstaates nicht viel zu holen: ein hübsches Büro, gewisse Prominenz, aber wenn man nicht gerade Anwalt ist und Mandanten hat, die Petitionen an die Staatsregierung richten, nicht sehr viel Geld. Fowler wußte, welche Knöpfe er drücken mußte, telefonisch oder persönlich bei seinen Gästen im Breakers, die mit seinem Privatjet eingeflogen wurden.

Ähnlich wie Stuart Nichols in New York war er daran gewöhnt, sich am frühen Morgen sportlich zu betätigen – das tat er seit einer Bypass-Operation vor einigen Jahren. Allerdings nicht im Fitneßraum des Hotels, sondern im Swimmingpool um genau acht Uhr, zwanzig Bahnen, die er jeden Morgen absolvierte. Für die Mehrzahl der Hotelgäste war acht Uhr morgens keine sonderlich beliebte Zeit. Frank Shields' CIA-»Poolmanager«, sorgte dafür, daß es so blieb. Er schloß die Tür ab, nachdem Pryce um 8.03 Uhr eingetroffen war; draußen hing ein Schild, auf dem stand: POOLREINIGUNG, DAUER DREISSIG MINUTEN.

Jamieson Fowler und Cameron Pryce waren ganz allein in der luxuriösen Umgebung. Jeder absolvierte einige Bahnen, und Pryce, der der wesentlich bessere Schwimmer war, richtete es so ein, daß er nach seiner vierten Bahn gleichzeitig mit Fowler am Beckenrand ankam. Er machte eine Pause, um zu verschnaufen.

»Ein schöner Pool«, sagte Pryce.

»Ja, kann man sagen«, sagte Fowler.

»Schwimmen Sie jeden Tag?«

»Unbedingt. Um Punkt acht. Das hält in Form.«

»Ja, das kann ich mir vorstellen, ganz besonders nach einem Bypass.«

»Was haben Sie gesagt?« Fowler griff sich ans Ohr, als müsse er sich vergewissern, daß er richtig gehört hatte.

»Ich komme aus Amsterdam, und Sie müssen informiert werden. Sie dürfen hier nicht weggehen, ehe Sie mir zugehört haben. Die Tür ist abgeschlossen. Der Sohn des Hirtenjungen steigt häufig hier ab und hat viele Freunde.«

»Was soll diese Scheiße? Wer sind Sie?«

»Mr. Guiderone behauptet, daß Fluchen auf einen geringen Wortschatz schließen läßt.«

»Blödsinn! Ich meine das ernst. Ich mache, daß ich hier wegkomme.«

»Das würde ich an Ihrer Stelle nicht versuchen.«

»Was?«

»Ich sagte doch, die Tür ist abgeschlossen. Sie können mir ebensogut zuhören.«

»Warum?«

»Hören Sie mir einfach zu. Sagen wir, ich spreche rein hypothetisch.«

»›Hypothetisch‹ paßt mir nicht. Ich bin ein Mann klarer Worte!«

»Schön, dann eben klare Worte. Amsterdam, speziell die Keizersgracht, hat erfahren, daß Sie ein enger Freund Benjamin Wahlburgs sind...«

»Ich kenne ihn, sonst nichts. Im allgemeinen mag ich Juden nicht, aber er ist besser als die meisten.«

»Das ist sehr großzügig von Ihnen, aber Sie sollten wissen, daß man in der Keizersgracht der Meinung ist – und dafür auch Beweise besitzt –, daß die Federal Trade Commission in Washington ihn gekauft hat. Er benutzt Sie, um selbst sauber dazustehen, falls unser Vorhaben irgendwie scheitern sollte – was nicht geschehen wird. Alles läuft nach Plan, nichts kann uns aufhalten.«

»Herrgott, das will ich doch hoffen! Ich habe Milliarden darauf gesetzt.«

»Halten Sie sich von Wahlburg fern. Er ist der Feind.... Und jetzt mache *ich*, daß ich hier wegkomme. Ich habe die Nachricht übermittelt. Der Rest liegt bei Ihnen.« Mit diesen Worten stemmte Pryce sich aus dem Schwimmbecken. Er ging zur Tür, klopfte zweimal und hörte das Klicken im Schloß. Er sah sich nach Jamieson Fowler um. Der Mann starrte ihm mit schreckgeweiteten Augen nach. Er hing reglos am Beckenrand, als ob der Blitz ihn getroffen hätte.

Benjamin Wahlburg war ein komplizierter Mann. In jungen Jahren war er überzeugter Sozialist gewesen, dem Kommunismus zuneigend. Der Kapitalismus mit seinen Konjunkturzyklen, der die Armen und die untere Mittelklasse unterdrückte, war ihm zutiefst verhaßt. Das änderte sich erst, als er die Bekanntschaft eines Soziologieprofessors der University of Michigan machte, der selbst ein ehemaliger Sozialist war. Der Mann hatte sich ideologisch um hundertachtzig Grad gedreht. Das Problem war nicht der Kapitalismus an sich, sondern die Kapitalisten. Sie hatten keinen Sinn für soziale Verantwortung. Die Lösung konnte nur darin bestehen, die Perspektive dieser Leute zu verändern.

Als Talmudkenner fand Wahlburg gewisse Ähnlichkeiten zwischen diesem Konzept und der hebräischen Philosophie, die von den Wohlhabenden fordert, sich um die schlechter gestellten Angehörigen des Stammes zu kümmern. Und damit entwickelte sich in ihm der Kern einer Idee; der seiner Orientierung unsichere Sozialist traf eine Entscheidung. Er würde zum ultimativen Kapitalisten werden. Da er über einen erstklassigen Verstand und Sinn für finanzielle Dinge verfügte, trat er in eine Bank mittlerer Größe in Philadelphia ein und verfaßte dort eine Denkschrift, die sich mit den Zielsetzungen des Unternehmens in den verwirrenden fünfziger Jahren befaßte. Das führte dazu, daß er nach zwei Jahren zum Vizepräsidenten ernannt und nach weiteren vier Präsident und geschäftsführender Teilhaber der Bank wurde. Indem er die Aktiva der Bank überbewertete, kaufte er andere Banken in Pennsylvania und später auch solche in benachbarten Staaten auf. Dann kamen andere Banken in Ohio und Utah, kurz darauf in Nevada und schließlich in Kalifornien dazu. Die Zeit war dafür reif, wie er prophezeit hatte; viele Banken befanden sich in Schwierigkeiten. Es kam nur darauf an, zum richtigen Zeitpunkt einzukaufen und dann, wenn die Börse wieder anzog, teuer zu verkaufen. Ehe Benjamin Wahlburg, der ehemalige radikale Sozialist, fünfzig geworden war, stellte er einen entscheidenden Faktor im amerikanischen Bankwesen dar.

Er war reif für die Matarese, reif für den Prospekt einer globalen Wirtschaftsordnung, die die unteren Klassen schützte. Ja, er begriff durchaus, daß es vielleicht zu Gewalttätigkeiten kommen würde, aber schließlich war das Alte Testament angefüllt mit Feuer, Schwefel und Rache. Das war der Lauf der Welt. Nur so konnte sie sich weiterentwickeln. Es war ein trauriger Kommentar, aber zugleich ein alter Hut.

Benjamin Wahlburg war ein monumentaler Trottel.

Aber er hielt sich immer wieder vor Augen, daß das Endziel eine weit bessere, weit gerechtere Welt sei. Also verschloß er die Augen vor all den unerfreulichen Begleiterscheinungen, dachte daran, daß der Zweck die Mittel heiligte, und richtete den Blick in die Zukunft, in das gelobte Land.

In Philadelphia trat Scott Walker wieder in Pryce' und Leslies Leben, aufmerksam und präzise wie eh und je. Er erwartete sie auf einem Privatflughafen in den Außenbezirken von Chestnut Hill, übergab Pryce Shields' Anweisungen im verschlossenen Umschlag und fuhr sie zu einem kleinen, etwa fünfundzwanzig Minuten von der Stadt entfernten Hotel in Bala-Cynwyd. Dort trugen die beiden sich unter falschem Namen ein, und Luther Considine kam hinzu, um sich anzuhören, wie Pryce Frank Shields' Instruktionen verlas.

Wahlburg war Philanthrop, besonders im Bereich der Künste. Er und seine Banken unterstützten einige Symphonieorchester, die Oper und die Theater. Eines der Privilegien, das ihm als Wohltäter zukam, bestand darin, daß er häufig an Generalproben vor wichtigen kulturellen Ereignissen teilnehmen konnte. Morgen abend sollte er an der Orchesterprobe des Philadelphia Symphony Orchestra teilnehmen und dort eine Rede halten, um anderen Spendern zu danken und sie zu weiterer Großzügigkeit zu ermuntern. Er würde allein sein; seine Frau war vor vier Jahren gestorben, und er hatte nicht mehr geheiratet.

Shields hatte arrangiert, daß der Platzanweiser – ein CIA-Beamter – Wahlburg zu einem Platz am Mittelgang in der sechzehnten Reihe hinter der spärlichen Zuhörerschaft führte; den Nachbarsitz würde Pryce einnehmen. Wieder wären Pryce und seine Zielperson ungestört.

Morgen abend kam, Leslie und Luther saßen in der letzten Reihe, und Wahlburg setzte sich nach seiner Rede neben Pryce, als das Orchester zum letzten Satz von Beethovens Neunter ansetzte.

»Ihre Rede war wunderbar, Mr. Wahlburg«, sagte Pryce im Flüsterton.

»*Pst, pst*, das ist viel wunderbarer.«

»Wie müssen leider reden ...«

»Wir reden nicht, wir hören zu.«

»Ich weiß aus verläßlicher Quelle, daß Sie bereit gewesen wären, in den Mittelmeerraum zu fliegen, um sich dort mit Julian Guiderone zu treffen, falls jemand seinen Aufenthaltsort ausfindig machen könnte. Warum wollen Sie nicht jetzt seine Worte hören? Ich bin sein Bote.«

»Was?« Benjamin Wahlburgs Kopf fuhr zu Pryce herum. Angst und Sorge zeichneten seine Züge. »Wie können Sie das wissen?«

»Mr. Guiderone verfügt über Informationsquellen, die weit über die unseren hinausgehen.«

»Du lieber Gott!«

»Vielleicht sollten wir in den hinteren Bereich des Theaters gehen.«

»Sie kommen von Guiderone?«

»Wollen wir?« Pryce deutete mit einer Kopfbewegung auf den Gang links von Wahlburg.

»Ja, ja, natürlich.«

Im hinteren Teil der Konzerthalle hörte Benjamin Wahlburg, während das Orchester in einem erhebenden Crescendo zu dem Chorgesang ansetzte, Worte, die sein Leben und seine Welt verändern würden und ihn sich fragen ließen, ob sein Leben wert gewesen war, es zu leben, oder seine Welt wert, sie zu retten.

»In Amsterdam gibt es eine schwere Krise«, begann Pryce.

»Wir hatten schon vermutet, daß dort irgend etwas Entscheidendes vorgefallen war«, sagte der Bankier. »Aber man hatte uns angewiesen, unter keinen Umständen mit der Keizersgracht Verbindung aufzunehmen.«

»Sie hätten auch nichts erreicht. Van der Meer ist verschwunden. Guiderone ist bemüht, alles zusammenzuhalten.«

»Das ist Wahnsinn! Wo ist van der Meer?«

»Wir können nur Spekulationen anstellen. Vielleicht hatte er erfahren, daß es Verräter in unserer Mitte gibt, daß Gegenmaßnahmen vorbereitet wurden, die unser Vorhaben stören sollen. Wer weiß? Wir wissen nur, daß er verschwunden ist.«

»Mein Gott...« Wahlburgs Hände fingen zu zittern an; er griff sich an die Schläfen. Sein Gesicht war jetzt aschfahl, als die berauschende Musik der Neunten Symphonie anschwoll und den ganzen Konzertsaal füllte. »Die Arbeit, all die Jahre... und jetzt – was haben wir getan?«

»Wenn alles so läuft, wie Guiderone es will, wird sich nichts ändern.«

»Alles hat sich geändert! Alles kam von der Keizersgracht. Wir treiben ohne Ruder im Strom.«

»Julian stellt sich der Verantwortung«, sagte Pryce fest und mit großer Autorität. »Alle Instruktionen werden von ihm kommen, über mich. Die Zeitpläne bleiben bestehen.«

»Aber wir kennen sie doch gar nicht. Amsterdam hat uns nichts gesagt.«

»Sie werden es erfahren«, fuhr Pryce fort und versuchte, sich an Einzelheiten aus den Ausdrucken und Scofields Bericht über sein Gespräch mit Leonard Fredericks in London zu erinnern. »Das Mittelmeer, die Feuer. Es wird im Nahen Osten beginnen, und so, wie die Sonne nach Westen zieht, wird das Chaos ihr folgen. Zuerst langsam, dann immer schneller, bis es im Laufe weniger Wochen zur völligen Lähmung der Weltwirtschaft gekommen ist.«

»Und das wird unser Stichwort sein, Lösungen anzubieten. Whitehead, Fowler, Nichols und ich verstehen das, aber wir verfügen nicht über Einzelheiten. Van der Meer hat uns gesagt, unsere Schritte müßten genau vorausberechnet werden, an wen wir uns im Kongreß und im Weißen Haus wenden sollen. Und diese Anweisungen haben wir nicht!«

»Jamieson Fowler haben Sie auch nicht.«

»Was?«

»Er hat sich umorientiert, falls das der richtige Ausdruck ist. Er hat, ohne Sie zu informieren, seine Partner in den Versorgungsunternehmen aufgefordert, Alternativpläne in Betracht zu ziehen ...«

»Das glaube ich nicht!« fiel Wahlburg ihm ins Wort.

»Es stimmt aber.«

»Was für Alternativpläne?«

»Soweit wir das in Erfahrung bringen konnten, eine Verlangsamung, eine Strategie des Abwartens.«

»Lächerlich! Die Stromgesellschaften entlang der Ostküste sind darauf vorbereitet, gemeinsam ans Netz zu gehen ...«

»Und gleichzeitig werden Tausende und Abertausende von Arbeitsplätzen verlorengehen«, unterbrach Pryce den Bankier. »Wirklich äußerst wünschenswert.«

»Das wird nur von kurzer Dauer sein. Am Ende werden wir das in Ordnung bringen.«

»Es wird weder das eine noch das andere geschehen, wenn Fowler verzögert. Alles muß exakt koordiniert werden, um maximale Wirkung zu erzielen.«

»Weshalb sollte er verzögern wollen?«

»Das frage ich mich auch, aber jedenfalls hat er entsprechende Vorkehrungen getroffen. Kalte Füße vielleicht, Angst in letzter Minute. Vielleicht will er auch nur sehen, daß alle anderen mitmachen und er nicht am Ende allein dasteht. Vergessen Sie nicht, es gibt immer noch Gesetze. In seiner Vorstellung könnte er zum Paria werden, auf Jahre ins Gefängnis wandern.«

»Sie täuschen sich, Sie müssen sich täuschen. Er ist genauso loyal wie ich, zugegebenermaßen aus völlig anderen Gründen, aber er würde sich ganz bestimmt nicht von uns abwenden!«

»Wir können nur hoffen, daß Sie recht haben. Aber jedenfalls sollten Sie, bis Mr. Guiderone mehr von seinen Gewährsleuten hört, sich nach Möglichkeit von Fowler fernhalten. Wenn er mit Ihnen Verbindung aufnimmt, hat dieses Gespräch zwischen uns nie stattgefunden; und falls er sich seltsam verhält, hinterlassen Sie an dieser Nummer eine Nachricht.« Pryce griff in die Tasche und holte einen Zettel heraus. »Sie erreichen dort einen Anrufbeantworter. Sagen Sie einfach, ich solle meine Bank anrufen, weil mein Konto überzogen ist.«

Pryce drehte sich um und ging zum Ausgang, als das Symphonieorchester und der Chor den dramatischen Höhepunkt von Beethovens Neunter erreichte. Benjamin Wahlburg stand reglos wie in Trance da, ohne etwas zu hören oder zu sehen, starrte ins Leere, sah nur eine dunkelrote, mit Velours bezogene Wand.

Er war ein gebrochener Mann, erfüllt von großer Traurigkeit, und er wußte, weshalb es so war. Er hatte dem Lied der Sirene gelauscht, einer falschen Sirene, hatte Unverzeihliches rationalisiert! Aber das alles im Namen Gottes, mit guten Gründen! Galten diese Gründe denn nicht mehr? Er würde den Tempel aufsuchen und hoffen, dort Trost zu finden, vielleicht sogar einen Ausweg.

32

Inzwischen waren alle wieder in dem kleinen Hotel in Bala-Cynwyd eingetroffen, und Pryce, Leslie und Considine hatten sich in der Suite versammelt.

»Mann«, sagte Considine, »der Typ sah vielleicht aus. Der hat die Wand angestarrt, als wäre ihm plötzlich die Luft weggeblieben.«

»Ich glaube, unser großer Meister hat ihm auch einen ziemlichen Schlag versetzt«, sagte Leslie. »Habe ich recht, Obi Wan Kenobi?«

»Wer?«

»Oh, das hatte ich vergessen, du gehst nicht ins Kino.«

»Ja, ich habe ihn ziemlich fertiggemacht, aber er war anders als die anderen. Sicher, Angst hat er auch gehabt, aber wenn ich auch nur einen Funken Menschenkenntnis habe, dann war da noch etwas anderes. Da war eine Andeutung von Bedauern, echte Reue. Als ich ihm sagte, daß dieser Fowler, dieser Elektrizitätsboß, vielleicht ein doppeltes Spiel treibt, seine Zusagen nicht einhält…«

»Eine gute Taktik«, sagte Leslie. »Zwietracht säen und dann warten, bis Panik ausbricht.«

»Ich denke, das habe ich an der Keizersgracht auch schon gesagt. Auf diese Weise erreicht man mehr als mit den meisten anderen Strategien.«

»Was war da mit Reue?« fragte der Pilot. »Wie haben Sie das festgestellt?«

»Das, was er gesagt hat, bloß ein paar Worte. Aber auch wie er es gesagt hat. Als ich sagte, Fowler könnte aussteigen, hat er etwas Ähnliches wie ›all die Jahre, die Arbeit, was haben wir getan?‹ geflüstert, gerade als ob das, was sie getan hatten, nicht ganz koscher gewesen wäre. Und dann, später, immer noch Fowler betreffend, sagte er: ›Er ist genauso loyal wie ich, zugegebenermaßen aus völlig anderen Gründen.‹ … ›Völlig andere Gründe‹, was kann man dem entnehmen?«

»Daß sie auf unterschiedlichen Wegen ihre Ziele erreichen wollen?« schlug Leslie vor.

»Ich glaube nicht. Vielleicht geht es um die Ziele selbst, ich weiß es nicht. Aber eines weiß ich, er wirkte nicht so heuchlerisch wie die anderen – hat nicht versucht, sich zu rechtfertigen. Die anderen schon.«

»Und was willst du jetzt unternehmen?«

»Meinen Dienstrang ausspielen, wie du das wahrscheinlich formulieren würdest, Colonel. Da ich im Außeneinsatz bin, werde ich Frank Shields anrufen, und ihm Anweisungen erteilen. Ich möchte ein komplettes Dossier über Benjamin Wahlburg, und ich möchte es morgen früh haben.«

Scott Walker lieferte das Dossier am nächsten Morgen in einem versiegelten Umschlag um 7.15 Uhr ab. »Das ist um fünf Uhr früh in Langley abgegangen worden. Sie sind dort im Augenblick nicht sonderlich beliebt, Sir.«

»Das bricht mir das Herz, Scotty, aber damit werde ich wohl leben müssen.«

»Das sieht man Ihnen an. Ihnen läuft ja das Wasser im Mund zusammen.«

»Sie haben es erfaßt, Officer Walker.«

»Soll ich auf Antwort warten? Der Pilot wartet noch.«

»Nicht nötig. Das ist alles, was ich brauche.«

»Sie wissen, wo Sie mich erreichen können, Sir. Ich kann in zwanzig Minuten hier sein.«

Pryce, noch in Unterhosen, riß den verklebten Umschlag auf und fing zu lesen an. Leslie schlief noch. Eine halbe Stunde später, als sie gähnend aus dem Schlafzimmer kam, verkündete er: »Colonel Montrose, wir haben vielleicht das Glied in der Kette gefunden, das man zerbrechen kann.«

»Was ...?« Sie setzte sich neben ihn auf die Couch.

»Wahlburgs Akte. Die macht richtig Spaß. Unser allmächtiger Bankier kommt ursprünglich von der radikalen Linken. Ende der vierziger Jahre stand er auf Hoovers Liste für unamerikanische Umtriebe, war ein Freund der Kommunisten und hat daraus auch kein Hehl gemacht. Dann verschwand er für ein paar Jahre von der Bildfläche und tauchte wieder als treuer Vertreter des kapitalistischen Systems auf, ein Verteidiger all dessen, was er vorher kritisiert hatte.«

»Ob ihm die Erleuchtung gekommen ist?«

»Kann sein, aber möglicherweise hat er auch nur nach einem anderen Weg gesucht, einem realistischeren Weg, um die Reformen durchzuführen, die ihm in seiner Jugend so wichtig erschienen.«

»Mit den Matarese?« fragte Leslie verblüfft. »Wie kann das sein? Das sind doch richtige Faschisten, Monopolisten – sie wollen alles kontrollieren!«

»Die Kehrseite des Sozialismus«, sagte Pryce. »Eine Spielwiese ebenso für die Reichen wie für die Armen, und das ist ausgemachter Blödsinn, weil es so was nicht gibt. Kennedy hat recht gehabt, als er sagte, die Welt sei unfair. Das ist sie, und die Matarese werden sie nur noch viel schlimmer machen. Vielleicht fängt Wahlburg an, das zu begreifen.«

»Was wirst du jetzt tun?«

»Ich lasse ihm einen Tag Zeit, um mit mir Kontakt aufzunehmen. Wenn er das nicht tut, werde ich mich bei ihm melden.«

Scofield und Antonia schlenderten durch die Straßen von London und genossen ihre neue Freiheit – auch wenn diese dadurch beeinträchtigt war, daß Geoffrey Waters darauf bestanden hatte, zwei Mann zu ihrem Schutz einzuteilen, einen, der ein paar Schritte vor ihnen ging, der andere im gleichen Abstand dahinter. Es war früher Morgen, und sie schlenderten die Mall im St. James Park entlang, als ein Wagen angerast kam und mit quietschenden Reifen am Bürgersteig anhielt. Die beiden MI5-Leute rissen sofort die Waffen heraus und stellten sich zwischen das Fahrzeug und die Scofields. Dann verschwanden ihre Waffen ebenso schnell, wie sie zum Vorschein gekommen waren; sie hatten den Fahrer erkannt, es war ein Kollege.

»Notfall, Leute, sie sollen einsteigen.«

Sobald sie im Wagen saßen, wobei ihr erster Leibwächter hinten bei Scofield und Antonia Platz genommen hatte und der zweite vorn neben dem Fahrer saß, fragte Scofield wütend: »Was zum Teufel geht hier vor? Wo fahren wir hin?«

»Zu MI5-Zentrale.«

»Warum?«

»Keine Ahnung, Sir.«

»Na prima, ist ja großartig.«

»Benimm dich, Bray«, sagte Antonia.

Geoffrey Waters war so wütend, wie man ihn noch selten in seiner langen Dienstzeit erlebt hatte. Scofield und Antonia wurden in sein Büro geführt, die Tür schloß sich hinter ihnen, und Waters schritt erregt hinter seinem Schreibtisch auf und ab.

»Was ist dir denn für eine Laus über die Leber gelaufen?« fragte Scofield.

»Das wirst du gleich hören, alter Freund. Setz dich. Ich glaube, das macht es ein wenig erträglicher.«

Die beiden Scofields nahmen gegenüber dem Schreibtisch auf zwei Sesseln Platz.

»Also was ist los, Geof?« fragte Antonia.

»Etwas Unglaubliches ist passiert: Matareisen ist entkommen.«

»Was?« brüllte Scofield und schoß in die Höhe. »Wenn das ein Witz sein soll, dann ist er wirklich schlecht!«

»Das ist kein Witz, obwohl ich mir das wünschen würde.«

»Wie zum Teufel konnte das passieren? Ihr hattet ihn doch praktisch in einem Glaskäfig unter ständiger Bewachung!«

»Er war nicht hier, Bray.«

»Herr im Himmel, du hast ihm Ausgang gegeben?«

»Laß Geof erklären, Brandon.«

»Danke, meine Liebe, das ist wirklich nicht leicht für mich. Um drei Uhr fünfundvierzig heute morgen erhielt ich einen Anruf von der Matareisen-Wache. Er huste Blut; es ströme ihm förmlich aus dem Mund, sagte der Arzt. Und er sei bewußtlos. Aus Angst um sein Leben erteilte ich Anweisung, ihn ins Krankenhaus zu bringen, und wies die Wache an, ihn zu begleiten. Irgendwo zwischen hier und der Notaufnahme, zwölf Minuten nach dem Anruf, erlangte er das Bewußtsein wieder und brachte es zu meiner völligen Verblüffung fertig, zwei hervorragend ausgebildete, junge Beamte zu überwältigen, wobei er einen der beiden tötete und dem anderen seine Kleidung abnahm. Er muß ihnen auch die Brieftaschen, das Bargeld und die Ausweise weggenommen haben, denn die sind alle verschwunden. Und dann hat er die hintere Tür aufgebrochen und ist nach draußen gerannt, auf die Straße.«

»Was waren das denn für Wachen? Bugs Bunny und Micky Maus?«

»Also wirklich, Bray«, sagte Antonia zornig. »Einer dieser jungen Männer ist tot!«

»Tut mir leid, aber – das ist verrückt!«

»Cameron Pryce kann euch ein Lied von Matareisens Nahkampftalent singen – er hat so etwas noch nie gesehen. Wir kämmen natürlich die ganze Stadt nach ihm ab und haben auch die Londoner Polizei mit eingeschaltet, ohne nähere Erklärungen.«

»Ihr werdet ihn nicht finden«, sagte Scofield. »Er hat mit Sicherheit Kontaktleute, die ihn verstecken und außer Landes schaffen werden.«

»Das nehmen wir ebenfalls an, aber das ist gar nicht meine Hauptsorge. Das seid jetzt ihr beide. Ihr werdet vom Savoy ins Ritz verlegt.«

»Warum?« protestierte Scofield. »Matareisen wird London schleunigst verlassen, und Guiderone ist tot. Ich werde von ihm nicht aufs Korn genommen.«

»Das wissen wir nicht«, sagte Waters. »Ich habe keine Ahnung, ob Guiderone mit Matareisen in Verbindung war, und wenn ja, was er ihm gesagt hat. Guiderone war im Begriff, den wichtigsten Mord seiner Karriere zu begehen. Vielleicht hat er sich bei Matareisen rückversichert.«

»Höchst unwahrscheinlich, wenn nicht unmöglich«, widersprach Scofield. »Wenn ich geschafft habe, was ich mir vorgenommen habe, und das gelingt mir meistens, habe ich eine Mauer zwischen Guiderone und der Keizersgracht errichtet.«

»Bei allem Respekt, alter Junge, aber niemand von uns weiß, was andere unter äußerster Belastung tun. Vorhersagen sind da einfach nicht viel wert.«

»Also schön, wir ziehen ins Ritz.«

»Vielen Dank, Bray«, sagte Antonia.

Das Telefon auf Waters Schreibtisch klingelte. »Ja?« meldete er sich. Er lauschte ein paar Augenblicke, legte auf und sah die Scofields an. »Die Besatzung eines Streifenwagens glaubt, Matareisen gerade entdeckt zu haben. Sie hielten an, er hat das Fahrzeug gesehen und ist in eine U-Bahnstation gerannt. Sie haben die Verfolgung aufgenommen.«

»Warum glaubst du, daß er es war?«

»Zunächst die Kleidung. Die saß ausnehmend schlecht. Und dann die allgemeine Beschreibung, basierend auf den Fotos, die wir nach seiner Überführung aus Amsterdam gemacht hatten. Die haben wir verteilt.«

»Apropos Amsterdam – könnte es sein, daß es in den Computern dort irgendwelche Daten über London gibt? Hinweise auf Verbindungsleute und dergleichen?«

Waters schüttelte den Kopf. »Nein, ich habe mich schon bei Greenwald in der Keizersgracht erkundigt. Er hat nur ganz vage Hinweise auf Straßen und Denkmäler gefunden, die aber Monate alt sind.

Frühere Treffpunkte.« Das Telefon klingelte erneut, und Waters riß den Hörer ans Ohr. »Ja?« Er starrte einen gläsernen Briefbeschwerer an, während er wie gebannt zuhörte. Als der Anrufer geendet hatte, schloß er kurz die Augen und legte dann auf. »Sie haben ihn verloren«, sagte er und setzte sich.

»Du solltest alle Privatflugplätze alarmieren«, schlug Scofield vor, »er wird versuchen, das Land auf dem Luftweg zu verlassen.«

»Und wo wird er hingehen?« fragte Antonia. »Amsterdam kommt nicht in Frage. Hat er andere Besitzungen, andere Häuser als das in Holland?«

»Wenn das der Fall ist, ist es unmöglich, sie ausfindig zu machen. Er operiert mit Holdinggesellschaften und Briefkastenfirmen so wie diese Limousinenvermietung und diese Argus-Gruppe. Ich bin ganz sicher, daß er weitere Schlupfwinkel hat, aber wir brauchen eine Spur auf Papier, und eine solche haben wir nicht.«

»Hat er Anwälte?« Das war wieder Antonia. »Er muß doch juristische Berater haben.«

»Wahrscheinlich Dutzende in ebenso vielen Ländern. Wir haben die Spur der Argus-Gruppe bis nach Marseille verfolgt. Die Büros bestehen aus zwei Zimmern, einer Toilette und einer Sekretärin, deren einzige Aufgabe darin besteht, Post und Telegramme nach Barcelona weiterzugeben, wo sie an eine Auslieferungsstelle in Mailand übermittelt werden. Könnt ihr euch ein Bild davon machen, Leute?«

»In drei Dimensionen«, sagte Scofield. »Verwirrung, Verwischen der Spuren und Ausweichmanöver. Mich erstaunt nur die Station in Mailand. Das deutet darauf hin, daß jemand die Paravacini-Zelle übernommen hat. Eine große Nummer, meine ich.«

»Darüber habe ich mir auch schon den Kopf zerbrochen«, sagte Waters. »Wenn das zutrifft, erholen sie sich verdammt schnell.«

»Zu schnell«, wandte Scofield ein, »und das deutet darauf hin, daß bereits jemand bereitstand, um die Lücke zu füllen.« Scofield drehte sich zu Antonia herum. »Was würdest du von einem Kurzurlaub am Comer See halten? Du solltest schleunigst zugreifen, weil Sir Schweinebacke dafür bezahlt. Ich kann mir das nicht leisten.«

»Ich denke, für Como haben wir die Rechnung bereits bezahlt«, sagte Waters.

»Das schließt die Dienste des unvergleichlichen Don Silvio Togazzi ein, dem wahrscheinlich inzwischen ganz Mailand gehört und ganz sicher die Postgewerkschaft. Ein richtiger Mafioso würde darauf nie verzichten, dazu ist unsichtbare Kommunikation viel zu wichtig.«

»Als postlagernde Sendung?«

»Genau. Ich bin überzeugt, daß das alles in Etappen abläuft. Daß da irgendein armer Teufel ein paar tausend Lire dafür bekommt, um die Sachen an den nächsten armen Teufel weiterzugeben und dann wieder einen, bis sie schließlich bei unserer großen Nummer sind. Wenn das stattfindet, werden wir an Ort und Stelle sein, und ich glaube nicht, daß du hören willst, wie wir vorgehen möchten. Das könnte dein empfindliches Gemüt vielleicht stören, aber wir werden dir eine Trophäe bringen, darauf kannst du dich verlassen.«

»In dieser Situation spielt mein empfindliches Gemüt keine Rolle. Bringt mir bloß keine Leiche. Leichen reden nicht.«

Es war früher Nachmittag, und der Picadilly Circus wimmelte von Fußgängern und Touristen, als Jan van der Meer Matareisen vornübergebeugt in einer Telefonzelle stand. Er hatte zwei Wattebäusche im Mund, weil er sich die Backen blutig gebissen hatte, um den Eindruck innerer Blutungen zu erzeugen, und nahm sie heraus, als er das Freizeichen des Telefons in Brüssel hörte. »Hallo«, sagte die Stimme in Belgien.

»Ich bin es. Haben Sie die Informationen, und wenn ja, wie schnell können Sie das Notwendige veranlassen?«

»Ich habe die Information und kann das Notwendige veranlassen, sobald sie mir den Auftrag dazu geben.«

»Zuerst die Information.«

»Der private Golfclub nennt sich Fleetwood. Er liegt zweiundzwanzig Meilen nordwestlich von London und ist über die Autobahn erreichbar ...«

»Ich kenne die Gegend und werde ein Taxi nehmen. Was haben Sie arrangiert?«

»Ein kleines Flugzeug, eine Cessna, wird zwischen dem elften Grün und dem zwölften Abschlag landen – das ist ein langes, ebenes Stück und weit genug vom Clubhaus entfernt. Die Maschine wird um Viertel vor fünf eintreffen, wenn es noch einigermaßen hell, aber für die Golfspieler bereits zu dunkel ist – um diese Jahreszeit wird es ohnehin nicht viele geben. Man wird Sie zu einem Flugplatz in Schottland fliegen, wo Ihr Jet Sie erwartet. Dort wird ein Flugplan nach Marseille unter dem

Namen einer Ihrer Firmen eingereicht werden, Abflugzeit offen, Genehmigung garantiert. Alles ist soweit. Soll ich beginnen?«

»Sofort.«

Den Rest des Nachmittags verbrachte Matareisen in einem Kino. Um fünfzehn Uhr nahm er sich ein Taxi und gab dem Fahrer Anweisung, ihn zum Fleetwood-Golfclub zu bringen. Sie trafen bei dichtem Verkehr um 16.10 Uhr ein, und Matareisen wies den Mann an, außen um den Platz herumzufahren. Eine Viertelstunde später entdeckte der Holländer die Fahne am zwölften Loch, ließ das Taxi anhalten, bezahlte, stieg aus und ging, sobald der Wagen um die nächste Kurve verschwunden war, den Weg zurück, den sie gekommen waren.

Um 16.30 Uhr lag Matareisen auf einem Grasstreifen in einem mit Bäumen bewachsenen Rough auf halbem Weg zwischen dem elften Loch und dem zwölften Abschlag. Es dunkelte bereits, aber man konnte noch sehen. Um 16.39 Uhr konnte man das Brummen einer kleinen Propellermaschine am Himmel hören. Matareisen kroch an den Rand des kleinen Baumbestandes und richtete sich im Schutz eines Baumstammes auf. Er spähte zwischen den Zweigen nach draußen; jetzt war das Flugzeug deutlich zu erkennen und begann am Himmel zu kreisen, ging dabei jedesmal tiefer.

Plötzlich eine unerwartete Störung; ein Berieselungssystem sprang an. Ein Greenkeeper kam mit einer Taschenlampe in der Hand in einem Elektrokarren angefahren, um die Beregnungsanlage zu überprüfen. Er fuhr im Zickzack über den Fairway und geriet damit direkt in die Bahn der jetzt zur Landung ansetzenden Maschine! Matareisen rannte aus dem Schutz des Wäldchens heraus und schrie: »Sie dort drüben! Kommen Sie her! Ich bin gestürzt, ich habe mich verletzt, ich war bewußtlos.«

Der Greenkeeper drehte das Steuer herum und rollte in schneller Fahrt auf Matareisen zu. Sie trafen in der Mitte des Fairways aufeinander, der Landepiste. Matareisen packte den Mann am Haar und riß seinen Kopf ruckartig herunter, schmetterte ihn gegen den Rahmen des kleinen Elektrokarrens, riß ihm dann die Taschenlampe weg und fing an, den schwachen Lichtkegel der Lampe im Kreis zu bewegen. Im letzten Augenblick vor der Landung riß der Pilot die Maschine noch einmal hoch und flog einen Bogen nach links, um einen neuen Landeanflug vorzunehmen. Matareisen riß den Bewußtlosen, dessen Kopf mit Blut überströmt war, aus dem Karren, sprang hinein und fuhr an den Rand des Grüns. Er schaltete den Motor ab, warf den Schlüssel in weitem Bogen von sich und rannte auf die gepflegte Rasenfläche zurück, bewegte die Taschenlampe jetzt in kurzen senkrechten Rucken und deutete dem Piloten damit an, daß er landen sollte. Der verstand sofort, setzte erneut zur Landung an und rollte auf Matareisen zu.

»Haben Sie mir etwas zum Umziehen mitgebracht, wie ich verlangt habe?« fragte Matareisen schroff, während er auf den engen Rücksitz kletterte.

»Ja, Sir. Aber bitte ziehen Sie sich jetzt nicht um. Ich will hier weg, ehe der Boden völlig durchnäßt ist und wir keine Bodenhaftung mehr haben.«

»Dann starten Sie!«

»Außerdem wimmelt es hier von Golfkarren. Ich möchte ungern mit einem kollidieren.«

»Sie sollen starten!«

Als sie dann in der Luft waren und sich der schottischen Grenze näherten, fing Matareisen wieder zu grübeln an – eine Frage, die ihn seit seiner Ergreifung geplagt hatte. Bei seinem ausgeprägten Ego war er von Anfang an überzeugt gewesen, daß er irgendwie würde fliehen können; das war unvermeidbar. Das eigentliche Problem war jetzt, von wo aus er operieren sollte, wo er das Hauptquartier der Matarese einrichten würde. Er besaß zahlreiche Häuser, alle gut ausgestattet, wenn auch nicht mit derartiger technischer Perfektion wie das Haus an der Keizersgracht, aber jedenfalls mit entsprechenden Computern für globale Kommunikation, und das war alles, was er brauchte. Die Zeit war so knapp! Nur noch Tage bis zu den Bränden im Mittelmeer, der ersten der geplanten Katastrophen, dem Vorboten zahlreicher Krisen rund um die Welt, die schließlich in wirtschaftlichem Chaos münden würden!

Und dann überkam Jan van der Meer Matareisen plötzlich eine wunderbare Ruhe. Er wußte, wo er hingehen würde, wo er hingehen *mußte*.

In Philadelphia war es 15.38 Uhr, und Benjamin Wahlburg hatte bis jetzt keinen Versuch unternommen, Pryce zu erreichen. Pryce beschloß, daß er nun an der Reihe war, und rief das Büro des Bankiers an.

»Es tut mir leid, Sir. Mr. Wahlburg ist heute nicht ins Büro gekommen.«

»Haben Sie seine Privatnummer?«

»Tut mir wiederum leid, Sir. Es ist uns nicht erlaubt, die Nummer bekanntzugeben.«

Frank Shields war es erlaubt, und er lieferte sowohl die Telefonnummer als auch Benjamin Wahlburgs Adresse. Pryce rief Scott Walker an, als sich in Wahlburgs Villa niemand meldete, und sie fuhren beide zu dem eleganten Anwesen. Mehrmaliges Klingeln an der Haustür führte zu keiner Reaktion. Schließlich sagte Pryce: »Ich glaube, man nennt das Einbruch, aber unter den gegebenen Umständen sollten wir es in Erwägung ziehen, finden Sie nicht?«

»Erwogen und für gut befunden«, antwortete Walker. »Ich habe einen Ausweis für befugtes Eindringen, wenn es um Belange der nationalen Sicherheit geht.«

»Und was heißt das?«

»Nichts besonderes, aber die meisten lokalen Polizeibehörden spielen da mit. Wir haben unter extremen Umständen einen besonderen Ermessensspielraum für die Durchführung unserer Aufträge, solange wir niemanden an Leib und Leben bedrohen und die Verantwortung übernehmen.«

»Das ist aber ziemlich vieldeutig.«

»Ja, es hat seine Schwächen«, räumte Walker ein. »Ich bin wirklich nicht sonderlich über diese Operation informiert, aber wenn Sie mir sagen, daß die nationale Sicherheit auf dem Spiel steht – nun ja, Sie sind im Einsatz, und hier ist niemand, der Ihnen widersprechen könnte.«

»Die nationale Sicherheit steht auf eine Weise auf dem Spiel, daß Ihnen die Augen übergehen würden.«

»Hier gibt es sicher eine Alarmanlage. Wir sollten also von der Terrasse oder durch die Küchentür eindringen, und wenn dann jemand auftaucht, nehme ich alles auf mich. Ich weiß, was ich zu sagen habe und wie ich mich verhalten muß.«

»Sie haben das schon mal gemacht …«

»Ich habe das schon mal gemacht«, sagte der Agent ruhig. Die beiden Männer betraten das Grundstück und gingen zum hinteren Teil des Hauses, wo eine Art Wintergarten mit Blick auf einen Tennisplatz zu sehen war. »Sehr gut«, sagte Walker nach einem Blick auf eine der Glastüren, holte seine Automatik heraus und schlug die Scheibe dicht am Türknopf ein, griff durch die Öffnung und öffnete die Tür.

Alles blieb still, was beide verblüffte. »Kein Alarm«, sagte Pryce.

»Für ein Haus wie dieses ist das ungewöhnlich.«

»Gehen wir.« Pryce und Walker gingen über die verglaste Terrasse ins Innere der Villa – und um eine Villa handelte es sich tatsächlich. Die Räume im Erdgeschoß waren mit erlesenem Mobiliar und wertvollen Ölgemälden auf teuren Tapeten angefüllt und enthielten soviel Silber, daß man damit ein Schaufenster bei Tiffanys hätte füllen können.

Allem Anschein nach war das Haus verlassen, denn als Pryce rief: »Bundesregierung, wir sind hier, um mit Benjamin Wahlburg zu sprechen«, und diese Ankündigung mehrere Male wiederholte, gab es keine Reaktion.

»Den Namen habe ich nie gehört«, sagte Walker. »Ich höre wohl schlecht.«

»Entschuldigung, das habe ich vergessen.« Sie gingen die breite Freitreppe hinauf, wo Pryce noch einmal nach Wahlburg rief, wiederum ohne Erfolg. Sie sahen in sämtliche Räume und Bäder im ersten Stock, fanden aber niemand. Schließlich standen sie vor der Tür des Schlafzimmers, die abgeschlossen war. Pryce klopfte zuerst und schlug dann mit der Faust dagegen. »Mr. Wahlburg«, schrie er. »Wir müssen unbedingt mit Ihnen reden!«

»Wir sind schon so weit gegangen«, sagte Walker, »jetzt kommt es darauf auch nicht mehr an.« Mit diesen Worten trat er ein paar Schritte zurück und warf sich dann mit aller Gewalt gegen die Tür. Die Tür splitterte, blieb aber geschlossen. Es bedurfte einiger wohlgezielter Tritte des CIA-Mannes, bis die Tür schließlich nachgab. Sie traten ein.

Auf dem Bett, dessen seidene Überzüge mit Blut und menschlichen Gewebefetzen verspritzt waren, lag die Leiche Benjamin Wahlburgs. Der Bankier hatte sich mit einer .38er Pistole, die er immer noch in der rechten Hand festhielt, in den Mund geschossen.

»Sie haben das nie gesehen, Scott«, sagte Pryce. »Genauer gesagt, Sie waren nicht einmal hier.«

33

Das Hotel Villa d'Este am Comer See schickte seinen neuen amerikanischen Gästen, Mr. und Mrs. Paul Lambert, alias Brandon Scofield und Antonia, eine Limousine zum Flughafen Mailand. Ihre Pässe stammten von Frank Shields in Washington, der sie ihnen per Militärkurier zugeschickt hatte. Das Flugzeug landete um zehn Uhr morgens ins Mailand, und die beiden trafen zwei Stunden später in ihrer Suite ein, wobei »Mr. Lambert« sich über die lange Einsatzbesprechung der vergangenen Nacht beklagte.

»Geoffrey ist einfach nicht imstande, etwas einmal zu sagen. Er muß es dreißigmal wiederholen.«

»Bray, du hast ihm ja dauernd widersprochen.«

»Freilich, weil ich ihn nicht brauche! Ich habe schließlich Togazzi.«

»Von dem Geof, wie du weißt, nicht gerade begeistert ist.«

»Er mag die Italiener nicht.«

»Nein, er ist nur nicht gerade glücklich darüber, mit einem Mann zusammenzuarbeiten, dem der Ruf vorangeht, ein mächtiger Mafioso zu sein.«

»Das ist doch Pferdekacke. Silvio hat seit Jahren nichts mehr mit der Mafia zu tun gehabt. Er ist in allen Ehren pensioniert.«

»Wie anständig von ihm.« Das Telefon klingelte, und Antonia ging zu dem Empiretischchen mit seiner lederbezogenen Platte und nahm den Hörer ab. »Ja?«

»Das muß die grandiose Antonia sein, eine mediterrane *signora*, die ich nie kennengelernt habe – aber ich freue mich bereits darauf, bald die Ehre und das Vergnügen zu haben, das nachzuholen.«

»Sie sprechen außergewöhnlich gut englisch ... Signore Togazzi?«

»Ja, in der Tat, und mein *inglese* habe ich größtenteils zu Füßen eines Meisters gelernt, Ihres außergewöhnlichen Begleiters.«

»Ja, das habe ich mir schon gedacht. So, und jetzt lasse ich Sie mit dem ... Meister ... sprechen.«

»Ich höre noch den Klang des *Mare Nostra* in Ihrer Sprache, große Schönheit!« ließ Togazzi nicht locker.

»Wie schön, ich habe mir jahrelang Mühe gegeben, ihn loszuwerden.« Sie reichte Scofield den Hörer, der verzweifelt den Kopf geschüttelt und auf das Bett gezeigt hatte. Schließlich nahm er ihn widerstrebend entgegen.

»Hi, Itaker.«

»Stets der liebenswürdige Brandon. Und wie geht es dem Yankeekotzbrocken, so sagt man doch, oder? Ich höre, du bist eingetroffen?«

»Nein, ich bin ein Klon, der ein paar Stunden Schlaf braucht.«

»Aber nicht jetzt, alter Freund. Es gibt Arbeit. Das Postamt in Mailand läßt wissen, daß eine weitere postlagernde Sendung aus Barcelona eingetroffen ist für einen gewissen Signore Del Monte IV, wobei Del Monte ein in Italien ziemlich verbreiteter Name ist, und das IV wie ein Schreibfehler aussieht und vermutlich ein Code für den Empfänger sein soll. Der nächste Lieferung ist heute nachmittag um drei Uhr fällig. Mein Mann wird das Material festhalten und behaupten, es komme mit dem letzten LKW. Wir müssen dort sein.«

»Von dort komme ich doch gerade! Hast du denn keine Schatten auf deiner Lohnliste, die demjenigen, der die Sendung abholt, nachfahren können?«

»Die letzte Sendung aus Barcelona kam vor sechs Tagen. Wann wird wieder eine kommen?«

»Herrgott, du hast recht! Der Keizersgracht ist geschlossen ...«

»Was? *Che cosa*?«

»In dieser Woche war ziemlich viel los, ich erzähle dir später mehr. Aber du hast recht, wir könnten unsere Chance verpassen, die Mailänder Verbindung ausfindig zu machen. Wie wirst du mich abholen?«

»Geh zum Westeingang hinaus, als ob du vorhättest, einen Spaziergang um die Hotelanlage herum zu machen, und dann nimmst du den Weg an der Schranke vorbei zur Straße nach Bellagio. Dort werde ich mich mit dir treffen.«

»Ich habe keine Waffe dabei – diese verdammten Metalldetektoren –, und ich möchte das ändern. Hast du welche?«

»Ist im Comer See Wasser?«

»Das habe ich mir schon gedacht. Wir sehen uns also in einer Viertelstunde.« Scofield legte den Hörer auf und drehte sich zu Antonia herum. »Du hast mitgehört, schätze ich.«

»Das schätzt du richtig, und das mit den Waffen gefällt mir gar nicht.«

»Wahrscheinlich brauche ich keine, aber ich würde mich sicherer fühlen, wo wir uns hinter den feindlichen Linien befinden. Du erinnerst dich doch an die alten Zeiten, oder, Mädchen?«

»Ja, mein Lieber. Ich erinnere mich auch daran, daß du damals viel jünger warst. Und Togazzi ist älter als du. Zwei alte Männer, die Rollen spielen wollen, die sie schon lange hinter sich gelassen haben.«

»Warum läßt du uns denn nicht gleich einbalsamieren. Wo sind meine Schuhe mit den Gummisohlen?«

»Im Kleiderschrank.«

»Man soll nie ohne Gummisohlen an die Arbeit gehen.«

»Ihr werdet doch nicht alleine sein, oder? Alte Männer brauchen jüngere Männer.«

»Ich bin sicher, daß Silvio ein paar Leute finden wird.«

»Ich hoffe, ihr wißt, was ihr tut.«

»Das tun wir.«

Die Fahrt nach Mailand lief in Rekordzeit ab. Zwei Leute des Dons saßen auf dem Vordersitz. Ein zweiter Wagen mit drei weiteren Männern folgte dicht hinter ihnen; sie würden sich eine Straße von Mailands Zentralpostamt entfernt treffen. Togazzis Vertrauensmann hatte ihnen einen Plan der Schalterhalle geliefert; der war für das, was sie vorhatten, äußerst wichtig. Die Wachen des Dons, alle mit an ihren Revers befestigten Funksprechgeräten, würden zwischen dem Schalter und den Ausgängen Position beziehen, und die Fahrer würden draußen in der Nähe von Togazzis Wagen warten. Der Vertrauensmann des Don würde dem nächsten Leibwächter ein Zeichen geben, wenn der Empfänger seine Sendung aus Barcelona entgegennahm, und dieser wiederum würde die anderen verständigen und den Empfänger beschreiben.

Togazzi blieb im Wagen, eine Hochgeschwindigkeitskamera mit Teleobjektiv in der Hand, während Scofield ein paar Schritte entfernt stand, die Tür im Auge behielt und die Durchsagen der Leibwächter mit abhörte.

»Der Mann ist schlampig gekleidet, ein zerrissenes Jackett und ungebügelte Hosen« war jetzt zu hören.

»Die haben ihn«, sagte Scofield und sah zugleich, wie ein kleiner Mann, auf den die Beschreibung paßte, schnell aus der Tür des Postamts kam. »Siehst du ihn, Silvio?«

»Natürlich. Er geht auf die Fahrräder zu. Schnell, einer von euch! Holt das Motorrad aus dem Kofferraum. Folgt ihm!«

Einer der Leibwächter kam der Anordnung nach, riß das kleine Motorrad heraus, ließ den Motor an, stieg auf und nahm die Verfolgung des Fahrradboten auf. Minuten später meldete er sich über Radio: »Er ist im schlimmsten Teil der Stadt, *signore*! Das Motorrad ist neu und sehr teuer. Ich fürchte um mein Leben.«

»Wenn du ihn verlierst, bist du ein toter Mann, mein Freund«, sagte Don Silvio Togazzi.

»*Dio de Dio*, er hat es einem anderen Bettler weitergegeben!«

»Bleib an ihm dran«, befahl der Don.

»Er läuft auf eine Kirche zu, *signore*. Ein junger Priester ist herausgekommen, er steht jetzt auf der Treppe! Er gibt ihm den Umschlag. Es ist die Kirche des Heiligen Sakraments.«

»Verstecken Sie Ihr Motorrad, und bleiben Sie dort. Wenn der Priester weggeht, dann folgen Sie ihm auf sichere Distanz, *capisce*?«

»Mit ganzem Herzen und voller Seele, Don Silvio.«

»*Grazie*. Sie werden belohnt werden.«

»*Prego*, Don. Jetzt geht er weg! Er geht zu einem Auto, bleibt davor stehen, es ist ein altes, verbeultes Auto.«

»So eins ist in dieser Umgebung am sichersten«, stellte Togazzi fest. »Was für eine Marke ist es denn?«

»Das kann man kaum mehr erkennen. Es hat so viele Beulen und Kratzer. Ein ganz kleiner Wagen, und der Kühlergrill ist halb abgerissen. Vielleicht ein Fiat.«

»Das Nummernschild?«

»Das ist auch verbogen und verkratzt. Der Priester ist eingestiegen und läßt den Motor an.«

»Bleiben Sie, solange Sie können, an ihm dran. Die Männer sind im anderen Wagen; wir bleiben in dem hier. Melden Sie uns jede Bewegung, die er macht. Brandon, steig ein.«

Das Fahrziel des schäbigen Wagens überraschte alle: Nachdem sie den chaotischen Verkehr von Mailand hinter sich gelassen hatten, bog er dreißig Kilometer nördlich der Stadt in eine Straße ein, die zu dem Anwesen der Paravacinis führte, das seit dem Tod Carlo Paravacinis praktisch geschlossen und nur von wenigen Angestellten betreut wurde. Aber jemand mußte dort sein, jemand, der mächtig genug war, um das Material aus Barcelona entgegenzunehmen, ein Angehöriger der oberen Ränge der Matarese.

»So schnell wie möglich zurück zum Haus!« befahl Togazzi und sah dabei Scofield an. »Auf meinem Balkon sind Teleskope, vielleicht können wir etwas erfahren.«

Und das taten sie. Die auf die Paravacini-Villa gerichteten Teleskope ließen die beeindruckende Jacht am Steg und dahinter verlassene Rasenflächen erkennen. Das ganze Anwesen wirkte auf eine gespenstische Weise verlassen, so, als verlange es nach elegant gekleideten Menschen, nicht kalten, weißen Statuen. Plötzlich waren zwei Leute zu sehen, zwei Männer, die aus der Villa kamen und jetzt den mit Ziegelplatten belegten Weg hinuntergingen. Der eine war schon ziemlich alt, wesentlich älter als der andere; beide trugen dunkle Hosen und weite Sporthemden. »Wer ist das?« fragte Scofield und trat von dem Fernrohr zurück, um Togazzi durchsehen zu lassen. »Kennst du sie?«

»Den einen kenne ich sehr gut, und das ist auch die Antwort auf die Frage, wer die Matarese in Italien führt. Den anderen kann ich nicht erkennen, aber ich habe eine Idee; wir haben aus der Ferne nur seinen Kopf von hinten gesehen.«

»Wessen?«

»Vom Fahrer des kleinen Autos, das wir verfolgt haben.«

»Der Priester?«

»Priester sind beide. Der ältere ist Kardinal Rudolfo Paravacini, ein Mann mit beträchtlichem Einfluß im Vatikan.«

»Und er ist in Italien der Kopf der Matarese?«

»Er ist der Onkel des verblichenen und von wenigen beklagten Carlo Paravacini, den die Vögel aufgefressen haben.«

»Aber der Vatikan?«

»Ich würde sagen, das Blut von Familien ist immer stärker als das Blut Christi. Ganz sicher in diesem Fall.«

»Pryce hat ihn erwähnt, Leslie auch, aber nichts Konkretes.«

»Jetzt bekommen wir etwas Konkretes zu sehen, Brandon. Da, schau hin. Sie sind jetzt auf der Jacht. Auf dem Hinterdeck. Sag mir, was du siehst.«

»Okay.« Scofield beugte sich wieder über das Fernrohr. »Du großer Gott, der alte Knabe öffnet die Sendung aus Barcelona. Du hast recht!«

»Fragt sich nur«, sagte Togazzi, »was wir jetzt unternehmen.«

»Nun, das Anwesen sieht ja nicht gerade so aus, als ob es befestigt wäre. Ich finde, wir sollten sofort zuschlagen, ehe er das weiterleiten kann, was in dem Umschlag ist, oder es vernichtet, was ja auch möglich wäre.«

»Der Ansicht bin ich auch.«

Die Leibwächter wurden auf den Balkon gerufen und bekamen alle Gelegenheit, durch das Fernrohr zu sehen. Dann einigten sich Scofield und Togazzi schnell auf einen Plan für das weitere Vorgehen, als wären nicht Jahrzehnte vergangen, seit sie zuletzt gemeinsam in feindliches Territorium eingedrungen waren. Zwei der Leibwächter machten sich auf den Weg, drei blieben bei dem Don und Scofield.

»Sie bleiben hier«, wies Togazzi den Mann aus dem Wachhäuschen an. »Sie bleiben mit uns in Verbindung, und falls irgendwelche Eindringlinge auftauchen, was aber eher unwahrscheinlich ist, dann wissen Sie, was zu tun ist.«

»*Sì*, Don Silvio. Zuerst die Landminen im Außenbereich.«

»Landminen?« Scofield lehnte sich in seinem weißen Korbsessel nach vorne. »Die Hügel über Portofino?«

»Du hast ein gutes Gedächtnis«, sagte Togazzi. »Niemand kam an unsere Stützpunkte heran. Wir haben die Minen am äußeren Rand hochgehen lassen, und dann hat keiner sich mehr getraut näherzukommen.«

»Ja, sie haben sich zurückgezogen, und wir haben uns ein anderes Lager gesucht«, schmunzelte Scofield. »Keine Toten, keine internationalen Zwischenfälle, und jeder hat die Explosionen irgendwelchen vergessenen Minen aus dem Zweiten Weltkrieg zugeschrieben.«

»Ich habe das System ein wenig verfeinert«, erklärte Togazzi. »Es gibt jetzt Minen im äußeren Bereich und welche im inneren Bereich, viel näher am Weg, und ein paar unterhalb, und man kann sie alle im Wachhäuschen auslösen.«

»*Va bene*«, lachte Scofield.

»Und ihr beide«, fuhr Togazzi wieder in seiner Muttersprache fort und wandte sich den zwei letzten seiner Leibwächter zu, »ihr werdet uns begleiten und uns etwa hundert Meter oberhalb des Anwesens absetzen. Und dann fahrt ihr weiter zum Parkplatz und bezieht dort Stellung.«

»*Sì.*«

»*Sì.*«

Der erste Wagen bog etwa vierhundert Meter von der Paravacini-Villa entfernt von der Straße ab. Die beiden Leibwächter hatten sich umgezogen und trugen jetzt nicht mehr die unauffälligen Anzüge, die sie in

Mailand getragen hatten, sondern Kleidung, wie sie Landarbeiter am Sonntag zur Kirche zu tragen pflegen, schlecht sitzend, alt, aber sauber. Jeder trug einen Korb mit Blumen, wie sie überall in der Gegend in den Gärten wuchsen, ein erschwinglicher Tribut an einen großen Mann. Sie gingen auf der heißen, staubigen Straße auf die Paravacini-Villa zu, der Schweiß stand ihnen in dicken Tropfen auf der Stirn und ließ ihre Hemden am Körper kleben. Die letzten zweihundert Meter vor der Villa war die Straße asphaltiert. Das Wachhäuschen mit den dicken Glasfenstern war verlassen, die Schranke hochgeklappt.

Sie trotteten, als bereite ihnen das Mühe, zu der kreisförmigen Auffahrt und schließlich die Stufen zum Eingangsportal hinauf. Dann klingelten sie – man konnte aus dem Inneren des mächtigen Hauses den Glockenschlag hören. Ein Bediensteter öffnete die Tür; sein Hemd war nicht zugeknöpft, und er war unrasiert. Als er die beiden einfach gekleideten Besucher sah, herrschte er sie an:

»Was wollt Ihr? Es ist niemand zu Hause.«

»Per piacere, signore. Wir sind arme Männer aus den Hügeln von Bellagio«, sagte der eine. »Wir sind hier, um dem Andenken des großen Don Carlo unseren Respekt zu erweisen, weil er immer so großzügig zu unseren Familien war.«

»Er ist jetzt seit einigen Wochen tot. Ihr kommt ein wenig spät.«

»Wir haben uns nicht getraut, als hier ständig alle möglichen vornehmen Leute kamen und gingen«, sagte der zweite Leibwächter. »Dürfen wir die Körbe hineintragen, *signore*? Sie sind ziemlich schwer.«

»Laßt sie hier draußen! Drinnen sind schon zu viele Blumen, die man gießen muß.«

»Haben Sie doch ein Herz, *signore*«, bat der andere Leibwächter und blickte an dem arroganten Diener vorbei.

»Nein!«

»Dann laß es bleiben.« Damit machte er einen Satz, packte den Mann an den Schultern, riß ihn zu sich heran und stieß ihm sein rechtes Knie ins Gesicht. Der Mann fiel blutend und bewußtlos zu Boden. Gemeinsam zerrten Togazzis Männer den Bewußtlosen ins Haus, schlossen die Tür und begannen mit einer schnellen, aber gründlichen Durchsuchung. Sie fanden ein Zimmermädchen in der Bibliothek; sie trug ihre Uniform, hatte es sich im Sessel bequem gemacht und blätterte in einem Bildband.

»Scusi, signori!« rief sie und sprang auf. »Man hat uns gesagt«, fuhr

sie dann fort, »wir dürften es uns bequem machen, solange wir nur unsere Arbeit tun.«

»Wer hat das gesagt?«

»Seine Eminenz, der Kardinal, *signore*.«

»Wer ist sonst noch da?«

»Kardinal Paravacini, Signore Rossi und ...«

»Signore Rossi?« fiel ihr der Leibwächter ins Wort, der den Mann an der Tür außer Gefecht gesetzt hatte. »Ist er ein Priester?«

»Du lieber Gott, nein, *signore*! Er schleppt fast jeden Tag eine andere Frau hier an. Ein Hurenbock ist das. Aus Respekt vor dem Kardinal schickt er sie schon ganz früh nach Hause, ehe es hell wird.«

»Wer sonst noch?« fragte der zweite von Togazzis Leuten. »Sie haben angedeutet, daß da noch jemand ist.«

»Ja, Bruno Davino. Er ist für die Sicherheit hier verantwortlich.«

»Wo ist er?«

»Er verbringt die meiste Zeit auf dem Dach, *signore*. Es gibt dort eine Stelle mit einem Sonnenschutz. Er sagt, daß er von dort aus den See und sämtliche Straßen sehen kann. Er nennt das seinen ›Ausguck‹.«

»Das sehen wir uns an«, sagte der eine Leibwächter.

»Che cosa?« hallte es vom Eingang. Die beiden drehten sich um und sahen dort einen großen, kräftig gebauten Mann mit wütender Miene. »Ich habe euch zwei traurigen Würmer die Straße herunterkommen, aber nicht wieder weggehen sehen! Warum seid ihr immer noch hier?«

»Scusi, signore«, erwiderte der zweite Leibwächter und ging mit ausgestreckten Armen, die Handflächen bittend nach oben gewandt, langsam auf den kräftig gebauten Mann zu. »Wir haben Blumen gebracht, um das Andenken des großen Don Carlo zu ehren ...« Er ging schräg auf den Mann an der Tür zu und verdeckte damit kurzzeitig seinen Kollegen. Sie hatten das schon häufig praktiziert, und der erste Leibwächter reagierte sofort und griff in die Tasche und holte eine mit Schalldämpfer versehene Pistole heraus. Als sein Kollege das Schußfeld wieder freigemacht hatte, schoß er zweimal mit tödlicher Genauigkeit und tötete den Sicherheitschef auf der Stelle.

Die Frau setzte zu einem Schrei an, aber der zweite Leibwächter Togazzis warf sich mit einem Satz auf sie und preßte ihr die eine Hand auf den Mund, während er mit der anderen so kräftig auf ihre Brust schlug, daß ihr alle Luft aus den Lungen gepreßt wurde und kein Laut zu hören war. Er holte eine dünne Schnur und eine Rolle Isolierband aus der Tasche, fesselte sie an einen Stuhl und verklebte ihr den Mund. »Die rührt sich nicht von der Stelle.«

»Alles klar«, sagte sein Kollege. »Das Haus ist sauber. Gehen wir zu unserer nächsten Position.«

Der zweite Wagen hielt an, Scofield und Togazzi stiegen aus und eilten auf die schützenden Bäume zu; der Wagen fuhr mit ausgeschaltetem Motor weiter und rollte links von der Villa auf den Rasen, wo man ihn von der Jacht aus nicht sehen konnte. Die beiden anderen Leibwächter stiegen aus, schlossen lautlos die Türen und schlichen sich an der Außenwand der Villa entlang, bis sie die dem See zugewandte Rasenfläche erreicht hatten, die frei im Blickfeld der Jacht lag. Es galt, sämtliche Fluchtwege zu versperren, sich aber von jemandem auf der Jacht nicht sehen zu lassen – deshalb hatten die beiden Männer aus dem ersten Wagen inzwischen auf der rechten Seite der Villa Position bezogen, deren Wand ihnen Deckung bot. Es handelte sich um eine Art Zangenbewegung, die alle Flanken sicherte.

Für diese spezielle Strategie gab es zwei Gründe, deren wichtigster war, daß niemand wußte, wie viele Verteidiger es in der Villa gab. Und dazu kam die Gefahr, daß Kardinal Paravacini das Material aus Barcelona vernichten würde, wenn er die Eindringlinge bemerkte. Alles hing also davon ab, das Moment der Überraschung voll auszuspielen.

Deshalb entledigten sich Scofield und der Don zwischen den Bäumen am Seeufer ihrer Kleidung. Sie waren jetzt nur noch mit Badehosen bekleidet und trugen kleine wasserdichte Beutel, in denen ihre Waffen steckten. Beide waren mit Rücksicht auf ihr Alter mit Schnorcheln ausgestattet, um auch längere Strecken unter Wasser zurücklegen zu können, ohne zum Luftholen auftauchen zu müssen. Ihr Ziel war die Steuerbordseite der Jacht, wo eine verchromte Leiter Schwimmern ermöglichte, an Deck zu klettern. Den beiden Geheimdienstveteranen gingen Erinnerungen an Einsätze in Italien, Sizilien und dem Schwarzen Meer durch den Kopf, als sie in das kühle Wasser des Comer Sees tauchten.

Wenig später erreichten Scofield und Togazzi die Leiter. Der Don fing leise zu husten an, also drückte Scofield ihm den Kopf unter Wasser. Als er wieder auftauchte, blitzten Togazzis Augen wütend, aber als Scofield dann vielsagend den Zeigefinger auf seine Lippen drückte, begriff er sofort. Sie durften keinen Laut von sich geben. Scofield öffnete seinen wasserdichten Beutel und holte seine Waffe heraus; Togazzi tat es ihm gleich. Dann nickten sie sich gegenseitig zu, und Scofield begann die Leiter hinaufzuklettern. Als sie die Hälfte der Strecke zurückgelegt hatten, konnte der alte Don den Hustenreiz nicht länger unterdrücken; beim Schwimmen war Wasser in seinen Schnorchel geraten.

Auf Deck war eine erregte Stimme zu hören: »Was war das?«

»Da ist jemand auf der Leiter! Ich sehe ...«

»Wir haben keine Sekunde zu verlieren. Da, nehmen Sie das, und laufen Sie zum Haus. Rufen Sie nach Bruno.«

Scofield zog sich nach oben und stemmte sich über die Reling. Seine Waffe war auf Kardinal Paravacini gerichtet. »An Ihrer Stelle würde ich mich nicht bewegen, Priester. Sonst könnte ich vielleicht zu dem Schluß kommen, daß Ihre Kirche ohne Sie besser dran ist.« Dann drehte er sich um und schrie: »Haltet ihn auf, er läuft auf den Weg zu! Wir brauchen den Umschlag!«

Jetzt tauchte Togazzi auf der Leiter auf und stemmte seinen alten, hageren Körper mühsam über die Reling. Dabei schimpfte er halblaut vor sich hin: »Früher hat mir das nichts ausgemacht.«

»Don Silvio!« rief der Kardinal. »Sie stecken mit diesem amerikanischen Schwein zusammen?«

»O ja, Euer Eminenz«, antwortete Togazzi. »Und das schon seit Jahrzehnten, seit Sie angefangen haben, unserer Kirche Schande zu machen.«

Drüben an Land auf der Rasenfläche rannten Männer zwischen den Statuen hinter dem Priester mit dem Päckchen aus Barcelona her. Plötzlich peitschten Schüsse, und man konnte Kugeln von den Marmorstatuen prallen und davonpfeifen hören. Scofield rannte quer über das Deck. »Um Himmels willen, *tötet* ihn nicht!« Dann ertönte ein Schrei, und die Schüsse verstummten. Eine Stimme hallte vom Rasen herüber. »Zu spät, *signore*. Er hat auf uns geschossen und Paolo am Bein verletzt.«

»Bringen Sie das Päckchen herüber, und schaffen Sie Paolo zu einem Arzt. Schnell!« Scofield wandte sich wieder dem Kardinal zu, den Togazzi mit der Waffe in Schach hielt. »Mir würde nichts größeren Spaß machen, als Sie persönlich dem Papst zu übergeben. Leider habe ich Wichtigeres zu tun.«

»Ich werde das mit Freuden übernehmen«, erbot sich Don Silvio. »Ich könnte seinen Segen gebrauchen.«

Jetzt kam einer von Togazzis Männern mit dem Päckchen aus Barcelona in der Hand über das Fallreep gerannt. Er gab es Scofield und erklärte, er würde seinen verletzten Kollegen zu einem Arzt bringen, mit dem sein Don persönlich bekannt sei. Scofield entnahm dem dicken, gepolsterten Umschlag einen Stapel Blätter. Er setzte sich in einen Liegestuhl und fing zu lesen an. Nach einigen Minuten ließ er die Papiere sinken und sah zu dem Kardinal hinüber. »Da hat sich einiges verändert, wie, Priester?«

»Ich weiß nicht, wovon Sie reden«, sagte Paravacini. »Ich habe das nicht gelesen, was Sie da in der Hand halten, weil es nicht mir gehört. Wenn Sie sich vielleicht den Umschlag ansehen wollen, er ist an einen Del Monte adressiert, und so heiße ich nicht. Fremde Post ist etwas Vertrauliches, so wie die Beichte.«

»Tatsächlich? Warum ist der Umschlag dann geöffnet worden?«

»Das hat mein junger Mitarbeiter versehentlich getan, der, den Sie ermordet haben. Ich werde für seine Seele beten, ebenso wie für die Seelen derer, die ihn getötet haben. So wie Jesus für die römischen Legionäre gebetet hat, die ihn ans Kreuz geschlagen haben.«

»Das ist wunderbar. Aber warum hat Ihr junger Mitarbeiter Ihnen den Umschlag gebracht?«

»Das müßten Sie ihn fragen, nur daß Sie das leider nicht können. Ich nehme an, daß er versehentlich in mein Postfach in Bellagio geraten ist, das ich immer dann benutze, wenn ich nicht in Rom bin.«

»Del Monte klingt aber auch nicht entfernt wie Paravacini.«

»In der Hast macht man häufig Fehler, ganz besonders junge, eifrige Leute, die Eindruck ...«

»Euer Eminenz«, schaltete Togazzi sich ein, »Sie vergeuden Ihren Atem. Ich habe Fotos gemacht, angefangen in Mailand bei Ihrem ersten Kurier bis zu dem dritten, der nach Bellagio gefahren und keineswegs an einem Postfach angehalten hat.«

»Sie erschüttern mich, Don Silvio. Das sind alles Dinge, von denen ich nichts weiß, und der einzige, der die Antwort kennen würde, ist tot.«

»Du solltest deine Zeit auch nicht vergeuden, alter Freund«, sagte Togazzi zu Scofield. »Wir haben Mittel und Wege mit solchen *ipocriti* umzugehen. Was war das für eine Veränderung, die du vor ein paar Augenblicken erwähnt hast?«

»Keine gute Nachricht«, antwortete Scofield und griff nach den

Papieren, die auf seinem Schoß lagen. »Die haben den Zeitpunkt vorverlegt – Matareisen hat das getan ... da, hör dir das an: ›Ich werde in Kürze ein neues Datum bekanntgeben, möglicherweise von einem anderen Ort aus. Ich kann unseren Mann in London nicht erreichen, und das beunruhigt mich. Hat MI5 ihn in eine Falle gelockt? Und wenn ja, konnten sie ihn zum Reden bringen? Seine Frau behauptet, nichts zu wissen, aber sie hat nie etwas gewußt. Das beunruhigt mich alles doch sehr. Auf den folgenden Seiten finden Sie die Codes der Kurzwellensendungen für die einzelnen Sektoren. Falls ich mich für einen anderen Standort entscheide, wird das einer von mehreren möglichen sein, die alle ausreichend ausgestattet sind, jedenfalls ein Ort, wo niemand mich finden wird. Bleiben Sie auf Ihrem Posten. Der Augenblick ist gekommen. Die Welt wird sich ändern.‹ Damit schließt der Brief, ohne Unterschrift natürlich. Aber es ist Matareisen. Die Ironie ist, daß Guiderone ihren Maulwurf in London getötet hat, den Mann, den er nicht finden kann. Am meisten freut mich, daß es mir gelungen ist, Leonard Fredericks und ihn auseinanderzubringen, diese beiden Arschlöcher gegeneinander auszuspielen. Ich hoffe, meine Ausdrucksweise beleidigt Ihre Ohren nicht, Priester.«

»Sie beleidigt mich nicht nur«, sagte der gutaussehende Kardinal mit eisiger Stimme, »ich bin empört. Ich bin nicht nur ein Fürst jener heiligen Kirche, ich habe ihr mein Leben gewidmet. Mich mit irgendeiner verrückten globalen Wirtschaftsverschwörung in Verbindung zu bringen ist schierer Unsinn, und der Heilige Vater wird das sicherlich verstehen.«

»O Mann, Kardinal, jetzt haben Sie aber wirklich Mist gebaut. Wer hat denn was von globaler Wirtschaft gesagt?«

Paravacinis Kopf fuhr zu Scofield herum, und seine Augen weiteten sich. Er war in die Falle getappt und wußte das. »Ich habe nichts mehr zu sagen.«

»Dann muß ich wohl oder übel Ihr Gesicht ein wenig zurichten, bis Sie doch wieder den Mund aufmachen.« Scofield legte die Papiere und den Umschlag aufs Deck, erhob sich aus seinem Liegestuhl und ging in drohender Haltung auf den Kirchenfürsten zu.

»Ich glaube, du brauchst dir deine schwachen Hände nicht schmutzig zu machen, alter Freund«, sagte Togazzi und kam von der Reling auf ihn zu. »Ich habe einem meiner Männer die Kamera gegeben. Er wird eine Aufnahme von der Leiche auf dem Rasen machen, und damit wird im Zusammenhang mit den anderen Fotos die Abfolge dann klar sein. Er wird mir die Kamera bringen, und du kannst ja dann den Umschlag aus Barcelona vor unseren auf Abwege geratenen Kardinal halten. Das wird als Beweis genügen.«

»Das dürfte reichen«, stimmte Scofield zu.

»Außerdem habe ich Freunde in der Kurie. Dieser Verräter an seinem Glauben wird eine Schande für die Kirche sein, ein Paria in seiner eigenen Welt.«

Plötzlich sprang Kardinal Paravacini aus seinem Stuhl und entwand Togazzi die Waffe. Ehe Scofield reagieren konnte, drückte der Priester sich die Mündung der Pistole gegen die Schläfe, zog den Abzug durch und ließ seinen Schädel zerbersten.

»Morte prima di disonore«, sagte Togazzi und blickte auf die zuckende Leiche herab. »Ein alter italienischer Ausdruck aus dem sechzehnten Jahrhundert.«

»›Lieber tot als entehrt‹«, sagte Scofield leise. »Das Tätowiergewerbe läßt das inzwischen etwas banal erscheinen, aber darum geht es immer wieder. Er besaß Macht, Reichtum und gewaltigen Einfluß innerhalb und außerhalb der Kirche. Ohne das blieb ihm nichts, für das es sich zu leben lohnte.«

»Rispetto«, sagte Togazzi. »Er besaß Respekt, und ohne Respekt hat er seine Männlichkeit verloren. Und ein Italiener, besonders ein Priester, muß seine Männlichkeit behalten.«

»Soviel zum italienischen Zweig der Matarese. Wir tun gut daran, dieses Material so schnell wie möglich zu unseren Computerzauberern nach Amsterdam zu fliegen. Vielleicht stoßen die auf etwas.« Irgendwo im Schiff klingelte ein Telefon und ließ die beiden Männer zusammenfahren. Es klingelte fünfmal, bis Scofield den Apparat schließlich fand. *»Pronto«*, sagte er und schickte sich an, den Hörer Togazzi zu geben, falls die Stimme am anderen Ende der Leitung zu schnell reden sollte. Aber die Stimme an seinem Ohr sprach präzises, wenn auch nicht akzentfreies Englisch, es war die Stimme einer Frau.

»Sie haben das Blut eines Paravacini vergossen, eines Mannes von Ehre. Dafür werden Sie bezahlen.«

In der Bibliothek der Villa legte das Hausmädchen den Hörer auf die Gabel. Tränen rannen ihr über die Wangen; ihr Geliebter war dahin und damit ein Leben, wie sie es nie wieder kennen würde.

34

Sie müssen alle drei zurück nach London«, sagte Frank Shields zu Pryce in Philadelphia. »Auf dem schnellsten Weg.«

»Und was ist mit Wahlburg?«

»Darum werden wir uns kümmern. Unsere Leute waren bereits dort und haben die Leiche und alle Spuren des Selbstmords beseitigt. Es wird nichts in die Medien kommen, er ist einfach verschwunden.«

»Hat denn sonst niemand dort gewohnt?«

»Nur ein Butler oder Kammerdiener, oder wie man diese Leute nennt. Er hatte ein Zimmer neben dem von Wahlburg. Er war ausgebildeter Krankenpfleger; Wahlburg war ein ziemlicher Hypochonder. Seine Frau ist vor einigen Jahren gestorben, und seine beiden Töchter sind verheiratet und wohnen in Los Angeles und San Antonio. Sie können ganz sicher sein, es gibt keine Spuren; er hat seinen Anrufbeantworter besprochen und gesagt, er sei verreist.«

»Und was wird Ihrer Meinung nach jetzt passieren?«

»Ich denke und hoffe, daß seine drei Matarese-Freunde Fowler, Whitehead und Nichols durchdrehen, wenn sie keine Verbindung mit ihm bekommen. Und wenn Sie in New York und Palm Beach Ihre Sache gut gemacht haben, dann werden die drei das Schlimmste annehmen und sich nach einer Zuflucht umsehen. Und dann werden sie mit Sicherheit Fehler machen.«

»Ich habe meine Sache gut gemacht. Und was ist in London los?«

»Sitzen Sie gut? Matareisen ist entkommen.«

»Unmöglich!« rief Pryce.

»Aber wahr«, erwiderte Shields. »Ich will jetzt nicht auf Einzelheiten eingehen, aber er ist jedenfalls entkommen und vermutlich bereits irgendwo auf dem Kontinent.«

»Herrgott im Himmel!«

»Das ist noch nicht alles. Scofield und sein alter Freund Togazzi haben die Matarese-Verbindung in Mailand gefunden. Es war dieser Kardinal Paravacini, den Sie erwähnt hatten.«

»Überrascht mich nicht«, sagte Pryce. »Haben die beiden ihn im Schlepptau?«

»Nein, er hat Selbstmord begangen. Er hat sich eine Kugel durch den Kopf gejagt, als sie ihn stellten und ihm klarmachten, wie erdrückend die Beweise gegen ihn waren.«

»Die haben ihm eine Waffe gegeben?«

»Er hat sie dem alten Togazzi entrissen. Das entscheidende ist, daß der Kardinal über Kurier ein Päckchen von Matareisen bekommen hat, das dieser abgesandt hatte, ehe Sie ihn erwischt hatten. Eine Unmenge Computertext, und deshalb schicken wir das Zeug zur Keizersgracht. Das Ganze läuft darauf hinaus, daß der Termin zum Losschlagen vorverlegt worden ist...«

»*Vorverlegt!*« rief Pryce. »So viele Tage sind doch gar nicht mehr übrig!«

»Deshalb möchte Scofield ja, daß Sie zurückkommen. Er ist nicht mal bereit, mir oder Geoffrey Waters den Grund zu nennen. Nur daß es ein Job für Sie beide ist.«

»Dieser verdammte Geheimnistuer!«

»Sie sind alle auf dem Concorde-Flug morgen früh um neun Uhr fünfundvierzig ab Kennedy gebucht. Captain Terence Henderson ist der Pilot und ein guter Freund von MI5 obendrein. Er wird Sie in der Lounge abholen und persönlich an Bord bringen.«

»Dann haben wir nicht mehr viel Zeit.«

»Ein Hubschrauber wird Sie auf dem Parkplatz Ihres Hotels abholen und hinfliegen. Wir haben alles vorbereitet; der Hubschrauber trifft in fünfzig Minuten bei Ihnen ein.«

»Dann reißen wir ja ganz schön was an Flugmeilen runter.«

»Das ist erst der Anfang. In Heathrow erwartet Sie eine Maschine mit Lieutenant Considine, der Sie direkt nach Mailand zu Scofield und Togazzi bringen wird.«

»Ich glaube, ich habe das schon mal gesagt – Sie sind wirklich eine Seele von einem Menschen, Squinty.«

»Ich habe auch nie etwas anderes behauptet, *Cammie*. Fangen Sie an mit Packen.«

Der Flug nach London verlief ohne besondere Ereignisse; Captain Henderson erwies sich als der perfekte britische Offizier, in seiner wohlmodulierten Sprechweise spiegelte sich das Wesen unterkühlter Autorität: man legte sich nicht mit ihm an.

»Bleiben Sie bei der Landung bitte an Bord, bis alle anderen die

Kabine verlassen haben«, sagte Henderson. »Ich begleite Sie dann am Zoll vorbei.«

»Mann, Sie sind voll eingeweiht, wie, Captain?« fragte Considine, der auf dem Gangplatz neben Pryce und Leslie saß. »Sind Sie ein James-Bond-Typ oder so was?«

»Ich habe keine Ahnung, wovon Sie sprechen.« Henderson lächelte; es war ein echtes Lächeln. Aber dann beugte er sich vor und flüsterte: »Aber hören Sie jetzt damit auf, sonst schalte ich die Nachbrenner ein und blase Sie aus Ihrem Sitz.«

»Hey, Mann, ich bin selbst ein Prinz der Lüfte...«

»Das weiß ich, Commander...«

»Ich möchte nur wissen, warum mich jeder befördert.«

»Kommen Sie doch mit ins Cockpit. Vielleicht macht es Ihnen Spaß.«

»Das glaube ich schon – und dort kann ich auch besser auf Sie aufpassen.«

»Sehr gern, alter Junge. Kommen Sie.« Considine stand auf und folgte dem Captain nach vorn.

Leslie drehte sich halb zu Pryce herum. »Ich möchte mit dir nach Mailand.«

»Diesmal nicht«, erklärte Pryce. »Ich habe Geof Waters aus der Lounge angerufen, und er hat mir gesagt, daß Scofield Antonia nach London zurückschickt.«

»Das gilt für Antonia, nicht für mich«, sagte Lieutenant Colonel Montrose bestimmt.

»Ruhig Blut, Colonel. Ich bin noch nicht fertig. Geof hat noch gesagt, Bray habe eine ganze LKW-Ladung verrücktes Gerät angefordert – ›der reine Wahnsinn‹ hat Waters gemeint –, das an einen von ihm später zu benennenden Ort geflogen werden soll.«

»Und Geoffrey hat zugestimmt?«

»Er hat etwas Komisches gesagt. Er hat gesagt, wenn Beowulf Agate sich so benimmt, hat er gewöhnlich eine heiße Spur.«

»Dann sollte er uns einweihen, würde ich sagen.«

»So ähnlich habe ich mich auch geäußert; zumindest sollte er eine Begründung liefern. Aber Geof war da anderer Ansicht. Er will Scofield ein oder zwei Tage Zeit lassen, bis sich das bestätigt, was er sich offenbar zurechtgelegt hat.«

»Sollte das nicht umgekehrt sein? Zuerst die Bestätigung?«

»Vielleicht nicht. Ich habe dir ja gesagt, die Matarese haben ihren Termin vorverlegt. Wir haben also vielleicht nur noch eine Woche Zeit, möglicherweise sogar noch weniger. Bray muß sich verdammt sicher sein, und falls sich zeigen sollte, daß er recht hat, müssen wir schnell handeln.«

»Ich würde jedenfalls gern mitkommen.«

»Nicht, solange ich nicht weiß, was Scofield vorhat. Du hast ein Kind, ich nicht.«

Die nächsten acht Stunden waren mit hektischer Aktivität angefüllt. Captain Henderson brach seinen eigenen Rekord, indem er den Atlantik in zwei Stunden und einundfünfzig Minuten überquerte. Nachdem er sie am Flughafen Heathrow wie versprochen unbehelligt am Zoll vorbeigeschleust hatte, übergab er sie Sir Geoffrey Waters, der zwei Koffer bei sich hatte, einen für Pryce, den anderen für Considine.

»Wir haben uns die Uniformmaße des Lieutenant von der US Navy besorgt und hatten noch einige Kleidungsstücke von Cameron aus dem letzten Hotel – damit haben wir für Sie beide neue Sachen zum Anziehen besorgt. Sie sind in den Koffern.«

»Warum haben Sie das getan?« wollte Pryce wissen.

»Eine reine Sicherheitsvorkehrung, alter Junge. Die Kleidung ist ohne Etiketten und enthält auch keinerlei spezielle Stoffe, wie sie nur von bestimmten Herstellern hergestellt werden – mit anderen Worten, sie kann in keiner Weise dazu benutzt werden, um Ihre Identität festzustellen.«

»Heiliger Strohsack!« rief Considine. »Was meint dieser Typ eigentlich, daß uns bevorsteht?«

»Das hat er nicht gesagt, Lieutenant. Aber ich kenne diesen Mann, den wir Beowulf Agate nennen, schon ziemlich lange, die meiste Zeit aus der Distanz, das gebe ich ja zu. In der Zeit habe ich seine, ich will mal sagen, etwas ungewöhnlichen Methoden kennengelernt. Und deshalb müssen wir unsere Behörde schützen.«

»Und was ist mit unserem Schutz?« fragte Considine.

»Soweit es Ihre Kleidung betrifft, mein Freund, können wir nicht mehr tun.«

»Vielen Dank! Ich bin Spitzenpilot – höchste Qualifikation. Könnte die NASA mich nicht zum Mond oder zum Mars schicken?«

»Vergessen Sie Pensacola nicht, Luther«, erinnerte ihn Pryce. »Dort gibt es einen Commander, der auf Sie wartet – Commander.«

»Das wird mir nicht viel nützen, wenn ich das mit diesen Klamotten richtig kapiert habe.«

»Sie haben noch zwei Stunden Tageslicht, Lieutenant«, sagte Waters, »und Ihr Bristol Freighter steht auf einer Piste in der Nähe. Ihr Kopilot – das ist einer von unseren Jungs, der nur weiß, daß er Sie nach Mailand begleitet – hat den freigegebenen Flugplan. Sie und Cameron sollten machen, daß Sie weiterkommen.«

»Warum darf ich nicht solo fliegen?«

»Aus zwei Gründen. Einmal ist dies hier kein kleiner Provinzflughafen oder ein ausländischer, mit dem wir verhandeln, sondern Heathrow, wo die Vorschriften außergewöhnlich streng sind. Sie zu mißachten würde Aufmerksamkeit auf Ihren Flug lenken, und das wollen wir unter keinen Umständen. Zum zweiten haben Sie gerade fünf Zeitzonen überquert, und das hat seine Auswirkungen auf Ihren Körper. Die Vorsicht verlangt einfach einen Ersatzmann.«

»Das sollten Sie ein paar tausend Jägerpiloten erzählen, vom Zweiten Weltkrieg bis zum Golfkrieg.«

»Nun, also, das wäre doch ziemlich schwierig, nicht wahr.«

»Ja, Sir, Massa.«

Sie landeten nach Einbruch der Nacht, und Pryce wurde zu Togazzis Wagen gebracht, während man Considine zu einem Hotel fuhr und der Kopilot im Flughafengebäude die notwendigen Formalitäten für den Rückflug nach London erledigte.

Als Pryce in dem inzwischen vertrauten Wagen mit dem schäbigen Äußeren und dem luxuriösen Innenleben Platz genommen hatte, gingen ihm vor allem zwei Dinge durch den Kopf. Zum einen fehlte Leslie ihm sehr. Er vermißte sie an seiner Seite, vermißte ihren raschen Verstand und ihre Gespräche ... und natürlich auch an seiner Seite im Bett. Pryce mußte der Wahrheit ins Auge sehen: Er, der immer so auf seine Freiheit und Unabhängigkeit bedacht gewesen war, hatte sich verliebt. Seit dem College war er zwei oder drei Mal nahe dran gewesen, aber seine Versessenheit auf seine akademische Laufbahn und später die Faszination, die die Ausbildung und die Arbeit in der Agency für ihn darstellten, hatten ihn immer von tiefergehenden Beziehungen abgehalten. Aber jetzt bot sein Leben genügend Platz für einen anderen Menschen – einfach weil er jemanden gefunden hatte, mit dem er diese Augenblicke bis ans Ende seines Lebens teilen wollte, das hatte er begriffen. Kurzzeitige Bindungen waren einfach und befriedigend, während die Liebe eine verrückte Welt des Sehnens, der Ungeduld und des Überschwangs war.

Zum andern wanderten seine Gedanken zu Scofield. Was hatte der legendäre Geheimdienstmann ausfindig gemacht, und weshalb tat er so geheimnisvoll? Jetzt war nicht die Zeit für theatralische Gesten, und das mußte auch Brandon wissen – was hatte also dieses seltsame Verhalten in ihm ausgelöst? Aber binnen einer Stunde würde er das wissen.

Sie erreichten Togazzis von Bäumen umgebenes Refugium im Wald oberhalb von Bellagio, und Pryce wurde auf die inzwischen so vertraute schmale Veranda mit den Teleskopen geführt, die alle auf den Comer See gerichtet waren. Ihre Begrüßung fiel kurz und knapp aus, da Scofield sichtlich darauf erpicht war, seine Geschichte loszuwerden. Er schilderte den seltsamen Telefonanruf, den er auf der Jacht entgegengenommen hatte, und berichtete von der Frau, die gesagt hatte, sie würden für Kardinal Paravacinis Tod bezahlen müssen.

»Dieser Anruf konnte nur aus dem Haus gekommen sein, und deshalb ging ich, während Togazzi hier noch dafür sorgte, daß die Leiche beseitigt und saubergemacht wurde, zum Haus hinüber und fing zu suchen an. Da war niemand, zumindest konnte ich niemanden finden. Aber ich fand einen Feldstecher neben einem Telefon in der Bibliothek. Von jenem Raum aus hatte man klare Sicht auf die Jacht. Wer auch immer diese Frau war, sie hat von dort aus angerufen.«

»Aber Sie konnten sie nicht finden?«

»Nein, aber diese Bibliothek hat mich fasziniert. Sie unterschied sich von jeder anderen Bibliothek, in der ich je war. Oh, natürlich gab es dort die üblichen Lederfolianten, die wahrscheinlich noch nie jemand gelesen hatte, und Hunderte von ganz gewöhnlichen Büchern, aber da war noch etwas anderes. Ein ganzes Regal sah aus wie ein Archiv. Riesige Alben aus altem, dickem, vergilbtem Papier, die mit kräftigen Fäden zusammengehalten wurden. Ich zog ein paar davon heraus und fing an in ihnen zu blättern. Und dann rief ich einen der Leibwächter und forderte ihn auf, zur Jacht hinüberzugehen und Silvio zu erklären, daß ich eine Weile hier bleiben würde.«

»Was haben Sie gefunden?«

»Praktisch eine Geschichte der Matarese in Bildern, die bis ans Ende des neunzehnten Jahrhunderts zurückreicht. Fotografien, Daguerreotypien, alte Zeitungsausschnitte und Landkarten mit besonderen Markierungen. Nicht viel Worte, überhaupt kein Text, nur kurze Bildunterschriften in italienischer Sprache, manche nur aus zwei oder drei Wörtern bestehend, andere etwas länger.«

»Ich habe die Bildunterschriften für ihn übersetzt«, schaltete Togazzi sich ein. »Er spricht unsere Sprache ein wenig, aber was das Lesen angeht, ist er praktisch Analphabet.«

»Ich spreche besser Französisch als du!«

»Das ist eine kranke Sprache.«

»Haben Sie etwas Neues in Erfahrung gebracht?« fragte Pryce.

»Nein, etwas Altes, etwas sehr Altes, und das hat mich nachdenklich gemacht. Wir haben immer in die falsche Richtung gesehen, versucht, die Krisen vorauszusehen, wann und wo sie stattfinden und worin sie bestehen werden.«

»Wie können wir ihnen das Handwerk legen, wenn wir sie nicht suchen?«

»Genau das ist es, wir werden sie nie finden. Nur ein Mann weiß Bescheid, der, der die Befehle erteilt. Matareisen. Er hat sie so tief vergraben, daß ich fast befürchte, er ist der einzige, der die Informationen besitzt, die wir so dringend brauchen.«

»Und?«

»Ich habe eine Ahnung, die mich einfach nicht loslassen will. Sie frißt förmlich an mir.«

»Was meinen Sie?«

»Sehen Sie, eines dieser Alben befaßte sich ausschließlich mit den Ruinen der Matarese-Festung. Da waren Dutzende von Fotos aus jedem Bildwinkel, Fotos der Ruinen von innen und auch Fotos des Geländes. Mindestens dreißig Seiten, und die Bilder waren nicht alt, ich meine, sie waren nicht vergilbt oder körnig, sondern sahen so aus, als ob sie jemand gestern aufgenommen hätte. Auf der letzten Seite fand ich eine kurze handschriftliche Notiz. *Negative für J. V. M.*«

»Negative für J. V. M.«, wiederholte Pryce. »Jan van der Meer Matareisen, der Mann, der die Befehle gibt.«

»Genau. Und was könnte Matareisen dazu veranlassen, eine so ausführliche fotografische Beschreibung dieses alten Hauses haben zu wollen?«

»Die Antwort liegt auf der Hand«, sagte Togazzi. »Um alles wiederaufzubauen.«

»Das habe ich mir auch gedacht«, sagte Scofield. »Die Genesis der

Matarese, der ursprüngliche Sitz der Macht. Ich halte von diesem Psychologengeschwafel nicht viel, aber wir wissen, daß Matareisen ein absoluter Fanatiker ist, der zwar brillant ist, aber eigentlich in eine Anstalt gehört. Würde denn ein solcher Mann sich irgendeinen anderen Ort als den seiner Herkunft aussuchen, wenn er eine Katastrophe auslösen will, die die ganze Welt erfaßt?«

»Aber das wissen Sie doch nicht, Bray.«

»Morgen werden wir es wissen.«

»Was?«

»Ich habe Geof in London über eine von Silvios Privatleitungen angerufen und Considines Codenamen und die Nummer seines Hotels bekommen. Er wird im frühen Morgengrauen in Mailand starten und zu dem auf den Landkarten nicht eingetragenen Flugfeld in Calenzana fliegen – er sagt, er kennt es, weil er Sie und Leslie dort abgeholt hat.«

»Das stimmt.«

»Seine Tanks werden voll sein, und wir nehmen Kurs auf die Südostküste von Korsika. Das sind grob zweihundertvierzig Flugmeilen, vierhundertachtzig mit dem Rückflug; das ist für seine Maschine kein Problem. Wir werden unterhalb von Solenzara nach Porto Vecchio, nördlich von Bonifacio, fliegen. Dann werden wir unter Benutzung der Koordinaten von Paravacinis Landkarten die Festung der Matarese überfliegen.«

»Ist das klug?« fragte Pryce.

»In zwölftausend Fuß Höhe schon. Zu den Instrumenten, die ich verlangt habe, gehört auch ein Foto-TV-Teleskop, für das Wolken kein Hindernis sind. Wenn wir das Gelände ein paarmal überfliegen, werden wir erkennen können, ob dort unten irgendwelche Aktivitäten im Gange sind. Wenn ja, gehen wir zu Phase zwei über.«

»Was ist das?«

»In Senetosa, zwanzig Minuten von der alten Matarese-Festung entfernt, gibt es einen kleinen Flugplatz. Wir werden dort landen, aussteigen, rübergehen und nachsehen, was wir finden können.«

»Du lieber Gott, weshalb das alles ohne Verstärkung? Warum diese absolute Geheimhaltung?«

»Weil ich niemandem mehr vertraue; der Feind hat sich überall eingeschlichen. Wenn ich recht habe, wird Matareisen dort sein. Aber wenn er auch nur die Andeutung eines Verdachts hat, daß wir uns Porto Vecchio vornehmen wollen, haut er entweder wie der Blitz dort ab, oder er bestellt sich genug Feuerkraft, um eine ganze Armee in die Hölle zu schicken.«

»Realitätskontrolle, Bray«, sagte Pryce mit scharfer Stimme. »Angenommen, Sie täuschen sich, und er ist nicht dort?«

»Dann täusche ich mich. London arbeitet rund um die Uhr, Squinty arbeitet, die Leute in der Keizersgracht arbeiten, alle arbeiten sie. Wir stehen hier nicht alleine, Herrgott! Das einzige, was wir dann verloren haben, ist Zeit.«

»Angenommen, er ist dort und hat seine Leibwächter, seine Feuerkraft bereits um sich versammelt?«

»Hey, junger Freund. Das ist nicht mein erster Einsatz. Mich hat es schon gegeben, als Sie noch an Titten genuckelt haben.«

»Das ist keine Antwort, Brandon.«

»Also schön, zu den Geräten, die Geof geliefert hat, gehört auch ein Comsat-Mobile-Link-Telefon, direkte Satellitenverbindung mit London. Wenn das, was Sie andeuten, Realität sein sollte, wie Sie es nennen, dann gibt es am Flughafen von Marseille eine Einheit französischer Pioniere. Die können innerhalb weniger Minuten per Jet in Senetosa aufkreuzen.«

»Also ist Ihre Geheimhaltung doch nicht ganz total...«

»Von wegen! Diese Jungs haben keine Ahnung, bloß daß es auf einer Insel im Mittelmeer einen Zwischenfall geben könnte. Sobald ich Geof Bescheid sage, setzt er sich mit dem Deuxième Bureau in Verbindung, und der Jet startet mit Kurs auf Senetosa. Ich erwarte die Einheit an der Straße und erteile die Befehle. Falls es je dazu kommt.«

»Das setzt voraus, daß Sie das Areal einigermaßen erforscht haben.«

»Ich nehme an, daß *wir* das dann getan haben. Dafür ist auch etwas in der Sendung. Tarnanzüge, Feldstecher, zwei Macheten, Messer, Pistolen mit Schalldämpfer, Stiefel, Drahtscheren, Gas – all der übliche Kram.«

»Der übliche *Kram*?«

35

Sie flogen in achttausend Fuß Höhe an der korsischen Küste entlang, bis sie Solenzara erreichten, wo Considine auf zwölftausend Fuß stieg. Die Höhenkamera war an einer Klappe im Boden des Leitwerks des Bristol Freighter befestigt.

»Erreichen Koordinaten in zwei Minuten plus«, verkündete Considine über den Lautsprecher. »Sind Sie bereit?«

»Alles bereit«, antwortete Scofield über den Zehn-Zoll-Monitor der Kamera gebeugt, auf dem ein tausendfach vergrößertes Abbild des vorüberziehenden Terrains zu sehen war, während etwa jede halbe Sekunde eine Aufnahme gemacht wurde.

Zwei Minuten später meldete Considine sich erneut. »Eingaben starten und Brennweite überprüfen.«

»Das klingt so, als ob Sie das schon mal gemacht hätten«, sagte Pryce in sein Kehlkopfmikrophon.

»Sie vermuten richtig, Cam. Das nennt sich Irak-Überflug. Äußerst entspannender Dienst, wenn die Idioten nicht gerade schießwütig sind.«

»Läuft«, rief Scofield, der gebannt auf den Bildschirm blickte. »Sehen Sie sich das an, Cam! Man könnte meinen, diese Bäume wären höchstens hundert Meter entfernt und nicht zwei Meilen.«

»Zielanflug«, rief Considine. »Viel Glück, Bombenschütze.«

»Da ist es!« rief Scofield aus. »Das sind keine Ruinen – Togazzi und ich haben recht gehabt. Das ist alles neu aufgebaut worden! Wenden Sie, und fliegen Sie noch einmal drüber, Luther.«

»Wird gemacht«, sagte der Pilot, während das Flugzeug nach links kippte.

Beim zweiten, dritten und schließlich vierten Überflug erkannten sie auf dem Gelände des Matarese-Besitzes insgesamt fünf Gestalten. Bei zweien davon handelte es sich anscheinend um Frauen; dann war da noch ein Mann, allem Anschein nach ein Gärtner, da er an einem Blumenbeet arbeitete. Und schließlich zwei weitere Männer, die gerade in ein Auto stiegen.

»Mir reicht das jetzt«, sagte Beowulf Agate, »wir beginnen mit Phase zwei. Senetosa, Luther! Finden Sie das?«

»Das habe ich schon vor dem Start gefunden, Bray.«

Als sie auf dem Flugplatz von Senetosa gelandet waren, öffneten Scofield und Pryce die Kiste mit ihren Geräten und teilten den Inhalt unter sich auf. Scofield warf Considine einen Tarnanzug mit einem Patronengurt und einer schallgedämpften Pistole zu. »Wozu zum Teufel soll das jetzt wieder gut sein?« fragte der Pilot. »Ich bin schon neu eingekleidet worden – alles ohne Etiketten.«

»Nur für den Fall, daß wir Unterstützung brauchen, und dazu könnte es nur unter außergewöhnlichen Umständen kommen.«

»Ich mag außergewöhnliche Umstände nicht, höchstens in der Luft. Ich bin für Luftkämpfe ausgebildet, Mann.«

»Ich glaube nicht, daß es dazu kommen wird. Aber es könnte sein, daß ein kleines Kontingent französischer Pioniere eintrifft ...«

»Französische *Pioniere*!« erregte sich Considine. »Ihr weißen Clowns spielt ganz schön hoch und heiß mit meinem schwarzen Arsch.«

»Nein, nein, Lieutenant, Sie verstehen das falsch. Von hier nach Porto-Vecchio gibt es nur eine einzige Straße, und wenn wir die Franzosen brauchen, dann komme ich ihnen auf halbem Weg entgegen und geben ihnen ihre Befehle. Es ist nur so, daß die sich sicherer fühlen, wenn Sie einen Kampfanzug tragen.«

»Aber ich werde mich nicht sicherer fühlen.«

»Das ist ein wirklich intelligenter junger Mann«, stellte Scofield fest. »Los jetzt, Leute. Umziehen und fertigmachen.«

Als der Controller aus dem kleinen Turm auf die Maschine zukam, erwarteten ihn Scofield und Pryce in vollem Guerillakostüm und Considine, dem man ansah, wie unwohl er sich in seinem Tarnanzug mit dem Patronengurt fühlte. Der Mann sprach gebrochen Englisch.

»Sie sehr willkommen in Senetosa, *signori*, obwohl ich Sie noch nie gesehen habe. Sie sollen Ihre *operazione* fortsetzen. Unsere Crew wird Ihr Flugzeug mit Netzen abdecken.«

»Ist das notwendig?« fragte Luther.

»Anweisung von unserem *compare* in London. Setzen Sie fort, *per piacere*. Die Landebahn hier geschlossen, bis weitere Anweisungen erhalten.«

»Sehr gut«, sagte Scofield. »Bleiben Sie bei Ihrem Funkgerät, Lieutenant. Wir melden uns wieder.«

»Ja, tun Sie das.«

Scofield und Pryce marschierten auf der Straße los, die vom Flughafen den Hügel hinunterführte. Es war später Vormittag, und sie hielten sich am Straßenrand, jederzeit bereit, im Gebüsch Deckung zu suchen, falls irgendwelche Menschen oder Fahrzeuge auftauchen sollten. Das erwies sich zweimal als notwendig; das erste Mal, als in der Ferne ein alter grauer Renault auftauchte und sich ihnen näherte. Sie spähten durch das Gehölz und sahen, daß in dem Wagen ein Mann und eine Frau um die Dreißig saßen, die offensichtlich hitzig miteinander debattierten. Beim zweiten Mal wurden sie von Stimmen aufgescheucht, die sich von hinten näherten. Sie rannten in die Büsche, stellten dann aber erleichtert fest, daß es nur vier Teenager waren, Sportschüler vielleicht, die ihren Mittagslauf absolvierten.

Als die jungen Leute verschwunden waren, setzten Scofield und Pryce ihren Marsch auf der Straße fort, beschleunigten ihre Schritte. Minuten später senkte sich die Straße vor ihnen steil in die Tiefe, und auf der anderen Seite ragte auf einem Hügel das restaurierte Herrenhaus des Barons von Matarese in den Himmel.

»Von jetzt an gehen wir solo, einverstanden?« fragte Beowulf Agate leise.

»Scheint mir zweckmäßig«, sagte Pryce. »Ich nehme die rechte Flanke, Sie die linke.«

»Wir bleiben beide im Wald.«

»Ja, sicher nicht auf der Straße.«

»Los. Funk-Check in fünf Minuten.«

Sie trennten sich, Pryce ging über die Straße und drang in den Wald von Porto-Vecchio ein, während Scofield auf der linken Seite zwischen den Bäumen verschwand. Beide hatten mit dem steilen Terrain und dem fast undurchdringlichen Dickicht aus Bäumen und ineinander verwachsenen Schlingpflanzen große Mühe, wobei zu allem Überfluß der Boden von den letzten Regenfällen noch matschig war. Als sie schließlich den tiefsten Punkt erreicht und das schmale Tal durchquert hatten, ging es wieder steil nach oben. Sie hatten inzwischen bereits ihre Funkverbindung überprüft und ließen die Geräte auf offener Frequenz eingeschaltet.

»Cam«, flüsterte Scofields Stimme an Pryces Ohr.

»Ja?«

»Passen Sie auf. Wenn es auf Ihrer Seite genauso ist, kommen Sie gleich an einen rund drei Meter hohen Stacheldrahtzaun.«

»Ich glaube, ich sehe ihn schon«, sagte Pryce. »Vor mir flackert da etwas, als würde die Sonne sich in Metall spiegeln.«

»Das ist der Zaun. Hier drüben ist es genauso.«

»Ich habe ja lachen müssen, als Sie vorhin von Drahtscheren geredet haben. Sind Sie eine Art Hellseher?«

»Nein, verdammt. Von den Karten wußte ich, daß das Gelände von Wald umgeben ist. Also kamen elektrisch geladene Zäune oder irgendwelche Alarmsysteme nicht in Frage; die würden ja von kleinen Tieren und Vögeln alle paar Minuten ausgelöst werden. Blieb also nur die Möglichkeit eines Schutzzauns, *ergo* Stacheldraht.«

»Ich bin wirklich froh, daß man Ihnen in Harvard Latein beigebracht hat.«

»Undank ist der Welt Lohn. Und nicht vergessen, unten anfangen und kreisförmig schneiden, bis die Öffnung groß genug ist, daß Sie durchkriechen können.«

»Herzlichen Dank, Mutter.«

Als sie das erste Hindernis genommen hatten, kamen die beiden Eindringlinge überein, sich an der bewaldeten Ostflanke, also auf Pryce' Seite zu treffen. Kurz darauf tauchte Scofield am Rande eines Gebüschs auf, nur wenige Schritte von dem gepflegten Rasen entfernt, der das Herrenhaus umgab. Pryce, auf Händen und Knien, gesellte sich zu ihm.

»Hier wird es mittags verdammt heiß«, flüsterte Scofield, »selbst hier zwischen den Büschen.«

»Still«, wies Pryce ihn leise zurecht. »Da, sehen Sie!«

Zwischen den Bäumen, die die grasbedeckte Auffahrt zu den beiden mächtigen Bronzetürflügeln säumten, konnte man jetzt einen leger gekleideten Mann aus dem Haus kommen sehen. Er griff in die Tasche und holte ein Päckchen Zigaretten heraus, dann aus einer anderen Tasche ein Feuerzeug und zündete sich die Zigarette wie ein leidenschaftlicher Raucher an, der endlich Gelegenheit hat, seinem Laster zu frönen. Wenige Sekunden später kam ein Zimmermädchen in einer dunklen Uniform mit weißem Kragen heraus und trat neben ihn. Auch sie holte Zigaretten aus einer Schürzentasche, und er gab ihr Feuer, während er ihr mit der linken Hand an den Busen griff. Sie kicherte und packte ihn zwischen die Beine.

»Spaß und Spiel im Chez Matarese«, flüsterte Pryce.

»Was wichtiger ist, sie mußten nach draußen, um zu rauchen.«

»Da kann ich jetzt nicht folgen.«

»Geofs Recherchen über Matareisen haben ergeben, daß er ein überzeugter Nichtraucher ist, geradezu pathologisch. Sie waren ja in dem Haus an der Keizersgracht und haben dort sicher keinen einzigen Aschenbecher gesehen. Pfeifen, Zigarren und Zigaretten waren streng verboten.«

»Er ist einfach pathologisch, Ende.«

»Zumindest was das angeht, hat er einen Grund. Ein Arzt in Amsterdam, ein Lungenspezialist, hat ihn wegen ernster Atemprobleme behandelt. Er ist da, Cam. Meine Ahnung war richtig.«

»Da sollten wir uns besser überzeugen, ehe wir London anrufen, und Geof Marseille verständigt.«

»Falls wir überhaupt jemanden anrufen.«

»Bray, das ist jetzt nicht der Ort und nicht die Zeit für persönliche Heldentaten!«

»Ich bin kein Held, ich hasse Helden. Die sind schuld, wenn Menschen umgebracht werden.«

»Worüber reden Sie denn dann?«

»Darüber, weshalb wir hier sind«, sagte Scofield, der immer noch zu der Auffahrt hinüberblickte. »Wir sind hier, um das an uns zu bringen, was Matareisen bei sich hat und woraus wir schließen können, was er getan hat und wer alles in dieses Komplott verwickelt ist, damit wir ihm ein Ende machen können. Falls es dafür nicht schon zu spät ist.«

»Wieso schließt das Geof und die Pioniere vom Deuxième Bureau aus?« bohrte Pryce.

»Da muß ich dreißig Jahre in die Vergangenheit zurückgehen«, antwortete Scofield nachdenklich im Flüsterton, als müsse er in seiner Erinnerung kramen. »Die Appleton-Villa außerhalb von Boston. Es stimmt zwar, daß ich die ersten Sprengladungen außerhalb des Grundstücks ausgelöst habe, aber als dann überall das Chaos ausbrach und ringsum Menschen zu Boden fielen wie Glühwürmchen im Regen, kam es zu anderen Explosionen, die die Brände im Haus auslösten. Die Matarese-Häuptlinge hatten im Inneren ihres Allerheiligsten Brandsätze vorbereitet, um sicherzustellen, daß ihre sämtlichen Unterlagen, Verträge und Papiere zerstört wurden. Die Matarese scheinen irgendwie auf Feuer versessen zu sein.«

»›Die Feuer im Mittelmeer‹«, flüsterte Pryce und sah zu, wie die beiden Raucher langsam näherkamen. »Ich möchte wirklich gern wissen, was das bedeutet.«

»Pst!« Die beiden Raucher waren jetzt keine drei Meter mehr von ihnen entfernt und fummelten wie zwei Teenager im Hormonrausch aneinander herum. Sie bogen um die Kurve in der Zufahrt und entfernten sich weiter vom Haus, hatten jetzt angefangen, sich gegenseitig auszuziehen. »Wenn jetzt Nacht wäre«, flüsterte Scofield, »würden wir uns die beiden schnappen und herauskriegen, wer im Haus ist.«

»Aber jetzt ist nicht Nacht. Was machen wir also?«

»Wir gehen zum Flugplatz zurück und warten, bis es soweit ist. Nacht, meine ich. Ich werde Ihren Ausgang nehmen.«

»Ach du meine Güte.«

»Würden Sie lieber hier mit den Insekten und Schlangen die Zeit totschlagen, bis es dunkel ist?«

»Gehen wir«, sagte Pryce.

Auf dem Flugplatz von Senetosa fanden sie Considine in dem primitiven, keine sechs Meter hohen »Tower«. Er döste auf einem Sessel, neben sich das Funkgerät, aus dem gleichmäßiges Rauschen zu hören war. Auf der anderen Seite des Raums saß der Controller und las in einer Zeitschrift. »Luther.« Pryce schüttelte Considine.

»Yo!« Der Pilot riß erschrocken die Augen auf. »Sie sind schon wieder da. Was war los?«

»Das sagen wir Ihnen draußen«, erklärte Beowulf Agate. »Machen wir einen kleinen Spaziergang.«

Sie schlenderten am Rande der Landepiste von Senetosa entlang, und Scofield und Pryce berichteten Considine, was sie in Porto-Vecchio gefunden hatten und was sie noch nicht wußten.

»Das klingt so, als würden Sie Hilfe brauchen«, sagte Considine. »Dann wäre es jetzt wohl an der Zeit, diese französischen Pioniere ...«

»Nein«, fiel Scofield ihm ins Wort. »Weil wir nicht wissen, was die bei Dunkelheit für Sicherheitsvorkehrungen haben. Wir dringen nicht am Tag dort ein, und wir fordern auch keine Verstärkung an. Jetzt noch nicht und vielleicht überhaupt nicht.«

»Warum nicht?«

»Aus dem einfachen Grund, Lieutenant, weil es sich hier wie ein Buschfeuer verbreiten würde, wenn da plötzlich aus heiterem Himmel hier oben eine Düsenmaschine landet, ganz besonders, wenn dann ein ganzer Zug uniformierter Pioniere herausklettert. Ich kenne die Matarese; die bezahlen die Einheimischen für genau diese Art von Informationen.«

»Sie hatten nie die Absicht, sie anzufordern, oder?« fragte Pryce, ohne seinen Ärger zu verbergen.

»Also, Waters schien recht glücklich darüber, daß sie zur Verfügung stehen, und wenn wir sie wirklich brauchen, kann ich sie ja immer noch rufen. In der Nacht, wenn wir drinnen sind.«

»Ist ja wirklich großartig!« schimpfte Pryce. »Nachdem jemand den gottverdammten Gaul gestohlen hat, schließt man die Stalltür ab! Was soll das eigentlich werden? Ein Selbstmordeinsatz, eine Zwei-Mann-Kamikaze-Mission?«

»Jetzt regen Sie sich nicht auf, junger Freund. Wir sind doch wesentlich besser.«

»Ich kapier' mal wieder nicht, was Ihr beiden eigentlich wollt«, sagte Considine verwirrt. »Da haben Sie jetzt ein ganzes Rudel Dschungelsoldaten, die Sie bloß anzufordern brauchen, und wollen Sie nicht einsetzen? Herrgott im Himmel, warum nicht?«

»Er hat Angst, daß wir dann den Topf mit Gold nicht kriegen.«

»Welchen Topf mit Gold?«

»Informationen, die wir dringend brauchen, und er hat wahrscheinlich sogar recht. Eine dumme Bewegung, und Matareisen setzt seine Befehle ab und vernichtet seine Unterlagen. Wir wissen nicht, was dann kommt, wo es passieren wird und wer am Drücker sitzt.«

»Das hätte ich selbst nicht besser formulieren können«, sagte Scofield. »Und weil wir schon gerade bei Gemeinplätzen sind, Cam und ich sollten vielleicht eine Mütze Schlaf nehmen. Wir werden die ganze Nacht auf den Beinen sein, und er hat schließlich zwei harte Tage hinter sich.«

»Wäre nicht übel«, sagte Pryce, »aber wo?«

»Am Nordrand der Piste ist ein kleines Blockhaus, wo die Piloten und die Crews sich gelegentlich ausruhen. Dieser Schwachkopf von einem Controller hat gesagt, die könnten wir haben.«

»Ich bin genauso müde wie Cam, aber ich lasse mein Flugzeug nicht aus den Augen, mit all den Netzen und so.«

»Das haben Sie doch auch getan, als Sie in diesem Schuppen eingeschlafen sind«, wandte Pryce ein.

»Nein, habe ich nicht. Ich habe ein halbes Dutzend schwere Werkzeuge in die Netze gebunden. Wenn jemand versucht hätte, das Netz wegzunehmen, hätte das solchen Lärm gegeben, daß sämtliche Maulwürfe im Umkreis einer halben Meile aufgewacht wären. Denen hätte ich ein ganz schönes Feuerwerk hingelegt.«

»Der Junge hat einiges auf dem Kasten«, sagte Scofield und ging zu der Blockhütte voraus.

»Verdammt noch mal, wo haben Sie gesteckt?« brüllte Jamieson Fowler ins Telefon.

»Ich war verreist«, antwortete Stuart Nichols vorsichtig.

»Ja, natürlich, nur kaufe ich Ihnen das nicht ab. Plötzlich kann ich weder Whitehead noch Sie erreichen, und bei Wahlburg läuft der Anrufbeantworter und sagt, er sei verreist! Was soll das denn heißen, ›verreist‹? Wo treibt ihr Leute euch denn herum?«

»Jetzt seien Sie vernünftig, Jamieson. Wir haben schließlich alle ein Privatleben.«

»Selbst Ihre Stimme klingt irgendwie anders. Da läuft irgendeine krumme Tour, und ich möchte wissen, was dieser Scheiß soll! Wo zum Teufel ist Wahlburg? In Washington vielleicht?«

»Er wohnt in Philadelphia, das wissen Sie doch. Warum sagen Sie Washington?«

»Lassen Sie mich mal so sagen«, begann Fowler, der in seiner klimatisierten Hotelsuite zu schwitzen begann. »Ich habe ein Gerücht gehört, und deshalb muß ich den Juden finden! Sie wissen ja, daß ich in Washington eine Menge Freunde habe, ein paar bezahle ich mit Auslandsgeldern. Und einer von denen hat mir gesagt … »

»Hat Ihnen was gesagt?« fragte Nichols.

»Daß man Ben dabei beobachtet hätte, wie er das Kartellamtsgebäude betrat.

»Ich verstehe nicht.«

»Angenommen, der Itzig hat plötzlich Manschetten bekommen und versucht, seinen Judenarsch zu retten? Diese Leute sind schließlich nicht blöd. Das wissen Sie ja. Er könnte das durchaus so hindrehen, daß keine Schuld auf ihn fällt, daß er Gerüchte gehört hätte, et cetera, et cetera.«

»Über unsere … Unternehmung?«

»Über Disneyland jedenfalls nicht, Sie Arschloch!«

»Ich wüßte nicht, wie er das anstellen sollte. Wenn er bei den Anwälten des Kartellamts eine Aussage machen würde, dann würden sie nachbohren, und um sie wirklich zu überzeugen, müßte er sich selbst belasten, wenn auch in geringerem Maße.«

»Alles Anwaltsgeschwätz. Diese Juden sind schlauer als Sie.«

»Herrgott, Sie können widerlich sein. Meine Tochter ist mit einem hervorragenden Anwalt verheiratet, der zufälligerweise jüdischer ...«

»Yeah, das weiß ich schon. Er nennt sich Stone, aber in Wirklichkeit heißt er Stein.«

»Das habe ich ihm aus beruflichen Gründen empfohlen. Sie wohnen in Boston.«

»Wer ist denn jetzt widerlich? ... Aber vergessen Sie es. Kommen wir wieder zu Wahlburg. Was denken Sie?«

»Ich habe Ihnen doch gerade gesagt, ich bezweifle, daß Sie korrekt informiert worden sind. Aber möglicherweise haben wir es mit einem viel größeren Problem zu tun, und das betrifft das Schisma in Amsterdam.«

»Was zum Teufel soll das denn wieder heißen? Fakten will ich hören, keine Hypothesen.«

»Was?«

»Was Sie wissen, nicht was Sie glauben.«

»Ich muß Ihnen leider sagen, daß mein Gewährsmann über jeden Zweifel erhaben ist. Es gibt eine Auseinandersetzung zwischen der Keizersgracht und Guiderone. Der Sohn des Hirtenjungen wird natürlich den Sieg davontragen, aber es schmerzt mich anzunehmen, daß Albert sich möglicherweise auf die Seite von Van der Meer geschlagen hat.«

»Was zum Teufel reden Sie da?«

»Er hat sich allem Anschein nach dazu entschlossen, sich auf die Seite des Geldes zu schlagen.«

»Wer hat Ihnen das gesagt?«

»Ein Gerücht, so wie Ihres auch, und mehr sage ich nicht.«

»Das reicht mir aber nicht.«

»Sie werden aber nicht mehr bekommen, Jamieson.«

»Alles bricht in Stücke, Herrgott noch mal!«

»Ist das der Grund, weshalb Sie – ich glaube ›auf Warteposition gehen‹ heißt das. Abwarten, um zu sehen, was tatsächlich geschieht?«

»Was tue ich?«

»Das habe ich doch schon gesagt.«

»Ich tue überhaupt nichts!«

»Genau das habe ich ja gehört.«

»Jetzt mal langsam!« brüllte Fowler. »Das ist doch verrückt. Sie sind verrückt, und ich bin verrückt. Was zum Teufel geht da vor?«

»Das würde ich auch gerne wissen«, sagte Stuart Nichols und legte auf.

Es war siebzehn Uhr fünfzehn, und die Büros von Swanson und Schwartz waren geschlossen. Albert Whitehead war freilich an seinem Schreibtisch geblieben, nachdem er sich freundlich, wenn auch etwas vorsichtig, von Stuart Nichols verabschiedet hatte. Es klopfte an seiner Tür. »Herein«, rief er.

»Ja, Sir.« Eine attraktive Sekretärin trat ein. »Ich habe auf der Damentoilette gewartet, wie Sie das gewünscht haben, bis Mr. Nichols gegangen war.«

»Vielen Dank, Joanne. Bitte setzen Sie sich.« Die Sekretärin nahm Platz, und Whitehead fuhr fort: »Wie ich vorhin schon erwähnte, ist unser Gespräch in höchsten Maße vertraulich. Möglicherweise wird sich das alles als überflüssig erweisen, und das wünsche ich mir auch von ganzem Herzen, aber es sind gewisse Informationen ans Licht gekommen, die möglicherweise – ich betone ausdrücklich möglicherweise – Ihren Chef betreffen. Drücke ich mich klar aus?«

»Natürlich.«

»Gut. Seit wann arbeiten Sie für Mr. Nichols?«

»Beinahe zwei Jahre, Sir.«

»Ich weiß, daß er ständig irgendwelche Papiere ausfertigt, juristische Schriftsätze und so, aber erinnern Sie sich an einen längere Eingabe oder eine eidesstattliche Versicherung, die er bei Gericht hinterlegen wollte?«

»Im Augenblick nicht.... Nein, warten Sie. Vor sechs oder sieben Monaten war da eine Erbschaftsangelegenheit, wo der Erbe, ein Minderjähriger, sich um den Schutz der Gerichte bemüht hat, um das Ausmaß der Erbschaft nicht an die Öffentlichkeit dringen zu lassen. Da die Erbschaftssteuer bereits vorausbezahlt war, hat das Gericht sein Ansuchen gebilligt.«

»War das der einzige Vorgang dieser Art?«

»Nach meinem besten Wissen, ja, Sir.«

Nach meinem besten Wissen. Whitehead haßte diese Formulierung. Sie wurde nur zu häufig als Ausflucht benutzt, so wie Sekretärinnen häufig das Gefühl hatten, ihrem Chef gegenüber besondere Loyalität an den Tag legen zu müssen.

»Joanne, ich will bestimmt nicht an Ihren Worten zweifeln, meine Liebe, aber unsere wenigen Aktionäre bestehen darauf, daß ich eine gründliche Untersuchung durchführe. Haben Sie Aufzeichnungen von Mr. Nichols Diktaten oder den Dokumenten, die er vorbereitet hat?«

»Von jedem Dokument und jedem Brief und jedem internen Aktenvermerk. Ich wußte gar nicht, daß Swanson und Schwartz Aktionäre hat.«

»Wir sprechen gewöhnlich nicht darüber; es handelt sich um eine kleine Gruppe von Investoren, die mir dabei behilflich waren, die Firma zu erwerben. Wo sind diese Aufzeichnungen?«

»Auf Computerdisketten, nach Datum und Eingabezeit katalogisiert.«

»Würde es Ihnen etwas ausmachen, mir zu zeigen, wo diese Disketten aufbewahrt sind?«

»Aber keineswegs, Sir.« Die Sekretärin erhob sich und ging, gefolgt von Whitehead, zur Tür hinaus zu einem Büro am Ende des Korridors. Sie führte ihn dort zu einem großen, weißen Aktenschrank, öffnete ihn und zeigte ihm mit Disketten gefüllte Regale, die mit Jahres- und Monatsangaben markiert waren.

»Das ist ja eine beachtliche Sammlung«, sagte Albert Whitehead.

»Mr. Nichols hat sie vor fünf Jahren anlegen lassen. Er fand, man habe hier wesentlich besseren Zugang, als wenn man sie im Lager verwahrt.«

»Da hat er völlig recht. Zeigen Sie mir, wie das funktioniert. Wir haben alle dieselben Computer, aber ich habe schon lange nicht mehr mit Disketten gearbeitet.« Die Sekretärin zog eine Diskette heraus, schob sie in den Schlitz und tippte die entsprechenden Daten ein. »O ja«, sagte Whitehead, »jetzt erinnere ich mich wieder. Es ist wirklich sehr einfach, nicht wahr?«

»Ja, sehr einfach, Mr. Whitehead. Soll ich hierbleiben und Ihnen behilflich sein? Ich könnte meinen Mann anrufen …«

»Nein, nein, meine Liebe, gehen Sie nur. Ich komme schon zurecht. Und vergessen Sie nicht, unser kleines Gespräch geht nur uns beide an, ebenso wie mein Besuch hier.«

»Ich verstehe, Sir.«

»Sie werden morgen einen Umschlag unter Ihrer Schreibunterlage finden. Eine kleine Aufmerksamkeit von mir und im Namen der Investoren.«

»Das ist aber nicht notwendig, Sir.«

»O doch, das ist es.«

»Also, vielen Dank, Mr. Whitehead. Und ich hoffe, daß alles in Ordnung ist. Ich schätze Mr. Nichols sehr. Er ist immer freundlich und aufmerksam.«

»Ja, das ist er allerdings, und ein lieber Freund.« *Und ein beschissener Judas obendrein!*

»Gute Nacht, Sir.«

»Gute Nacht, Joanne.«

Es war beinahe Mitternacht, als Albert Whitehead die letzte Diskette aus dem Schlitz zog. Er war erschöpft. Seine Augen waren blutunterlaufen, sein Atem ging stockend. Er hatte jetzt über viertausend Dokumente aus den letzten drei Jahren durchgesehen – und nichts gefunden! Hatte Nichols außerhalb seines Büros gearbeitet, vielleicht mit einer Stenotypistin aus irgendeiner schäbigen Agentur? Oder vielleicht jemanden auf eine Zeitungsanzeige hin engagiert? Natürlich hatte er das getan. Es mußte so sein! Er konnte ja schließlich nicht den Chef von Swanson und Schwartz vor einer Angestellten anzeigen – oder konnte er das doch? Sekretärinnen waren notorisch unberechenbar – angefangen mit Diebstählen aus der Portokasse bis hin zum Ehebruch. *Soll ich hierbleiben und Ihnen behilflich sein? Ich könnte meinen Mann anrufen.* Sicher, junge Lady, rufen Sie Ihren Mann an und sagen Sie ihm, daß Sie mit dem Firmeninhaber bis Mitternacht arbeiten müssen. Und was kam danach? Vergewaltigung? Erpressung?

Whitehead erhob sich mit Mühe aus dem Sessel und schob die letzte Diskette in das Regal zurück. Er ging zum Schreibtisch und wählte die Nummer seines Limousinendienstes.

»Madre di Dio! Il mare Mediterraneo! Mare nostra!« Schreie hallten über den nächtlichen Flugplatz von Senetosa.

»Was zum Teufel ist hier los?« schrie Scofield und schoß von seiner Pritsche in der Blockhütte in die Höhe.

»Keine Ahnung«, sagte Pryce und richtete sich auf der Couch auf.

Die Tür der Hütte flog auf, und Luther Considine kam hereingerannt. »Herrgott, würde jemand das für mich übersetzen? Der Spinner dort draußen dreht durch!«

»Was ist denn?« fragte Scofield.

»Das frage ich Sie«, sagte Considine. »Da kommt er gerannt.«

Der Traffic-Controller schoß zur Tür herein. *»Il stazione radio! Mare nostra. Fuoco, incendio!«*

»Lentamente, lentamente«, forderte Scofield den Mann auf, langsamer zu sprechen. *»Inglese, per piacere?«*

»Über Radio«, antwortete der Controller in seinem gebrochenen Englisch. »Überall im *Mediterraneo* – überall Feuer! Vom Golf von Maskat über Afrika und Israel, *incendi. Inferno, maledetto*! *Diavolo* nimmt die Welt an!«

»Die Hölle«, sagte Scofield stockend. »Der Teufel übernimmt die Welt. Von Oman über Israel bis Nordafrika.«

»Die Feuer im Mittelmeer«, sagte Pryce. »Matareisen hat zugeschlagen. Das ist das Signal!«

»Gehen wir!« rief Scofield.

»Ich komme mit«, sagte Luther Considine. »Meine Leute stammen aus Afrika, und niemand darf unser Meer verbrennen.«

36

Es war kurz nach elf Uhr nachts. Der Mond stand hell am Himmel, als Scofield, Pryce und Considine durch den Stacheldrahtzaun auf das Matarese-Grundstück krochen.

»Luther, Sie sind unsere Nachhut«, flüsterte Scofield. »Wenn jemand die Straße heraufkommt oder Sie auch nur Scheinwerfer sehen, dann sagen Sie uns das über Funk.«

»Geht klar, Bray. Macht ihr Leute das regelmäßig?«

»Nein«, antwortete Pryce, »gewöhnlich lassen wir uns anmelden.«

»Sehr komisch.«

»Mir ist im Augenblick gar nicht komisch zumute«, sagte Pryce und folgte Scofield den steilen Abhang hinauf. Jetzt hatten sie die Zufahrt erreicht; das Herrenhaus lag mit Ausnahme eines einzigen Fensters im obersten Stockwerk völlig unbeleuchtet vor ihnen. Plötzlich erschien hinter dem Glas eine Gestalt.

»Wollten Sie eine Bestätigung?« fragte Scofield.

»Habe ihn schon gesehen. Zurück! Er sieht hierher.«

»Dann halten Sie sich ruhig und blicken nicht hoch!« Scofield drückte Pryce den Kopf herunter. »Er geht wieder weg.«

»Wir sollten zum Haus laufen, an die Seitenwand«, flüsterte Pryce.

»Nein, jetzt ist er wieder da! Er telefoniert.«

Matareisens Gesicht bewegte sich am Fenster, er machte einen wütenden Eindruck, anscheinend schrie er ins Telefon. Dann verschwand er wieder, kam aber gleich darauf wieder mit etwas zurück, das wie ein Computerausdruck aussah, das Gesicht immer noch verzerrt. Dann verschwand er wieder vom Fenster.

»Jetzt!« sagte Scofield, richtete sich auf und rannte quer über die Einfahrt zum Haus hinüber, Pryce dicht hinterher.

»Er ist über irgend etwas sauer«, sagte Scofield. »Die nächsten paar Augenblicke sind wir sicher.«

»Und was dann?«

»Ich will mich umsehen, mir die Alarmanlage vornehmen, falls ich sie finde.«

»Wenn Sie daran herumfummeln, geht der Alarm los!«

»Vielleicht, vielleicht auch nicht. Waffen schußbereit, wie Geof sagen würde, und sehen Sie nach, ob Ihr Schalldämpfer richtig sitzt.«

»Schon geschehen.«

»Sie beobachten den Vordereingang. Wenn ich mit dem Alarm Mist baue, komme ich, so schnell ich kann, zurück, aber Sie halten sich bereit. Erschießen Sie jeden, der rauskommt...«

»Hey, Jungs!« Das war Considines Stimme, die im Flüsterton aus ihren Funkgeräten kam. »Scheinwerfer, sie fahren geradewegs auf dieses alte Eisentor zu.«

»Verstecken wir uns hinter dem Haus«, sagte Scofield.

»Nein«, widersprach Pryce. »Das könnte unsere Chance sein, hineinzukommen. Ohne großes Theater und ohne Alarm.«

»Und ohne Herzschlag!«

»Ach was, Bray. Dazu sind wir doch viel zu gut, oder?«

»Das müssen Sie mir erklären.«

»Wir bleiben unsichtbar, ja, aber nicht hinter dem Haus. Haben Sie sich den Eingangsbereich angesehen?«

»Drei Ziegelstufen, eine dicke, schwere Tür, Kutschenlaternen links und rechts«, antwortete Scofield.

»Und?«

»Und was?... Die *Büsche*, hohe Büsche beiderseits der Treppe! Wer auch immer da jetzt mit dem Wagen kommt, geht hinein, solange die Alarmanlage ausgeschaltet ist, und wir...«

»Wir vergeuden Zeit. Ich nehme die andere Seite, Sie diese hier.«

»Hey, Leute!« Wieder Considine. »Das Tor ist aufgegangen, sie fahren gerade durch.«

»Sie?«

»Zwei Gorillas, würde ich sagen.«

»Schnell jetzt«, befahl Pryce zu Scofield gewandt. »Beeilung. Da rein. Ducken Sie sich!«

»Sie haben leicht reden.«

Der schwere schwarze Wagen mit seinen grellen Scheinwerfern rollte auf der kreisförmigen Einfahrt heran und hielt vor der breiten Ziegeltreppe. Zwei Männer stiegen aus, der Fahrer war mittelgroß und hatte langes, dunkelblondes Haar. Der andere war wesentlich größer, trug sein Haar im Bürstenschnitt, allerdings mit einem schon etwas nach hinten gewanderten Haaransatz, und war wie ein Kleiderschrank gebaut. Statt gleich die Treppe hinaufzugehen, öffneten sie die hinteren Türen des Wagens, holten Einkaufstüten und kleine Kartons heraus und stapelten alles vor der Treppe auf. Dabei unterhielten sie sich in dem Patois von Korsika, einer seltsamen Mischung aus Französisch und Italienisch.

»Was für Köstlichkeiten!« sagte der Fahrer. »Der *padrone* muß ein Fest planen.«

»Für wen? Uns und die drei Hausangestellten? Das bezweifle ich stark.«

»Ganz bestimmt für die Hure. Er mag sie, weißt du.«

»Ich bin nicht sicher, ob sie eine Hure ist, ich halte sie eher für eine Nymphomanin. Und ob er sie wirklich mag – warte nur, bis er rauskriegt, daß sie mit uns allen geschlafen hat! Das würde seine aristokratische Würde verletzen. Für den sind wir doch bloß Dreck, das weißt du doch.«

»Das weiß ich schon, und mir ist es scheißegal, was er von uns hält. Jedenfalls zahlt er gut – mehr als gut –, viel besser als die Sizilianer.«

»Drück jetzt auf die Klingel, damit diese Idioten den Alarm ausschalten und die Tür aufmachen.«

Der Fahrer gehorchte. Augenblicke später wurde es hinter den Fenstern im Erdgeschoß hell, und eine Frauenstimme fragte über die Sprechanlage: »Ja, wer ist da?« Auch sie sprach korsischen Dialekt.

»Zwei deiner erfahrensten Liebhaber, Rosa.«

»Du bist ganz sicher der schwerste!«

»Mach auf«, sagte der Fahrer. »Wir brauchen hier draußen Hilfe. Mach schnell!«

»Ich muß erst den Alarm ausschalten, es sei denn, ihr habt Lust, in die Luft zu fliegen.«

Die zwei Korsen sahen einander mit angewiderter Miene an. »Als ob laute Glocken oder Sirenen nicht gereicht hätten«, murmelte der größere von beiden. »Was soll der ganze Sprengstoff? Wenn da einer drinnen nicht aufpaßt, fliegen wir mit der ganzen Treppe in die Luft.«

»Der *padrone* geht keine Risiken ein. Er ist in Sicherheit, und das Risiko liegt bei uns.«

Die Tür ging auf, und das üppig gebaute Dienstmädchen, das mittags mit einem der Wächter einen »Spaziergang« in der Einfahrt gemacht hatte, erschien. Ihr knappes Top ließ ihre üppigen Formen erkennen.

»Heilige Mutter Gottes!« rief sie. »Für wen ist das denn alles?«

»Der *padrone* will wohl eine Party veranstalten«, antwortete der Fahrer.

»Das würde einiges erklären«, sagte die spärlich bekleidete junge Frau.

»Was denn?«

»Wir rennen alle rum wie kopflose Hühner! Die Zimmer müssen blitzsauber sein, die Bettlaken frisch gewaschen, das Silber poliert, die Bankethalle vorbereitet, und der Koch dreht langsam durch. Der Fleischer und der Gemüsehändler waren heute nachmittag da und haben so viel Fleisch und Gemüse geliefert, daß man ein ganzes Haus voll sizilianischer Mamas damit satt kriegen könnte!«

»Und was sagt der *padrone*?«

»Der sagt gar nichts. Er hat sich oben eingeschlossen und schickt uns seine Anweisungen per Rohrpost runter. Außer dem, was ich schon erzählt habe, hat er noch wissen lassen, daß die Gäste morgen kurz nach Beginn der Morgendämmerung eintreffen werden. ›Kurz nach Beginn der *Morgendämmerung*!‹ Könnt ihr euch das vorstellen?«

»Bei dem *padrone* kann ich mir so ziemlich alles vorstellen«, sagte der Große und griff sich eine Kiste Wein. »Die trage ich in die Küche.«

»Ich nehme zwei von diesen Kartons. Die sind zu schwer für unsere zarte Rosa.«

Die beiden Korsen verschwanden im Haus, während die junge Frau sich über den Rest der Einkäufe beugte und sie vorsortierte. Plötzlich schoß Pryce aus dem Gebüsch, sprang die Treppe hinauf, packte die Frau am Hals, riß ihr den Kopf in den Nacken und preßte ihr die linke Hand über den Mund. »Das Gas!« flüsterte er Scofield zu, der ihm über die Treppe gefolgt war. Er griff in eine Tasche seines Tarnanzugs, holte die Sprühdose mit Chloroform heraus und verpaßte ihr eine Ladung ins Gesicht; sie sackte sofort zu Boden. Pryce zerrte sie von der Treppe und versteckte die Bewußtlose hinter einem der Büsche. Dann liefen die beiden Männer wieder ins Gebüsch zurück.

Als die beiden Korsen zurückkehrten, wunderten sie sich darüber, daß das Mädchen verschwunden war. »Rosa, wo zum Teufel steckst du?« rief der Fahrer und ging die Treppe hinunter. Diesmal trat Scofield aus dem Gebüsch und ließ seine Pistole im hellen Schein der Eingangsbeleuchtung sehen.

»Ein Laut von Ihnen, junger Mann, und es ist Ihr letzter.«

»Was soll das?« rief der Hüne und rannte auf Scofield zu. »Wer sind Sie?«

Jetzt ließ sich auch Pryce sehen, die Pistole in der Hand. »*Silenzio*!« sagte er in seinem gebrochenen Italienisch. »Eine Bewegung, und Sie sind *morto*.«

»Ich verstehe *inglese*, *signore*, und bin nicht scharf darauf zu sterben.« Der große Korse ging rückwärts die Treppe hinauf. »Wir sind hier nur Angestellte und besitzen nichts.«

»Wir sind auch nicht an Ihrem Besitz interessiert«, sagte Pryce, »nur an Informationen. Wir wissen, daß der Besitzer dieses Hauses oben in seinem Zimmer ist. Wie kommt man ins Obergeschoß?«

»Über die Treppe, *signore*, wie sonst?«

»Die vordere Treppe *und* die hintere?«

»Über beide. Sie kennen das Haus?«

»Ich versuche, es kennenzulernen. Wo ist die hintere Treppe?«

»In der Küche. Die Angestellten müssen sie benutzen.«

»Wie viele Stockwerke?«

»Drei, *signore*.«

»Gibt es von der Hintertreppe irgendwelche Ausgänge ins Freie?«

»Nicht direkt.«

»Feuerleitern, wo und wieviele?«

»*Che*?«

»Ich weiß, was das heißt«, unterbrach ihn Scofield. *»Scala antincendio.«*

»Ah, *sì*«, sagte der Korse. »Davon gibt es zwei, *signore*. An der West- und an der Ostseite, die erste für Gäste, die zweite für die Angestellten.«

»Wie kommt man zu ihnen?«

»In jedem Stockwerk gibt es eine versperrte Nottür im Flur, die zur *scala* führt. Man öffnet sie mit einem versteckten Knopf in der Wand oder mit einem Hauptschalter in der Küche.«

»Wer ist außer dem Besitzer, Ihrem *padrone*, sonst noch im Haus, und wo gegebenenfalls?«

»Der Koch und ein zweites Mädchen – wo ist *Rosa*?«

»Sie ruht sich aus.«

»Sie haben sie *umgebracht*?«

»Sie ruht sich aus, habe ich gesagt, sie ist nicht tot. Also, wo sind der Koch und das zweite Mädchen?«

»Der Koch hat sein Zimmer im ersten Stock über der Küche, das Mädchen im zweiten.«

»Ich denke, das wäre es wohl, meinen Sie nicht, Bray?«

»Kurz, knapp und vollständig«, sagte Scofield.

»Also, *los*!« rief Pryce. Die Amerikaner rammten den beiden Korsen gleichzeitig ihre Pistolen in den Bauch und rissen die Sprühdosen heraus. Beide hielten den Atem an, sprühten den Korsen eine Ladung ins Gesicht und stießen sie dann, als sie zusammensackten, auf den Rasen. Die Männer würden mindestens eine, vielleicht sogar bis zu drei Stunden bewußtlos sein. »Rufen Sie Luther über Funk. Er soll herkommen«, sagte Pryce.

»Die zweite Feuerleiter, stimmt's, junger Freund?« Scofield zog sein Radio heraus und rief Considine.

»Genau. Wenn Luther kommt, passen Sie beide auf die Feuerleitern auf, und ich gehe inzwischen rein und kümmere mich um den Koch und das Mädchen.«

»Hier bin ich, Jungs.« Considine kam aus dem Wald gerannt. »Was soll ich machen?«

»Herkommen«, sagte Pryce zu dem Piloten. »Hinter dem Haus auf der Westseite ist eine Feuerleiter. Wenn jemand versucht, das Haus über diese Leiter zu verlassen, dann schießen Sie in die Luft, aber passen Sie auf, daß Sie ihn nicht treffen. Wir wollen hier keine Verwundeten, geschweige denn Toten.«

»Kapiert, Bruder«, flüsterte Considine.

»Ich ebenfalls«, sagte Scofield und steckte seine Waffe weg. Er drehte sich um und lief zur Ostseite des Parks.

»Wenn nichts dazwischenkommt, treffen wir uns in zehn Minuten wieder hier«, rief Pryce den beiden noch zu, ehe er ins Haus ging. Drinnen ging er nach links, in den Ostflügel, wo die Korsen die Kartons aus Bonifacio hingetragen hatten. Die Küche war riesengroß und hätte jedem Luxusrestaurant Ehre gemacht, die hintere Treppe hingegen war schmal und schlecht beleuchtet, aber offenbar nach Ansicht des Hausherren für das Personal ausreichend. Pryce schlich sich geduckt ins erste Stockwerk; in dem schwachen Licht wirkte er in seinem Tarnanzug wie eine riesige Echse, die sich ihrem Opfer näherte. Oben angelangt, richtete er sich auf und orientierte sich, suchte die Tür, die unmittelbar über der Küche war, zu seiner rechten Seite. Sie war nicht schwer zu finden, und er zog seine Waffe wieder heraus und ging, die Waffe in der einen, die Sprühdose in der anderen Hand, auf die Tür zu. Dann klemmte er sich die Dose unter den linken Arm und versuchte, den Türknopf zu drehen, ohne dabei ein Geräusch zu verursachen, aber die Tür war abgesperrt.

Er warf einen prüfenden Blick auf die Tür, trat ein paar Schritte zurück, nahm die Spraydose in die rechte Hand und warf sich mit aller Kraft und unter vollem Einsatz seines Gewichts gegen die Türfüllung. Es gab ein lautes Krachen, die Tür sprang auf, und Pryce rannte ins Zimmer, hielt den Atem an und versprühte Chloroform auf das Bett. Der schlanke, völlig überraschte Koch riß die Augen auf, setzte zu einem Schrei an und sank dann in die Kissen.

Pryce eilte zur Treppe zurück und sah auf die Uhr; er hatte noch vier Minuten Zeit. Er stieg in den zweiten Stock und sah sich in dem engen, dunklen Korridor um. Das erste, was ihm auffiel, war ein schmaler Lichtstreifen an der Unterseite der zweiten Tür zu seiner Rechten. Er schob die Waffe in den Gürtel, nahm die Sprühdose in die linke Hand und griff nach dem Türknopf. Die Tür ließ sich öffnen, und Pryce trat schnell ein. Das Zimmer war verlassen, aber an der Wand über dem Bett blinkte hinter einer kleinen Glasscheibe ein rotes Lämpchen. Ein leises Summen wie von einem Wecker war zu hören. Offenbar war das das Zimmer der liebesbedürftigen Rosa. Offenbar war sie in dieser Nacht für die Türen und den Alarm zuständig.

Er hatte nur noch zwei Minuten Zeit. Wenn es sich vermeiden ließ, wollte er diese Zeitspanne nicht überschreiten, um Scofield und Considine nicht zu beunruhigen; deshalb kehrte er wieder in den Flur zurück und sah nach links und rechts. Da waren noch drei weitere Türen, also insgesamt vier im Stockwerk. Vermutlich waren die Stockwerke nach Geschlechtern getrennt, wie es sich für Dienstbotenquartiere ziemte, auch wenn es vielleicht bestimmte Besuchsrechte gab.

Von der vagen Annahme ausgehend, daß Rosa die robustere der beiden Frauen war, ging Pryce zu der ersten Tür, die der Treppe und dem Notausgang am nächsten war. Eigenartigerweise – er hatte das zunächst in der schwachen Beleuchtung nicht bemerkt – stand die Tür offen, wenn auch nur einen Spalt, aber jedenfalls offen. Er schob sie langsam weiter auf und hörte Worte aus der Dunkelheit.

»Padrone? Amore mio?«

Es bedurfte keiner großen Sprachkenntnisse, um zu verstehen, was die Lady meinte. »*Sì*«, sagte Pryce und ging auf das Bett zu. Der Rest nahm keine fünfzehn Sekunden in Anspruch, und Pryce traf sogar etwa zwanzig Sekunden vor der festgesetzten Zeit wieder an der Eingangstreppe ein.

»Ihr Einsatz war offenbar erfolgreich«, sagte Beowulf Agate mit leiser Stimme.

»Allerdings«, antwortete Pryce. »Jetzt kommt der sensible Teil der Mission.«

»Zeit für unsere gallischen Pioniere, stimmt's, Leute?« sagte Considine.

»Stimmt nicht«, erwiderte Scofield. »Ein Jet, der – sehr vorsichtig, sollte ich vielleicht hinzufügen – auf diesem nicht gerade dem neuesten Stand der Technik entsprechenden Landestreifen landet, und schon spricht sich herum, wie verrückt das ist. Daß dann noch eine Pioniertruppe aussteigt und unter Sirenengeheul hier anbraust, kommt überhaupt nicht in Frage.«

»Jedenfalls wird es keine Telefongespräche geben.«

»Was wollen Sie damit sagen?« fragte Pryce.

»Na ja, ehe wir Senetosa verlassen haben, habe ich mir eine Zange geschnappt, bin in den sogenannten Tower gerannt und habe den Telefondraht abgeschnitten, der vom Dach hereinführt.«

»Dieser junge Mann ist wirklich talentiert«, sagte Scofield. »Ihr solltet ihn engagieren.«

»Nein, vielen Dank, Bray. Mir gefällt die Fliegerei besser.«

»Sie sollten nicht zu bescheiden sein, Luther«, widersprach ihm Pryce. »Möglicherweise haben Sie uns die paar zusätzlichen Augenblicke verschafft, die wir vielleicht brauchen.«

»Warum? Wegen der Telefonleitung?«

»Genau.«

»Aber falls dieser Controller hier anrufen wollte, warum hat er das dann nicht schon früher getan?«

»Gute Frage«, sagte Scofield, »und ich will sie Ihnen auch beantworten. Weil die französischen Behörden in Senetosa Bescheid gesagt haben, daß wir Beweismaterial gegen Rauschgiftkuriere sammeln, die sich im Hafen von Solenzara herumtreiben. Das ist der nächstgelegene Flugplatz, und kein französischer Beamter wird bei einer Rauschgiftsache querschießen. Das könnte ihm nämlich zwanzig bis dreißig Jahre hinter Gitter eintragen.«

»Die wissen also überhaupt nichts über diesen Laden hier?«

»So war es zumindest geplant, Lieutenant.«

»Was schlagen Sie vor, Bray? Sie waren schon mal hier, wir nicht«, sagte Pryce.

»Matareisen ist völlig isoliert, keine Leibwächter, keine Dienstboten, stimmt das?«

»Das stimmt.«

»Totale Überraschung, Schock. Die Feuerleiter im obersten Stockwerk hat ein kurzes waagrechtes Stück, das unmittelbar an dem rechten Fenster entlangführt. Einer von uns bricht seine Tür auf, der andere schlägt die Fensterscheibe ein. Wenn wir unser Timing richtig ansetzen, haben wir ihn in der Zange.«

»Ich kann auf Ihre Schultern klettern, Cam«, sagte Considine. »Auf die Weise erreiche ich die unterste Leitersprosse.«

»Auf die Weise stehen Sie auch in vorderster Schußlinie.«

»Ich kann Sie nicht tragen, Sie großer, weißer Gorilla. Also wird das wohl nicht zu vermeiden sein.«

»Dann wollen wir jetzt die Uhren vergleichen, wie es in diesen blöden Filmen immer heißt«, sagte Scofield. »Was meinen Sie, Pryce?«

»Sagen wir drei Minuten, um Luther auf die Leiter zu bringen, eine, bis ich nachgekommen bin, und dreißig Sekunden, bis Sie unserem Piloten auf der Feuerleiter Deckung geben können. Wenn Matareisen ans Fenster geht, könnte er ihn sehen. Dann brauche ich etwas Zeit, um mich zurechtzufinden und lautlos dorthin zu kommen. Sagen wir, weitere fünf Minuten. Insgesamt wären das neun Minuten und dreißig Sekunden. Es ist jetzt sieben Minuten nach Mitternacht. Los geht's!«

Der Pilot zog sich an der Leiter hoch und kauerte sich dann nieder und sah auf seine Uhr. Er würde in den letzten dreißig Sekunden der geplanten Zeitspanne nach oben klettern. Pryce schob sich am Haus entlang und schätzte ab, wo Scofield sich postieren mußte, um Considine Feuerschutz geben zu können. Als er sich darüber klar war, rannte er zu Scofield zurück.

»Stellen Sie sich dort drüben an den Waldrand, Bray.«

»Warum so weit weg?«

»Von dort haben Sie die beste Sicht zum Fenster. Von jedem anderen Punkt aus sieht man Sie entweder auf dem Rasen oder der Schußwinkel ist zu ungünstig.«

»Danke, Junge. Sie haben jetzt knapp fünf Minuten.«

Pryce rannte die Eingangstreppe hinauf ins Haus. Die vordere

Treppe begann am Ende einer langen, mit rosa Marmor ausgelegten Eingangshalle. Das Geländer war vergoldet und schimmerte im schwachen Schein eines Kronleuchters. Pryce ging vorsichtig auf die Treppe zu und sah sich dabei nach verdeckten Drähten um. Seine Finger tasteten an der Unterseite des Geländers entlang, fanden aber keine. Dann suchte er die Stufen nach schwachen Ausbuchtungen im Teppich ab, die auf einen Alarmknopf deuten würden; aber auch solche waren nicht zu spüren. Er fand den Dimmerschalter für den Kronleuchter und schaltete ihn heller.

Dann stieg er lautlos die Treppe hinauf, erreichte das Obergeschoß, sah sich noch einmal prüfend um, suchte das Ungewöhnliche, eine Falle. Ein Blick auf die Uhr sagte ihm, daß seine Vorsicht ihn Zeit kostete. Er hatte noch achtundneunzig Sekunden zur Verfügung und zwei Stockwerke vor sich; seine Schritte wurden schneller.

Halt! Auf der Treppe ins dritte Stockwerk war eine winzige Verfärbung im Läufer festzustellen, die von einer kleinen Unebenheit herrührte. Pryce zog sein Messer heraus und schnitt ein halbkreisförmiges Stück rings um die Erhebung aus dem Teppich und zog das Teppichgewebe vorsichtig zurück. Darunter war eine flache Metallscheibe mit zwei Drähten zu sehen, die nach oben führten. Das war entweder der Auslöser eines Alarms oder eine Mine, und wenn man Matareisens Pläne bedachte, war die Möglichkeit einer Mine keineswegs auszuschließen. Was waren schon zwei Hausangestellte mehr oder weniger?

Einundsechzig Sekunden!

Pryce nahm jetzt mit jedem Schritt zwei Stufen, die Augen vor Anspannung gerötet, er wußte, daß jeder Schritt ihn das Leben kosten konnte. *Neununddreißig Sekunden!* Und er mußte bereit sein, mußte die Waffe schußbereit haben, mußte völlig konzentriert sein, sein Atem mußte gleichmäßig gehen. Zu oft schon hatte er ähnliche Situationen erlebt, wo eine ruhige, ausgeglichene Haltung ebenso wichtig war wie eine schußbereite Waffe. *Keine Zeit mehr!*

Tief durchatmend stand Pryce eineinhalb Meter von der Tür entfernt, den Arm ausgestreckt, die Waffe auf das Holz neben dem Türknopf gerichtet. Ein paar Schüsse würden das Schloß schwächen, den Rest würde seine Schulter übernehmen. *Vier Sekunden, drei, zwei, eine – jetzt!* Er gab drei Schüsse ab, die das Holz zersplitterten, und hörte im gleichen Augenblick das Klirren von zerschmetterndem Glas. Er warf sich mit einem Satz nach vorne, krachte mit aller Kraft durch die Tür, warf sich sofort zu Boden und rollte sich von der Stelle weg, wo er aufgeprallt war.

Jan van der Meer Matareisen war trotz des Schocks, den er empfand, geistesgegenwärtig genug, zu einem Stapel Computerausdrucke zu rennen. Er packte sie und rannte zu einem Aktenvernichter, der über einem eisernen Behälter befestigt war, aus dem ein rötliches Leuchten auf brennende Kohlen auf seinem Boden deutete.

»Tun Sie es nicht!« schrie Pryce und richtete eine Waffe auf Matareisen.

»Sie können mich nicht daran hindern!« schrie dieser. »Sie können mich nicht töten. Tot bin ich für Sie wertlos!«

»Das stimmt allerdings«, sagte Pryce und schoß, allerdings nicht auf ein lebenswichtiges Körperteil, sondern auf Matareisens Beine, genauer gesagt, seine Kniescheiben. Ein qualvoller Schrei hallte durch den Raum, als der Erbe des Barons von Matarese zu Boden fiel und die Ausdrucke davonflatterten. »Schlagen Sie das Fenster ganz ein, und kommen Sie herein, Luther!« rief Pryce und zog seine Sprühdose heraus und ging auf den schreienden Matareisen zu. »Ich werde Ihnen jetzt einen Gefallen tun, Sie Mistkerl«, sagte Pryce, beugte sich über den Mann und jagte ihm eine Gasschwade ins Gesicht. »Träumen Sie schlecht«, fügte er hinzu.

Considine sprang mit einem Satz durchs Fenster herein und eilte zu Pryce. »Ein Kinderspiel, Cam«, stellte der Pilot fest. »Wissen Sie, mit der Zeit gehen mir diese Dinge ganz gut von der Hand. Ich meine, wenn man bedenkt, die Netze am Flugzeug, die Telefonleitung und jetzt dies – also, ich mache mich doch gar nicht schlecht.«

»Ein gottverdammter Held sind Sie, Luther.«

»Oh, vielen Dank, Cam.«

»Ich bin noch nicht fertig. Ich bin nämlich in dem Punkt ganz Scofields Meinung – ich mag Helden nicht. Die sorgen dafür, daß Menschen umgebracht werden.«

»Hey, was soll das denn heißen?«

»Glauben Sie mir, das stimmt. Kommen Sie, wir sind noch nicht fertig.«

»Was gibt es denn noch zu tun?«

»Zuerst gehen Sie runter in die Küche. Die ist im Erdgeschoß rechts. Sehen Sie zu, ob Sie dort Verbandszeug finden. Vermutlich ist da welches; in einer Küche schneidet man sich öfter in die Hand. Wir müssen Matareisen verbinden und ihm eine Adernpresse anlegen.«

»Warum sind Sie so nett zu ihm?«

»Weil er recht hat. Tot nützt er uns nichts. Und passen Sie auf der Treppe auf, treten Sie nicht auf den Läufer, der ist vermint.«

»Der ist was?«

»Das ist jetzt nicht wichtig, bleiben Sie einfach auf dem Marmor. Los jetzt, Beeilung!« Considine rannte hinaus, wozu er einen Satz über die zerborstene Tür machen mußte, und Pryce ging daran, die Computerausdrucke zu überfliegen. Zwei Blätter waren in zwei Spalten eng bedruckt und zeigten einen Zahlencode, mit dem er nichts anfangen konnte. Die restlichen, es waren etwa zwanzig Blätter, zeigten ebenfalls Zahlen- und Buchstabengruppen, die man vielleicht mit Hilfe der Codes auf den ersten zwei Seiten entziffern konnte. Pryce trat an das Fenster und rief hinunter: »Bray, sind Sie da unten?«

Stille. Beunruhigende Stille.

Und dann plötzlich ein ohrenbetäubendes Schrillen, das das ganze Gebäude erfüllte, so laut und erschreckend, daß Pryce einen Augenblick lang wie gelähmt war. Er legte die Ausdrucke beiseite und rannte in den Korridor. Auf der Treppe stand Scofield, ein Bild der Verwirrung – er war auf den Auslöser des Alarms getreten. Pryce hetzte die Treppe hinunter, zog sein Messer heraus und schob den immer noch verdutzt wirkenden Beowulf Agate beiseite. Er kniete nieder, hob das halbrunde Stück Teppich hoch und durchtrennte die beiden Drähte. Der Lärm verstummte. »Sie haben Glück gehabt, daß das keine Bombe war«, sagte Pryce.

»Warum zum Teufel haben Sie mir denn nichts gesagt?«

»Weil ich dachte, Sie wären noch draußen. Kommen Sie, ich möchte Ihnen zeigen, was wir hier oben haben.« Sie kehrten in Matareisens Schlupfwinkel zurück.

»Seine Beine bluten«, stellte Scofield fest, als er die bewußtlose Gestalt des Matarese-Führers dort liegen sah.

»Genaugenommen seine Knie. Luther sucht nach Verbandsmaterial.«

»Zum Teufel mit dem Verbandsmaterial, jagen Sie ihm eine Kugel durch den Kopf.«

»Kontraproduktiv«, sagte Pryce und griff wieder nach den Ausdrucken. »Er hat versucht, das hier zu beseitigen.«

»Was ist das?«

»Wenn ich mich nicht sehr täusche, sind das die Signale, die er aussenden wollte. Sie sind kodiert, und um das zu entschlüsseln, muß man mit einem Computer umgehen können.«

»Schicken Sie sie nach Amsterdam. Hier gibt es doch sicher irgendwo ein Fax.«

»Dort drüben ist eines, aber ich weiß nicht, was die an der Keizersgracht für eine Nummer haben.«

»Ich habe sie«, sagte Beowulf Agate und griff in die Tasche. »Sie sollten lernen, immer auf alles vorbereitet zu sein, junger Freund.«

Während die Ausdrucke durch das Faxgerät liefen, rief Pryce Greenwald in Amsterdam an und schilderte ihm die Umstände und was er über Fax durchgab. Der Computerfachmann versprach, sofort alles andere liegen und stehen zu lassen und sich ausschließlich auf das neue Material aus Korsika zu konzentrieren. »Haben Sie eine Nummer, wo ich Sie erreichen kann?«

»Sobald Sie etwas in Erfahrung gebracht haben, rufen Sie Waters in London und Frank Shields in Langley an. Ich kann hier nichts unternehmen, und außerdem werden wir verdammt viel zu tun haben. Ich melde mich später wieder.« Pryce legte auf und sah wieder Scofield an. »Haben Sie Ihr Comsat-Handy mit?«

»Natürlich. Direkte Verbindung mit MI5 inklusive Zerhacker.«

»Rufen Sie Geof an. Er soll das Deuxième in Marseille bitten, uns diese Pioniere rüberzuschicken.«

»Jetzt? Wozu in Gottes Namen?«

»Wir gehen zu einem Bankett.«

Der Morgen hatte gerade zu dämmern begonnen, und in den Hügeln von Porto-Vecchio über den Wellen des Tyrrhenischen Meers waren nacheinander sieben Limousinen vor dem Herrenhaus eingetroffen. Ein achtes Fahrzeug fehlte, weil niemand den letzten Gast, einen Kardinal Paravacini aus Rom, hatte ausfindig machen können. Die beiden inzwischen aus ihrer Betäubung erwachten Korsen hatten sich nach einigem Zureden bereit erklärt, die Gäste zu empfangen und sie in die Bankethalle zu führen. Pryce und Considine erwarteten die Gäste an der Tür, überwältigten sie, fesselten sie an die Stühle und verklebten ihnen den Mund mit Isolierband, das sie aus der Gärtnerhütte besorgt hatten. Sobald alle – sechs gutgekleidete Männer und eine Frau im modischen Cocktailkleid – an Ort und Stelle waren, verschwanden Pryce und Considine kurz durch eine Tür an der linken Seite des Saals, kehrten aber Augenblicke später zurück. Sie schleppten einen Stuhl, auf dem der verwundete Jan van der Meer Matareisen saß, die Beine unter seiner Hose dick bandagiert. Ebenso wie seine Gäste war auch er an den Stuhl gefesselt, und sein Mund war mit Isolierband verklebt.

Der Anführer der Matarese wurde an das Kopfende der Tafel getragen, wo sein wütender Blick von einem der Gäste zum anderen huschte. Dann trat Scofield in Zivilkleidung in den Raum und stellte sich hinter Matareisen.

»Gentlemen«, begann er, »und natürlich auch, Lady. Ich bin hier, weil ich wahrscheinlich mehr über Ihre Organisation weiß als sonst irgend jemand auf dieser Welt. Sie als schreckliche Monstrosität zu bezeichnen wäre weit untertrieben. Das gute daran ist, daß sie erledigt ist, daß *Sie* erledigt sind. Ihr grandioser Gaucho hier hat alles zum Platzen gebracht. Wir haben ihn erwischt, wie er seinen ganzen Computerzauber in seinen habgierigen kleinen Händen hielt. Großartig, nicht wahr? Glücklicherweise – für unsere Seite, meine ich – haben wir ein Team aus den besten Köpfen der Welt zusammengestellt und seinen Code geknackt. Während ich hier vor Ihnen stehe, schwärmen überall in den Industrienationen in einigen Dutzend Städten Agenten der Geheimdienste, Polizeibeamte und Soldaten aus und nehmen Leute in Gewahrsam, darunter auch einen sogenannten *Adler* in Langley, den man dabei erwischt hat, wie er von einem Münztelefon zu viele Nummern gewählt hat. Dem Kerl ist die Lust am Telefonieren für eine Weile vergangen. Außerdem, und das ist alles andere als ein Zufall, sind überall Gerichte und gesetzgebende Körperschaften zusammengetreten, um in Sondersitzungen Maßnahmen gegen ein gefährliches ökonomisches Virus von globalen Ausmaßen zu ergreifen. Was die Feuer im Mittelmeerraum angeht, so hat der Maestro auf diesem Sessel etwas geschafft, was bis jetzt wenigen Diplomaten und Staatsmännern gelungen ist. Bisher einander feindlich gegenüberstehende Länder und miteinander zerstrittene Gruppierungen haben sich zusammengetan, um diese Feuer zu löschen.

Weil wir gerade von Stühlen sprechen, Sie werden feststellen, daß die Sitzordnung hier identisch mit der Ihres Mentors ist. Das ist auch zu Ihrer eigenen Sicherheit geschehen. Sie müssen nämlich wissen, daß einige Männer hier eingetroffen sind, um Sie aus Korsika herauszugeleiten, weg vom Land der Matarese. Wenn jemand von Ihnen in Versuchung geraten wäre, wegzulaufen oder nach einer Waffe zu greifen, hätte man Sie erschossen. Und diese peinliche Eventualität wollten wir Ihnen ersparen.«

»Peinliche Eventualität?« murmelte Pryce zu Considine gewandt. »Jetzt gibt er wieder mit seiner Harvardbildung an.«

»Bockmist«, flüsterte Considine.

»Gentlemen!« rief Beowulf Agate mit lauter Stimme. »Sie dürfen jetzt hereinkommen.«

Die Doppeltüren an der Nordwand öffneten sich, und der Zug französischer Pioniere in Uniform marschierte herein. Sie bezogen rings um die Bankettafel Position, während die gefesselten und geknebelten Gäste gegen ihre Fesseln ankämpften und sich so wanden, daß ihnen die Augen aus dem Kopf traten.

»Ich erkläre diese Konferenz für beendet«, sagte Scofield mit übertriebener Förmlichkeit. »Gentlemen, binden Sie Ihre Gefangenen los und bringen Sie sie zu Ihrer Maschine. Wir wünschen Ihnen allen einen guten Flug.«

Es war zehn Uhr morgens. Dicke Wolken standen am Himmel und ließen einen baldigen Regenguß erwarten. Den beiden korsischen Dienstboten hatte man als Gegenleistung für ihre Kooperation milde Behandlung versprochen, und sie wurden jetzt von der Polizei aus Bonifacio weggeschafft. Den drei Amerikanern, den beiden Hausmädchen und dem Koch kam es nun zu, etwas zu Ende zu führen, worauf Scofield bestanden hatte. Alle beweglichen Wertgegenstände in dem Herrenhaus und die Kartons mit Lebensmitteln, von denen einige in Eis verpackt waren, sollten in die Gärtnerhütte gebracht werden. Das nahm beinahe vier Stunden in Anspruch.

»Okay, Bray«, sagte Pryce schweißüberströmt, »jetzt möchte ich nur wissen, was zum Teufel das eigentlich soll?«

»Ein sauberer Abschluß, mein junger Freund. Ganz einfach ein sauberer Abschluß«, antwortete Scofield, griff sich einen Benzinkanister und rannte damit ins Haus.

Drei Minuten später brach das Feuer aus und züngelte an den Vorhängen und den Möbeln empor. Innerhalb von fünf Minuten war das ganze Haus in Flammen gehüllt, ein makabrer Kontrast zu dem inzwischen kohlschwarzen Himmel. Pryce erschrak – wo war Scofield? Er war nicht mehr herausgekommen.

»Bray!« schrie er und rannte mit Considine auf das Flammenmeer zu. Plötzlich gab es eine gewaltige Explosion. Pryce und Considine warfen sich zu Boden, als die ganze Vorderpartie des Hauses in die Luft flog und ein Regen von Ziegelsteinen, Betonbrocken und Glas in alle Richtungen davonflog. Dann setzte der Regen ein, sintflutartig, gnadenlos, aber die Flammen kämpften gegen das Gewitter an, ein Kampf der Naturgewalten Feuer und Wasser. »Scofield!« brüllte Pryce und richtete sich mühsam auf.

»Wohin ist denn dieser alte Hurensohn bloß gegangen?« schrie Considine. »Der kann was von mir erleben!«

»Was macht ihr eigentlich hier?« rief Beowulf Agate und kam um den Westflügel der Villa herumgerannt. »Ihr Idioten seid viel zu dicht an den Flammen.«

»Was machen Sie denn?« fragte Pryce, als die drei das brennende Gebäude mit schnellen Schritten hinter sich ließen. »Was haben Sie getan?«

»Was ich vor beinahe dreißig Jahren in Boston hätte tun sollen. Ich habe das Machtzentrum der Matarese in Schutt und Asche gelegt.«

»Ist das denn wichtig? Das ist nicht Boston, das ist Porto-Vecchio auf Korsika!«

»Das weiß ich nicht genau. Ein Symbol, eine Erinnerung, ein Relikt der Vernichtung, totaler Vernichtung. Zum Teufel, ich weiß es nicht! Ich mußte es einfach tun – für Taleniekov vielleicht. Jedenfalls habe ich vorher mit den Zimmermädchen geredet. Ich habe sie informiert.«

»Worüber, über das Feuer?«

»Nun, sagen wir, sie werden dafür sorgen, daß es sich herumspricht. Ich meine, was dort in der Gärtnerhütte liegt. Wer zuerst kommt, mahlt zuerst. Ich kann mir vorstellen, daß einige Familien von dem Zeug ein paar Jahre herrlich und in Freuden leben können. Warum sollte das alles als Beweismaterial beschlagnahmt werden? Es würde sowieso gestohlen werden.« Scofields Comsat-Handy summte in seiner Tasche. Er holte es heraus. »Sir Schweinebacke, nehme ich an.«

»Ich kann über Ihre Unverschämtheiten nicht einmal mehr wütend werden, Brandon. Gut gemacht, mein alter Freund. Sehr schön, wie Sie das hingekriegt haben.«

»Ersparen Sie mir Ihren britischen Charme, schicken Sie mir einfach Geld.«

»Genau genommen erwarte ich eigentlich, daß Sie ein paar Spesenabrechnungen einreichen. Aber bitte, seien Sie nicht zu kreativ.«

»Es könnte sein, daß ich mir eine neue Insel kaufen möchte oder vielleicht ein kleines Land.«

»Antonia will wissen, wann Sie nach London zurückkommen«, sagte Waters.

»In einer Stunde, würde ich sagen. Ich möchte eine Woche lang schlafen.«

»Wir werden mit Heathrow sprechen, eine Landebahn reservieren lassen und Sie abholen kommen. Leslie werde ich ebenfalls anrufen. Übrigens, Frank Shields hat angerufen. Sie sollen Washington sobald wie möglich Bericht erstatten.«

»Ich soll ›Bericht erstatten‹?« rief Beowulf Agate empört. »Ich werde gar nichts erstatten!«

»Beruhigen Sie sich, alter Junge. Wir werden auch eine Abschlußbesprechung haben wollen. Für die offiziellen Akten, Sie wissen schon.«

»Das ist was für Angestellte. Ich bin Berater! Soll Pryce es doch tun.«

»Was tun?« wollte Pryce wissen.

»Einen Abschlußbericht, Sie Knallkopf.«

»Das ist doch üblich, Bray. Keine große Affäre.«

»Dann können Sie und unser Lieutenant das ja machen.«

»Ihr ›Lieutenant‹ ist jetzt ein Commander, Brandon«, korrigierte ihn Waters aus London. »Die entsprechenden Papiere vom Navy Department sind bereits hier. Und wenn Frank Shields und ich noch etwas dicker aufgetragen hätten, hätten sie ihn vermutlich sogar zum Admiral gemacht.«

»Sie sind jetzt Commander, Luther«, sagte Scofield und drehte sich zu dem Piloten um. »Oder vielleicht sogar Admiral.«

»Eins noch, alter Freund«, fügte Waters hinzu. »Frank hat gesagt, der Präsident möchte Sie persönlich kennenlernen. Er ist nicht nur fasziniert, sondern wird Ihnen auch einen Orden verleihen.«

»Warum denn? Ich habe schon seit Jahren nicht mehr gewählt. Außerdem hatte unser junger Freund Cameron mit dem ganzen Theater genausoviel zu tun wie ich. Soll der Präsident doch mit ihm reden.«

»Das geht nicht, Brandon. Officer Pryce bleibt schließlich im Dienst. Über den darf nichts an die Öffentlichkeit gelangen.«

»Verdammt noch mal, ich will nach Hause. Unsere Insel ist inzwischen vermutlich mit jedem Unkraut zugewachsen, das es in der Karibik gibt.«

»Soweit ich gehört habe, hat Ihr Pionierkorps das Problem unter Kontrolle.«

»Dann muß ich hin, um auf die Jungs aufzupassen!«

»Schicken Sie Officer Pryce. Er und Colonel Montrose haben sich ganz sicher einigen Urlaub verdient.«

»Das ist Erpressung!«

Epilog

Sonnenuntergang, Brass 26, vierundzwanzig Seemeilen südlich von Tortola in der Karibik. Pryce und Leslie saßen in Liegestühlen an der Lagune, Leslie telefonierte. »Also schön, Jamie, wenn du es dir gründlich überlegt hast«, sagte sie gerade. »Ich möchte nicht, daß du deinen Platz in Connecticut verlierst.«

»Kein Problem, Mum«, sagte der junge Mann in London. »Der Direktor kennt Rogers Schule und hat schon mit der Verwaltung gesprochen. Ich kann das Wintersemester als Austauschstudent dort verbringen, das beginnt nächsten Monat. Das wird mir voll angerechnet, und die Leute, mit denen ich gesprochen habe, hier und in Connecticut, meinen, daß es mir sehr guttun wird.«

»Das wird es auch, wenn du dich richtig ins Zeug legst, Jamie. Die Schulen in England verlangen viel mehr als die unseren.«

»Das hat mir Roger schon erzählt. Aber ich komme in die Klasse, die er gerade abgeschlossen hat, also kann er mir ein bißchen helfen.«

»Das ist nicht gerade die Lösung, die ich mir erhofft hatte. Übrigens, wie geht es Roger und Angela?«

»Großartig! Wir kommen prima miteinander aus, obwohl Coleman jetzt zu uns ins Haus gezogen ist. Der kann manchmal ziemlich stur sein.«

»Das beruhigt mich ungemein.«

»Ich muß jetzt Schluß machen, Mum. Coley will mit uns einen Ausflug machen. Er sagt, wo ich schon auf eine englische Schule gehe und die Sprache nicht richtig spreche, sollte ich vorher möglichst viel über das Land lernen. Grüß Cam von mir. Ich mag ihn wirklich.«

»Jetzt bin wohl ich dran, ›Cam?‹ zu sagen. Du meinst wohl einen gewissen Mr. Pryce.«

»Ach, mach schon einen Punkt, schöne Lady. So jung bin ich auch nicht mehr.«

»Ein Knirps bist du, wie die in England sagen würden.«

»Würdest du glauben, daß ich auch Hormone habe?«

»Jamie!«

»Tschüs, Mum. Ich liebe dich.« Ein Klicken in der Leitung.

»Dieser kleine Mistkerl«, murmelte Leslie und drückte ihrerseits auf den Knopf, der die Verbindung beendete. »Er hat gesagt, ich soll dich grüßen und daß er dich wirklich mag.«

»Ich mag ihn auch. Warum hast du ihn angeschrien?«

»Weil er die Frechheit hatte, mir zu sagen, er hätte Hormone.«

»Er ist wie alt? Sechzehn? Ich kann dir versichern, das stimmt, und die sind in diesem Alter sogar höchst aktiv.«

»Ich bin seine Mutter!«

»Und das schließt dich aus, wenn es darum geht, die Wahrheit zu erfahren?«

»Nein, aber gewisse Realitäten werden besser mit etwas Taktgefühl behandelt.«

»Nach dem, was ich aus deiner Hälfte des Gesprächs mitgekriegt habe, will er in London bleiben und in England zur Schule gehen.«

»Ja, aber solange sie am Belgravia Square sind, ist Coleman ins Haus gezogen.«

»Keine schlechte Idee.«

»Eine grandiose sogar.«

»Und was ist jetzt mit uns?« fragte Pryce, richtete sich auf und griff nach seinem Drink auf dem Acryltisch neben seinem Liegestuhl. »Damit haben wir uns noch gar nicht auseinandergesetzt, oder?«

»Muß sich denn irgend etwas ändern? Ich fühle mich wohl, du fühlst dich wohl.«

»Ich will mehr, wenn ich es kriegen kann, Leslie. Ich wußte schon immer, daß es in meinem Leben eine große Leere gibt. Das habe ich erkannt und konnte damit leben. Aber jetzt kann ich das nicht mehr. Ich will nicht mehr allein leben. Ich will mit der Frau leben, die ich über alles liebe.«

»Aber Officer Pryce, soll das ein Heiratsantrag sein?«

»Allerdings, Colonel Montrose.«

»Ich bin gerührt, Cam, wirklich gerührt«, sagte Leslie und griff nach seiner Hand. »Aber ich glaube du vergißt, daß ich einiges Gepäck mit mir herumtrage. Ich bin Berufsoffizier, und die Army kann mich hinschicken, wohin sie will. Ich bin nicht bereit, diese Karriere aufzugeben. Dazu habe ich zu lange und zu intensiv studiert, um dahin zu kommen, wo ich heute bin. Und dann ist da noch mein Sohn; der könnte sich zu einer Verantwortung entwickeln, die du vielleicht nicht übernehmen möchtest.«

»Warum nicht? Ich finde, er ist ein großartiger Junge – zum Teufel, ich brauche das nicht zu finden, es ist so, er hat das schließlich bewiesen! Du hast gesagt, daß er mich mag, und ich mag ihn auch. Und das ist doch ein recht guter Anfang.«

»Und was ist mit der Army?«

»Ich bin Beamter im Geheimdienst, und Frank Shields kann mich jederzeit in die Äußere Mongolei schicken, und ich würde dorthin gehen müssen. Überleg dir doch nur, was das jedes Mal wieder für eine Wiedervereinigung gibt. Schau mal, Leslie, wenn man bedenkt, was wir beide schon erlebt haben, würde sich doch keiner von uns in einem seßhaften Beruf wohlfühlen. Mit einem Jet kann man heute in neun Stunden von Tokio nach New York fliegen, und von Peking in dreizehn. Handelsreisende müssen reisen, Geschäftsfrauen auch; Schauspieler, Schauspielerinnen und Models sind auf der ganzen Welt tätig. Es kommt einfach auf den Beruf an, den man gewählt hat. Ich denke, wir werden damit fertig.«

»Du kannst sehr überzeugend sein, mein Liebling.«

»Jetzt bekommst du den ersten Punkt«, sagte Pryce begeistert. »Scofield sagt, wenn eine Frau dich ›Liebling‹ nennt, dann behalt sie.«

»Wie großzügig von ihm. Aber du bist tatsächlich überzeugend, und ich bin ziemlich kurzsichtig.«

»Gewinne ich an Boden?«

»Ja, ich glaube schon.«

Plötzlich war am Himmel das Knattern von Hubschrauberrotoren zu hören. Sie blickten auf. Ein Helikopter mit Pontons darunter kreiste über dem Strand und suchte offenbar nach einem Landeplatz. Pryce und Leslie standen auf und rannten Hand in Hand zu der kleinen Bucht. So sanft wie möglich setzte die riesige Maschine im seichten Wasser auf, und die Rotorflügel versetzten die Palmen in Aufruhr.

Die Tür des Helikopters ging auf, und als erster stieg Scofield aus. Er drehte sich um und half Antonia, in das knietiefe Wasser zu steigen. Dann wateten sie ans Ufer, während das Knattern der Rotoren langsam verstummte, und Leslie und Antonia sich umarmten.

»Antonia, das ist ja das reinste Paradies!« rief Leslie aus. »Kein Wunder, daß Sie sich hier so wohlfühlen.«

»Es hat seine Vorzüge, meine Liebe. Du meine Güte, das Pionierkorps hat alles herrlich hergerichtet. Die Palmen sind wirklich hübsch zurechtgestutzt.«

»Ihre Stromversorgung haben sie auch ein wenig modernisiert«, sagte Pryce.

»Wer hat denn das von ihnen verlangt?« nörgelte Scofield. »Die hat doch prima funktioniert.«

»Ich glaube, die Anweisung dazu kam aus dem Weißen Haus«, antwortete Pryce. »Ihre Kapazität ist verdreifacht worden, und der Major, der die Einheit geleitet hat, sollte Ihnen ausrichten, das sei das Geschenk einer dankbaren Nation.«

»Der Präsident hat davon keinen Ton gesagt, und dabei war ich mit dem Jungen eine ganze Stunde zusammen.«

»Dem *Jungen*?« tadelte Antonia. »Also wirklich, Bray ...«

»Ich habe doch nicht gesagt, daß ich ihn nicht mag. Ich halte ihn wirklich für einen äußerst intelligenten jungen Burschen. Sehr gewissenhaft. Und auch recht großzügig. Ich habe ihm erklärt, daß meine Pension kaum für meine Bedürfnisse ausreicht, weil mein Ruf mich ja schließlich zwingt, inkognito und außer Landes zu leben. Daraufhin hat er vor meinen Augen und Ohren die Agency angerufen und veranlaßt, daß sie verdoppelt wird.«

»Das ist schon der *zweite* Präsident, den Sie reingelegt haben!« rief Pryce. »Ich habe schließlich Ihre komplette Akte gelesen, erinnern Sie sich?«

»Ich erinnere mich an gar nichts, mein Junge. Das ist eine der Segnungen des fortgeschrittenen Alters. Und jetzt muß ich gleich eines klarstellen. Diese beiden Hubschrauberpiloten haben einen genauen Terminplan, und Sie spielen darin eine Rolle. Wir würden Sie ja liebend gern noch eine Weile hierbehalten, aber das geht leider nicht. Sammeln Sie Ihren Kram zusammen, und steigen Sie ein. Sie haben etwa zehn Minuten Zeit.«

Scofield und Antonia saßen auf den beiden Liegestühlen vor ihrer Lagune. »Wie fühlst du dich, Liebste?«

»Wir sind zu Hause, mein Liebling. Mehr könnte ich mir gar nicht wünschen.«

»Ist etwas zu essen im Haus?«

»Ein neuer begehbarer Kühlschrank mit genug Vorräten für ein ganzes Jahr.«

»Das wäre aber doch nicht nötig gewesen.«

»O doch, das war es schon, meine Allerliebste. Du bist wunderbar.«

»Hey, das könnte eine grandiose Nacht werden, weißt du, was ich meine?«

»In unserem Alter? … Ja, ja, doch, ich weiß schon.«

»Wir sind unterbrochen worden«, sagte Pryce an Bord des Helikopters der Navy, der ihn und Lieutenant Colonel Montrose nach Puerto Rico bringen sollte, von wo sie ein Jet nach Washington abholen würde. »Hast du über meinen Vorschlag nachgedacht?«

»Deinen Heiratsantrag, meinst du das?«

»Allerdings.«

»Ja, das habe ich. Kurz und gründlich. Meinst du, du wirst später einmal, wenn du alt bist, so ähnlich werden wie Brandon Scofield?«

»Ich denke, das ist durchaus möglich. Wir sind uns in vieler Hinsicht ähnlich.«

»Mit einer Antonia?«

»Du bist meine Antonia … meine *Leslie*.«

»Dann sage ich ja, Liebling. Das würde ich mir um keinen Preis der Welt entgehen lassen wollen.«